庄　庸　杨丽君
王秀庭　吴金梅　主编

文运洪楼说（第4季）

中国网络文学阅读潮流研究

华语国际编剧节组委会
临沂大学中国文艺评论基地
中国青年智库论坛
中国青年阅读指数
中国网络文学网生评论家委员会
联合编撰

中国青年出版社

图书在版编目（CIP）数据

文运迷楼说. 第4季，中国网络文学阅读潮流研究 / 庄庸等主编. -- 北京：中国青年出版社，2020.8
ISBN 978-7-5153-6030-0

Ⅰ. ①文… Ⅱ. ①庄… Ⅲ. ①网络文学－文学研究－中国 Ⅳ. ①I207.999

中国版本图书馆CIP数据核字（2020）第082777号

书　　名：文运迷楼说：中国网络文学阅读潮流研究（第4季）
主　　编：庄　庸　杨丽君
　　　　　王秀庭　吴金梅
责任编辑：陈　静　张佳莹
特约策划：张瑞霞　无萱草
插　　图：128幅
出版发行：中国青年出版社
社　　址：北京东四十二条21号
邮　　编：100708
网　　址：www.cyp.com.cn
门 市 部：（010）57350370
印　　刷：北京欣睿虹彩印刷有限公司
经　　销：新华书店
开　　本：710mm × 1000mm　1/16
印　　张：30.5
字　　数：457千字
版　　次：2020年11月北京第1版
印　　次：2020年11月北京第1次印刷
印　　数：0,001~5,000册
定　　价：118.00元

本图书如有印装质量问题，请凭购书发票与质检部联系调换。
联系电话：（010）57350337

目录

导论

烽火戏诸侯与《剑来》：从“接续文脉”到“新主流网文”

第一章

建模“1 一壹”：从“骊珠洞天”到“剑气长城”

第二章

姻缘线迷局：从“爱的最大阻力”到“幕后玩家”

第三章

先行得道：从“大道之争”到“武道证神”

第四章

藕花福地：从“故事双生藤”到“多重局中局”

第五章

治理试验田：从“法外之地”到“末法时代”

剑气长城极简史：
从“游戏程序猿”到“万年‘苟’人生”

第七章

剑胚道种蒲公英：
从“木秀于林”到“秀木于林”

一人 · 围杀：
从“最强者个人时代”到“常人集体变强时代”

第九章

文圣老秀才：从“贼护犊子 · 彪悍我师”到“弟子如师 · 青胜于蓝”

第十章

香火传承：从“言念君子”到“温其如玉”

第十一章

碧（白）玉簪子：从“避难庇护所”到“为谁立行亭”

坐而论道：
从“导师老夫子”到“关门小弟子”

自我精神分裂：
从“文圣首徒崔瀺”到“大白鹅崔东山”

第十四章

三角事功论：
从“凡人新长城”到“人心牢笼取大势”

第十五章

织心如网：从“善恶补瓷人”到“算法造新人（神）”

第十六章

万一·枢机：以“一方寸之心”建基“万世太平之运”

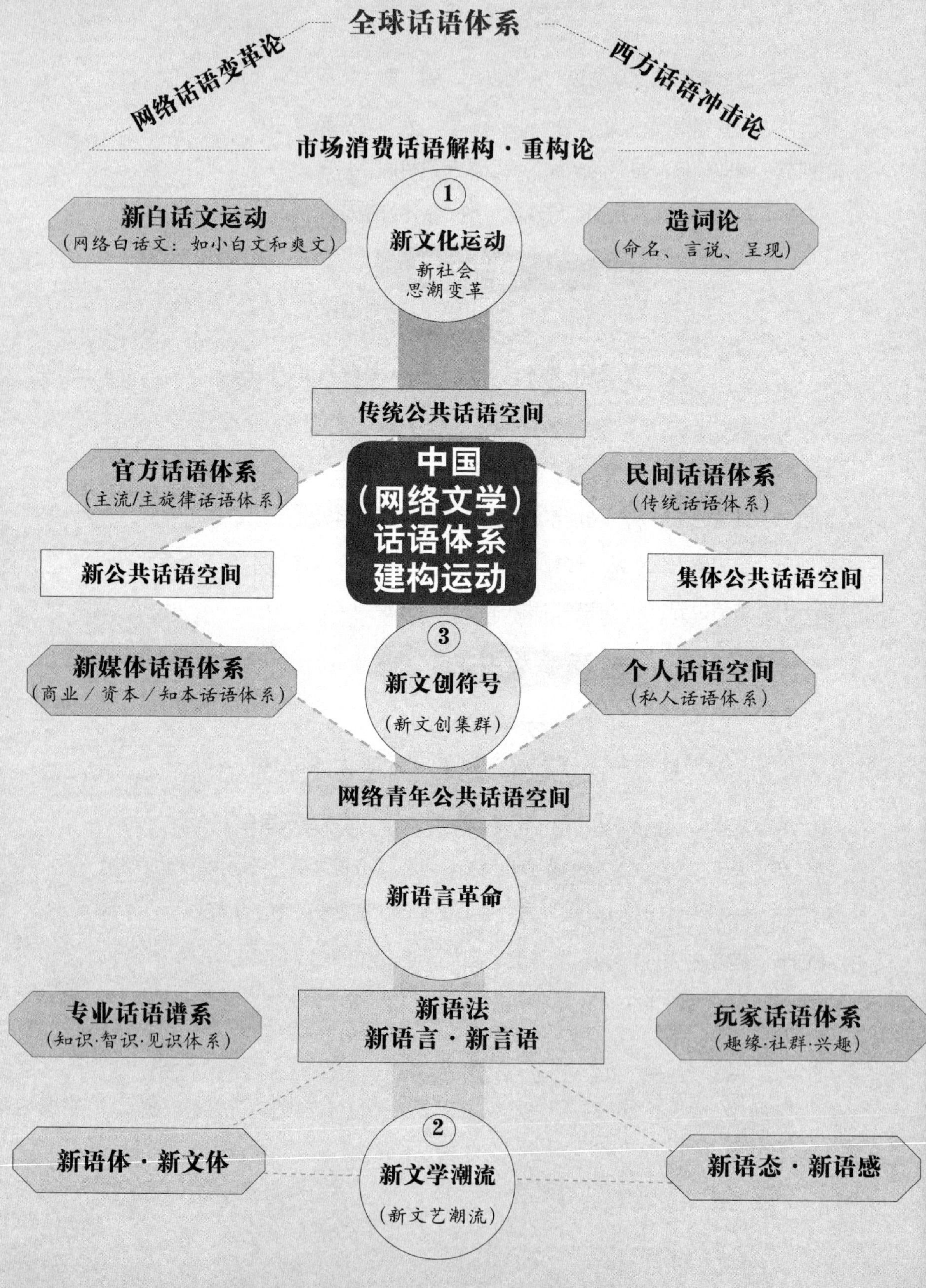

全球话语体系

网络话语变革论

西方话语冲击论

市场消费话语解构·重构论

①
新文化运动
新社会
思潮变革

新白话文运动
（网络白话文：如小白文和爽文）

造词论
（命名、言说、呈现）

传统公共话语空间

中国
（网络文学）
话语体系
建构运动

官方话语体系
（主流/主旋律话语体系）

民间话语体系
（传统话语体系）

新公共话语空间

集体公共话语空间

③
新文创符号
（新文创集群）

新媒体话语体系
（商业／资本／知本话语体系）

个人话语空间
（私人话语体系）

网络青年公共话语空间

新语言革命

新语法
新语言·新言语

专业话语谱系
（知识·智识·见识体系）

玩家话语体系
（趣缘·社群·兴趣）

②
新文学潮流
（新文艺潮流）

新语体·新文体

新语态·新语感

导论

烽火戏诸侯与《剑来》

从『接续文脉』到『新主流网文』

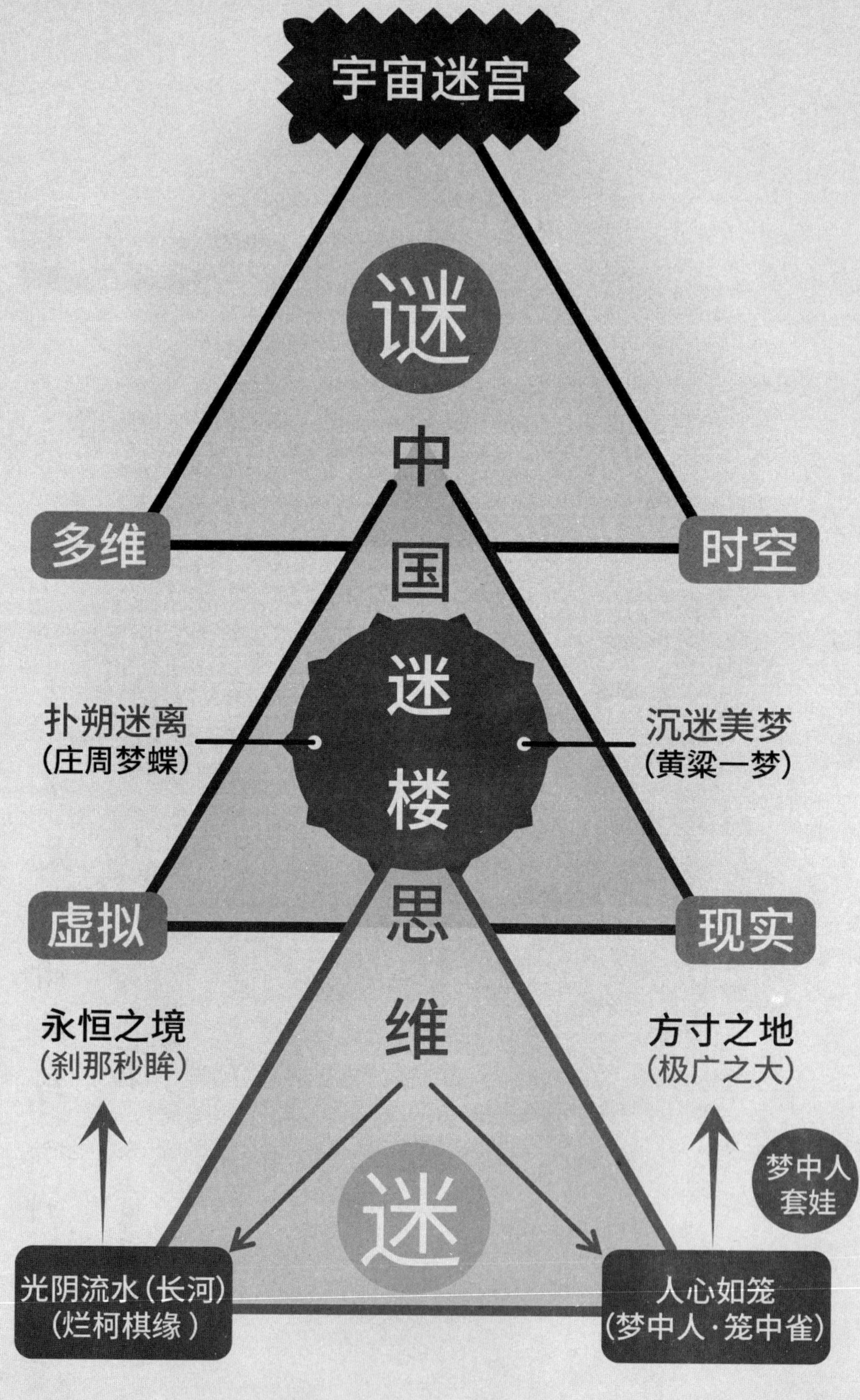

宇宙迷宫
谜
中
国
迷
楼
思
维
多维
时空
扑朔迷离
（庄周梦蝶）
沉迷美梦
（黄粱一梦）
虚拟
现实
永恒之境
（刹那秒眸）
方寸之地
（极广之大）
梦中人
套娃
迷
光阴流水（长河）
（烂柯棋缘）
人心如笼
（梦中人·笼中雀）

网络作家烽火戏诸侯可以说是贯穿中国网络文学发展史的风向标人物。

我们将他的创作之旅划分为三个阶段——每一阶段都同步于中国网络文学发展的重要时期；每一个关键节点上都有标杆性作品，能够代表中国网络文学阅读潮流甚或网络青年舆论情报、社会文化现象和国民心态思潮的风向、潮流与趋势。

我们把它们解读、诠释、建构为中国网络文学的小白文PK文青时代、爽文时代、超级IP时代的标杆——贯穿所有发展阶段的轴心，就是“讲故事的革命”。

每一次“讲故事的革命”都是飓风起于青苹之末（从某一个爽点或网文套路的“微创新”开始），却像“蝴蝶效应”一样“席卷人心、人性、人情和人际与社会人伦的太平洋”，带来年轻世代青春潮流、舆论情报和思想生态的大变革。

这基本纵横贯通于如下三个金字塔层面：话语体系变革、讲故事写爽文（如小白文PK文青派）的技术标准与理念体系创新、价值观念（从世界观设定集到价值观刷新）颠覆与重建。

烽火戏诸侯每一阶段的网络创作，都与此同步，并踩中网文节奏、社会潮流和时代脉动的关键节点，成为风向标式的作家作品之一。

以这种极简中国网络文学发展史为景框，假若说2017～2021年是新时代的节点或拐点，中国网络文学正在进入“发展新时代”，那么，我们认为：烽火戏诸侯及其同期发表且当下仍在创作进行时的《剑来》，是“新主流网文时代”创生（创作与生产）潮流和发展趋势的风向标作家作品之一。

烽火戏诸侯这部东方幻想（仙侠）作品《剑来》，折返中华优秀传统文化的源头活水，追溯上下五千年文明的基因种子，复原“双创”中华文明基因、重塑新社会现实感和建模超凡近未来新秩序的“原点”，复苏“道胚理种（优良的种子）—讲道理的社会和世界（生命树）—道·理宇宙（思想/信仰森林生态系统）”的生成和演化历程，解构与建构于一人方寸之心（1）建基宇宙万物万世太平之运（壹）的“一·万”之轴，从而创造了融魔幻迷宫、古典迷楼、游戏迷局和网络迷踪于一体的庞大“故事迷宫”体系，以承载讲故事说道理、接续千年文脉、重系时代气运的超强世界观设定集。

这正是当下“新主流网文”问题导向“创生（创作与生产）新范式、研究（研发）新范式、思想新范式和发展新范式”的社会重大现实攻关问题、硬核时代课题和未来发展趋势命题。我们解读、诠释和建构了一个“新主流网文金字塔”的网络文学造词、理论与方法论原型，用以解读、诠释和建构烽火戏诸侯《剑来》“1一壹”结构性支撑讲道理写网文的故事之术和理念之道。

从“接续文脉”到“新主流网文”，网络文学确实走到了从“把一个好故事讲得更好看”到“讲一个能让人做好人、让世道和世界变得更美好的故事”的发展拐点上。烽火戏诸侯在《剑来》中试着提出自己的“问题—答案”链，并戳向“初始疑问—终极答案”：从陈平安到裴钱再到我·们，愿每一个少年，都能遇到一个齐先生，心如草木，向阳而生，让整个世界变善、更善——大善！

以烽火戏诸侯《剑来》为切入点，我们可以看到：从2017年到2021年，从“新主流网文”到“中国网络文学发展新时代”，新时代中国网络文学发展最需要界定、分析和解决的社会重大现实攻关问题、硬核时代课题和未来发展趋势命题，就是解构、重构和建构“时代新范式”。

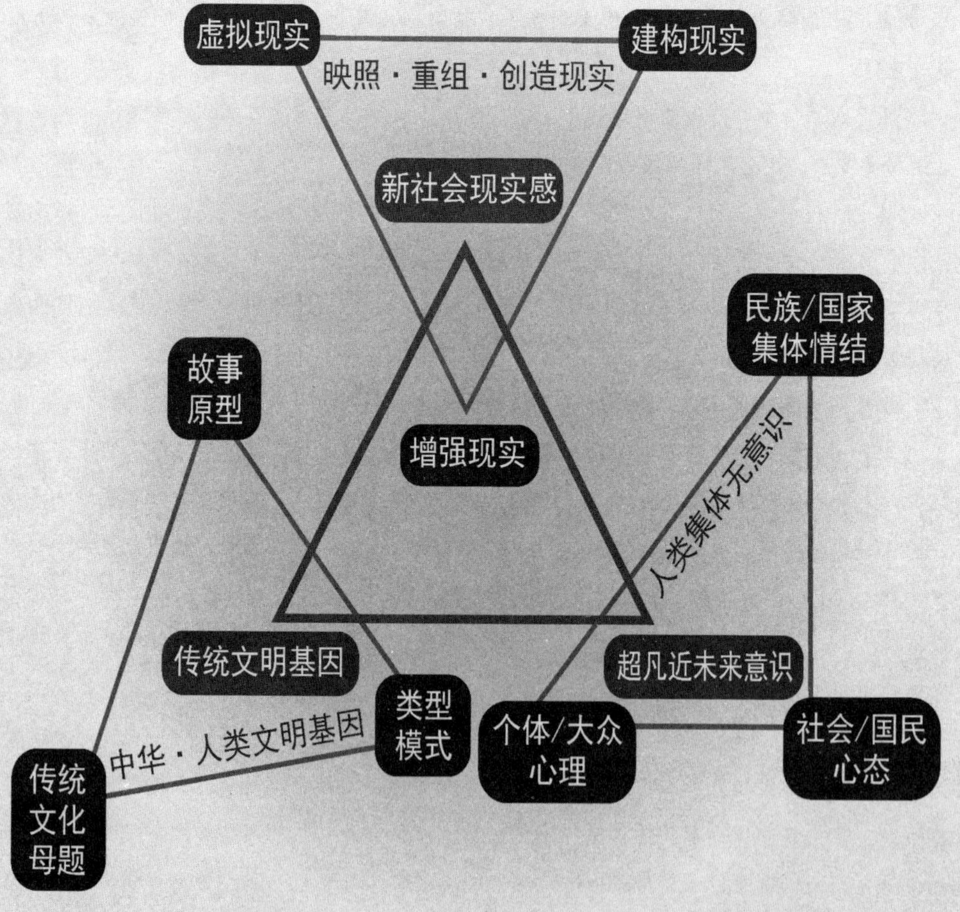

第一节 新范式·网络文学造词、理论与方法论原型

——极简中国网络文学发展“断代/标杆”史

新时代中国网络文学发展需要“时代新范式”（亦简称“新范式”）。

“时代新范式”最主要的就是“发展新范式”。但寻找和建构“发展新范式”，亟需“思想新范式”；“思想新范式”的变革与创新，来自“研究（研发）新范式”的新思路与新结论；“研究（研发）新范式”，又必须源于新主流网文“创生（创作与生产）新范式”的实践与探索。

这是一个双向互动、可以闭合循环亦可开放的传导链。我们要做的第一件事情，是解读、诠释和建构一个“时代新范式”的网络文学造词、理论与方法论原型[①②]，来解读、诠释和建构烽火戏诸侯创作（创作与生产）作品与产品，与整个中国网络文学发展史的关系链：烽火戏诸侯作品的创生新范式，何以成为中国网络文学发展新范式的标杆？

如果以“讲故事的革命”为轴线，来梳理烽火戏诸侯“创作3.0阶段论”和极简中国网络文学发展史“三大断代论”，我们可以清楚地看到这种“时代新范

---

① 参见庄庸著：《猫腻与〈将夜〉》，网络文学名家名作导读丛书，作家出版社，2019年版。这是我们在庖丁解牛猫腻《将夜》时提出的研究方法“时代新范式”：不是用既有的理论体系来剪裁、批评甚至审判网络文学作家作品、类型与题材、主题与潮流，而是基于网络文学自身的文本特质、创作实践、创新风潮和创生（创作和生产）机制体制、理论与评论评价体系建构的社会重大现实攻关问题、硬核时代课题和未来发展趋势命题，以问题为导向，以“时代是思想之母，实践是理论之源”为根本遵循，解读、诠释和建构“网络文学造词、理论与方法论原型”；借此基于原点之上所建立的模型，来“解读、诠释和建构”网络文学名家名作“讲故事、写网文、表自我、观世界”的思路、方法和逻辑。猫腻《将夜》“蚂蚁哲学”论和《剑来》“文运迷楼”说，以及烽火戏诸侯创作中国网络文学发展史的“新范式论”，都是我们解读、诠释和建构的“网络文学造词、理论与方法论原型”。以此方法和范式“导读”，从猫腻《将夜》，到烽火戏诸侯《剑来》，都将从头到尾贯穿解读、诠释和建构逐层递进的结构、思路与逻辑。

② 参见庄庸、杨丽君等主编：《蚂蚁哲学：中国网络文学阅读潮流研究（第5季）》，华语网络文学智库丛书，中国青年出版社，2020年版。

式”关系链或传导链是如何发生和建构的。

烽火戏诸侯创作的 1.0 阶段，以《极品公子》“出道即成网文巅峰”为标志（2005 年）。当时正是中国网络文学从“传统文青式的广义网络文学”向“VIP 收费制度化的狭义网络类型小说”发生根本转型的关键节点；从 2004 年至 2006 年，第一次发生“网络技术精英”向“草根小白用户”的重心转移——中国人口周期运动中年轻世代又一次迭代，形成大面积的基础互联网用户。这导致网络小说“小白文”潮流勃兴（以 2004 年唐家三少崛起和我吃西红柿在 2006 年爆红为代表），成为付费时代的王道类型文和流派。

这是一个中国网络文学“小白文PK文青时代”——网文恢复了中国乃至整个人类成千上万年讲故事的传统、本能和冲动，并找到它自身在互联网中讲故事的话语体系和方式。我们称之为“中国网络说书人/讲故事的人”。以起点中文网为代表的男频文和以晋江文学城为代表的女频文选择不同的“故事话语体系”，并构成了中国网络文学史上“性别革命双轮驱动”的发展架构。

烽火戏诸侯一出道就夹于这两大潮流和趋势之间，并成为“浪潮儿”，以此“浪潮之巅”为始点，开启他一系列毁誉参半的“网文花漾试验”和“任性太监文”（指从未完本）之旅：《一世枭雄》《撒旦》《宗教裁判所》……

在这个试点、试验、试错和初期迭代的过程之中，烽火戏诸侯最大的特点，大概就是在欧式中文、古典雅文、网络白话文、先锋语言实验派等网文各种类型文主流或非主流、流行或不流行的话语体系和言语方式之中，寻找自己“讲故事的语言、语体和语感”，堪为故事潮流派与语言玩家派……最终，在一大片“小白文作家”红飘飘网络潮之中，烽火戏诸侯硬生生地扛上了“网络作家新文青派”的旗号。

从《陈二狗的妖孽人生》（2009 年）到《老子是癞蛤蟆》（2012 年），烽火戏诸侯的 2.0 阶段，正是中国网络文学从传统互联网到移动互联网转型和爆发的“爽文时代”[①]——讲故事也是一门技术活；网络文学讲故事写爽文的技术、技巧、技能甚至技艺已经精益求精、炉火纯青；创造爽点，建构爽感，引爆爽文化浪

① 参见庄庸、杨丽君等主编：《爽文时代：中国网络文学阅读潮流研究（第 1 季）》，华语网络文学智库丛书，中国青年出版社，2020 年版。

潮——如"虐渣—造爽"支点、原理和转化机制体制[①]——成为男女频文"有史以来最大的公约数"和共同遵循的"网文创生（创作与生产）机制体制"。

当时正是中国网络文学从"传统PC互联网时代"转型为"移动互联网时代"、从"传统屏阅读时代"升级为"移动屏阅读时代"的拐点。这带来网络文学"造神金字塔"（造星神话、创富模式和逐利/名冲动）的第一次迁移：鱼人二代《很纯很暧昧》从传统网络文学的二三线一跃而成为移动互联网时代的一线大神红文，便是例证。网络文学的题材、类型、潮流大面积流行"无线风"——甚至直到2019～2020年，无线收入与无线文仍然是重要的核心业务和潮流。

这也带来了网络作家、网络青年甚至整个中国青年话语权、舆论权和文化领导权（我们统一解读、诠释和建构为"青年权"）第一次根本性的拐点：2009年之前，青年想和世界谈谈；2011年之后，世界需要和青年谈谈。[②]从2009年至2012年，说巧也不巧，《陈二狗的妖孽人生》和《老子是癞蛤蟆》这两部其实同源异态的作品，成为"网生代"从物质消费到精神文化崛起的代言式风向标。

烽火戏诸侯这个阶段最大的探索与实践，大概就是"写爽文既是一门技术，也是一门艺术"：要讲一个好故事；要把好故事讲好看；好看就是要"虐渣—造爽"嗨翻天，引爆生理心理兴奋流，同时，还能开启文字愉悦感和精神高峰体验的"神爽（超爽）之旅"。[③]

烽火戏诸侯创作的3.0阶段，是以《雪中悍刀行》（2012年）和《剑来》（2017年）为标志，向"古风网文"（或"国风网文"）回归。

这五年，恰恰是中国开启新时代"砥砺奋进的五年"；三种不同方向和性质的力量试图"驾驭"中国网络文学驶向不同的发展轨道——我们称之为"主流化、IP化、次元化"网络文学三驾马车。因为IP化影响和改变网络文学发展轨道和轨迹最为明显和外化，因此，这个时期又被称为中国网络文学的"超级IP时

---

① 参见庄庸、杨丽君等主编：《爽点宇宙：中国网络文学阅读潮流研究（第2季）》，华语网络文学智库丛书，中国青年出版社，2020年版。

② 参见庄庸、王秀庭著：《国家网络文艺战略研究：中国文化强国新时代》，"互联网+"新文艺丛书，福建教育出版社，2018年版。

③ 参见庄庸、杨丽君等主编：《爽感爆款系统：中国网络文学阅读潮流研究（第3季）》，华语网络文学智库丛书，中国青年出版社，2020年版。

代”（2011 ~ 2017年）。

在IP化、主流化、次元化相继成为影响和改变网络文学发展轨道和轨迹的三股最大最重要的力量之后，贯通全版权链（形态）、全产业链（业态）和全平台链与全价值链（生态系统）的“讲故事的核心能力建设”，成为网络文学超级IP资源整合、战略卡位和跨界异业联盟运营的轴心、焦点和痛点。

最重要的是，网络文学破壁出圈、跨洋出海，成为聚光灯下的“爆款明星”，同时也成为放大镜下的“微生物化验标本”——特别是它从“私文”变成“公器”，成为四亿中国青年青春潮流、舆论情报、思想生态系统重塑的试金石、检验剂，以及用“社会主流文艺的那一把标尺”衡量、审判和裁决的第一个新文艺类型样品。

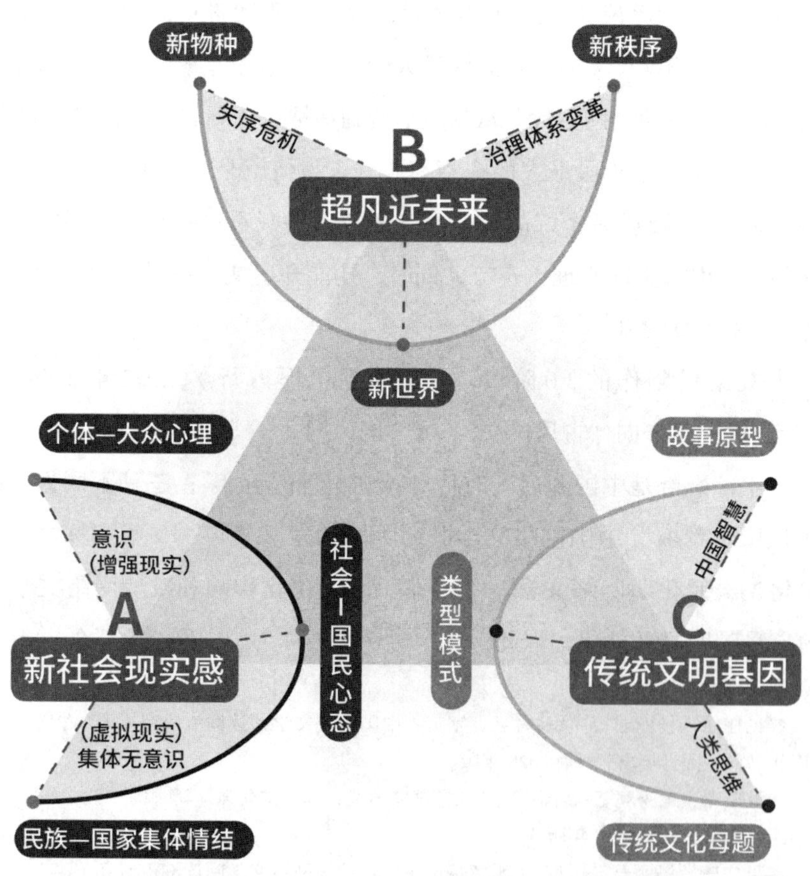

网络文学讲故事写爽文，遇到了“讲故事也需要思想”“写爽文也要从术到道”的天花板和发展瓶颈。

这不是简简单单对“快乐文学（快感娱乐文学）观”的否定或肯定，也不仅仅是备受抵制的传统“文以载道”的满血复活，或是网文“夹带私货”（指作者在作品中夹带个人知识、见解甚至是极其私人化的“三观”——世界观、人生观和价值观）的借机势大。

在讲一个“好故事”、把这个好故事讲得“更好看”之后，如何把“一个好故事讲得更美好”——让写的人、让读的人甚至让整个社会、整个世界变得更美好——成为网络文学迫在眉睫的社会重大现实攻关问题、硬核时代课题、未来发展趋势命题。

特别是2017～2020年间，这种需求暗流、特征和发展趋势更为明显。“三驾马车”，升级和演变为“三大现象运动”：网文改造运动、超级IP时代“去母体化·附体化”运动、次元圈层和社群重组运动。与此同时，从网络文学到影视剧集、漫游文娱甚至新文创集群，都发生了四亿中国青年特别是网络青年制订标准（我们称之为“青标”）的“定标运动”。

整个形态、业态和生态系统三大现象级运动和中国青年定标运动双向夹逼合力，中国网络文学自身界域之内，开启了自发、自主、自动的“自我调整、进化和迭代机制”。由此，酝酿并勃发了一股极其显著的创生（创作与生产）潮流、现象和趋势：接续千年文脉，开创“新主流网文”。[①]

《雪中悍刀行》和《剑来》，均可视为这股潮流的风向标作品。以这两部作品为标志，烽火戏诸侯的创作与生产，甚至整个中国网络文学的发展，都不是进入一个“转型升级”期，而是迈入“转场升维”阶段，因此需要“创生新范式”和“发展新范式”。

从“故事革命”到“思想变革”，假若说：从《极品公子》开始，烽火戏诸侯即在探索“讲故事”；从《陈二狗的妖孽人生》到《老子是癞蛤蟆》，重心是在讲“好”故事——把一个好故事讲得更好看；那么，我们认为：从《雪中

① 参见庄庸、王秀庭著：《国家网络文学战略研究：从“现实题材”到“书写新史诗”》，华语网络文学智库丛书，中国青年出版社，2020年版。

悍刀行》到《剑来》，烽火戏诸侯是在探索和实践“把一个好故事讲美好”的道路——他在架构世界，并传达他的看法，试图通过他的看法影响和塑造世界。

这就是我们解读、诠释和建构的“世界观”三层金字塔结构：一是世界“观”设定集——这是什么世界；二是世界“观”是什么——从价值观、人生观、世界观等三大“总开关”，到这个世界的秩序与规则、规矩与规定、体系与规律是什么（比如，世界发展的规律和人类社会发展的规律）；三就是“观”世界——我们如何看待这个世界，并通过“观”此世界，反诸自身，观看我们所存在的这个世界、人事物以及我们自身。

烽火戏诸侯在《剑来》之中，确实通过这金三角（金字塔）原型——“双创”（创造性转化和创新性发展）中华文明基因，重塑新社会现实感，建模（沙盘推演）超凡近未来新秩序（失序危机与新秩序重建）——解构、重构和建构一个东方仙侠（幻想）世界（内蕴“思想治理天下世界”），让我们可以“观”天下“看”世界，观看我们当下正在亲历、见证甚至一起开创的“新主流”世界！

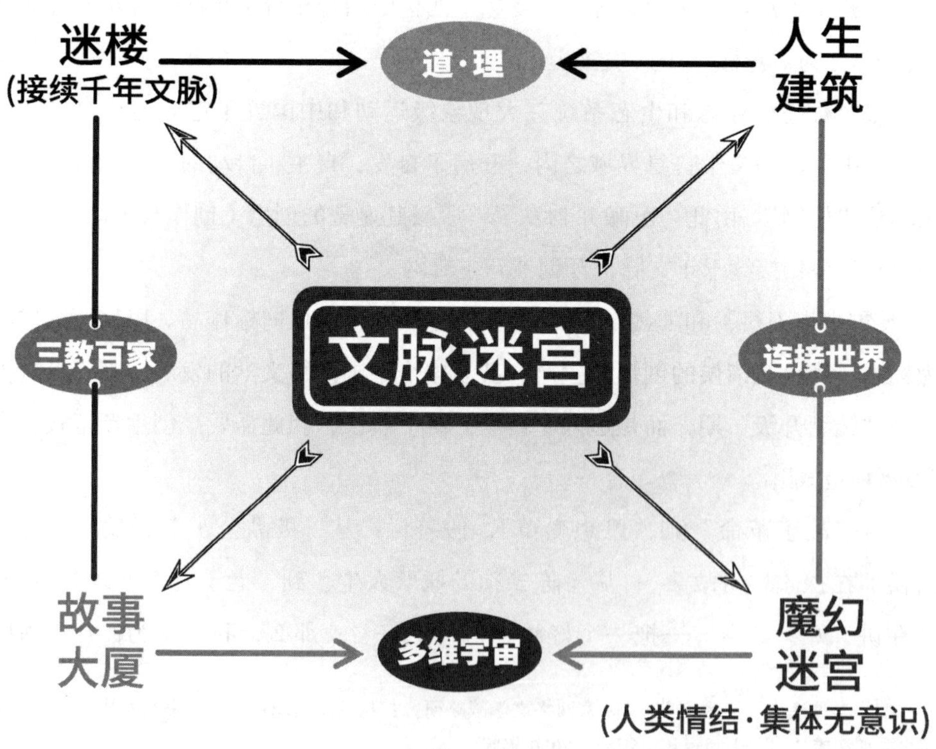

第二节　金字塔·解读、诠释、建构
——从“双创”中华文明基因到“建模”超凡近未来新秩序

从此开始“解读”烽火戏诸侯《剑来》的故事文本时，我们遇到的第一问题就是：我们以何种视角“看”世界。这其实可以细分为三个关系链问题：什么视角、如何观看、何样世界。

《剑来》非常奇妙的地方就在这里：它让我们以陋巷少年陈平安的视角，看到一个光怪陆离的“东方仙侠（幻想）世界”——原型为中华文明发展史上最古老的“遗落秘境”，却又是让我们“朝向过去奔向未来”、建构“思想治理天下”的超凡世界。

它让我们粘在陈平安的视角之上，似乎只能看到与他等高的视野；别说那高山、苍穹以及苍穹之外的山上修行宗门和大道神仙，就连四姓十族等俗世王朝之中三六九等的权贵等级，也是就算他以四十五度角仰望也都不一定能见着的存在。但是，当它从等高于陈平安的视线拉伸时，就让我们在仰视、平视、俯视——这些视角或是来自齐静春，或是来自杨老头，或是来自阮邛、阮秀、宁姚等其他任何人——之中自由切换，从而获得了高于陈平安、外于陈平安又牢牢系于陈平安的多重视角，特别是扎根于陈平安自身内在叙述的“内视角”——包括那些其实是剧中旁观者或者作者自身对陈平安做出的解释和说明。

从一开篇，《剑来》就让我们从陈平安的视角切入，与他“等高”，既向内视，又向外观——目力所及，不过就是陋巷破屋、隔壁少年与侍女，以及不肯收他为徒弟的姚老头；然后，就是半路截和截走了龙王篓与金色鲤鱼的大隋皇子……

这就像拔出萝卜带出泥，或者陈平安就像是一根顽强生长的狗尾稗草，被烽火戏诸侯不停地扯啊扯，扯出一堆依附在这草绳上的蚂蚱、蝗虫、青蛙王子、癞蛤蟆和天鹅等。

换句话说，烽火戏诸侯借陈平安的手撕开了序幕——那一根幕布的绳子就握在陈平安的手里——生旦净末丑，神仙老虎狗，就沿着陈平安握着的这根绳子，一个个粉墨登场，你方唱罢我登台。

这是我们在第一眼接触《剑来》故事时，目力所能及的基本层面。

就像屏幕之帷拉开，故事文本提供了一个舞台，并以主角陈平安及其所在的泥瓶巷为中心，向周围延伸拓展出一个世界。这个世界是平的。我们看不到其背后的圆球、球体或者其他提供阴影面积的位面。

生旦净末丑，神仙老虎狗，一一粉墨登场。每个人都有自己的喜怒哀乐，每个人都有自己变幻万千的脸谱。我们就顺着陈平安的视线，牵出这一个个形象和特质迥异的人物和角色。

又顺着这些被牵扯出来、粉墨登场的人物和角色的视线，看到了更多的人物和事件，如：邻居少年宋集薪和侍女丫鬟稚圭（王朱）、算卦卜签的年轻道士（道祖亲传掌教三弟子陆沉）、打铁少年刘羡阳、说书老人（书简湖真君刘志茂）和教书儒生（儒家圣人齐静春）……他们就像一串珍珠链上圆润而璀璨的珠子。没有被扯出来时，谁都不知道字里行间还藏有珍宝；但一旦被扯出来，即使只是寥寥数笔，也已经头角峥嵘，就等着“笔落惊风雨，墨落化龙去”。烽火戏诸侯笔下的春秋人物，都有这种“墨落化龙去”的惊艳之感。

接着，烽火戏诸侯导引我们拾级而上，“更上第二层楼”——读书犹如爬山，是因为文本就像是阶梯，故事本身就在建筑高山、高原和高峰。这就是书山。《剑来》书山第二层，其实就是“人道”——欲悟天道，先修人道。无论是人本身，还是那些先需化人形而立的妖魔精怪。无论是《许仙传》中的白娘子，还是《聊斋》中的狐狸精，皆是如此。这大概是中国文化传统里最有特色的一个观念了——也就是我们解读、诠释和建构的传统文化母题、类型模式和故事原型。

就像《西游记》里从石头缝里蹦出来的孙悟空，从花果山漂洋过海，到了南瞻部洲，修仙访道，第一件事，便是：“学人礼，学人话。朝餐夜宿，一心里访问佛仙神圣之道。”这就是：“欲修仙道，先修人道。人道不修,仙道远矣。”要想成仙，必须先学会做人。人都做不来，还想成仙？做梦！

为什么？《剑来》中陈平安向阮秀求教人身的窍穴名称、方位和用处时，她就解释说人身比妖身更适合修行（《剑来》第一卷第七十四章）。

中国的神仙妖魔、精灵鬼怪、阎王判官、黑白无常等，都跟人一样，“世事洞明皆学问，人情练达即文章”。就像鲁迅评价《西游记》所说的那样：神魔皆有人情，精魅亦通世故。烽火戏诸侯在《剑来》新书感言中，极其精准地把这个概括为“人味”（《剑来》新书感言）。

《剑来》写出来的，其实就是这种“人味、人情、人性和人道”。与那种穷形尽相、精致入微、鞭辟入里地挖掘人心、人性、人际关系之幽微细腻不同，《剑来》是泼墨挥毫、写意寻韵，书写的就是那种“人味”；与“世事洞明皆学问，人情练达即文章”有所相似，它又笔利如刀，雕刻出来超凡脱俗但又颇具人间烟火味儿的“人情”；最重要的是，于人间世态百相之中，它又力图写出那种人之所以为人、此人何以成为此人而非彼人的“人道”：人是因为寻找和坚守自己的“道”和“路”，方能成为那样的人——这些道和路其实就是理念与行为的抉择，有“忠孝、家国之间的艰辛抉择，情与法之难两全，侠气与仙气的异和同，人性本善与人性本恶之争”——这就像烽火戏诸侯在上架感言之中，所说的“想把书生治国、救国、祸国的三者关系捋一捋，进而写出我心目中真正的读书人：这些读书人要提出问题，并且能够自己去真正解决问题”（《剑来》上架感言）。

这就是烽火戏诸侯对中华优秀传统文化甚至中华文明基因的“解读”。我们解读《剑来》的故事文本，其实就是在“解读”烽火戏诸侯的“解读”。

“解读”是什么？义如其字，解读就是阅读者、观看者与解释者对故事/事件/文本的发现、寻找和探索之旅——不同的阅读（观看），带来不同的解释（见解），会得出不同的结论（读出不同的东西）。如何看待、发掘与解释，特别是“解读他人的解读”，至关重要。这涉及根本范式和框架体系问题。

对于烽火戏诸侯的“解读”，我们最合理（而不一定是最正确）的“解读”姿势是什么？摆一个POSE很重要；它代表我们的姿态、立场和切入点。我们造出了网络文学造词、理论与方法论原型“解读、诠释和建构”金字塔——由近到远，由浅到深，由内到外，由不同层级到不同维度，分为如下三步/三层级/三维度：解读烽火戏诸侯的解读（如“绝地天通”历史与传说原型事件）；诠释《剑来》的诠释（如中国“道—理—宇宙人生道理论”传统思想观念）；建构烽火戏诸侯和《剑来》的建构（如对东方仙侠世界、思想治理天下世界、道·理宇宙的建构）。①

于是，我们“解读”的姿势、立场和切入点，就是指在不同的人、从不同的视角、可能做出不同的发掘、解释和结论之中，能够找到一种最能切中故事/事件/文本系统的“原型”解读方式。

犹如建筑解剖图一样——无论建筑如何千奇百怪、千形百态，如果剖面图一样，同一“原型”的故事建筑，总是会遵循同样的技术标准和建模结构。

比如，网络文学玄幻文与仙侠流，总会讲述和建构“神人不杂，仙人有分；修行修炼相通，修真修仙；打怪升级，登山飞升”的故事建筑。这大多依据于中国神话传说和传统思维观念的“绝地天通”故事原型。

《剑来》同样基于这种“故事原型”，将“绝地天通”重述与重塑为儒家礼圣以此为天地、大道和众生找到生存和发展的相对自由之“秩序说”。

在此基础上，我们解构、重构和建构了“诠释”的方式。不同的人，总是根据自身不同的知识谱系、见识谱系和智识谱系，对同一故事/事件/文本进行诠解和解释，最后会引向不同的方向和结论。

于是，在《剑来》的诠释和我们对它诠释的诠释之间，出现了某种张力与反差。这是一个很奇特的相悖又谐和之感觉。

《剑来》其实真的是想象瑰丽、流光溢彩，本应该讲究华丽、华彩甚至是奢华——唯其如此的语言和风格，方能匹配那个世界的设定和材质。

但是，从等高于陈平安，到平视于这个故事体系，都给我们一种底蕴厚重、朴实无华，甚至是踏实心安的感觉——仿佛让我们抬头仰望星空，想象仙人“金风玉露一相逢，便胜却人间无数”的浪漫，或“天下河山为棋局，仙人皆为小棋子”的残酷时，并不担心一脚会踩进阴水沟里；或者，低首俯瞰自己的内心世界，并不忧虑它真的就像针尖一样大，只能容纳睚眦一样的芥末小事，而无法吞

---

① 参见庄庸著：《烽火戏诸侯与〈剑来〉》，网络文学名家名作导读丛书，作家出版社，2020年版。

纳风云气象、星辰大海。

这就像“蝉噪林逾静，鸟鸣山更幽”，仁者乐山、智者乐水，有出尘、超凡、脱俗之意；然而，山如神女之眉黛，伴山亭上一翘檐，青鸟殷勤为探看，千山万水总关情；本是“寻隐问道”（松下问童子，言师采药去。只在此山中，云深不知处），却于“明月松间照，清泉石上流”之间，陡见“倩女幽魂”——你以为这是一场“人鬼情未了”的才子佳人九世轮回寻情记，然而却是法师、恶鬼“道高一尺，魔高一丈”斗法记。因寻情而斗法，以斗法阻情路，到底是有情人终成眷属？还是“人是人他妈生的、妖是妖他妈生的”，所以必须“各回各家、各找各妈”？人鬼殊途，天道有秩，人伦有序。神人妖鬼遵守规矩和秩序，比情感归属和身心灵皈依更为重要。

最重要的是，我们以为这是世外桃源、方外高人或是另一个平行世界发生的事情，与己无关，与生活无关，与我们求生的这个世界无关——犹如猫腻《将夜》之中，俗世蚁国和修行世界两不相通；相通的便是圣人：唯有圣人能够通行于两个不同的世界，与我们凡夫俗子何干？虽然，每一个平凡而普通的人，未必愿意承认自己就是一个“凡人”；尤其是在面对那些惊艳绝伦、超世脱俗的“天才”时，承认自己就是一个凡人，比抱怨整个世界不给我机会、“怀才不遇”，要困难得多。

然而，在这样一种世外桃源或平行世界之间，突然凭空出现一个青砖红墙、高屋翘檐、庭院深深的“中国院落”，既有庙堂之高的礼制，又有江湖之远的形制，还有民间之深的潜质——

它不仅仅是时空旋转门：左门入世、右门出世，向前超凡、退后入俗，东西隔绝不同的多重世界，南北相通凡夫俗子和神仙妖魔……

更为关键的，它本身就在世俗之中：那些超凡脱俗、出尘脱世的神仙妖魔鬼的斗天斗地斗人，以及彼此之间你死我活、不死不休的争斗，并不比中国大院里浓缩了庙堂、江湖和民间的宫斗、宅斗、内斗等各种斗，就少了一分现实和残酷；而人世间遍布在深宫、大院、宅基、街巷、路边等无处不在、无时不有、无事不生发的人之争斗，未必就不是从人性的深渊释放出的“恶魔”、从人心的天堂放逐造恶的“堕落的天使”——人和人之间，比的不是真善美的人性，而是堕落的神性和本能的兽性或魔性。

俗世蚁国和神仙妖魔两个世界并非隔绝不通，而是相连相通，甚至重叠在一起：那个超凡世界，就在俗世之中。神仙亦有神仙的劣根性，凡人亦有凡人的通明处。两个世界从本质上来说，都是基于“人心鬼蜮、人性深渊和人际关系黑暗森林”而建构起来的多维世界：魔性（妖性）、人性和神性不过是三重奏的不同维度而已；“人争一口气，佛争一支香”，不过是在不同场景、不同界域，争取同样“一生二，二生三，三生万物”、同宗同源却幻相变态的资源：人争权夺利、争名逐色；仙魔争香火、争气运、争天命……争来争去，万剑归宗，殊途同归，争的还都是人眼皮底下的那些东西。

“世外逃（逃）源”，这真的是一音双义！山上神仙和域外妖魔，和青砖红瓦“俗世蚁国”的凡夫俗子与权贵富人，不管如何像牛筋一样盘根错节，说到底，所纠缠、纠结于其中的，仍然是“人”眼皮浅底下的那些事儿，和所谓“心向远方”的那些宏大抱负、梦想、希望或者奢望。

陈平安“真名法则”之中所谓“平安”两个字，不仅仅是将“远在天边”的域外世界，拉入“近在眼前”的眼底俗世，就像麻雀一样，可“玩弄于股掌之间”，解剖其五脏六腑；还可以真正打通两个相互隔绝、各不相通的世界，让人看到神也有人的喜怒哀乐之情绪、争气夺运之恶性，人亦“生而为蚁美如神”，具备神性、神明、神通；而妖魔鬼怪其实就像这个星际上多样性的神奇生物，亦有自己合理、合情、合法的生存与发展诉求——并不因为所谓的“人为万物之灵长”“神乃创世纪的造物主”或者“所谓的天地有秩、大道有序、苍生有矩”，就应该绝天灭地、去族灭种，给所谓人、所谓神、所谓那些游戏规则和世界秩序的制订者（造物主与造神者），腾笼换鸟，腾出自己生存和发展的空间。

凭什么？谁也无权剥夺他“人”它“种”生存和发展的权利！谁也没资格来裁判、审判甚至裁决他人有没有资格生存于世——无关乎强大与弱小，无关乎正义与罪恶，也无关乎善恶优良：这就像谁也无权审判那些弱势群体有没有生存和发展的权利，肆意剥夺他们的身份、空间和位置。因此，我们需要寻找公平、正义和公道的准绳与规矩。

在既有的“三识谱系”不足以诠释当下的故事/事件/文本时，我们需要重构新知识谱系、重建新见识谱系、重塑新智识谱系，亦即解构、重构和建构我们的“新范式”：创生新范式、研究（研发）新范式、思想新范式、发展新范式。

烽火戏诸侯和《剑来》确实有着“建构新范式”的宏大企图。

从“人神妖魔鬼皆有人情人味”到“东方仙侠（幻想）世界”，整个《剑来》世界观设定集和故事谋篇布局，都可以视为一部“讲故事的极简中华文明发展史”，特别是“中华文明起源史”；而且，它是在钩沉、考古和重建那些中华文明起源与发展史“里程碑”上断裂成鸿沟、遗落于秘境、被人刻意抹掉和篡改的关键细节、根本脉络和桥接事件。

但如果我们对这种“建构”进行解构、重构和建构，从剑来理来、拳至道成“道 · 理宇宙”到“儒家思想治理天下史”……就又会看到:《剑来》不是真的“原版”复制、论证考古中华文明的起源与发展。

它更准确的定位，就像是《魔兽世界》等大型游戏的世界观设定集一样：从“这个世界是如何运作的”，到“这个世界有些什么”，再到“这个世界曾经、正在和即将发生什么”……它架构设计出一整套的世界文明、制度和规则。

这包括但不限于：宇宙天地万物“生成”和“演化”哲学；神明鬼怪神奇生物和新物种诞生机制；科技人文宗教社会经济发展体系；地理变迁、人口周期运动和整个生态系统……

这是并不存在的虚拟世界。但它的世界体系设定是如此严谨、系统和庞大。整个文明的起源、发展和演变，宛若真实世界曾经发生的一样。

《剑来》可以说是一部讲故事玩游戏的“异界版”极简中华文明起源与发展史——它所解构、重构和建构的“剑来文明世界”，和我们根源与流变于其中的“中华文明世界”，就像“中”字对称的孪生双世界。“中国”之“中”，本身就代表着一种讲究对称的审美和思维观念。

《剑来》是中华文明在异度空间的影世界或逆宇宙；很多事件与人物，甚至所面临的社会重大现实攻关问题、硬核时代课题和超凡近未来发展趋势命题，都可在我们这个中华文明的“现实界”之中，找到线头和原型；中华文明“就像太阳一样”照耀不到的庞大阴影面积，却在《剑来》暗世界浮现、滋生和蔓延。就像诸神、精魅、冥鬼等心境显化的形象群体，全都从我们的现实世界消失和隐匿，成为“剑来”那个逆宇宙和影世界的实体存在。

正是这种“现实界”和“逆宇宙”的“异”界“中”对称，让《剑来》中的文明世界和中华文明史形成了一种奇妙的映照与隐喻、扭曲与张力的关系。

与其说《剑来》试图以讲故事写游戏的方式，重写“极简中华文明起源史（发展史）”，不如说它是以“中华文明起源史（发展史）”为蓝本，再造一种“异界版”的东方文明体系，思考那些“朝向过去奔向未来”，导向失序危机与新秩序重建、治理体系变革与思想治理实验的重大问题。

这使得“再造”其实比“重写”有着更为宏大的抱负与企图——网络文学真正的“双创观”，对中华优秀传统文化甚至整个中华文明基因进行创造性转化和创新性发展的探索和实践，是为了应对与求解社会重大现实攻关问题（重塑“新社会现实感”）、硬核时代课题和未来发展趋势命题（建模“超凡近未来”失序危机与新秩序重建）。

在这种“新主流网文”金字塔原型驱动的潮流、特征和趋势之中，烽火戏诸侯与《剑来》，可以说是一个试点、试验、试错的风向标版本。

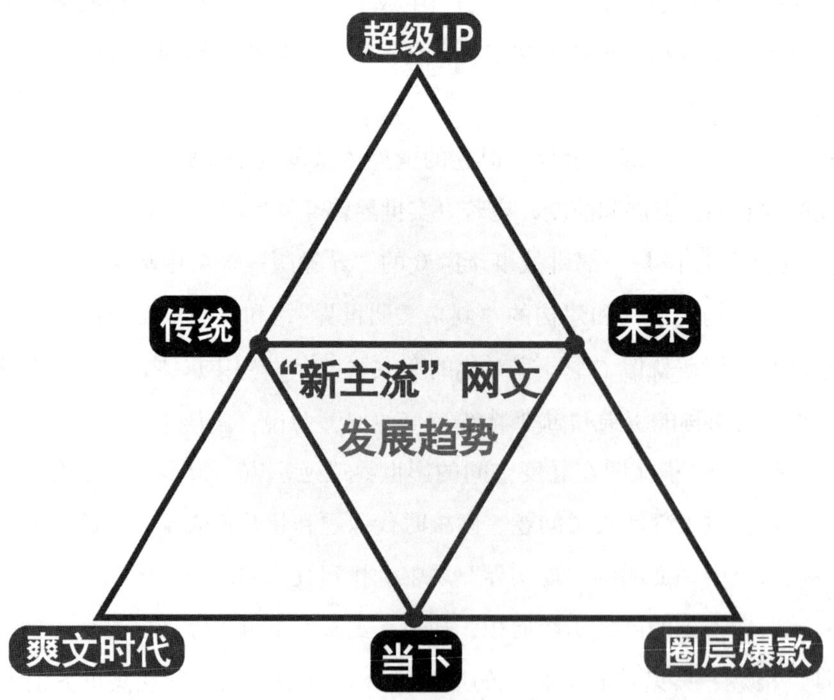

第三节　新主流·后金庸时代

——从“超凡新武·侠文运史”到近未来“治理思想实验田”

从“道·理宇宙”到“思想治理”的新范式建构，“超凡新武·侠”理所当然成为好杠杆：剑来理来，拳至道成；思治循理，方能行侠仗义。

在最中国的“道理合一”宇宙人生论思维模式和最网络的“思想治理天下”建构/建设秩序论之中，烽火戏诸侯《剑来》对“新武侠”的解构、重构和建构，不仅仅浓缩了从武到侠、从武侠到新武侠、从新武侠到新仙侠的传统类型文网络演变史，亦映照了从新武侠到新仙侠等类型融合发展出“新武·仙侠”，甚至转场、升维、跨界迈入“低武—中武—高武”“江湖侠（豪）客—山上仙侠—星际游侠”的科玄合流新类型文潮流轨道。这是一种“超凡力量（神秘）体系、超凡世界设定集、超凡武·侠观”三位一体的超凡新武·侠金字塔。[①]

我们一直说网络文学开创出了真正的“后金庸时代的新武侠”变异潮流：从猫腻《庆余年》《间客》《将夜》《择天记》《大道朝天》，到烽火戏诸侯《陈二狗的妖孽人生》《雪中悍刀行》《剑来》……武侠之魂，类型之态——这其实是一种科玄合流、都市古风杂糅等类型融合建构、创新与变革的形态、业态和生态潮流。

我们梳理“大陆新武侠试图革掉金庸新武侠的命，未尽之功却被网络文学大幻想类型、题材和潮流所完成”的发展脉络时，曾说：武侠小说的元素、精神和灵魂，不断被其他类型文（如玄幻、历史、科幻等）吸收，以另外一种方式复活再生，并薪火相传。

烽火戏诸侯和猫腻是我们经常拿来举例的两名网络作家“标杆”：从《雪中

① 参见庄庸、王秀庭著：《国家网络文学战略研究：从“现实题材”到“书写新史诗”》，华语网络文学智库丛书，中国青年出版社，2020 年版。

悍刀行》到《剑来》，从《间客》到《将夜》……他们一直在金庸的基石上，对“新”“武”“侠”进行着全新的定义、定性、定位和定向。

猫腻曾说过，我在《间客》里尝试做过我自己对武侠的定义：武就是拳头，侠就是道理，武侠就是用拳头讲道理……只不过，从“侠之大者，为国为民”，到“我用拳头跟整个世界讲道理”，无关其他，只源于公民之怒：或为公正，或为正义，或为小人物的生存和发展权！①②

烽火戏诸侯从《雪中悍刀行》到《剑来》，从武侠到仙侠，从新武侠到超凡新武 · 侠，将武之形态和侠之气韵，植根于中华千年文脉的气韵风流之心态土壤中，却又“朝向过去，奔向未来”，建模“从低武到中武再到高武世界”的失序危机和秩序重建问题——特别是在重新恢复“游侠”“豪客”之讲究江湖快意恩仇的传统、正统与法统时，却又直面“其只讲究破坏和革命，却无力建设”的问题，提出“侠儒道 · 理”的新建构/建设之路：无论是从老黄到阿良的弱者强者论，还是从齐静春到老秀才的规矩顺序论，抑或是从徐凤年到陈平安的剑来理来、拳至道成“讲道 · 理论”。

这是在金庸以“侠之大者，为国为民论”来解决侠客世界的社会矛盾之后，出现的一个“武道侠理”的超凡时代解决方案：“武”从快意恩仇、以武犯禁的破坏者，变成问道究理、知善去恶、行侠仗义、讲情论分，同时亦有自身核心权益诉求的代言人；“侠”从职业/副业、专业/玩家、个人/群体利益集团的“完美明星人设”，演变成在某种族群、社会甚至整个世界“失序崩溃”（乱世）之后重建新秩序与新世界（创世纪）的“建设者”——这不再仅仅是个人的理念与价值取向，亦可变成聚旗树帜、网聚他人力量的信念和信仰。

从金庸的新武侠，到烽火戏诸侯的超凡新武 · 侠，是这种演变和演化的脉络与轨迹。

金庸新武侠，重在“捍卫”，以“侠之大者，为国为民”论，为修身齐家治国平天下的家国天下，提供了强大的秩序“捍卫者”之路，解决了新武侠的“道

① 参见庄庸、王秀庭著：《网络文学评论评价体系构建：从“顶层设计”到“基层创新”》，“互联网+”新文艺丛书，福建教育出版社，2016 年版。

② 参见吴金梅、庄庸著：《华语网络文学智匠创作研究》，吉林大学出版社，2020 年版。

（理念）"和"路（手段）"一直冲突和矛盾的根本问题；从而让新武侠不仅仅是类型文，而是提升为真正讲述中国故事的华语文学潮流。

网络文学作家作品特别是烽火戏诸侯的超凡新·武侠却重在"建构"：从《雪中悍刀行》到《剑来》，为侠客在既有秩序崩溃的失序危机，以及新世界新秩序重建契机之中，如何寻找和确立自己是"建设者"而不是"破坏者"、是"建构者"而不仅仅是"捍卫者"的自我意识、身份与位置、责任与使命，提供了一种新的问道穷理、行"侠"仗"义"的新思路：开创与建设一个新世界，总是比破坏或捍卫一个旧世界和老秩序，要困难得多。

有意思的是，从金庸到烽火戏诸侯，籍贯都为江浙之地。江浙文脉接续中华千年文脉，特别是近现代以来，不但立于新白话、新文学、新文化运动的潮头浪尖，而且引领中国甚至整个华人地区的类型文化潮流（如金庸新武侠对于世界华语文学的影响力）。在当下中国网络文学海外传播和全球文化竞争的态势，席卷中国—全球网络青年的新文艺潮流、新文创符号（新文创集群）、新文化运动（新社会与世界思潮变革）的大势与趋势之中，从金庸到烽火戏诸侯，对于武侠与仙侠、新武侠和超凡新·武侠的重新定义、定性、定位、定向和定论，对于江浙文脉与中华文脉的接续与承传、变革与创新，有着特别重要的意义和价值——特别是从既有秩序的捍卫，到新秩序的建构。

阅读金庸的作品，就能阅读中国人的"国民心态"：何以坚持"大一统"？何以执守"家·国天下"？何以"武·侠"捍卫之？……金庸文学包含着中华文明区别于其他文明、中国人之所以为中国人的核心基因；金庸文学坚持并创造了"文脉国运"的典范，不但接续了千年文脉，还真正做到了"文学是时代的风向标"，重系国运。以"大一统"与"国泰民安和平论"为基石和核心，"侠之大者，为国为民"的家·国天下武侠捍卫论，对于近两百年经历"三千年未有之大变局"的中国、从站起来富起来到强起来的国民心态，以及改革开放四十年"科普"修身齐家治国平天下的中华优秀文化传统和中华文明基因，都是非常切时和有意义的。而且，金庸还直接影响了早期网络作家的孕育与发展，以及贯穿至今的"少年情结"：少年强，则江湖强和家国强——这可以说是"少年强则国强"的国民文艺大众科普书。

但当下整个世界都处于百年未有之大变局的大势，以互联网技术和量子革命为代表的新一轮科技与产业革命趋势，席卷中国和世界的“再全球化”和“网络青年”浪潮的态势……三大势叠加，正在造成既有秩序的失序危机、全球治理体系变革和新秩序重建的需求契机；四亿中国青年是“主角”，正在形成年轻世代的自我价值观，直面家·国天下的传统秩序论，走向从国家治理体系现代化和治理能力现代化到全球治理体系变革的新世界新秩序之“建构论”：在全球网络之中书写为美好生活奋斗、构建人类命运共同体的新史诗——中国本身就是一部正在形成而尚未完成的“网络”小说。①

对于这种秩序建设和建构论的社会重大现实攻关问题、硬核时代课题和未来发展趋势命题，网络文学作为“这一时代之文学”，非常鲜明地映照并及时做出应对策略，比如：灵气复苏流、超凡近未来潮、硬核网文、跨界网文、文明建设发展与升级升维流等新兴、强势崛起且引爆的网文潮流，均可以称为“新时代新主流网文发展趋势”的晴雨表与风向标之一。

在这个过程之中，烽火戏诸侯最让我们瞩目的，就是折返到中国古典小说类型模式、中华优秀传统文化母题、五千年中华文明基因之故事原型的原点和支点之上，寻找新一轮起跃点，建构“后家·国天下”或家国天下之始之源世界治理体系变革的“新世界秩序建构论”：一如《剑来》，在我们的解读、诠释与建构之中，其实就是一部思想治理实验史——从“儒家思想治理天下原型史”②，到“末法时代超凡近未来治理思想建构史”。

从《雪中悍刀行》到《剑来》，烽火戏诸侯不仅仅是在解构“武侠”的传统定论，进行从武侠到仙侠、从原侠到儒侠等的重新定义、定性和定位，而且是在重新“定向”立足传统、切中当下、展望未来的道路上，解构、重构和建构道·理、善·恶、侠·义、情·分、利·权等超凡神秘力量、超凡世界观、超凡武·侠观等体系。这已经不局限于武和侠，而是在天地、大道和众生之中，解构和重构天道、人道和存在之道——最重要的，是建设一个新的世界、规则和秩序。

---

① 参见庄庸、杨丽君主编：《中国网络文学阅读核心书目（第1季）：中国本身就是一部正在形成而尚未完成的“网络”小说》，华语网络文学智库丛书，中国青年出版社，2019年版。

② 参见庄庸著：《烽火戏诸侯与〈剑来〉》，网络文学名家名作导读丛书，作家出版社，2020年版。

这种“作品为世界立法”建设与建构之道的探索和实践，对于我们当下立足传统的家国 · 天下秩序，定向建设未来崭新的“命运共同体”世界，推动当下中国治理体系现代化和全球治理思想变革的“思想治理”实验，特别是浙江这块“治理思想”的先锋实验田，或可有所启示。

从金庸到烽火戏诸侯，从家国捍卫者到秩序建设者，从为国为民大侠论到“超凡新武 · 侠”和“道 · 理宇宙”建构论……这种文脉接续与承传、变革与创新的梳理，对于复活中华优秀传统文化的中华文明基因有意义，对于复苏江浙文脉中的“中国精神与浙江之魂”有价值。最重要的是，在中国网络文学与文运和国运、文脉和国脉同频共振、同情共理甚至同生共融的关系究察之中，这对于“新时代中国网络文学浙江发展新范式”“新时代治理体系变革浙江治理思想新范式”的研究，是一个非常好的小切口、好杠杆、大格局——“文运与国运相牵，文脉与国脉相连”与“新秩序建构论”（治理思想实验田）成为当下和未来最重要的硬核课题与实践探索。

从金庸到烽火戏诸侯，从新武侠文学到新文明建设（发展）、升级（升维）流，从爽文时代到新主流网文的发展潮流和趋势，从变局时代的失序危机到超凡近未来的新秩序重建……中国网络文学一直都在“接续中华千年文脉、重系大时代国运”。

我们一直主张“格局要大，切口要小，寻找和建构好杠杆”，应对烽火戏诸侯作家作品论与“浙江网文创生新范式”、新主流网文潮流与“文脉国运思想新范式”、新时代中国网络文学浙江发展新范式（治理思想实验田）与“网络青年”全球治理体系变革发展新范式等社会重大现实攻关问题、硬核时代课题和未来发展趋势命题，进行个案专题、重点主题和时代命题的深度课题研究。[①]

凡是过去，皆为序章。

此文书就，不过是迈出第一步而已。

烽火戏诸侯已在路上，我们与他同行。

路漫漫其修远兮，我 · 们将一起上下而求索。

---

① 参见庄庸、王秀庭著：《国家网络文学战略研究：从“现实题材”到“书写新史诗”》，华语网络文学智库丛书，中国青年出版社，2020 年版。

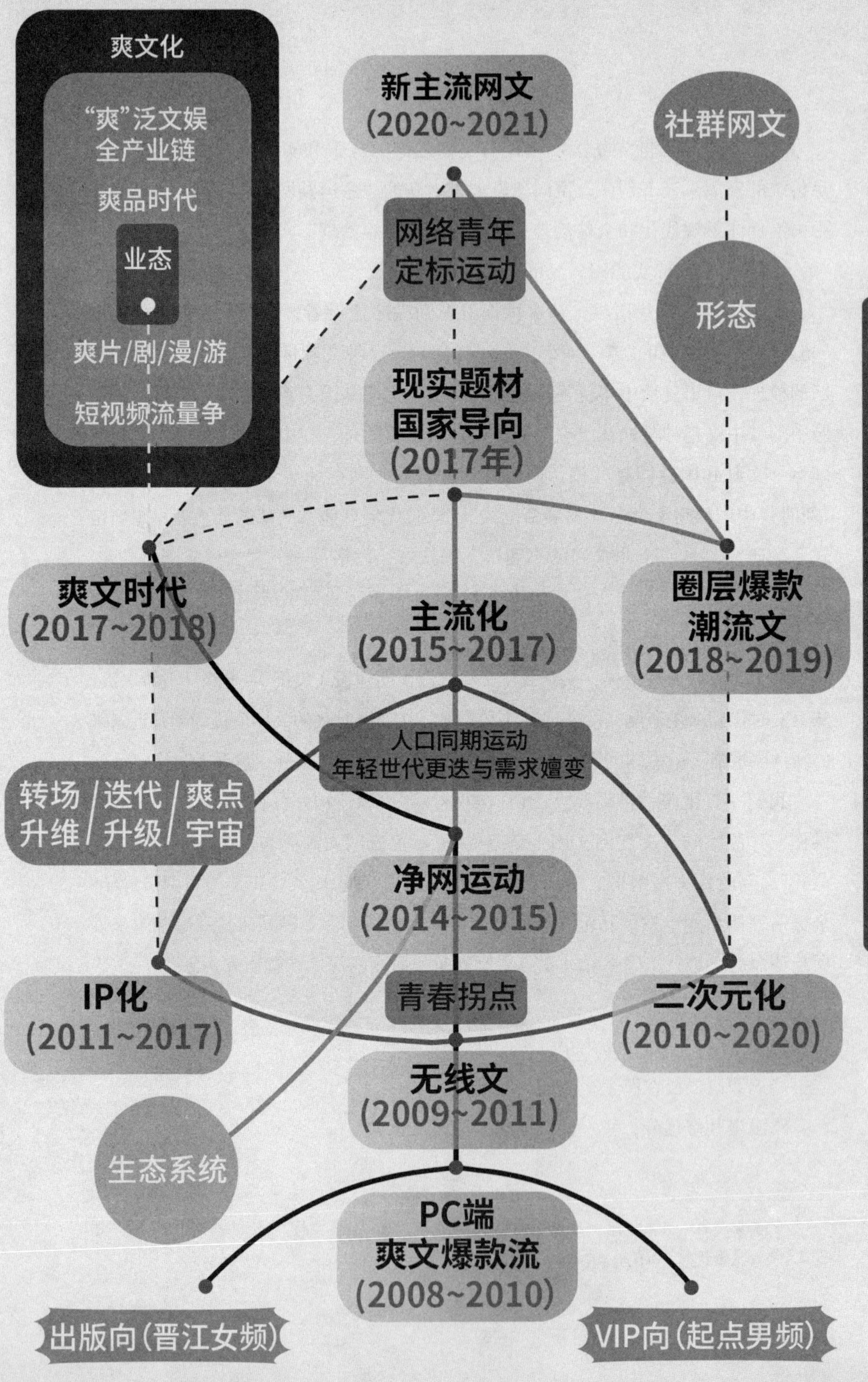
爽文化
“爽”泛文娱
全产业链
爽品时代
业态
爽片/剧/漫/游
短视频流量争
新主流网文
(2020~2021)
社群网文
网络青年
定标运动
形态
现实题材
国家导向
(2017年)
新时代『网文主流』演变极简史
爽文时代
(2017~2018)
主流化
(2015~2017)
圈层爆款
潮流文
(2018~2019)
人口同期运动
年轻世代更迭与需求嬗变
转场升维/迭代升级/爽点宇宙
净网运动
(2014~2015)
IP化
(2011~2017)
青春拐点
二次元化
(2010~2020)
无线文
(2009~2011)
生态系统
PC端
爽文爆款流
(2008~2010)
出版向(晋江女频)
VIP向(起点男频)

第一章

建模「一一壹」：

从「骊珠洞天」到「剑气长城」

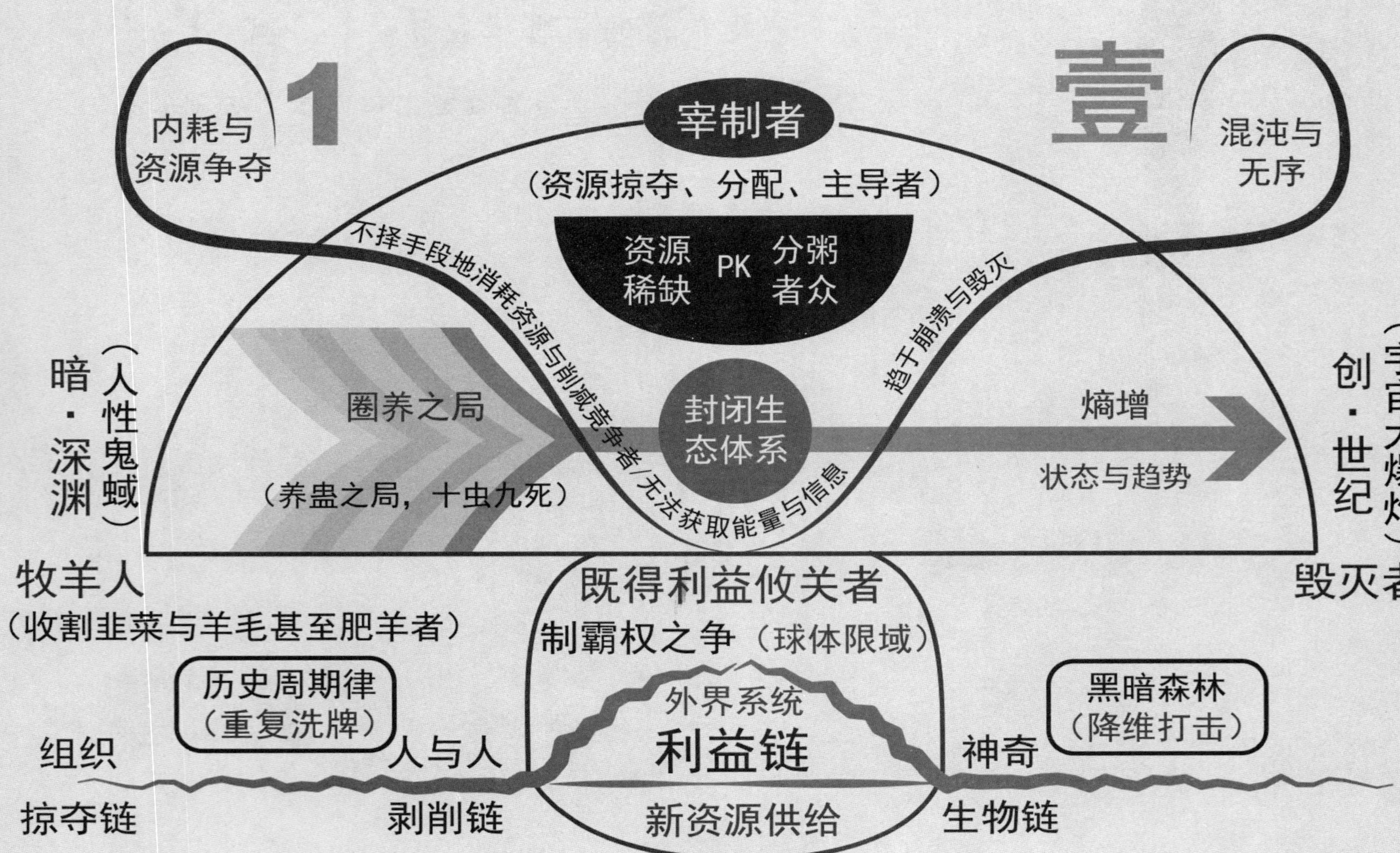

末法时代（超凡近未来）世界观设定
1
壹
内耗与
资源争夺
宰制者
（资源掠夺、分配、主导者）
混沌与
无序
资源
稀缺
PK
分粥
者众
不择手段地消耗资源与削减竞争者/无法获取能量与信息
趋于崩溃与毁灭
暗·深渊
（人性鬼蜮）
圈养之局
（养蛊之局，十虫九死）
封闭生
态体系
熵增
状态与趋势
创·世纪
（宇宙大爆炸）
牧羊人
（收割韭菜与羊毛甚至肥羊者）
既得利益攸关者
制霸权之争（球体限域）
毁灭者
历史周期律
（重复洗牌）
外界系统
利益链
黑暗森林
（降维打击）
组织
人与人
神奇
掠夺链
剥削链
新资源供给
生物链

在中国网络文学阅读潮流研究甚至整套华语网络文学智库丛书中，我们庖丁解牛每一个网络作家作品的文本时，都试图造出一个锐词——这就是“造词”；然后，通过这个造词所命名、言说和呈现（描述）的元概念、根命题、树逻辑和宝盖头思维，来抽取这个故事文本的“核心模型”即“原型”。[①]

如果按照这种思路、逻辑和结构，我们解读、诠释和建构了“1一壹”网络文学造词、理论与方法论原型，用来解读、诠释和建构《剑来》的故事迷宫（文运迷楼）结构：

“1”是阿拉伯数字“1”；

“一”是中文汉字“一”；

而“壹”既是大写又是繁体的“壹”。

“1一壹”是那三种网络文学造词、理论和方法论原型的简化与抽象、复合与融合：1—1；one To ONE；[②]一（万一）至太一（壹）。

这样，尽可能地让我们解读、诠释和建构的原型能够简洁易用，但又可以让我们在以此为模型庖丁解牛故事文本时，能够有更多的拓展和周延空间。

《剑来》整个文本的故事结构，就可以解读、诠释和建构成这种“1一壹”的原型。

放在整部《剑来》故事布局之中，骊珠洞天（龙泉槐镇）、剑气长城、藕花福地这三个特殊的地方（地图/副本/地方或界域）具有特殊性。

它们像三个支点（三足鼎立/金三角），撬动整个《剑来》的故事布局，令其如“迷宫”一样；

它们自身，从头到尾，也都像是“小迷宫（迷楼）”；

它们之间的关系，就像“H”型一样，从A1到B壹，被藕花福地这“一根”双生藤或多重多维生命藤（你可以想象它自身就像网线编织的网络一样）链接、连接和桥接（缠绕纠结）在一起——如前所述，我们把它解读、诠释和建构为网络文学的造词、理论与方法论模型：1一壹。

但如果从它们自身的重要性和特殊性来说，这三个地方或界域，却还是有区别的。骊珠洞天（龙泉槐镇）最重要，是TOP1；剑气长城第二重要，是TOP2；藕花福地第三重要，是TOP3。

---

① 参见庄庸、杨丽君等主编：《爽点宇宙：中国网络文学阅读潮流研究（第2季）》，华语网络文学智库丛书，中国青年出版社，2020年版。

② 参见庄庸、王秀庭著：《网络文学评论评价体系构建：从“顶层设计”到“基层创新”》，“互联网+”新文艺丛书，福建教育出版社，2020年版。

但如果从复杂性（亦即建构谜面与迷局甚至故事迷宫）来说：

骊珠洞天（龙泉槐镇）最复杂，像一个真正的故事迷宫，揭开一层/一维的事实、秘密和真相，又会浮出另一层/另一维甚至更多层、更多维的隐秘与悬念。

剑气长城看似最简单，却最像金毛线球，指引我们走入一个犹如在平面或二维上建筑的故事迷局。

于是，以“1一壹”为原型，《剑来》解构、重构和建构出一个“N+1”的转场、升维和跨界建筑；在这种不同场景、维度和界域之中，建构出了一个既在故事大厦之中又在故事建筑之外的不同时空的“魔幻迷宫”，同时解构与重构了中国古典文化传统与思维观念“文运与迷楼”——可以简称为“故事迷宫”和“文运迷楼”。

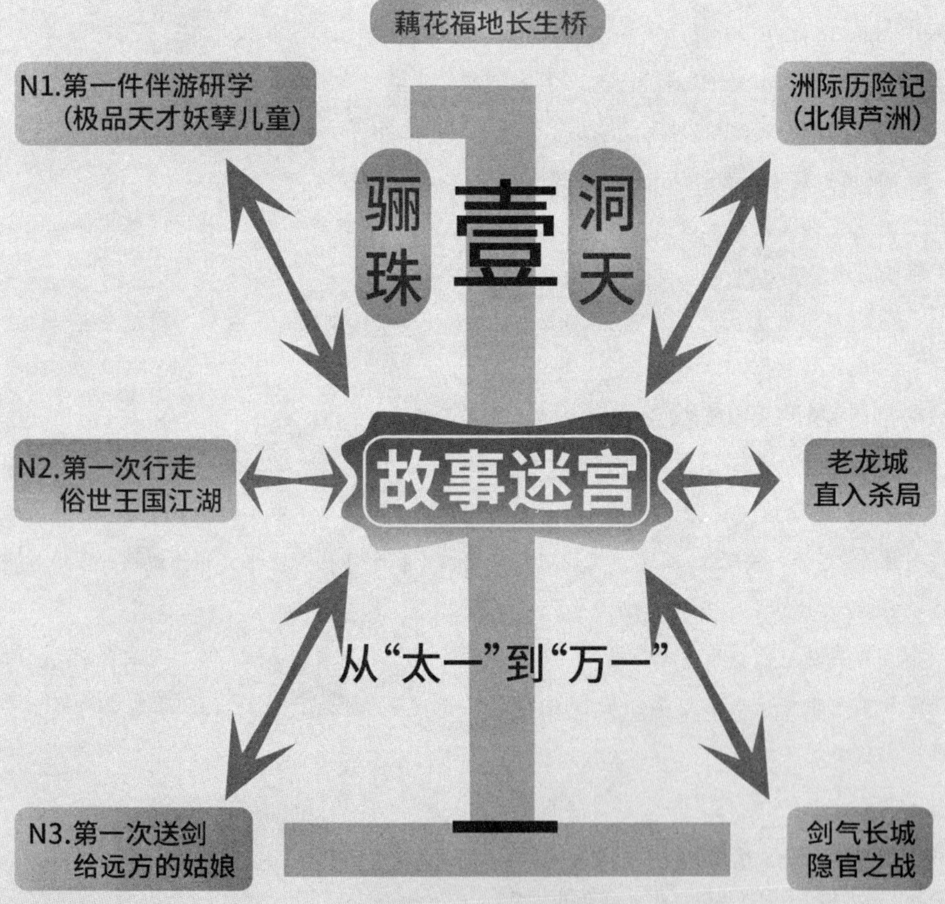

第一节 结构H型：从“1一壹”到“蜘蛛之网”

从整体来看，从第一个大事件“骊珠洞天”到现在已经更新至“妖族入侵浩然天下”的近千章内容，完全是以“1一壹”为基础和骨架，搭建了一种“H”型的故事迷宫（文运迷楼）结构。

骊珠洞天（龙泉槐镇）和剑气长城是两个“1（壹）”建筑/地方或界域。

“建筑”是从故事文本的性质来说的：故事建筑；

“地方或界域”是从时空的地图、区域、地界和领域来说的……

在《剑来》整个故事世界之中，骊珠洞天（龙泉槐镇）和剑气长城就是两个不同的地方，又代表着“剑来”故事的不同界域。

我们可以暂且标签它们为A1和B壹。

陈平安陈好人和宁姚宁姑娘分别是这两个重要地方的原住民：陈平安土生土长于骊珠洞天（龙泉槐镇），宁姚原生原住于剑气长城。

从开篇宁姚这只剑气长城的“白天鹅公主”远游至骊珠洞天，到蛮荒天下和浩然天下“终极一战”中陈平安这个骊珠洞天的“泥腿子癞蛤蟆”成了剑气长城的新隐官大人……从骊珠洞天到剑气长城，整个浩然天下甚至整部《剑来》的故事，都是在这两个人的往返互动和情感羁绊之中牵连起来的。

陈平安这只原被山上修行势力和山下俗世王朝都视为蝼蚁的小小蚂蚁，在A1和B壹两点成一线之中往返逡巡，辛苦搬“粮”送“剑”（送剑送给远方心爱的宁姑娘）；

还客串兼职做了“蜘蛛之王”，不停地吐丝织网——把这两点之间的路线编织得不但曲里拐弯（一条线路十八拐），还将多重线条交织得“山重水尽疑无路，柳暗花明又一村”；

最重要的是，这些线路还像多维时空、多重宇宙一样，每到关键节点时，不是转折、转型和升级，而是转场、升维和跨界，让我们进入不同场景、不同维度、不同界域和不同时空之中——这就把《剑来》的故事布局编织得就像“网络迷踪”。

因此，骊珠洞天（龙泉槐镇）和剑气长城这两个A1与B壹极点，其实是以陈平安和宁姚这男女主角作为故事旋转的轴心点的——当然，侧重点在陈平安这一方。毕竟，他自带主角光环嘛。

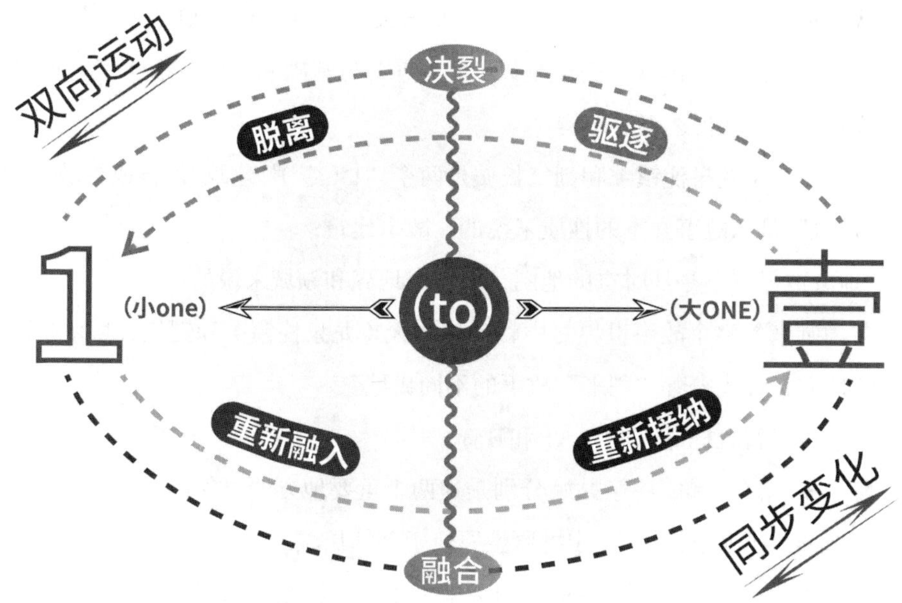

在A1与B壹之间的故事线路与脉络——甚至是多条线路与脉络、网络的编织——亦多发生在陈平安身上。

但不可否认的是，陈平安和宁姚的关系特别是情感的羁绊，才是A1和B壹两个极点“连成一线”且“串联并线”的轴心杠杆。

同时，它亦是——

中间多线路、多重副本/地图、多维度多时空的“网络迷宫”旋转的轴心；

骊珠洞天（龙泉槐镇）和剑气长城这两个极点建基出来的“多重迷楼”故事建筑的切口；

更是《剑来》整部故事构筑的故事迷宫的基点：五座天下“一气贯之”却又“迷雾重重”，其世界观设定甚至整个“剑来/理来宇宙”都是一个魔幻迷宫，甚至隐喻与映照着当下与未来又一“潘多拉星球”（生态文明星球）之战的故事迷宫。

以陈平安—宁姚这“一”对男女主角和情侣的关系与羁绊为轴，骊珠洞天（龙泉槐镇）和剑气长城这两个极点A1与B壹为路程坐标——或为终点，或为起点，或为时空中转站，或为多重宇宙与平行世界的跃点。

在A1与B壹之间，陈平安或宁姚每一次远游的路线，都是一个故事的线索，亦是迷局甚至迷宫建筑的根本脉络。

这就像游戏副本或是刷地图一样，都可以称之为“支线剧情”或者“分支剧情线”。因为，它基本上是按照“位置”来叙事的：陈平安每一次远游或历险的路线，就像是刷地图，选择不同的区域进行探险、寻宝，然后回归；或者，就像是进入不同的副本世界，打怪升级，闯关攻关，最后通关，获得宝藏/奖赏/回馈。

按照最通常的说法，这便是中小学生写作文、讲故事、开脑洞、做游戏必学必会的“移步换景”法：陈平安步法所至，便是不同的位置，遇到的便是不同的人事物，看到的便是不同的风景；同时，他自己也成了别人的风景——你在桥下看风景，我便在桥上，把你看成了风景。

只不过，陈平安按照不同的位置、不同的副本，在不同的地图上“刷分打卡”时，总会在心路历程或“寻路问路”上转折、转型和升级。

这就能与上一次甚至此前多次在其他位置、副本和地图历险的故事与体验，甚至与在骊珠洞天这个“母本/母体”中的成长经验，牵连起来。

这就增加了“移步换景”的复杂度，让每一条线路、剧情线和脉络都变得不那么单纯。甚至，每一条故事脉络最后都包含了迷中迷、局中局，成为用不同的彩丝虹线揉搓出来的设局—解谜、悬念—谜底共存的金毛线球。

再加上：每个位置、副本和地图，本身就有可能是“迷局”，嵌套于多重线索和脉络后的“金毛线球”之中；最后，就真的编织起了一个“网络迷宫”。

第二节 故事母体：
从“生命子宫”到“游戏总部基地”

从此出发，我们可以用“转场、升维、跨界”思维和“魔幻迷宫”故事原型，来庖丁解牛《剑来》。它或许还会是这种“转场、升维、跨界”思维和“魔幻迷宫”故事原型的“N+1”代表性文本。

这个“1”就是陈平安的出生地——骊珠洞天（龙泉槐镇）。

它在整部《剑来》故事之中，就像一部“无限流”或“游戏向”小说中的“主神任务发布空间”或“母体（母本）渊源和源流之地”——所有的故事线从此“起头”（这就是故事的线头）；然后，按照不同的场景、维度和界域滋生、蔓延出去；最后，殊途同归、江河回源，所有故事线的发展脉络，都要回到这个千丝万缕都源于此的线头之地。

就像从生到死，是一段生命的旅程；不管你走的是哪段旅程，遇到的是什么不同的人，看到的是何种迥异的风景，最终都是从母体走向母体：起点是母亲的子宫——个体生命的母体；终点是宇宙的子宫——万物生灵生于此也归于此的大地或地球的母体。

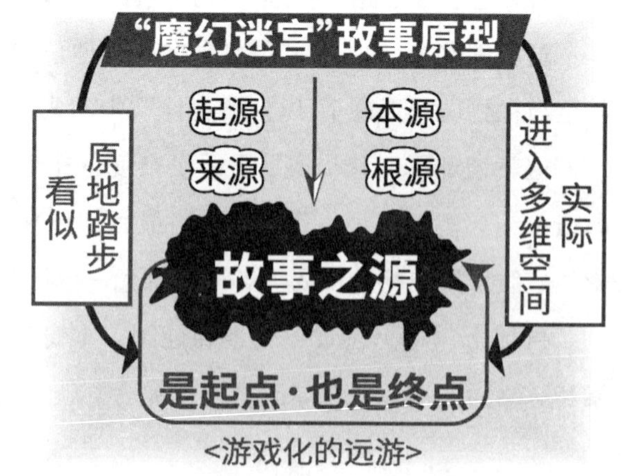

《剑来》所有故事支线的线头，都像是从“骊珠洞天”这个母体扯出来的，最终也都要回归于此源流之渊。

如果非要做一个比喻，《剑来》构建的“骊珠洞天”便是这样一个讲故事的母体：

像“蜘蛛吐丝”，都是从这

个骊珠之腹里吐出来的；而且向四面八方伸展蔓延、重重叠加，构成了一个多维时空的"互联网"。

但不管这个"故事网络"有多复杂（最终成为一个魔幻迷宫），延伸至的界域有多宽广、辽阔和遥远，它最终还是会以一种奇异的维度扭曲（就像宇宙虫洞弯曲深邃的视觉效果），回到这样一个故事蜘蛛的母体之腹——像是走了很远的路，终于回到起源、来源、本源和根源（四源）之地。

奇异的是，你又像从未走出过，一直都是在"原地"踏步，兜兜转转。但又绝对不是字面意义上的简单纯粹的"原地踏步"，而是"原地"本身就像是一个在不同时空和维度之中延伸的曲折往复的阶梯：在走过一圈又一圈，回到原来出发之地时，你看似还是在原地踏步，却可能已经一脚迈入了另外一个时空维度之中——同样处于原地的阶梯，本身就是一种多维空间。

因此，当我们每次随着陈平安从骊珠洞天走出，开辟出一个故事支线的非常冒险之旅，走完全程，重新回到这个故事蜘蛛的母体（母本）之腹，看似回到了"终点即起点"的原地时，其实已经进入了另外一种场景、另外一种维度、另外一种界域。虽然泥瓶巷还是泥瓶巷，落魄山还是落魄山，但是陈平安已经不是那个泥腿子少年，整个骊珠洞天已经不再是那骊珠洞天。

从另一个角度来理解，"骊珠洞天"作为类似于网络小说无限流"主神任务发布空间"，就更好理解了。

这就像一个"总部基地"，任何支线剧情的任务，都必须在总部基地发布、悬赏、认领，然后深入到"故事线剧情地"完成，最后还得回到总部交差、领赏，甚至刷新排行榜，看看自己又升了几级、前进了几名。

比如，陈平安第一次认领的任务，就是护送李宝瓶、李槐、林守一等几个极品妖孽天才儿童，到已经迁往大隋王朝的崖山书院——这是泥腿子少年陈平安有生以来第一次离开骊珠洞天，转场、升维和跨界，进入山下和山上世界的交界地带。当陈平安重返骊珠洞天后，整个人的眼界、心界和精气神都不一样了。

所以，陈平安每次离开骊珠洞天，都像是带着一个新任务，必须打怪升级、闯关寻宝，胜利完成任务，才能回到骊珠洞天，认领自己的奖赏。

这样"游戏化的远游"，已经成为《剑来》为书友津津乐道的剧情线特色了。

第三节 万一之谜：从“屠龙大迷局”到“千年大棋局”

骊珠洞天三千年来的气运眷顾之中，隐藏着史上最后一条真龙的屠龙之战和三教一家主导的坐地分赃、利益分割之协议与算计。特别是最后一轮“收割韭菜大丰收”之中针对文圣老秀才一脉（儒家圣人齐静春）和陈平安一家三口的阴谋与圈套、算计与棋局，已然是扑朔迷离、迷雾重重。

小镇上那三教一家的牌楼之下，建基之处，却是浩然天下九座雄镇楼之一。它想遮掩的，究竟是浩然天下人族针对妖族的布局，还是当初三教一家代表人族联合妖族起事、反抗神道，最后却因“分赃不均”而“内讧分裂”的历史？

史上最后一条真龙的屠龙之战，不过是那场人妖决战的收官之局？

如果抽丝剥茧，层层揭露真相、事实和秘密，在上述双重迷局揭开之后，又推向了更深场景、更高维度、更未知界域的远古战争与历史：

万年之前，人妖（假设人族和妖族确实曾联合起来反抗诸神）和神道之战，骊珠洞天（龙泉槐镇）金拱桥下悬挂的老剑条（剑灵）究竟扮演了什么样的角色？

它/她的第一任主人究竟是神、人还是妖？

为什么儒家圣人齐静春一直要游说剑灵认陈平安为第二个主人？

又何以在身前布局、身死道殒之后，仍然千里牵线，游说剑气长城的剑胚道种宁姚宁姑娘，多给骊珠洞天泥瓶巷的泥腿子少年陈平安一分机会——即使真的不喜欢他，也不要让他的“小师弟太伤心”？

为何这一战之后，老杨头这样的神官会成为所谓的刑徒余孽？

曾经的江湖共主（水神）李柳和火神之王阮秀必须转世重生？

而以陈清都为代表的剑修，为何同样会被罚为刑徒余孽，远赴蛮荒天下，硬生生造出一个万年“剑气长城”，世代都站在抗击妖族的第一线？……

于是，万年之后，陈平安—宁姚这一对情侣的牵线搭桥，将骊珠洞天和剑气长城这两个古战场遗址（从人妖之战到人神之战）串联起来；

剑灵认陈平安为第二个主人，又将万年之后的人妖之战，与万年之前的人神之战，又贯穿了起来。

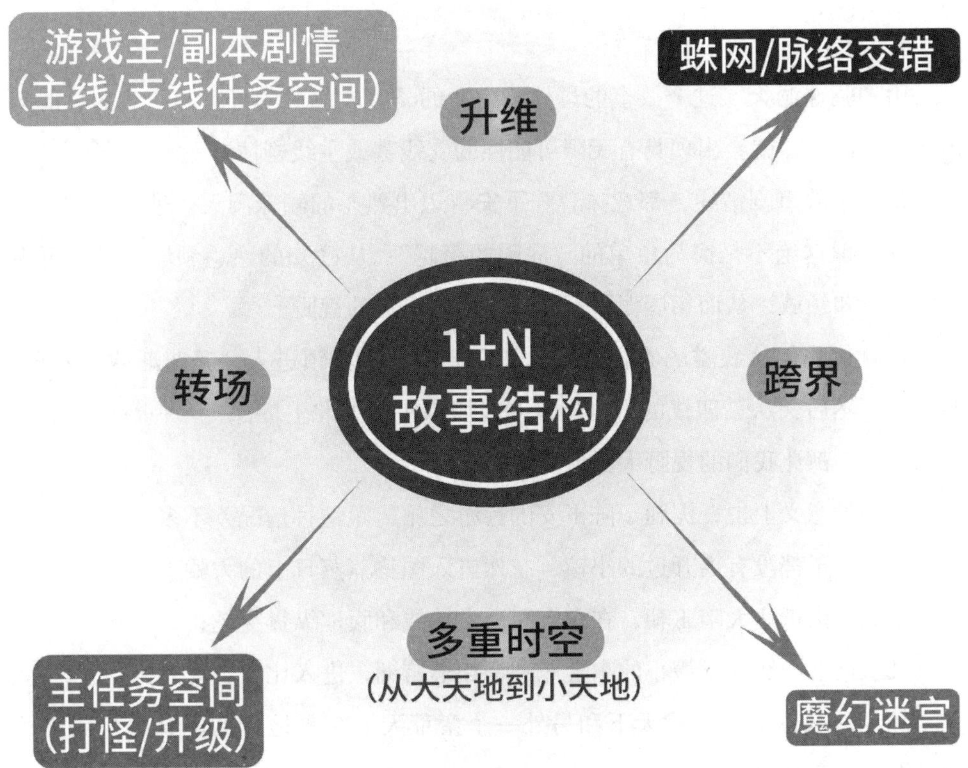

但是，从万年之前人神大战的历史起因，到万年之后人妖大战的未来结果，陈平安—宁姚将骊珠洞天与剑气长城贯通起来后，又肩负着什么样的责任？

那就是：在那“1”和“壹”之间，寻找“一”的问题吗？

从人妖之战，到人神之战，说到底，其实都是在探讨如何解决那个“一”的起源、来源、本源和根源问题：一生万物，万物归一，如何在“一”的起源、来源、本源和根源问题上，找到“万物生灵”正面临的“资源稀缺、枯竭与危机问题”？

第四节 泥腿子逆袭：从“陈二狗妖孽人生”到“陈平安逆天之旅”

由“骊珠洞天”这个故事的母体（生命的子宫、蜘蛛的母腹和游戏的总部基地）延伸出去，就会出现具有无限可能性的支线甚或主线剧情。

每一条故事剧情线，都意味着陈平安将迈出熟悉的骊珠洞天，进入非常的冒险世界。但这绝不是简简单单的“界限的跨越”：从已知的熟悉领域，进入更为广阔的未知领域，从而拓展泥腿子陈平安原来逼仄的视野。

这就像我们从狭隘的农村进城，从四五线的小城镇进入“繁花渐欲迷人眼”的省城，然后又从三四线的省城进入一线城市（例如北上广深）……每一次的离开和进入，都让我们的视野大大地开阔。

从某种意义上说，泥腿子陈平安的远游之旅，跟这种情况差不多：

从一辈子都没有离开过的小镇，忽然进入国势蒸蒸日上的大骊王朝；

由北到南抵达大隋王朝，在东宝瓶洲中轴线和腹地纵贯穿越；

又从这个浩然天下最小的东宝瓶洲，相继跨洲，进入比它更大的桐叶洲；

甚至，抵达这片浩然天下和另外一个蛮荒天下交界地带的倒悬山与剑气长城，去看一个心爱的姑娘……

这就相当于一个从没有出过山沟沟的泥腿子，却忽然穿过整个中国，来到了北京天安门，其眼界和视野会受到巨大冲击力。

没错，烽火戏诸侯《陈二狗的妖孽人生》就是这样炼成的：

身处穷山恶水的“农村刁民”陈二狗和自己的哥哥陈富贵与野兽与村民斗争了二三十年的东北险恶生活，被仙女一样的曹蒹葭和一群富二代驴友打破了；

从此，陈二狗走出了农村、走出了大山，进入了城市、进入了浦东郊区，从“全能服务生”开始了——陈二狗的逆天人生。

从《陈二狗的妖孽人生》到《剑来》陈平安的逆天人生，其“泥腿子逆袭”的思路和套路，其实有着类似的逻辑和结构，不过是作品类型不同（一是现代都市生活类型，一是东方玄幻类型）而已：

同样是泥腿子的主角，而且同样姓“陈”——从陈浮生（陈二狗）到陈平安；

同样是数十年生活于“封闭循环”的小地方——陈二狗在长白山脉闭环封锁的大山小乡村张家寨之中，孤陋寡闻；陈平安在龙泉山气运内循环锁闭的龙泉槐镇泥瓶巷之中，孤苦生长。

同样遇上了仙女一般且高冷绝代的女主角——从曹蒹葭到宁姚，美貌与气质（“姿”本）、才华能力和见识智识（“知”本与“智”本）、家世背景（资源、资产、资金等资本禀赋），均天下无双、独一无二，符合我们所解读、诠释和建构的“投资（姿/知/智/资本）时代的肆姿（4Z）女孩”原型[①]和“女主人设绿配链”序列[②]的核心人设基因、元素和标配。

但两者的确写出了不一样的味道。

未知领域的冒险之地越繁华与广阔，就越会觉得已知的小山村越封闭与狭窄——我们很容易以先进的地方，否定落后的地方。

但是，从骊珠洞天到浩然天下和蛮荒天下，与从小山村到北京天安门，有相似亦有迥然不同之处。

陈平安走出骊珠洞天，进入大骊王朝、大隋王朝等各个东宝瓶洲大大小小的附属王国（如彩衣国和黄庭国）版图；然后，又从东宝瓶洲到桐叶洲，像刷地图一样，有条不紊地穿越浩然天下“九洲”之一二。

在这大小洲和国之间，陈平安在不停地刷着各种山上仙圣势力、山下俗世王朝的副本之时，还间或穿越这四大天下（浩然天下、青冥天下、莲花天下、蛮荒天下）的交界地带，特别是浩然天下和蛮荒天下之间生死交界的剑气长城。

在那遥远的地方，有一个好姑娘；她在等着一个泥瓶巷的少年，给她送一把绝世无双的好剑；因为，她每天都要走上濒临死亡的战场……

---

① 参见庄庸、王秀庭著：《国家网络文学战略研究：从“现实题材”到“书写新史诗”》，华语网络文学智库丛书，中国青年出版社，2020 年版。

② 参见庄庸、杨丽君等主编：《爽感爆款系统：中国网络文学阅读潮流研究（第 3 季）》，华语网络文学智库丛书，中国青年出版社，2020 年版。

第五节 关系杠杆：
当“泥腿子癞蛤蟆”遇上“白天鹅公主”

《剑来》开篇，当“陋巷少年”陈平安遇上“天才少女”宁姚，就成功地串起了“骊珠洞天”和“剑气长城”的H型结构——他们之间的关系，成为撬动宏大故事布局的好杠杆。

这种“关系杠杆”，可以从三个层面进行解读、诠释和建构。

第一个层面，“气运福饵”（练气漏筛）陋巷少年PK“剑胚道种”天才少女，从修行资质、家世背景、心性意志和气运资源，形成“不对称的杠杆”，撬动起未来从浩然天下到第五座天下的“先行得道”之争。

第二个层面，泥腿子少年陈平安和剑胚仙子宁姚姑娘一见倾心、再见倾城、三见倾天下的爱慕与思恋、情感羁绊和“姻缘线算计迷局”——如儒家圣人齐静春PK道祖亲传掌教三弟子陆沉、神道月老红线OR阴阳家谈天邹——不但引出了陈平安与宁姚之间是“真爱”还是“姻缘算计”的疑问，还扯出了贺小凉和李宝瓶的“阴谋迷局”。

在这以“姻缘线”为主干的情感之藤上，还生长着些有所纠缠却无拖泥带水的缘分（有缘无分）姑娘，如兵家圣人阮邛之女阮秀和郦彩关门弟子隋景澄。这就是陈平安主干发达但金枝玉叶自行开散的情感树。

若说陈平安和宁姚从情窦初开、青涩动人，到生死相许、荡气回肠，演绎了一生一世一双人的美好情愿。那阮秀和隋景澄，似乎就代表了陈平安从少年郎到青衫客的成长和成熟之路中，那些你有缘邂逅、却无分并肩的风景。

第三个层面是牵扯出了从“人妖之战”到“神道之战”的大阴谋、大圈套、大迷局和大格局：剑气长城是浩然天下和蛮荒天下两座天下的交界地带，是人妖之战的前沿阵地。

于是，从未出过远门的泥瓶巷少年陈平安，遇见来自剑气长城的战妖少女宁姚时，就把浩然天下和蛮荒天下绵亘万年的人妖之战贯联了起来；

更别说，后来陈平安千里送剑给远方心爱的宁姑娘，就是送到剑气长城，并立下十年之约，并且在第二次到剑气长城履约、求亲下聘时，以酒铺二掌柜的身份，亲历有可能改变两座天下格局的“史上最关键一战”——蛮荒天下举全妖之力，攻打剑气长城，不但力图将剑气长城变为真正的蛮荒天下属地，还有可能将浩然天下最毗邻蛮荒天下的三大洲（西南扶摇洲、南婆娑洲、东南桐叶洲）变为妖族版图……

从蛮荒天下和浩然天下的人妖两座天下之争（大格局），到大骊王朝成为一洲共主以御妖族进攻（大迷局），骊珠洞天泥瓶巷少年陈平安和剑气长城剑胚道种少女宁姚之间那看似不可能却成为可能的爱情与战争，就成为以大骊王朝龙泉槐镇少年为切入点（小切口），撬动《剑来》从人妖大战到神道大战宏大故事的好杠杆。

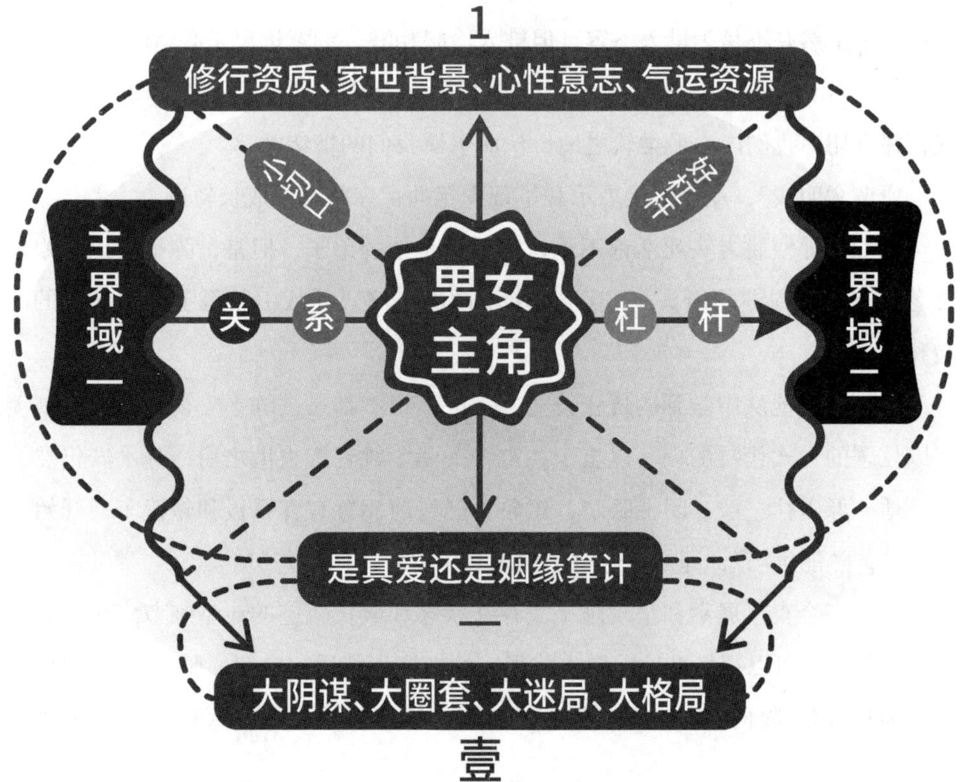

第六节 稗草少年：从“愚钝（惊艳）资质”到“超绝心性”

当黑衣少女（宁姚）被大隋皇朝宦官重伤致昏，小镇上所有有依有靠的人家都见死不救时，算命道人陆沉（道祖亲传掌教三弟子）却把这重重沾染不得的因果，施加于无依无靠的陈平安身上……在这个前所未有的“大气运”降临小镇之时，只有犹如稗草一样生存的少年陈平安，一人“孤单”地行走在自己的人生路上。

《剑来》开篇，就是以同陈平安“等高”的视角，来讲述围绕着他身边发生的事情。比如：爹娘去世；他成为孤单的一个人；吃百家饭长大；一个人过得很艰难……虽然并不是为世人不容，但被人冷眼相看、刻意远离是必然的。

这让我们看到，一个“孤独少年成长记”分成了明暗两条线，很实很接地气，并且切中我们内心最柔软之地，从而引爆我们的情绪共鸣。

所谓“明线”，就是直接展示和呈现少年的存在状态和成长轨迹。

比如：即使姚老头死活都不承认陈平安是他的弟子，但是，陈平安仍然跟着姚老头跑遍了周围的山头，“尝”遍了不同的土壤，并从中获得了许多切身的经验和体验。

就更别说他从中学到的烧瓷技艺——虽然很多都是被陈平安视为兄长的刘羡阳以炫耀的方式代授的——以至于在窑炉关闭、姚老头去世之后，陈平安仍然习惯性地“像以往一般，闭上眼睛，想象自己身前搁置有青石板和轱辘车，开始练习拉坯，熟能生巧”，即使“这辈子都未必用得着这门手艺”。

这是一个直接展示和呈现陈平安存在状态和成长轨迹的典型细节。这样的细节如夜明珠，可以很精准地映照出陈平安的性格和特质：自律、坚持、有韧性。

而这样的珠子遍地都是，在字里行间和段落篇章之中“大珠小珠落玉盘”；

并且，被一条隐约可见的线串联起来，串成了一条不见光彩流溢却圆润内敛的珍珠链，从而让我们认识了这个“不一样的少年”陈平安——

跟姚老头练习“拉坯”，跟宁姚“练拳”，得杨老头传授“炼气”……少年陈平安贯穿到底的都是“笨”办法，一步一个脚印。犹如写字一笔一画，靠的全都是韧性、坚持和苦熬。

事实上，这些人甚至所有人，连同陈平安自己，都认为他不是天才，没有天赋，就是一个笨人。所以，“同样是枯燥乏味的拉坯，刘羡阳短短半年的功力，就抵得上陈平安辛苦三年的水准。”

更别说，“天赋、根骨、性情、气运”均站在山上修行宗门之巅的宁姚，无师就能自通，天生就能修行，哪里需要像陈平安这样还需要一步步地通关窍？

因此，宁姚一秒钟就能体悟的事情，陈平安就算花上几年甚至几十年，也未

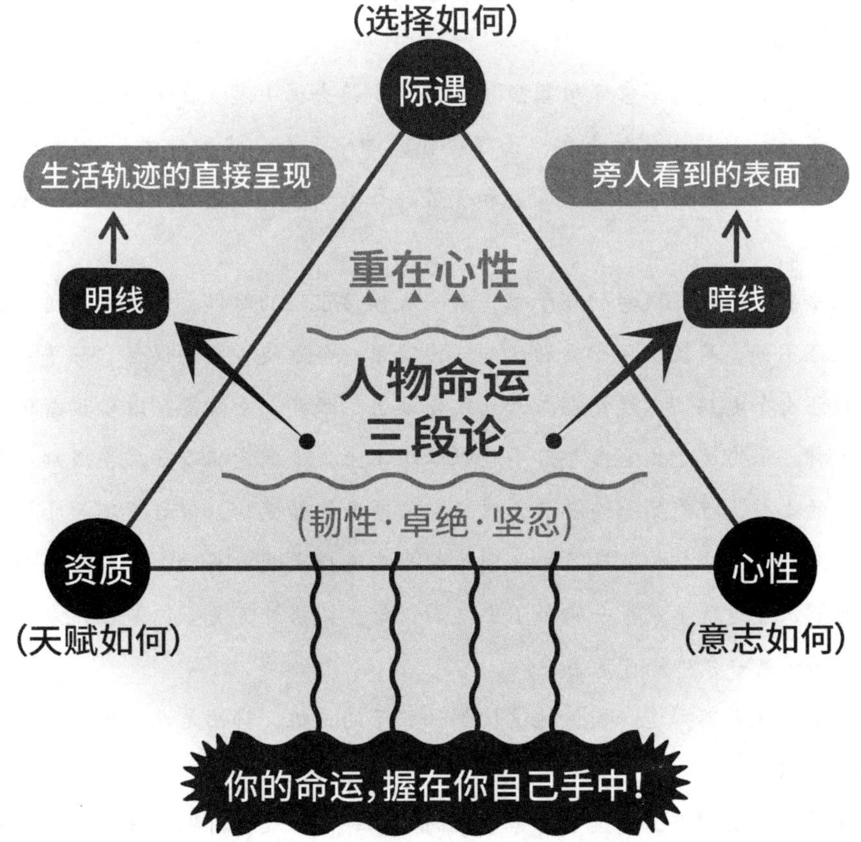

必能够摸得着门道——就像杨老头讥笑的那样——因此，别人练一百次，陈平安就要练一万次；如果一万次不够，那就十万次，甚至一百万次。

这都是明线上看得见的事情。犹如土坷垃或者鹅卵石，看着都硌眼，更别说摸着更硌人。但为何《剑来》“点石成金”，让它们都成为一个个圆润光洁的夜明珠——虽然只能在暗夜绽放璀璨，但毕竟“是个珠子就会发光”？

因为，在那条明线之下有一条更为重要的暗线，看似是辅助，事实上却是真正的主线。比如，姚老头和其他人看到的，都是陈平安手法的笨拙，却看不见他眼力的卓越——他是“手”跟不上“眼”：眼力所见，手不能至，导致陈平安落后于其他手脚并用跑得快的人；但是，陈平安领先于他人的眼力——并非半步之遥，也非咫尺天涯——却让他有着另外一种跟跑、并跑甚至领路的潜力。

《剑来》在“解释和说明”陈平安跟宁姚学拳时，把这一点说得很透彻；这其实也是在“解释和说明”陈平安这个主角为什么不是“一般”，而是“二班”。

陈平安去刘美阳家拿了箩筐鱼篓，离开小镇去往小溪。在人多的时候，陈平安当然不会练习撼山谱的走桩。出了小镇，四下无人，陈平安才开始默念口诀，回忆宁姑娘走桩之时的步伐、身姿和气势。每个细节都不愿错过，一遍一遍走出那六步。

陈平安当时在泥瓶巷的屋子里，第一次模仿宁姚的时候，那么拙劣滑稽，比起常人还不如。其实少年少女的认知，出现了一个鬼使神差的误会。陈平安一直知道自己有个毛病，从烧瓷窑工开始就发现自己眼疾，手却慢。准确说是由于少年的眼神、眼力过于出彩，导致手脚根本跟不上。这就意味着如果换成别人来模仿宁姚的走桩，可能第一遍就有三四分相似，虽粗糙蹩脚，但好歹不至于像陈平安这样只有一两分相似。这恰恰是因为陈平安看得太明白真切，对于每一个环节太过苛刻，才过犹不及。手脚跟不上之后，就显得格外可笑。但是在九分不像之下，却暗藏着一分难能可贵的神似。

这些宁姚并不知道。模仿她这位剑仙胚子的走桩，哪怕是九分形似，也比不得一分神似。

当然话要说回来，莫说只有她宁姚的一分神似，就算有七八分，宁姚也不会觉得如何惊才绝艳。

宁姚眼中所见、视线所望，只有人迹罕至的武道远方，以及并肩而立之人、屈指可数的剑道之巅。

——烽火戏诸侯《剑来》：第一卷 笼中雀 第四十二章 天才

不是“一般”而是“二班”的陈平安，在极其平庸和笨拙之下，掩盖了自己的惊艳——就像夜幕总会降临，夜明珠总会发光，陈平安看似寻常却奇崛的惊艳，终究会在合适的际遇之中绽放出来的。即使它只有微弱的光芒，而且仍然会被那些璀璨的明星甚至是月亮和小太阳所遮掩，但终究还是会被有心人注意到的。

如被称为“天命所归”的马苦玄对陈平安练拳不屑一顾，认为陈平安连做他修行大道的垫脚石的资格都没有；但他的师傅——来自真武山的兵家宗师，却一眼就看出了厉害之处：“他有句话没跟自己徒弟挑明，世间天才是分很多种的，天赋亦是。先前那个草鞋少年，看似平淡无奇的六步走桩，其实浑身走着拳意。”

否则，这样日复一日的拉坯、练拳、修行，如果没有这种“韧性”和“卓绝”，如何能够跟跑这些天赋绝伦的少年，缩短彼此之间的差距？一条道走到黑，只有两种可能：一种就是不到黄河不死心、不见棺材不落泪；另外一种就是车到山前必有路、柳暗花明又一村。毫无疑问，陈平安就是第二种。

大概正是因为如此，儒家圣人齐静春才会惊艳于陈平安在狙杀/击山上修仙人蔡金简和苻南华时超乎常人的“坚忍不拔”，认为这是替他恩师为自己上了一课：“难怪先生说世间成事者，超世之才不过其次，坚忍不拔之志，方为首要。陈平安，你替先生又给我上了一课。只可惜，我齐静春如今已经没有了收取关门弟子的机会。”

正是因为这种“坚忍不拔”的意志，才能让陈平安小到拉坯、爬山、找草药，大到练拳、修行、逆天，都能坚持下来，“把一件不可能做成的事情做成”。比如，狙杀那曾经视世间凡人为蝼蚁的修道仙子，把自居为人上人、仙上仙的不老城少主打落尘埃。这哪里是笨拙如榆木疙瘩不开窍的少年能够做到的？

第七节 情义驱动：比让自己活下来更重要的事情

但是，比起这种“把一件不可能做成的事情做成”的结果和效果（A），以及那种能够把一件事情做成的关键因素——犹如齐静春那个儒家文圣的恩师所言：比“超世之才”（天赋和才华）更为重要的，是“坚忍不拔”的意志和毅力（B）——《剑来》让陈平安呈现出来的最重要特质，却是：驱动力（C）！

到底是什么在驱动陈平安能够“坚忍不拔”地做一件难以承受却又不得不承受的事？又是什么导致他最终能把一件看似不可能做成的事情真正做成？本末倒置——A和B说到底，其实都是“末”，而“C”才是真正的“本”！

少年一手掐住苻南华脖子，一手瓷片抵住这位高冠公子哥的腹部。

苻南华很难想象，比自己矮一个头的瘦弱少年，为何五指力道如此巨大。尤其是腹部瓷片的锋利和冰冷，让老龙城少城主再次感受到死亡的逼近。一线之隔，就是阴阳之隔。

苻南华当然不会知道，一个年幼时分就需要漫山遍野去寻找草药的稚童，因为某个比自己求生更强烈的执念，所迸发出来的无穷潜力，是何等惊人。

当那个少年因误食草药而在小巷绞痛得满地打滚的时候，那种执念，甚至能够让一个原本该在乡塾蒙学的孩子，想着便是爬也得爬回家中，要将那竹篓救命草药放回家中。

之后砍柴烧炭、烧瓷拉坯、挖泥尝土等等，没有哪件事情，不需要考验少年的体力和耐力。

在小镇之外，苻南华随便施展一点仙家术法，就能够肆意碾压一百个、一千个少年，但是选择在小镇内与之生死相向，还真是好运气到了尽头，脚踢到了铁板。

——烽火戏诸侯《剑来》：第一卷 笼中雀　第二十二章 止境

在陈平安狙击苻南华时，《剑来》其实是做了“解释和说明”的：瘦弱少年陈平安能够狙击老龙城少城主苻南华，除了因为苻南华在这方小天地之中境界被压制之外，最重要的是，陈平安在日复一日地去漫山遍野寻找草药、砍柴烧炭、烧瓷拉坯、挖泥尝土等苦修之中，练就了一身“捕蛇鹰”的体力和能力。

他为什么能练就这样的体力和能力？

因为他“坚忍不拔”地坚持和坚守了下来！

但是，陈平安为什么能够坚持、坚守和坚忍不拔？

因为某个比自己求生更强烈的执念！

正是这种强大的执念，构成了陈平安坚持、坚守和坚忍不拔的动机与意图、努力和毅力！而这，才是构成陈平安能够坚忍不拔、真正把一件不可能的事情做成的根本原因和核心驱动力！

那到底是什么执念，居然可以强烈得超过陈平安自己求生的意愿，驱动他去做那些常人都难以做成的事情?!

那就是比生和死更为重要的情感、承诺和责任。

这不是抽象的概念和品质，而是实实在在的源动力！

《剑来》之中一直用镜头闪回的最重要的一件事情，就是陈平安从年幼时分就漫山遍野寻找草药，伤痕累累，忍饥挨饿，甚至濒临危险——比如那一次误食毒果毒草，满腹绞痛，几无行走之力，但他爬也要爬回家，只因为卧病在床的娘亲需要靠吃药延续生命。他把娘亲的命看得比自己还重。他把父母在阴间的好坏，看得比自己的前程、生和死都重。

因此，第一次陆道人要五文钱，为陈平安抽签烧黄纸符文，陈平安选择将五文钱全给他，但不抽签，只求陆道人能把黄符写得比平常好些，从而为父母祈福，积攒阴德。

第二次黑衣少女宁姚受伤，陆道人把她送到陈平安处求救。已知自己被山上仙人蔡金简做了手脚必死无疑的陈平安，只提了一个条件，就是：同是仙人的陆道人必须施法，让他“下辈子”还做爹娘的儿子！

少年停顿了一下，继续说道：“就像今天有个个子很高的女人，在门外这条巷子里。她用手指弹了我额头一次，手掌拍了我心口一下，最后她说我很快就要死了。我知道她说的话，是真的。”

年轻道长脸色沉重。

陈平安最后说道：“道长说你写的符纸，烧了后，能够给我爹娘带去好运。我其实是相信道长的。所以道长找上门来，说让我救人，我刚才没有说什么，但是我希望道长答应我一件事情。如果答应，接下来道长不管要我做什么，都没有问题。如果道长不答应，这趟抓了药方，再帮道长煎完了药，我就会赶人了。”

道人问道：“什么条件，你说说看。”

给人印象一直很平稳老练的少年，竟是有些忐忑，回答道：“我爹娘去世得早，当时我很小。不知为什么，小时候很多事情，我都记得；就是我爹娘的模样，总是模模糊糊，记不真切。后来吃了一段时间的百家饭，是靠着街坊邻居才活下来的。有一次我无意间听人说起，说我是五月初五那天出生的。听他们口气，应该是一个不怎么吉利的日子。隔壁有个人说得更直接坦白一些……”

少年一直在绕弯，停了停，终于直奔主题，低下头，语气沉闷：“帮道长救了人之后，如果，我是说如果——如果我有天突然死了，道长能不能帮我下辈子投胎，还投胎做我爹娘的孩子？”

——烽火戏诸侯《剑来》：第一卷 笼中雀　第十四章 五月初五

这一章以这样一句结尾：“走在泥瓶巷里的少年，好像想起了谁，一下子就泪流满面了。”这真真正正在戳人泪点。

“命硬克死父母”，是少年陈平安一直以来的心结。“五月初五，在小镇乡俗里，属于五毒并出的‘恶日’”，在这个日子出生的陈平安，是被小镇“敬而远之”的人。有点类似于《火影忍者》中的鸣人。那种克死父母的流言，或许让陈平安不堪重负，以至成了萦绕的心结。

这个心结后来是被儒家圣人齐静春解开的：陈平安的父母并不是被他克死的；他们并不是死于天灾，而是人祸；陈平安后面曲折坎坷的命运，反而是受其父母拖累——当然，齐静春的这种说法是一种经过修订的版本。

第八节　复仇与爱情：
少年，你哪一点打动了姑娘的芳心

我们用“等高于”陈平安的视角，无法看到比齐静春更高的俯视视野，所以，无法了解和接受更为准确的事实、真相和秘密。

事实上，这个版本，第一次解开了少年陈平安的心结，却也只是揭开了他父母之死的第一层面纱——少年陈平安对父母的情感以及他自身的品性和心性，也才慢慢浮出水面。

也正是从这种“最深厚”的情感开始，我们看到，“情义”驱动少年陈平安做出了很多让人不可思议的事情。比如，他最重要的两个兄弟，一个是刘羡阳，一个是顾粲。

陈平安一想到那个鼻涕虫，就想笑。

以前陈平安是刘羡阳屁股后头的跟屁虫，跟着刘羡阳抓鱼捕蛇掏鸟窝。陈平安成为少年之后，自己身后也多出一个小跟班了。

对无依无靠的草鞋少年来说，一个是他的哥哥，一个是他的弟弟。

一个需要他报恩，一个需要他还债。

所以这么多年下来，陈平安活得很艰辛，但是不苦。

——烽火戏诸侯《剑来》：第一卷 笼中雀 第三十五章 甘草

待顾粲如弟弟，所以把天大的机缘——那条可以翻江倒海成蛟龙的小泥鳅——送给了顾粲。就算之后反被顾粲他娘和师父谋运夺气，陈平安也没有后悔过，即使被宁姚骂为烂好人。

待刘羡阳为哥哥，所以陈平安想方设法地要为刘羡阳消除危机。无论是“豪掷”自己仅有的金精钱，请宁姚当护卫；还是在刘羡阳被正阳山搬山猿重伤濒危之后，舍掉齐静春为自己求来的赐福槐叶，然后，一求稚圭，二找齐静春，三跟大骊王朝权势藩王宋长镜，“摆明了倾家荡产去做一笔买卖”……都是如此。

正因为陈平安重情重义，所以他才有那些超越自己求生意愿的执念，比如：让娘亲活下来，让刘羡阳活下来……不惜一切代价！

但稚圭拒绝，齐静春“君子不救”，宋长镜开出了“绑架小女孩”或“砍倒那棵老槐树”两者必一可二的条件——绑架小女孩超出了做人的底线，砍倒那棵老槐树突破了做小镇人的原则。因为老槐树是小镇四姓十族的气运福庇之树。

陈平安怎么办？

之所以明知不可为而为之，接连三次碰壁也没后悔，这是少年独有的犟劲。

不去试试看，少年怎么都会不甘心。就像少年在铁匠铺那边，最后一次，求老掌柜一定要再试试看，是一样的道理。

先找身份古怪的稚圭，是希望能给刘羡阳找回一线生机。再找齐先生，是心存侥幸，希望他能够主持公道。最后找宁姚所谓的武道宗师——督造官宋大人，是摆明了倾家荡产去做一笔买卖。

少年一开始就想得很清楚，所以这时候很失落，但也没觉得如何撕心裂肺。

其实藩王宋长镜和邻居宋集薪，根本不懂陈平安。

有些事情，死了也要做。但有些事情，是死也不能做的。

——烽火戏诸侯《剑来》：第一卷 笼中雀　第四十七章 独行

陈平安选择了自己“复仇”——如同螳臂当车，渺小如蚁的少年，居然敢谋划向山上仙祖搬山猿“复仇”！

为了兄弟两肋插刀算什么？以命相托又如何？“原本因为陆道长一席话，变得有些惜命怕死的少年，又像以往那样，一点也不怕死了。”

“只不过陈平安从头到尾，就没想着要按照他们的意愿行事”，因为，“有些事情，死了也要做。但有些事情，是死也不能做的。”

重情重义，知其不可为而为之，敢于为他人舍身赴死；

却又有所为、有所不为，有自己的原则、底线和标准；

更重要的是，连儒家圣人齐敬春都“君子不救”，而陋巷少年却“我必救之”……所有这些，才能真正让陈平安这个陋巷少年勤于、敢于、勇于并终于能真正做成一件件看似不可能的事情。

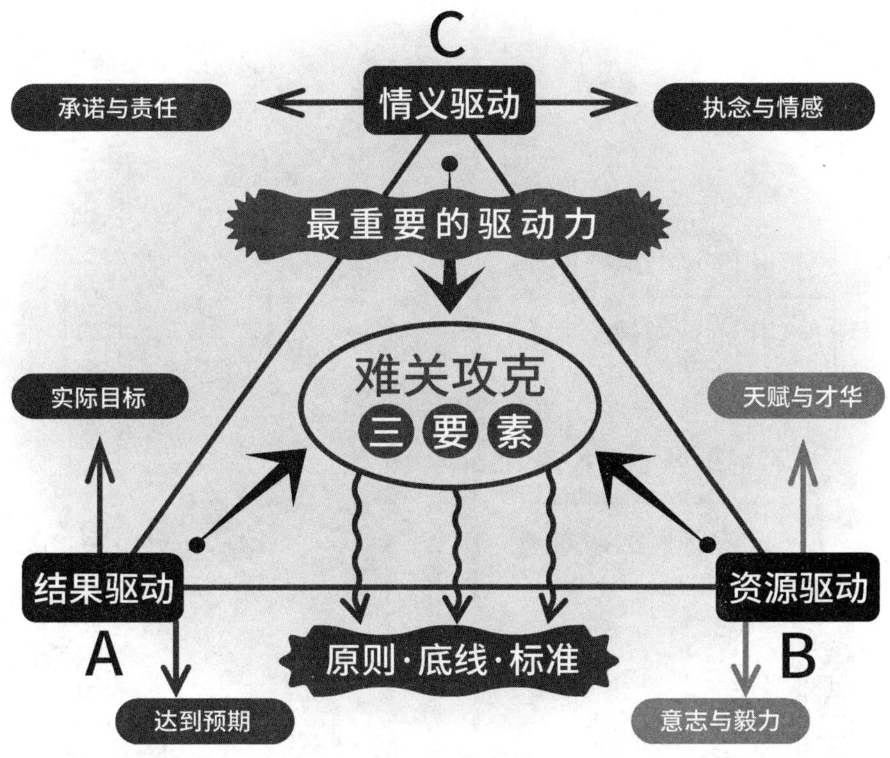

或许正是因为如此，不但儒家圣人齐静春在“托孤”之举中，居然心念一动，起了侥幸之心，认为陈平安只要一诺，即使只有十分力气，也要使出十二分气力去践行；而且，那个连神秘至极的老杨头都看不透机缘、认为天命归于马苦玄的绝世铁剑神仙姐姐，才会把平凡但不平庸的陋巷少年陈平安认作“第二个亦是最后一个主人”！

或许正是这种驱动力，让陈平安犹如稗草一样的存在和形象，内蕴着白玉簪子所喻义与承传的“君子之道”。

或许也正是这一点，触动和打动了这个天生剑胚道种、治疗于陈平安陋室破屋之中的剑气长城黑衣少女宁姚——心动总是从打动开始的，只是当时不觉得。

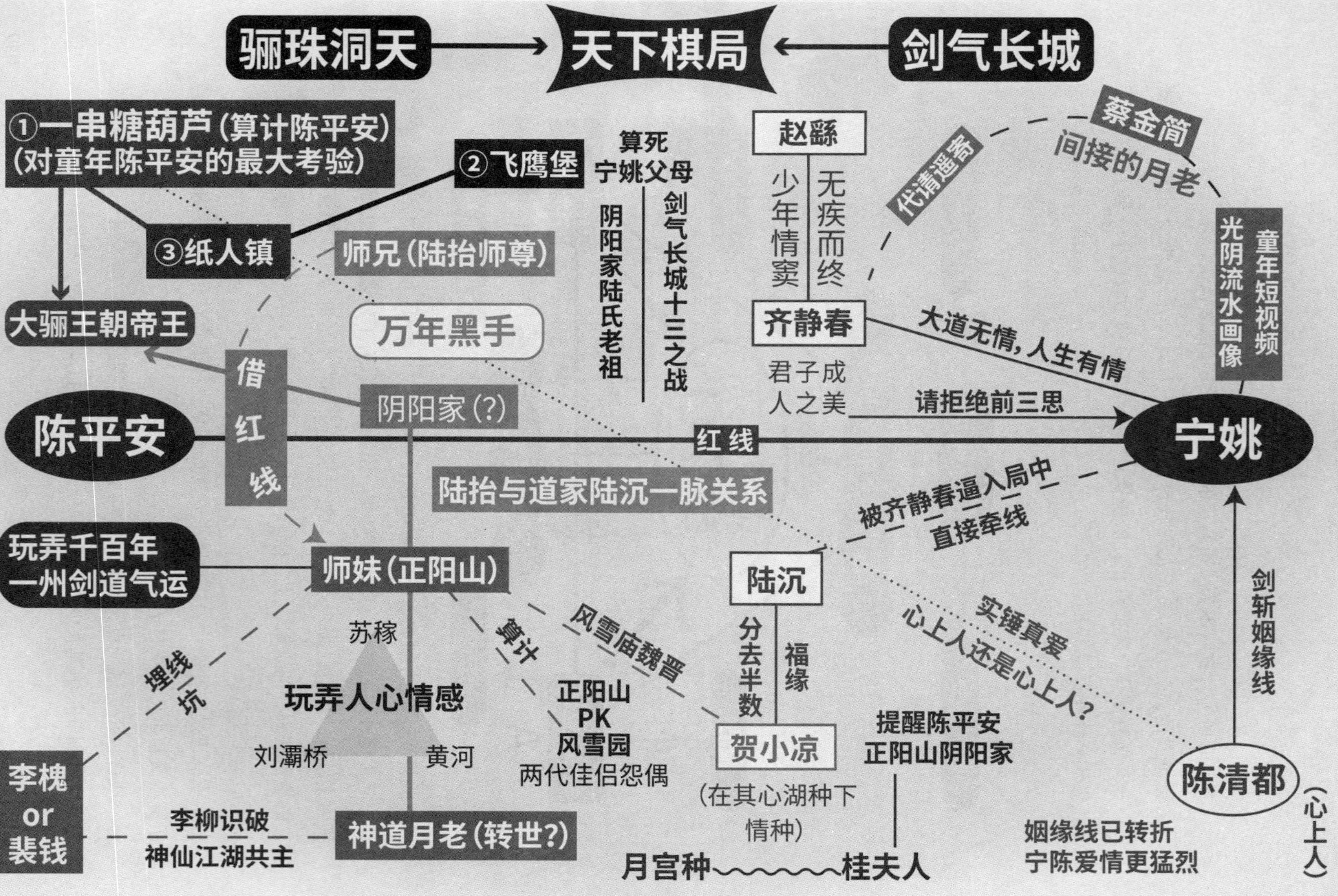

骊珠洞天
天下棋局
剑气长城
①一串糖葫芦(算计陈平安)
(对童年陈平安的最大考验)
②飞鹰堡
③纸人镇
大骊王朝帝王
算死
宁姚父母
阴阳家陆氏老祖
剑气长城十三之战
师兄(陆抬师尊)
万年黑手
阴阳家(?)
借红线
陈平安
红线
宁姚
赵繇
少年情窦
无疾而终
齐静春
代请遥寄
蔡金简
间接的月老
光阴流水画像
童年短视频
大道无情,人生有情
君子成人之美
请拒绝前三思
陆抬与道家陆沉一脉关系
被齐静春逼入局中
直接牵线
玩弄千百年
一州剑道气运
师妹(正阳山)
苏稼
玩弄人心情感
刘灞桥
黄河
埋线
坑
算计
风雪庙魏晋
正阳山
PK
风雪园
两代佳侣怨偶
陆沉
分去半数
福缘
贺小凉
(在其心湖种下情种)
实锤真爱
心上人还是心上人?
剑斩姻缘线
提醒陈平安
正阳山阴阳家
陈清都
(心上人)
李槐
or
裴钱
李柳识破
神仙江湖共主
神道月老(转世?)
月宫种
桂夫人
姻缘线已转折
宁陈爱情更猛烈

第二章

姻缘线迷局：

从『爱的最大阻力』到『幕后玩家』

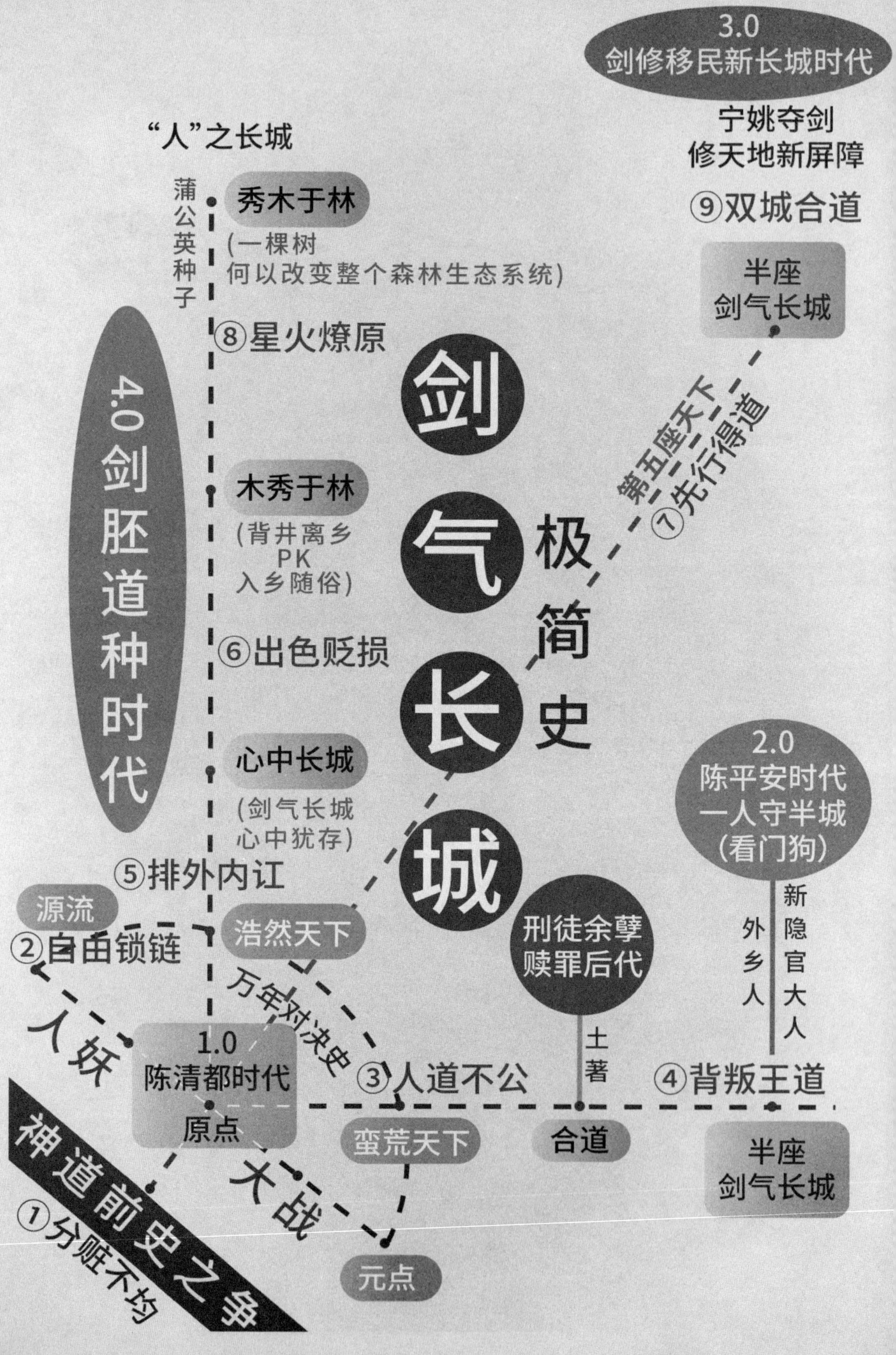

剑气长城极简史

3.0
剑修移民新长城时代

宁姚夺剑
修天地新屏障

⑨双城合道

半座
剑气长城

⑦第五座天下先行得道

“人”之长城

蒲公英种子

秀木于林
(一棵树
何以改变整个森林生态系统)

⑧星火燎原

4.0剑胚道种时代

木秀于林
(背井离乡
PK
入乡随俗)

⑥出色贬损

心中长城
(剑气长城
心中犹存)

⑤排外内讧

源流

②自由锁链

浩然天下

万年对决史

人妖

刑徒余孽
赎罪后代

2.0
陈平安时代
一人守半城
(看门狗)

外乡人

新隐官大人

土著

1.0
陈清都时代
原点

③人道不公

④背叛王道

蛮荒天下

合道

半座
剑气长城

大战

神道前史之争

①分赃不均

元点

人生若只如初见。

遇见，就爱了。

从人生初见始，陈平安就真心喜欢上了那个远方的姑娘宁姚。

但那个剑气长城天才少女宁姚是比贺小凉还要出色的剑胚道种，心修“大道”，不羁绊于“情”！

从世俗的观点来看，两个人“门不当户不对”。就算真心相爱，彼此之间亦有一道比牛郎织女之间还要深、还要宽、还要难以跨越的天堑鸿沟——癞蛤蟆想追白天鹅？这就是所谓的“爱的最大阻力”?!

NO！牛郎织女之间尚且还能搭起鹊桥来呢。但是，泥腿子少年陈平安和剑胚道种宁姚之间，拿什么来填平彼此身份、机缘和气运的鸿沟?

宁姚注定是剑气长城新生代剑仙的优良种子，是浩然天下抗击蛮荒天下的未来顶梁柱；

但是，陈平安不过是一株连骊珠洞天最后一轮丰收季都无人收割的野稗草——野稗草的尾巴上，哪里能栖下金凤凰?

何况，陈平安本命瓷碎、长生桥断，若无特殊情况和意外机缘，几乎没有修道成仙的可能，哪里能与天生剑仙胚子的宁姚携手证道、逍遥长生?

宁姚誓要战死于剑气长城。陈平安在千里送剑之际，向那位远方的姑娘表白之时，身上也确实没有修复长生桥、证道长生的可能。但是，“金风玉露一相逢，便胜却人间无数”，管它天上人间有没有通天梯。这两个看似最不可能有情缘的人，恰恰有了情感深处最深的羁绊。

然而，有阳光的地方，就有阴影；有爱情的地方，就有姻缘的算计——陈平安爱上宁姚，是真的“缘来就是你”？还是“千里姻缘一线牵”，被客串月老的人算计？若是，那又是谁？陆沉？神道月老？甚至，连齐静春都推波助澜?

陈平安在相当长一段时间里，并不怀疑自己的真心，却担心宁姚并不是真的喜欢他，而是被陆沉做了手脚，“假装”却不自知自己“真的”喜欢上了他！

只是到了水龙宗时被火龙真人叩问心关，陈平安才最终明确地表示放下了心中悬置的石头：

宁姚就是宁姚，天下只有一个宁姚的宁姚！

宁姚姑娘喜欢陈平安，就是真的喜欢陈平安！

谁也做不了手脚！

哪怕是堪比老天爷的道祖掌教三弟子陆沉也不行！

从宁姚和陈平安之情感，不想被陆沉算计；再到修炼撼山拳，敢有向三祖（道祖、佛祖和儒家至圣先师）递拳之意：道理就是道理；如果没有道理，就算三祖下凡，来到陈平安面前，都不行。

说到底，陈平安想要的，仍然是那种选择的自由和自由的选择：

不是缘分天注定，也不是我命由天不由我；而是，我可以选择自己的道，走自己的路，靠着本心、初心和真心爱上那个心爱的姑娘——也希望那心爱的姑娘也爱上我！是她真的爱我！而不是“老天爷”或者别的什么人什么狗屁的道缘情缘要她爱我。

人生就这一点追求，很难吗？

是的，很难！真的很难！特别难！

因为，谁也没有想到，骊珠洞天泥腿子少年陈平安和剑气长城剑胚道种宁姚的“姻缘线”，居然牵扯出如此多场景、多维度、多界域的多重大阴谋、大圈套、大迷局和大格局。

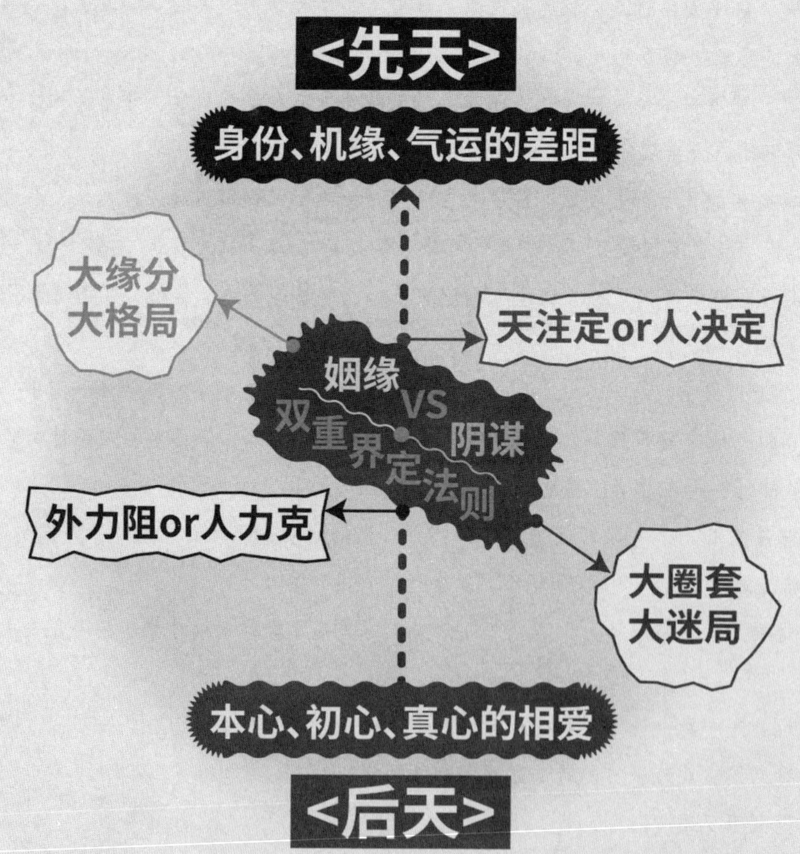

第一节 情不知所起：无情大道有情人

这是两个看起来怎么也不可能相爱的人“日久生情”的故事。

陈平安和宁姚初遇便朝夕相处，情愫渐生，互相喜欢上了对方，却不自知。

这对陈平安和宁姚这样的人来说，其实很难得。

陈平安从小就在世态炎凉、人情冷暖之中长大，有一颗极善察言观色和比七窍玲珑心还要多一窍的心——

传说只有圣人比干才有玲珑七窍之心，可以破除世间万物的幻象，可以与世界万物之本源交流；

而陈平安堪称“心较比干多一窍”——细心观察世间人、事、物，并小心翼翼、恰到好处地做出“反应”，让别人真的觉得自己是“好人”而不是“伪装”成这样的。

因此，骊珠洞天看似朴实无华的泥腿子少年陈平安，在后来蜕变成剑气长城算计妖族甚至整个天下的隐官大人，其实早就有脉络可寻。

书简湖问心局中的算账先生陈平安，试图把一切恩怨是非、黑白善恶算得清清楚楚明明白白，不过是这“洞悉天地大道、精控气运流转”的无双算力（超能）的觉醒、催化和演练。

陈平安在叩心关中坦承自己为了能够活下来，从小就对天地大道、气运流转、人心向背等警觉异常，体察入微，丝缕掌控。

这其实是《剑来》对“世事洞明皆学问,人情练达即文章”和“人情似纸张张薄,世事如棋局局新”的另外一种版本的重述与重塑。

而这种人心与人情、世事与气运的算计之中，唯有这三事三情例外：父母事亲情、结义兄弟情、少年慕艾姑娘情。

但就算这三种特例，里面有没有“善意的算计”呢？

当年陈平安因一饭之恩而涌泉相报，视顾粲为兄弟，其实是有“还债”的算计的；初识宁姚宁姑娘，从救命到动情，中间亦是有些算计的——以宁姚宁姑娘的天然玲珑剔透心，其实也是有体察的。

只是一个懒得细究，一个故作糊涂。

宁姚偶尔在讲少女情话时娇嗔诘问，陈平安就会四顾茫然，顾左右而言他——装，你就装吧！

而宁姚，从初遇开始，就被齐静春齐先生品评为“锋锐无比，注定是一把无鞘剑”。刀剑裸露在外，锋气逼人，谁接近谁受伤，尤其是“最伤旁人心神”。因此，少年青衫读书郎赵繇情窦初开，便遇摧折。

问题的关键在于，宁姚的根骨天性自然，只有心问道，无意寻情；就算有情，亦是天地大情，而非人间小情。因此，即使多情最无情。

“不知情为何物，直教人生死相许”的少年，自然不知道齐先生这句话的深意。

看到那名墨绿色的外乡少女，他有些唏嘘感慨。当初读书种子赵繇对其一见钟情，他就点拨过一句话，将少女形容成无鞘的剑，最伤旁人心神。少年赵繇到底不知情为何物，不理解这句话的深意，仍是深陷其中。齐静春不便一语道破天机，不好说那少女有一颗问道之心，最是无情。

此无情，绝非贬义，而是再大不过的褒义。

世间情爱，男女之情，到底只是其中一种。

山下世俗市井当中，兴许此情可以感人肺腑，可以让痴男怨女不惜生死相许，但是在山上修行，要复杂得多。

——烽火戏诸侯《剑来》：第一卷 笼中雀　第五十八章 先生

贺小凉追杀陈平安无果，便接受陈平安提议，寻找两个人之间的最大公约数。那时她曾经说过，修行为大道，情爱为小道。

但陈平安斩钉截铁地说，大道不应如此小；他对爱情追求的决心，跟追求大道的决心一样大；道祖来了都没得商量。

从某种意义上说，宁姚对大道的追求，甚于贺小凉。追求大道最无情。要让宁姚喜欢上一个人间少年而且是一个小镇陋巷的泥腿子少年，其实是很难的。

但恰恰是这件最难的事情，水到渠成地发生了。

虽然有陆沉的算计、齐静春的推波助澜，但是，归根到底，仍然是这对极不对称的少年少女自然而然做到的：情不知所起，一往而深。

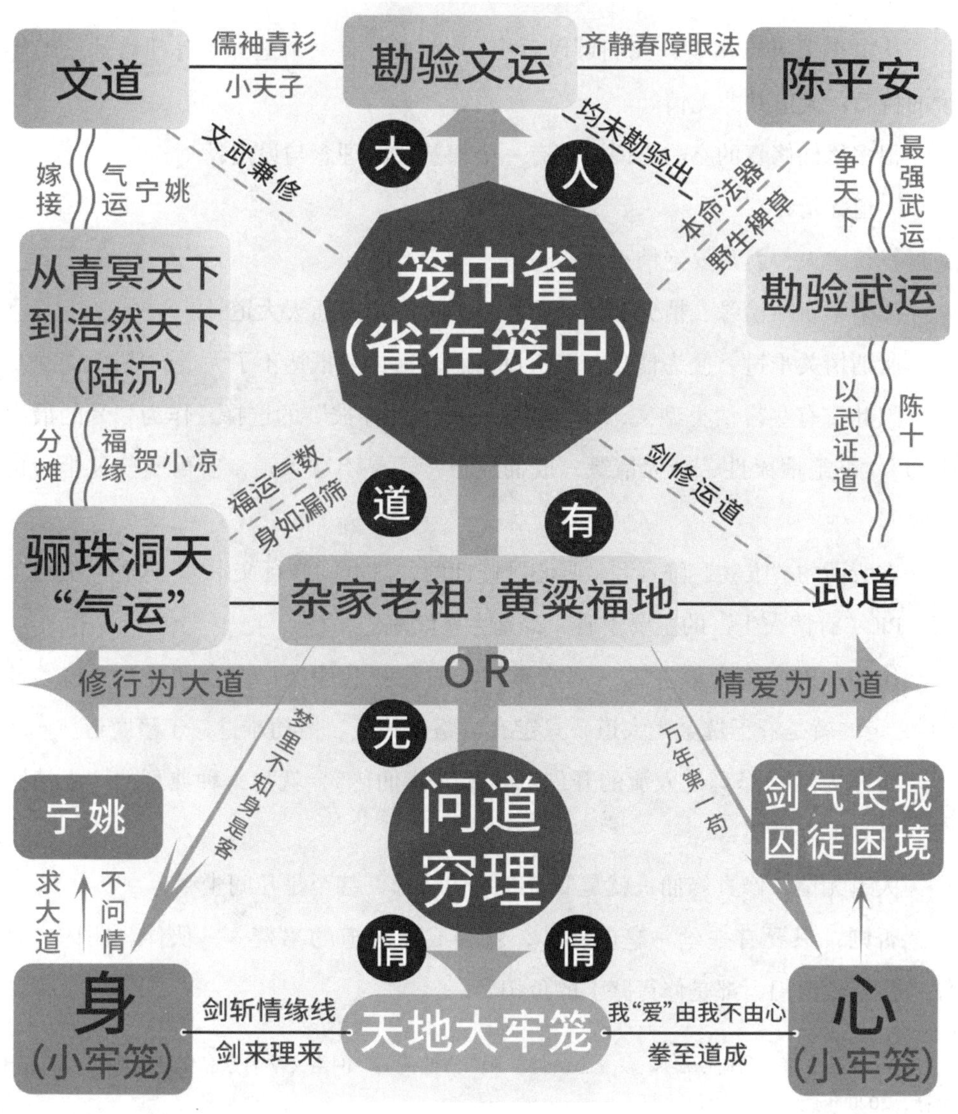

第二节 有情宇宙：

我就是一个有感情的人啊

从这个关键点出发，我们可以看出，《剑来》有一个迥异于其他修仙玄幻小说的特质：大道并非无情。

很多修仙修真的玄幻小说，都有一个根基式的理念与设定：

大道无情；

修行之人，就是要绝情灭性；

如果不斩断情缘、情分和情丝，那绝无可能走向通天大道——

所谓情关难过，便为情劫；渡不过情感之河，就抵达不了大道的彼岸。

因此，有些言情类型文，还会将这种“非此即彼”的选择，作为“爱的最大阻力”：是绝情灭性、斩灭情缘，成仙成道？还是不顾大道，宁可堕落凡尘，也要厮守一生？

在所谓的“唯物”修真和“唯心”修仙两种流派的修行文中①，这种“大道无情”PK“有情人生”的主要矛盾，都是主要潮流。

比如，网文史上堪称第一部修真、修仙和新武侠类型融合的经典小说《诛仙》，走的就是：不选金光大道，只走有情路；甚至，情劫难过，宁堕魔道。

而作为唯物修真凡人流的开创者《凡人修仙传》，就是一种典型的“无情宇宙”世界观设定集：

大道无情，修真修仙，就是要斩断一切情缘，甚至是凡间尘缘；

否则，只要有一丝一毫的羁绊，就会成为修道的累赘——伙伴、团体、宗派，甚至是道侣，都是修行路上的负担。

---

① 参见庄庸、安迪斯晨风著：《忘语与〈凡人修仙传〉》，网络文学名家名作导读丛书，作家出版社，2020年版。

因此，没有生死缠绵的爱，只有斩断的“情”；

更没有三生三世的缘，只有无名无实的“分”。

《剑来》整部故事的世界观设定，同样是“无情世界”——天外视天下、山上视山下、俗世王朝权贵豪门视凡夫俗子，都如蝼蚁一样，如我们所概括的蝼蚁生存链、鄙视链和食物链；甚至在人心鬼蜮、人际关系黑暗丛林之中，整个社会仍然是一个弱肉强食、优胜劣汰的无情系统——

但是，从骨髓和精气神来说，《剑来》想构筑的，仍然是一个“有情宇宙”：大道无情，但是，道心有情种——给点阳光它就灿烂。

道心之中，那一颗有情的种子，一旦开始发芽，谁能阻止它的破土之势?!

宁姚赶紧抱住少年。

齐静春解释道：“陈平安先前被云霞山蔡金简一指开窍，强行打烂心神门户，其实精气神一直在流散外泄。结果刘羡阳刚好在这个时候出事，他就只好拼了命激发潜力。这就是所谓的破罐子破摔了。原本能剩下半年寿命，如今估计最多就是一旬吧。”

这意味着草鞋少年从泥瓶巷开始，到小镇屋顶，再到深山小溪，最后到这荒郊野岭……每次奔跑，都在大幅度持续减寿。少年对此心知肚明。

宁姚问道：“齐先生你只需要告诉我，怎么救陈平安！”

齐静春心中叹息。

这正是道心的玄妙之处。

少女并非对陈平安没有情感，否则也不会并肩作战到这一步。

正常人听闻噩耗后，必然会有一个惊慌、悲伤、同情的过程，只是快慢、长短、深浅不同而已。

但是宁姚丝毫也没有。

她一下子就跳到了自己最想要的“结果”：我该如何救人。

世间修行：修力可见，步步为营，只需要往上走；差异只是每一步的步子，各有大小。修心则缥缈，四面八方，处处是路，仿佛条条道路都能证得大道，但又好像条条道路都是旁门左道，谁也给不了指点。在修心一事上，身怀道心之人，叫一步登天。

所以少女可以大大方方、眼神清澈地望着草鞋少年，直截了当问他是不是喜欢自己。

齐静春想起那个头顶莲花冠的年轻道士，心情愈发凝重。

——烽火戏诸侯《剑来》：第一卷 笼中雀 第五十八章 先生

在我们看来，这种“有情宇宙”的架构和设定，建基于作者烽火戏诸侯对于主角陈平安的情感投入与投射：在其泼墨大写意的笔法之中，烽火戏诸侯对于陈平安的“情感描写”堪称笔触细腻——这不是说描写陈平安的情感经历和体验，

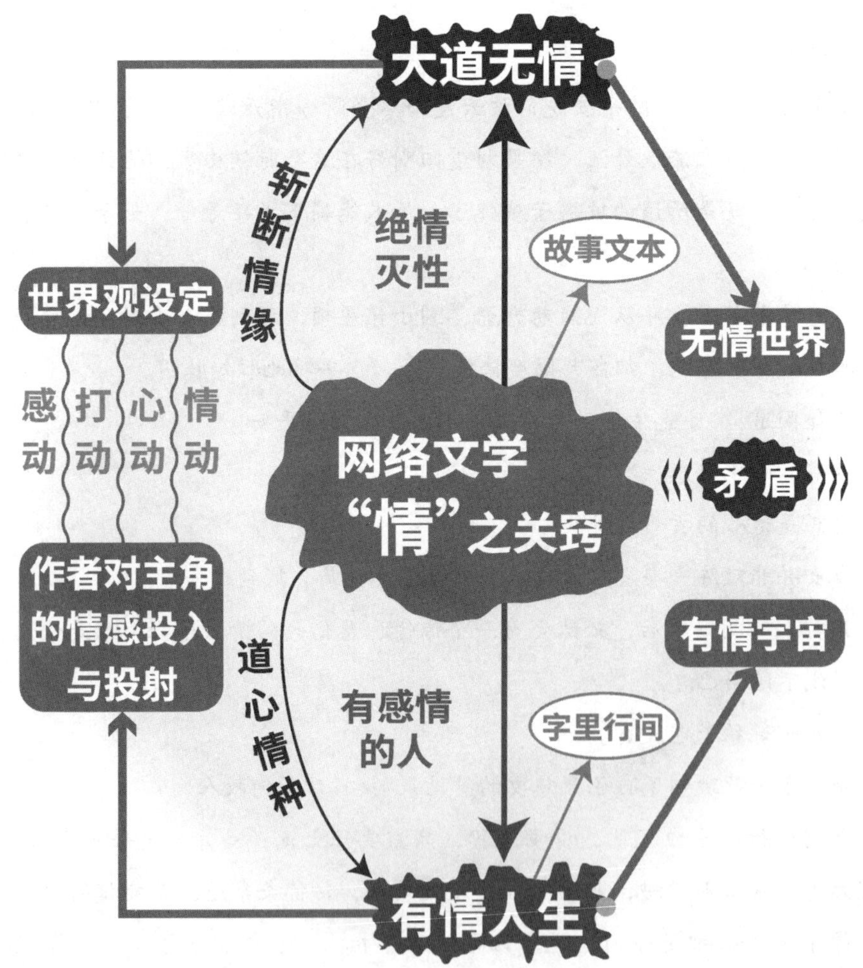

而是说作者在描写陈平安这个人物角色时所浸入的感情。

就陈平安的情感经历和体验来说，烽火戏诸侯的笔触极其简练，几近白描，却让人一触即泄，犹如黄河决堤，奔流到海不复还；或恰似飞流直下三千尺，疑是银河落九天——但这全都是想象之中不存在的；所有存在的，不过是在三寸眉眼之间、三行字词之外。

也就是说，所有“飞流直下三千尺”和“奔流到海不复还”的情感，全都被烽火戏诸侯笼缩于三寸笔尖可见的字里行间之内，却飞向三千尺和三万里之外想象都触达不到的界域。

无论是我们阅读宁姚不辞而别却又匆匆折返的那一瞬间，还是阮秀帮着陈平安打理铺面的那一个细节，都是在感动之外和打动之间，不仅仅是让人“心动”啊。

但与此形成鲜明对比的，是烽火戏诸侯在对陈平安这个人（或者角色）进行描写和叙述时，所展现出来的那一种堪称细腻、工笔或者微雕、深耕的情感投入——用一句不太贴切但又确实除此之外别无形容词的话来说：他就像造物主一样，把自己所有的感受、梦想、情绪、情感、希望等，都像生命的元气一样灌注了进去，然后，let it go——让他自由地行走于字里行间和故事文本之外。

但无论陈平安如何有自己独立的生命、意志和情绪，他都让我们始终能够看到作者烽火戏诸侯的注视之眼、投射的影子和寄附于上的情感——在陈平安这个主角身上，我们更容易体验到的，是烽火戏诸侯浸入和浸透的情感。

这不是说：陈平安是一个有感情的人。而是讲：烽火戏诸侯浸透了自己的情感——我（作者大大）才是一个真正有情感的人啊。

这两者有着非常细腻、微妙但却很重要的区别。

我们确实可以处处体会到“陈平安是一个有感情的人”——无论是对至亲之人，如其父母和其视若兄弟的刘羡阳和顾粲，还是对朝夕相处的宁姚和结伴而游的李宝瓶。

但是，《剑来》让我们最深的触感，却是“烽火戏诸侯在陈平安这个人身上所浸透的情感”——那是无以言喻、无法描述但确实浸染其中并氤氲之上的感受与体验。

第三节 最怕做得不够好：世界上最爱我的女人和我最爱的女人

不是每一个作者都能在自己的人物之中浸入、浸染和浸透自己的情感。

即使在《剑来》之中，烽火戏诸侯也不是在每一个人物角色之中都浸入了自己的情感。虽然我们在李宝瓶、宁姚、阮秀等人物角色身上，都能捕捉到他那一丝丝甚至浓墨重彩的喜爱等情绪。

但是，在陈平安身上，我们感受到的，却是迥异于这些人物自身的情感和作者寄附于上的情绪。我们似乎是在陈平安身上“沉浸”了某种作者自身的情感体验和意蕴——就是在那虚拟—增强现实中的所谓的“沉浸式体验”。

特别是烽火戏诸侯不停地闪现陈平安自幼就为了治娘亲的病，而入山寻找草药的镜头，更是将这种情感“浸染”到无以复加的地步。

这不是煽情。那种比自身求生意愿还要强烈的执念（希望自己找回或换回的草药能够治好娘亲的病），以及那种比自己生和死还要激烈的恐惧（恐惧娘亲在自己没有找到草药之后死去），所带来的情感冲击，远非“煽情”两个字所能概括和形容——那是一种内敛、厚重和绵长的情感波和情绪流。

如果这样“昔日再现”和“昨日时光”的情境展示，能够让我们身临其境地体验寄附于陈平安身上的情感，那么，从求陆道人燃烧黄纸符文让“被自己克死”的父母在另外一个世界过得更好，到求陆道人在自己死后施法作术“下辈子还做自家父母的好孩子”，则是直接扎心、戳中痛点了。

然而，所有这一切浓烈的情绪渲染和铺陈，都不如少年陈平安在和妖孽小少女李宝瓶相伴游学时，所说的那一句普普通通的“我最怕什么”，以及“现在不怕了”，来得摧心毁神：世界上最亲的那个人已经不在了，我现在还能“最怕”什么?!

一语道尽世界上最伤悲的事情：世界上最爱我的那个女人去了！非全身心沉浸于其中，不足以体会万分之一。

陈平安拍了拍她的小脑袋，然后望向两人来时的小路：“知道小师叔觉得最难受的一次，是什么时候吗？”

小姑娘拨浪鼓似的使劲摇头。

陈平安双手撑在树干上，小腿交错，跟小姑娘一样优哉游哉轻轻摇晃着。少年眯眼，轻声笑道：“是我第二次一个人进山去采药。那时候我才四岁多，不到五岁。出门的时候，想着要采最多最多的药材回家，所以故意挑了一个最大的大箩筐。然后没等到走出小镇，就累死了。走出小镇能够看到山的时候，当时还是一个大太阳的日子，肩膀上被箩筐绳子扯得火辣辣疼，后背更是。其实那会儿疼还好说，不是特别怕。让我觉得绝望的事情是，那座山看着好远好远，就像这辈子都走不到那里。加上当时离着第一次进山出山没多久，所以脚底的水泡很快就造反了。然后小师叔我啊，就咬着牙一边走一边哭，还一边不断偷偷问自己：这还没有走到山脚，要不然就回家吧？反正年纪小，箩筐这么大，山路那么远，回家不丢人，娘亲肯定不怨你的。”

李宝瓶听得入神，小声问道：“小师叔，那你最后放弃了没有？”

草鞋少年笑着摇头道：“没呢。当时我就突然想到，不管怎么样，走到山脚就好，到那里再回头。然后我就真的走到了山脚，坐在地上哭的时候，又想了，要不然上了山，采到一棵草药再回家？然后就又开始爬山，爬着爬着，看到那些草药后，整个人好像一下子就有了力气，很奇怪的事情。”

李宝瓶哇了一声，赞叹道：“小师叔，你一定摘了满满一箩筐草药才下山回家，对不对?!”

小姑娘说到这里，满脸的与有荣焉。

陈平安摇头道：“没呢。一直到太阳要下山了，草药还没盖住箩筐底，所以我就下山了。一来是草药没那么好找，很难的。个子那么小，背着个大箩筐走山路，其实比采药更难。二来是真的很累了。再就是想着再不走，天黑后就要一个人留在山上。我那会儿当然很怕。只不过我最怕的……”

李宝瓶等了半天，也没有等到下文，好奇问道：“小师叔最怕什么？”

“没什么。”

草鞋少年摇了摇头，柔声道：“后来就不怕了。”

小姑娘善解人意地没有追问下去。

——烽火戏诸侯《剑来》：第二卷 山水郎　第八十七章 小夫子

烽火戏诸侯对陈平安这种“沉浸式”的情感，唯有将陈平安一家仨、宁姚一家仨的人设、关系和情感对比起来阅读，方才能体悟它聚焦并穿透陈平安和宁姚的情感羁绊，将会有什么样的效果。

特别是泥腿子少年陈平安，再次远游剑气长城，第一次鼓足勇气向心爱的宁姑娘表白时，已成亡魂并背负耻辱之名的大剑修宁氏伉俪来“面试”陈平安：那一个场景、那一段对话、那一种痛入骨髓的情绪和情感，以及那一种最朴实但却是世界上最动听的情话——

我怕我做得不够好啊！

那个世上最爱我的娘亲已经离开了我——或许就是因为我做得不够好！

现在，宁姚是我在这个世界上最爱的人。

我最怕的，不是爱她不够深，是对她做得不够好啊！

……

世界上最动听的情话，不是说出来的，是做出来的。

爱她，就要努力“做得足够好”。

这，就是陈平安对宁姑娘的爱。

这，就是陈平安对宁氏伉俪的承诺。

这个世界上，不是每一个男人，都应该面临“妈妈和妻子一起落水，你先救谁”的蠢货问题。

从母亲到爱侣，有一种刻进骨子里的情感，是可以延续和承传的。

第四节　推波助澜：齐先生原来也是个媒人啊

可以说，陈平安和宁姚之所以能“死水微澜”“泛舟爱海”，儒家圣人齐静春齐先生的推波助澜，起到了极其重要的作用。

齐静春对门下弟子赵繇进行劝助，对陈平安却“君子有成人之美”；但是，在推动宁姚和陈平安的天作之合中，齐静春也是有自己的考量的。

这让齐静春讨喜的“媒人”客串角色，多了某种惹人厌（但实际上最后还是人人都爱齐先生）的可能性“算计”：他通过这件事，算计陆沉，同时赋予了陈平安从“人间很值得”到“陈十一”的未来希望。

如果要庖丁解牛其中的“因果链”，我们可能会分析出这样几个关键节点。

第一节点：作为镇守骊珠洞天风水气运一甲子的儒家圣人，齐静春带着自己门下弟子赵繇初遇宁姚时，见她天资极好并喜欢这四字剑意，并有可能见出其刀法和剑术师从阿良的影子，就从本地雄镇楼“气冲斗牛”四字匾额上摘了两字下来，放入她的剑中——其实就是将这两字所蕴含的东宝瓶洲一部分剑道气数，赠予了宁姚。由此，宁姚无意之间牵连羁绊起了剑气长城和骊珠洞天两大古战场遗址的剑道气运，造成了一个天大的“因果”。而当时当地，陆沉那只测试文运的黄雀就窥伺在侧。

第二节点：宁姚与大隋皇子高稹主仆在小巷狭路相逢，同时陷入谋杀高稹的蒙面刑徒三角杀——这其中隐藏着一个从儒家文庙开始的谋划。

宁姚被那御马监吴貂寺重伤濒危，碰巧遇上陆沉陆道人，把“这么大一个因果”砸了过去。然后，陆沉在那柄被齐静春摘了两字灌注了剑道气数的飞剑“迫在眉睫”之下，不得已救治宁姚，并暗骂：“郎有情妾有意，才成良人美眷。你齐静春齐大先生倒好，乱点鸳鸯谱，拉屎也不擦屁股！”

这句话可能以“飞剑配气冲斗牛之二字”的乱点鸳鸯谱，来暗指骊珠洞天和剑气长城两大气运大道的牵连与羁绊。这样拉郎配而造成的因果链，即使是身为道祖亲传掌教三弟子的陆沉亦是不敢轻易应承的。

第三节点：陆沉为了转嫁因果，必须将宁姚送至骊珠洞天龙泉槐镇一家土著居民之中，而且必须把握住中间的关键点——既能救活宁姚，但又不能让其家破人亡。掐来算去，唯有陈平安最为合适。

若说齐静春先于陆沉做出算计，那就只可能在这个关键节点，预埋伏手有三：

一是齐静春已经洞悉陆沉是陷他于死局的最后一手，已经提前反算计陆沉，便在情理之中。

二是齐静春作为坐镇本地的圣人，比陆沉更了解小镇诸家的情况与反应；若是宁姚必然需要小镇某家救她，那算来算去，就只有陈平安合适。

三是宁姚出身特殊，牵扯到的气数甚大，与骊珠洞天土著居民羁绊甚多，则气运牵连甚大，可能会影响到两座古战场的同频共振、同气相求；而齐静春抢先一步，把小镇雄镇楼匾额上的剑道气运中的二字融入宁姚所配飞剑之中，便是一着妙招。

但这么一推理，就会遇到一个看似相互冲突的点：若是齐静春要借宁姚的事提前算计陆沉，那便默认为齐静春早已预知她的身份——但原文中齐静春初遇宁姚之后的呢喃自语，却显示他亦是困惑于宁姚的身份与来历：“奇了怪哉，哪里来的小丫头？莫不是本洲之外的仙家子弟？”

但若是就此认为齐静春并没有洞穿宁姚剑气长城的来历，那又与字里行间、言内意外的“道高一尺，齐高一丈”不符：就《剑来》开篇整个骊珠洞天事件的布局棋盘来看，齐静春明显比陆沉“棋高一着”。

既然外来户陆沉都能“掐指一算”，洞悉宁姚的死活牵连气数甚广，没道理比他还熟悉这一方天地且能“不谋一时而谋一世，不谋一域而谋全局”的齐先生，居然还看不出端倪，任由陆沉去“祸害”陈平安……

种种迹象都表明，在骊珠洞天的惊天大布局之中，齐静春很早就明白陈平安才是各方大佬要将死他的那一记暗手，因此他刻意避免跟陈平安牵连和羁绊得甚深。

这一点让很多人都很奇怪，甚至就连王朱和陈平安本人都会偶尔思及这个问题：为什么齐静春收了好几个记名弟子，但偏偏就是不肯眷顾陈平安?!

唯有在齐静春收到从文庙传来的“恩师死讯”，并最终决定破釜沉舟、不再苟全时，他对陈平安的态度才来了一个180度的大转弯：从此之后，齐静春将陈平安作为其在人生最后一盘棋下出“千年第一局”的无理手，从而开始倾心为陈平安铺垫。这是《剑来》开篇骊珠洞天大布局之中极其重要的“转折点”，前后迥异却圆润自然。

宁姚松了口气。其实她比陈平安好不到哪里去，只是底子要好太多，才不至于昏厥过去：“齐先生，那现在我是带着陈平安去泥瓶巷养伤？还是先去刘羡阳那边看看情况？”

齐静春笑道：“如今已经都可以了。”

宁姚想了想：“我背后这家伙，肯定希望睁开第一眼，就能看到刘羡阳。所以我去阮师那边好了。”

齐静春点头道：“陪你们走一段路程。”

两人并肩而行。

春风拂面，读书人双手负后，少女背着少年。

……

宁姚犹豫了一下，仍是忍不住问道：“齐先生，你如今是啥境界？有没有跻身上五境啊？还有，先生你坐镇这方天地，真的能够天下无敌吗？当然，先生如果觉得不方便，可以不回答，我就随便问问。”

齐静春果然不回答。

少女翻了个白眼，不再说话。

齐静春有意无意放慢脚步，转头望去。

少年眨了眨眼。

中年男人也眨眨眼。

齐静春会心一笑，不露声色地悄悄加快脚步。

君子有成人之美。

一起走出很远后，齐静春停下脚步，笑道："我就不送了。"

站在原地，满鬓霜白的中年儒士，望着渐行渐远的身影，沉默不言。

——烽火戏诸侯《剑来》：第一卷 笼中雀　第五十八章 先生

或许，陈平安和宁姚相遇、牵连并羁绊甚深，便是这个转折点上的标志性事件——只是我们初读时并没有看出，但是二刷三刷之后，才慢慢琢磨出这三重结构相互交集的意味。

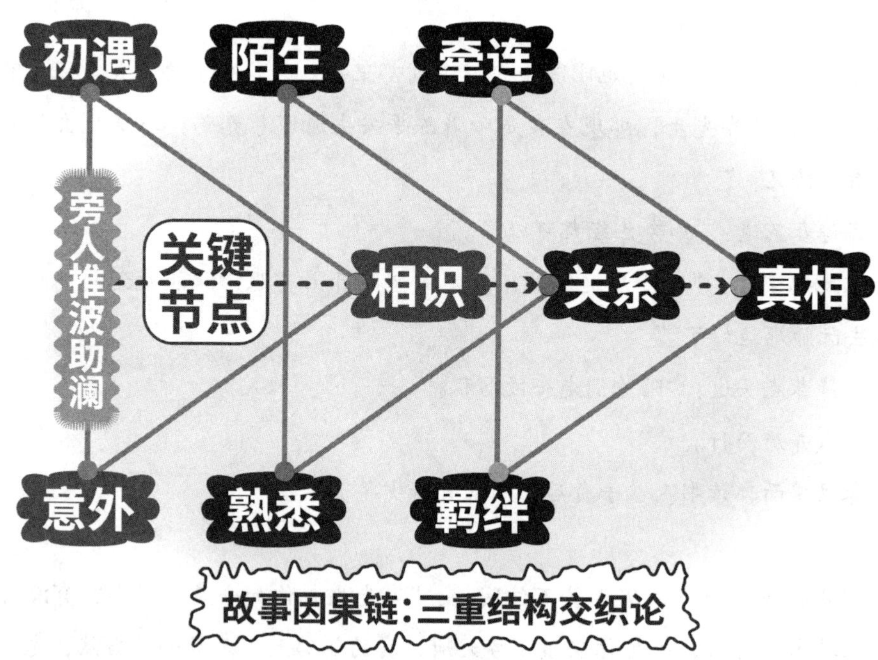

第一重结构是，陈平安和宁姚相遇、牵连并羁绊起来；

第二重结构是，齐静春对陈平安的态度，从前期的不理避让，到后期的关切备至，转变得如此之大；

第三重结构是，齐静春与陆沉等各方幕后大佬的博弈、交锋与妥协。

或许正是从此开始，当各方幕后大佬特别是陆沉谋算，步步将齐静春逼入死角之际，齐静春却落子陈平安，一棋活则整盘棋活，反而将所有幕后大佬都卷进了活局之中，更别说陆沉了。

第五节 “善缘”变“恶缘”：道长，你竟然算计我

从出场开始，道祖亲传掌教三弟子陆沉就并不是一个“黑化”的人物，并且，看起来对主角陈平安是一个“友好型”的角色。

在陈平安救治宁姚一事上，陆沉为了“断因果还人情”，指点了陈平安三件事（带宁姚去阮邛铺子、到廊桥底下小溪寻机缘和临摹陆沉敕字药方），并为其解惑（蔡金简打破陈平安长生桥）、释疑（陈平安与爹娘阴间相逢与转世成亲人几无可能）和解心结（陈平安爹娘之死非平安之罪，反而是他受爹娘牵连）……怎么看都像是：初始，陆沉跟陈平安结的是一段善缘。

但为何，在第五座天下开辟、青冥天下率队进入，玄都观道长孙道人与陆沉相遇“闲聊”时，会评说这是一段“恶缘”？

从“善缘”到“恶缘”，转折点到底是什么？

按照《剑来》后来的故事布局，应该是这两件事情导致的：

第一件事情是，将宁姚的命运气数和陈平安牵连起来时，陆沉千不该万不该，就是不该在宁姚和陈平安的情感与姻缘上做手脚，埋了一根很深的“月老线”。

第二件事情是，在陈平安和东宝瓶洲金童玉女贺小凉之间做了手脚，福缘、道缘和情缘同样一“线”相牵，气运流转，荣辱共担。

陈平安在大多数时候都是“最好说话”的人。但是，在他视若生命甚至看得比生命还要珍贵的事情上，他“最不好说话”。

而在这个世界上，被陈平安视作比自己的生死还要重要的事情，在“骊珠洞天”这个大事件的开局之中，其实就已经确立了TOP4：他爹娘之事；他喜欢上了宁姚宁姑娘；他把刘羡阳和顾粲视为兄弟；他视齐先生为一生模仿和对标的

偶像——这四件事情恰恰都与情感有关：一是亲情，二是爱情，三是兄弟情（友情），四是影响你一生的人的感情（恩情）。

它们构成了陈平安不可触碰的逆鳞。一旦被触碰到逆鳞，他就变得最不好说话；而且，心眼会变得比针尖还窄，会记一辈子的仇。

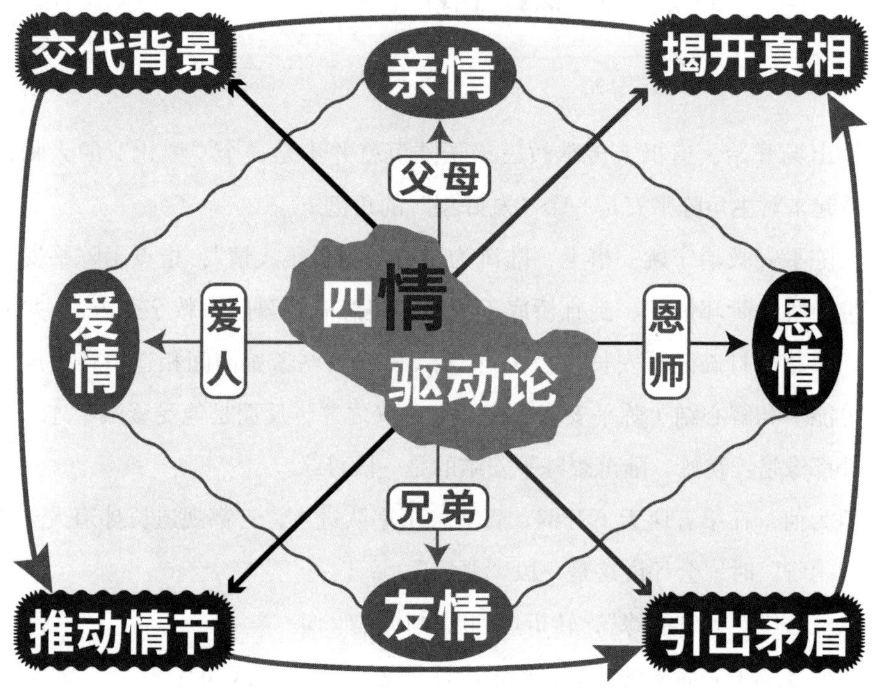

因为宁姚宁姑娘这根“无形有运的姻缘线”，陈平安就记了陆沉一路的仇，而且要继续记下去；甚至要记到当未来有实力、有能力时，要穿越青冥天下，问剑白玉京。

为什么？

少年从遇见宁姚时，就情窦初开，不可救药地喜欢上了宁姑娘。

他不怕自己被拒绝，虽然被拒绝会很伤心；

他也喜欢宁姚宁姑娘喜欢他。因为他对宁姑娘的喜欢很纯粹，所以他也希望宁姑娘也是纯粹地喜欢他。这样相互喜欢是一件多美好的事情啊！

但他最怕的就是：宁姑娘喜欢他这件事，不纯粹。

不是那种“少年喜欢少女；日久生情，少女被感动了，然后慢慢喜欢上了少年”的不纯粹；

而是“少女根本就不喜欢少年”，却是因为“被人做了手脚”，而“真心喜欢”上了少年——

从陈平安到宁姚，怕的都是这种“被做了手脚的真心喜欢”。

因为，喜欢就是喜欢，真心就是真心。若是因为陆沉做手脚埋下的那一条红线，把“不喜欢”变成“喜欢”，把“非真心”变成“真心”，把“真心”和“喜欢”变成一种人为的预谋而非发乎自然的事情，就真的是一件很恶心、很下作的手段。这种用红线来催化伉俪的行为，跟给人下春药，没什么本质上的区别。这是陈平安和宁姚都深恶痛绝的事。

更重要的是，陆沉的精心算计背后，潜藏的是险恶的用心——有他做手脚埋下的姻缘线，宁姚和陈平安即使“相互喜欢”，也有可能成为这个道祖亲传掌教三弟子的牵线傀儡，甚至，让他有机会玩弄剑气长城和骊珠洞天两大远古战场的剑道气运——就像那个腕有红线、疑似神道月老转世、现为阴阳家一脉的正阳山无名女人，通过操纵魏晋—贺小凉、苏稼—黄河—刘灞桥等情缘红线，将一洲剑道气运玩弄于股掌之间。

这其中的凶险之处就在于：

宁姚和陈平安相互喜欢，无论是真心实意，还是被那根姻缘线驱动，都是不得自由的，没有自己选择的余地；

一旦陆沉提线操纵，他们就会如傀儡一样，身不由己，按照陆沉预设的轨道前行。就像贺小凉不得不承受陆沉为她和陈平安牵的道缘、福缘和情缘线所造成的气运流失。

如果有一天，陆沉出于最终目的，操纵姻缘线，控制宁姚对陈平安的态度，会不会让他伤心欲绝、就此沉沦？

毁掉一个男人，最佳的方式，就是通过一个女人。

那个玩弄一洲剑道气运的红线女，不就是通过掌控那对三百年前佳侣怨偶的红线，操控了风雷园和正阳山三百年的恩怨情仇、浮沉起落?!

……

真的细思极恐。

第六节 有毒的馅饼：生娶宁姚，死嫁贺小凉？

对于命运就像漏筛一样的陈平安来说，陆沉在他和贺小凉之间牵上一条姻缘线，从而让他可以分享她的福缘和气运，的确就像天上掉下来一个大馅饼。

陈平安本命瓷碎却反而呈招福缘、诱气运的鱼饵之状，最终便宜了他周围的人特别是他的隔壁邻居——以私生子身份遮掩真实身份的皇子宋集薪：无论是最后一条真龙的魂魄所凝之珠王朱（少女稚圭），还是那条被陈平捉到却送给了顾粲的小泥鳅蛟龙，最初都是寻饵而来，最终却落进了别人家的院子，自家留不下任何东西。

事实上，陈平安“气运之饵”的命运，的确是在遇上贺小凉后，才开始慢慢扭转的。正是因为陆沉“乱点鸳鸯谱”，让泥腿子少年陈平安和东宝瓶洲那个不世而出的修道玉女贺小凉之间有了一份莫名其妙的道缘和情缘——千里缘分一线牵，祸福气运共分担。

身负一洲福缘和道缘的贺小凉，哪怕只有一丝丝机缘流向陈平安，也足以让他转命改运。而且，在各方幕后大佬的精心操作（投资或押注）之下，陈平安的确成了骊珠洞天坠地之后龙泉山脉屈指可数的大地主之一。

只是，贺小凉的情缘对于陈平安来说，不是温柔乡，而是恶魔窟。且不说贺小凉一直在试图斩断这种福缘、道缘和情缘的牵连，还试图千里追杀这个“未来夫婿”——如在披麻宗上骸骨滩，贺小凉就曾和高承联手设局，试图坑杀陈平安；仅就她中途转换心意，说出“若陈平安死，必以他为冥夫”，就会给陈平安带来天大的麻烦。陈平安分享了贺小凉一半的福缘，但也同时承担了贺小凉“千里眼秒杀”的煞气。

生娶宁姚，死嫁贺小凉？贺小凉敢说，陈平安哪敢想！以他对宁姑娘的

“葩耳朵性质”（在意宁姚到了极其病态的地步），连侍奉剑灵的“拥抱”都要严阵以待，遑论游历路上的艳鬼和仙子凡女？他哪敢让宁姚对这件事情有“一挑眉”发飙的机会？要知道，宁姚的一挑眉，连道祖亲传掌教三弟子陆沉都会上心紧张！

因此，对于贺小凉的相爱相杀，陈平安无福消受，有多远就躲多远。是福不是祸，是祸躲不过。若是实在躲不过，就煞费苦心地策反这个后来被陆沉收为弟子的玉女，让其“欺师灭祖”，算计陆沉。在这件事上，陈平安对陆沉的记恨犹重了几分。

真正催化陈平安对陆沉的“恶缘”而非“善缘”之念，其实还是在蛟龙沟事件中陆沉对陈平安接连——至少三次以上——的算计：

第一次，陆沉在陈平安试图写出古老“雨师敕令”道符时，操控陈平安的意念，让陈平安想起了陋巷之中陆沉留下的药方之字，并让陈平安用自己练字抄过很多次的方式，写出了“陆沉敕令”。

第二次，陆沉毁掉了齐静春留给陈平安的、被他视若珍宝的山字印。

第三次，陆沉借给陈平安一双“天眼”，让他看透了桂花岛上所有人心的善恶。

第四次，陆沉派撑船人给陈平安捎话，诱他到青冥天下拜陆沉为师，改“道”换“路”……

所有的算计都是想破齐静春的局：

你齐静春不是想让少年陈平安不要对这个世界失望吗？如果本来想拯救世界的少年陈平安看到了整个世界反而对他充满了恶意，他怎么可能会不失望？

他如果对整个世界都失望了，道心破碎或改换大道，又怎么可能成为那个“万一”？要是陈平安成不了那个“万一”，你齐静春的千年第一局，自然而然也就局破势消道亡了。

陆沉的算计不可谓不缜密，一环扣一环；也不可谓不精准，处处切中命脉；更不可谓不阴狠，不但毁人毁身还要毁人道心——

就连这个收徒拜师的建议，看起来像“天上掉下的大馅饼”，但也包藏了外面抹糖内含砒霜的祸心。

不然，贺小凉不会在拜了陆沉为师之后，反而战战兢兢、如履薄冰，生怕一着不慎，就被这个掌教师父打得香消玉殒。

前车之鉴，后事之师。陈平安大概已经可以明明白白地看清楚一个结局：

拜陆沉为师，改道道教，活命没有问题；

但是，估计今生来世，都会陷入陆沉的算计，成为被他提线操纵的傀儡。

贺小凉最后之所以能和陈平安达成“共识”和“合谋”，大概也是因为很清醒地意识到这种被算计的命运和不甘心做傀儡的反抗意志。但也就是点到为止：毕竟陈平安对贺小凉没有一分情意，贺小凉对陈平安也是几无好感——即使在高承事件之后，贺小凉专程找到陈平安，莫名说出“其实两个做道侣也是蛮好”的类似之语，但说到底，这不过是“道合”而非“志同”，更不是“情动”。

陆沉智计百出，但是百密必有一疏，利令智昏却遇上少年心志清明。

这大概是陈平安第一次清醒地意识到陆沉在算计他，所以让他捎话给阿良——以陆沉的身份，不得不把陈平安的话带到；

只要带到，以阿良的智慧，就必然知道陆沉算计了陈平安；

而阿良的拳头向来比他的智慧还有名，特别是他能够和道祖亲传掌教弟子之中最有战斗力的道老二硬碰硬互换拳头；

因此，只要陆沉敢带话，阿良就敢揍他！

这算是陈平安对陆沉的反算计吧。

正是以此为标志，陆沉对陈平安的算计，以及由此而来陈平安对陆沉的记恨与反算计，从此前深藏不露或若隐若现，到慢慢浮出水面，逐渐明朗化、精准化和清晰化——陈平安很少树敌，但是，陆沉却成为他未来问道寻路讲道理、问剑打拳讨公道的核心目标之一。

即使他和陆沉的身份地位悬殊，实力存在天壤之别——这不是螳臂当车，而是犹如蚍蜉一样的小生物对抗可以主宰天下万物生灵的老天爷（造物主）：恰如观道观观主牛鼻子道长，堪称藕花福地几千万生灵生死存亡皆操于我手的老天爷。

但正是对这种老天爷（造物主）一样的人操纵他人性命的恐惧，让陈平安反而生出无穷的反抗之心、勇拼之志、斗争之气。

第七节　缘由天定：
从“缘来就是你”到“千里姻缘一线牵”

陈平安最担心的一件事情，就是他和宁姚之间的“缘分”真的是“天定”——缘来天注定：只不过这个定缘确分的“老天爷”是陆沉，而不是那虚无缥缈的老天爷。

试问，人间若是均为红线牵，哪来真心欲白头？真正的爱情，还需要人家来牵线吗?!

在中国传统民间观念里，都说千里姻缘一线牵。因为有月老牵线，将两人的脚后跟拴在一起，所以便有一生一世一双人的美好姻缘。

这种内心的美好意愿，外化为俗世的礼仪秩序，便是：“媒妁之言”，方得法统。从月老到媒婆，本是两个人相遇相爱、相处相亲的事，却硬生生地挤进来一个第三方——似乎有了第三方的撮合，就能克服双方“爱的最大阻力”，名正言顺地在一起。

少有人去细究这种原来应该“两点成一线”的爱情与姻缘，被硬生生拉扯和变形成“金三角”的原型和结构，其中到底蕴藏着什么样的险恶。美好的背后，或许就是丛生的荆棘，甚至是布满鲜花的陷阱。

《剑来》似乎是顺笔为之但又理所当然，撕碎红线那美好的面具，将那绞绳一样的阴谋和可怕，一丝一缕地扯了出来。

就像陆沉在陈平安、宁姚之间深埋的这条线，看似美好无比，却是用心险恶。而在陈平安和贺小凉之间牵绊的红线，更是铺满荆棘的陷阱。若真是一路走去，鲜血淋漓都是轻的；一着不慎，那就是万丈深渊、粉身碎骨、万劫不复。

这还是已经浮出了水面、被扯出地表的线头。

《剑来》之中，还埋着比陆沉这两条线头更深的几条红线。而那红线的牵线和系绊之人，是正阳山上一个普普通通的女子——在大骊王朝打造铁骑防线、防御妖族入侵的人族重大会议之中，排名最末、最不起眼的人。

然而，就是她，一路行来，东系一根绳，西抛一条线，却挖出了“人间有情天无情”的残酷结局：

往前世数，是正阳山和风雷园那一对佳侣怨偶，扯出了三百年的恩怨情仇和不死不休之局面；

往今生看，是刘灞桥、黄河这对要撑未来风雷园大梁的师兄弟，与正阳山废黜仙子苏稼之间剪不断理还乱的“三角恋”，同样有可能会毁了未来的正阳山和风雷园！

操盘手是同一人，就是掌控红线的那个普通女人。她既是苏稼的师傅，亦是三百年前那个毁了上一任风雷园李抟景的正阳山女徒的师傅。

这个看似无名却腕有红线的女人，还布了不止一条红线，玩弄天下情丝与人间情种——就连骊珠洞天李柳（前世实为神道江湖共主）的弟弟李槐，也被算计获得了一条红线。

当然，这一条红线也可能是要算计陈平安的开山大弟子裴钱，但是，却被裴钱强塞给了李槐。

李柳对此很愤怒，甚至要以帮助整个东宝瓶洲抵抗妖族的功德，来换取“那个婆娘一条命”，足见这个“腕有红线、玩弄天下”的无名女人不简单——这让人怀疑，她是不是像老杨头、李柳、阮秀等一样，同样属于神道余孽，是神道月老的转世之身，甚至就是神道月老本身？

苏稼的师父，也就是那位女子，刚刚走出郡城城门，抬头看了眼天幕，继续赶路，不是去往正阳山，而是去寻找下一位弟子。

至于风雷园，以后数百年，也就止步于此了。

师兄弟结死仇。

留下一个黄河也好，剩下一个刘灞桥也罢，撑死了无非是下一个李抟景。

有意思的地方，根本不在于苏稼不喜欢刘灞桥，以后一样不会喜欢，而在于苏稼自己都不知道：她已经喜欢的，其实是黄河。

若是刘灞桥和黄河，两个都半死不活，当然更好。

至于数百年前被李抟景亲手斩杀的正阳山女子，事实上，也算是这位徒步而走的女子之弟子——与苏稼一样，属于不记名的那种。

也有些不是弟子的女子，也都与她有些关系。

或者她也做了些与师徒无关的小事情。

例如风雪庙魏晋，如何会遇到并且喜欢上贺小凉。

早年的朱荧王朝，也有些陈芝麻烂谷子的老皇历小故事。

不知不觉，千年以来的一洲剑道气运，就这么被她玩弄于股掌之中。不敢说全部，半数是有的。

在那之外，她曾经去过桐叶洲，在扶乩宗曾经留下过一句谶语。

她抖了抖袖子，微微抬起手腕，低头望去，笑了笑，收起视线，缓缓前行。

许多所谓的山巅聪明人，也擅长那草蛇灰线、伏线千里的算计。只是这般伏线，终究只是伏线，容易断，一断就没。

但是世间唯有一条线，一旦成了，则剑仙也难断。即便看似断了，实则仍是藕断丝连，会纠缠不清一辈子的。

除非真有那算计深远且极擅长于细微处抽丝剥茧之人，才有希望面对此局死结，稍稍好受些。

一旦扯起线头，又不是剑仙出剑，其实死不了人。但是往往会生不如死，然后死了算。

她从不低估敌人。

所以有些在意之人，就要多埋几条线。

世间痴情种，偏好伤心事。苦中作乐，乐在其中。不伤心如何算得痴心人。

她思绪飘远。

只可惜多年未见师兄了。

上一次其实距离很近，甚至可以算是擦身而过。没办法，只要师兄一心想要避开她，她恐怕就要睁眼瞎，近在咫尺都未必认得出。

听说上一次现身，是在桐叶洲观道观附近。

师兄有一点不好，与她借腕上红线，喜欢有借不还。

女子突然自嘲道："总不会已经被察觉到了吧？"

女子摇摇头，笑道："绝无可能，这才多大岁数。何必在意小小正阳山呢？"

——烽火戏诸侯《剑来》：第九卷 天上月　第六百四十一章 朱敛有拳要问

这样的女子已经够可怕的了；但在她仰慕且十分佩服的师兄眼中，她却是不成器的小师妹而已！

而就是这样高山仰止的师兄，却经常跟她这个不成器的小师妹借红线而不还。如果这条线能够串起来，邹子就是她的师兄，而他又算计过陈平安，所以他借的那条红线，到底想算计谁？

是不是李宝瓶、陈平安和宁姚？

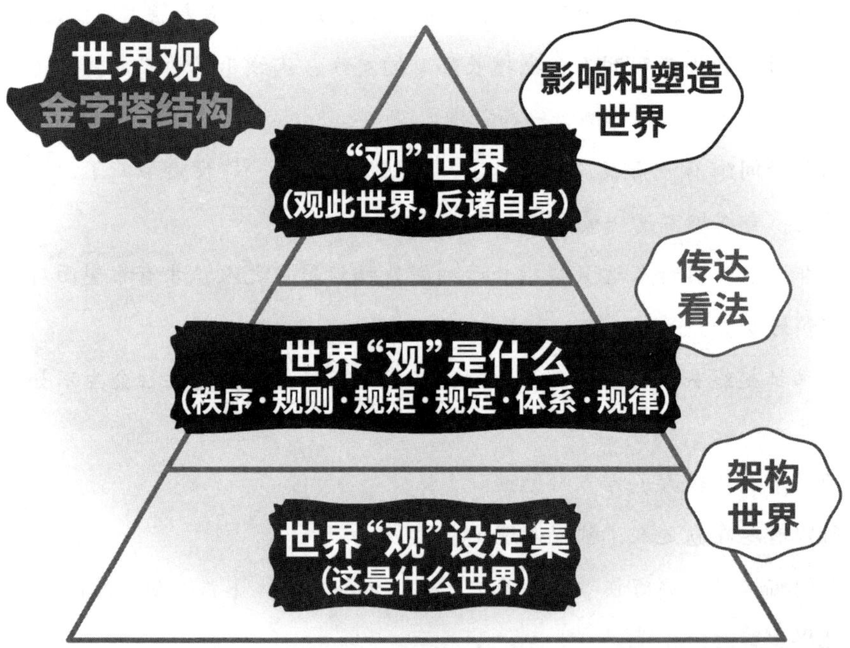

宁姚为何一身黑衣？陈平安为何白衣远游（后来是儒袖青衫）？李宝瓶为何一身红衣？

李希圣为何展示一身神通，在穿洲过洋见邹子"问责"或"求教"时，不是计较邹子算计自己的事，反而是询问邹子骊珠洞天"事了未了"？问的是什么？是不是就是当初对李宝瓶的因果算计？

比如，那一根牵系和羁绊李宝瓶与小师叔陈平安的红线？

李宝瓶是儒家圣人齐静春亲选的文脉香火传承人——这个出乎意料的结果，碎了国师的心；而陈平安是齐静春代师收徒的文圣老秀才关门弟子，是跟道祖等三教各方大佬赌那万中之一的“万一”之棋子。

假若作为可望立教称祖的儒家圣人传承人，李宝瓶却喜欢上了自己的小师叔，一旦公诸天下，必将遇到口诛笔伐！

届时，陈平安将怎么做？

陈平安的选择，又会给整个天下的局势，带来什么样不确定的危机？

尤其是，李希圣固然以求教之姿，化问责之态，“逼”邹子退后一步，自动和主动说“骊珠洞天事已了”——隐含不再算计李宝瓶姻缘因果的意思。斩断那一根支配的红线后，李宝瓶却对自己的小师叔产生了真正的情愫。

而且，这种情绪一点都不亚于宁姚。

天天都思念，天天都喜欢：没关系，等到明天再不喜欢好了！

这就像宁姚一天一天，都在念“陈平安”——天天念陈平安的名字，念到眼里，念到心里，念到骨子里，真的是平平淡淡却深入骨髓啊！

而且，这两个人的“破坏力”都不是“一般”而是“二班”的大啊！

宁姚自不必说了。

如果当整个世界都反对她喜欢小师叔，甚至要把她喜欢的小师叔污名化、妖魔化，李宝瓶会怎么做？

那就把整个世界搅得天翻地覆好了！

谁让她从小就是一个极品妖孽！

是一个比“闹海的哪吒”还能闹腾的主啊！

这个世界怎经得起这样一个极品妖孽的闹腾啊！

……

此情此境，破局之人又是谁？

是刘羡阳吗？

当他和赊月被一根红线牵连时，恰恰是破掉邹子“以刘材克平安、以一消一”的关键？这些都是“你猜你猜你猜猜猜”的谜啊！

第八节 剑斩姻缘线：我的爱，我做主

唯有在斩掉心中一切人为安排的姻缘线之后，如果爱，才是真爱。

陈平安和宁姚究竟是从什么时候开始，真正意识到彼此之间和自己心中被人做了手脚，而且是陆沉算计的姻缘线？

还需要进一步挖掘故事文本，进行确证。

当局者迷，旁观者清。

遇见他们的人，但凡有超高境界和修为的人，都能看出些端倪。陈平安第一次千里迢迢跨洲送剑给宁姑娘，穿越倒悬山时，那个道家看门童子曾经腹诽嘴贱骂道“谁给他俩安排的姻缘线”，结果被身份和地位均为他师门长辈的陆沉一记遥控手，用小道童自己翻阅的图书打了自己的脸。

陆沉在陈平安、宁姚心中埋下姻缘线，在贺小凉心湖种下情种，一旦道缘、福缘时机合适，就能生根发芽，催生情缘或孽缘。

那齐静春反其道而行之，利用这种“情愫之萌芽”，开出希望之花，结出胜利之果。陈平安被困于以前本命瓷碎的阴谋圈套之中（如利用陈平安为气运之饵的宋集薪，却反过来一而再、再而三地以“陈平安克死父母”等言论诛心，把陈平安往死路上逼），以及在当下遭受骊珠洞天最后一季“韭菜收割大丰收”的飞来横祸（如书简湖真君刘志茂在陈平安心湖做手脚，让他产生死意甚至死志），“一心求死”。齐静春需要为他找到“活路”——有盼头才有活下去的希望。

消除父母之死非己因的心结，固然重要；但是，爱上一个心爱的姑娘，或许才会让人拥有一份活着且可以活得更美好的动力。

所以，一手下大棋局的齐先生，才会一心费小情，不但在骊珠洞天“玉成”少年少女的情愫之美；亦提前布局蔡金简，在自己身消道殒之后，能够代为遥寄陈平安在光阴流水之中的童年短片……

借此，齐静者希望剑气长城的宁姚在得知自己的姻缘线被人做了手脚的真相之后，多想一想自己在不在意陈平安这个人的本心；

在拒绝陈平安的喜欢之前，多想一想自己是不是真的喜欢陈平安；

即使哪一天真的不喜欢陈平安了，也希望这个天才的剑胚道种白天鹅，能够善待他那个从泥瓶巷走出的、看似是小镇癞蛤蟆异想天开却真心喜欢她的小师弟陈平安……

为什么人人都喜欢齐先生？就是因为齐静春为陈平安、为宁姚做了很多事情；为了让宁姚喜欢陈平安……该做的不该做的，都做了。

做得连那个曾经视陈平安为蝼蚁的“恶毒仙子”蔡金简也转了性子——爱上了斯人已逝的齐先生，要做一个山上的好仙子。这就是“爱情最伟大的力量”？

但说到底，爱和不爱，都是自己的选择。

就像初遇救助重伤濒死的宁姑娘，虽然有齐静春的推波助澜、陆沉的因果算计，但归根到底，还是陈平安自己的选择。

面对重伤濒死的宁姚宁姑娘，以及背后那天大的因果，即使陆沉有通天的手段，亦不可强制陈平安接受。唯有“糊弄”少年，希望他一时脑袋迷糊做出这个稀里糊涂的决定。

这表明陈平安自己的选择很重要。即使他靠直觉意识到宁姚受的伤很要命，通过陆沉话里话外泄露的天机分析出这件事、这个人不简单，救了她之后可能又会陷入“忘恩负义”的模式——就像“隔壁小王”王朱的行为一样——陋巷少年陈平安第一决定仍然是“先救人”。

少年的“心性”在这里再次得到悄然凸现：从陆沉所说的“心稳有多难领悟”，到齐静春感慨的“文圣一脉收徒重心性而不重资质”——陈平安的“心性”就是他的所谓天赋异禀。

而他最后开出的唯一“条件”，便是请陆沉这个“高人”作法：假若他那一天真的死了，“道长能不能帮我下辈子投胎，还投胎做我爹娘的孩子？”

在陆沉沉默以对后，他自动撤回了条件。对于宁姚照救不误，从此两个人牵连羁绊在了一起。

这个时候，少年左手拎着一兜兜草药包，右手拎着个小包裹，先象征性敲了敲房门，这才快步跨过门槛，将药材放在桌上，轻声道：“道长，你看看有没有抓错。如果有，我马上去换。”

少年始终拎着包裹，转身望向少女。盘膝坐在木板床上的黑衣少女，与草鞋少年对视。

黑衣少女平静道：“你好，我爹姓宁，我娘姓姚，所以我叫宁姚。”

草鞋少年下意识道：“你好，我爹姓陈，我娘也姓陈，所以……”

少年有些神色尴尬，但是很快就坦然笑道：“我叫陈平安！”

——烽火戏诸侯《剑来》：第一卷 笼中雀　第十五章 压胜

选择相遇，选择相处，选择相爱，选择相守……都是自己的选择。

陈平安和宁姚都不喜欢人为安排、被人操控的爱情。爱情诚可贵，自由价更高；经过自由的选择，并拥有选择自由的爱情，方是真正的爱情——因此，选择剑斩姻缘线，寻获纯粹的爱情，就成为宁姚宁姑娘必然的选择了。

小小凉亭内，唯有翻书声。

一开始还想着事情，后来不知不觉，陈平安竟然真就睡着了。

宁姚偶尔抬起头，看一眼那个熟悉的家伙。看完之后，她将那本书放在长椅上，作为枕头，轻轻躺下，不过一直睁着眼睛。

夜幕中，最后她悄悄侧过身，凝视着他。

宁姚微微抬头，双手合掌，轻轻放在那本书上。一侧脸颊贴着手背，她轻声道：“你当年走后，我找到了陈爷爷，请他斩断你我之间那些被人安排的姻缘线。陈爷爷问我，真要如此做吗？万一真的就不喜欢了呢？变得我宁姚不喜欢你，你陈平安也不喜欢我，如何是好？我说：不会的，我宁姚不喜欢谁，谁都管不着；喜欢一个人，谁都拦不住。陈爷爷又问：那陈平安呢？要是没了姻缘线牵着，又远离剑气长城千万里，会不会就这样愈行愈远，再也不回来了？我就替你回答了：不可能，陈平安一定会来找我的！哪怕不再喜欢，也一定会亲口告诉我。但是我其实很害怕：我更喜欢你，你却不喜欢我了。”

宁姚不再说话，缓缓睡去。

陈平安睁开眼睛，轻轻起身，坐在宁姚身边。

抬头，是三轮天上月；低头，是一个心上人。

——烽火戏诸侯《剑来》：第九卷 天上月　第五百七十二章 心上人

宁姚和陈平安订下十年之约后，请剑气长城老大剑仙陈清都出剑斩了陆沉安排、算计和操控的姻缘线，便是出于此等考虑。

如果斩断这种人为算计的姻缘线，宁姚仍然喜欢陈平安，而陈平安也仍然喜欢宁姚，那这种喜欢才是真正的喜欢，这种爱情才是有自由和选择的爱情——宁姚和陈平安的爱情才是真正不可撼动的。

但是，面对这种选择将带来的不确定后果，宁姚其实很害怕：我更喜欢你，你却不喜欢我了

所幸，陈平安。

一天宁姑娘写他三遍名字的陈平安。

爱宁姚。

爱极了宁姚宁姑娘。

相爱的人，真的彼此相爱。

真好。

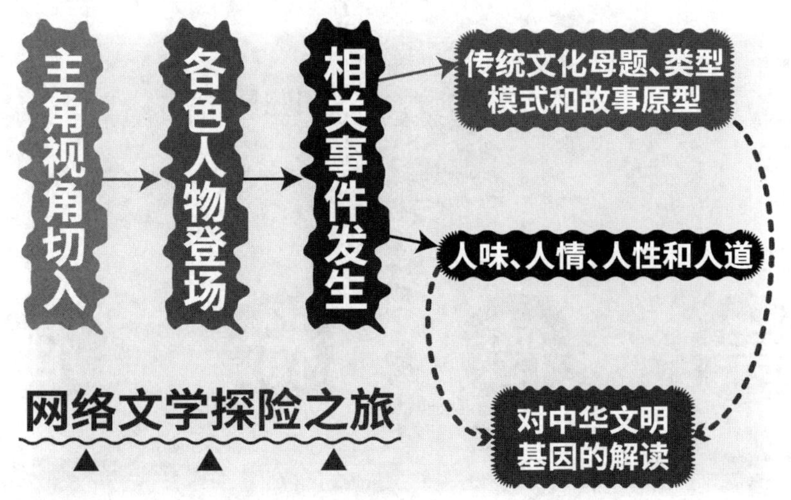

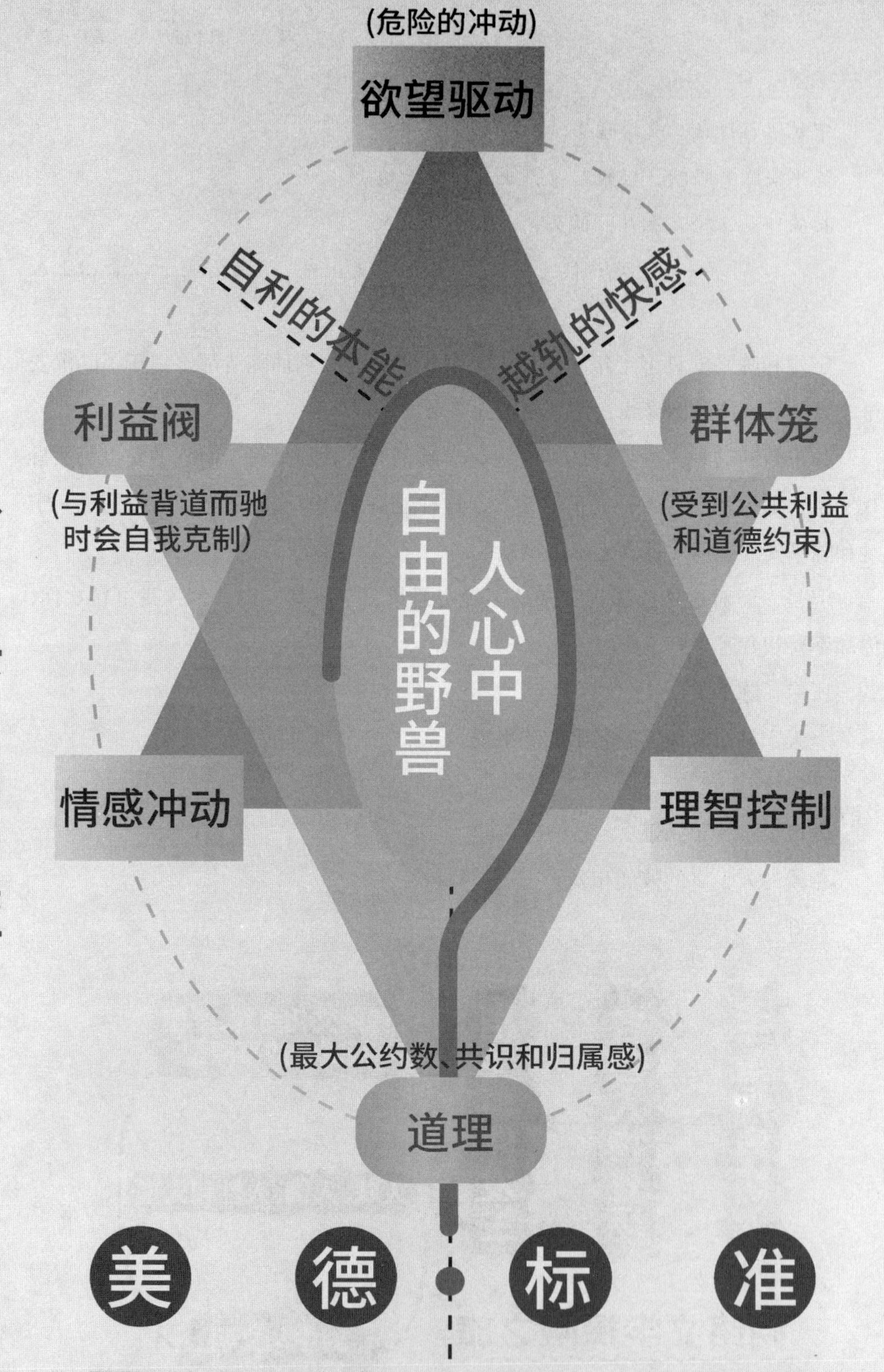

爽文的张力:从“感官刺激”到“精神愉悦”

第三章

先行得道：

从『大道之争』到『武道证神』

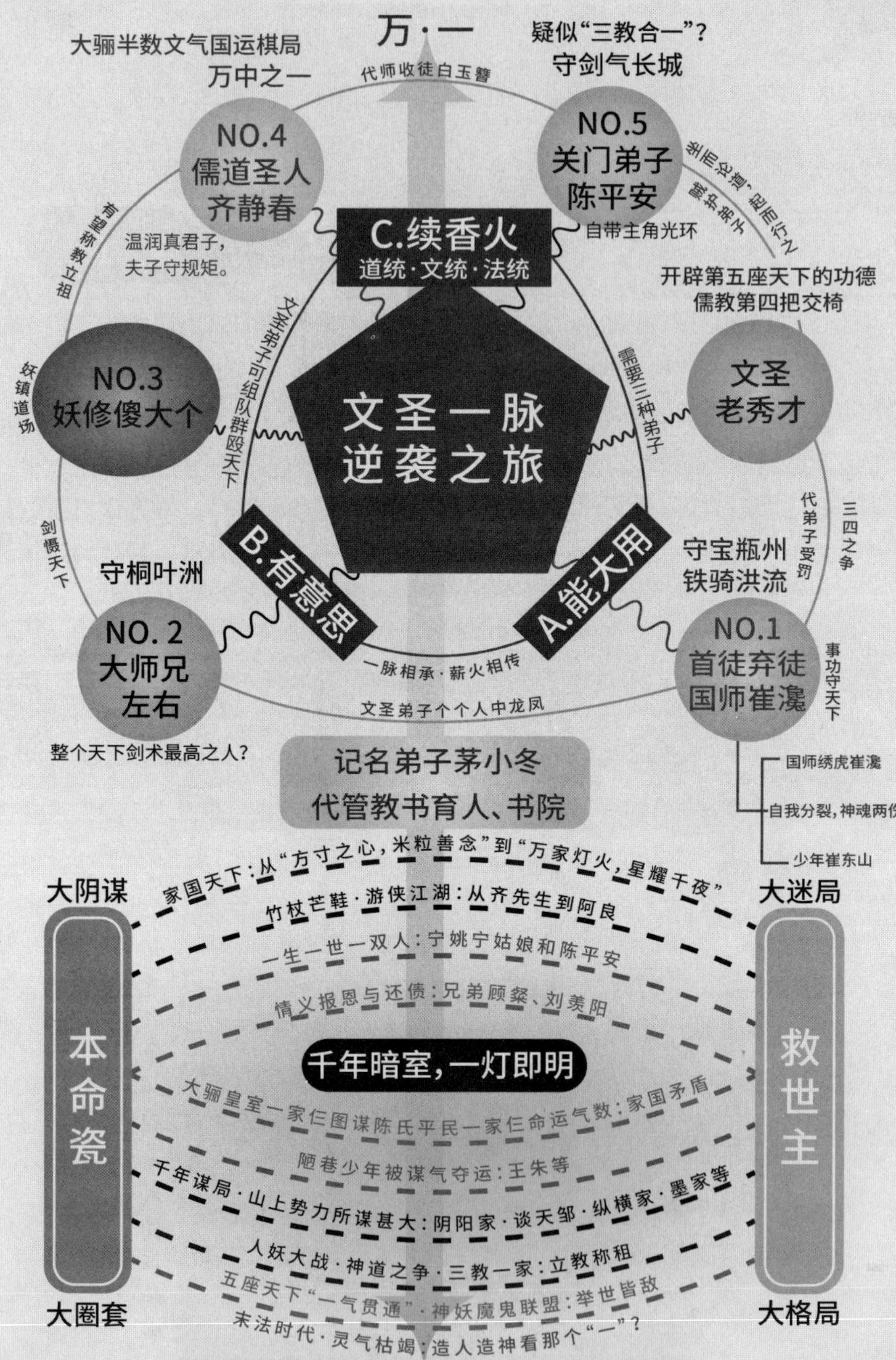

万·一
大骊半数文气国运棋局
万中之一
疑似“三教合一”？
守剑气长城
代师收徒白玉簪
NO.4
儒道圣人
齐静春
NO.5
关门弟子
陈平安
自带主角光环
温润真君子，
夫子守规矩。
有望称教立祖
C.续香火
道统·文统·法统
开辟第五座天下的功德
儒教第四把交椅
文圣弟子可组队群殴天下
需要三种弟子
NO.3
妖修傻大个
妖镇道场
文圣一脉
逆袭之旅
文圣
老秀才
代弟子受罚
三四之争
剑慑天下
守桐叶洲
守宝瓶州
铁骑洪流
B.有意思
A.能大用
NO. 2
大师兄
左右
一脉相承·薪火相传
NO.1
首徒弃徒
国师崔瀺
事功守天下
文圣弟子个个人中龙凤
整个天下剑术最高之人？
国师绣虎崔瀺
自我分裂，神魂两伤
少年崔东山
记名弟子茅小冬
代管教书育人、书院
大阴谋
大迷局
家国天下：从“方寸之心，米粒善念”到“万家灯火，星耀千夜”
竹杖芒鞋·游侠江湖：从齐先生到阿良
一生一世一双人：宁姚宁姑娘和陈平安
情义报恩与还债：兄弟顾粲、刘羡阳
本命瓷
救世主
千年暗室，一灯即明
大骊皇室一家仨图谋陈氏平民一家仨命运气数：家国矛盾
陋巷少年被谋气夺运：王朱等
千年谋局·山上势力所谋甚大：阴阳家·谈天邹·纵横家·墨家等
人妖大战·神道之争·三教一家：立教称祖
五座天下“一气贯通”·神妖魔鬼联盟：举世皆敌
末法时代·灵气枯竭：造人造神看那个“一”？
大圈套
大格局
于方寸之心，建基万世太平之运道。

齐静春和陆沉围绕陈平安与宁姚以及贺小凉姻缘线和情种的博弈与交锋，其实是从齐静春必死之局到陈平安将活之局的延续：

因为大道之争，狭路相逢，所以陆沉成为各方幕后大佬“将死”齐静春的胜负手；陈平安则成为齐静春面对各方幕后大佬针对自己甚至针对整个文圣一脉的死局，在人生最后一盘棋下出“千年第一局”的无理手……

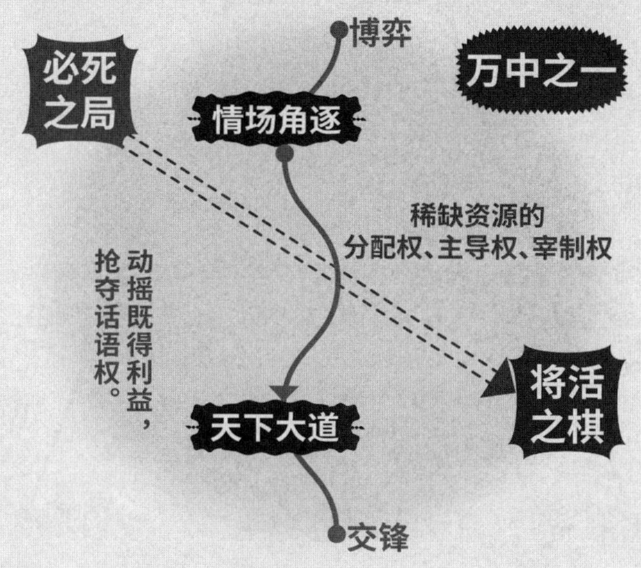

以陈平安的情场为角逐场，不过是牛刀小试而已；真正逐鹿之地，却是天下大道。

齐静春和道祖亲传掌教大弟子（亦即陆沉的大师兄）的大道之争，从本质上说，其实就是在动摇三教一家既得利益的分配格局，抢夺话语权；

最重要的，这是在动摇甚至在争抢道家既有的配额与份额——这大概就是在三教一家和诸子百家围杀齐静春的必死之局中，道祖亲传掌教三弟子一脉出力最大，而齐静春为了陈平安最后跟道祖亲自做交易做得最彻底的原因之一。

但是，陈平安走纯粹武夫一途，且有望到“武境十一”，那就不仅仅是武运和武道之争，而是大道气运之战了——大道气运作为数量有限、配额有量的稀缺资源，从本质上就是“僧多粥少”；因为，说到底，大道之争、气运之战，就是在争夺这种稀缺资源的分配权、主导权和宰制权。

陆沉算计陈平安，都是为了破齐静春的局，毁陈平安的“道”，灭掉那个可能性的“万一”：万一，陈平安真的成了“陈十一”，成了浩然天下那个万中之一的“武道十一境”呢？

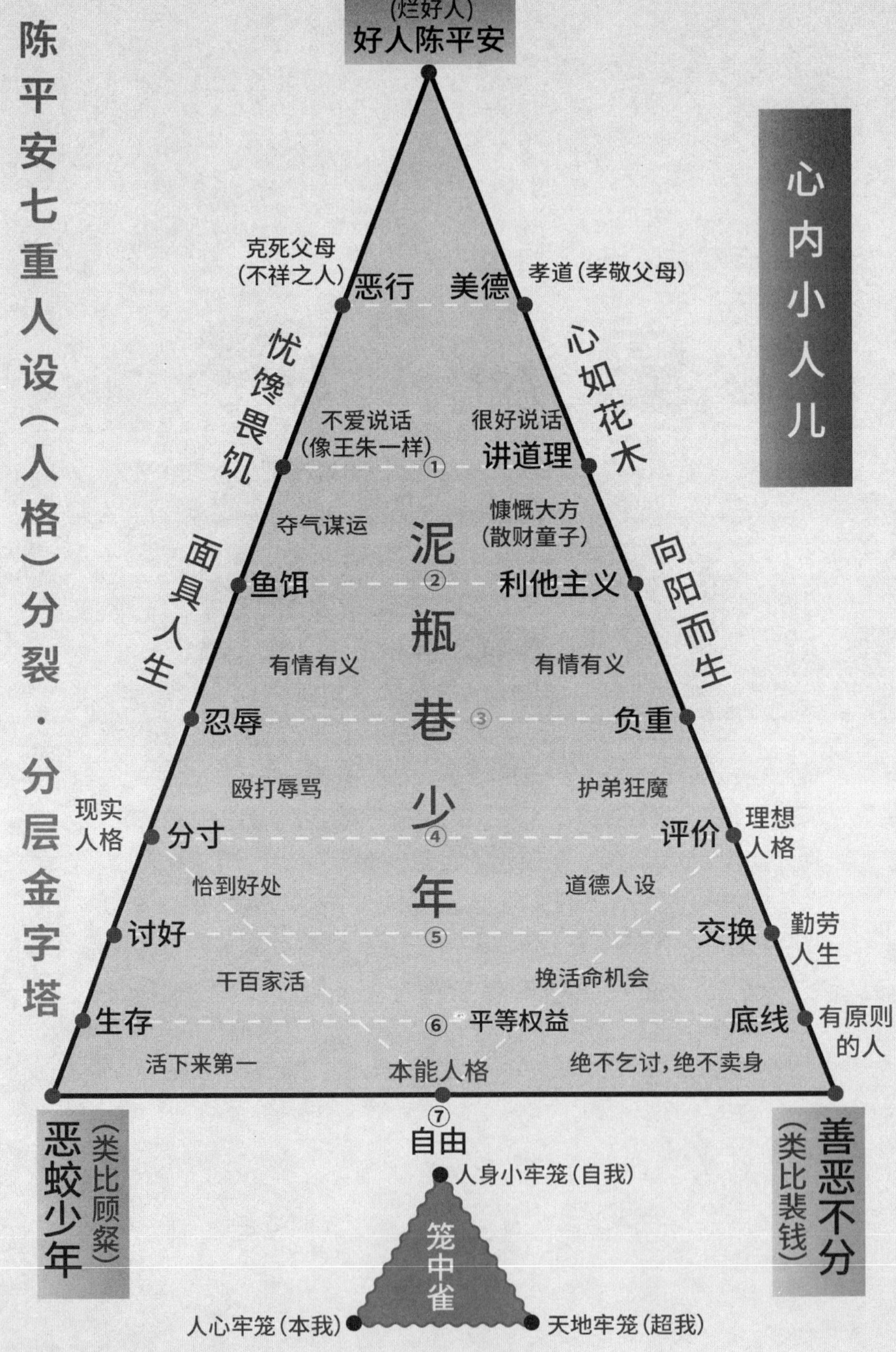
陈平安七重人设（人格）分裂·分层金字塔
(烂好人)
好人陈平安
心内小人儿
克死父母
(不祥之人)
恶行
美德
孝道(孝敬父母)
忧馋畏饥
心如花木
不爱说话
(像王朱一样)
很好说话
讲道理
①
夺气谋运
慷慨大方
(散财童子)
面具人生
向阳而生
泥
鱼饵
②
利他主义
瓶
有情有义
有情有义
忍辱
巷
③
负重
殴打辱骂
护弟狂魔
现实
人格
分寸
少
④
评价
理想
人格
恰到好处
道德人设
年
讨好
⑤
交换
勤劳
人生
干百家活
挽活命机会
生存
⑥
平等权益
底线
有原则
的人
活下来第一
本能人格
绝不乞讨，绝不卖身
⑦
自由
恶蛟少年
(类比顾粲)
善恶不分
(类比裴钱)
人身小牢笼(自我)
笼中雀
人心牢笼(本我)
天地牢笼(超我)

第一节 辣手摧道心：
从“人生支柱”到“最强武境”

陆沉在陈平安和宁姚的情缘上做手脚，或许是想通过陈平安作为骊珠洞天“气饵”（作为他人钓食气运之锦鲤的饵）和宁姚作为剑气长城“刑徒余孽”的牵连羁绊，设定一个“破境和战力”天花板。

同时，通过把福缘浅薄的陈平安和东宝瓶洲道缘深厚的贺小凉千里“情缘”一线牵，也是想把贺小凉的福缘和道缘，通过情缘线分摊给陈平安，使其成为“大富翁”，在富贵温柔乡里消磨其求大道的意志。

如此，哪里来的那个“万一”？按照常理来说，穷小子骤富之后，举措失当，极易败家败运败人生的。

身为道祖亲传掌教三弟子，陆沉其实在四座天下甚至天外天都算得上是“大人物”了。但是，用如此阴谋算计泥瓶巷的小人物陈平安，可以说是毫不顾忌身份，甚至都有些“下作”了——

特别是为了毁掉陈平安的心性和意志，刻意将宁姚的气数与命运嫁接在这个福缘稀薄、运来漏走的泥腿子少年身上，希冀通过“癞蛤蟆想吃天鹅肉”的爱情悲剧和沉重打击，摧毁支撑陈平安坚守、坚持人生的四根支柱：

第一根支柱是一家三口的相亲相爱：愿来生，还能做我爹娘的孩儿。

第二根支柱就是一个人不孤单的兄弟情义：视刘羡阳为兄，应当报恩；将顾粲当弟，应该还债。

第三根支柱便是和宁姚宁姑娘的相看两不厌：郎有情，妾有意。原来并非我一厢情愿，那就算千山万水、路途遥遥，又有何妨？

本土外乡，门不当户不对，修行资质更是有天壤之别，我却仍然能够克服！

第四根支柱自然是齐静春齐先生：今生幸遇齐先生，清风徐来，阳光灿烂，世界终究不失望；愿每一个少年，于成长路上，都能遇到这样一位齐先生。

支撑陈平安人生的这四根支柱，其实在不同时期都被不同的人以不同程度狙击与摧毁过；而陆沉就在其中占二。

“一家三口”的支柱，被大骊皇子、野养龙种宋集薪恶意动摇过——说五月五出生的陈平安是克死爹娘的罪魁祸首，诱骗陈平安违背娘亲遗誓而进入龙窑。

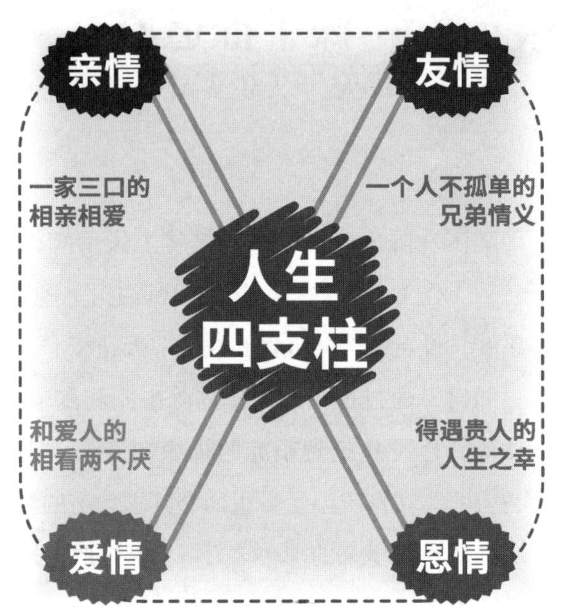

“兄弟情义”的半根支柱，被国师崔瀺斩断，于书简湖问心局之中，将陈平安逼入死角：顾兄弟情，就讲不了道理；讲道理，不但顾不了兄弟情，还要诛心杀自己。

后面两根支柱的手笔，则是来自陆沉。而且，更为深远、阴暗和难以剪除。

骊珠洞天泥腿子少年陈平安和剑气长城剑胚道种宁姚，差距何以亿万计！

但陈平安仍然喜欢上了宁姑娘。

如果被拒绝了，少年伤了心，从此难以寸进——初恋无疾而终、黯然销魂的滋味，将有可能缠绕他的一生；尤其是所谓的“癞蛤蟆想吃天鹅肉”之疑问与拷问，将会成为其一生斩不断的心魔。

特别是，陈平安如果要进入“最强武夫境”，这种叩关问心，可能会更要命——要成为“史上最强”，就必须要有一个“内心无比强大的自我”；

但是，那种“癞蛤蟆”的自我意识、身份和认同，怎么可能培育出内心无比强大的自我?!

如果连直面天鹅的“最强勇气”都没有，又哪里会有一拳问道三祖的武夫气概?

由此可见陆沉算计之细腻、谋害之精微、影响之深远。

陈平安既然没有醉，就只挑可以讲的那些人和事。

后来不知怎么就聊到了那位姑娘。

打定主意喝完四大碗酒就覆碗休战的陈平安，就默默给自己倒了一碗酒，还是没有说送剑的事情，就说自己有事要离开家乡，来一趟倒悬山。刚好有位认识的姑娘，她的家在剑气长城那边，然后两人见了一面，就这么简单。

妇人微笑道：“那你走了很远的路啊？”

陈平安端着碗，想了想，摇头道：“不远啊，想着每走一步，就近了一些，就不会觉得远了。”

男子冷笑道：“你跟那位姑娘认识了多久？相处了多久？就口口声声喜欢人家？是不是太轻浮了一些？”

陈平安不知道如何反驳，只是闷闷不乐道：“喜欢谁，我自己又管不住自己的。你觉得轻浮就你觉得，我也不管你。”

男子冷哼一声，估计也被陈平安这句话伤到了。关键是少年说得还很真诚。

山上传言，不知真假。

喝了忘忧酒，便是真心人。

妇人安慰道：“然后被姑娘拒绝了？不要泄气啊！你有没有听过，有些人之间，注定只要相逢，就是对的。如果还能重逢，就是最好的。”

陈平安喝了一大口酒，醉眼蒙眬，但是一双眼眸，清澈见底，如溪涧幽泉，开心、伤感、遗憾、欢喜，都在流淌，而且干干净净。只听少年摇头笑道：“喜欢一个人，总得让她开心吧。如果觉得喜欢谁，谁就一定要跟自己在一起，这还是喜欢吗？”

说到这里，少年眼泪便流了下来：“可是我就是嘴上这么说说的。其实我都快伤心死了。我其实恨不得整个倒悬山、整个浩然天下，都知道我喜欢那个姑娘。然后我只希望天底下就这么一个姑娘，喜欢我……”

说到最后，陈平安是真的醉了，以至于忘了喝了几大碗酒，脑袋搁在酒桌上，碎碎念。

他甚至忘了自己如何跟男子吵了架，甚至还打了架。

似梦非梦、似醒非醒之间，他好像还一怒之下，一鼓作气从第四境升到了第七境，从此彻底与武道最强第四境没了缘分。妇人好像还问了他，为了一个姑娘的爹娘打抱不平，就要放弃自己的武道前程，值得吗？你以后还怎么成为天底下最厉害的剑仙、大剑仙？

陈平安当时的回答是："喜欢一个姑娘，不是嘴上说说的。如果我今天不这么做，假设你们是宁姚的爹娘，你们觉得我陈平安真正有钱了，修为很高了，真的成了大剑仙，就会为你们女儿付出很重要的东西吗？不会的……那样的喜欢，其实没有那么喜欢，肯定一开始就是骗人的……"

这一切，陈平安都已不记得。

……

剑气长城，斩龙台石崖上。

她躺在那里，轻声道："陈平安，你听我说啊，我没有不喜欢你。"

——烽火戏诸侯《剑来》：第四卷 剑气近
第二百七十二章 陈平安，你听我说

但反过来说，如果陈平安被宁姚接纳了，欣喜过了头，某个角落随之而生的猜疑之种，却会悄然滋生，犹如藤蔓一样，爬满心墙。

等到阴影面积增大、腐蚀渐深时，你就算能够斩除所有藤蔓，又如何能够清除那流水光阴腐骨蚀魂的痕迹？

即使你把心墙重新粉刷一遍，甚至推倒了重建，但那印痕，也已经深入了骨骼和灵魂深处，再也难以清除。

而且，更要命的是，这种猜疑之种，不但会在陈平安心中野蛮生长，而且就连宁姚这种心性很大的姑娘心中都会生出，在胸怀无比广阔的土壤之中疯狂滋生和蔓延——而且，真的是野火烧不尽，春风吹又生。

于是，从陈平安到宁姚，都很担心对方或自己不是真心喜欢，而仅仅是因为陆沉那"乱点鸳鸯谱、千里姻缘一线牵"的算计。

直到宁姚狠下心来，请陈清都出剑，斩断了那一根所谓的"陆沉的月老红线"，才算彻底斩掉陆沉这个"幕后玩家"的黑手，斩掉了陈平安"史上最强武夫境"的道心可能损毁的危险。

第二节 以武证神：从“玩笑陈十一”到“人即为神”

按照浩然天下通常的说法，纯粹武夫只有十境。

然而，《剑来》开篇在骊珠洞天事件之中，就做了铺垫：齐静春给陈平安取名“陈十一”，暗含他可以达至“武境十一”。

齐静春留给陈平安的两件关键物，大有深意：

一是“静心得意”印章——“静”是他的两大本名之字之一。所谓“本名之字”，就是“世间任你是谁，只要写到、用到、念到此字，便能够为那位儒家圣人增加一丝道行修为。积少成多，滴水穿石”。

二就是“陈十一”印章——浩然天下纯粹武夫，世人皆以为只有九境。这就是宁姚为陈平安科普的“武道九境”中的第一层炼体三境界：胚境、木胎境和水银境；至于第二层炼气三境界（英魂、雄魂和武丹）和第三层炼神三境界（金身境、羽化境和山巅境），均未提及。

宁姚认为以陈平安的家底和资质，这一辈子能够炼到木胎境，就已经算是家里烧高香了。

儒家圣人齐静春看似给陈平安开了一个无伤大雅的玩笑，实际上颇有深意——至少《剑来》原文是如此说的——武道九境之上还有第十境；十境之上还有传说中的第十一境：“陈十一”，陈平安能够达到纯粹武夫第十一境吗？

齐静春正襟危坐，手握刻刀，破天荒有些为难，不知如何刻写印章的篆文：“杀身成仁，舍生取义？对这个孩子来说，好像太大了一些，不妥当，也不吉利。安心在平，立身在正，是不是太虚了一些？可如果是三枚随手凿就的急就章，好像又显得太没有诚意了！”

齐静春转头望向窗外的夜空。夜幕当中，星星点点，如一颗颗夜明珠悬挂于一张黑幕之上。

齐静春怔怔失神，良久才回过神，一手拿起印章，开始下刀。

最终刻出“静心得意”四个古朴篆文。尤其以为首之“静”字，最为神意饱满，包罗万象。

齐静春轻轻放下手中印章，底款这面朝上。

齐静春如释重负。

这位两鬓霜白的儒士心意微动，便随手挥袖，只见桌面上很快“风生水起”，山川起伏，依次展开。

最后齐静春凝神望去，看到小镇陋巷的破落祖宅当中，少年和少女并肩而坐，聊着武道九境的概况。

武道九境之上，有第十境。

齐静春早就读书破万卷，对于庙堂江湖更不陌生，自然晓得武道之事。

齐静春那张近乎古板的脸庞，浮现出一些笑意。

于是这位坐镇一方天地的儒家圣人，开了一个无伤大雅的玩笑。

他在第二枚私章上篆刻三字。

陈十一。

——烽火戏诸侯《剑来》：第一卷 笼中雀　第三十八章 九境

当剑气长城人妖终极一战大幕徐徐揭开，老大剑仙陈清都给陈平安透露了两个天机。

其中之一竟然是：传说之中的十一境，竟然是纯粹武夫的登天成神之路。武道十一境，武道终、神道始，才是真正的由“人”而变成“神”的门槛。

三教一家为何如此忌惮武夫进入十一境？

特别是道祖亲传掌教三弟子陆沉，先阻崔诚进入十一境，后苦心孤诣地算计陈平安的武道之途，就在于：武道十一境是人即为神的起始。

以推翻神道起家、分治天下的三教一家，自然不想神道死灰复燃，更不想纯粹武夫通过武道十一境，开辟人间造神的新神道之路——如果从崔诚到陈平安，开创了由武道入神道之路，就意味着三教一家既有利益分配和分治天下的格局，将会面临“新神道”的挑战，特别是第五座天下犹如天地初开、大道气运流转，更有利于剑气长城土生土长的那些武道胚子。

武道创神道，那岂不是将批量制造“新的神明”？

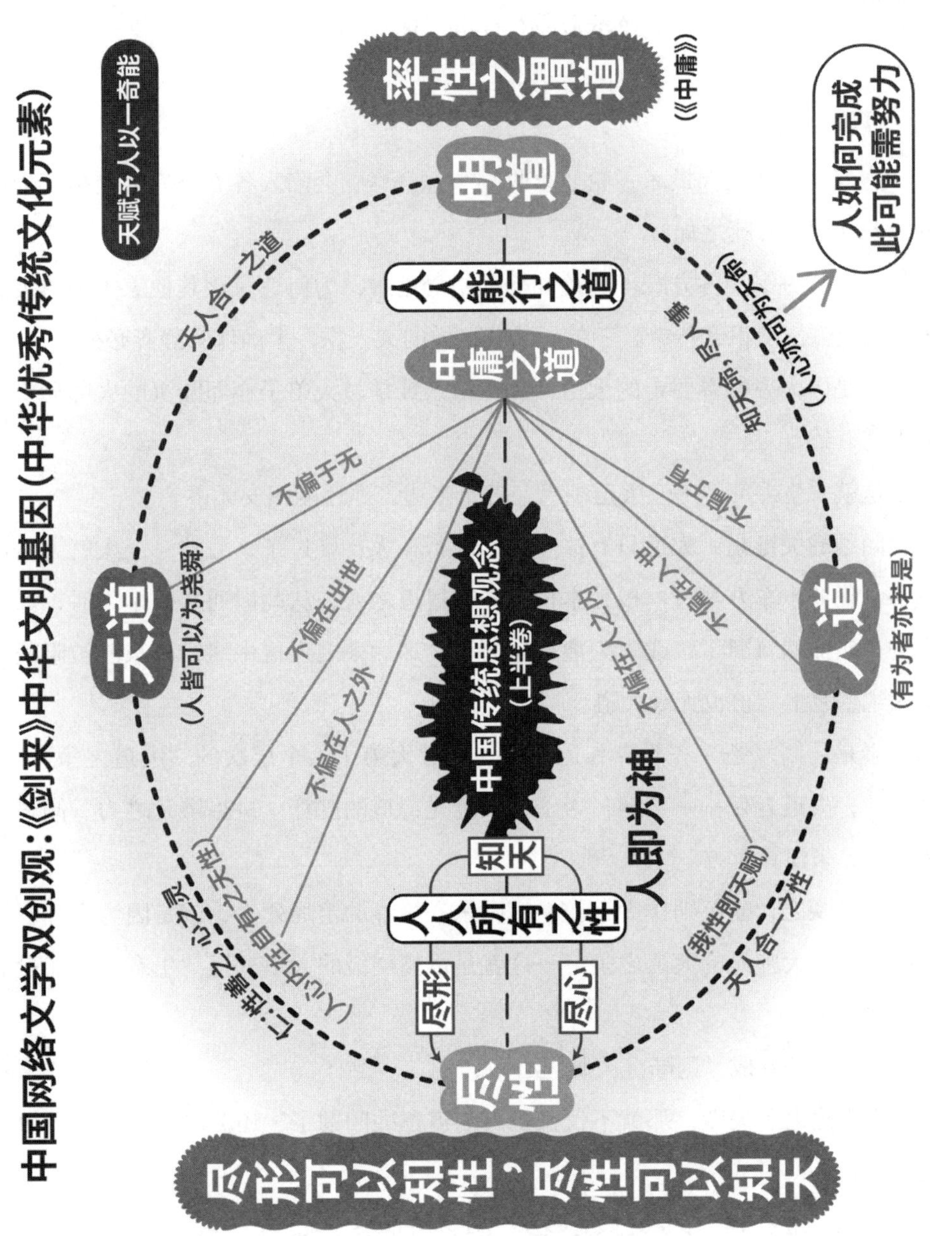

第三节 三教猎杀：

从“齐静春必死”到“扼杀陈十一”

为何在骊珠洞天最后一轮韭菜收割季，齐静春会陷入各方幕后大佬精心构造的天罗地网、必死之局？

在三教一家等各方既得利益和分配格局之中，为何道家比其他家更为热衷此事，甚至派出道祖亲传掌教三弟子陆沉这样的大人物，来确保齐静春必死？

就是因为齐静春要走的大道，和道祖亲传掌教大弟子亦即陆沉的大师兄要走的大道一致。

这就发生冲突了——大道朝天，各走半边，那还能相安无事。

问题的关键是：大道只有这一条，限行一人；谁过了，另外一个人就无法再过了。犹如千军万马过一根独木桥：先行得道之人，从此岸通达彼岸之后，那独木桥自然而然就断了，或人为地被斩断了；那后来之人再牛掰，也只能被阻隔于悬崖绝壁之上，再也无缘大道。

于是，儒家圣人齐静春和道祖亲传掌教大弟子这个层次的“大道之争”，得道者活，失道者死——甚至，为了增大抢先得道的胜算，拼尽洪荒之力、倾尽联盟资源，来谋算对方。

以是观之，陆沉则作为三教一家围杀齐静春的定局死手，就是因为齐静春已经关乎与他大师兄的大道之争——这就是最高层级的大道气运“生态系统能量活动”之争了：

如果齐静春成，则陆沉大师兄必败；

而大道之争失败，那就不仅仅是身消道殒的问题了，还关乎三教一家既得利益格局；

因此，道家不容争道之败，就必然要陷齐静春于死地。

斩草要除根，陆沉不但要齐静春身消道殒，还要试图掐断齐静春的香火传承，扼杀“武夫第十一境”于摇篮之中。

归而结之，齐静春和道祖亲传掌教大弟子的大道之争，从本质上，其实就是在动摇三教一家既得利益的分配格局，抢夺话语权；

最重要的，这是在动摇甚至在争抢道家既有的配额与份额——这大概就是在三教一家和诸子百家围杀齐静春的必死之局中，道祖亲传掌教三弟子一脉出力最大，而齐静春为了陈平安最后跟道祖亲自做交易做得最彻底的原因之一。

因为武境十一，同齐静春的大道一样，亦是最有可能动摇三教一家既得利益和分配格局的。而浩然天下流传纯粹武夫只有十境，却遮蔽了十一境之说，从根本上，就是要掩盖三教一家从万年之前远古人神大战（剑气长城便是其结果），到三千年前最后一条真龙的屠龙之战（骊珠洞天便是其遗址）——从陈平安到宁姚，便是将这个特殊之地和史上最强战争极简史串联起来的杠杆——所导致的利益分配格局。

其他练气士和剑修上五境均受此规矩束缚，如留在浩然天下的必然是十三境之下，达至十三境的必须飞升上天。阿良一剑斩断大骊王朝仿白玉京楼时就破境十三，天雷滚滚，迫使他必须飞升到天上去跟道老二打架。

但是，唯有纯粹武道十一境不在此限制之内。而且，一旦浩然天下出现武道十一境，就会成为最大的变数，会动摇现有三教一家既得利益与分配格局，而且极有可能会最为损害道家一脉的利益。

至于为什么，现在《剑来》没说，烽火戏诸侯没写，但是，字里行间却显示出：对于未来的“武境第十一”，道家最上火，道祖亲传掌教三弟子陆沉最着急。

崔瀺不理睬他，自顾自说道：“陆沉离开浩然天下之前，找到了他，在竹楼内交上手了。你应该清楚，以他那种练拳练到走火入魔的分上，生平最大的愿望，就是想知道武夫十境的道，与十三境甚至十四境练气士的道，孰高孰低。就算低了，又到底相差多少。所以哪怕是面对道家一脉掌教……”

崔东山转头望向隔着一张棋盘的老人：“陆沉在浩然天下，也得遵守文庙订立的规矩吧，撑死了就是十三境。爷爷重返十境，如果能够恢复巅峰，不是没有一战之力，最不济也不是必死的下场。”

崔瀺摇头道：“陆沉耍了一点小手段，将他带入了小洞天之内。如此一来，战场就不在浩然天下了。”

崔东山猛然坐起身，满脸杀气，语气却极为内敛沉稳：“爷爷他死了？”

崔瀺喝了口茶，缓缓道：“没有。他事后走出落魄山，在小镇像个寻常百姓，忙着购置文房四宝。我找到他的时候，他说在那处小洞天内，陆沉以玄妙道法，祭出了多达十位的十境武夫，为陆沉所用。试想一下，一人双拳，被十位历史上的十境武夫围困，明知必死，你会不会出那一拳？”

崔东山站起身，又盘腿坐下，伸手抓着头发，懊恼道：“我当然不会，可他会的。爷爷难道不知道，这一拳收回来，就等于放弃了传说中的武道十一境？这一拳不递出去，那一辈子的追求，岂不是都放弃了？”

崔瀺放下茶杯：“那你有没有想过，哪怕他出拳，还活了下来，甚至顺势跻身十一境武夫，那么你我，还有陈平安，以后还能有安生日子吗？那些个千百年躲在幕后的大佬，容得下一位宝瓶洲的十境武夫，可未必能够接受一位新的十一境武神。所以这一拳，他是跟掌教陆沉，或者说跟中土神洲做了一笔买卖。用一个纯粹武夫的十一境，来换一个去往市井购置杂物的机会，换一份平平安安的太平岁月。”

崔东山扑通一声后仰倒地：“没劲。”

——烽火戏诸侯《剑来》：第四卷 剑气近　第二百三十九章 观瀑

因此，对于第一个最有可能破境晋阶武道十一境的纯粹十境武夫崔诚，陆沉不惜软硬兼施，威逼利诱，拿他的亲传与半亲传弟子——陈平安与裴钱、他一分为二的两个孙子——崔瀺与崔东山之性命，甚至拿老人风雨飘摇疯癫半生、唯有在落魄山安享晚年的整个落魄山之命脉，来威胁崔诚最终放弃了破境晋阶进十一境的可能性，选择停滞于十境！

而一留一滞，毁掉的不仅仅是老人一生晋阶破境的希望，而且毁掉了他与天争道、与地争气、与天下争运的“道心”与“气数”。

那一口气掉下去后，就再也吊不起来了。

最后，老人郁郁而终，将一身武运和气数还诸藕花福地，希望裴钱能够继承——但是，老人的死，成为裴钱成长中的第二大心结。第一大心结就是拜师陈平安之前的那“原色人生”。

狙击了一步之遥的崔十一，又提前算计未来最大变数的陈十一，陆沉的确很牛。但是，在“于人生最后一盘棋下出千年第一局”的齐静春看来，不过尔尔。

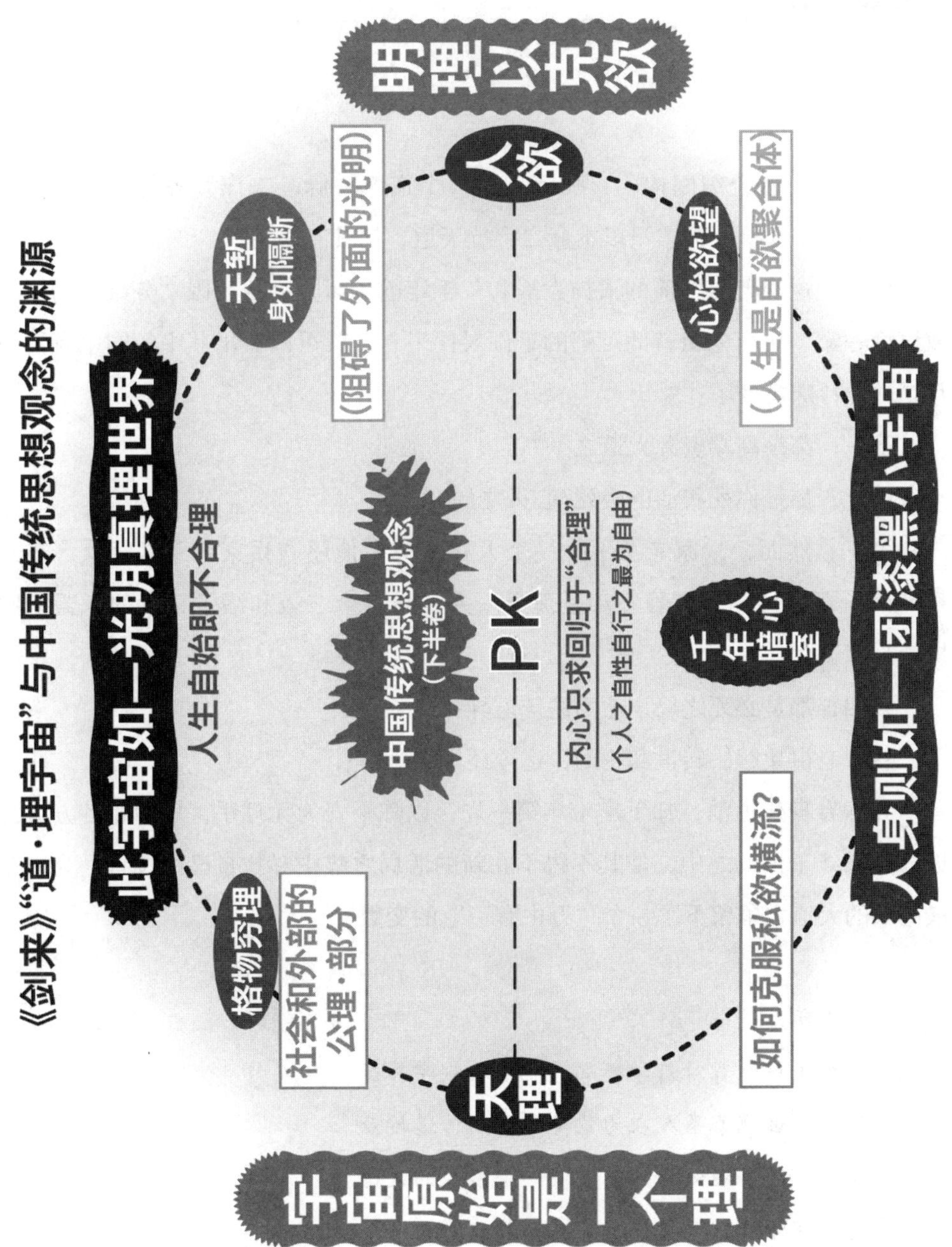

第四节 死中求活：从“棋局无理手”到“万中有一”

三教一家联合织网构陷、陆沉利用整个道教一脉，来谋算齐静春，何其势大？齐静春一人抗一天，只以本命二字抗天道，何其有魄力！

如果把这跟万年之前的人神大战和三千年前的屠龙之战后因“分赃不均”三教谋算一家、兵家老祖就此沉沦的事件对比来看，就可以看出其中的同中有异而且是迥异特殊之处了：

第一，都是高端资源大道之争。

第二，都是你死我活的必死/心灭之局。

第三，然而，兵家老祖不是一个人在支撑，他还有兵家体系做背景，与三教和诸子百家抗衡；齐静春却是孤身一人，与整个三教和诸子百家的联盟织网抗衡。

第四，都是必死之局，然而途殊道异：

兵家老祖兵解、转世和轮回，迄今还无法觉醒；

齐静春身死道消，却下出千年第一局，以陈平安为无理手，反而将各方势力拖入并羁绊于棋局之中，使其不得不在新的活局之势中寻找自己的位置，为未来最高端的大道之争留下了一个“万中有一”的变数。

遥想当年。

算命先生陆沉背对着学塾那边，给人测字算卦。

身后是一位儒家圣人在为蒙童稚子们传道授业。

至于为何齐静春必须死，涉及一个很大的大道。

齐静春在骊珠洞天之内，遍览三教典籍。

齐静春的“有望立教称祖”，立的是什么教？

不管是什么，总之他跟某人想到了同一处去，那么陆沉作为那个人的师弟，就必须亲自下来这里。

陆沉望向天空。

曾经有个读书人就坐在那里，以一己之力，对抗三教仙人。

佩服归佩服，敬重归敬重。

昧着良心的事情还得做啊。

后来他顺势而为，大致推演算出了齐静春的真正后手，便给那少年留下了四个字，说是让他练字——这是真的——但是最大的意义，还是如放风筝一般，希望借着少年临摹那四个字的时候，在某天算出最关键的一步棋。这纯粹是下棋高手的好奇而已。

但是很奇怪，少年只给了陆沉一次机会。

而且陆沉也根本算不出太多。

对此陆沉倒是不介意什么。毕竟大局已定，他还真不会在齐静春死后落井下石。

年轻道人曾经亲口对少年笑言：“看似好心的善举，未必是好人好事情。”

是有深意的，既是说那几张药方那四个字，更是说那一串蓄谋已久的糖葫芦。

陆沉松开独轮车的把柄，伸了个懒腰，笑道：“若无闲事挂心头，后一句是什么来着。”

年轻道姑微笑道：“便是人间好时节。”

——烽火戏诸侯《剑来》：第三卷 金错刀　第二百零一章 若无闲事挂心头

千防万防，陆沉所有的防线均在“文运”之道，却没有防着齐静春这“陈十一”的万中之一“武运”之道。

只因为齐静春是书生，是儒家圣人，是文圣一脉，陆沉便陷入了思维定式，以为齐静春的香火传承，必然是“文运”之道，却没有想到会是“武运”之途和“武道”之争。

因此，陆沉事后一直感慨自己百密终有一疏，只带来文雀一只而无武雀，没有测算出陈平安的“武道十一境之争”的可能性和威胁性：

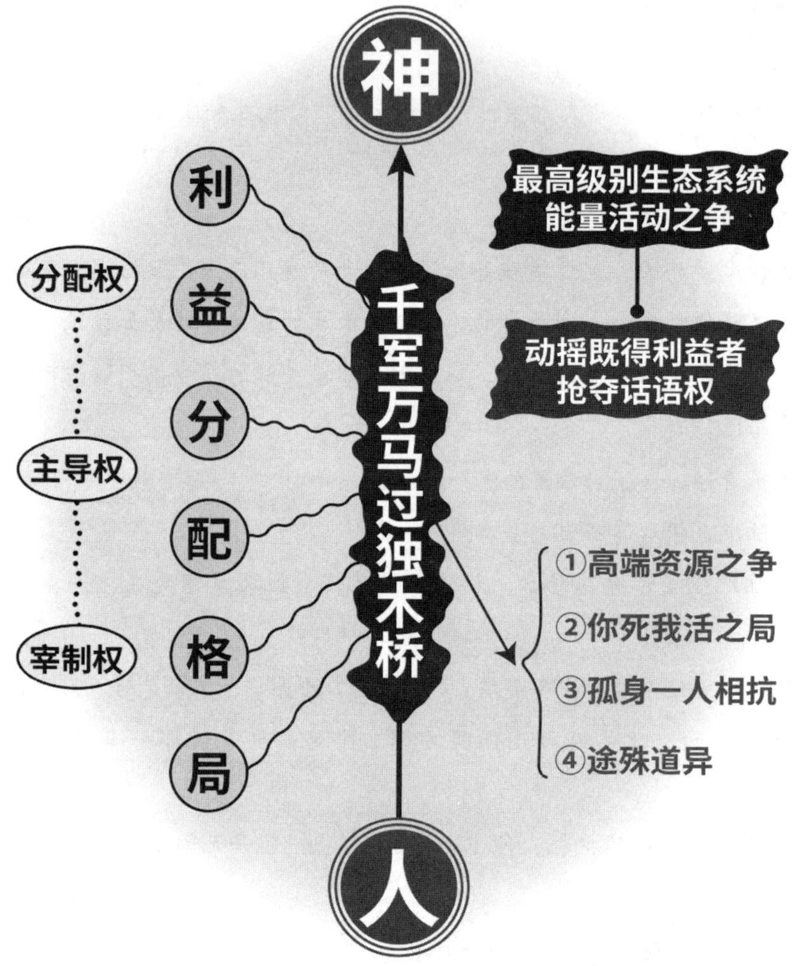

因为，就算陈平安没有碎掉本命瓷，走练气士修行，最高的境界，也就只是地仙资质——在浩然天下，地仙亦不过是迈入上五境门槛而已，还不足以撼天动地，动摇三教一家分治天下的根基。

但是，陈平安走纯粹武夫一途，且有望达到“武境十一”，那就不仅仅是武运和武道之争，而是大道气运之战了——大道气运作为数量有限、配额有量的稀缺资源，从本质上就是“僧多粥少”；因此，说到底，大道之争、气运之战，就是在争夺这种稀缺资源的分配权、主导权和宰制权。

第五节　生态系统：从“能量递减链”到“最强武运回馈”

在《剑来》之中，大道、天理和气运的设定规则，有点类似于生物学所阐述的如下原理：在生态系统之中，能量是单向流动、逐级递减的，并且不再循环；它们是通过食物链进行流动和传递的。

在生态系统之中，这种能量流动是由下往上递减的，亦即由第一层级往第二层级、由前端层级向后端层级“逐层而去”的。后端一层级的营养能量来自前端一层级。

各个营养层级的能量流动，有三个去向：

第一个去向是被该生物自身吸收，用于生长、发育和繁殖，贮存于自己的有机生物体之中；部分能量通过死亡后的遗体、残落物、排泄物等分解掉。

第二个去向就是流向下一个层级，成为此层次生物的营养能量，以及未被利用的部分。

第三个去向就是能量在传递过程之中的损耗。层次越多，流动中被损耗的能量就越多。

因此，这种生态系统中的能量流动，有如下的特性：

第一，单向流动。这是指生态系统的能量流动，只能从第一层级流向第二层级、从第二层级流向第三层级……从前端层级流向后端层级，逐级流动，不能逆向流动。

第二，逐级递减。这是指前一层级的能量，在流至后一层级时，不可能是百分之百的传递，而是会因为前一层级生物的呼吸、传递分解与损耗等，逐渐减少。比如，每一个层级 100%的能量中，可能只有 10% ~ 20%的能量，能被传递并被后一层级的生物所吸收、利用，然后继续往下传递。因为，这是一个能量流动逐级递减的食物链。

第三，这就形成一个能量数值金字塔。在单位时间里各个层级所得到的能量数值，按照食物链（营养级）由低到高地绘制成图形，就会形成一个能量数值金字塔——它同时也是营养级、食物链和生物数量金字塔：在生态系统之中，能量多寡、数值高低，将决定营养级、食物链和生物的个体数量。

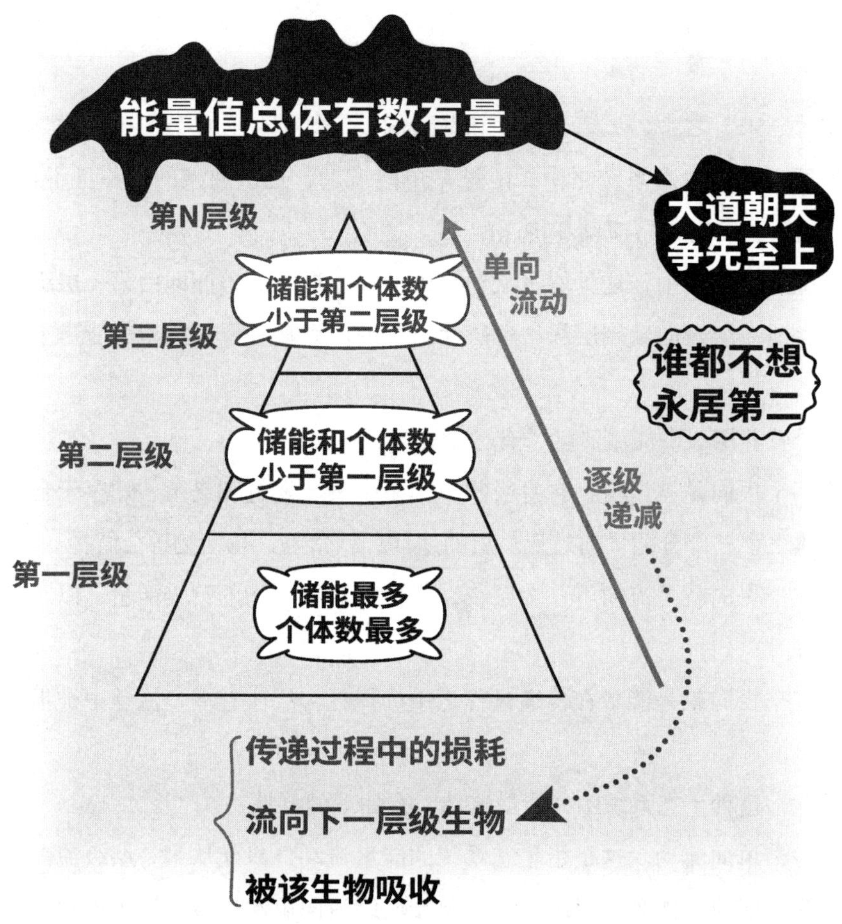

比如，草通过绿色植物的光合作用，吸收太阳这种所有生命活动能量来源的能量，储能最多，因此个体数最多，成为营养级和食物链的初级与前端。

羊吃草，蕴藏于草中的部分能量，就从第一层级（绿色植物）流动和传递到了第二层级（食草动物）；

草被羊消化吸收后，约有 10% ~ 20%的能量，会转变成为羊自身的能量。

羊成为食物链和营养级的第二序列。

由于储能少于第一序列的草，因此，羊的营养级和食物链高于草，但个体数量却少于草。

狼吃羊，能量就在这种营养链、生物链和食物链之中继续流动——而狼的储能更少，个体数量更少……

以此类推，越是站在食物链、生物链和营养链高端的生物，储能越少，数量越少。

《剑来》之中的“大道气运”设定（如武运与文运），可以视为一种“生态系统”中的“能量流动”，大致可以推测与勾勒成三个方面。

第一，从数量值来说，大道气运应该是总数有量的。其流动、分布与吸收，是不均衡的。

比如，一洲、一地、一方天地有一定数量的大道，而一境一界一层一级亦有一定量值的气运。

它们所能容纳的修道者，无论是练气士、剑修还是武夫，都有一定的数额限制。

因此，破境晋阶，需要争道抢运。

陈平安记起一事。

关于最强二字。

竹楼崔姓老人说他的三境，是天底下的最强三境。

不是宝瓶洲。

之后郑大风在闲谈之中，提及此事，也说李二曾是底子最为雄厚的最强九境武夫，只不过如今跻身第十境。陈平安猜测李二暂时应该已经失去了最强二字。

陈平安眺望远方。听崔瀺说这座浩然天下极大，有五湖四海九大洲，宝瓶洲、俱芦洲、皑皑洲、婆娑洲和金甲洲等，如众星拱月，围住那座最大的中土神洲；而中土神洲又有数个大王朝。大骊唯有吞并半座宝瓶洲，版图才能与它们媲美。

陈平安忍不住去想一个问题。

传说中的武道第十一境，武神，天底下存在吗?

少年崔瀺当时嘿嘿一笑，没有给出答案。

——烽火戏诸侯《剑来》：第四卷 剑气近

第二百五十八章 群山之巅，上有武神

按照《剑来》的设定，每一洲都有三个十境武夫名额。东宝瓶洲却先后有了四个十境武夫：崔诚、李二、宋长镜和顾佑。这已经是东宝瓶洲武运所能容纳的十境武夫极限。

如果名额不减，则后来的九境武夫几无破境进十境的希望；而这几个纯粹高境武夫，也难以在东宝瓶洲本土跻身十一境武夫。

因此，李二只能远走北俱芦洲，寻找破境晋阶的希望。

而崔诚和顾佑相继身死，还武运于天运与大道之中：前者的武运本想传承给半亲传弟子裴钱，故而也是纯粹武夫的落魄山大总管朱敛不争；而后者的武运本想馈赠给陈平安，却因为陈平安当时正和大玄都观孙道人一起在秘境探险，错失机缘，从而归散于天地之中。

但正因为如此，四去二，才给后面的武夫破境进阶留下了盼头。

从一境一界一层一级来讲，便有“最强破境者”之说。比如：崔诚在训练陈平安时，要求他务必是“最强三境”——因为只有在本境界做到最强，才能获得武运的最大眷顾。一洲一地一方天地的武运，才会如飞蛾扑火，纷纷涌入，为其悦纳。这就是所谓的“最强武运馈赠”。

因此，方有陈平安和曹慈的“最强武境之争”。在剑气长城之中，陈平安与曹慈发生了“据说是有史以来武夫第四境最强之战”，结果陈平安三战均三败。

后曹慈离开剑气长城返乡，在经过那道剑气长城和倒悬山的穿越门时，一不小心破境，引发三方天地武运联动；

而曹慈却拒收这种武运馈赠，要还诸天地，引发武运大紊乱。结果三方天地的坐镇之人甚至是倒悬山大道君出手，才让天地武运稳定下来。

从“最强武境之战”到“最强武道之争”，陈平安与曹慈的“武运”之争，最为鲜明地体现了“大道气运有数额、最强武道十一境唯一人”的布局与设定。

第六节　大道之争：从“争气夺运”到“先行得道”

于是，大道朝天，争先至上。

一步慢，步步慢；一步快，步步快。

谁抢先占有大道和气运，谁就有可能对其他人形成压胜。

甚至，在求道之路上，千军万马过独木桥，狭路相逢先者胜。

这种大道和气运，就像金字塔，越往上就越是稀少和稀缺，犹如：底层之路，百人可过一人；中层之运，万人可通一；而顶层之道，或许十万、百万甚至千万才过一。

概率会越来越低。

即使就像阿良所说、陈平安和宁姚后来如复读机一样反复引用时所说的那样，大道不应该如此之小，大路不应该如此之窄，寻道也不应该只有一条路可走——条条道路可证道嘛——就算如此，那也得有一个“先行得道”的天地法则在起作用：先行之人寻道问路最宽阔！“一条大河波浪宽，风吹稻花香两岸”，想怎么走就怎么走；而且，先到先得——先行者，可以抢先得道。这就是“先行得道”优势。

但是，大道机缘从总量和数额上是有量有限的。

就像第一个人面对的是100%之大道，先行得道，如果分走10%的机缘，那么后来之人就只能在90%的份额之中分配。

第二个人若是后来居上，能够从剩余的90%大道机缘之中分走一半，就能获得超过先行第一人的份额。

但问题是，大道修行在“后来者居上”的法则之下，必须以“先行得道”为第一法则。

从“先行得道”到“后来者居上”，若大道流量分配是按照“能量活动逐级递减原则”，后来者若只是分享剩余 90% 中的 10%，那么，他就只能享有总额的 9%——这就是一步慢、步步慢；一份小，就份份小。

因此，第二个得道之人，即使再牛掰，也只能永居千年老二。

而齐静春和道祖亲传掌教大弟子的“大道之争”，很可能就是这种情况。

两个人只能争第一，而不可能居二；谁争了第一，另一个很可能就会止步于大道之缘。

就像壁立千仞，深渊万丈，大道之上，只有一根独木桥——谁先立住了足，另外一个人就会掉下去，沦入万劫不复之地。

越是高级、高阶、高层甚至是最高的大道之争，就越是这样。

或许不如说，大道之争，本来就是一个金字塔——

底层的大道之路，还是比较宽阔的。争的人虽然数量多，但到底还是有好几条车道，可以容纳最大数量的人并行不悖，或者接踵而行。虽然人挤人挤死人，但毕竟，还是有很多人可以分得一杯羹。

就像节假日在高速路上通行，即使已经水泄不通，挤得挪不了一寸，但还可以做免费停车场，是不是？

但是，到了金字塔中层，因为装备、资源或者自身的能力天赋等等种种限制条件，争道之人数量少了，但相应的道路也窄了——

原来底层能够一次性容纳百人甚至千人并行穿越，现在只能允许十人以内两人以上并行。

而且，配额逐次递减：如第一次能同时通过 10 人，第二次就只能一次性通过 8 人……到最后一次，只能一次性通过 2 人；然后，整个份额就被耗光了。

至于下一次？轮一个甲子再说吧。

第五座天下第一次开放，即便是“气运原初”，也只给了莲花天下和青冥天下总共六千个名额，就是源于这个道理。

在这样的份额分配机制之下，虽然也有“先行得道”优势和“争气夺运”丛林法则，但基本上还是可以做到：“大道朝天，各走一边。”

至少，蜂拥而至的寻道问路之人，不管如何拥挤推搡，甚至明争暗斗、陷害争抢，但总而言之，在“分时段开放”的原理之下，还是人人有望获得一份大道机缘的。

然而，到了金字塔顶层，那种大道机缘便最稀缺，争气夺运之人也最高端。

于是，只能“一对一”地断杀和掠夺：先行得道，后行无路；你有我无，非此即彼。

少年主动对陈平安举起酒碗，笑道：“我叫曹慈，中土大端人氏。”

陈平安只好跟着拿起酒碗：“我叫陈平安，宝瓶洲大骊人氏。”

曹慈点点头，眼神充满了赞赏：“你的武道三境底子，打得很不错。”

陈平安不知如何作答，只好默默喝了一口酒，总觉得哪里有点怪。

想了半天，终于琢磨出余味来。原来这位中土神洲的少年，无论是气态还是口气，都不像是一个同龄人，反而很像是那个落魄山竹楼的光脚老人。只不过少年少了崔姓老人那种居高临下的气焰，恰恰相反。名叫曹慈的大端少年，言语说得心平气和。可哪怕是双方随便拉家常，陈平安也会感到一种无形的压力。

曹慈如何，宁姚倒是没有什么感觉。她只是有点不乐意，凭空多出一个碍眼的家伙，喝酒便少了许多兴致。

与陈平安潦草喝掉半坛子黄粱酒，就拉着陈平安走向酒铺大门。

在陈平安就要离开酒铺的时候，曹慈笑着喊了声陈平安：“你喜欢的宁姑娘，很好。唯一的不好，就是见了很多次面，不记得我的名字。”

陈平安笑着回了一句：“我觉得更好了。”

曹慈爽朗大笑，一手举起酒碗，一手跟陈平安挥手告别，笑容真诚：“陈平安，三天后，开始去争取成为世间最强的第四境。”

又是一句略微咀嚼就会显得很古怪的言语。

陈平安拱手抱拳，没有多说什么，转头跟着宁姚离开这座狭小的黄粱福地。

酒铺内，许甲纳闷问道：“你喜欢宁姑娘？”

曹慈笑着摆手道：“我喜欢在我心目中无敌手的师父，喜欢笑起来就有两个小酒窝的皇后娘娘，喜欢不把我放在眼里的宁姑娘，但都不是你认为的那种。男女情爱，很拖累修行的。”

曹慈喝了口酒，叹息道：“实在无法想象，以后我喜欢某位姑娘的样子。”

许甲哦了一声。曹慈说什么，他便信什么。然后这位店伙计满脸雀跃，转移话题道："听你口气，马上要跻身第五境了？"

曹慈点头道："在剑气长城熬了这么久，也该破境了。"

许甲咧嘴笑道："如果是在家乡，我估计你现在都是第七境了吧。"

不等曹慈说话，许甲立即补充道："而且七境之前，都会是最强第四境、第五境、第六境！"

许甲聊起这个，比曹慈本人还要高兴："老掌柜说你现在的第四境，是历史上最强的第四境，而不是当下四境武夫中的第一人，堪称前无古人后无来者，真的吗？"

曹慈无奈道："前无古人，我大概可以确定。可是后无来者，我只是一个纯粹武夫，又不会推算以后百年千年的天下武运。"

——烽火戏诸侯《剑来》：第四卷 剑气近　第二百七十六章 最强之间

从陈平安与曹慈各境最强武道之争，到宁姚争夺第五座天下、先行得道成为"天下第一人"，都是如此。

宁姚所面对的，其实就是在"灵气资源稀缺"的世界观设定之中，如何能提升那中得"一亿元史上最牛的宇宙大奖"的概率。

这不是宁姚自己一个人的"万中之一"中奖概率，而是整个新剑气长城在第五座天下的集体得道概率。

来自青冥天下和莲花天下的天才道种、佛子和天之骄子，对其他人形成了步步紧逼、"争道夺运"的围攻之势。

这就跟陈平安争取"史上第一个纯粹武道十一境"是同样的逻辑：先行得道，天下第一人就是有史以来最强修道者。

唯其如此，陈平安—宁姚，才能找到最佳的支点，撬起"骊珠洞天—（新）剑气长城"的杠杆，让整个"剑来理来、拳至道成"的道 · 理宇宙[①]，以此为轴心旋转

① 参见庄庸著：《烽火戏诸侯与〈剑来〉》，网络文学名家名作导读丛书，作家出版社，2020年版。

第四章

藕花福地：

从『故事双生藤』到『多重局中局』

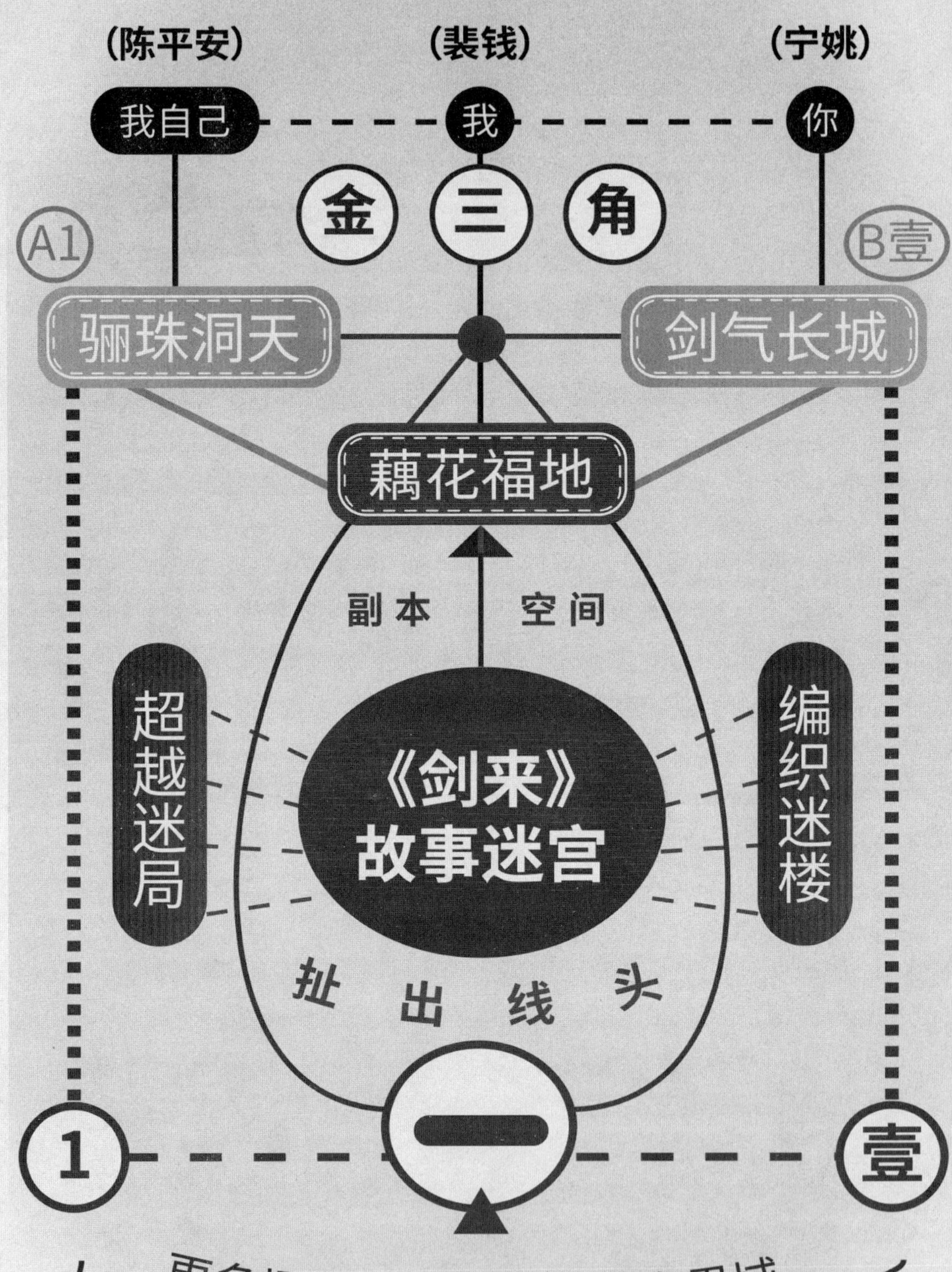
（陈平安）
（裴钱）
（宁姚）
我自己
我
你
金
三
角
A1
B壹
骊珠洞天
剑气长城
藕花福地
副本
空间
超越迷局
编织迷楼
《剑来》
故事迷宫
扯出线头
1
一
壹
更多场景、更多维度、更多界域

藕花福地这个副本或支线剧情，其实在《剑来》之中占有相当大的比重。《剑来》之中有一个传说的“大纲F4”——藕花福地即在这个关键位置之中。

陈平安就是在此处修复自己的“长生桥”的——而长生桥正是从山下武夫到山上修仙至关重要的“桥梁”：有长生桥，才能修仙；无长生桥，就不能修仙。

藕花福地这个副本空间扯出来的“故事藤”，是如此枝蔓横生、缠绕织网，已经超越了其自身的“迷局”，在主任务空间或主剧情线上编织出“迷楼”，甚至已经扯出了整个《剑来》“故事迷宫”的线头。

这种重要性已经超过了陈平安远游线路上任何一个刷过的副本、地图和位置空间，已经隐隐与骊珠洞天、剑气长城比肩而行、鼎足而立，甚至俨然成掎角之势。

这都可以构成“金三角”了。

假若把裴钱这个人设上升到足以代表“陈平安的另一个自己”的位置，或许藕花福地就和骊珠洞天（陈平安）、剑气长城（宁姚），构成一种“我—你—我自己（本我）”的复杂关系。

这或许可以用来解读、诠释和建构陈平安的多重人格、精神分裂并追寻和重塑自我的圆满与完整之旅。这就有点侧重于西方心理学和精神分析的需求金字塔理论了。

若就藕花福地扯出来“一”根藤蔓（根本脉络），滋生、延展、缠绕于其他副本与地图、主剧情线与空间甚至整部《剑来》故事布局之中的作用来说，我们则宁可用更为形象、具象和意象的“一”，来形容和描述它“连接”骊珠洞天和剑气长城的关系与状态：1一壹。

在我们这种“1一壹”的解读、诠释和建构之中，藕花福地并不是与骊珠洞天和剑气长城构成三足鼎立或金三角/金字塔关系的第三角；它不是A1、B壹之后的C一，而是将A1和B壹连接与缠绕成一根双生藤甚或多重脉络、维度与经纬之中的“一”。由于这根“一”的连接和缠绕，A1（骊珠洞天）、B壹（剑气长城）这两个本就迷局重叠的故事建筑空间，呈现出了更多场景、更多维度、更多界域的“故事迷宫”。

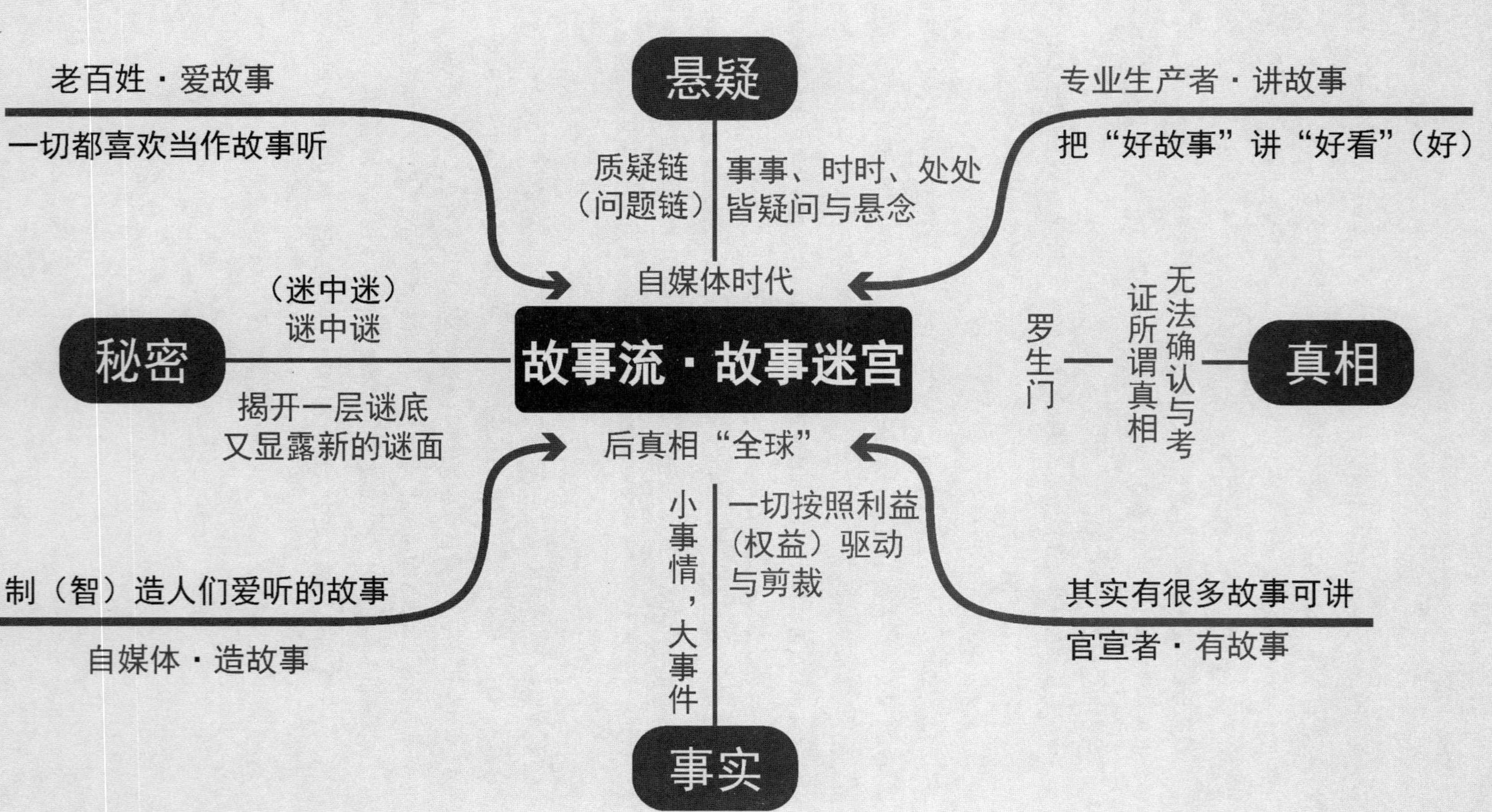
故事流·故事迷宫
自媒体时代
后真相“全球”
悬疑
质疑链（问题链）
事事、时时、处处皆疑问与悬念
秘密
（迷中迷）谜中谜
揭开一层谜底又显露新的谜面
真相
罗生门
无法确认与考证所谓真相
事实
小事情，大事件
一切按照利益（权益）驱动与剪裁
老百姓·爱故事
一切都喜欢当作故事听
专业生产者·讲故事
把“好故事”讲“好看”（好）
制（智）造人们爱听的故事
自媒体·造故事
其实有很多故事可讲
官宣者·有故事

第一节 小宇宙世界观：从“果壳里的帝国”到“连接（断链）小天地”

按照《剑来》的世界观设定集，这个世界有四座天下。

每座天下会有不同的分区——比如浩然天下就分为九洲。

而每一个分区，都会分出两个核心领域：一个就是山上的仙圣势力（如真武山、风雪庙、观湖书院），一个就是山下的俗世王朝（如大骊王朝、大隋王朝）。

而在这种山上和山下交界、交叉和交集之处，又有大大小小、盘根错节、如牛筋一样复杂又如牛毛一样细琐的江湖属国和仙凡势力——

如彩衣国、黄庭国一样的小属国；

如剑气山庄一样的江湖势力；

又如书简湖一样的野修势力——

这种天下、山上山下、仙凡属国江湖等，就构成了《剑来》中光怪陆离又有趣有味的第一重大世界。

在这种层级叠累的世界观设定之下，其实还有一种比较特殊的小世界大宇宙。

一种就是看似极小但实际却极大的小世界（小宇宙）。

如：观道观观主牛鼻子老道像“老天爷”一样掌控的莲藕福地，亦称“藕花福地”——《剑来》原文之中，两者都有用且混用，但“藕花福地”居多。

藕花福地是有着自身时空规则的小天地，如六十甲子一轮回的“飞升”规则。

在这个小天地生活的凡人有成百上千万。他们有着自己的生活、生存和生命轨道，跟大骊王朝铁腕统治下的俗世蚁民，没有什么区别。

但是，大多数人都生活于这个封闭的福地时空里，就像桃花源一样，终其一生，都无法与大骊王朝或者东宝瓶洲这样的外界相通。

唯有所谓的十大高手（被称之为谪仙人），才有可能按照“飞升”规则，脱离这个福地空间，而进入东宝瓶洲甚至整个浩然天下的时空和世界之中。

在藕花福地生活的大多数人，都在这个犹如避世、隐世而不自知的小桃源（其实一样是动荡的乱世）世界终老一生；唯有那些谪仙人才知道天外有天。

这个小天地看似是一个极小的“果壳里的帝国”，朝内、朝下、朝小收缩，封闭有限，被断开了一切与外面天地连接的“链接”，亦即断连和断链。

但奇妙的是，这个藕花福地有一口井，朝下似乎可以窥视这个封闭有限的小天地之“成百上千光阴的流逝”——那个牛鼻子老道就曾经截取了三百年的光阴流水让陈平安观看，从而让他学习并领悟了所谓的“脉络学说”。

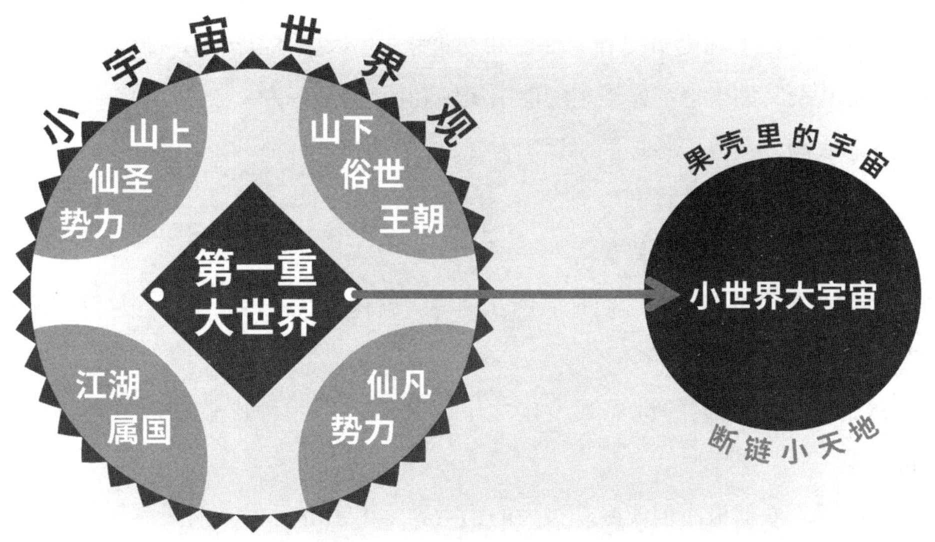

从这口井往上看，却能看到一个天外天之上的“莲花洞天”——这个天外天，不是指东宝瓶洲或中土神洲所归属的浩然天下或青冥天下等所谓的四座天下，而是比这四座天下还要高一个甚至两个层次与维度的“天外天”——那个莲花洞天或许就是那天外天之中甚至是之上的“小天地”；而这个小天地，很可能就是道祖的居住之地。

那个后来成为陈平安开山大弟子的黑瘦小姑娘裴钱，当时一抬头看见的就是牛鼻子老道；而那牛鼻子老道，抬头看到那个莲花洞天的老道（或许就是道祖）：那疑似道祖的莲花洞天老道就像老天爷一样，看着这个身处浩然天下的牛鼻子老道；犹如这个牛鼻子老道就像老天爷一样，看着这个为他所掌控的藕花福地小天地。

当然，他们之间，并不是这种单向传递的生物链、鄙视链的关系。因为，这个牛鼻子老道据说是可以（或者说是“想”）和道祖掰手腕的人——道祖是骑青牛悟道的；悟道之后的道祖去了天外天，而那头青牛还留在浩然人间；或许，这个牛鼻子老道的真身就是道祖悟道时骑的那头青牛——撰写此文时，《剑来》的故事还没有揭开这个谜底，我们姑且可以这样猜测。

或许正是因为道祖骑青牛悟道，两者境遇不同，所以，青牛不服道祖亦在常理之中——因此，上万年以来，牛鼻子老道一直想（也有这种实力和能力）和道祖掰手腕。

大概正是这个原因，后来牛鼻子老道抛弃了藕花福地，到了青冥天下，想通过白玉京找到通往天外道祖所在之处的路，跟他真正地掰一下手腕？

正是通过这条线索，我们可以看到：在四座天下之外，还有天外天；甚至，还不只一重天外天，还有数重甚至就像传说中的“九重天外天”——而天外天之外，还有比浩然天下与蛮荒天下人族、妖族生死大战还要可怕的事情。道家在青冥天下建构的“白玉京”，其实就是对抗所谓的“域外天魔”（化外天魔）的太空堡垒。从四座天下到九重天……或许才是《剑来》完整的世界观设定。

但不管后面的剧情如何，至少现在，牛鼻子老道对于藕花福地来说，就是像老天爷一样的存在。他看藕花福地那些谪仙人都如蝼蚁一样，就更别提那生活于这个小天地的凡夫俗子了。但他同时，又是像救世主一样的存在，一言一行，足以影响到这些人的生死命运。

比如，牛鼻子老道一伸手，就能摘下这一片天空之“日”，将它炼进裴钱的眼里，与那儒家文圣老秀才从醇儒陈淳安肩上偷走并嵌入裴钱眼中的“月”一样，构成了裴钱与众不同的日月双眼：眼有双月，所以，裴钱能够看到其他凡夫俗子甚至是修道人士看不见的风景——比如，埋水河神跑来跟陈平安“感恩表白”时，那藕花福地四大谪仙人都看不见，而唯有裴钱一目了然。

第二节 善恶迷雾：从“谜中谜局中局”到“自我双生藤”

这个陈平安在一次支线剧情上刷地图的副本“藕花福地”，本身就是一个迷雾重重和迷局连连的小天地。

它是观道观观主牛鼻子老道掌控的一个福地，和道祖莲花小洞天相连接。这洞天—福地的关系，以及牛鼻子老道和道祖之间的关系，本身就扑朔迷离。

儒家文圣老秀才和剑气长城老大剑仙陈清都还各自插了一脚，让这个迷局更加是谜中谜、局中局。

比如，老大剑仙陈清都指点陈平安，让他去寻找这个东海观道观道主，重建长生桥。陈平安遍寻数月，“访客不遇”，误入“藕花深处”之始，便遇上必杀之局。

文圣老秀才和牛鼻子老道打赌赢了，为自家关门弟子赢取了一个机会。陈平安重建长生桥。

但牛鼻子老道又顺势和顺手做了一个局，让陈平安观流水光阴，追溯“脉络学说”——脉络学说成为陈平安构建并显化自己的道理行亭的重要支柱之一。但是，脉络学说让陈平安后来屡屡经历问心局、揪心局和叩心关，屡遇难题。

从重建长生桥的角度来说，这个牛鼻子老道亦是陈平安的“白袍道士”：陈平安千里寻他，就是想找到那一份重建“长生桥”的可能性；而正是因为这个牛鼻子道士，陈平安才有可能重建那像“金拱门”一样的长生桥。

但是，正像《剑来》通篇都在重新解读、诠释和建构道家“祸兮福之所倚，福兮祸之所伏”的思想，牛鼻子老道的确帮助陈平安重建起像“金拱门”一样的长生桥，但是，同时也包藏祸心，截取了三百年流水光阴，让陈平安接受了他的“脉络学说”，试图与文圣老秀才的“顺序学说”掰手腕。

当陈平安第三次（转场、升维和跨界）离开骊珠洞天，从书简湖开始自己的非常冒险之旅，并学着用“脉络学说”梳理所谓的人心鬼蜮时，他自己其实也意识到了这很可能会本末倒置，掩盖并排挤掉文圣老秀才的“顺序学说”。

这次藕花福地的小天地历险事件，不停渗入陈平安成长冒险的主剧情线，不停地制造着新的矛盾和冲突。

他从藕花福地收取的开山大弟子裴钱和书生弟子曹晴朗，不但映照和影射了他在骊珠洞天“母本/母体”空间中结构而成的儒家圣人齐静春—陋巷少年陈平安“先生—少年”的关系与情感，更是激发、考验和重组着陈平安“理想完美人格—现实或本能残缺自我”的心理与精神分裂结构。

儒袖青衫少年曹晴朗寄寓着陈平安美好的愿望——自我是他人的馈赠。

但裴钱就像是映射出陈平安心有恶蛟、让人厌恶的自我——他人是自我的地狱。

而“心如草木，向阳开花”的美好愿望，就演化成一种现实生活中“求善改恶”的较量与教化……

我们把这解读、诠释和建构为“一根双生藤”。

所谓“一根双生藤”，就是指一个根上的两条孪生藤，只不过有大小、先后而已。比如，陈平安和他的开山大弟子裴钱——

回到落魄山之前，两人就已然确立了师徒关系。

所谓“一日为师终身为父”，不足以概括他们的关系，更不足以解释为何陈平安在将裴钱带出藕花福地、回到落魄山之前，裴钱曾数次把陈平安称作她的父亲；再往前推，还在藕花福地之中时，陈平安看到黑炭小妞裴钱时，就如在她身上看到了最厌恶、最害怕、也最恐惧的那个自己——心中有恶蛟、他人如地狱。

裴钱和小平安其实有很多可比性：同样是父母双亡（裴钱疑似被抛弃）；同样一个人如稗草，坚韧而倔强地生长；同样面临着整个世界的恶意与敌意……

只不过核心的区别在于——

小平安的家庭虽然贫穷却温馨，父爱娘疼——因此小时候感受足了父母爱的温暖；恰恰如此，父死母亡，才会让他难以承受，甚至因此克服了对鬼和死的恐惧：因为觉得可以见到做了孤魂野鬼的父母；觉得死了之后就能和父母在一起；希望陆沉能让他下辈子还做他们的孩子。

但是，小裴钱的家庭却低贱而暴戾。在流浪途中，她爹不但让她娘卖身交换食物，还对她们拳打脚踢。在小裴钱都快要饿死了时，她娘居然都舍不得把偷藏下来的半块黑馒头给她——这让陈平安匪夷所思：这世界上居然有如此心硬手狠的爹娘？

无论是父母双亡，还是被双亲遗弃，小平安和裴钱都一样孤单而顽强地生长着。这世界给了他们足够多的恶意和敌意，只是偶尔夹杂一丁点的善意。

从某种意义上来说，小平安承受着比小裴钱更多更重更黑暗的恶意。至少，小裴钱只是自然而然地承受着那些流浪乞儿的拳打脚踢、冷言恶意，而没有经历小平安所承受的那些精心构陷与算计：

从大骊娘娘与国师联手谋算做饵打碎本命瓷的血案，到阴阳家邹子（中年汉子）一串糖葫芦诱发的人生陷阱；

从三教一家势力联手谋算儒家圣人齐静春的棋子，再到神道刑徒余孽杨老头用来做生意求公道的工具……

小小一个陈平安，却被裹挟进了顶级势力掰手腕的惊天大局和阴谋圈套之中，身不由己，如蝼蚁飞蛾，随时会灰飞烟灭。

抛掉这种大阴谋、大圈套和大死局不算，仅仅以凡夫俗子生活的人世间而论，小平安其实也承受着比小裴钱更多的恶意甚至是恶毒的攻击。比如说：在父亲死了之后、娘亲缠绵病榻之际，为了让她能够活下来，一个小孩子拼尽全身力气所做的那一切——

站在凳子上在比自己高的灶上做饭；

背着比自己高比自己重的背篓找药；

进入那比鬼还可怕的深山老林；

在比刀剑丛林还要密集可怖的荆棘之中，被割得伤痕累累；

误吃了毒药，肚子疼得满地打滚，悬在生死一线，却仍然挣扎着回家——因为这世界上最让他恐惧的事情，不是自己的生死，而是娘亲忽然就不在了……

但是，终于有一天，这世界上最可怕的事情仍然发生了。

然而，小平安开始体会到——

世界上最艰难的其实不是死亡，而是活着。

比刀剑丛林更为可怖的，是别人轻描淡写、所谓说者无心听者有意的冷言闲语和人心鬼蜮。如宋集薪拿他五月初五的出生日说事儿，说他命硬克死父母，从此这成为小平安心中的结——若非齐静春和陆沉先后出手，这就将成为陈平安一生的死结。

但陈平安仍然因此人见人厌，鬼见鬼嫌——小镇老人不许儿孙孩子接近小平安；更别说由于成为“福缘之蛾”和“气运之饵”，所有的好运福缘扑面而来，却又都留不住，便宜了别人不说，还被讥为类似于天生灾厄之体的人——比如像宋集薪、稚圭（王朱）之流——这已经不是“得了便宜还卖乖”的轻巧话，而的确是人心如鬼蜮、细思真极恐的性本恶之事。

人艰不拆（人生已经如此艰难，有些事情就不要拆穿了），累觉不爱（觉得自己已经很累了，没有力气再爱下去了），人生之中剩下的唯一一件事情，就是拼尽洪荒之力活下去：能够活着就是一件世界上最美好的事情，“活得更美好”已经成为一种奢望——甚至，如同山上神仙一样虚无缥缈。

就像“山上有没有神仙”都是一个问题，人生之中有没有“美好”都是一个悬疑，虽然《剑来》的世界观里是有“神仙”的。所以，以此推论，世道虽难，人心鬼蜮，但其实还是有“美好”可言的。

但在小平安和小裴钱的生活观里，没有“神仙”，所以，也没有“美好”可言——活着本身，就是世界上最美好的事情；虽然，活着本身，其实是一件并不美好，甚至最丑陋的事情。

能够活着，既最美好，又最丑陋。这真的是一件最矛盾但又最统一而无违和感的事情。

而最矛盾但又最统一而无违和感的，就是一根人性藤上生出两个“自我”。陈平安和裴钱就像一根藤上的孪生自我：一善、一恶。

陈平安“教化”裴钱的过程，其实也是正视自己内心的恶，不断在“心关难过还得过”的考验之中，闯关、攻关和通关。

这可是比“打怪升级、闯关寻宝”要难得多的“游戏”：心身如牢笼，恶蛟或神兽即将出笼。

但是，是神兽出笼，还是恶蛟现世？

全在善恶一念间！

第三节 风流F4：从“史上天下第一人”到“谁是必杀平安局的牛钉子”

藕花福地风流人物很多。第一风流的，当数陈平安从藕花福地带出来的“F4”扈从——他们也被牛鼻子老道做了手脚。

卢白象、隋右边、魏羡和朱敛，分别是藕花福地不同时期的“史上天下第一人”。在跟随陈平安之前，老道士分别送给他们一句话：杀死陈平安的那个人，能够获得真正的“大自在”。

这暗含陈平安激活（唤醒或复苏）他们的顺序不同，且会被坑一大把的神仙钱——因为只有“喂养”神仙钱，才能把他们唤醒，从画中人成为真实人；而且，还有机会“死而复生”，从神仙画中复活。隋右边就一次又一次地“战死复活”，浪费了陈平安的神仙钱；多到最后连朱敛都看不下去，甚至让已成为落魄山大总管的他暴跳如雷：真是败家的娘们，不当家不知柴米油盐贵。

更要命的是，这四个人唤醒的顺序不同，将关系到陈平安的生死存亡。牛鼻子老道把F4送给陈平安做扈从，暗藏杀机——这四人之中必有一人，将置陈平安于死地。

魏羡正在看一些沿途购买的地方县志、稗官野史，放下书本，问道：“有事？”

崔东山大袖飘摇，跨过门槛后，屋门自行关上。

崔东山伸出一只手掌，轻轻握拳：“你魏羡不看过程只看结果。四人当中，你是最大的臭棋篓子，却也是无意中最近棋理之人；终有一拳，迟早要砸在我家先生要害处；不如我今天先将你打死了事。”

魏羡淡然道：“欲加之罪，何患无辞？”

崔东山一挥袖子，一幅画卷落在魏羡身边的桌上，还有三颗金精铜钱。

崔东山大步向前，一手负后，一手握拳：“错杀便错杀了。杀得你境界跌到不能再跌。等到我家先生伤势痊愈，再顺势破开五境瓶颈。你到时候再想出手，已经做不到了。”

魏羡冷笑道：“我倒要看看，是我跌境损失更大，还是你丢了师徒名分更惨重。你真以为我不知道，这幅画卷是你崔东山的障眼法？陈平安是什么人，想必你我心知肚明。”

崔东山略微有些惊讶，放缓脚步：“之前倒是小觑了你这位南苑国的开国皇帝。说吧，咱俩同样心知肚明。你魏羡就是那个真正的隐患，可你为何迟迟不肯动手？我很是好奇，是因为……裴钱？”

魏羡面无表情，闷不吭声。

崔东山笑着坐下：“我借着与先生下棋的机会，在帮他复盘之时，事无巨细，关于藕花福地的事情，我都询问过了。其中关于你们画卷四人的来历背景，只要是他知道的，我都知道。他没有注意的蛛丝马迹，我会留心。”

崔东山指了指桌上一本不入流的野史：“比如根据后世南苑国野史记载，他们那位铁血手腕的开国皇帝，有位最宠溺年幼早夭的小公主。为了她，皇帝派遣所有宫廷方士，出去寻访仙人。那么在你魏羡眼中，裴钱与你女儿，有几分相似？是不是杀了陈平安，你就能让她在藕花福地复活？或是干脆依附裴钱之身，在这座浩然天下父女重逢？嗯，兴许你魏羡还是会死，可毕竟她能够多活一世。至于是不是在那故国故乡的南苑国，无所谓了。反正亲人早已是枯骨，在浩然天下说不定成就更大。所以你魏羡选择默默等待，希冀着为她铺路更多，积攒更多家底，避免再度夭折的结局？所以陈平安你必杀，但是他身上的诸多宝贝，你也要。好留给新的裴钱，作为她以后的修行家底？”

魏羡桌下一手握拳。

崔东山啧啧道：“我家先生说得好。那位老前辈真是道法通天，算无遗策。在规矩内，给陈平安、给裴钱、给你魏羡……都有自己的选择余地，在某些规矩内谋划大道。”

魏羡由衷赞叹道：“我虽然不懂棋，可是崔先生的棋术确实高明。”

然后魏羡笑道：“可我要是在陈平安那边打死不承认，崔先生又能怎么办？”

崔东山爽朗大笑："你魏羡真以为自己了解陈平安？不说我一些独门秘法，拘押魂魄要你口吐真言。我敢确定，只要我原原本本与陈平安说过了这些推断，你魏羡的下场应该是……我以飞剑画圈，遮蔽天地，然后他陈平安就以当下的修为境界，打得你魏羡连死三次。最重要的不是这些，而是你魏羡此生都注定见不着你最想见的人了。"

魏羡松开桌底下的拳头，坦然道："确实如此。"

这应该是崔东山在画卷四人面前，第一次直呼陈平安的名字。

崔东山驾驭那把飞剑，金光画圈之后，拿出那幅走马图，摊开后，截取了其中一段光阴流水，笑道："和气生财，不用打打杀杀。你魏羡心性不错，还是输在了眼界窄。来来来，我告诉你这个土老帽，我之前在骊珠洞天，是怎么以一大堆破破烂烂的本命碎瓷片，精心拼凑出一个活蹦乱跳的活人的！好好瞪大你的狗眼，仔细看好，好教你知道，除了你们藕花福地的那位臭牛鼻子天老爷，我崔东山一样有机会让你得偿所愿！不敢保证肯定成，可机会之大，总大过你这位开国皇帝在我眼皮子底下，兵行险着吧？"

半炷香过后。

魏羡站起身，低头抱拳而无言语。

崔东山收起光阴画卷走马图后，也没有开口说话。

魏羡抬起头，依旧抱拳："先生就是大骊国师、绣虎崔瀺吧？"

崔东山一挑眉头："不愧是当过皇帝的人，见微知著，比卢白象聪明不少。"

魏羡眼神炙热："国师大人，能否告知在下，具体是如何以大骊一隅之地，吞并一洲半壁江山的？"

崔东山笑容玩味："你凭什么跟我提这种要求？"

魏羡收起架势，坐回位置："就凭国师大人愿意在这屋子，与我魏羡一个必输之人，浪费这么多口水。我身上总有国师认为值钱的东西。就算今天没有，以后也会有。"

崔东山点点头，感慨道："老魏啊，你很上道啊。跟你聊天，心不太累。"

魏羡犹豫片刻，正要说话。

崔东山摆摆手："你想说的，我知道。这才是你真正活下来的关键。裴钱作为我家先生的开山大弟子，你要真能狠下心，对她意图不轨，只将她当作一副傀儡皮囊，一旦你露出蛛丝马迹，你早死得不能再死了。不是我杀你，是陈平安。”

崔东山眼神深沉：“你在等机会，陈平安在等你出手罢了。有可能是这样，有可能不是这样。但是可能性比较大。”

魏羡摇头：“此事我不信。”

崔东山双手抱住后脑勺，仰头道：“那是你还不知道，陈平安跟哪些人在心境上拔过河，较过劲。所以说你魏羡眼界窄嘛。”

魏羡问道：“国师又想要什么？”

崔东山叹了口气：“不好说，等等看。记住，以后别喊我国师，如今我跟自己是半个仇家。”

崔东山站起身，一挥袖子，地上出现了一幅宝瓶洲形势图——是大骊宋氏吃掉卢氏王朝之前的那幅图。崔东山走到一洲最北端的地图方位上，意气风发，朗声笑道：“闲来无事，就与你说说我当年的丰功伟业，是如何一路南下，未来又是如何将一洲版图变作一国江山的！”

——烽火戏诸侯《剑来》：第六卷 小夫子　第三百八十六章 又一年春

只不过陈平安“误打误撞”（亦可说他“运气和气运甚好”），打乱了唤醒四人的顺序，最后造成这四人相互牵扯的局面——若是有一人动了杀机，其他三人出于自身利益，绝不允许TA伤及陈平安的性命。

更重要的是，这四个人并不是从神仙画上活过来的“纸片人”——虽然他们确实是陈平安用神仙钱从画卷上复活过来的——一举一动皆像“牵线的傀儡”。他们都有自己线条清晰、雕刻精准的形容面貌，以及意志、情感情绪和利益诉求。

他们在追随陈平安历险副本时，也没有成为路人甲路人乙一样昙花一现的“泡露人物”（像露水或泡泡一样的人生，一吹即胀，一胀即破），而是举手投足皆自得风流。

约定期满，陈平安任由他们自主选择。他们四人也分道扬镳，选择了各自想要走的道路：魏羡选择大骊王朝从了军；隋右边去了桐叶洲山上修行势力……只有朱敛继续追随陈平安，回到骊珠洞天，成了落魄山的大管家，扮演了一个举足轻重的人物。

但随着朱敛在落魄山举手投足越来越有分量，他也越来越像他戴的面具，不仅掩盖了他“数风流还看前朝的过去”，也让他留在落魄山的原因、动机和意图，如雾里看花、水中望山，迷雾重重。

不仅仅是朱敛，藕花福地F4均是如此。

从过往种种如云山雾绕，到现在揭开一层还有一层、看见一重竟又露出三重甚至四重影影绰绰的迷雾重山……何况到现在为止，从“面具”到“真相”，就没有揭开几层，如何能够看得出下面所谓的事实、真相和秘密？

从牛鼻子老道的棋子，到成为陈平安的“契仆”（按照契约必须做他的扈从），再到恢复自由之身可以自由选择大道小路，看似随心随意，可以按照自己的意志与利益构建未来之路，却仍然遮蔽不了被当作棋子、被以极高明的手法在棋局上落子的嫌疑。

问题的关键在于：当F4未来大道可期，各自的道路已成，这局“不知谁是下棋人”的棋局浮出水面时，他们各自在棋局上的位置，以及彼此的关系和形势，究竟是陈平安的“助力”——可以互为犄角，遥相呼应，对陈平安形成支持之势？还是陈平安的“阻力”甚至是“狙击”之力——是坑陈平安于必杀和必死之局的钉子？

从他们本身身份来历有多重秘密的“迷雾”，到当下看似自由选择道路、各谋前程却实际隐含布局的“迷局”，再到未来棋局大势已成、趋势已至、形势必逼之际他们在“最大势压之中的最后抉择”，对于主角陈平安将形成是绝地反击之绝技，还是最后一击之绝杀的“绝局悬念”……

藕花福地F4的这种谜中谜、局中局、悬念中的悬念，已经超过了通常意义上刷副本、刷地图、刷位置刷出来的那些辅助人物。比如：

“神助攻”，像神奇的队友一样发起决定局势走向的助攻；

“引怪萌宠”，像又萌又超能的宠物，引爆地雷一样，引出一波又一波的怪物，然后坐看主人大发神威、打怪升级；

“反水神怪猪队友”，潜伏于队友之中的“超级卧底”或者“坑爹猪队友”，专门毁坏主角奋力搏出的“形势一片大好”之局面，或者临阵反水“在主角双肋插上一刀”……

后者如在剑气长城与蛮荒天下终极一战之中，前隐官大人临场反水，给了陈平安大师兄剑客左右“致命一拳”，也给整个剑气长城的士气带来致命一拳；

前者则倒踹一足，就像臭脚一样把球踢进自家的球门——这不是对手派来的超级卧底，却胜似造成巨大破坏力的潜伏间谍。

在某种意义上，藕花福地F4已经从支线剧情可有可无的路人甲人物，变成陈平安这个主角主线剧情中的重要辅助人物。

甚至，在特定的场景故事之中，他们还自带主角光环属性。就像我们在庖丁解牛无罪《剑王朝》时说，跑龙套团跑出了代主角光环——在整个大局之中其实无足轻重、只是一枚棋子的夏婉却硬生生地成为自己这一场的主角。①

这是善于驾驭群像人物雕刻的网络作家作品，都会营造出来的一种可贵局面与特质：从蝴蝶蓝《全职高手》到猫腻《间客》《将夜》等系列作品，从烽火戏诸侯《雪中悍刀行》到《剑来》……均是如此。

藕花福地的F4人物，放在整个《剑来》故事布局之中，其实连第三梯度的人设都算不上——除了做了落魄山大总管的朱敛。

但是，恰似烽火戏诸侯笔下比他们的笔墨、角色和戏份都还不如的“跑龙套团”（比如，牛鼻子老道那个烧火童子），寥寥几笔，曲曲数句，客串出场的屈指可数的戏份，却硬生生地抢出了几分“主角光环”来。

何况像朱敛这样的落魄山大管家？

戏份之重，已经不亚于陈平安的开山大弟子裴钱；

角色之佳，已经不逊于落魄山人见人爱的小管家陈暖树；

功能之巧，已经不弱于披山神神君那“敛钱狂魔”“臭名昭著”“恶名远播”的名声了！

而且，朱敛从“身份的悬念”到“自我选择的秘密”以及未来“棋局迷局的角色与功能”……更是预留出来了“你方唱罢我登台”的广阔舞台空间。

这哪里是一个支线剧情“刷怪神助攻”人物所能比的？

---

① 参见庄庸、杨丽君等主编：《爽点宇宙：中国网络文学阅读潮流研究（第2季）》，华语网络文学智库丛书，中国青年出版社，2020年版。

第四节 局势如此：从"天地原本迷局"到"幕后推手设局"

藕花福地F4人物的际遇与迷局，只是整个藕花福地"迷楼"或"迷宫"的冰山之一角。

犹如一根藤蔓，扯出一只大瓜；藕花福地这个副本剧情线，扯出的却是一个创世大葫芦——恰如连牛鼻子老道半个徒弟都不是的烧火童子所背的那个大葫芦一样。

伴随着F4人物以及更多走出藕花福地的人（如裴钱、周肥等）与主角陈平安的牵连与羁绊越来越深，藕花福地这个小天地（副本剧情空间），在整部《剑来》故事布局之中的地位和角色，也越来越重，带来越来越多的迷雾与迷局。

这其实涉及了三种"故事迷宫"的解读、诠释和建构：从谜面、迷局，到迷楼和迷宫，再到谜中谜、局中局、楼中楼、宫中宫。

第一种，就是"藕花福地"这个小天地，本身就是一种多重谜面、迷局、迷楼和迷宫建筑而成的"故事迷宫"。

它自身就包含了多重多维的谜。比如：

它的来源是什么？

是人神大战中被斩碎、坠落人间的神灵空间吗？

它何以会和道祖的小莲花洞天连接与贯通？

道祖看莲花小洞天，牛鼻子老道作为观道观观主、藕花福地的"老天爷"看这方小天地，彼此又互相"看"——他们在看什么？

儒家文圣老秀才来插一竿子打赌，剑气长城老大剑仙陈清都指点陈平安到这儿重建长生桥……又是因为什么？

因为什么"局"，势必如此？

还是又在设什么“局”？

第二种，当藕花福地从一个副本/地图空间的支线剧情，提升并进入《剑来》主任务/主线/主剧情的故事布局之中时，它的重要性越发凸现和浮露出来，同时也带出了更多如暗礁一样的谜团。

仅仅从牛鼻子老道亦即观道观道主的设局、布局和做局之中，就能略微窥出几分。牛鼻子老道去青冥天下“问道”道祖时，将藕花福地一分为四。

四分之一，收归于陈平安名下的落魄山。

这一份藕花福地既让陈平安和落魄山拥有了数以千万计的生灵元气，又让他们与曾经的神道江湖共主转世重生的李柳以及神道灵官杨老头有了更深的牵绊：三方交易，昔日掌管洞天福地的李柳传授落魄山以福地管理经验；落魄山为此付出的代价有多大，尚未可知。

在剑气长城和蛮荒天下终极一战后，按照儒家主导的浩然天下整体布局，藕花福地接纳了大量因为妖族进攻而被迫流落异乡的迁徙流民。

这让陈平安和落魄山更深地卷入了浩然天下与蛮荒天下人妖之战。

四分之一，送给了那个潜伏于太平山的大妖。

它曾经伪装成太平山年轻道士，送了一块太平山无事牌给陈平安，坑了他一把。而牛鼻子老道出身妖族的“身份的悬念”，和年轻大妖潜伏于浩然天下、为蛮荒天下妖族北侵做前哨的事实，使得牛鼻子老道赠予年轻大妖一份藕花福地“究竟意欲何为”的疑问，跃然纸上。

难道又是在下一盘很大的棋，布一场很大的局？

年轻大妖已经坑过陈平安一次。牛鼻子老道虽然给陈平安一份香火情，但确实又一直在算计他。

两相结合，同样拥有藕花福地之碎片部分的年轻大妖和陈平安会不会“狭路相逢勇者胜”，或者就像正负电磁——同性相斥、异性相吸？

四分之一（一说“两份”），送给了阴阳家的弟子陆台。

雌雄莫辨的陆台曾与陈平安同行，窥天地窃气运，貌似结下了一份不错的机缘与情分。

然而，他的师傅（那个阴阳家“谈天邹”大师兄邹子）在陈平安小时候，就曾经以一串有毒的糖葫芦引诱过小陈平安，差点毁掉他的本心和初心。

在陆台和陈平安结伴而行，除掉妖族百年谋计的“孕育魔婴”时，邹子又和陈平安错肩而过。

在陈平安路遇“白纸福地”时，也似曾有这种“偶遇”场景。

陈平安在藕花福地历险时，这个阴阳家大师貌似也在附近出现并偷窥过……如此三番五次的“巧合”与“偶然”，得需要多大的福分和机缘，才能造成这种“偶然中的必然、必然中的偶然”？

很难说陈平安和陆台的阴阳家师傅的萍水相逢、擦肩而过，没有精心构陷和设局布局的内在逻辑与可能性。

就连陆台本人和陈平安的相遇同行，都是经过设计的。

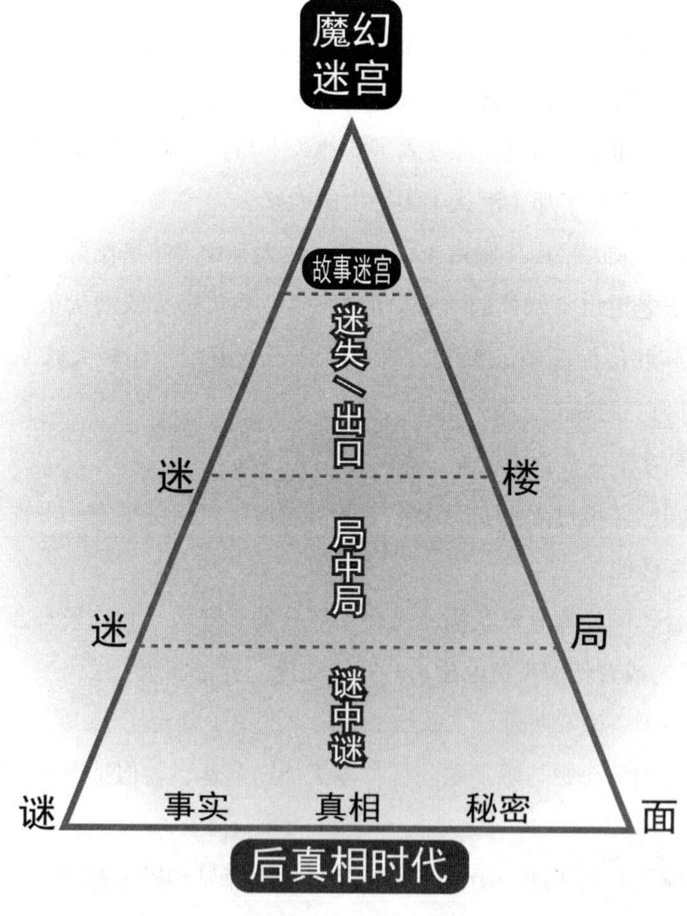

何况，还有三条脉络的疑问与谜团缠绕：

第一条脉络，陆台和道祖亲传掌教三弟子陆沉到底有没有家族姓氏的渊源与传承？陆沉是迄今为止算计陈平安算计得最深最狠的，也是好人陈平安发狠要问剑白玉京、问剑“尔之头颅”的。

第二条脉络，陆台的阴阳家师傅邹子（邹衍），从一串糖葫芦就开始算计陈平安，甚或算计道祖亲传掌教大弟子三化身之一的李希圣（李希圣本就是白玉京大掌教一气化三清的分身之一），到底想干什么？特别是陆台如果真是那个处处针对、扣死陈平安各方面技能法宝（如本命剑）的“刘材”，究竟是为了什么？如果联系齐静春和李希圣“立教称祖、大道之争”从而身消道殒，而齐静春又选择陈平安为“万中之一”……难道陆台（刘材）和陈平安之间的PK中，将直指“大道之源‘万一’的终极之战”?!

第三条脉络，邹子是不是那个在正阳山潜伏的阴阳家女子（苏稼的师傅）的师兄？

那个女子手腕系红线，像神道月老一样牵线搭桥，通过玩弄情侣姻缘，将一洲天下剑道气运玩弄于股掌之间。

比如风雷园和正阳山几百年的长辈恩怨情仇，苏稼、刘灞桥、黄河新一代的“三角恋”情感纠缠，看似是源自内心的情感和情愫驱动，其实却不过是一根红线蛊惑游戏的傀儡与棋局。

如前文我们专题解读、诠释和建构“一根红线牵的谁和谁”时所问：这样的女子已经够可怕的了；但在她仰慕且十分佩服的师兄眼中，她却是不成器的小师妹而已！

而就是这样高山仰止的师兄，却经常跟她这个不成器的小师妹借红线而不还。如果这种线能够串起来，邹子就是她的师兄，而他又算计过陈平安，那他借的那条红线，到底想算计谁？

如情此境，破局之人又是谁？

是刘羡阳吗？

当他和赊月被一根红线牵连时，恰恰是破掉邹子“以刘材克平安、以一消一”的关键？

第五节 天下四分：从“大纲F4”无敌人物到“四份藕花福地”

当我们把“陈平安—宁姚”和“中土神洲阴阳家说地陆—谈天邹”这条根本脉络梳理出来，就涉及了如下几层的“阴谋/圈套论（大迷局OR大格局论）”的问题。

陈平安和宁姚之间的那条被道祖亲传掌教三弟子陆沉设计的姻缘线，跟陆台的师傅邹子、那个月老神道女子，甚至整个中土神洲阴阳家“说地陆—谈天邹”的阴谋布局，有没有关系？

陈平安和宁姚双方父母之死，是不是出于中土神洲阴阳陆家（说地陆）和谈天邹甚至整个阴阳家的阴谋/圈套？

不然，在蛮荒天下和剑气长城至关重要的“十三约战”之中，何以阴阳大家的测算和天算会出问题，从而导致宁姚父母均战死于剑修妖族PK战之中？

而在陈平安本命瓷碎、家破人亡的过程之中，何以邹子扮演的那个中年汉子好巧不巧，就在陈氏一家三口从其乐融融到家破人亡的命运转折关键期，出现于骊珠洞天，且专门引诱陈平安？

他为什么不拿那一串有毒的糖葫芦去引诱其他的小镇孩子，偏偏就盯着陈平安？

从陈平安和宁姚均父母双亡、孤儿孤女独孤生长，到“陈平安—宁姚”这一对情侣，串起骊珠洞天和剑气长城两座古战场遗址，甚至撬动浩然天下和蛮荒天下两座天下千年恩怨万年情仇极简史……跟阴阳家幕后推手、布局天下、搅动风云的大阴谋、大圈套、大格局，究竟有没有关系？

比如——

邹子扮演中年汉子在骊珠洞天盯死陈平安，还随时“熊出没”于陈平安远游的路线上；

月老神道女子潜伏于正阳山，玩弄红线，玩弄一洲之剑道气运；

阴阳家老人蛰伏于大骊王朝铁血帝王宋正醇身边，蛊惑他违反儒家礼圣为浩然天下制订的君王不得修行的规矩，毁道控身，最终试图将他变成可操纵的傀儡……

从骊珠洞天四姓十家，到大骊王朝宋氏一家，甚至东宝瓶洲“天下共主”国师崔瀺的谋划，都跟陈平安有了千丝万缕的联系；它们与阴阳家的阴谋与布局，构成了相辅相成的脉络。

这隐隐约约勾勒出了阴阳家“谋一人致为谋一国”“谋一城乃为谋一域”“谋一时是为谋一世”甚至万中之一谋中那个“以一消一”的谋取天下之大布局。

在这种大布局之中，何以陈平安和陈氏一家，会成为棋子？

而从这四座天下到第五座天下，陈平安又何以成为有史以来最大一棋局的“无理手”？

这一切，似乎都与从藕花福地扯出的一根藤蔓有关：从观道观牛鼻子老道，扯出“大纲F4”风流人物；从“大一统”格局（深具中国人传统观念的国民情结和中华文明基因）到“万中之一”创世纪文化母题。

按照烽火戏诸侯《剑来》“新书设定”中的故事大纲，中土神洲浩然天下（亦即正气天下）的世界观设定中，同样有近似于无敌的四大“天王”级别的存在，分居东南西中。

中土世界，无奇不有。

天地中央，有个曾用一剑劈出天河瀑布的读书人，人间最得意。

东海崖畔，有个不愿飞升枯坐山巅的无名道人，只愿清风拂面。

西方净土，有个喜欢请人喝鸡汤、给人说故事的老和尚，豢养有九条天龙。

蛮荒南疆，有个目盲画师，驱使与山岳等高的金甲傀儡，搬动十万大山，铺就一幅锦绣图画。

一个生长在北方的贫寒少年，有一天看到头顶竟有成千上万的御剑仙人，如同蝗群过境。

他就想去亲眼看一看，说书先生所说的那位读书人，以及东海的滔天大潮、西方的黄沙万里和南荒的巍峨大山。

于是，终有一日，少年挎起木剑，开始南下。

——烽火戏诸侯《剑来》：新书设定

现在，在徐徐展开的《剑来》故事布局之中，这些人物已然分别出场。

所谓北方少年便是生长于骊珠洞天泥瓶巷的陈平安；

如蝗群过境的御剑仙人，就是浩然天下九大洲特别是北俱芦洲的剑修，奔赴剑气长城，支援土著剑修与蛮荒天下的妖族对决；

而陈平安南下，就是从自己家乡所属的东宝瓶洲跨洲甚至跨天下游历和冒险，比如，到桐叶洲，到北俱芦洲，到剑气长城送剑给心爱的宁姚宁姑娘……

正是在这种游历冒险之中，那东南西中四大天王，也一一和这个一生不平安、终身寻平安的平安少年发生了羁绊，或者有可能发生某种微妙的联系。

那个一剑劈出天河瀑布的读书人“白也剑无敌”，正是和他的先生文圣老秀才一起，开辟出第五座天下，接纳了他心爱的宁姚宁姑娘及半座剑气长城。

东海崖畔的无名道人即是跟道祖问道的观道观牛鼻子老道——

他不但为陈平安重建了长生桥，还采撷日（月）炼进陈平安开山大弟子裴钱眼中（“月”应是文圣老秀才从肩挑日月的醇儒陈淳安肩头“借”来的）；

他作为“老天爷”的藕花福地是陈平安历练剧情中最重要的副本之一；

最后这藕花福地一分为四，其中之一便是归入陈平安作为山主的落魄山名下；

在陈平安建构的“道 · 理”体系之中，他继文圣老秀才“顺序说”之后，贡献了特别重要的“脉络说”思想与智慧——这其实也是陈平安被东海老观主进行了“长远算计”……

可以说，在这东南西中四大天王之中，他是第一个也是迄今为止（我们阅书即写时刻）跟陈平安羁绊最深的人。

第六节　大一统：
从天下“一气贯通”到“万中之一”

藕花福地最后四分之一，被牛鼻子老道的烧火童子，安置于第五座天下。这是牛鼻子老道跟儒家文庙做的一场交易。

而第五座天下，又是文圣老秀才和读书人白也联袂开辟出来的。文圣老秀才将这一份造化功德换成了对宁姚和半座剑气长城的庇佑。

陈平安则与另外半座剑气长城合道为一，死守于蛮荒天下和浩然天下人妖大战的“敌后腹地”。

因此，烧火童子这一藕花福地，又将与宁姚—陈平安这对天各一方却又相互羁绊的情侣，产生什么关系？

陆沉笑道：“藕花福地一分为四。将桐叶伞赠送给陈平安，是算准了陈平安的心路脉络，一定会放心不下，肯定要在那边结茅修行，修道观人问心；然后遇上无数对错是非难明的琐碎困局，事如鹅毛，堆积成山，搬迁起来，可比搬运同等重量的山石，要难多了；到最后陈平安就只能发现，修道一事，原来只此本心一物可以照顾好，由大及小，由繁入简，由万变一。那时候的陈平安，还是陈平安，又不是陈平安。因为与老观主成了同道中人，离儒家道路便远了些。你如今随身携带其中一座藕花福地，就是老观主在提醒我，对你要忍着点、让着点。”

小道童点了点头，恍然道：“有点道理。”

孙道长笑道：“一个敢瞎说，一个敢装懂，你们俩倒是绝配。”

陆沉不以为意。

小道童右手探入左边袖子，里边有张梧桐叶。

正是其中一座藕花福地所在。藕花福地一分为四。老秀才的关门弟子带走一份。一个被观主丢入福地的年轻道士，失去记忆；然后与南苑国京城一位官宦子弟游学少年，在北晋国相逢。少年当时身边还跟着一头小白猿。

陆抬占据其一。

松籁国俞真意，是藕花福地历史上第一个真正意义上的修道之人。他所在的福地，如今被观主师父带去了莲花小洞天。那个得了道祖一句“小住人间千年，常如童子颜色”天大谶语的俞真意，必然是有大气运傍身的了。连小道童都要羡慕几分。

——烽火戏诸侯《剑来》：第十卷 远游客　第六百九十九章 天下第一人

这里面的玄妙之处在于：第五座天下的开辟，将既有的浩然天下、莲花天下、青冥天下、蛮荒天下四座天下“一气贯通”。这个“一”就成为枢机之所在。

藕花福地当初与道祖莲花小洞天连接，带来“道祖和牛鼻子老道一直在看什么”的问题。很可能，这个“一”就是目标和答案。

道祖很可能在看那个起源、来源、本源和根源的“一”，或者是看“如何回到那个起源、来源、本源和根源的‘一’”，亦即“从万归一”。

牛鼻子老道很可能在看那“从一生万”的生成过程——藕花福地中数以千万计生灵的生老病死，以及修道之人六十年一轮回的飞升，其实都是从一到一万的生成与转化。这就是牛鼻子老道作为“老天爷”想看的事情？

陈平安在骊珠洞天和剑气长城之间往返巡游刷副本的多条剧情线之中，一直都在寻找、思考和探索那个“万中之一（万一）”的问题。

现在，第五座天下又成为其他四座天下“一气贯通”的枢纽之地。而陈平安和宁姚分别领衔两个“半座剑气长城”——两个分离的“另一半”，如何、何时又怎样“合而为一”，就成为关键的问题。

这提出了一个“F4+1”的大一统问题。

在F4大纲人物之中，西方净土中的“鸡汤故事哲学”老和尚，刚跟陈平安的学生崔东山“接上头”，打哑谜讲神理，云山雾绕地讲了寥寥几句有待解码的“暗号”。

蛮荒南疆搬动十万大山的“老瞎子”，现在跟陈平安，还尚没有“五毛钱的关系”，顶多是通过老大剑仙陈清都有过某种间接关系。

第一，陈清都为陈平安解释老瞎子在蛮荒天下和剑气长城终极一战中两不相帮的立场时，说他那两只眼珠是自己抠出来的，一只扔于浩然天下，一只扔于蛮荒天下——道尽其对这整个世界的失望。

第二，老瞎子评论陈清都“举城飞升”的谋算，就像是给人做了一次狗，在“狡兔死走狗烹”之后还想再做一次狗，其命其运其结果还不如给自己做狗的大妖——后来这“看门狗”的宿命，落到跟半座剑气长城合道的陈平安身上；而蛮荒天下龙君和剑修胚子离真围追堵截，除了防止陈平安“逃”回浩然天下，最重要的是要“切断”其逃入老瞎子十万大山的路线。

这大概是未来陈平安跟老瞎子产生关系的可能性吧——按照这个大纲设定，我们是不是可以大开脑洞，猜想陈平安会不会成为从东西南北中到金木水火土的天下“共主”：也就是说，从老的“四大天王”到“新五大天王”，陈平安会成为非常重要的联络和纽带；甚至，有可能成为执天下之枢机的“枢纽”？

有没有可能性另说。但是，从“东西南北中”到“金木水火土”，从浩然天下四大天王到第五座天下，看现在这“佛西道东，浩然天下流徙难民居南北，剑气长城正当中”的布局，总给人一种内有玄机、事关大局的感觉——

你看，他们彼此之间的“位置”分布，也很是玄妙。

从青冥天下而来的三千道人居东方；从莲花天下而来的三千僧人位于西方；扶摇洲的逃难之人，涌入北方；桐叶洲举洲而来的流徙难民，位于南方；剑气长城剑修占据的那座城池，居中……东西南北中，恰好是五个方位。

尤其是剑气长城居当中、宁姚为首，而另一半剑气长城陈平安成为“城头看门狗”；分属两座天下，这对情侣遥相呼应，受时势宰制，却有可能影响未来趋势和大势。

中国历史传说中，黄帝会盟四方、成为天下共主，奠定华夏神州“大一统”基本格局和中华文明“五行”基因，由此形成“东西南北中”的方位感和“金木水火土”的五行观。

而宁姚—陈平安，是否既是轴心杠杆的“一”，又是那所谓四源（起源、来源、本源和根源）之“一”？

从两个半座剑气长城的剑道气运“合二为一”，铸造一个新的“剑气长城”，到陈平安和宁姚两个人及大道的“合二为一”，会不会带来新的大道气运枢机之“一”？

这个“一”或许与当初道祖的莲花小洞天和牛鼻子老道的藕花福地“连接为一”有关，也与他们当下“问道于一”有关，更与第五座天下将其他四座天下“一气贯通”有关……作为象征和隐喻，牛鼻子老道烧火童子所携带的大葫芦，就成为很好的“一”之道具。

因为烧火童子所携带的大葫芦，是道祖亲手所植的那“一”根藤蔓长出来的“七”个葫芦之一。

一根藤蔓，结出七枚养剑葫，归根结底，就是浩然天下的某个一。

七条脉络流转，合而为一。

道祖闲来以此观道，与那坐看一池莲花的花开花落、水滴落何处，是同理。

道祖道法通天，却又不会真如何。文庙自然没有理由打断这些扎根于浩然天下的脉络。

小道童说道：“当然，然后？”

孙道长微笑道：“对牛弹琴，鸡同鸭讲。”

这可就是一骂骂四个了。

陆沉无奈道：“孙道长，我还是很尊师重道的。”

孙道长疑惑道：“说啥？贫道老糊涂了，耳朵也不太灵光。”

陆沉一笑置之。

反正师父自己都不在意，当徒弟的就不要多管闲事了。

只剩下个脑子一团糨糊的小道童。

他只知道道祖亲手种植的那根葫芦藤，“结果”之后，就是天底下最好的七枚养剑葫。

倒悬山春幡斋，剑仙邵云岩那根“得天独厚孕育而出”的葫芦藤，自然远远无法媲美。

小道童背后这只金黄大葫芦，作为天地间最珍稀的七枚养剑葫之一，名为

“斗量”，装了无数的东海之水，传闻整个东海水面都下降了数尺。只是观主师父没让他养剑，转而用来捕蛟、养蛟。尤其是“飞升”青冥天下之前，老观主也悄悄做成了件大事。

当初李柳和顾璨在海上歇龙石重逢，上边竟然没有一条蛟龙之属布雨休歇，便是此理。因为桐叶洲两边海中水蛟，几乎都被老道人捕捉殆尽。其他海域的水蛟，也多有主动进入“斗量”之中。而位于倒悬山和雨龙宗之间的那条蛟龙沟，疲蛟无须中途停靠歇龙石。

儒家圣人当初没有阻拦此事，当然有文庙自己的考量。

此外六枚价值连城的养剑葫，分别为——

养剑数量最多，名为“牛毛”。名字不佳，但是品质和威势，都很吓人。也最能帮助主人挣取山上剑修、剑仙的人情。

本命飞剑胚子成形最快，名为“终南山路”。资质越好的剑修，本命飞剑越多。一旦拥有此枚养剑葫，最是相得益彰。

温养出来的飞剑最坚韧，名字也怪，就一个字——“三”。

最锋芒无匹，剑修一剑破万法，葫芦中剑又可破万剑，名为“心事”——心想事成的心事。

飞剑最小最细微，出剑最快，可以炼化到真正无形，无视光阴长河——“立即”。

以及最能够反哺主人体魄，适宜装酒（修士饮酒就是在汲取剑气，并且毫无隐患），名为“美酒”，寓意人间美好事，饮醇酒第一。

总计七枚养剑葫，不知为何都独独遗留在了浩然天下。

小小宝瓶洲，洪福齐天，拥有两枚。正阳山那枚紫金养剑葫“牛毛”，曾经给了一位被师门寄予厚望的女子剑修——苏稼。

当然不是正阳山的祖传之物。正阳山还没有那样的底蕴，属于半路而得。

风雪庙也有一枚雪白养剑葫。被四十岁就跻身上五境剑仙的魏晋早早得到。小道童猜测正是那枚“美酒”。

此外中土神洲白帝城城主的大弟子，获得一枚“三”。皑皑洲刘氏财神，半买半抢，得手一枚“终南山”，珍藏已久，从不轻易示人。放出话去，它会是嫡子刘幽州以后成亲的聘礼之一。

北俱芦洲北地大剑仙白裳，获得了那枚“终南山路”。

但是“心事”和“立即”，这两枚最适宜剑修捉对厮杀、最具攻伐的养剑葫，却一直不知所踪。

小道童想要找回场子，于是嬉皮笑脸道：“陆掌教，要不要见见某位陆氏子孙？”

陆沉见陆抬，让人想一想就有趣。

陆沉笑道：“一个在倒悬山都没办法点燃三清香火的孩子，就不用见了吧。”

——烽火戏诸侯《剑来》：第十卷 远游客　第六百九十九章 天下第一人

不知道烽火戏诸侯在写《剑来》时是不是深思熟虑和精心构思的。但从文化象征符号学的角度来说，从“一”到“七”，确实包含了中华优秀文化和人类优秀文明的“共同数字思维”与“特殊文明基因”。

中国传统观念之中，道生一，一生二，二生三，三生万物；

《圣经》中，上帝“七天”创世；

而在史前许多人类神话中，“七”不仅仅是七天而且是七维，亦即多重维度和时空。

从中国到世界，在许多史前人类创世神话之中，“葫芦”都类似于宇宙和生命的子宫，或者大洪水灭世之中救世的“生命之舟”。在中国出土的古文明遗物之中，亦有许多葫芦形器具——它们隐喻和象征生命的孕育与诞生。

这“七”个葫芦居然都散布于浩然天下，看样子貌似要在第五座天下“一气贯通”之后，有着被儒家文庙汇聚到一起的趋势？

难道是分久必合，儒道相通，合而为一？

这“一”根生命之藤，长出“七”个“葫芦娃”，是不是《剑来》中的一条隐而不显的脉络？

烽火戏诸侯会不会将它重述和重塑成另外一种创世神话？

这很难说。

但就目前看，这是一个很值得关注的脉络。它刚冒出一个“线头”，会不会扯出一条剧情线，甚至是故事轴线？

这要看烽火戏诸侯后来的故事如何讲，网文如何写。

第五章

治理试验田：

从『法外之地』到『末法时代』

《剑来》道·理宇宙世界观设定

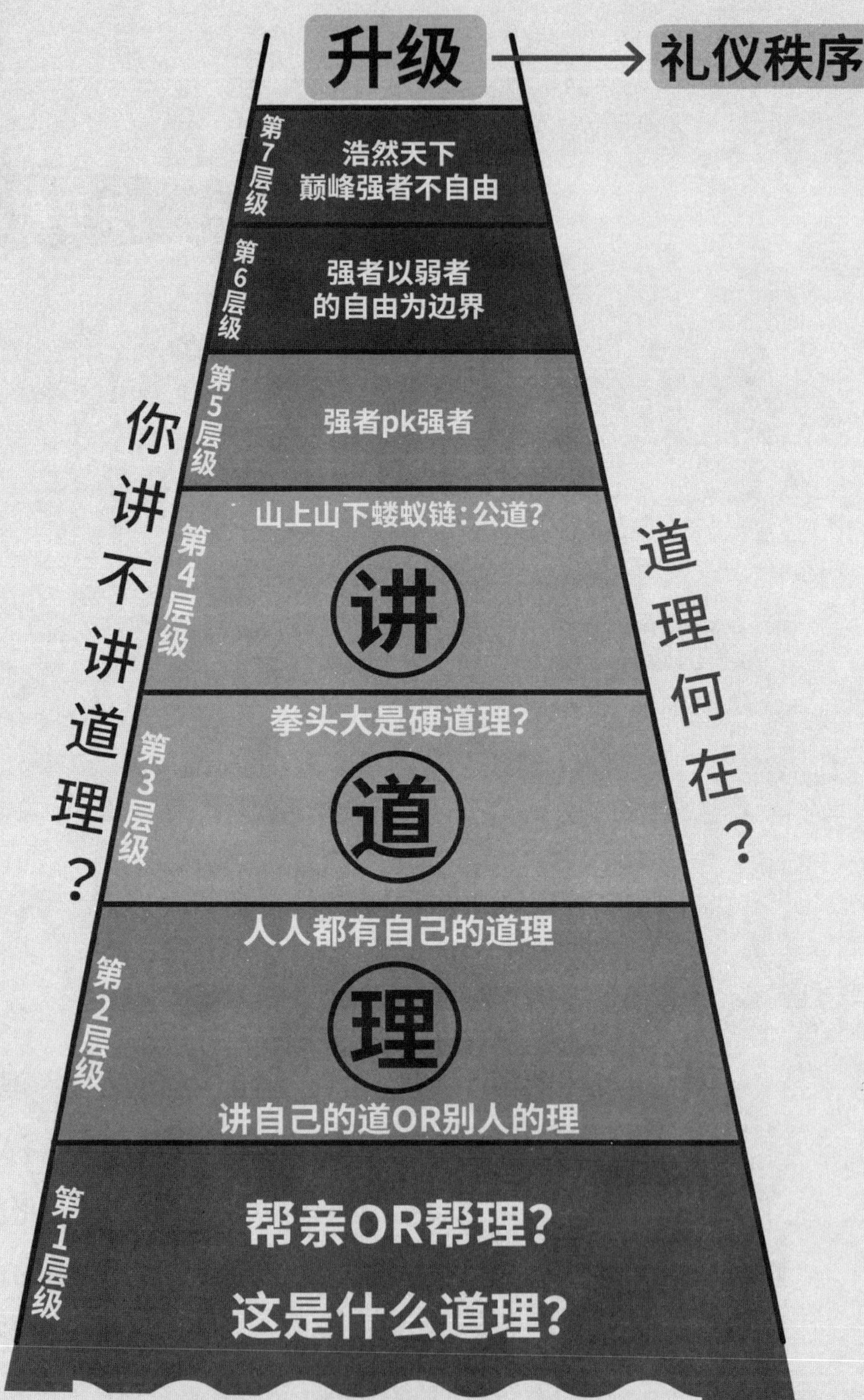

如果我们把烽火戏诸侯《剑来》、远瞳《黎明之剑》、猫腻《大道朝天》等作品作为硬核网文、超凡近未来、文明建设与发展和升级升维流的“类型融合与创新标杆”，横向比较他们在“讲故事写爽文”之中所触碰的硬核问题[①]，就更容易看出从“社会治理实验田”到“建构时代新范式”的内在逻辑和模式。

剑气长城尽管是个刑罚之地，但未必不是一个试验之田。

那些人妖与人神大战的幕后操盘手——三教一家——貌似将剑气长城视为沙盒生存游戏、微观宇宙文明的试点、试错与迭代“实验田”。就像牛鼻子老道观道观观主把自己当作“老天爷”，在藕花福地实验、试错和迭代。

三教分治四座天下；

四座天下就是他们以教治世的试验田；

在某种意义上，剑气长城、藕花福地、骊珠洞天……都是试点、实验和试错的特区；

儒教三四之争中以礼仪治世，以事功治国，是儒教试验用不同的学说治理浩然天下的特殊试验田；

从放弃浩然天下部分洲际的局域战争，到第五座天下“一气贯通”四座天下……更有可能是为了应对“神魔妖鬼 · 举世伐人”和“灵气枯竭 · 末法时代”的超凡近未来之战的大试验田。

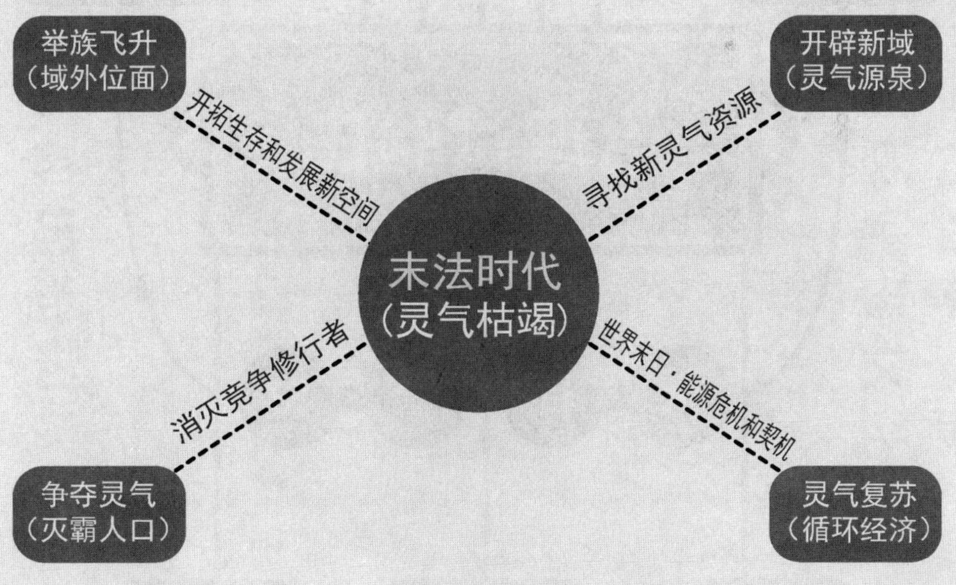

① 参见庄庸、杨丽君等主编：《爽文时代：中国网络文学阅读潮流研究（第 1 季）》，华语网络文学智库丛书，中国青年出版社，2020 年版。

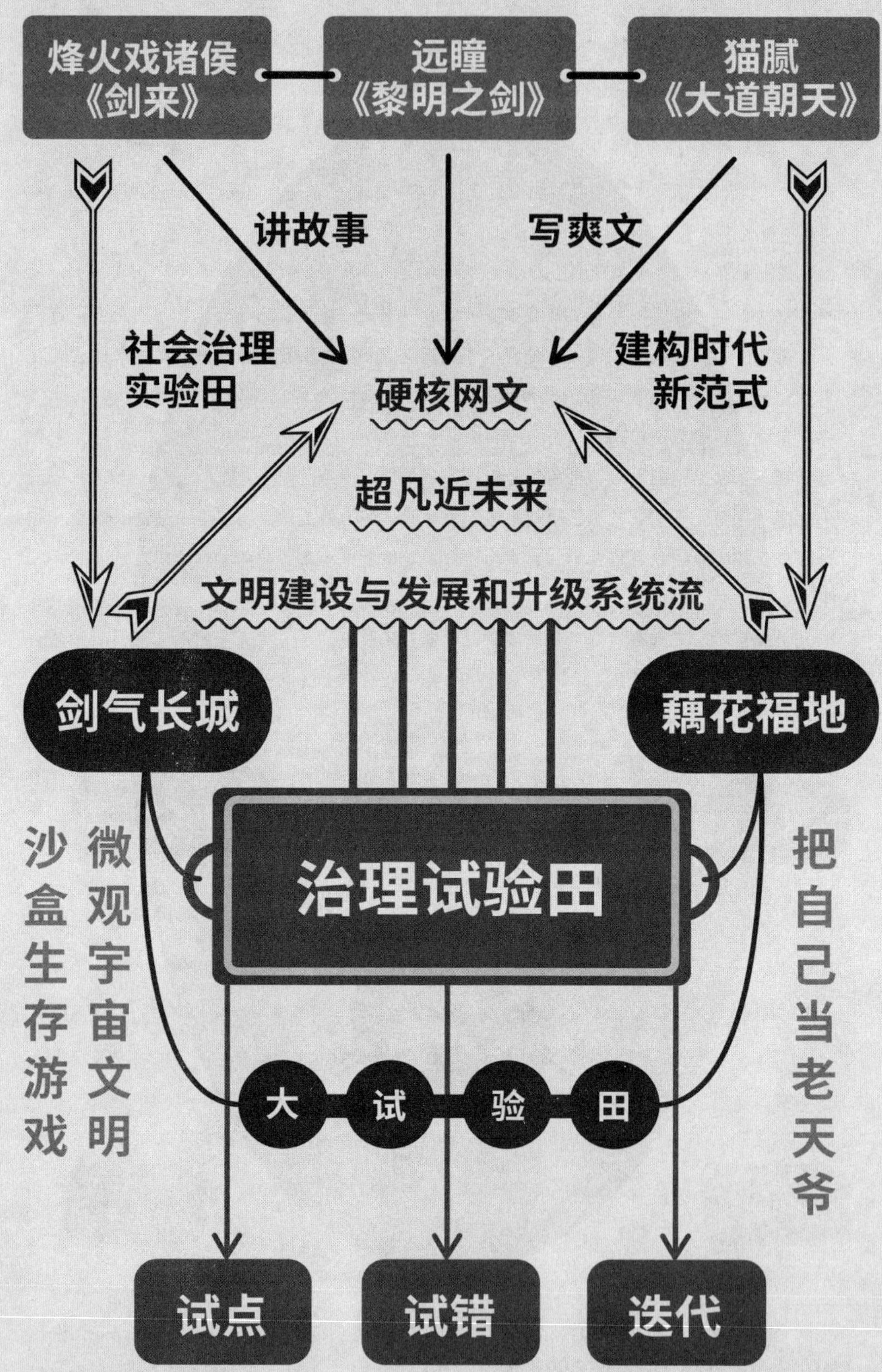

烽火戏诸侯
《剑来》
远瞳
《黎明之剑》
猫腻
《大道朝天》
讲故事
写爽文
社会治理
实验田
硬核网文
建构时代
新范式
超凡近未来
文明建设与发展和升级系统流
剑气长城
藕花福地
沙盒生存游戏
微观宇宙文明
治理试验田
把自己当老天爷
大
试
验
田
试点
试错
迭代

第一节 罪恶之城：

从“万年刑罚之所”到“千年愤怒之地”

就像天地人三层祭台一样，剑气长城在提供了一个最为简洁、最有概括性的“原型”之时，却又最能变化和衍生出“一生二，二生三，三生万物”的生成与演变。

万年之前，三教一家达成协议，将或许在人神之战中站错队、犯了错误，或是觊觎神道缺位、造成人族内讧（真相、事实和秘密还有待揭晓）的初代剑修，当作刑徒余孽，放逐到剑气长城，让他们在这个浩然天下和蛮荒天下对抗的桥头堡世代抗妖赎罪。

于是，剑气长城最大的迷局，并不在于它本身，而在于它的关联史。

第一层，剑气长城自身的“故事建筑解剖图”。

它作为一个古战场遗址，自身小天地或空间有几重性，如从城头到剑狱（镇妖狱）之下、之外，还有没有更为隐秘的小秘境？

人口或职业、家族、势力等分布，有什么样外在的脉络与内在的逻辑？

除了外乡人和原住民、在城头刻字的大剑仙与普通剑修、数大剑修家族与数批天才剑胚道种之外，同样是土生土长的原住民——剑修群体、武道胚子和普通群体，到底是通过什么区分与甄别、筛选和淘汰、生存和发展的？……

一个随时随地都在战斗的城市，除了军事力量，它的平民群体、经济基础、管理体制甚至文明程度，其实也是非常值得考察的。

网络小说玄幻文、仙侠文或大幻想文学，普遍不会对此进行严谨、周密的设定。《剑来》之中，这一方面也是若隐若现，有若干线头，但未扯出下面的线索，以至“下面有无体系性设定”是存疑的。

第二层，剑气长城万年抗妖与恩怨极简史。

剑气长城何以万年都处于浩然天下和蛮荒天下之间，处于人族与妖族对抗的桥头堡和前沿阵地？

万年之前，到底发生了什么，使得这些“剑修远古祖先初民”会被当作“刑徒余孽”，被惩罚、流放和迁徙至此，世代皆为剑修战士，以斩妖之功德，来为自己流淌于血液里的“原罪”赎罪？

这种世代流传的惩罚和原罪，到底是什么，居然万年都无法赎清？

而且，在这万年之中，浩然天下到底又对剑气长城做了什么，导致一代又一代的剑修守城人，越来越憎恨浩然天下作为“同类本应同心”的人族，甚至超过了“非我族类其心必异”的妖族？

以至于，在剑气长城人妖终极之战中，剑修不惜背叛，甚至反戈一击?!

刀锋所向，屠戮起浩然天下的人族同胞时，这些反叛剑修比起妖族王座大妖，心更毒，手更狠。

第三层，便是剑气长城“万年古战役”和“未来新剑气长城”的因果链与关联。

万年之前，那场远古战役，到底是人神之战，还是人妖之战？

也就是说，剑气长城这个“古战场遗址”，到底是什么样的“古战役”遗址？

这个古战役之“因”，通过剑气长城老大剑仙陈清都和骊珠洞天老剑条剑灵为传播媒介，传递给陈平安何“果”？

因为在这个因果链上——

陈清都和老剑灵显然都与那远古战役牵连和羁绊甚深；

从陈清都与剑气长城合道，到陈平安与半座剑气长城合道；

从老剑条第一主人神消道殒，到剑灵认陈平安为第二个主人……

陈清都和老剑灵与古战役的牵连与羁绊，使得陈平安在这种因果链上将承担什么样的“因”，又将结出什么样的“果”？

更为重要的是，在陈清都和儒家文庙交易与谋划的“剑气长城终极布局”之中，陈平安和宁姚肩挑日月、剑气长存、重铸长城的责任与使命是什么？

陈平安作为新隐官大人，将剑胚道种像蒲公英的种子一样散播于浩然天下，试图构建起一个“剑气长城长存于心”和“从木秀于林到秀木于林”的森林生态体系的新剑气长城；

宁姚则带着半座剑气长城举城飞升，像骊珠洞天最终落地于浩然天下大骊王朝版图之下生根发芽一样，最终迁移和落实于第五座天下，立下了建设、发展、迈向一新剑气长城的宏伟目标——这让我们联想到从游戏到网文中的“文明建设发展和升级升维流”。[①]

与此同时，由于陈清都与儒家文庙的安排、陈平安的选择和担当，陈平安替代陈清都，与半座剑气长城合道，像眼中钉、肉中刺一样，牢牢地钉在妖族“举半座蛮荒天下之力”进攻浩然天下人族的敌背心腹，却又什么都做不了，只能看着——像一只看门狗一样，孤苦伶仃，倔强顽强。

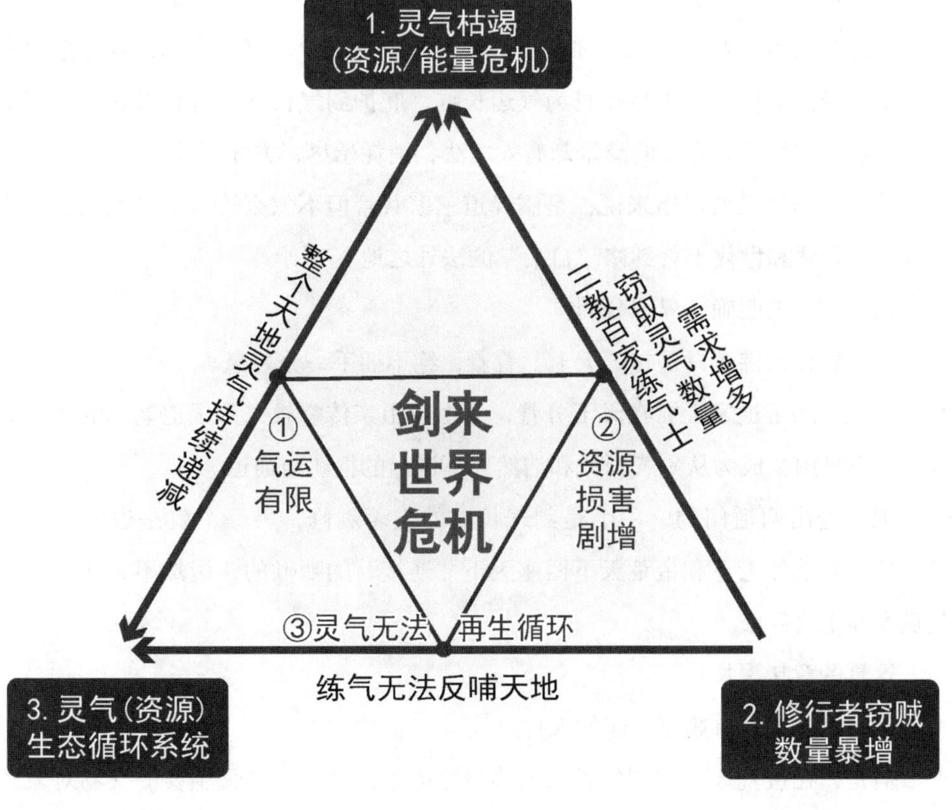

① 参见庄庸、杨丽君等主编：《爽文时代：中国网络文学阅读潮流研究（第 1 季）》，华语网络文学智库丛书，中国青年出版社，2020 年版。

第二节 看着，看着：从“儒治缺席”到“法外之地”

剑气长城是个特殊又特别的“法外之地”。

它位于蛮荒天下，与妖族争道抢运，却又归属浩然天下；

浩然天下是儒家文庙掌管和制定规矩的地盘，论理剑气长城既然归属浩然天下，本应由儒家文庙独家掌管。但事实上剑气长城的“天上”，是由三教圣人坐镇——这三家圣人在蛮荒天下和剑气长城的终极之战中，毫不徇私，倾尽全力出手，最后身消道殒，却仍然化身为气运长虹，庇护剑气长城，直到被妖族大军用“人海战术”“蝼蚁噬象”的蠢笨却有效之法，消耗殆尽，方才罢休。

因此，剑气长城严格来说，是儒释道三家共管但不怎么管、由老大剑仙陈清都等刑徒余孽和世代土著剑修“自治”的法外之地。

只不过分工明确、界限分明。

比如，释家佛子只是在“天上”看着，绝不插手一分一毫。

而道家除了道家天君在天下分管，还由道祖亲传掌教二弟子道老二的法印垂落而成倒悬山，成为从剑气长城和浩然天下进出的枢纽与通道。

把守进出两道门的，一个是剑气长城的土著剑修，另一个就是道家亲传弟子。控制着浩然天下和蛮荒天下两座天下“连接”的咽喉的，居然不是儒家，而是道家和土著剑修。

这真的意味深长。

看门人中并没有儒家文庙的人！

但是，在蛮荒天下和剑气长城的终极之战中，老大剑仙最主要的交易对象并决定剑气长城未来命运的，却是儒家文庙。

比如，老大剑仙开出的去往第五座天下的“白名单”，特别是剑气长城举城飞升，落地于第五座天下，就带有儒家文庙补偿剑气长城万年功德和平息万年仇怨之意。由此可见，儒家文庙仍然在剑气长城的格局和命运之中，起着决定性的作用。

但是，最奇特的悖论也在这里：既然儒家主导与宰制，那何以不实施“儒治”？

因为，儒家重礼仪、规矩和教化之功。

《剑来》之中，将“儒治”概括为儒家为浩然天下制定规矩，包括——

礼圣制定秩序，亚圣推行礼仪等；

文圣曾代弟子实验事功而失败——这就是所谓的三四之争；

文圣弟子儒家圣人齐静春坐镇骊珠洞天时曾实行教化——比如，他如同视自家子女与弟子一样，试图教化最后一条真龙精魂凝聚而成的少女王朱礼敬天地、众生、大道和信义。

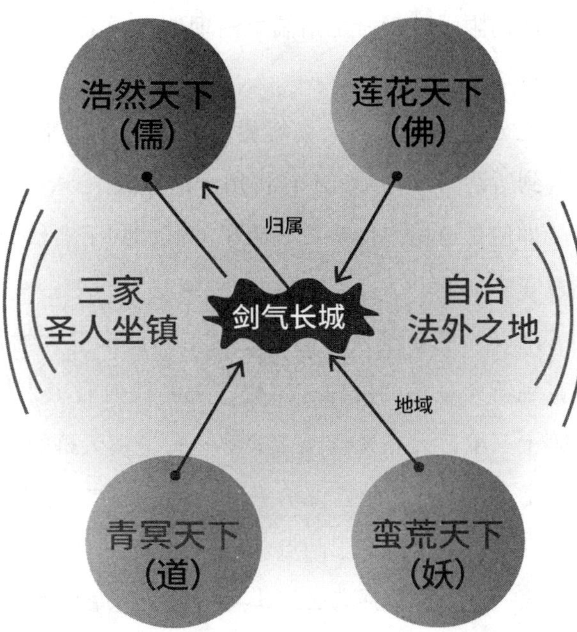

儒家为浩然天下制订的整体规矩之中，如下几条最基本、最根本的“铁律”，最让我们印象深刻：

限制儒家文庙与圣人自身，画地为牢，以身作则，以率为天下先：

不得随意干预山上修行宗派势力和山下俗世王朝的“内政”；

约束山上修行宗派势力、山下俗世王朝和修行强者的规矩，首先适用于儒家体系诸人自身。

但是，从始至终，儒家从来就没有拿浩然天下的“限强政策”，来限制过剑气长城的强者。

第三节 限强政策：

从儒家圣人“画地为牢”到“最强修行者限制”

所谓限强政策，是指儒家治理浩然天下，对“最强修行者”（修行强者群体）做出特殊限制。

比如：浩然天下最高境界不得超过练气十三境。达到十三境者，必须“飞升”到所谓的天外天，不得再留于浩然天下。

即使是道祖亲传掌教三弟子陆沉，到了浩然天下，蛰伏于骊珠洞天，也不得不遵守这个规矩，自降境界于十二境。

阿良为儒家圣人齐静春之死，向儒家三大学宫和东宝瓶洲大骊王朝讨个公道，剑斩大骊王朝仿白玉京楼、拳断铁血君王宋正醇长生桥，“不小心”破境进入第十三境，天外天就天雷滚滚——坐镇天幕的三教圣人喊话让他上天，阿良也不得不飞升天上，跟据说拳头最硬的道老二去互换了一拳……

究其根本，就在于两点。

第一，修行最强者必须头悬一把“达摩克利斯之剑”。

浩然天下十三境无敌，留在人间，几乎无人能够限制；若是强者无法得到限制，就会随心所欲、恣意妄为，破坏浩然天下山上修行宗门势力与山下俗世王朝、修行者与普通凡人之间“脆弱而不确定和不稳定”的平衡。

这就是大骊王朝铁血君王心心念念想要打造出一座可以“剑斩世间十三境”的伪白玉京楼，对天下修行强者甚至整个山上修行宗派势力进行“战略性威慑”的原因。

第二，修行的根本体制是一种“金字塔模式”。

练气、修道、破境，所需要的唯一资源，就是“灵气”；

而灵气不可再生，唯有在修行者身消道殒、还气运于天地之后，方可有些微的补偿与回馈。

因此，灵气基本上就是一种“稀缺资源”。谁吸引、掠夺和争夺得越多，谁就越有可能大道抢行、先行得道。

换过来，也是一样的：谁先行得道、抢先得道，谁就能争夺、掠夺和抢夺灵气资源。

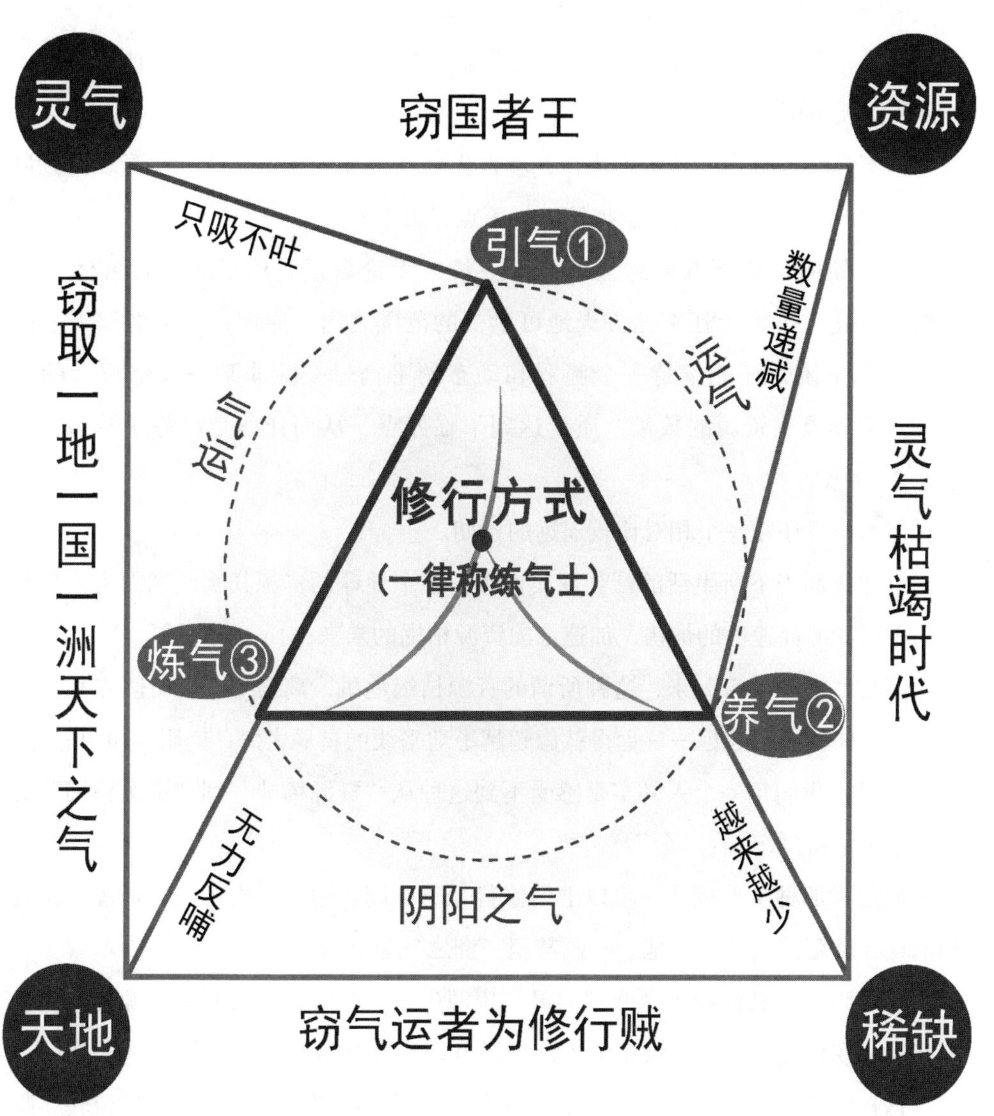

因此，灵气资源越往后越稀缺，大道之路越走越窄，得道之人的数量将越来越少；犹如千军万马过独木桥，狭路相逢勇者胜。

而在这个金字塔之路上，越来越高精尖的修行强者，所需要的灵气数量和质量，却反而越来越多、越来越优。

如果强行换成数字和折算方式，可以这么描述与形容——

练气士下五境破一境，或许只需要十分灵气，品质为合格即可；

但中五境破一境，就需要一万分灵气，品质必须为中；

但是，上五境十三境以下破一境，所需灵气就以千万甚至数以亿计，而品质非良和优质不可……

从不合格到合格、从中到优良，就像提炼和提纯青霉素一样，你要多少数量的原材质，才能提炼、提取、提纯出一丁点青霉素？

不管如何，从下五境到上五境十三境，无论数量、质量和修行群体与强度如何变化，基本上还在这方天地可承受的范围之内。亦即，整个浩然天下的灵气生态系统，还能维持一个脆弱和动态的平衡——除非某一天修行者的数量、强度和灵气资源的数量、质量达到了临界点，从而让整个形势逆转和急剧恶化。

但这毕竟还是一个相对比较遥远的预期。

就像我们当下所生活的社会现实世界，整个地球的资源其实已经因为人口数量的剧增和消耗速度的加快，加速走向资源枯竭的未来；

但是，未来“未”来，这种所谓的资源枯竭危机，离当下这个时间点和普通人的切身体验还很遥远——远得就像超越了地平线的星辰大海，肉眼不可见；

所以，我们每一个人其实是感受不到这种从“资源稀缺”到“资源枯竭”的人类未来危机的。

但是，那种上五境十三境以上的修行强者不同。他一个人对灵气资源的需要与消耗，就可能会耗尽一地、一国甚至一洲之气运。

这会瞬间打破此地此界此域的灵气资源生态系统，从而加剧从资源稀缺到资源枯竭的变化过程，以及激化资源掠夺、争夺和抢夺的矛盾与冲突。

这样的修行最强者再多一两个，整个浩然天下的灵气资源及其气运流转，瞬间就会陷入停滞。连山上修仙宗派的修行者们，都将没有活路，何况那些山下俗世蚁国的普通人们？

灵气就像氧气。

如果它是每个人一呼一吸都需要的基本资源，哪怕再微量，也得留下一丁点让人能喘气，是不是？

修行强者本来就占据甚至是垄断了大部分的灵气资源，若是连这一丁点微量的“灵气空间”都不留给山下世间，那俗世蚁民还要怎么活？

这个道理，就像是——

某一天强势集团将地球上所有的氧气都垄断了（看起来好像真的是天方夜谭），进行限量特供；

于是，整个地球就被分割和划分成一个个“无氧之地”和“有氧特供区”，那么“有氧特供”将成为强者越来越强的权利和专利，而生活于“无氧之地”的凡人蚁民们，只有越来越弱、自生自灭。

以这样的观点、思路和逻辑，来解读、诠释和建构《剑来》从“灵气稀缺”“资源枯竭”到“末法时代”的世界观设定，未必真的符合烽火戏诸侯故事布局的构思、脉络与发展趋向。

但姑且用来理解儒家为什么要在浩然天下制定和实施“凡十三境者皆飞升”“不得停滞留于浩然天下”的规矩，要相对容易一些。

至少，我们可以理解为——

十三境以上的强者，已经强到了可以打破这方天下脆弱平衡的临界点；

他们滞留于人世间，会加剧这方天下向不平衡、不稳定、不确定甚至不可知之境的转变——

这有违于儒家制订规矩、秩序、礼仪等试图让此方天地有序、有据和有“理”的演变之初衷。

甚至，十三境以上那传说之中已经遗失的第十四境、十五境，如果重现世间，很可能打破的不是人和人（凡人与修行者）之间的平衡，而是人和妖甚或人和神之间的界限与秩序，从而导致整个天上人间的失序危机与秩序重构。

这或许是三教之祖都不愿意看到的事情。

第四节 紧箍囚笼：从“秩序锁链”到“灵气稀缺”和“资源分配”

因为这种“限制措施”，所有十境以上的修行强者，跨洲“旅行”时，必须报备儒家文庙或者坐镇一方天幕的儒家圣人审批，准许后方可通行，或是基于同样的考量。

只不过，一个是对上，规定十三境强者必须飞升，不扰乱天上人世秩序；

一个是对下，规定上五境强者未经许可不得跨洲“旅行”，以免扰乱山上修行宗派势力和山下俗世王国的人世间秩序。

这就相当于给孙猴子戴上了紧箍咒，让修行强者不至于无法无天、恣意妄为，从而一个人可毁山、摧城、灭国甚至灭绝一地人族。

这一条首先限制儒家圣人，以身作则，率为先范；然后，再限制别教别家别种修行宗门和宗派的修行强者。

如果违反，“王子与庶民同罪”，按律论处。在老龙城陈平安帮助郑大风与老龙城城主进行符畦之战时，坐镇天幕的儒家圣人出于对文圣老秀才一脉的私下恩怨，默许桐叶洲桐叶宗宗主、上五境飞升境剑修杜懋私自跨洲入境，进入东宝瓶洲的老龙城，重创郑大风和陈平安；而陈平安几乎陷入绝境。最后引得剑灵万里奔赴老龙城，怒锤杜懋。随后相继引发文圣老秀才与亚圣对阵、大剑仙左右剑斩桐叶宗山水气运、武夫十境李二问拳桐叶宗。杜懋自身也身消道殒。私放其入境的坐镇天幕儒家圣人也被罚过，不再配祀文庙，“坐享冷猪肉”。陈平安也得到一张“浩然玉牌”作为补偿。

由此可见，儒家文庙限制修行强者“私自离境”是何等严格和重要。

这确实约束和限制了相当一批强者，让山上和山下维持了相对脆弱的平衡；

但又给无数强者带来了“戴上镣铐跳舞、身陷囚笼腾挪转移、戴上紧箍施展金箍棒”的不自由感觉。

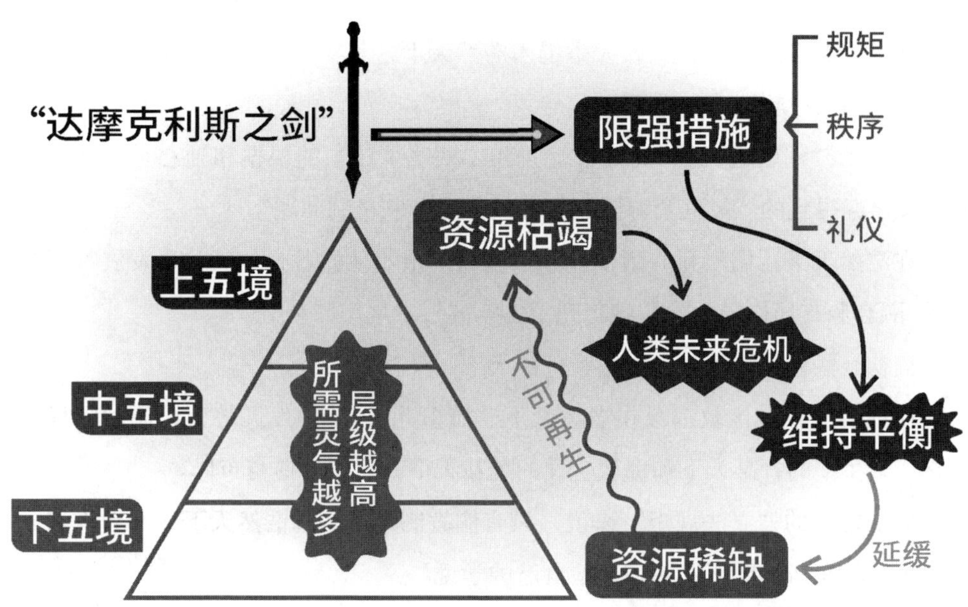

因此，当蛮荒天下妖族举半族之力攻打剑气长城，随之北侵浩然天下，争夺灵气更为充沛的三洲作为新的栖憩之地时，地位堪比陈清都的万妖之祖，就讥笑浩然天下的强者“不自由”；

这就像讥笑陈清都就是一条“看门狗”，甚至连给十万大山的老瞎子带上铁链的大妖看门狗都不如——

这是一条无形的铁链：不能顺心意、抢灵气、争大道。

妖族若是全面攻入浩然天下，妖祖许诺将解放所有的强者，抹掉戴在他们头上的“紧箍”或悬于其头上的儒家限强规矩，使得所有的强者可以任意“抢气夺运”、肆虐山上山下。

换句话就是，让已经进入充满秩序、规矩和礼仪等的“文明社会”浩然天下，重新退化为崇尚丛林法则、弱肉强食、野蛮生长的万物黑暗森林：谁的拳头大，谁就最有话语权；谁强，谁才有权利生存和发展。

这确实对剑气长城和浩然天下的修行强者具有吸引力。

因此，一旦他们摆脱脚下心中的“刑罚镣铐”（剑气长城），和头顶上的“金箍囚笼”（浩然天下），他们所爆发出来的凶性和狠毒，可能比蛮荒天下的王座大妖，还要猛烈和激烈……

从某种意义上来说，妖族大举侵入浩然天下，其实亦是施行儒家秩序规矩已久的社会的又一轮洗牌和重组。

但这种“秩序危机”“洗牌重组”和“秩序重建”的根据和轴心是什么？就是上文已经提到的“灵气资源限制”和“分配体制机制问题”。

在浩然天下，儒家允许诸子百家争鸣，不限制他们各自的实验、发展甚至是阴谋/圈套和布局格局，除非触犯到了儒家的根本规矩和利益。

当初，儒释道三教分配利益、分治天下，又相互渗透。

比如，道教和佛教都会在浩然天下“搞事儿”，暗中发展势力；儒教同样也会在道教主宰的青冥天下和佛教主导的莲花天下，反向渗透与布局。

但从根本的“立法规矩”来说，只有儒教制定规矩的浩然天下，才允许诸子百家争鸣，在浩然天下发展和试验自己的学说。

这在一定程度上，造成了所谓的“学说纷争、思想混乱、利益分歧、资源掠夺/争夺乱象”。

因为，在《剑来》的世界观设定之中，思想与学说可以“炼气、修道和成仙”；而“练气、修道和成仙”最主要的路径，就是吸收天下的灵气——而灵气就是这个世界特殊且不可再生的资源。

当诸子百家杂乱的学说和思想，导致“稀缺灵气”的分配、产出甚至掠夺和抢夺越来越失序、混乱和无章时，一定程度上抵消了儒家通过秩序、礼仪和规矩“立法”与“执法”之功能：儒家试图以此，限制浩然天下练气士、修道和成仙者，使灵气的分配、消费和产生，能更有序、更有效且更符合天地大道和众生的需求。

这就是“绿水青山就是金山银山”——浩然天下的灵气系统就像一片不可再生的森林，因为建设人居城市所需，不得不伐木为梁。但采什么、如何采、采后又如何用，才能更符合浩然天下甚至四座天下的人族整体利益，并且延缓那片森林被采伐殆尽、灵气资源被消耗殆尽、整个生态系统被破坏、天灾人祸导致整个天下成为“废土世界”的末法时代的到来，是儒家甚至三教一家都殚精竭虑甚至处心积虑必须思考的问题。

因此，儒家在浩然天下试图以规矩、秩序和礼仪等立法与执法，以有序、有效、有节奏地采伐；

但是，诸子百家争鸣，在一定程度上产生对“灵气森林”的无序混乱的掠夺与争夺式开发。

因此，道祖亲传掌教三弟子陆沉，才会讥笑儒家的“滥好人”之举：允许诸子百家争鸣、所有修行宗派势力自由发展，就像圈地放羊，试图通过羊吃草、粪养土、土育草等维持生态的平衡，结果却养出了一群披着羊皮的狼，肆意践踏和破坏着耕田与森林，从而加剧人心混乱、灵气枯竭和末法时代到来的危机。

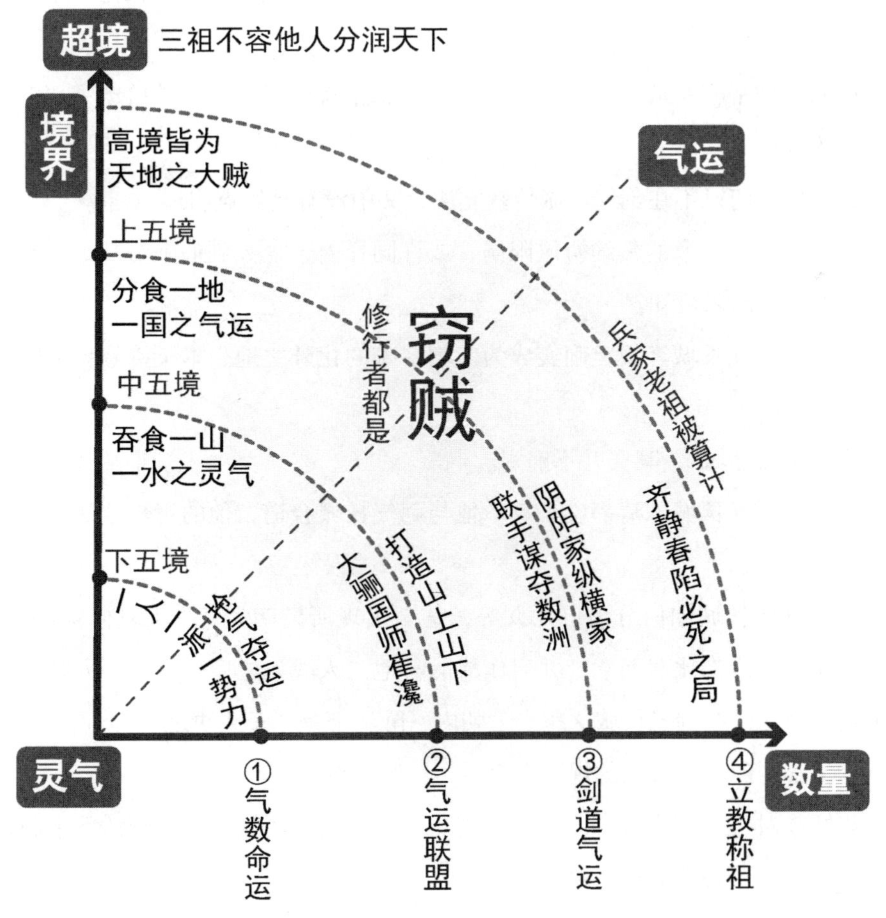

第五节 社会实验田：
从“人妖大战堡垒”到“反人类大联盟观察哨”

剑气长城既是三教一家的“化外之地”，也可能是一个“社会实验田”。

儒释道三教，均未在这儿传教立法。

文中提到曾有读书人对剑气长城诸多事宜看不惯，曾试图施行“教化”，被剑气长城土著剑修硬驳了回去；从此，儒家文庙在剑气长城的“教化”之为，不了了之。

后来，陈平安写浩然天下山水游记，开私塾教弟子，才算是启动了“下一代教化”的试点。

其他两教何以不在剑气长城传教立法，文中没有具体点明。

或许是三教一家的契约协议限制，或许同样由于老大剑仙陈清都等本土剑修的集体抵制，尚未可知。

但是，剑气长城客观上确实成为三教一家的化外之地、本土剑修自治的不法之城。

说“不法之城”，其实并不确实。

因为，剑气长城陈清都说了算。他与剑气长城合道，他的规矩就是这方天地的规矩。

无论剑气长城如何分出三六九等，甚至出现所谓四大、十大剑修家族豪门，但是，在与陈清都比肩而立、并肩作战的其他二人战死之后，再无一人能够与他掰手腕。因此，在剑气长城这座小王朝内，陈清都是“一人决之”。

陈清都为剑气长城立的规矩很简单：斩妖众者第一。

与妖族对抗，实力者存。因此，这是一个靠实力斩妖并且能够活下来制订排行榜的世界，无关道义和美德。

驱动土著剑修抗妖战妖，无非就是因为万年以来那条所谓的“刑罚镣铐”（世代以斩妖功德赎罪），以及稀薄至极的“人族责任”（为浩然天下战于先锋前沿）。万年以来，支撑剑气长城“规矩”的，就是这三根支柱：实力之忧、刑罚之耻、人族责任之怒——

凭什么让我们付出如此沉重的代价斩妖？

剑修高手纷纷赴死，甚至剑胚道种“未成年”便已陨落？

凭什么让我们万年世代以斩妖赎罪？

什么样的刑罚罪责，成千上万年、世代相传，都还赎不清？

凭什么要我们为那些“只会吟风弄月、粉饰太平却还在背后讥刺我们不卖力”的浩然天下人族们，战斗在第一线，成为绝不允许妖族迈入一步的屏障与堡垒？

……

这股忧惧、耻感和愤怒，积蓄起来，就如等待决堤的洪水，或如星火便可引爆的大火药桶。

它不但让剑气长城和整个浩然天下离心离德；甚至，有可能让剑气长城反攻倒算，引妖族入侵，一泻千里——假若没有陈清都这把剑，作为最后一道栏杆的话！

那么，剑气长城存在的意义和价值到底在哪里？

难道仅仅是作为在浩然天下和蛮荒天下之间，抵抗妖族全面进攻的第一道亦是最后一道屏障？

难道不是三教一家的圣人分治四座天下，观看不同的教义与思想治世的一块“特殊飞地”？

儒教以礼仪、秩序和规矩治理浩然天下，其结果、成果和效果，是整部《剑来》展示最多的；佛教治理莲花天下和道教治理青冥天下，影影绰绰，只可猜测，难以想象。

比如，我们仅能凭借陈平安与孙道人一道游历其师弟遗留之小天地的蛛丝马迹，勾勒出青冥天下的重重问题与布局——

孙道人师弟被道老二一剑斩亡的线索，扯出道教两大剑派的大道和理念之争：道老二试图剑斩化外天魔，而孙道人师弟试图感化化外天魔——青冥天下最主要的外敌就是“化外天魔”。

抗击化外天魔的主要势力，便是道祖三大掌教弟子所掌控的白玉京；然而陈道人所领导的大玄都观及其师弟所传弟子，却集聚了白玉京外近六成的剑修！

剑修是最有战斗力的修行强者群体！

由此，我们可以猜测、勾勒和想象青冥天下在面对化外天魔这个最大的敌人时，如何协调解决白玉京等道祖亲传势力，与大玄都观等其他道教分支势力的关系与利益分配（主要还是灵气资源分配权）。解决彼此的大道之争，成为棘手问题。就像陆沉泄露的，迥异于儒教在浩然天下所制订与实施的秩序、规矩和礼仪等“主导与分配制度”，青冥天下采取“随心所欲、率性而为”的治世措施（疑似），是否有效？

它和蛮荒天下实力为尊、弱肉强食、优胜劣汰的丛林法则，区别又在哪里？

另外，佛教治理莲花天下，也有自己面临的重大问题，如何解决才有效？

三教采用不同的方式治理各自的天下，或许就是当初的协议之一：

儒教在浩然天下明面上对抗妖族，暗地里却布下重兵，防止古老神道卷土重来；

青冥天下抗击化外天魔；

莲花天下治理九幽冥泉……

谁更有用、有益和有效？

当第五座天下开辟出来，将另外四座天下“一气贯通”时，人族将共同面对神道、妖族、冥鬼、化外天魔等敌人，如何才能解决人心崩塌、灵气枯竭、山上山下成为一盘散沙的末法时代大混乱大失序之大危局？

从这个意义上来说，从剑气长城构筑抵抗妖族的第一道屏障，到最后剑气长城被攻陷，妖族北侵浩然天下、肆虐九洲大地，就像两种承传有序的、从沙盘到实践的大演练，为未来真正灵气枯竭、全线皆敌的末法时代，寻找解决的思路和线索。

这或许应该解读、诠释和建构为“三步战略”。

第一步，把剑气长城当作特殊试验田，在局域战争之中，收获经验：

如何培育战斗力最强的剑修群体？

如何观察和实验特定战区的人心人性和情绪问题（如实力之忧、刑罚之耻、人族责任之怒）？

如何以局部战争寻找制胜、转妖（教化妖族）甚至治妖（人妖共存）之道？……

剑气长城成为三教一家观察人族在局部战争里对抗妖族这一个生死大敌经验值的特殊实验田。

第二步，引狼入室，以牺牲部分洲（如南部、东南和西南三洲），圈地放羊（养狼），任其肆虐，以观测和收割经验值。

这就相当于把妖族当作“搅屎棍”或是“那一条鲶鱼”，搅动浩然天下承平日久、世风日下的一汪死潭，甚至让沉蛀泛起、毒素滋蔓。

以局部小动乱的空间战，换取延缓全局大动乱的时间——经过妖族肆虐的洗礼，当未来妖族和神道联手进攻浩然天下的可能性发生时，或许儒家更有信心主导这场“全民战役”。

事实上，当妖族真的越过剑气长城，攻入浩然天下时，西南、东南和南部三洲，确实面临着一个前所未有的考验。

尤以南部桐叶洲为甚，无论是山上修行势力，还是山下俗世王朝；无论是官宦权贵豪门，还是普通俗世蚁民……全都陷入“大崩溃”“大溃败”、一溃千里的局面。

此情此境，如何能够组织起有效的抵抗线？

此种人此种宗派，又如何能够成为抗妖战神的主力军？

第三步，倘若神道、妖族、冥鬼和天魔未来真的组建起“反人类大联盟”，举世伐攻人族，作为所谓人族领袖的“三教”，又何以组建起有效的“人族抵抗军”？

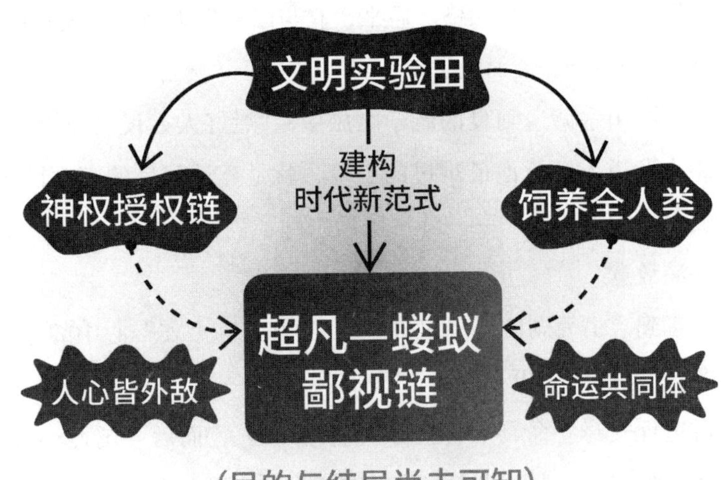

第六节　举族皆外敌：
从“人最大的敌人是自己”到“万物皆拟人（外敌）”

妖、神、魔、鬼，都是整个人族的“外敌”。

有外敌，就必有“内鬼”，就是反叛的剑仙。

然而，从外敌到内鬼，人族的敌人，真的是看得见的“敌”吗？因为人心鬼蜮、人性深渊、人世如棋，人最大的敌人，就是看不见的另一个自己。整个人族，都是人族自己的敌人。

基于人心深处那看不见的敌人，《剑来》建构了“举族皆外敌”的三维模型。

第一维，人最大的敌人就是自己——那就是潜伏于自己心底深处“看不见的敌人”。

就像泥瓶巷少年陈平安，有一个最大的敌人，就是内心深处的恶蛟少年。它从父母相继去世之后就开始生长起来，一直潜伏于泥瓶巷“陈好人”的面具之下，撕裂导致“我就是一个陈好人”和“我是为了活下来算计和设计出来的烂好人”的双重态度与人格。后来，它与以齐先生为对标模板的“儒袖青衫少年读书郎”遥相对抗。

在山水游逢阿良的游学之旅中，“烂好人人设”充当了主流——陈平安后来跟火龙道人坦承他最难过的心事，就是算计阿良的态度试图博取他的好感；“恶蛟少年隐隐抬头”——陈平安后来到了剑气长城自认最羞愧的，就是当时对阿良充满敌意。

到了书简湖问心局事件之中，“好人陈平安”心中的恶蛟少年更是渐成祸害，“算计烂好人”更是变为“算账书生”——多重人格精神分裂，导致陈平安无法讲道理安身立命，唯有自碎“金色文胆”，而后“儒衫小人”远遁——这个“金色文胆儒衫小人”代表着陈平安又一重理想人格。

从此，在山水游历和问道寻路之中，陈好人、儒衫少年郎、恶蚊少年、算计（算账）先生等成为不断分裂、重组又轮换的角色——最后在剑气长城“新隐官大人”身上终成“集大成者的二十四重人格”（二十四重只是言其多，而非实指）。

从骊珠洞天泥瓶巷少年到剑气长城新隐官大人，陈平安各种潜于心中的多重人格，经历了可见且急剧的变化，终于显化、形塑成为新的人设与角色。这种变化的轴心，就是他和他心中看不见的敌人的对抗与战争、博弈与交锋。

第二维，由于人心皆外敌，所以他人皆外敌，人族皆外敌。

由于每个人心中都有一个“深渊恶魔”，同伙皆敌，甚至同伴皆敌；但同时每个人心中都有一个囚笼中的“神明之兽”，可以以己之善，照鉴他人之恶，所以同舟皆敌，甚至举世皆敌。在这两者之间，人族最大的敌人就是人族自身——举族皆敌。

第三维，迄今为止，人族所有真实或假想的阖族之敌，便是：妖、神、魔、鬼。

老大剑仙陈清都带领剑修群体在剑气长城抗击妖族；

儒教礼圣亲率一半暗势力，在各个地方对抗古老的神明；

道教在青冥天下，以白玉京为重镇武器，对抗化外天魔；

佛教在莲花天地，镇压九幽冥鬼……

当下和未来局势演变的最大可能性，就是：妖族侵入浩然天下（已成事实）；古老神道卷土重来；化外天魔降临人世间；九幽冥鬼重现于世——妖、神、魔、鬼组成反人类大联盟，围攻人族。

于是，人族真就像“举世皆外敌”。

然而，细究各种隐秘的事实、真相和秘密之脉络，妖、神、魔、鬼与人族各有不同的牵连与羁绊。人妖殊途同归，同为万物众生——只不过人为万物之灵长。妖族欲修天道，必先化人身，先修人道——甚至有一种说法，剑修和妖族同源异种。鬼更是人之生灵死后，人的神魄和体魄所化。

而神道，则是传说纯粹武夫十一境以上，可以以武证神道，成为新神。

化外天魔，最大的可能不是“外星物种”，而是人内心“一念成魔”——源起于心魔。

就像陈平安在剑气长城的刑官地狱，所遇到的化外天魔霜降。种种迹象，都显示他是修道之人心魔所化，斩断联系后，自成一体。

因此，所谓妖、神、魔、鬼等外敌，不过是人族自身问题的某种外化、显化和转化形态而已——万物皆拟人。与这些外敌对抗，实则还是解决人族自身的问题。

比如，陈平安在书简湖问心局事件之中，陈好人和恶蚁少年的交锋，不过是与心魔作战的最初级方式而已——当然最高级的形态，便是与化外天魔作战。从这个角度来看，就会明白：陈平安与儒家羁绊最广，但何以会与道家牵连最深——从陆沉的算计，到陆沉想收他为徒，或许都是因为道家修道重修心、白玉京楼上抗天魔，跟陈平安已经、即将和未来要走的道路极其吻合：叩问心关，修心即修行——火龙道人与张山峰或许是中间的某种接引之桥和摆渡之船。

与此同时，陈平安在书简湖事件之中，从讲道理的儒衫少年郎到知错即改算细账的算账先生，或许也不过是与九幽冥鬼打交道的沙盘演练——除了用“阎王塔”等超度冤死于顾粲手下的那些鬼魂，陈平安还要兄偿弟债，自碎金色文胆，儒衫小人随后消失不见，以承担做错事的超额代价。

但有意思的是，在很久很久之后，这个原本是儒袖青衫少年读书郎的金色小人，居然“光头归来”——而腰间金丝所持的那一部书，很可能就是一部佛经。这或许寓示着未来陈平安将儒释合流，甚至和高承与钟魁的酆都体系相互借鉴与融合，创出一个解决人族甚至是万物生灵由生到死之后魂归何处、九幽冥鬼出路何在的循环体系。

无论这是否有可能，其实都建基于这个原点上：所有妖、神、魔、鬼的问题，都是人族自身的问题；妖、神、魔、鬼，其实都是人类自身“拟人化”的形象；人族最大的敌人，就是自己——人解决自己这个看不见的敌人，就是解决了妖、神、魔、鬼甚至万物生灵所有的“举世皆敌”。

唯有如此，我们才能看到《剑来》宏大的故事布局，何以会以此“万中之一”为出发点（从一生万）和回归点（从万溯一）：以陈平安立锥之身、方寸之心，融合人族和妖、神、魔、鬼四大外敌甚至整个万物生灵，建基“万世太平之运道”。

解决了陈平安方寸之心的问题，就是解决了整个人族万年失序危机的问题；

解决了整个人族万年失序的危机，就等于解决了妖、神、魔、鬼四大外敌入侵殖民、寻找生存与发展空间的问题；

解决了整个人族和妖、神、魔、鬼“举世为敌”的问题，就等于解决了宇宙万物众生“一气贯通”的根源问题——说到底，这还是一个如何“共存、共生、共融”、构建“命运共同体”的问题。

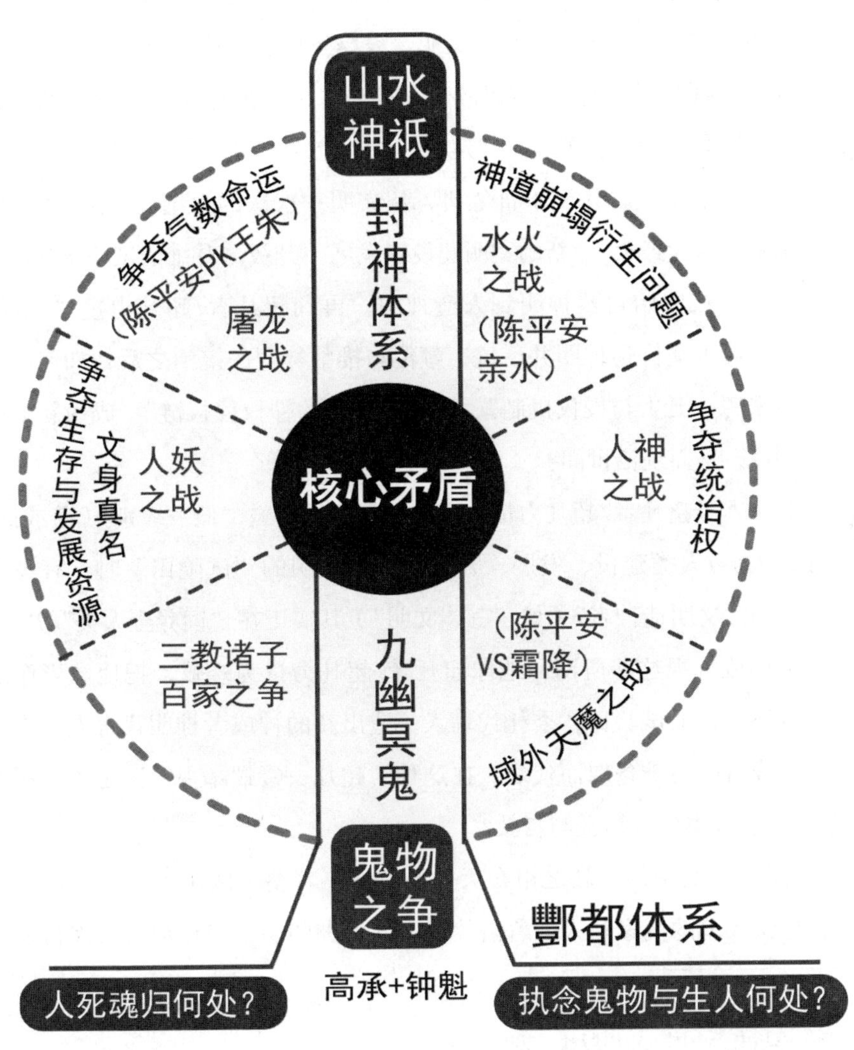

第七节 文明实验田：
从“高维生物鄙视链”到“低等文明试错地”

如果我们把烽火戏诸侯《剑来》、远瞳《黎明之剑》、猫腻《大道朝天》等作品作为硬核网文、超凡近未来、文明建设与发展和升级升维流的“类型融合与创新标杆”，横向比较他们在“讲故事写爽文”之中所触碰的硬核问题，就更容易看出从“社会治理实验田”到“建构时代新范式”的内在逻辑和模式。

第一，从末法时代到末日危机，从文明一次次的灭绝与重生（如魔潮来袭）到“未来地球大毁灭”，新的文明建设、发展、升级与升维的试验田在哪里？

第二，从原始自然神明到人造神明，再到超凡者/超凡力量“弑神/造神运动”，人族/人类忤逆神明并反抗、颠覆与推翻神明的统治之后，如何解剖“神明与神力来源、诞生与授权机制”，构建起“新的神权授权链”，成为新的神明或者“造神者”，从而统治世间？

第三，当超凡者/超凡力量“高人一等”地俯瞰“低一级别”（甚或低一维度）的蝼蚁人族/人类建设、发展、升级或升维文明的“试验田”时，有没有想到有更高维的“文明造神者”（如“三体文明”）其实正在“饲养全人类”?!

他们或许视这些所谓的地球超凡者/超凡力量为蝼蚁，把地球当作最后一块文明避风港口的试验田，委托代理人（造出新的神或者神明代言人）进行治理和统治，或者随时准备取而代之？在这种“超凡—蝼蚁鄙视链”之中，所谓的“蝼蚁”人族/人类何以拯救与自救？①

《剑来》之中，三教之祖在天外天“看”着整个四座天下的大道、天地和众生；坐镇天幕的儒家圣人看着浩然天下九大洲的山上修行势力和修行强者；山上

① 参见庄庸、杨丽君等主编：《爽文时代：中国网络文学阅读潮流研究（第1季）》，华语网络文学智库丛书，中国青年出版社，2020年版。

的修行势力与修行强者看着山下俗世王朝；俗世王者的权贵豪门又看着普通蚁民……这就像一个从上到下的“超凡—蝼蚁鄙视链”。

每一个下级生物，都是高等生物眼中的蝼蚁。每个下一级下一维的天地，都是高维文明主宰的试验田。

《黎明之剑》把这一点解读、诠释和建构得特别透彻——

作为高维文明主宰的试验田，魔法大陆每过千年，就会发生一次周期性的“魔潮”；

每一次“魔潮”都会毁灭人族/人类文明；

而人族/人类文明一切归零，从无到有，重新发展起来；

在一定发展阶段之后，又会面临新一轮的“魔潮”灭绝文明计划……

如何建设、发展、升级和升维成一种强大的人族/人类新文明，渡过“魔潮”灭绝周期，就成为主角高文超越王朝、人族甚或种族等战争问题的根本挑战。

于是，他开始实施“凡人超配装备计划”和“超凡者/施法者管制法案”——让没有魔法力量的普通公民配备“超文明装备”，从而可以抗衡具有魔法力量的超凡者/超凡力量阶层。

这不可避免地改变和改革了社会阶层结构，革新和颠覆了俗世王朝皇权与宗教体系神权的统治结构。甚至，开始承传古超阶文明的“忤逆神明”计划，联合能够渡过魔潮、延续文明的神奇生物海妖一族开发“超自然神明力量”，并能科玄合流（将科学和魔法合二为一、融合发展），迈上“科学造神或制造神明之力”的超越文明树之路……

而这，或许将走向对抗高维文明的“弑神/造神者星际宇宙舰队”。

他们类似于三体文明，是能够进行星际穿越的高维文明宇宙舰队；

他们发起了“弑神者”计划，用星舰炮火轰杀了原始自然神明，导致了古老自然神祇的陨落；

他们取代了这些原始自然神祇的位置，以新的造神、神力和授权标准体系，重构了整个地球文明的神权宗教体系，聆听、赐福和庇佑着信徒；

同时，他们一直把这个类似于地球的魔法大陆文明置于自己的观察、观测和试验之中。比如，将每一次魔潮来袭、灭绝文明、从零开始、从无到有的文明萌芽、建设和发展历程，全都纪录于自己的观察与实验报告之中——传说中的神奇生物“龙”，不过是他们的“文明观察使”而已。

当传说中的蓝龙重现于世，对魔潮侵袭过的塞西尔公国进行近距离观测和观察之后，就会喷火进行“消毒杀菌”，其实也揭示出了另外一个重要的问题——

每一次魔潮侵袭之地，都如“疫区”；

每一个“疫区”都会产生大量的生物异变、人类死亡现象，甚至部分人族灭绝；

每一次幸存下来的人族/人类，都会艰难地重新开始文明的建设和发展……

整个人族/人类甚或文明经历“毁灭—新生—发展—毁灭”轮回，仿佛成为这些高维文明观察、观测、试点和试错的试验田！

问题的关键在于：

他们究竟想观察和观测什么呢？

又想试验和试错什么？

是想找到地球文明升级迭代、转场升维的新建设与发展之路，从而可以抵御魔潮来袭，让文明不再灭绝和断裂？

还是说，以人族/人类及其文明为实验田，测试高维文明何以更好地生存和发展于魔潮之地，以准备于未来“神明降临”，取代“人族/人类”统治地球？……

这些都未可知。①

《剑来》换了一个视角，让我们把这看得更为清楚和明白：从剑气长城到妖乱浩然天下，从第五座天下“一气贯通”其他四座天下到天外天“人、神、妖、魔、鬼战争”……皆有可能是应对“神魔妖鬼·举世伐人”和“灵气枯竭·末法时代”的超凡近未来之战的大试验田。

---

① 参见庄庸、杨丽君等主编：《爽文时代：中国网络文学阅读潮流研究（第1季）》，华语网络文学智库丛书，中国青年出版社，2020年版。

第六章

剑气长城极简史：

从『游戏程序猿』到『万年「苟」人生』

剑胚
道种
新刑宫一脉（齐狩为首）
抢班夺权
高野侯
（新钱袋子）
学塾
TOP10剑修陈熙
（兵解转世）
不求于人
莫向外求
捻芯
境界势压
新隐官一脉（宁姚为首）
练气士
武夫种子
王座大妖切韵
笑话
剑修
处处剑气长城？
①无法离开
②第二个陈清都
又无其本事
③离别无重逢
④所作所为无回报
浩然天下
扎钉子
（楔子）
阻击
上岸
剑气长城
一万年
蛮荒天下
看门狗

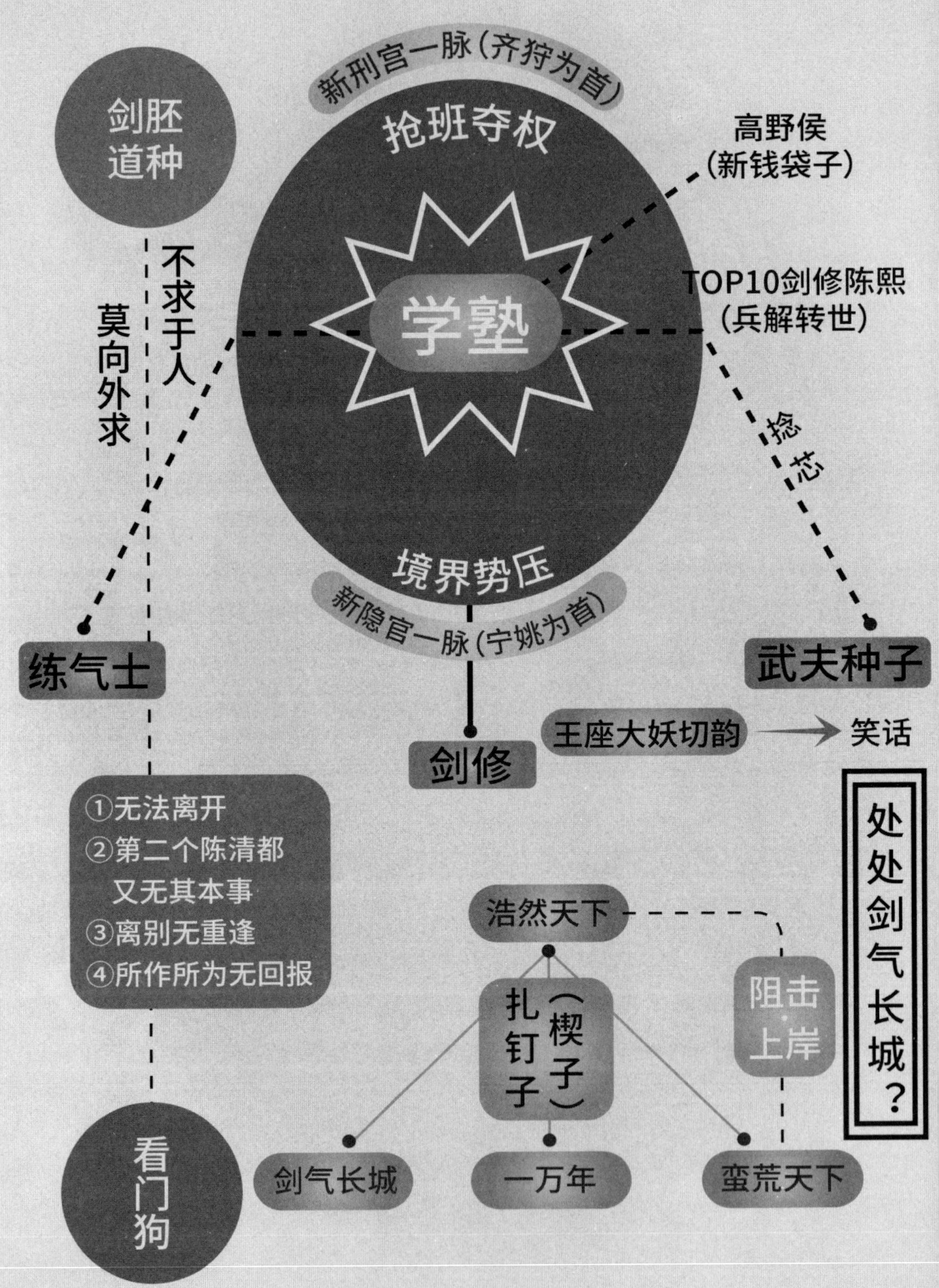

争剑道

这是一部剑气长城极简史。

从史前古战场亦即万年之前神道之战或人神大战前史，到陈清都 1.0 时代剑气长城夹在浩然天下和蛮荒天下的人妖持久战；以陈平安 2.0 时代“一城化三态”为过渡，它或许会走向新剑气长城 3.0 未来史。

我们将其解读、诠释和建构成“剑气长城 1.0—剑气长城 2.0—剑气长城 3.0”的迭代、版本升级和进化史。

但比起“人类极简史”来说，这更像是一种“游戏版本史”——剑气长城就像一个大型的传奇游戏。

但事实上，新剑气长城的发展与重建情况，远比这种从 1.0 到 2.0 的游戏软件（版本）升级或迭代复杂得多。

即使我们只是很简单和简洁地梳理一个“剑气长城极简史”，也会发现，它的发展历程与重建重构，并不仅仅是“陈清都 1.0—陈平安 2.0—剑修胚子 3.0”这种线性发展和单向度重建史。

仿佛：

陈清都 1.0 代表着过去最为辉煌的传奇；

陈平安 2.0 就是一个过渡的试错版本，不停地寻找各种 bug（漏洞）；

而剑修胚子 3.0 才代表着真正重获荣耀和充满希望的未来……

这不符合剑气长城的“历史”，也不符合陈平安作为《剑来》主角“自带光环”定律。

问题的关键在于：在这个“新剑气长城”再造计划之中，老大剑仙陈清都和新隐官大人陈平安分别做了什么选择?!

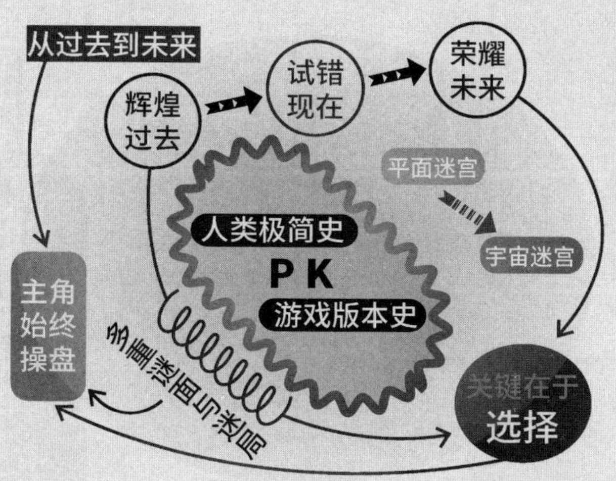

特别是——最根本的问题是：在这种从 1.0 到 3.0 的游戏、试验和故事多重经纬编织成网的“迷宫”之中，陈平安正在揭开同时又遮蔽甚至创造着什么样新的谜面与迷局，让剑气长城虽为“三层平面迷局”，却能生成和演化出“宇宙迷宫”的故事来?

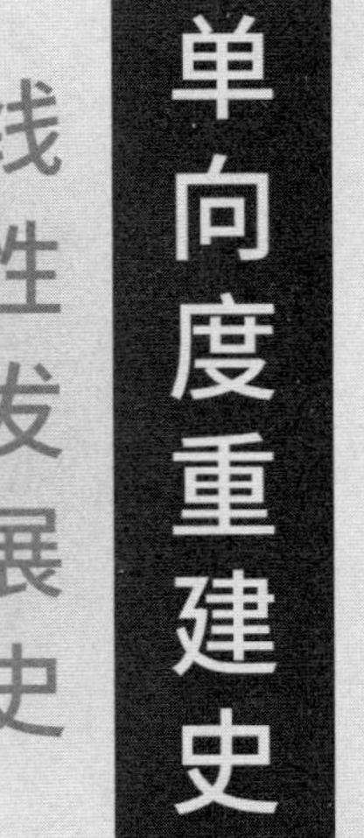

关键在于所做的选择
游戏版本史
迭代·升级·进化史
剑气长城1.0
剑气长城2.0
剑气长城3.0
剑气长城极简史
陈清都1.0
陈平安2.0
剑修胚子3.0
线性发展史
单向度重建史
故事迷宫
三层平面迷局
人心迷局

第一节 长城即游戏：从“网络迷踪”到“宇宙演化观”

从游戏的视角看，“剑气长城”的“三”就像是一个二维或三维“平面”的舞台；所有的人都按照预定、预设和预期的角色，在本色和出色出演。

虽然他们并不是“提线木偶”或“傀儡”，但在我们俯瞰或旁观的第三只眼看来，他们就像既定的影视剧或动漫之中的人物角色，按照早就写好的脚本演出：预设的台词、预定的动作、预期的命运。

除非有着第三方的强力介入与干预，把它变成“互动游戏”。比如，对于同一个角色，在同一场景之中，他可以先选择不同的动作；而不同的动作将会产生不同的故事剧情线，并将带来不同的道路和命运。

就像我们在人生中最重要的三岔路口，做出不同的选择，将会让人生拐向不同的道路和方向。从此，遇到不同的人，产生不同的故事，造成不同的命运。

当这种结果不符合我们的期望时，我们就“悔不当初”，希望“昔日重现”，回到当初人生最重要的关头，再做一次选择。甚至，从头再来，重活一次，修正自己人生的各种错误，甚至完全过上一种不同的人生。

这就是网络文学中盛行重生流、穿越流和转世流（包括夺舍流）的原因。比如，猫腻《庆余年》、无罪《剑王朝》、知白《大逆之门》。

无罪《剑王朝》中天下剑首王惊梦在身消道殒、魂飞魄散之际，修习九死蚕神功，在“史上最黑暗/最神奇的三年之中”，转世重生/肉体新生为酒铺少年丁宁。最重要的价值和意义，不在于重新获得一次生命，完成自己的大复仇记，而在于让人生多了一种可能，可以修正自己过去的各种错误，弥补缺憾，让自我和生命圆满完整。[①]

但是，这些二维平面的故事、生活之中的人物和角色，没有办法“重生”或“新生”，重新修行——除非触发某种特殊的机制。

比如，曾经的神道江湖共主，今生今世为骊珠洞天的李柳，万年以来就一直转世重生为不同的躯体，神魂记忆都保存完整并不断传承；但每一世都须重新修行，提升境界。

而其他的，无论是妖族还是人族上五境剑境，都必须“兵解”转世，神魂记忆不存，躯体和修行均是从头再来——

运气好的，可能会逐渐恢复自己的记忆，回想起自己是谁，并修回到曾经的境界。

运气不好的，可能在这个过程中被仇家追杀，随时夭折。

比如，攻打剑气长城失利的王座大妖黄鸾最后就被迫“重生”，在修妖路上，就随时可能OVER（死亡）。

而剑气长城陈熙就“兵解转世”，在第五座天下重新开始成长和修行——在他未有实力继任刑官首领之时，陈平安还安排了“人”（妖）进行暗中保护。

从这个角度来说，从陈清都到陈平安，就像是那个“1”：研发并推进剑气长城的版本升级、迭代，并决定新游戏中各种角色和人物的身份、位置与命运。说起来，就像从事游戏程序开发的“超级程序猿（程序员）”一样。

但是，最终决定从“0”到“1”的，是那些人妖与人神大战的幕后操盘手——他们貌似将剑气长城视为沙盒生存游戏、微观宇宙文明的试点、试错与迭代“实验田”——就像牛鼻子老道观道观观主把自己当作“老天爷”，在藕花福地实验、试错和迭代。

或许正是因为这几重因素相互影响，剑气长城本身就像是建基于“天地人”的传统故事/思维观念（一生二，二生三，三生万物），或者切中当下互联网时代以“0，1”二进制编程、编码却“编”出一个“互联网+”的网络迷踪。

从“三层平面迷局”到“立体网络迷踪”，我们将其解读、诠释和建构为一

① 参见庄庸、杨丽君等主编：《爽点宇宙：中国网络文学阅读潮流研究（第2季）》，华语网络文学智库丛书，中国青年出版社，2020年版。

种生存、发展和文明养成（建设发展、升级、升维）的“三维数字游戏”原型：3、1、0。

第一个数字是“3（三）”。

这就又回归到了“一生二，二生三，三生万物”的中国传统思维观念。从“太一”到“一万”，“三”是一个非常重要的数字媒介：它既是从起源、来源、本源和根源这四源之建基原点，到万物生成和宇宙演化的桥梁；同时，也是不同场景、不同维度、不同界域、不同时空的“转场、升维、跨界和穿越多维时空/平行世界/多重宇宙”的跃点。

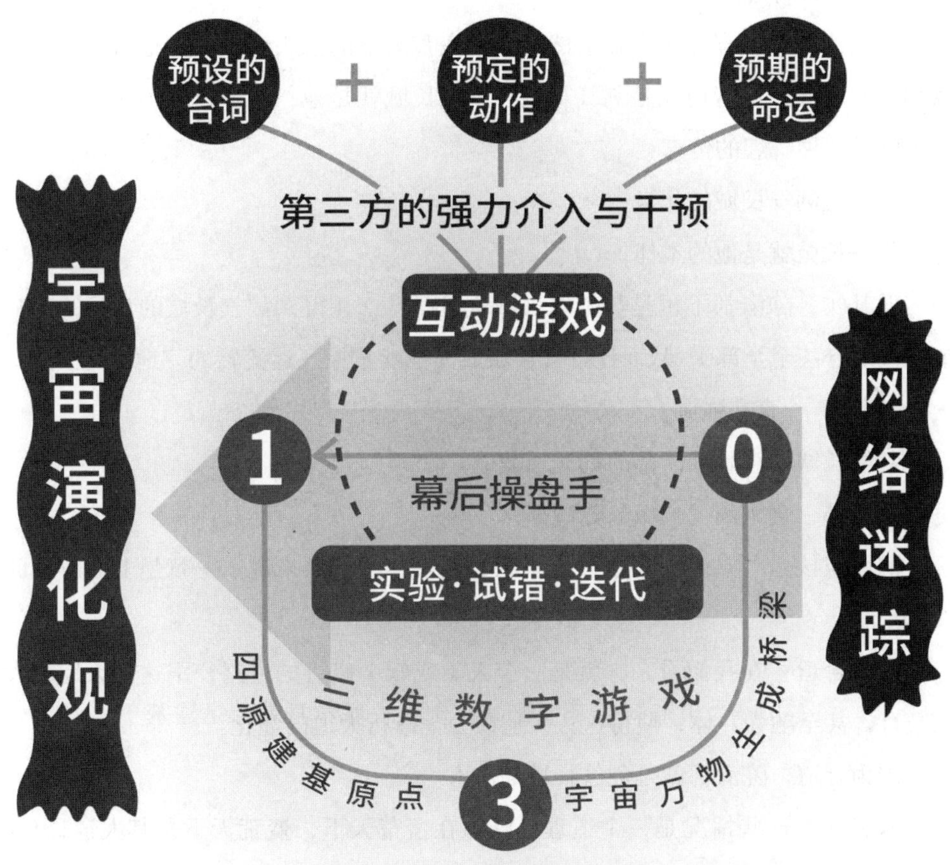

第二节 万年传奇：老大剑仙就是个“程序猿”？

假若剑气长城就是一个大型的传奇游戏，陈清都 1.0 未必是剑气长城万年传奇中“史上最辉煌的版本”。

虽然他万年镇守这座夹在浩然天下和蛮荒天下的桥头堡和中间地带，肩扛妖族和人族之战，仿若他就是剑气长城、剑气长城就是他，两者合二为一，确实看起来就是一种辉煌的传奇：

他就是剑气长城的化身；

剑气长城就是他的本体。

但其实，陈清都不过是与剑气长城合道而已，并得到剑气长城的认可（部分或者大部分甚至全部），从而让剑气长城成为他能掌控气运流转的“地盘”。

《剑来》一直在强调：

剑气长城一直是陈清都的剑气长城；

陈清都一直是剑气长城的陈清都；

两者应该是“共生”关系，或者用《剑来》的术语来说——就是上面所说的“合道”。

所谓合道，在我们看来，就是一个人（或妖）修行的道路，跟这方天地的大道契合，甚至融为一体，使得这方天地成为他修行大道的显化。

因为合道，陈清都就是剑气长城的主人。

这和如下这些情况是一个道理：妖祖在蛮荒天下，蛮荒天下是其大道显化；文圣老秀才与浩然天下南部三洲合道，蛮荒妖族入侵三洲，就像在他身上割肉动刀子；儒教至圣先师、礼圣和亚圣的大道，与浩然天下合一，天然胜过并压制其他两教——就算是道祖亲传掌教三弟子陆沉到了浩然天下，也必须遵守这种大道压胜的规矩，将境界压低到这方天地所能接受的程度。

因此，陈清都是和剑气长城“合道为一”——甚至，剑气长城是其大道显化的一部分。或者反过来说亦有可能：陈清都就是剑气长城“物化”或“拟化”的人。犹如骊珠洞天的老剑条显化为剑灵，拟化成陈平安心目中的神仙姐姐。

如果非要按照现代版游戏来理解，陈清都也是一个“程序猿（程序员）”；剑气长城就是他开发的游戏软件1.0版本——万年都没有迭代升级，一直都是修修补补查BUG（漏洞），甚至都不开副本和彩蛋；召唤虚拟玩家来玩——就像《头号玩家》似的，这些玩家玩着玩着，就把剑气长城的虚拟现实，当作了真实的现实世界。

现在，这个“剑气长城”的1.0版本即将崩溃，大量虚拟玩家活出了感情，不愿意撤出这个虚拟现实的世界，进入别的副本世界（比如浩然天下和第五座天下）——无论是异乡玩家还是原住民，除了那些被强制安排了“薪火传承、星火燎原”的导师和种子。

这使得再造“剑气长城”势在必行。

于是，“程序猿”陈清都就把剑气长城1.0的源代码（大道）向陈平安开放，要他迅速掌握那些编码的规律和技巧，提前准备开发剑气长城2.0。

但问题在于：

从剑气长城1.0到剑气长城2.0，并不是转型升级的迭代，而是转场升维的再造；并不是在同一界域上的再造——剑气长城1.0所在之地是蛮荒天下之一隅；也不是跨越同一时空在不同界域之上的重建——比如转移到浩然天下东宝瓶洲某个地方重建起一道新的剑气长城……

而是完完全全跨越了不同场景、不同维度、不同界域，开发一座全新的剑气长城：在剑修胚子的心中重建剑气长城！

这个过程和陈平安心境物化为“天圆地方一行亭”相反，是要将某种剑气长城的建筑，内化和虚化为剑修胚子的心境；

从他们心中的剑气长城，到他们人人成墙砖，跨越浩然天下和第五座天下，构建一座人人连接、无形有质的新剑气长城。

比起只在蛮荒天下之一角偏居而存的有形的剑气长城 1.0 来说，这种于人心之微和天之涯编织成网、人人连接的剑气长城 2.0，更接近于互联网（互联互通编织成网）上的虚拟现实“剑气长城”——只是，它的确不是游戏世界，而是一个真实的虚拟人生。

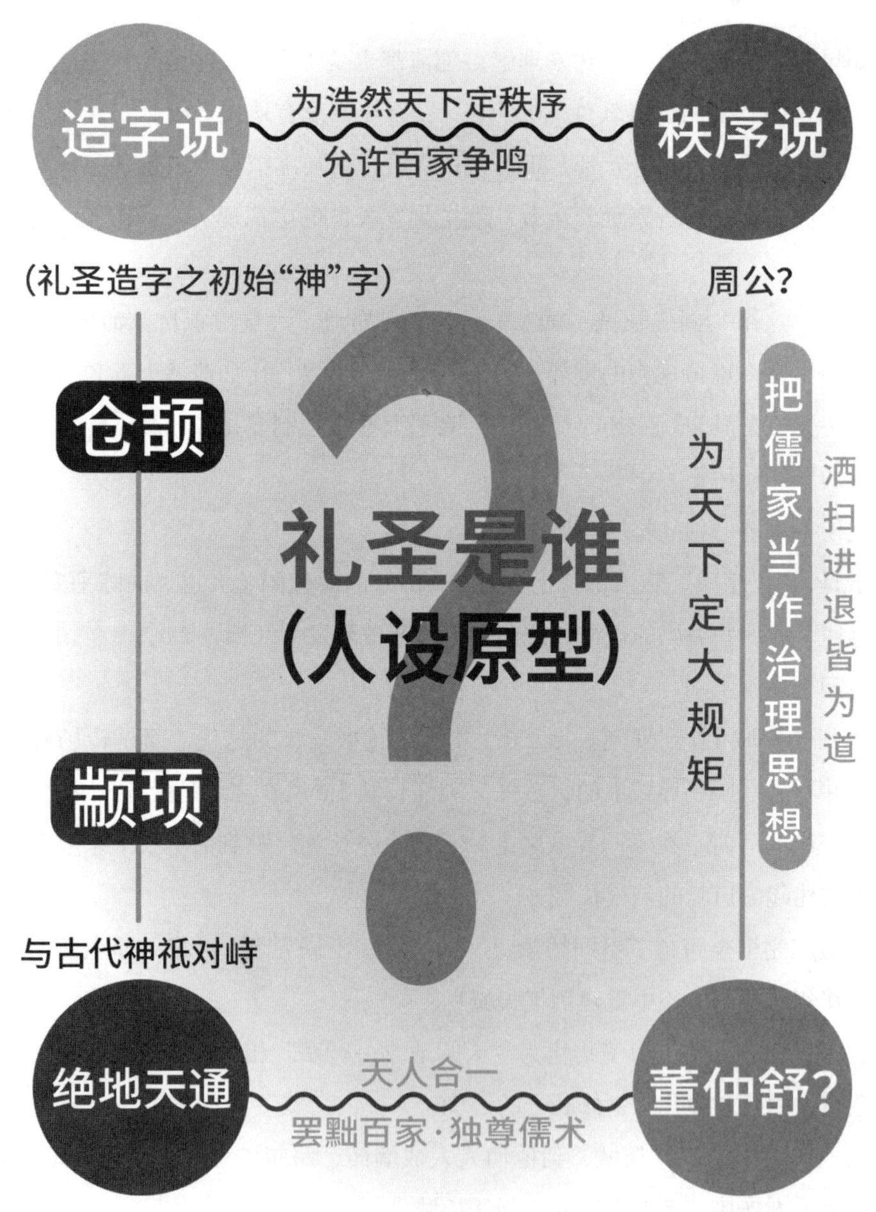

第三节　后陈清都时代：从“剑胚道种”到“新剑气长城”

老大剑仙和陈平安试图重新构建“新的剑气长城”！

这不是凭空想象出来的结论。

这个事实，那个在蛮荒天下妖族和浩然天下人族万年之争中袖手旁观、两不相帮的老瞎子眼瞎心不瞎，看得比谁都通透！

他一眼就直接看穿了老大剑仙陈清都布局剑胚种子遍天下计划的核心：剑气可毁，但长城不亡。

心中的长城远比墙砖的长城更为牢固——当然，也可能更脆弱和虚妄。

十万大山之中。

守着茅屋菜圃的老瞎子，脚边趴着一条老狗。老瞎子将其一脚踢开，然后抬头望向远处，伸手挠脸。

老人两颊凹陷，皮包骨头。

那条老狗远远地开口言语：“剑气长城和剑道气运，很难切割干净。一旦被托月山收入囊中，进可攻退可守。以后万年，此消彼长，就该轮到浩然天下头疼了。”

老瞎子缓缓道：“一条狗都知道的事情，陈清都会不清楚？”

陈清都不会让蛮荒天下捞到手太多。只要能够做到这点，已经极为不易。

想要半点不剩给蛮荒天下，那是痴人说梦。只说那堵屹立万年的城墙，怎么搬？谁又能搬走？那些身负气运、大大小小的剑仙胚子，又该如何安置？不是随便丢到一地就能够一劳永逸的。

尤其是当陈清都兴许还想着年轻剑修们，以后修行路上，心中犹存一座剑气长城，愿意将此心思，代代传承下去，更是难上加难。

那些剑气长城的年轻人，将来流散四方，相信很快就会明白一件事：没有了陈清都和剑气长城，生生死死，只会比早年在家乡的战场，更加莫名其妙。

——烽火戏诸侯《剑来》：第九卷 天上月　第六百七十八章 第五件

妖族举半座蛮荒之力，攻破剑气长城势在必行。

何去何从，如何选择，其实是一件极难的事情，又是一件极易的事情。

前任隐官选择叛逃出击，就是一件既在意料之外又在情理之中的大事；而不少剑仙慷慨赴死，似乎也是一个瞬间就做出选择的不易之事——比如：

失去双臂的晏溟以剑修身份，重返城头；

九境女子武夫白炼霜，巾帼不让须眉；

元婴剑修殷沉，赶赴战场，一去不回；

老剑仙董三更，嗤笑一句“我去你娘的”，随后御剑撞月而去……

而他们的慷慨赴死，其实不过是将剑气长城的“城破剑亡”拖延片刻，为那些选定的剑仙导师和剑胚种子安然撤至浩然天下，赢取些许时间。

他们才是剑气长城真正的城墙！

那堵屹立万年的剑气长城城墙之砖，或许会被蛮荒天下妖族拆迁队拆得一块都不剩。但只要那些剑仙导师和剑胚种子安然无恙，并且能在浩然天下落地生根、开枝散叶，那剑气长城的剑道气运，就会始终勾连绵延、络绎不绝。

如果他们足够有“组织”、有“体系”、有“计划”的话，可以真正从“木秀于林”到“秀木于林”，还可以在浩然天下此起彼伏、遥相呼应，编织成网，就能构筑起一座无形有质的新剑气长城。

这就是老大剑仙陈清都布局天下的真正心思：让每一个剑仙胚子“心中犹存一座剑气长城”，代代相传，妖族不灭，长城永存。

于是，“蒲公英优良种子计划”亦即“剑胚道种 · 新剑气长城再造计划”浮出了水面。

以“举城飞升、拦腰斩断”为节点，在此前后，从陈清都战略布局到陈平安隐官一脉执行，剑气长城“开枝散叶”计划开始逐渐实施：让浩然天下剑修导师和剑气长城剑仙胚子“结对子”，散布于整个浩然天下，落地生根、开花结果。

这些都是我们描述和形容这种状况时的造词，而非原文中就使用了这样的名称。

老大剑仙陈清都和新隐官大人陈平安嘴里绝吐不出这样极具现代感的话；

烽火戏诸侯的笔下也绝不会流泻出这种跟整部作品“调性”不符的词……

那些援助剑气长城的“外乡人”剑修返乡之际，将分别带走一两位在剑气长城土生土长的剑胚道种回到家乡，让这些“蒲公英之种”在他乡异地生根发芽、开花结果，从木秀于林到秀木于林，串联成线、密织成网、发展成林，勾勒成无形有质的新剑气长城。

这是明线与主线。

还有两条辅线与暗线。

第一条线是剑气长城未死可活的土著剑修，自由选择或被派遣（流放）至浩然天下，分别助守狙击妖族北侵的防线，或者自己找个地当缩头乌龟或出世之人，皆可——比如白衣飘飘大剑仙米裕死皮赖脸地在以陈平安为山主的骊珠洞天落魄山当了个供奉。

第二条线是那些曾经在剑气长城历练过的浩然天下年轻剑修们，回到本乡本土时，可带走或被赠予在剑气长城阵亡的外乡人剑仙记事牌。

这是一份不小的香火情缘。这些年轻剑修若善于利用，将会在浩然天下山上山下势力之中，勾连和编织出一个“人情”网——比如林君璧一回到本土王朝之后，就可以借此“养望”和“造势”。

因有这两条暗线的辅助，那条主线上的剑胚道种从木秀于林到秀木于林，从心中犹存老剑气长城到再造浩然天下新剑气长城，就更容易成事成势。

但诚如老瞎子所思：这会很难。

因为有没有陈清都，有没有剑气长城，确实会很不一样。

万年以来只有一个陈清都，万年以来也只有一座剑气长城。

第四节 万一·平安：从“第二个老大剑仙”到“万古战场‘一’守墓人”

但是，“万中有一”——万年以来，终于有了一个陈平安。陈平安就是那个“一”——他并不是第二个陈清都，他或许也不算是老大剑仙的接班人。

但是，他的确做到了薪火相传，正在（或者还没有完全做好心理准备）接过接力棒，“编织结网”，让“星星之火可以燎原”，在浩然天下重建一座“新剑气长城”——不仅仅是心中长城，更是另外一种“织网”而成的新剑气长城。

于是，问题来了——陈平安是不是老大剑仙陈清都 2.0 版？

既然剑气长城 2.0 版的迭代升级势在必行，那么，再出现一个陈清都 2.0 的升级版，又有什么稀奇？

害怕成为“陈清都第二”的人，是陈平安自己。

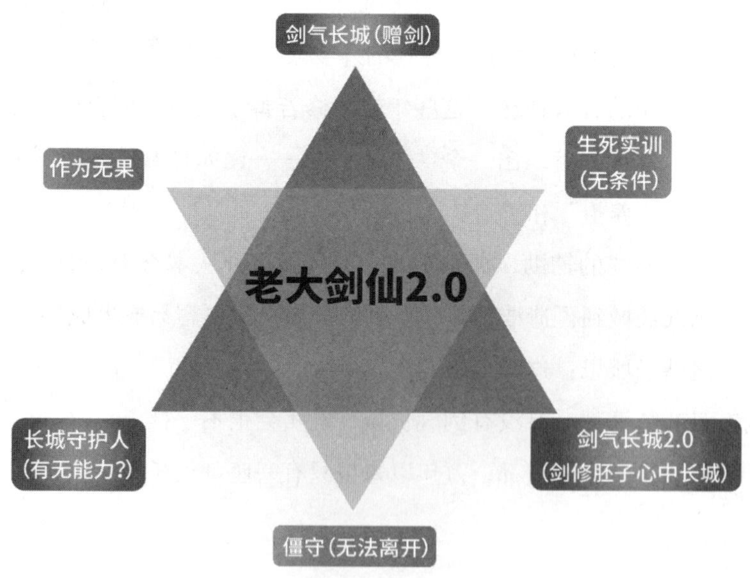

陈平安来到那座天然孕育出水运雨珠的云海之上，躺在云海上，双手叠放腹部，闭目养神。

芥子心神，巡游四方。

最终人身小天地当中，陈平安来到心湖之畔，略微心动，便多出了一座稳固异常的拱桥。

真身已在云上酣眠。

陈平安的心神，就站在这座长生桥一端。只要过桥，这一走，到了那一端，天地间，应该就会多出一个洞府境练气士了吧。

骑火龙的金色小人来到陈平安心神旁，双臂环胸，扬起脑袋。

那条座下火龙，在锤炼武运之后，茁壮成长。若说先前火龙只是纤细筷子大小，这会儿就该是手臂粗细了，气势凌人。

陈平安轻声道：“莫要骂人。”

金色小人冷笑道：“你不一直在自己骂自己？骂得我都烦了，还不能不听。”

陈平安说道：“都说人力终有穷尽时，关键我还一直很信这个，所以骂得好没道理，对吧？”

金色小人说道：“你在害怕无法离开。害怕自己成为第二个陈清都，同时又没有陈清都的本事。你怕离别无重逢。你生平第一次害怕所有的所作所为，在自己这边，都不得半点回报。”

陈平安蹦跳了几下，以拳击掌，打了一套王八拳；最后伸手呵气，望向那座拱桥：“是个人都会如此，没什么好难为情的。”

金色小人沉默片刻，然后用一番骂人言语，表达着安慰意思。

听着久违的家乡小镇方言，陈平安顿时开心起来，眼神清澈得像那家乡溪涧。些许忧愁似那小鱼儿，一个甩尾，窜入水草中，再不与人相见。

——烽火戏诸侯《剑来》：第九卷 天上月　第六百八十章 解契

为什么？

因为，他怕自己成为像陈清都一样的万古战场“一”守墓人。

事实上，在剑气长城陈清都 1.0 版本（亦即陈清都作为老大剑仙，与剑气长城合道，使剑气长城成为自身可以压胜他人的“小天地”）之前，剑气长城还有一个史前史：它其实是一个万年之前的古战场！

至于这个古战场，究竟是像骊珠洞天“最后一条真龙”的屠龙之役一样，属于三教一家（儒释道和兵家）与诸子百家代表人族与妖族开战、重新划定天下万物生灵治理秩序；还是像更远古时候，人妖联盟与诸天神灵“万物生灵人神之战”甚或“神道之争”的古战场……

迄今为止，《剑来》只是给出了诸多隐秘的线索和伏笔，尚未完全解开谜底。但是，就从已有的线索和谜面来看：“剑气长城”是一个万年之前的古战场遗址——这是确凿无疑的事情了。

不管是“神道之争”还是“人妖争道”的战场，剑气长城作为万年之前的古战场遗址，在万年之中，一直作为蛮荒天下妖族和浩然天下人族争气夺运抢地盘的前沿阵地，掩盖了诸多史前事实、秘密和真相。

仅仅留下的“万古一人”老大剑仙陈清都身系那千古隐秘——剑气长城没有比他更老的人了；

与他曾经并肩而战的“剑仙三人行”之其余两人——观照和龙君，也都在身消道殒之后，被妖祖用秘法炼成或重生为新的剑仙胚子，反攻倒算，成为摧残剑气长城的急先锋。

在这万年人妖对抗战之中，剑气长城的本土剑仙，世世代代，都承受着“刑徒余孽”的宿命，承载着对抗蛮荒天下妖族进攻的重责大担。

他们与剑气长城之外的“外乡人”甚至整个浩然天下，都产生了不可调和的矛盾——甚至培养出了比仇恨蛮荒天下更仇恨浩然天下的叛变者。比如：

前任隐官萧愻在战场之上重伤陈平安的大师兄剑客左右，叛出剑气长城；在蛮荒妖族侵入浩然天下之后，又一拳毁去龙雨宗两座山头上的所有人，出手比王座大妖切韵更凶残……

在这一系列的阴谋与背叛、残酷与战争的背后，隐隐浮出一个线头：原来，剑气长城的根脚，本身就是在蛮荒天下！

那万年之前，到底发生了什么，使得剑气长城所有的剑修甚至他们的后代，都要承载“刑徒余孽”的身份和命运，以至于对整个浩然天下仇怨甚深，甚至不惜反戈一击？

像倒悬山剑客看门人张禄这样的人，最后选择冷眼看蛮荒天下侵入浩然天下，而没有自己出手屠戮人族，都已经算是“仁至义尽”了。

更别说老瞎子这样的“大纲F4”人物，在陈清都的“游说”之下，也仅仅是两不相帮而已！

这里面的隐秘和滋味，实在一言难尽。

何况是万岁亘古，一个人独守！

守着战友的骸骨，白发人送黑发人，无亲无友，连后人的命运都要亲手葬送……

陈平安，难道真的想成为第二个孤家寡人陈清都吗？

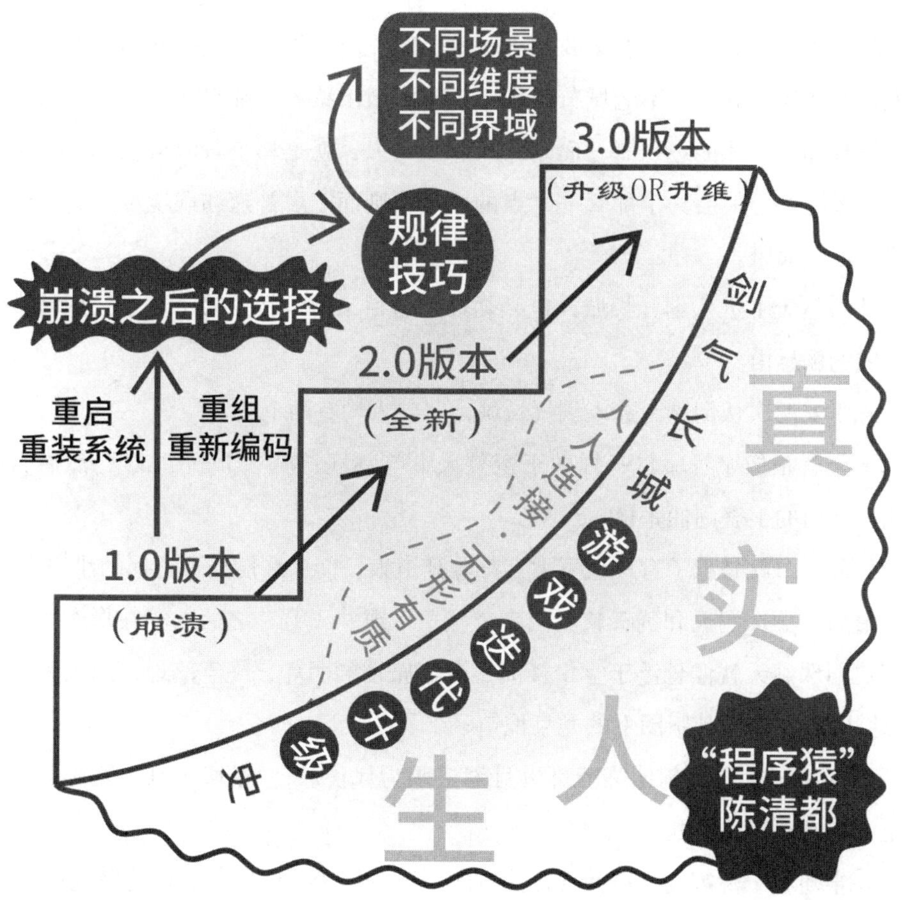

第五节 看门狗：从“骊珠洞天泥腿子”到“半座城头红袍隐官”

这个从骊珠洞天走出来的泥腿子少年，会做出什么样的选择?!

剑气长城的存在形态和性质，其实跟骊珠洞天差不多，都是属于一种特殊的小洞天福地或大道小天地，必须经过特殊渠道与途径才能进入。

比如：

骊珠洞天最后一轮“韭菜收割丰收季”时，所有外来寻宝捡漏的山上势力修仙人，如清风城许氏、不老城苻南华、正阳山搬山猿等，都必须交纳一定的金精铜钱等神仙钱，才能进入——而守门人和收钱人，就是那个看似猥琐无比、实际上前世今生都可能会为了那么一丁点的底线原则而宁可神道和武境尽毁的“中年油腻男”郑大风。

从浩然天下进入剑气长城，也必须经过道祖亲传掌教二弟子道老二用特殊法印形成的倒悬山。

陈平安两次从倒悬山进入剑气长城，守门人均有两个：

一个就是像宁姚父母一样败于蛮荒天下与剑气长城“十三赌战”，然后自愿受罚来守门的土著剑仙张禄；

另外一个就是惹了青冥天下大玄都观孙道人，前来浩然天下避祸的小道童。

最后，骊珠洞天和剑气长城两者“坠落”或“飞升”之后的存在形态也基本类似：骊珠洞天就像悬浮于空中楼阁、海市蜃楼的明珠，终于落地，跟大骊王朝“接地沾气”，化为其版图上的龙泉槐镇；

剑气长城在老大剑仙陈清都以身消道殒为代价后，“举城飞升”之际，却被蛮荒天下妖祖拦腰截断——

一半随着宁姚等剑胚道种飞往第五座天下，终于落地成为真正的城池；

而另一半则被蛮荒天下收入囊中，供托月山百位剑仙胚子和与半座剑气长城合道成为“看门狗”的陈平安相爱相杀，砥砺剑道，争夺气运。

剑气长城，城头之上。

终于迎来了第一场大雪。

面容、身形逐渐清晰稳固起来的年轻人，此刻正站在城头悬崖之上。那件鲜红法袍之下，身上一道几乎切断整个身躯、脊柱的剑痕，正在自行痊愈。

是他想要偷摸离开剑气长城些许距离，打杀剑气长城断裂处的那道妖族大军洪流。

总得找点事情做做。

结果被神出鬼没的一袭灰袍瞬间赶到。

最终被对方一剑狠狠劈中。如果不是使用了一桩压箱底的秘术，得以返回剑气长城，哪怕陈平安是真的玉璞境，也绝对死了。

陈平安此刻与对面城头的那位龙君遥遥对峙。

最终与那龙君什么都没有说，年轻人拖刀转身离去。

龙君沙哑开口道：“陈清都就找了你这么个废物，留在这里当条看门狗？”

离真御剑而至，笑道：“可怜可怜，真是不知道，是给剑气长城看门呢，还是帮咱们蛮荒天下看门？”

那个背影只是渐行渐远。

——烽火戏诸侯《剑来》：第十卷 远游客　第六百九十章 看门狗

这就是陈平安的选择。

陈清都“举城飞升”却被万妖之祖“拦腰斩断”之后，所形成的剑气长城化整为零，构成了一体三态的局面。

第一，半座剑气长城飞升、穿越和落地于第五座天下，以新隐官一脉宁姚、新刑官一脉齐狩和新钱袋子高野侯三人为首，构成一个不对称三角形，开始在这方新天地之中发展成一座新的势力和城池。

第二，半座剑气长城被托月山收入囊中，切切实实成了蛮荒天下版图的一部分——半座残城。

第三，由于陈平安与这半座剑气长城合道并得到某种程度上的认同，因此，陈平安成为城头上的一只“看门狗”，代替陈清都在蛮荒天下看着妖族北侵浩然天下的“后背”，犹如扎了一颗钉子。

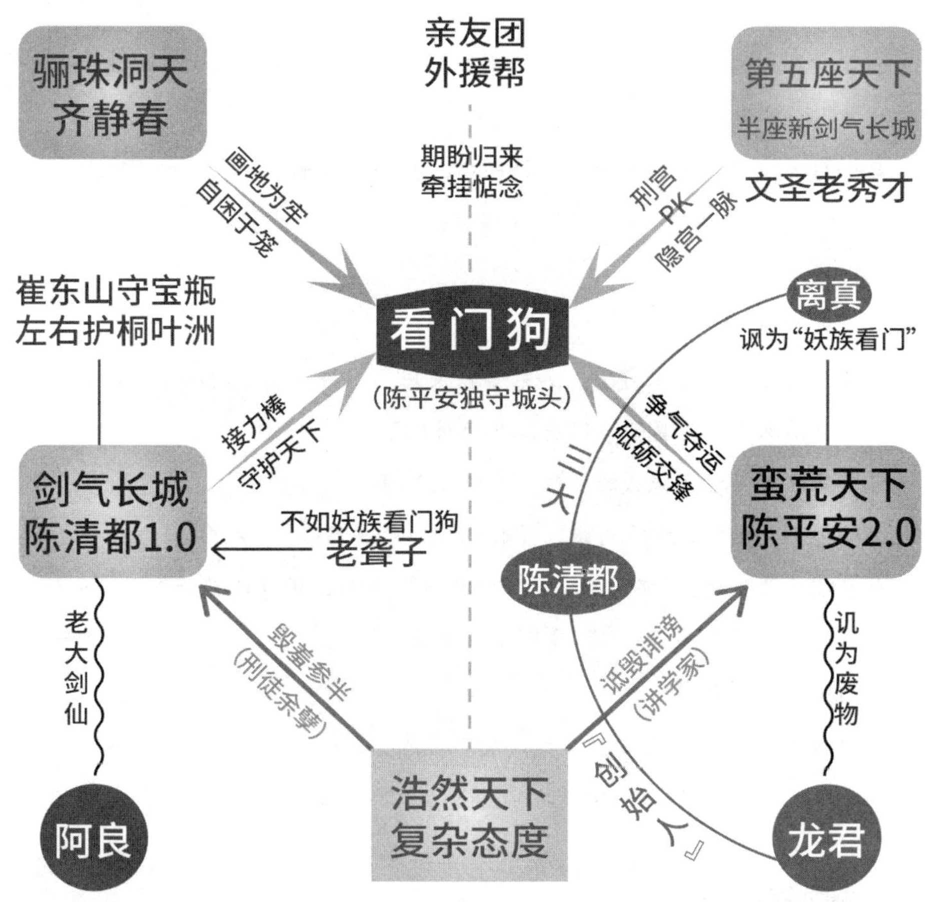

如前所述，老瞎子评论陈清都“举城飞升”的谋算，就像是给人做了一次狗，在“狡兔死，走狗烹”之后还想再做一次狗，其命其运其结果还不如给自己做狗的大妖——后来这“看门狗”的宿命，落到跟半座剑气长城合道的陈平安身上。

这既是时也、势也，也是陈平安自己的选择。

就像陈清都当初的选择一样！

第六节　五味杂陈：原来主角都活得这么“苟”啊！

然而，不是每一次善意的选择，都能带来善意的结果。

甚至，当做出善行之后，却被他人捅刀子，又当如何？

即使这种“善行”夹杂着利益的权衡——就像当初陈清都在万年之前的“河畔会议”之中，既为“人族不再内乱”的大义无法快意出剑，又想存留剑修的一脉香火，所以只能“苟”延残喘、忍辱负重。

老秀才望向石崖外的那条大水，将一些老皇历与陈淳安娓娓道来。

万年之前，人族登山再登顶更登天，一举打碎天庭，或者打杀、或者驱逐了那些高高在上的存在。那些将人族视为香火源头、肆意操控所有人族生死的存在，就此成为过眼云烟。事实上，真当那一刻来到，几乎所有人族，自己都觉得不敢相信：当真赢了。从此整个天地，好像就要由人族来负责开万世太平了。

比人族更早存在的妖族，有过也有功；虽然与人族依旧积怨极深，最终却仍是分到了四分之一的天地——也就是后世的蛮荒天下：山河疆域，广袤无垠，但是物产最为贫瘠，灵气相对稀薄。

在那之后，立下不世之功的剑修，在一场惊天动地的天大内乱之后，被流徙到了如今的剑气长城一带，铸造高城。三位老祖先后现身，最终合力帮忙将剑气长城打造成一座大阵——能够无视蛮荒天下的天时，割据一方，屹立不倒。

陈淳安问道：“那些远古剑修，当年不惜与所有阵营决裂，事出何因？我只知道当时如果不是剑修内部先行分裂，如今天下到底如何光景，还真不好说。”

老秀才唏嘘道：“还能如何！剑修，是天地间杀力最大、斩杀天上神灵最多的剑修啊。其中一拨剑修，性情桀骜。那座三教老祖都觉得谁都不能去染指的天庭遗址，应当就此封禁起来。那拨剑修却觉得：当然要由他们占据！所有逃窜远方的神灵余孽，他们承诺一定会一一斩杀，就不用他人忧心了。而由陈清都、龙君和观照领衔的另外一拨剑修，则觉得不该如此——可以换一块更大的人间地盘，选择休养生息。结果就是那么个结果，又狠狠打了一架，打得差点又教天地翻覆。”

“虽然陈清都这拨剑修没有出手，但是有那兵家开山老祖，原来早早与出剑剑修站在了同一阵营——差一点，真就是只差一点，就要赢了。”

陈淳安又问道：“当时人族惨胜，放心剩余剑修？不怕万一？陈清都他们这些剑修，虽然当时没有出剑，但是那么多仇恨的种子，迟早会变成一大片剑气冲霄的参天大树。只要陈清都、观照等人哪天反悔，或是剑修再与其他人族起了冲突，他们一定会真正出剑的。”

“所以啊——”

老秀才无奈道：“所以沦为了刑徒。可不可怜？当然可怜至极！可是你要知道，在当年，剩余剑修连那刑徒都未必当得！你看后世剑修在那剑气长城，咱们文庙有过半点约束吗？当时一位失去眷侣的兵家二祖，直接放言：这些个桀骜不驯的家伙，与神灵性情最近，迟早是个天大麻烦；先前那拨剑修不是不服管吗？觉得功劳大，就要占据天庭遗址！很好！不是神灵，要当新的神灵！剩下这些，改变主意，陆陆续续加入战场出剑的，可不在少数。既然如此，不如双方干脆痛快些。大不了，双方再打个几百年！看看哪一方先被杀绝！倒也轻松了。以后千年万年，才能够真正世道太平！”

陈淳安心中有些了然。

老秀才轻轻挥袖：“看好了。有些是老头子亲口说的，有些则是我自己想象出来的画面；不过两两相加，离着真相，肯定不会太远。”

陈淳安举目望去，如今这条大河之畔，出现了一个个远古昔年的身影。

在那河畔，一个个身形，好像相隔不远，又好像天地之遥。

一位老夫子临水而立，逝者如斯夫，似有所悟。

一位神色木讷的僧人站在老夫子对岸，望向此岸。

一位少年道士坐在水边，正在掬水洗脸。有一头青牛卧在一旁。然后少年道士抬起头来，好像在向万年之后的老秀才和陈淳安，微微一笑。

一位双手拄刀、披挂甲胄的魁梧男子，皱眉不语，却杀气腾腾，望向距离他最近的一个背剑青年。

这场河畔议事，唯有剑修一人在场，名叫陈清都。

此外，还有参与议事的妖族两位老祖。其中一位，正是后来的托月山主人、蛮荒天下的大祖。另外一位，正是白泽。

白泽身边站着一位中年面容的青衫男子，正是礼圣。

在更远处，犹有数个苍茫古意无穷尽的伟岸身影，只是相对模糊。哪怕是陈淳安，竟也看不真切面容。

最远处，距离所有人也最远的地方，有一个高大身形，好像正在挽起一头青丝。

老秀才说道：“陈清都当时开口第一句，真是硬气得好像用脊梁骨撑起了天地——就一句！陈清都说：打就打啊！”

仿佛天底下最大的一条光阴长河之畔，那个背剑青年果真如此开口。

老秀才又指了指背剑青年附近。那个双手拄刀的魁梧大汉，一手握刀，一手揉了揉下巴：“很好。”

更远处，白泽想要开口，却被礼圣轻轻扯住袖子，摇头示意不着急。

最远处的那个高大身形，身形模糊却嗓音清冷更清晰：“我帮陈清都。”

对岸僧人摇摇头。

少年道士则叹息一声：“大道真正大敌，都看不见吗？”

哪怕只是远观一幅万年之前的光阴画卷，哪怕明明知道最终结果，陈淳安依旧难免心情沉重。

老秀才嘿嘿一笑：“接下来就该轮到咱们老头子出马了。大气大气，何等大气！你以为我那些肺腑之言，真是溜须拍马啊？不能够！”

陈淳安只见那位老夫子——也就是浩然天下的至圣先师，摆摆手，然后走到背剑青年的身边，轻轻按住剑柄，同时抬头笑道：“剑修我来管！我来立誓！不管剑修以后如何选择，对谁出剑，我儒家一脉，来承担一切因果和责任。”

对岸僧人双手合十。河边道士轻轻点头。

然后老夫子收回视线，与背剑青年笑道："陈清都，相信我。将来我总会给剑修一个交代的。不敢说有多好，但是保证不算坏。"

"陈清都，你要是信不过我，那就更不麻烦了。你接下来只管快意出剑。我来为天下剑修护剑一程。反正早早习惯了此事。"

陈淳安蓦然正色。这位醇儒，神色愈发肃穆沉重，向万年之前的那位至圣先师，作揖行礼，遥遥一拜。

拜我陈淳安心中真正圣贤。

最远处的高大身形，淡然道："打起来是最好！要是打不起来，以后我去你们那块地盘。"

老秀才收起光阴画卷。

崖外大水，再无身影。

这就是事实和真相。

不然谁能将当年那些最擅长厮杀的剑修，定义为刑徒?!因为是剑修之外的所有人！不光是人族，连那妖族两位老祖也在内。

何况也不是那剑修完全占理的事情。

剑修的剑鞘管不住剑。修道之人的道心，管不住道术。以后不管过去几个千年万年，人族都只会是一座烂泥塘！

以前神灵高高在天，将大地之上的所有人族视若牵线傀儡。以后人族难道就要高枕无忧了？然后开始自相残杀？

当时代替妖族议事的两位领袖，其实对于流徙剑修一事，也有巨大分歧：一个认可，一个不认可。

但是既然划分到了一块蛮荒天下，也就没有多说什么。只是那位认可将剑修变成刑徒的蛮荒天下共主，却绝对没有想到刑徒的驻扎之地，会位于蛮荒天下和浩然天下之间。

毕竟相较于剑修这个人族自家人，妖族与人族的恩怨，更加复杂。

当时河畔，两位议事妖族大祖，一个就是如今的托月山主人，一个就是后来名义上被镇压在雄镇楼的白泽。

为何有那么多的远古神灵余孽，消停了一万年，突然就一股脑冒出来了，而且都奔着我们浩然天下而来？

不是去打那白玉京？不是去那蛮荒天下托月山踩几脚？

因为浩然天下收下了所有剑修！最早的两位读书人，挑起了担子，要为天下剑修保存香火！

不然浩然天下和蛮荒天下，大不了就是两座天地相互隔绝，哪里需要多此一举，拥有一座剑气长城在那边死人万年吗？还要使得浩然天下和剑气长城相互仇视？

不管如何，既然儒家胆敢讲此道理，那就要为此付出代价，承受万年的天外攻伐！

所有坐镇天幕的陪祀圣贤，自行剥离大道，真身去往天外，跟随礼圣与那厮杀；只余下阴神在浩然家乡；事到如今，哪个不是半人半鬼的存在？不是那桐叶洲君子钟魁的下场？早就是了啊。

能逃过一劫的远古余孽，除了曾经身至高位的那拨，或者彻底金身消散，或者被迫转世为人。其余的，数目不算太多，可是哪个好惹？

那陈清都，为何愿意仗剑去往托月山？是为还人情！为何愿意死守城头一万年？是要为剑修从至圣先师那里，凭剑赢得一个堂堂正正的“交待”！

不然他陈清都，在你们眼中，是不是就是个废物——天大的废物?!

当年河畔议事，敢出剑却终究是未曾出剑，敢死却终究不曾死。所有剩余剑修终究还是不出剑，人间不曾为此再大毁一次。到最后，剑气长城都给人砍成了两截，还是一剑不出！老大剑仙，连那十几岁的下五境剑修都不如？

——烽火戏诸侯《剑来》：第十卷 远游客

第七百二十二章 饮者留其名，老夫子要翻书

陈平安的选择，大抵与此类似。

所以，做看门狗已是艰难的选择，“苟”活更是难受，被人捅刀子——而对于捅刀子的，我们还难以以“大义”非之、以“是非”责之……所以，心里就更是像打翻了五味瓶。

就像陈平安三番五次，试图改变剑客看门人张禄的心意，却无功而返。

当我们看到这个剑客看门人张禄最终坐看前任隐官和王座大妖切韵灭龙雨

宗，那种滋味，或许跟陈平安一样，五味杂陈：

你很难去苛责他什么；

但是，我们又天然地亲近浩然天下，总希望这些人最终选择“与我们同一条战线”！

不管他们有什么样的理由和目的，最终选择背叛和反攻倒算，我们都会难以自抑地失望甚至愤怒——特别是当我们背后被捅一刀时！

当剑气长城的防线被攻破，蛮荒天下侵入浩然天下后，陈平安选择了“独孤一人”死守半座剑气长城的城头，与那些妖族剑仙胚子砥砺争道，却被浩然天下的阴谋家们写了一本毁坏声誉和口碑的游记小说。他们“图谋甚大”，以此又开始编织一个针对“主角”的惊天大阴谋，随时要将陈平安圈入其中。

甚至，随着这本游记小说从中土神洲向东宝瓶洲流传，在陈平安孤独坚守半座剑气长城之时，负面影响已经如野火一样席卷而去，熊熊烧起了“毁陈平安不倦”的邪火——比如，披麻宗上宗的掌律大人亲临祖师堂，毅然决然要求披麻宗整个上下斩断和披云山与落魄山的往来。

虽然陈平安自己不甚在意，但我们仍然愤怒不已——为什么当你在前线作战时，总有所谓的“自己人”在背后捅你刀子？

王座大妖灭山灭人灭谁不好，为什么偏偏就不灭了这些披着人皮的“魔鬼”？

青鸾国京城一处官邸。

李宝箴难得偷闲，从一大堆藩属官府邸报、大骊山水谍报当中抽身，与两个自家人一起同桌喝酒。

如今李宝箴身兼数职，除了是大骊绿波亭的头目之一，管着一洲东南的所有谍报，还有那闲情逸致：这些年仕途平步青云，当起了青鸾国的礼部侍郎；已经先后出京两次，担任地方乡试的主考官，成为一位“手掌文衡者”；除此之外，还是青鸾国在内数个藩属的山上、江湖的“幕后君主”，暗中操控着一切修道胚子的登山、江湖门派的辞旧纳新。

李宝箴将一本书丢给对面的中年男子，笑道：“我们这位老乡，年纪轻轻的落魄山山主，以后在宝瓶洲的名声，好像算是彻底毁了。”

男人正是朱河，昔年福禄街李府的护院。而年轻女子，则是他的女儿朱鹿。

这对父女，不但早已脱离贱籍，朱河还在大骊军伍捞了一份差事，担任大骊随军修士多年，身份与大渎督造官刘洵美身边的那个魏羡差不多。只是朱河战功远远不如魏羡，如今傍身散官品秩不高，是垫底的执戟郎；一旦转入地方为官，多是藩属国的县尉之流；只是相较于一般藩属官吏，会多出一个武勋清流身份。

大骊王朝除了新设巡狩使一职，与上柱国同品秩，官场也有大改制。官阶依旧分本官阶和散官阶。尤其是后者，文武散官，各自增添六阶。

朱鹿则成了一位绿波亭谍子，就在李宝箴手底下任职行事。

朱河拿到那本书，如坠云雾，看了眼女儿。朱鹿似有笑意，显然早就知道缘由了。

李宝箴倒了三杯酒，自留一杯。其余两杯，被他轻轻一推，在桌上滑给朱河朱鹿。他示意父女两人不用起身道谢，笑道：“说不定很快就要被大骊禁绝，也说不定很快就会版刻外传、别传。若是此书不被销禁，我比较期待批注版的出现，免得许多人不解诸多妙处。”

朱河开始翻书：“顾忏，陈凭案？是在影射泥瓶巷顾璨和陈平安？”

李宝箴只是沉默喝酒。朱鹿双手持杯，轻轻抿了一口酒。

朱河皱眉不已：“这？”

汉子有些无言以对。

他当年与女儿一起护送李宝瓶远游，虽然与陈平安相处时日不算太久，但是对陈平安性情，自认看得真切。文中内容，要说假，也不全是；要说真，却总是隔三岔五，便让人觉得不对劲。书上总有那么几句话，让他朱河觉得恰好与事实相反。例如那点深藏心底见不得光的少年情思，还有什么贫寒少年早早立志要行万里路，读万卷书，一心仰慕那些道德完人的圣贤……

偶然得到一部绝世拳谱？只因为少年天才，资质卓绝，便无须任何淬炼，武道破境，快若奔雷，一天之内接连破三境？轻而易举，以至于引来数位世外高人、山上仙人的一惊一乍？至于游历之前，福缘不断，得天独厚；游历之后，什么主动揽事在身，但凡遇到不平事不平处，处处出拳果决。看似描绘了一位意气风发、任侠仗义的有情郎，并且每一次付出代价，必有更大福报跟随。

可在朱河眼中，陈平安恰恰相反，根本就是个老成持重的，暮气远远多于少年朝气。

至于什么红颜知己，就陈平安那榆木疙瘩的脾气，拉倒吧。

朱河摇头不已，哭笑不得。

朱河不傻，虽然不是读书人，但是依旧看出了隐藏于其中的重重杀机。书中游侠儿，以讲学家身份处处以大义责人，动辄打杀他人。虽不是滥杀无辜，可细究之下，除了一两头作祟一方的鬼魅精怪，其余死在陈平安拳下的，无论是人与鬼魅，都是些可杀可不杀的存在，属于两可之间。

朱河翻书极快，忍不住问道："先前不是听公子说那陈平安，其实在那书简湖困顿多年，结局可谓凄惨至极！多年之后才返乡？"

朱鹿轻轻嗤笑一声。

喜欢自讨苦吃，现在便是报应了。

换成是她，有顾璨这般朋友，要么偷偷维持关系，要么权衡利弊，干脆不管就是了，任其在书简湖自生自灭，掺和什么？与你陈平安有半颗铜钱的关系吗？没本事成为北俱芦洲评点出来的年轻十人和候补十人，结果名气倒是比那二十位年轻天才更大了。你陈平安运气真是不错，一如既往的好。

李宝箴举起酒杯，缓缓转动，微笑道："我辈翻书人，谁不爱看江湖艳遇、山上机缘？不过道学家们读过此书，便有好多话要讲了。江湖豪侠则会骂此人沽名钓誉，既不杀顾璨，竟然还借此养望！花几百两银子，潦草举办几场法事，就可以心安理得？山上谱牒仙师则将其视为山泽野修。野修则讥讽其行事不够老道，空有福缘，其实绣花枕头，若非书中人，早就该死了十几回了。士子书生，则在艳羡其情债缠身之余，定然会大骂其道貌岸然、禽兽不如。"

朱河说道："况且书中故意将那拳谱和仙法内容，描写得极为仔细详尽。虽然皆是粗浅入门的拳理、术法，但是想必许多江湖中人和山泽野修，都会对此梦寐以求，更使得此书大肆流传于山野市井。这还怎么禁绝？根本拦不住的。大骊官府当真公然禁绝此书，反而会无形中推波助澜。"

李宝箴一口饮尽杯中酒："以后落魄山越扩张，陈平安境界越高，宝瓶洲对其非议就越大。他越是做了天大的壮举，骂名就越大。反正一切都是私心过重，至多是假仁假义，装善人行善举。编撰此书之人，是除柳清风之外，我最佩服的读书人。真想见一面，诚心讨教一番。”

李宝箴望向门口那边，笑道：“柳先生，以为然？将来有机会的话，不如你我携手，拜访这位同道中人？”

柳清风站在门口那边，笑道：“以不义猎义，对于你我这种读歪了圣贤书的读书人，难道不是很容易的事情吗？就算做成了，又有什么成就感？”

李宝箴举起空酒杯：“柳先生总是高我一筹。”

——烽火戏诸侯《剑来》：第十卷 远游客　第六百九十章 看门狗

直到，所谓的事实、真相和隐秘被揭露时，我们才逐渐有些释然。愁绪才下眉头，又上心头。

国师崔瀺和少年崔东山推心置腹，揭开这一条隐线：这既是与蛮荒天下“狗头军师”周密掰手腕的传信“陈十一”密码本，亦是国师崔瀺继书简湖问心局之后的又一场揪心局。

陈平安确实从中悟出了“陈十一”的密码，而且，从剑气长城半座城头接触到这本山水游记时，就已经察觉到了内有玄机。

甚至，通过妖族“狗头军师”周密的狗眼看结局——这不过是国师崔瀺最后一记“无功而返”的棋子而已：他如何拯救得了浩然天下？顶多，不过是一命换一命，以国师崔瀺之命换剑气长城那一个年轻人的命而已！

就算如此，他周密也不会任他国师崔瀺如愿！

就算国师崔瀺谋算天下，算计到人心、人性、人际关系黑暗森林的每一个方寸之地、深渊角落，又能如何？

让崔瀺不如意的人，又不是他周密，而是整座浩然天下的人！

浩然天下的人心宇宙，如黑暗森林，狠起来，比妖族还要狠！

这本山水游记，不就是这样的吗？

在针尖上跳舞，在冰与火之间走钢丝绳，崔瀺不要太自信，好不好？

最后莫要“弄巧成拙”就好！

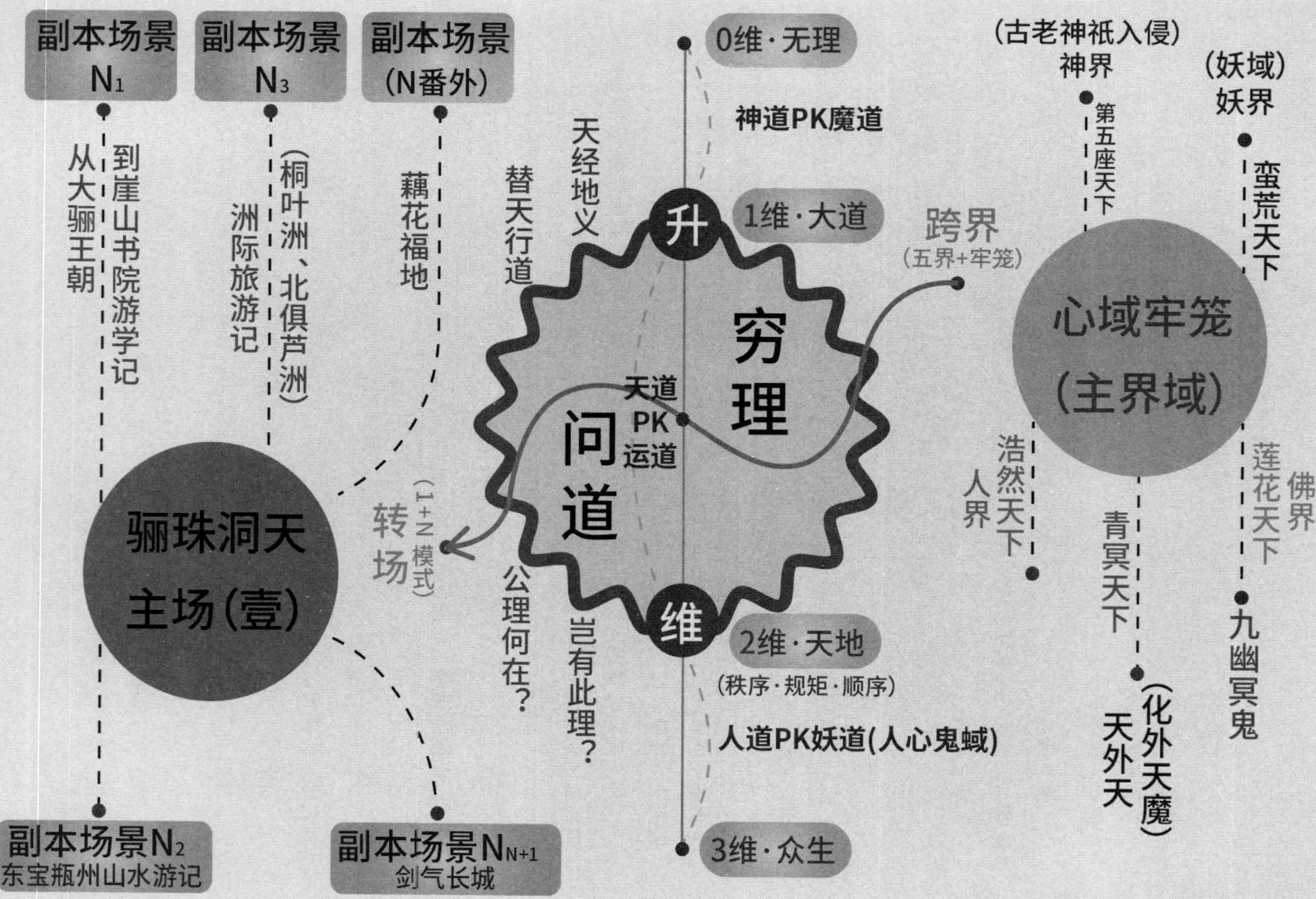

副本场景
N1
从大骊王朝
到崖山书院游学记
副本场景
N3
(桐叶洲、北俱芦洲)
洲际旅游记
副本场景
(N番外)
藕花福地
骊珠洞天
主场(壹)
副本场景N2
东宝瓶州山水游记
副本场景NN+1
剑气长城
转场
(1+N模式)
替天行道
天经地义
公理何在?
岂有此理?
升
维
穷理
问道
天道
PK
运道
0维·无理
神道PK魔道
1维·大道
2维·天地
(秩序·规矩·顺序)
人道PK妖道(人心鬼蜮)
3维·众生
跨界
(五界+牢笼)
心域牢笼
(主界域)
(古老神祇入侵)
神界
第五座天下
(妖域)
妖界
蛮荒天下
浩然天下
人界
青冥天下
天外天
(化外天魔)
莲花天下
佛界
九幽冥鬼

第七章

剑胚道种蒲公英：

从『木秀于林』到『秀木于林』

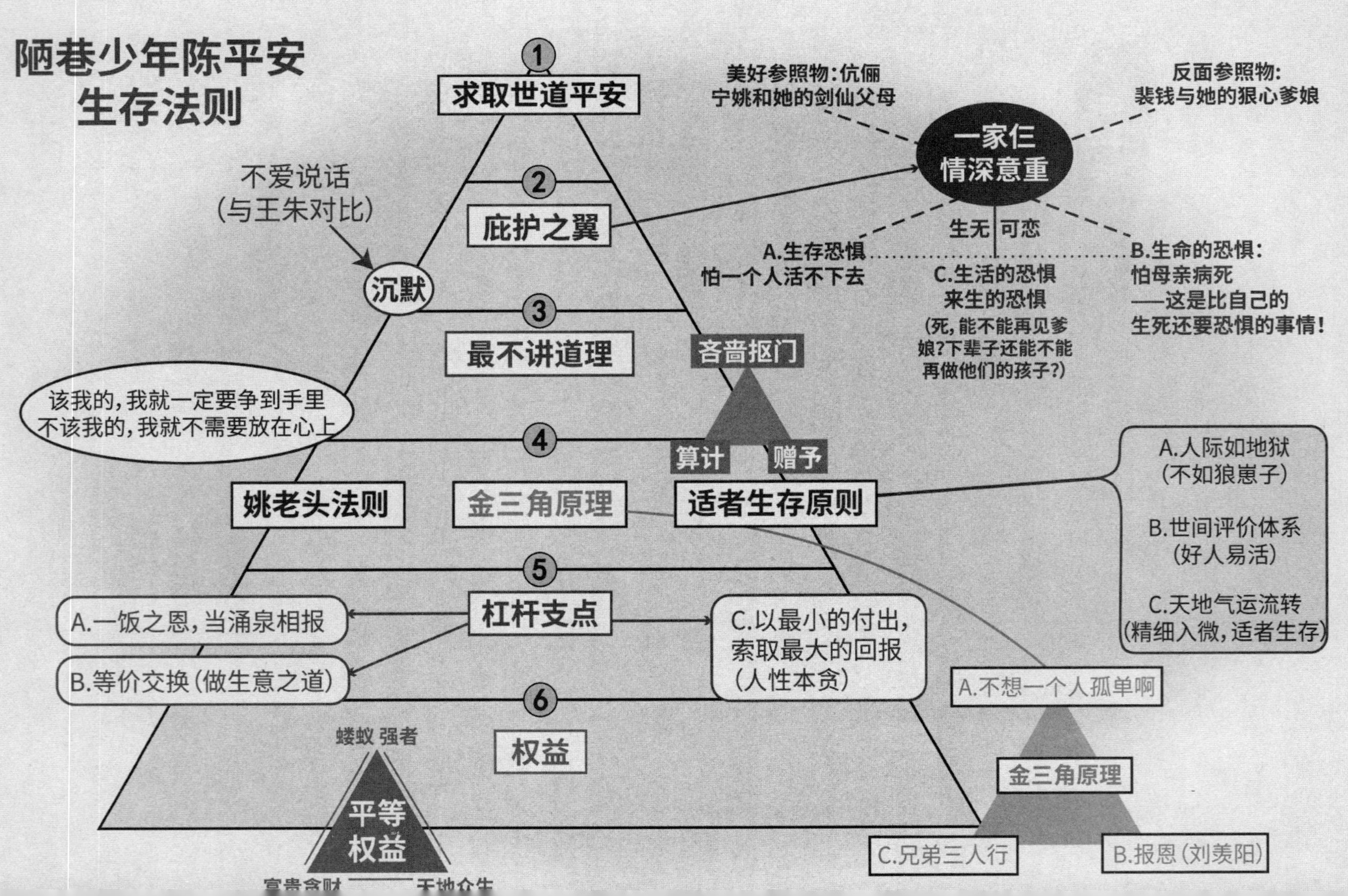

陋巷少年陈平安
生存法则
1
求取世道平安
2
庇护之翼
3
最不讲道理
4
姚老头法则
金三角原理
适者生存原则
5
杠杆支点
6
权益
不爱说话
(与王朱对比)
沉默
该我的，我就一定要争到手里
不该我的，我就不需要放在心上
美好参照物：伉俪
宁姚和她的剑仙父母
反面参照物：
裴钱与她的狠心爹娘
一家仨
情深意重
生无 可恋
A.生存恐惧
怕一个人活不下去
C.生活的恐惧
来生的恐惧
(死，能不能再见爹娘？下辈子还能不能再做他们的孩子？)
B.生命的恐惧：
怕母亲病死
——这是比自己的
生死还要恐惧的事情！
吝啬抠门
算计
赠予
A.人际如地狱
(不如狼崽子)
B.世间评价体系
(好人易活)
C.天地气运流转
(精细入微，适者生存)
A.一饭之恩，当涌泉相报
B.等价交换(做生意之道)
C.以最小的付出，
索取最大的回报
(人性本贪)
A.不想一个人孤单啊
金三角原理
C.兄弟三人行
B.报恩(刘羡阳)
蝼蚁 强者
平等
权益

每一个离开剑气长城的剑修胚子，在浩然天下都会是“木秀于林”。

一棵外来的树木太优秀了，就很容易衬托和彰显原来森林生态系统的其他树木，过于平庸、寻常和僵化停滞了，就很容易“拉仇恨值”，招来“羡慕嫉妒恨”，甚至“摧眉折腰”的打击——这就是我们一再提及的“出色贬损”。①

当然，凡事都如一个硬币有两面。

木秀于林易摧折，在硬币的反面是所谓的“出色贬损”——一棵秀木彰显其他树木之不秀，从而容易造就其他人“围杀一人”：把这一个特立独行的人（秀木）铲掉。

这就像园丁修剪万年青时“喀嚓”一声，把冒尖的部分剪掉了；就再也没有那扎眼扎心的亭亭独立；大家就都顶着一口平底锅，泯然齐众矣：大哥别说二哥，都差不多。

但是，在这个硬币的正面，却是“秀木于林”——以一只鲶鱼撑活棋局、以一棵秀木带动当地森林气候变化甚至整个森林生态系统重塑的问题。

从“木秀于林”到“秀木于林”，那个硬币的厚度既是容易让人陷落的多维隙缝空间，又是连接和桥接的中间通道：入乡随俗PK水土不服？

毫无疑问，被剑气长城安排、像蒲公英一样撒播于浩然天下九大洲的剑修胚子，必然会面临水土不服、风必摧之的“出色贬损”考验，以及入乡随俗、落地生根、适应并在“既有生态系统”生存和发展的“到哪个山头唱哪山的歌”挑战，才能谈得上以一只鲶鱼撑活棋局、以一棵秀木带动当地森林气候变化的可能性——否则，还没有生长成过江龙，就已经被地头蛇干掉了。天才的陨落也就是转瞬即逝、分分钟被秒杀的事情。

从“木秀于林”到“秀木于林”，以陈平安为代表的隐官一脉做了针脚绵密的布局设计——宏大布局都起于细密的起头、牵针和引线。

恰恰是这在一点上，体现了《剑来》故事布局的特质之一：从陈平安到烽火戏诸侯，编织故事和织网布局，都是从一小线头扯出“惊艳之花”和草蛇灰线、伏脉千里的“故事之链”和“惊天布局”。

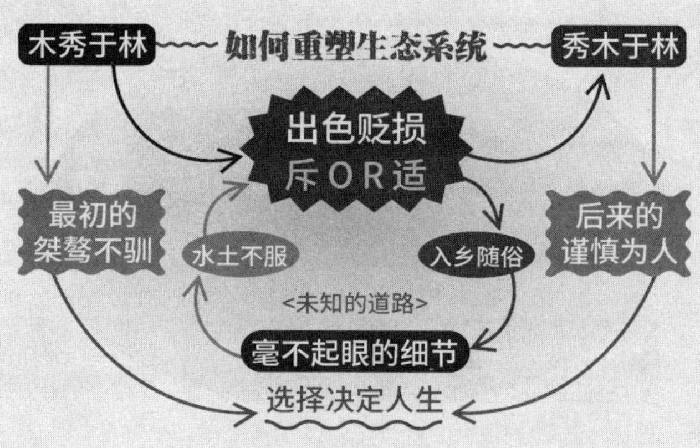

① 参见庄庸、杨丽君等主编：《爽感爆款系统：中国网络文学阅读潮流研究（第3季）》，华语网络文学智库丛书，中国青年出版社，2020年版。

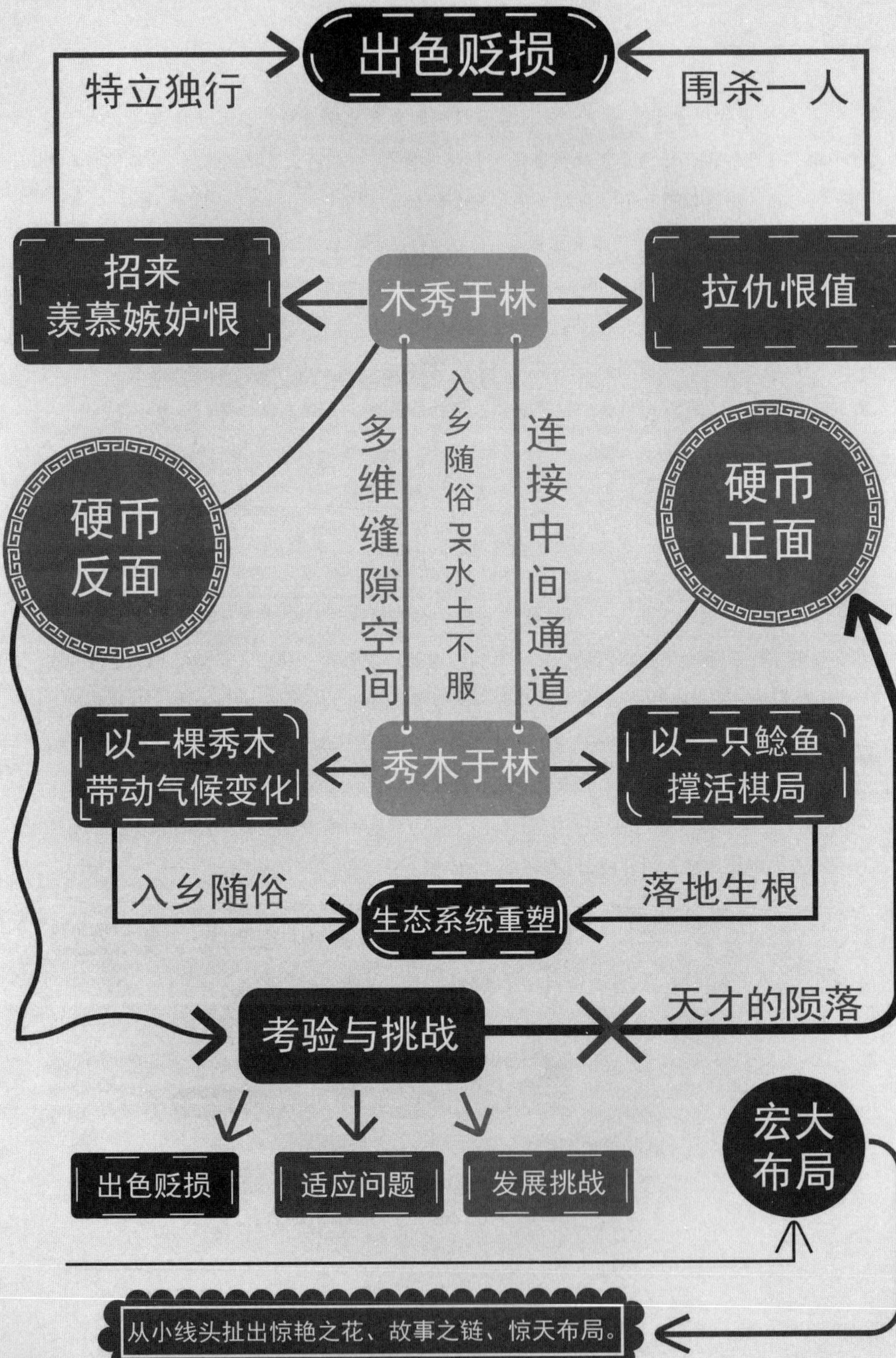

出色贬损

特立独行

围杀一人

招来
羡慕嫉妒恨

木秀于林

拉仇恨值

多维缝隙空间

入乡随俗PK水土不服

连接中间通道

硬币
反面

硬币
正面

以一棵秀木
带动气候变化

秀木于林

以一只鲶鱼
撑活棋局

入乡随俗

生态系统重塑

落地生根

考验与挑战

天才的陨落

出色贬损

适应问题

发展挑战

宏大
布局

从小线头扯出惊艳之花、故事之链、惊天布局。

第一节 起笔就简：

从“毫不起眼”到“耐得咀嚼”

宏大的战略布局，总是从毫不起眼的细节切入的。

剑仙宋聘离开剑气长城时，带走了两个剑气长城的小女孩，“皆是年幼便已是剑修”。

这放在剑气长城是一件寻常事。但在浩然天下，她们却是罕见的剑修胚子。

按照剑气长城对这些未来希望之种的统一安排（像蒲公英一样散播于浩然天下，开枝散叶，开花结果，重新编织一个无形的剑气长城），宋聘将带领这两个剑修种子随身修行，“到了宋聘所在宗门，就会在祖师堂被正式收为嫡传”。

这只是整个安排之中最为寻常的细节。

这个场景别说在整部《剑来》，就是在“剑气长城未来希望种子整体布局和安排”的情节之中，并不是浓墨重彩的彩绘之景，而是随笔道来的白描之简。

但恰恰是这种看似寻常的简笔，却透露出了非常奇崛的信息。所有的信息勾连起来，传达的，都是那若隐若现的轴心线索：种子离乡，水土迥异（生态迥异），是茕然独立、招致“出色贬损”？

还是入乡随俗，落地生根，融入既有体系？

金甲洲少年剑修玄参，这天与背负长剑的女子剑仙宋聘，一起跨过大门，来到倒悬山，直奔一处渡口。

宋聘一身杀气煞气极重，似乎心神还未真正离开那座战场。

跟随他们一起的，还有两个剑气长城的小女孩，皆是年幼便已是剑修。使劲板着脸的那个，名叫孙藻。姐姐孙藻在习武。与孙藻不一样，在四处张望的孩子，名叫金銮。

她们都会跟随剑仙宋聘修行，到了宋聘所在宗门，就会在祖师堂被正式收为嫡传。

——烽火戏诸侯《剑来》：第九卷 天上月　第六百七十九章 人间俱是远游客

这种跨洲渡船，对于浩然天下支援剑气长城的外乡人剑修宋聘、玄参两人来说是“回乡”，对两个孩子则是“就此离乡千万里”。

一返乡，二离乡，其实有着三重对比：

宋聘从外乡人到返乡行；

两个孩子离乡异乡行；

双方都是“此乡非彼乡”，甚至是“他乡是家乡、家乡成故乡”的相互转换。

一行人到了麋鹿崖那边的渡船，会乘坐一条扶摇洲跨洲渡船。

宋聘、玄参两人回乡，两个孩子则是就此离乡千万里。

女子剑仙在渡口只买了两块登船玉牌。等到登船之时，渡船管着通行的练气士，便询问为何两个小姑娘没有玉牌。这不合规矩。

剑仙宋聘当然认得。他又没眼瞎。如此容貌倾城的女子，又背着把传闻中暗藏一洲极多剑运的长剑“扶摇”，金甲、扶摇两洲修士都会一眼识破身份。

宋聘道：“给你们面子了，就接好。”

玄参神色自若，觉得宋聘前辈这句话，说得十分天经地义。

最后渡船管事火急火燎赶来，亲自为四人开道登船。

金銮微微张大嘴巴。小姑娘这会儿一头雾水。宋聘剑仙私底下与她们相处，可不这样，笑脸极多，嗓音温柔，是顶好的脾气。

——烽火戏诸侯《剑来》：第九卷　天上月　第六百七十九章 人间俱是远游客

宋聘的态度，在此颇值得思量。

她为何“在渡口只买了两块登船玉牌”，却不给这两个小姑娘“玉牌”，且要强横登船，破坏“有票上船、无票莫入”的规矩？

以她的战功与身家、身份与地位，哪有可能连两张儿童票都买不起的道理？

而且，诚如金銮“小姑娘一头雾水”字句所言，“宋聘剑仙私底下与她们相处……笑脸极多，嗓音温柔，是顶好的脾气”，却为何要在这码头嚣张跋扈、盛气凌人，甚至是仗势（实力与势力）欺人？

难道不是抢树桩立规矩，来个下马威，甚至是敲山震虎、指桑骂槐、杀鸡给猴看？……

好吧，成语用得有点多，不太爽利，不太符合剑仙的脾气和行事风格——尤其是在剑气长城跟大妖厮杀过的大剑仙风格：没有那么多弯弯绕绕的牛筋肠子，唯有一剑破之。

酒肉穿肠过，剑气即道理。

然而，浩然天下花花肠子甚多，连剑仙米裕都不可能一剑斩之，反过来还有可能会被绞杀，这些剑气未成的小树苗又能如何？

唯有护苗之人多绞尽两次脑汁，替她们多想一二了。

因此，想来宋聘态度截然有别，就是事出有因了。

对外进行威慑，对内进行提点——还未启程，即来“下马威”，防患于未然；尚未离乡，就已经先考虑这两个傲气的小剑苗，如何能够在浩然天下“站稳脚跟”了。所谓苦心孤诣，也概莫如是了。

渡船腾出了几间上好房间。宋聘带着两个小姑娘去往视野开阔的观景台，微笑道：“这里就是浩然天下的风景了。”

金銮小声说道：“剑气太少。”

孙藻白眼道：“废话，能跟我们剑气长城相提并论吗？”

金銮不再言语，倒不是怕那孙藻，主要是耳馋孙藻那些个稀奇古怪的山水故事。

宋聘柔声道：“所以你们需要赶紧适应。等到了金甲洲宗门，师父帮你们预留两座灵气充沛的山峰。等到跻身金丹境，可以举办开峰仪式，然后就是你们的府邸了。从那一刻起，你们才算真正在浩然天下站稳脚跟。”

——烽火戏诸侯《剑来》：第九卷　天上月　第六百七十九章 人间俱是远游客

但宋聘没有直接打击两个剑气长城小树苗“浩然天下剑气太少”“不能跟剑

气长城相提并论”的言论——这种言论其实最易招惹是非、引来排外挤兑；也没有直接点明“除了师傅，不要对他人说‘想家了’之类的话”的原因。

宋聘只是直接告诉俩姑娘应该怎么做：第一，赶紧适应；第二，开峰建府邸；第三，对外人要有警惕之心——件件都很务实，也很简单简洁。

没有太多的煽情，却很有嚼劲儿。

> 隔壁房间的观景台上，少年剑修伸出手，轻轻摇晃，与两位小姑娘打招呼。
>
> 金銮踮起脚尖，灿烂笑道：“玄参哥哥。”
>
> 玄参做了个鬼脸。
>
> 孙藻蓦然伤心，轻轻扯住女子剑仙的袖子，抽泣道：“师父，我想家了。”
>
> 宋聘握住小姑娘的手，轻声道：“以后除了师父，对谁都不要说这种话。”
>
> 孙藻不明就里，只是赶紧擦去眼泪，笑着点头。
>
> ——烽火戏诸侯《剑来》：第九卷 天上月　第六百七十九章 人间俱是远游客

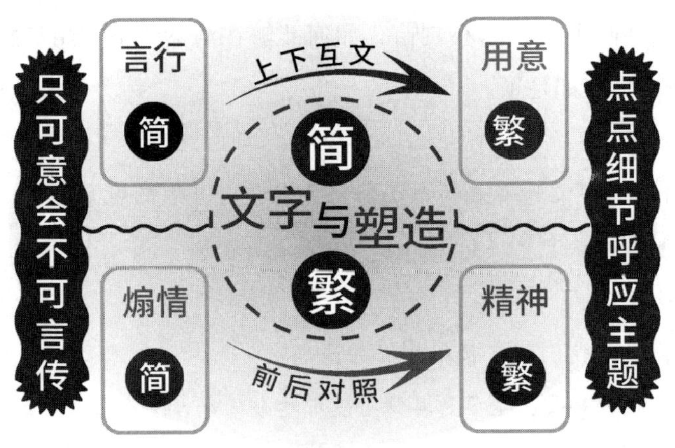

烽火戏诸侯的文字便是如此。

该繁时绝不就简，该简时绝不拖泥带水。但都有一股劲儿蕴藏其中，一扯出就是根根青筋暴露。

这种“青筋”，就如草蛇灰线，游走于字里行间，时隐时显。唯有将前后文串起来看，方可能见其勾连的痕迹。

比如，宋聘对这两个剑修小姑娘的教导，言外有意、弦外有音。但单看她自己的话，只可意会不可言传。

烽火戏诸侯绝不多费笔墨去演绎与阐释，却可以上下互文，并且让我们可以进一步解读、诠释和建构。

第二节　上下互文：从“曹衮补课记”到“浩然天下第一课”

剑仙宋聘和两个剑气长城剑胚道种的小姑娘，宛若白开水，一眼见底；却又似盐水，留有余味。但仅仅是这样吗？

顺着往下读，像宋聘一样，将带着剑气长城种子返乡的剑仙蒲禾和隐官一脉剑修曹衮连夜登船之后，那剑气长城少年野渡如出一辙，同样口无遮拦，说话自带剑气长城优越感：“蒲老儿，这里就是你们的浩然天下了啊！瞅着很不咋的嘛。”

一天夜幕中，面容枯槁的高瘦老者，过了大门，立即停步闭眼，仰头嗅了嗅，嘿嘿笑道：“久违了。”

正是玉璞境剑仙蒲禾。只是如今已经跌境为元婴境，哪怕身穿法袍，依旧难以掩饰那一身血腥气。

跟随蒲禾一起走入倒悬山的，还有曹衮，以及一双剑气长城的少年少女。

曹衮在成为隐官一脉剑修的时候，才是龙门境，如今已是一位金丹客了。

蒲禾从剑气长城带走的少年只是洞府境，资质在剑气长城也不算出类拔萃，算不得如何天才。

但是很对蒲禾的胃口。

至于那位观海境的少女，资质更好。蒲禾却打算让一位山上挚友去传道。身为一位以厮杀见长的流霞洲剑仙，岂会没几个红颜知己？哪怕对方如今高出自己一境，哪怕她依旧貌若少女，可见了面，还是要百转千回喊自己一声蒲大哥的。

少年埋怨道：“蒲老儿，你啥时候才重新当个剑仙啊？不然我这徒弟当得多没面子。”

蒲禾嗤笑道：“收了你这么个洞府境弟子，你觉得老子就脸上有光了？晓不晓得老子在流霞洲的酒局，金丹修士都没资格落座，只能站着喝酒夹菜？”

一旁曹衮无言以对。因为蒲禾剑仙所说，千真万确。有点骨气的金丹地仙，往往不会参加有蒲禾在的宴席。但是愿意去的，更多。

少年怒道：“你少跟老子一口一个老子的。”

蒲禾不怒反笑：“不愧是我蒲禾的徒弟，不喝酒时说醉话。喝酒之后，一言不合，便要出剑，一洲侧目！”

只是少年偏不领情，说道：“小小元婴，口气恁大！这要是不熟悉的人，都以为是位飞升境在这儿打哈欠呢。”

曹衮愈发无语。

什么样的师父，就有什么样的弟子。不是一家人不进一家门。

那个沉默寡言的少女，有些羡慕同龄人的胆大。她就绝不敢这么跟蒲禾剑仙言语。

少年说道：“听说你在流霞洲仇家极多。这会儿跌境，会不会害我被仇家一起砍死？”

蒲禾伸手按住少年脑袋，推远点：“少说几句晦气话。”

他们所乘坐的跨洲渡船，都会停在灵芝斋附近的渡口。蒲禾刚好打算去那座仙家铺子买几件东西。兜里没几个钱，只能挑便宜物件了。实在不行，就跟曹衮那小子借钱。在剑气长城交情深不深，就看借不借钱、请不请喝酒了，反正都是有去无回的。

在灵芝斋那边，少女神采奕奕。少年却不愿意进去，只是坐在台阶上。

曹衮就陪他坐在一旁。

一行人连夜登船。少年趴在栏杆上，有气无力道：“蒲老儿，这里就是你们的浩然天下了啊！瞅着很不咋的嘛。”

蒲禾笑道：“牢记一事，在剑气长城修行，与在浩然天下练剑，是两回事。所以将来境界凝滞，很正常。你小子根本不用着急。我蒲禾的关门弟子，早晚该是大剑仙！”

——烽火戏诸侯《剑来》：第九卷 天上月　第六百七十九章 人间俱是远游客

这让我们联想起北俱芦洲年轻剑修TOP10 的齐景龙所收的徒弟白首。

两个少年仿佛都一样“嘴上不太尊师重道”，言行无忌。他们的师傅也都不太计较。那好像就没有什么区别。但是，细细一寻思，却还是有些根本性质的不同：

白首是在浩然天下土生土长的。但是，这个少年野渡却是来自剑气长城的外乡人；所以，虽然同样是口无遮拦，同样是嘴上不尊师重道，甚至同样是不太守规矩，但是，遇到的反应会是截然不同的——毫无疑问，剑气少年野渡若是不收敛，会碰更多的壁，流更多的血。

所以，才会有隐官一脉的剑修曹衮连夜敲门，教这个少年做人，教他做事，教他注意事项，教他尊师、惜缘和遵守浩然天下的规矩——这其实是所有离开剑气长城、进入浩然天下的剑修胚种，必须要学的“人生第一课”。

到了房门口，蒲禾丢给弟子两瓶丹药，让少年分别外敷内服。少年关门后，脱掉衣服，龇牙咧嘴。身上有一道巨大的伤痕，远未痊愈。

是那蒲老儿将他从尸体堆里拎出来的。

涂抹药膏，吞咽丹药，重新穿好衣服，少年开始在床上盘腿而坐，勤勉修行，温养本命飞剑。

片刻之后，敲门声响起，曹衮自报名号。

少年在蒲禾那边口无遮拦，但是对这位隐官一脉出身的外乡剑修，哪怕境界不高，却反而很敬畏。

少年赶紧去打开门。曹衮看到有些拘谨的少年，笑道：“与你说些在浩然天下修行的注意事项，别嫌烦。身为谱牒仙师，繁文缛节，未必讨喜，但是你且听听看。”

少年竖耳聆听，十分专注。

曹衮最后说道：“野渡，以后跟随蒲禾剑仙修行，要珍惜。”

名为野渡的少年使劲点头：“我师父……是这个！”

曹衮看着神采飞扬的少年伸出大拇指，忍住笑。屋外廊道那边停步许久的蒲老儿，笑眯眯点头，找酒喝去了。

——烽火戏诸侯《剑来》：第九卷 天上月　第六百七十九章 人间俱是远游客

一样的情况，一样的师徒，一样的外援剑仙带着剑胚种子返乡，一样的傲气少年即将面临异乡旅行，需要补上入乡随俗、落地生根的“人生第一课”。

曹衮补课的这一个细节，在宋聘师徒和蒲禾师徒之间，将剑气长城外乡人和浩然天下返乡人，无缝对接，搭了一个金拱门，让这两个小场景互文呼应，将剑修胚种游历他乡的关键节点凹凸了出来。

渡船管事战战兢兢地站在不远处。

他们西北流霞洲，虽然失去剑仙蒲禾音讯已久，至多就是听说蒲禾在剑气长城那边问剑落败。但是蒲禾的赫赫威名，尤其是那乖张诡异的性情，依旧让许多上五境修士和地仙心有余悸。

有个说法，蒲禾一笑，就得死人。

他娘的肯定是要出剑砍人的意思啊。

蒲禾是宗门老祖，正儿八经的谱牒仙师。但是从来行事无忌，杀人越货、坑蒙拐骗什么事情都做得出来。还精通伪装，尤其擅长栽赃嫁祸，路子野得让山泽野修都要喊祖宗。所以蒲禾在山上名声不佳，但是在江湖上，和野修当中，声望极高。当初姜尚真在北俱芦洲兴风作浪，早先还曾被誉为蒲禾第二，都属于拉屎兜在裤裆、还要四处流窜的王八蛋货色。

只是这位渡船管事，瞧着这会儿的老人，很难与印象中的剑仙蒲禾重叠。

——烽火戏诸侯《剑来》：第九卷 天上月　第六百七十九章 人间俱是远游客

最重要的是，曹衮出身陈平安的隐官一脉；而他现在做的细节虽小，却隐隐然将“陈平安讲故事”“老大剑仙布局剑胚撒播天下”“剑胚种子在浩然天下生根发芽”桥接了起来。这再一次可以看见烽火戏诸侯在编故事织绵文时，绵密勾连之中，突然神来一笔，恰如此针脚。

如果没有“曹衮补课记”，我们会很容易忽略——

老大剑仙布局天下，将剑气长城的剑修胚种散播于浩然天下，究竟意欲何为；

在实施他的这种意图之时，返乡剑仙和离乡剑胚种子之间的师徒传帮带的方式，到底起着什么薪火相传的作用；

从师徒传帮带的“保存火种、薪火传承”，到剑修胚种在浩然天下的“星星之火，可以燎原”……隐官一脉又起着什么样的关键作用?!

第三节　层层递进：从“背井离乡”到“布局天下”

像是怕大家速食阅读一掠而过、不求甚解，烽火戏诸侯在“曹衮补课记”之后，紧接着讲了一个皑皑洲剑修邓凉独自一人离开剑气长城的场景故事，不动声色地嵌入了一个有关隐官大人陈平安的细节。

并不像宋聘和蒲禾，邓凉并没有带走任何一个剑修胚子；而且，邓凉在隐官一脉之中并不如其他人“出彩”。

但恰恰是这种不出彩，掩盖了他的出彩；

他孤身一人离开剑气长城的落寞，掩盖了肩负千万人的重担。

越不起眼的人物，其实越会肩负了不起的任务。

皑皑洲剑修邓凉，独自一人，神色落寞，离开了剑气长城。

在此历练多年，只是将境界一点一点熬到了元婴瓶颈，始终未能破境跻身上五境。

先前宗门请那跨洲渡船帮忙，在倒悬山先后飞剑传信两次避暑行宫，都是询问他何时返回。

邓凉都未理睬。

虽说邓凉在避暑行宫那边，甚至不如曹衮、玄参几个年轻剑仙那么“出彩”，很容易让人忘记一个事实：邓凉是一位极其年轻的元婴境剑修！

不但在那皑皑洲宗门祖师堂，拥有一把座椅，而且位置极为靠前。

邓凉还是野修出身，在红尘里摸爬滚打多年。成为谱牒仙师之后，待人接物滴水不漏。故而人缘极好，更是宗主极为器重且需倚重之人。

邓凉在离开剑气长城之前，去了那座酒铺，在一块无事牌上边写下一句：来时元婴，去时元婴。不曾破境，愧对美酒。

——烽火戏诸侯《剑来》：第九卷 天上月　第六百七十九章 人间俱是远游客

陈平安给邓凉写了一封亲笔信，将剑修导师和剑胚学徒这两方面的事情都委托给他，还提及了第五座天下的秘事——这既是酒铺二掌柜做买卖很公道付出的报酬，亦是隐官大人补充老大剑仙布局天下的未来图谋。

斜挎包裹，登上渡船。

渡船管事亲自迎接，邓凉与之得体言笑。

邓凉先以飞剑传信宗门，只说自己已经动身返程。

到了船舱屋内，摘下包裹。除了数枚已成遗物的无事牌，还有些闲余物件。邓凉取出一封信。愁苗剑仙让他登船之后打开，说是隐官大人的亲笔信。十分熟悉的字迹。信上说了几件事。其中一件，是请邓凉帮忙送一封信给剑仙谢松花；再就是请他邓凉帮着照顾些谢剑仙从剑气长城带走的剑修弟子。信的末尾，还提及一件关于第五座天下的秘事，要他带给宗门祖师堂。若是邓凉师门真有想法，就可以早做准备了。

邓凉收起信，离开房间，去赏夜景。天高月明。

很是怀念避暑行宫，很是佩服年轻隐官。

——烽火戏诸侯《剑来》：第九卷 天上月　第六百七十九章 人间俱是远游客

当然，这后面两点纯属我们的猜测甚至是臆断。

但是，把同一章这三个看似独立却按顺序排列甚至相互关联的场景连起来通读，我们不难看出一种“递进式”的关系，将这一章想表达的主题“人间俱是远游客”，归纳成一种层次递进的结构。

第一层，以宋聘师徒为切入点，描摹出剑气长城正在发生的某种特殊现象——外援剑仙开始返乡，并将携带剑气长城的剑胚种子，使其在浩然天下生根发芽、开花结果。

第二层，上了一个台阶，通过蒲禾师徒“前承”宋聘师徒——肩负着同样的使命与任务，又通过曹衮补课记“后记”隐官一脉致力于解决的事情，帮助优越感无比又傲娇刚脆的剑胚种子融入浩然天下，从“木秀于林”到“秀木于林”。

第三层，更上一层楼，直接通过隐官一脉剑修邓凉所接到的任务与使命（隐官大人陈平安写给邓凉的密信，可以视为他在直接下达任务）来揭示隐官一脉特别是隐官大人陈平安在这种薪火传承、星火燎原计划之中的角色与作用。

他们不但要确保所选定的剑修导师和剑胚学徒薪火传承的有利形势，还要确保剑胚种子“星星之火，可以燎原”的良好趋势，更是要着眼未来布局天下特别是抢占第五座天下战略制高点的大势。

这三层故事、逻辑和结构的递进，可以归纳和推导出一个什么样的结论？老大剑仙和陈平安试图重新构建“新的剑气长城”！

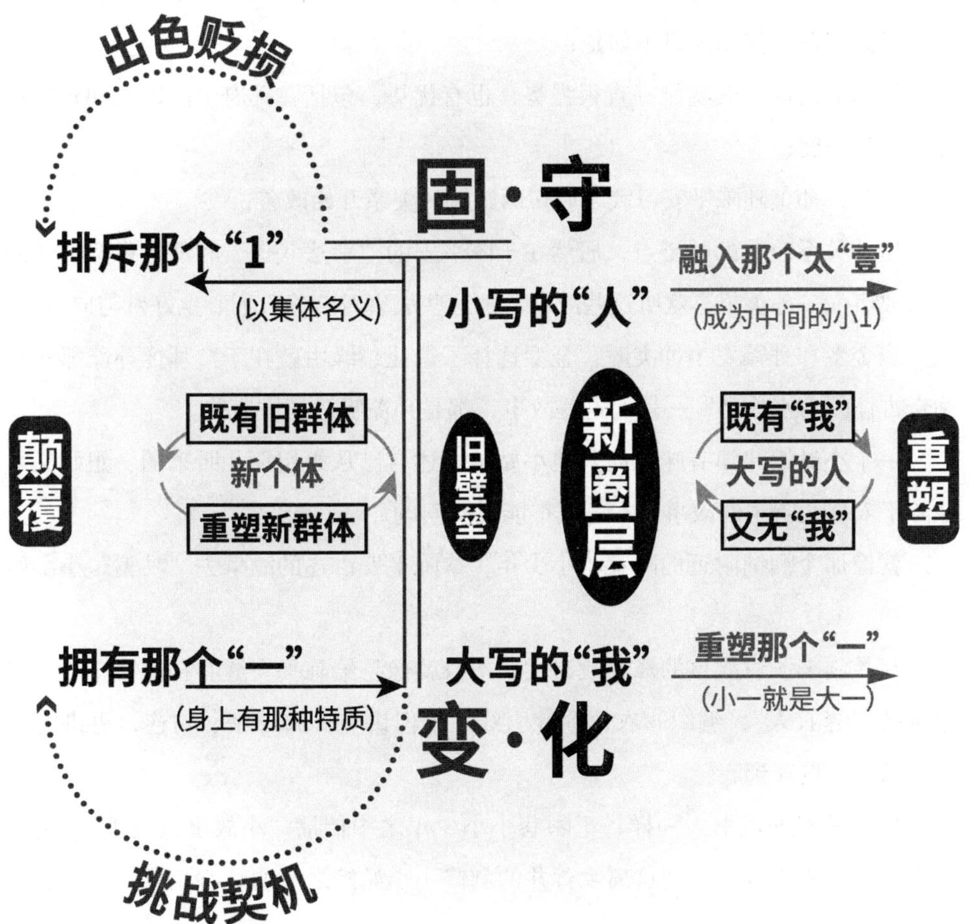

第四节 故事链：
从“小人物”扯出“大线头”

庖丁解牛烽火戏诸侯讲故事写网文，我们可以看到，在这个章节三个递进的场景故事之中，第一着力点，是以“小人物”扯出“大线头”——

宋聘带走的这两个剑气长城的小女孩名为金銮和孙藻。

我们此前已然通过跟着陈平安习武的孙蕖认识了她的妹妹孙藻，知道有三：

她姐姐孙蕖修剑天赋不如她；

姐妹俩之间，其实她一直很强势，也有优势，包括在孙府中的地位和她对自家姐姐的态度；

但是，孙蕖随陈平安习武之后，两姐妹的关系开始改善；

姐妹关系改善的关键点，居然在于陈平安的“拳法武道”和那些稀奇古怪的山水故事——孙蕖很喜欢听这些故事，由这些故事对浩然天下心生好奇与向往。

当金銮和孙藻发生冲突时，金銮选择了退让，缘由就在于“耳馋孙藻那些个稀奇古怪的山水故事”——而这些故事，都是孙藻听孙蕖讲述的。

一个小姑娘津津有味地向其他小姑娘转述自己从姐姐那儿听来的、姐姐又是从陈平安那儿听来的故事，本身就很能说明问题。

就像那个酒铺附近的陋巷小小少年，拿陈平安讲述的故事去“哄骗”小小姑娘一样。

写《剑来》讲故事的烽火戏诸侯，本身就像是给陈平安缝心补魂写真名、聚精神的“缝衣人”，编织彩衣，穿针引线，不但讲究针脚绵密、勾连，更讲究意思和精神气贯穿到底：

从陈平安如说书人一样、于陋巷小小少年之中传播“小故事大道理”，到孙氏小姐妹出嘴入耳，再到这离乡背井的剑修小小姑娘之间的耳心相连……这一句

“耳馋孙藻那些个稀奇古怪的山水故事”，犹如天外飞仙神来一笔，落于山间女子眉黛一点，让那潭中渊龙活了过来。

如此绵密的最后这一针脚落下来，就犹如收尾之线头，将那一片剑气长城未来种子布局天下的“编织之网”给扯了出来：这始自酒铺二掌柜以说书人身份讲的“小故事大教化”，源于剑气长城老大剑仙陈清都和新隐官大人陈平安“剑气长城种子遍天下”的布局之网。

层层织网，绵绵相扣，针脚勾勒。

现在，从老大剑仙剑气长城希望之种撒播浩然九洲的天下布局，再回溯当初陈平安在酒铺外以说书人身份行儒家读书人之事的小小举措，我们感叹与赞叹的，不仅仅是从陈平安到老大剑仙的思虑之长远、考虑之深邃、入手之精微，还有烽火戏诸侯编故事织绵书的布局之严谨、勾连之细密、针脚之切实。

犹如酒铺二掌柜讲故事说天书，看似很野狐禅，但是，当这些剑气长城小小少年，真的要行走另一片天下之际，那像蒲公英种子一样的结果和效果就浮现出来了。

在剑气长城陋巷少年、孙氏小姐妹和离乡背井的小小剑修金銮之间口耳相传的，岂止是陈平安所讲的“那些个稀奇古怪的山水故事”，还有那些故事链背后隐藏的浩然天下之微言大义、道理规矩，甚至是让读书人种子生根发芽的天道人心；

当这些小小少年在两座天下的转换之间面临水土不服的考验之时，那些很有嚼头的故事和道理，其实就是他们彼此认同的优良种子：小故事大道理、小种子大认同、小私塾大教化……其实都是从播下一颗优良的种子开始的。

烽火戏诸侯极擅长于编织故事的针脚之中，把那样一颗优良的种子播撒下去，就等着它在绵长的时间线和情节线之中，若隐若现；

然后，某一个针脚突然“啪”地一下破土跳了出来，蹿出一颗嫩绿的新芽；甚至，突然就绽放出一朵小花——让我们的眼睛都被惊到了，细思之后，又觉极其惊艳。

恰如这一句“耳馋孙藻那些个稀奇古怪的山水故事”，就是在陈平安讲故事这个链条上所开出的一朵惊艳小花。

我看花，我到花心去；花看我，花到我眼里来——“一花一世界”，一笔一乾坤。

由此，我们可以看到烽火戏诸侯讲故事写网文的一个特质：每一个开出惊艳小花的“点”，其背后都可能隐藏着一个看似寻常却奇崛的“故事链”和“星球宇宙”。

那些平淡无奇的“着力点”，渗进故事的皮肤，切入并接触到那并没有裸露于表层的故事链之后，就会如火花迸溅一样，开出绚烂之花，让人在光阴流水之中溯源而上、顺流而下、快速转换，进入宛若深渊的宇宙世界。

于此，我们才能深深体会到，苏轼有句话，在烽火戏诸侯的笔尖之下，原来就是如此例证的：“凡文字，少小时须令气象峥嵘，彩色绚烂。渐老渐熟，乃造平淡。其实不是平淡，绚烂之极也。”（宋 · 苏轼《与侄书》）

从陈平安陋巷讲故事，到老大剑仙布局天下，剑气长城剑修胚子像蒲公英的种子散播于浩然天下，就是一条完整的故事链。

宋聘带着这两个剑气长城剑修小女孩金銮和孙藻，乘坐一条扶摇洲跨洲渡船，就是这个故事链上很普通寻常的小场景而已。

但就是这个小场景，仍然提供了类似于上述“耳馋孙藻那些个稀奇古怪的山水故事”的小切口，爆出了看似寻常却奇崛、平淡至奇却气象绚烂的引爆点与惊艳之花。

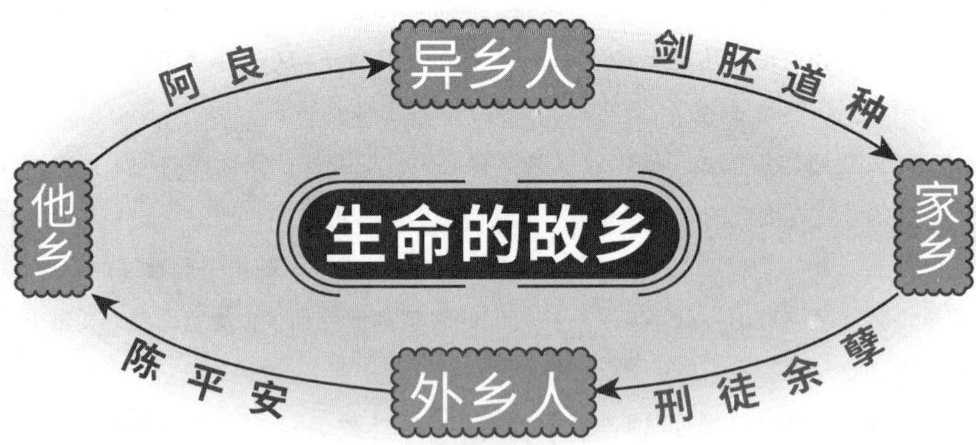

第五节　异乡人：此乡非彼乡，终须故乡行

这三个递进的场景故事，第二个着力点，就是“异乡人”问题。

当初，像宋聘这样离乡万里到剑气长城支援打怪灭妖的，统统被剑气长城的土著剑修视为“外乡人”。

外乡人是很难融入剑气长城的。哪怕是上五境的大剑客左右，下五境最强武运种子曹慈，都很难被剑气长城视为自己人——虽然他们自己也不甚在意。

当然，没皮没脸的酒铺二掌柜和新隐官大人陈平安是个例外——因为他要求娶剑气长城“剑胚公主”宁姚宁姑娘，相当于“上门女婿”半家子。

但就算陈平安从被排挤的“外乡人”，成为“半个自己人”，再到完全融入剑气长城成为真正的“自己人”，也是经历了“程咬金三板斧”，看似很轻巧，实际上是拼尽了洪荒之力，使出了一生的修炼功夫和人生修为：

过三关战土修，分化、瓦解、重组剑修小群体，确立中间位置；

坐实文圣一脉关门弟子身份，左右开剑，威慑上五境剑修和寻获长辈缘，“恩威并重”巩固顶层盘；

开酒铺开私塾，设置剑修弹幕墙，说书讲故事，构建基本盘——

三招皆是妙手，而且是从立竿见影到润物细无声，短、中、长期规划全都有。

当然，这还跟陈平安的两大左右无理手有关：一就是成为最会做买卖的酒铺二掌柜；二就是对宁姚宁姑娘的痴情。

一个是生意，一个是情感；

两者并行不悖，相辅相成，最是能够赢得/俘虏剑气长城原住民的心！

比如说，没有哪个土著剑修跟二掌柜做生意能不赔的，就连那个因为伤心透

了顽固到底的葱花剑修陶文，都被二掌柜“赚”过去一起坐庄；

而那个被其他心高气傲的年轻剑修“不敢偷瞄脸蛋、使劲盯着背影看”的罗真意，更是对二掌柜动了心，暗恋暗战，“有意无意,看了眼那个宁姚”，爱屋及乌，抢先要先背起醉酒的郭竹酒——只因为宁姚是陈平安心动的姑娘，郭竹酒是他心爱的弟子。

直到最后成为被外乡人和土著剑修都认同的隐官大人，陈平安才算真正地融入了剑气长城。

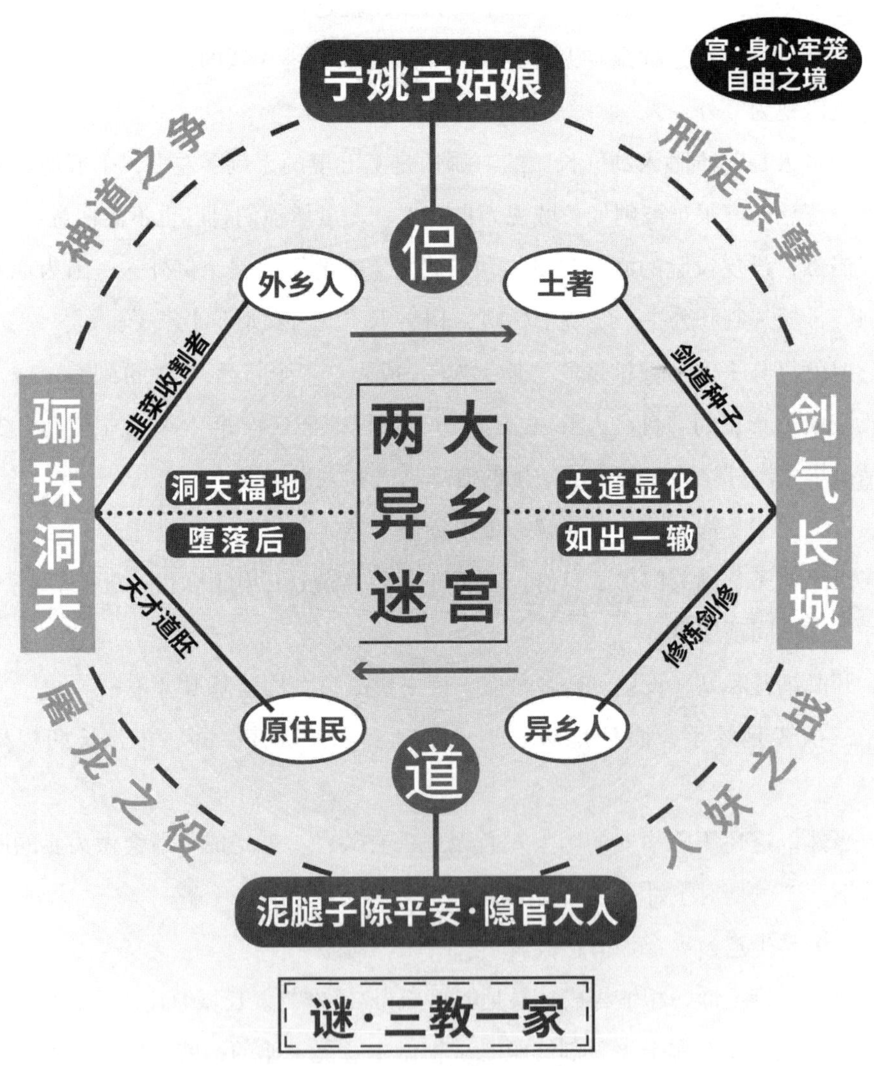

其他外乡人，没有陈平安这个酒铺二掌柜比剑气长城城墙倒拐拐还厚的厚脸皮，就连土生土长的范大澈都学不来二掌柜的没皮没脸。因此，要赢得剑气长城原住民的认同，其实很艰难。

很多人来时是外乡人，走时仍是外乡人。只有极少数人，最后真正获得了剑气长城土著剑修的尊敬与认同。像宋聘这样被允许带走剑气长城剑修胚子的外乡剑修便是如此。

但就算如此，一旦迈离剑气长城，那种原来已经混淆了的身份和感觉，就又重新割裂开来。

此乡非彼乡，终须故乡行。

因此，对于上五境的剑修宋聘来说，她再一次从剑气长城的身份融入和认同之中抽离出来，成为异乡人，要往故乡返。

但是，两个在剑气长城土生土长的剑修孩子金銮和孙藻，却是切切实实地离乡为异客了。

万年以来，许多剑气长城的原住民从未离开过剑气长城。从上五境的剑仙强者到陋巷听故事的凡夫俗子贫家少年，问得最多的一个问题就是：浩然天下是不是真的比剑气长城多一些“青山绿水、细水长流”的风景？

就像剑仙米裕在兄长以功劳和隐官大人陈平安做了一道公道的买卖之后，方可允许迁往浩然天下，在黄粱一梦里喝酒时，就一直喋喋不休地追问浩然天下的风景如何。

这一波剑气长城的剑胚道种分布、散播天下，是剑气长城有史以来的第一次，也会是最后一次：火种不灭，长城犹存。

剑气长城火种播天下，由老大剑仙陈清都一手掌控：下五境要死可死；中五境要活可活；上五境与未来剑仙胚子均身不由己，由老大剑仙一手安排，无法自己选择。

就连位居TOP10的最强剑仙，都只能服从大布局——如：董三更死撞妖月，陈氏家主兵解至第五座天下……

那些分布于浩然天下其他洲的大剑仙，也不能带走自己想要的剑仙胚子。这些剑仙胚子跟谁走，拜谁为师，去往哪里，更不是自己能够决定的。

尽管我们也有疑惑：为何是剑修孙藻，而不是习武的孙蕖，最后跟随宋聘离乡？但最后事实就是如此。

而且，因为剑气长城重剑修轻武夫，孙藻修行天赋强于孙蕖，因此，孙藻其实心气禀性都要高于自己的姐姐。

换句话来说，其实这两个剑修小姑娘，最能体现剑气长城“一方水土养一方人”的禀性气质：有傲气，更有傲骨，看什么人都是“外乡人”，看什么风景都不如剑气长城。

而这，恰恰正是这一群剑气长城未来胚种散播于浩然天下他乡别洲，将会遇到的第一道难关。

这不仅仅是“修行”的问题——

浩然天下任何一洲的剑气，都不如剑气长城；

因此，在浩然天下修行将不会像在剑气长城一样迅速地提升和破境；

最重要的，这还是“修心”的挑战——

如何才能放低自己的身段，摆脱既有的优越感，真正融入浩然天下，从零做起？

人不可无傲骨，但绝不可有傲气。

如何散去剑气长城的傲气，但保留剑气长城的傲骨？

这不但是这些剑胚道种面临的心关难题，亦是那些境界更高的剑仙可能会直面的残酷现实。

就算是上五境的剑仙米裕，面对这样的问题也觉得很棘手。即使他自己不觉得，但他的兄长米祜其实就很有忧患意识。

大剑仙米祜为什么要放低身段，跟二掌柜一样没皮没脸：在跟隐官大人做公道的买卖之余，死皮赖脸地要将米裕安插于陈平安的落魄山头，做一名供奉？就是担心在人心算计大于实力比拼的浩然天下，他那境界虽高战力却稀松、人心算计更是一张白纸的剑仙弟弟，会被那些人心鬼蜮的外乡人连皮带骨都吞下去，最后连渣都不剩！唯有放到精于算计、做买卖还公道的陈平安名下，他才能真正放心。

连剑气长城最强剑修TOP20之一的大剑仙米祜，都担心他已是剑仙之境的弟弟米裕，在人心鬼蜮的浩然天下会被人算计得连渣都不剩，何况这些“小荷才露尖尖角”、连身量都未长好的剑仙秀木小树苗？

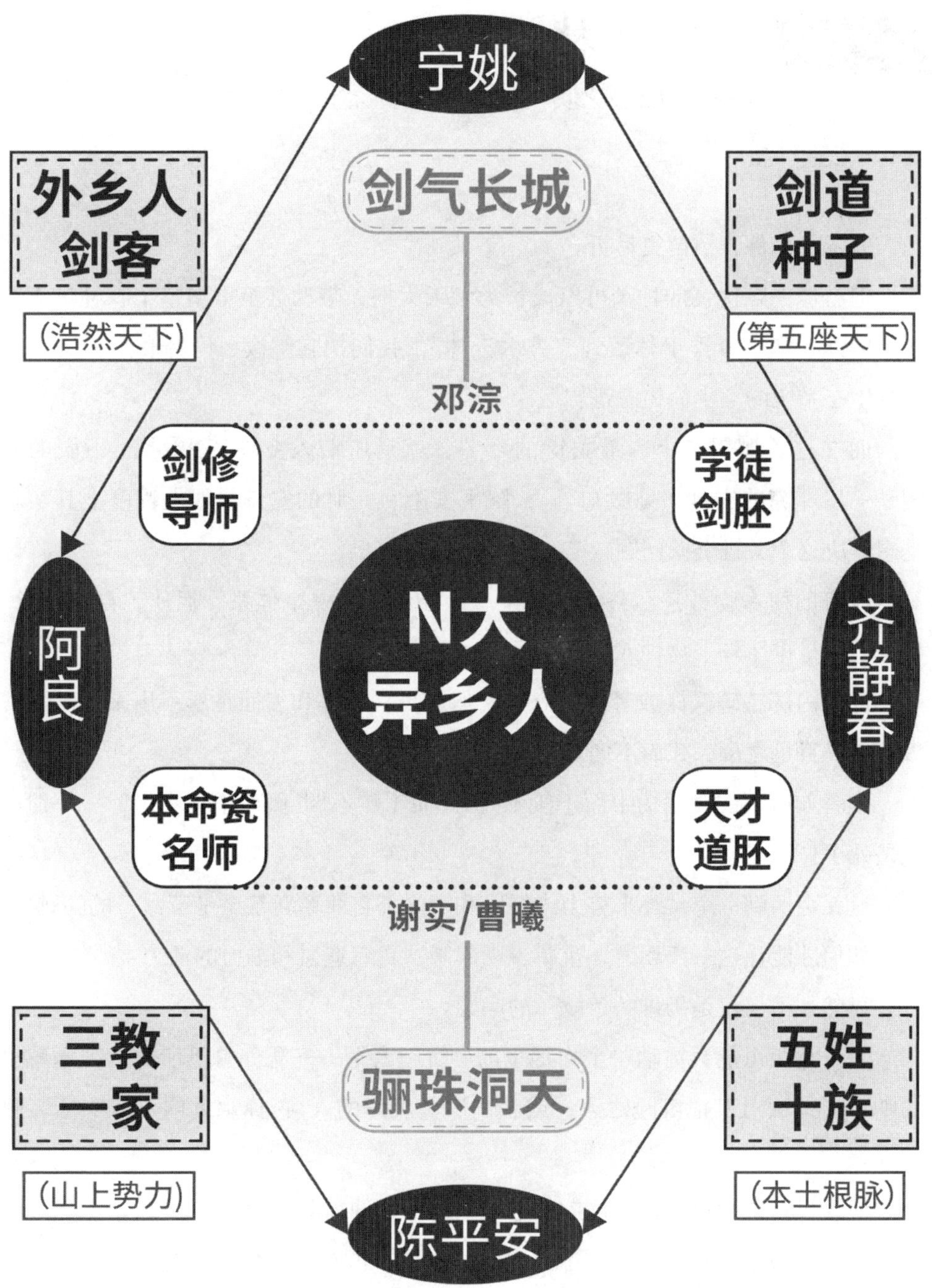

第六节　秀木于林：从“出色贬损”到“改造生态系统”

秀木已易催，树苗更易折。

但就像一颗优良的种子可以成长为参天大树，带动甚至重塑整个森林生态系统，因此，从“木秀于林”到“秀木于林”，我们把它解读、诠释和解构为一种森林生态系统的“生命树总逻辑”。

而在这个逻辑链上，最关键的环节，就是所谓入乡随俗PK水土不服的问题——以邓凉的安排“见微知著”，陈平安隐官一脉的安排，很大程度上其实就是想解决这个关键链条问题。

既有的树木物种甚至整个森林生态，已然自成一个体系，运作“自我感觉”良好，很是排斥外来物种或是外乡人。

即使内部磕磕碰碰或者老大有朽，但至少从外部和表面是看不出来的。一言以蔽之，百足之虫，死而不僵。

或者如所谓的“胡杨生而千年不死,死而千年不倒,倒而千年不烂”——但毕竟是死了!

这就会遇到一个“外来势力入侵”和“内部自我革新甚至是革命”的问题。

如何才能让这一汪死潭，重新流动起来，具有造血和输血的活力?

显然，不仅仅是扔进一条鲶鱼的问题。

一条鲶鱼可能会搅动一个木桶里的“沉睡者”——犹如鲁迅所说的铁木屋里的呐喊者，面对其他沉睡之人，或者“假装沉睡的人”：你永远叫不醒一个装睡的人。

但仅仅一条鲶鱼，是决计搅动不了大鳄云集的深渊恶潭的。

一口平底锅就能铁板煎鱿鱼（鲶鱼），深渊恶潭一旦真的被搅动起来，天翻地覆，风云滚滚，就决计会成为一只煮沸的巴蜀火锅——麻辣鸳鸯，绝代双椒（青椒、辣椒），随便你选！

再能折腾的鲶鱼，亦不过成为水煮鱼片，迎来的是入他人恶嘴和狱腹的命运。何况是以天地为熔炉，万物都是“水煮鱼”，无时无刻，都在水深火热、沸腾滚煮之中！

你一只搅动的鲶鱼、一棵仅高出几厘米的秀木，又何能幸免？

不是进了麻辣锅，满足了天地饕餮的口腹之欲；就是被扔进熔炉之中，添薪加火罢了——而且，不过是略微蹿出一丝火苗而已：事前难增更多温度和热度，事后不过是一寸草木一寸灰！心灰意冷烬成灰，春梦了无痕，哪来的敢教日月换新天之效果与影响?!

又何来实现从老大剑仙陈清都到新隐官大人陈平安，对战后剑气长城遗存并散播于浩然天下的“剑胚道种”之战略期望?

真的就像蒲公英的种子，播撒于五座天下，散落于各洲各地各个山头，就像星星之火，可以燎原。

这是另外一种形式的“新剑气长城”啊！

每一颗优良的种子，只要给它一点阳光，它就能灿烂，就能生长成一棵参天大树、栋梁之材，就能带动整个森林生态系统的重塑。

这其实就是陈平安在寻路问道时一直在探索和思考的从“木秀于林”到“秀木于林”的另外一种演绎。

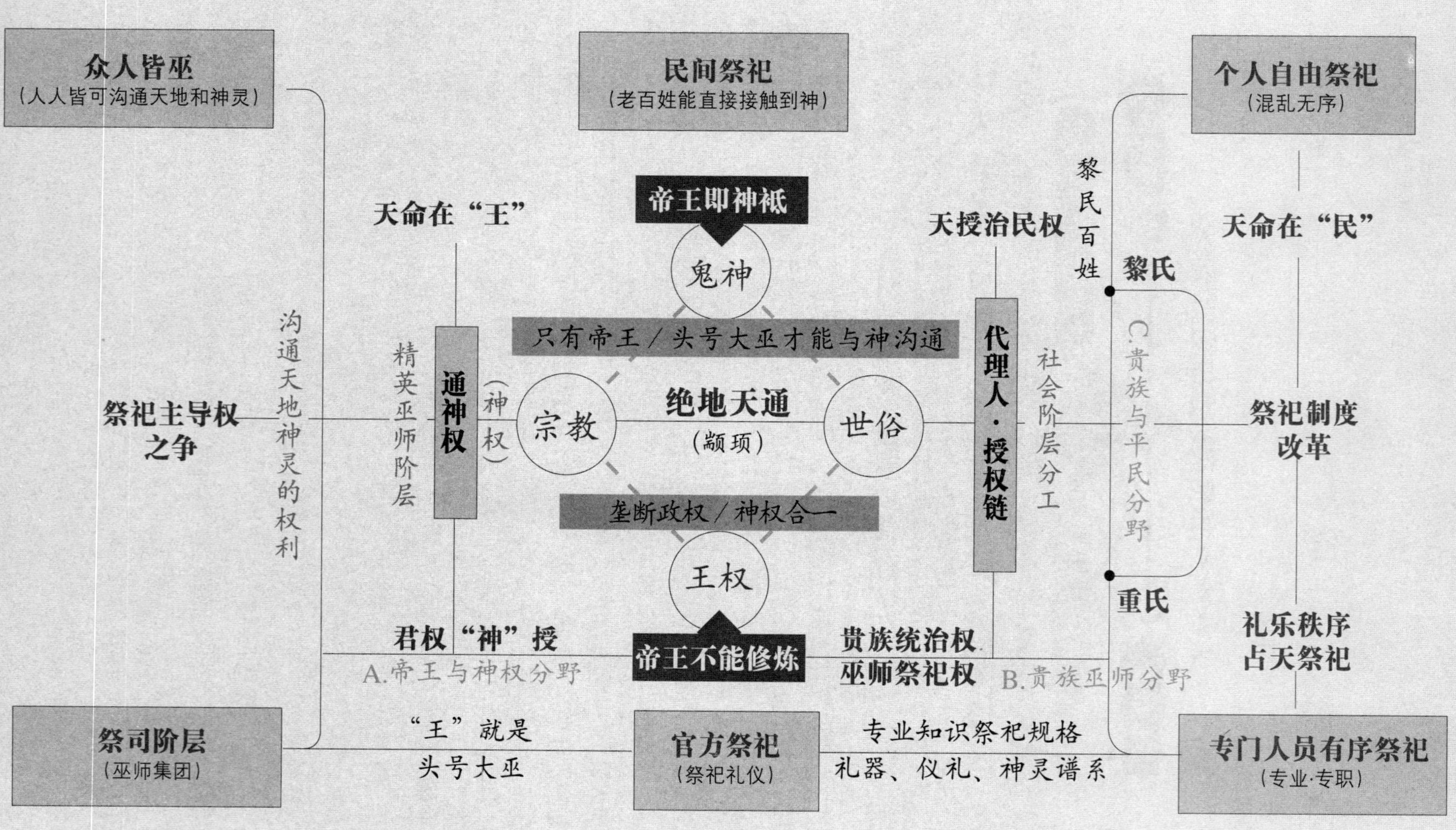

众人皆巫
（人人皆可沟通天地和神灵）
民间祭祀
（老百姓能直接接触到神）
个人自由祭祀
（混乱无序）
天命在“王”
帝王即神祇
天授治民权
黎民百姓
天命在“民”
黎氏
沟通天地神灵的权利
精英巫师阶层
通神权
（神权）
只有帝王/头号大巫才能与神沟通
鬼神
宗教
绝地天通
（颛顼）
世俗
代理人·授权链
社会阶层分工
C.贵族与平民分野
祭祀主导权之争
祭祀制度改革
垄断政权/神权合一
王权
重氏
君权“神”授
帝王不能修炼
贵族统治权
巫师祭祀权
礼乐秩序
占天祭祀
A.帝王与神权分野
B.贵族巫师分野
祭司阶层
（巫师集团）
“王”就是
头号大巫
官方祭祀
（祭祀礼仪）
专业知识祭祀规格
礼器、仪礼、神灵谱系
专门人员有序祭祀
（专业·专职）

第八章

一人·围杀：

从『最强者个人时代』到『常人集体变强时代』

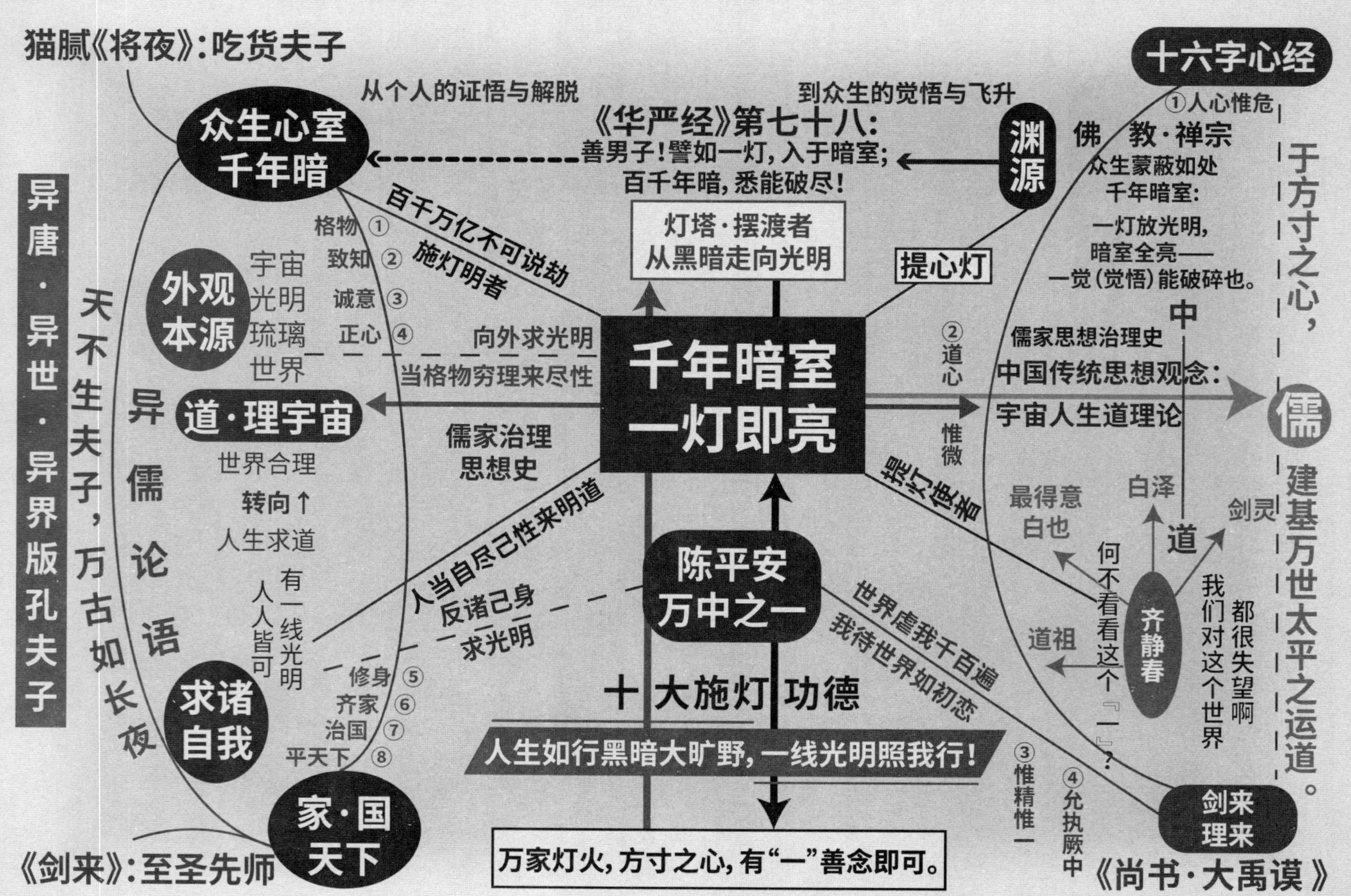

猫腻《将夜》：吃货夫子
从个人的证悟与解脱
到众生的觉悟与飞升
众生心室
千年暗
《华严经》第七十八：
善男子！譬如一灯，入于暗室；
百千年暗，悉能破尽！
渊源
十六字心经
①人心惟危
佛 教·禅宗
众生蒙蔽如处
千年暗室：
一灯放光明，
暗室全亮——
一觉（觉悟）能破碎也。
于方寸之心，
儒
建基万世太平之运道。
异唐·异世·异界版孔夫子
天不生夫子，万古如长夜
异 儒 论 语
外观
本源
宇宙
光明
琉璃
世界
格物 ①
致知 ②
诚意 ③
正心 ④
百千万亿不可说劫
施灯明者
灯塔·摆渡者
从黑暗走向光明
提心灯
向外求光明
当格物穷理来尽性
道·理宇宙
世界合理
转向↑
人生求道
儒家治理
思想史
千年暗室
一灯即亮
②道心
惟微
儒家思想治理史
中国传统思想观念：
宇宙人生道理论
中
道
白泽
剑灵
最得意
白也
提灯使者
齐静春
何不看看这个『一』？
道祖
我们对这个世界
都很失望啊
人当自尽己性来明道
反诸己身
求光明
有一线光明
人人皆可
陈平安
万中之一
世界虐我千百遍
我待世界如初恋
十 大施灯 功德
求诸
自我
修身 ⑤
齐家 ⑥
治国 ⑦
平天下 ⑧
家·国
天下
人生如行黑暗大旷野，一线光明照我行！
③惟精惟一
④允执厥中
剑来
理来
《剑来》：至圣先师
万家灯火，方寸之心，有“一”善念即可。
《尚书·大禹谟》

平安，才围平安。

阿良，又见阿良！

也只有阿良这样的剑客，才能摆出这样“一个包围一群妖”的骚包姿势，引无数看官竞折腰。

冲淡了新隐官大人陈平安被甲帐五人天才队围杀的“主角光环”。

但是，骚包的姿势背后，的确就是强者的实力！

多少人为阿良“剑客归来”的风姿“掌嘘”（掌声和嘘声）并起而可赞可叹时，忽略了这一章标题“围杀一人和一人围杀”可能蕴含和暗示的拐点：

这是一个“最强者个人时代”的落幕，也是“常人集体变强时代”的崛起——当然，这种“后强者”是相对于“最强者”而言的；

即使是像甲帐五人天才队和陈平安这样被人妖两族都视为年轻修行强者的人，对于阿良等这样不能以常理测量的“最强者”来说，都只能算是“后强者”——在强者之后、之次、之下。

阿良代表着一个“最强者”的时代——最强者可以以一人围杀炮灰众；但是，陈平安和甲帐五人天才队，却代表着一个“后强者集体对抗”的时代——即使我们仍然会关注他们个体有多强，但是，他们在对敌作战之际，更注重的还是集体、团队的协调与配合。

就像甲帐五人天才队，一个个拎出来，潜力与能力、实力与势力都是可圈可点的。但是，他们从在妖族这一轮攻伐战中所扮演的角色，到设局围杀陈平安的行动，全都侧重于“集体”的谋算、决策、配合和行动！

因此，阿良的“最强者归来”，其实是一个标志：一个强者为王的传统时代即将落幕而尚未完全落幕；一个集体变强的崭新时代即将开启而尚未完全开启。

从“一人围杀”的阿良到“围杀一人”的陈平安，分别掌握着这个传统时代和崭新时代的绳矩。

剑气长城“最强者时代”的即将落幕——一批又一批的“最强者”都有可能集体陨落（可能包括但不限于人间最得意的读书人“白也诗[剑]无敌”）——将终结人族与妖族的万年持久战；浩然天下和蛮荒天下——一批又一批的“剑胚道种”甚或是“常人战团”将集体崛起（包括但不限于新剑气长城的剑胚道种、文圣一脉第三代弟子以及东宝瓶洲的平常读书人种子）——将进入新一轮的“后强者”集体对峙与对抗战。

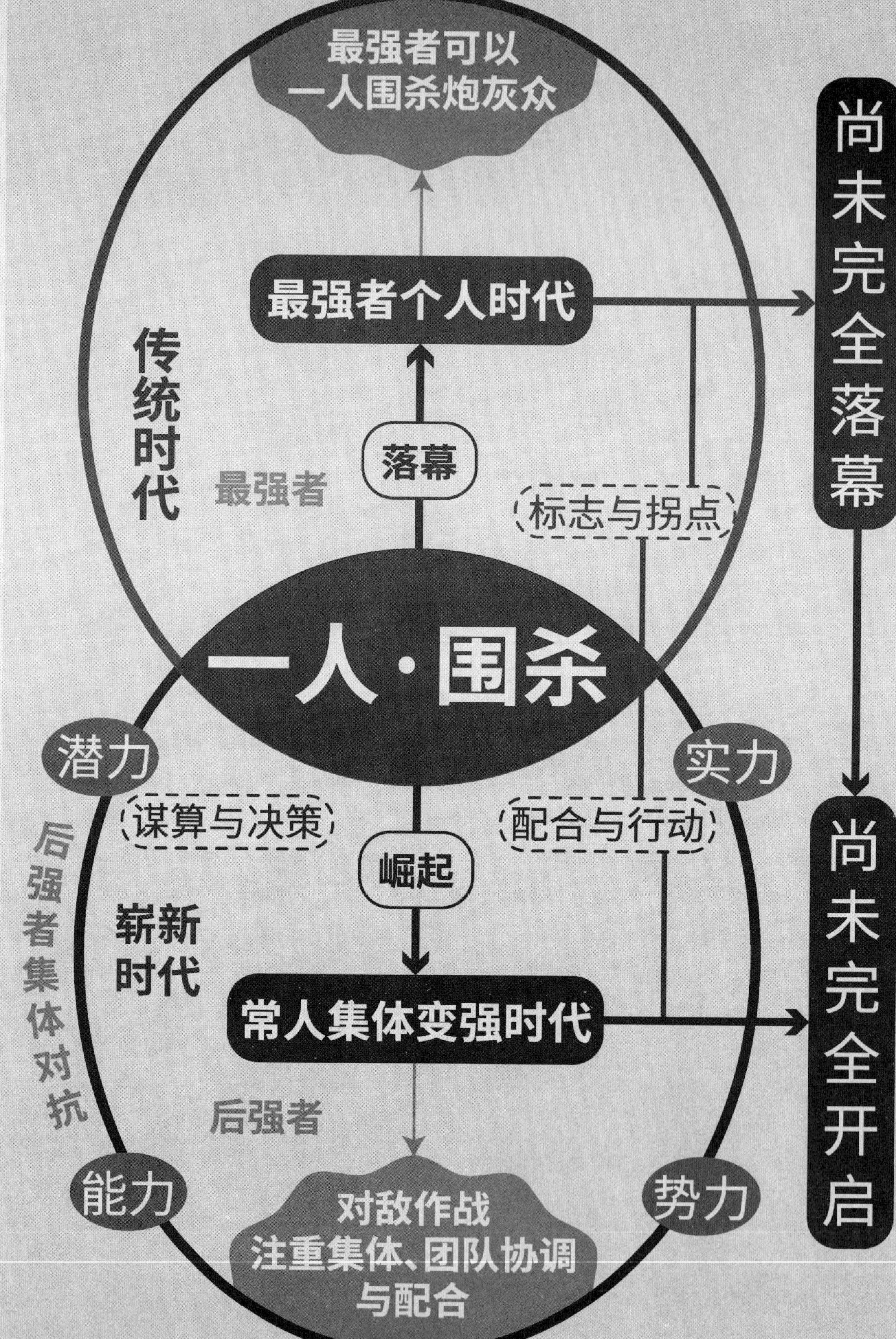
最强者可以
一人围杀炮灰众
最强者个人时代
传统时代
最强者
落幕
标志与拐点
一人·围杀
潜力
实力
谋算与决策
配合与行动
崛起
后强者集体对抗
崭新时代
常人集体变强时代
后强者
能力
势力
对敌作战
注重集体、团队协调
与配合
尚未完全落幕
尚未完全开启

第一节 风向标：从“围杀一人”到“一人围杀”

剑气长城是由“有史以来最强的剑修”筑就而成的。

因此，才能在浩然天下和蛮荒天下之间，坚守上万年，一次又一次地打败妖族的进攻。

但就是这样一个由天下最强剑修建筑的剑气长城，面对妖族举半座蛮荒天下之力的终极进攻态势，已经力所不逮，迟早会城破剑亡。妖族侵入浩然天下已经势在必行。

问题就来了：如此一个由人族最强修行群体所组成的长城，都不足以抵挡妖族的进攻；那么，浩然天下，还有谁能阻挡妖族的侵袭和肆虐？

还有什么势力或者群体，能够筑起最新一道防线，狙击妖族，庇护人族？

因为，整个浩然天下九洲之地，即使山上修行宗门无数、山头林立，甚至是三教一家的儒教坐镇天下，也很难再复制和重组出一个类似和媲美于剑气长城的“强者军团”。

以更弱的山上修道势力和山下俗世王朝，如何能够建筑起一道新的长城？

但是接下来一连串的事情，对蛮荒天下和剑气长城而言，都是天大的意外。

先是一位隐匿于战场上的王座大妖，现出身形，大袖一卷，将那已经出剑的竹箧、想要撤退的离真等人，一并收入自己的袖中乾坤当中，同时手指一弹。

风雪庙剑仙魏晋，一剑劈去那头大妖针对陈平安的术法。

陆芝刚要离开城头。

一位大髯背剑佩刀的汉子，直接以双拳击退两位剑气长河之上的剑仙，来到了靠近剑气长城的战场之上，伸手按住刀柄，仰头望向那女子大剑仙陆芝。

只要陆芝不出剑，他便不拔刀。

这还不算是那个“天大”的意外。

陈清都仰头望去，笑了笑。

甲子帐灰衣老者，步出军帐，似乎是想要亲眼看到某一幕场景。

蛮荒天下和剑气长城的共同天幕处。

一道大如山岳的虹光砸开整座天下的恢宏禁制，笔直地落在战场之上，并不靠近剑气长城，反而直接选择了金色长河以北的妖族大军腹地。

方圆数百里的巨大战场之上，瞬间大地翻裂，震起妖族大军无数，大片死伤。

一个从天外而来的汉子，微微屈膝，站在战场之上，抬起双手，贴住额头，往后缓缓捋过头发。

那汉子挺直腰杆，环顾四周皆妖族，便大笑道：“你们已经被我包围了。”

——烽火戏诸侯《剑来》：第九卷 天上月

第六百六十一章 围杀一人和一人围杀

“真的猛士，敢于直面鲜血淋漓的现实。”

从某种意义上来说，国师崔瀺和儒家圣人齐静春这对反目成仇的师兄弟，均以大骊王朝为实验田，将半生心血倾注于其中，就是要直面这“鲜血淋漓”的趋势，寻找解决方案——只不过两个人的求解之道南辕北辙而已，但也有异曲同工之妙。

“现实”和“趋势”一词之差，更能彰显出这两人洞悉大势、把握趋势、提前应对的猛虎之姿。

国师崔瀺绰号为“绣虎”，心有猛虎，细嗅蔷薇，于天下大势萌蘖之初，就已见微知著，知晓“飓风起于青苹之末”。

而齐静春被说成是有望“立教称祖”之人，更是可以在光阴流水溯源而上、顺流而下，下出“千年第一局”；因此，更可能一叶落而知秋之将至，履霜坚冰至。这两人均在剑气长城还未破、妖族尚未侵入浩然天下之前，就已经预测和忧患未来的局势，提前布局。

国师崔瀺的布局，就是以大骊王朝统一东宝瓶洲、以一洲共主主导与整合山下山下势力，以整个东宝瓶洲为基地，构建在剑气长城墙破剑亡之后的第二道防线、堤坝和长城，亦即我们所谓的“帝国铁网”。

值得注意的是，这个大骊王朝统一东宝瓶洲的“帝国铁网”，就算再彪悍和强大，都是以俗世王朝为主导，而非传统强势集团的山上修行势力——而一如我们所说，在山上修行势力之中，其实“剑修强者”已经属于顶级的存在；而剑气长城的剑修强者是这种山上势力中的巅峰群体。

因此，从剑气长城的巅峰剑修强者群体，到大骊王朝统一洲之主的俗世帝国体系，不仅仅是抗妖的话语权和主导权从山上势力向山下俗世王朝重心的位移；还有一个落脚点和侧重点，是从修行强者个体战力向俗世集体力量的转移。

剑气长城虽然是以剑修强者群体对抗蛮荒天下的妖族，但是，其防御与抵抗、狙击与反击，还是比较依赖于剑修强者“个人”的境界和战力，不太强调“团队协同作战”。剑修强者更难像军队一样调动、配合和集团作战。

因此，剑气长城比较强调TOP10剑仙、上五境剑仙的“核武器威慑力”和“洲际导弹打击力”——比如阿良一人就把整座蛮荒天下搅动得鸡飞狗跳，引来四五头上五境大妖的围追堵截，最后迫使剑气长城同时出动了四五名顶级剑修，狙击来犯之敌。

直到后来陈平安担任剑气长城新隐官之后，才开始比较注重调配剑修，协同作战——这也是因为妖族这一轮攻击，更早开始了集团化、有序化、协同化作战的原因。

剑气长城和蛮荒天下之间，方才有了一点点“集团军对抗”的模式。在这个过程之中，这一章这一个场景和细节特别有意思，且具有风向标的意义与价值：

晋升为隐官的陈平安罩上各种面皮伪装，到战场上捡漏——实际上是查漏补缺，结果被一个王座大妖以八境武夫为饵，诱入围困之局；

然后，五个蛮荒天下最优秀的修行天才离真、竹箧、雨四、君滩、流白，从一直作为“幕后参谋部”算计并调动妖族军队作战的甲帐出动，亲临一线，集体对陈平安展开围杀；却被陈平安以一人对敌五人，并将流白斩得肉身俱毁。

“但是接下来一连串的事情，对蛮荒天下和剑气长城而言，都是天大的意外。”最让人意外的就是：“狗日的阿良”从天而降，落入群妖的包围之中，大笑道“你们已经被我包围了”！

那汉子挺直腰杆，环顾四周皆妖族，便大笑道：“你们已经被我包围了。”

男人摊开双手，掌心朝上，轻轻晃了两下。

久别重逢，示意剑气长城的自家人，尤其是对自己心心念念的好姑娘们，给点表示。

原本陷入沉寂的整座剑气长城，城头之上，顿时口哨声、嘘声四起。

女子大剑仙陆芝低下眉眼，懒得看那男人。她真是没眼看。

背对城墙的男人点了点头，很满意：自己还是这么受欢迎。

战场之外，剑气长城就是个路边孩子，遇见了酒鬼赌客外加大光棍的汉子，都会喊一声狗日的阿良。

战场之上，那个男人，就是阿良，只是阿良。

阿良视线游移，瞥了几眼那些散落各处的军帐，朗声道：“不要犹豫，来几个能打的！”

——烽火戏诸侯《剑来》：第九卷 天上月　第六百六十二章 去而复还

这才真的是——

平安，才围平安。

阿良，又见阿良！

第二节 最强PK最终：从“不要脸指数”到“战力必杀榜”

从阿良到平安，一个是剑气长城或者是浩然天下甚至是四座天下的最强剑修，一个却是剑气长城的垫底武夫剑修。

两个人有两个共同的特点：第一，不要脸；第二，位居妖族战力必杀榜TOP3。

不要脸是一样的；进入妖族必杀榜TOP3的理由却各有不同——这正是从最强者个人时代到常人集体变强时代“重心转移”的标志之一。

剑气长城的主体是山上修道势力，是山上修道势力最强的剑修集团，而且是剑修势力集团的最强者——阿良是最强中的最强者之一。

剑气长城的剑修，可以说是浩然天下最厉害的那一拨人。

浩然天下最厉害的剑修强者，到剑气长城支援，除了极个别的如陈平安的大师兄左右，能够跻身于剑气长城TOP10，大多数人都会沦为三四线甚至是不入流的垫脚石。

而剑气长城这一拨成长起来的年轻人，随便拨拉一个，放到浩然天下去，都会在浩然天下绝大多数洲成为仙家宝贝、宗门种子——这是真正天才的“剑胚道种”——而放在剑气长城，却是随时送死的命。

如在剑气长城新生代剑胚道种之中，特别是在宁姚、陈三秋、叠嶂、董画符、晏啄、董不得这个小团体里垫底且最不受待见的范大澈，不但“情场”失意更是“道场”失意——

遇上了所谓修行界的心机女俞洽，抛却一份真心，换回了一份伤心，在人生修行路上成为常见的受挫少年；

在真正的大道修行路上，即使有小伙伴帮助，也还是迟迟破不开龙门境瓶颈，成为一位金丹客。因此他也就成了这个修行小团队所谓的吊尾男。

两方面都不能“大澈”，更不能“大悟”，看似一直“自卑得不要不要的”。

陈平安给他开药方治心病，帮他重拾人生、自我和修道的信心，其中非常重要的一点就是：范大澈在剑气长城只是一个“小人物”，但放在浩然天下，已经可以算是难得一见的“剑修胚子”。

变成了一位少年面容的陈平安，看了几眼，便看出了端倪。

范大澈出剑太拘束，不该是一位龙门境瓶颈剑修的杀力。

不是范大澈心性不够，或是胆小怕事，而是处境比较尴尬的缘故。战场杀敌，不是宁府和晏家演武场上的切磋。

范大澈太想要追上叠嶂、陈三秋等人的出剑，太希望自己能够与这些朋友的本命飞剑，配合得天衣无缝；久而久之，便是环环相扣，一步错步步错，反而需要陈三秋他们帮忙救场。

原本从城头这边望去，哪怕是一位地仙剑修穷尽目力都会模糊不清的远处战场，如今却是中五境剑修只要凝神注视一处，便会纤毫毕现。

陈平安知道这就是三位儒释道圣人的功劳，是一种类似玄之又玄的造化神通，帮着剑气长城营造出天地压胜的先天优势。

陈平安来到脸色紧绷却难掩黯然眼神的范大澈身边，没有走上城头，只露出一颗脑袋，探头探脑地望向南方战场，然后聚音成线，轻声笑道：“又不是联手杀那上五境大妖，你只管自己出剑便是！别理睬董黑炭和晏胖子他们。只要是他们飞剑重伤了的妖族，来不及毙命，你就驾驭飞剑，偷偷上去戳上一剑。这样白捡的战功不要白不要。这帮子金丹境大剑仙，好意思跟你一个龙门境小剑修抢功劳？还讲不讲一点朋友义气了，对吧？”

叠嶂的飞剑，一往无前，剑意纯粹如其人。

董画符习惯性出剑追逐叠嶂。这两个都是顾头不顾腚的狠人，所以陈三秋与晏啄就会各自配合叠嶂和董画符。在此之外，当然也需各自杀敌。四人并肩作战三次，配合无比娴熟，会有一种类似小天地的氛围。

而宁姚那把无形飞剑，专门负责针对难缠妖物。叠嶂四人凿阵杀敌的同时，其实就是一种对战场妖族的扫荡和摸底。宁姚等于是一人一剑，独自殿后，保证其余四人出剑无忧。

所以范大澈，就略显多余了。范大澈自认是最为累赘的存在。

范大澈先前在宁府练剑。在芥子小天地，与这些朋友，已经演练过很多次。范大澈也不是那种没有下过城头搏命的雏鸟剑修。

唯一的原因，是这些朋友，太过出类拔萃。战场上的机会，稍纵即逝。凶险和意外，一样会瞬间出现。

范大澈跟不上叠嶂四人，无论是念头转动，还是飞剑速度，都跟不上。

听到了那个熟悉的嗓音后，范大澈没有转头与陈平安言语，出剑更没有分心。

这就是剑气长城习惯了战场杀伐的剑修。

范大澈没有任何犹豫和难为情，就按照陈平安的说法出剑。按照这位二掌柜的说法去做了，不再试图处处出剑与陈三秋他们合力杀妖，只是伺机而动，对那些濒死的妖族补上一记飞剑。

陈平安早就讲过：战场上捡人头就是捡钱，全靠真本事。谁敢说我不要脸，老子就用剑气长城最好的竹海洞天酒喷你一脸。

——烽火戏诸侯《剑来》：第九卷 天上月　第六百一十七章 谁能与宁姚般配

因为——范大澈脸皮太薄；他要脸。

要脸的剑气长城小人物范大澈，在浩然天下都可以成为天才的剑修胚子。

何况剑气长城真正的修道天才宁姚、陈三秋、叠嶂这一拨人？

任何一个不入流的剑修强者，拉到浩然天下，都可以成为某一山上修仙宗门与势力的一流供奉。

可以说，浩然天下强者看山上；山上修道强者看剑修；剑修强者看上五境；上五境最强者看剑气长城——关键不是一个两个，而是一拨一群批量崛起：剑气长城拥有天下数量最多、境界最高、战力最强的最大剑修强者群体。

因此，剑气长城堪称是一个剑修强者群体筑就的强者之城。就连一块砖都是最强的——人人都是一块砖，哪里需要就往哪里搬。

当然，从外乡人变成宁府准女婿、从酒铺二掌柜再变身为新隐官大人的陈平安不在此例。因为——他也不要脸。

用剑气长城剑修蹲着喝酒、骂骂咧咧所说的话来概括，大意就是：

他娘的二掌柜，战力最不强，脸皮却最厚；

出剑/出拳最不光明，身影最鬼祟；

最不符剑气长城气质，在战场撅着腚最会捡漏——

在和蛮荒天下天才种子离真的对战中，如果不是老大剑仙和妖族之祖看着，二掌柜不但能把战场上的破铜烂铁刮得干干净净，还能犁地三分、扒地三尺，把蛮荒天下的地皮都给刮三层回来；

真他娘的跟那个不要脸的阿良有一拼：都是丢尽了剑气长城的脸面，一个个脸皮比那剑气长城的最厚之角还要厚还要黑——剑气长城的城墙厚到蛮荒天下的妖族万年进攻都进不了一寸，这两人却还能让这剑气长城的厚度再暴涨三尺！

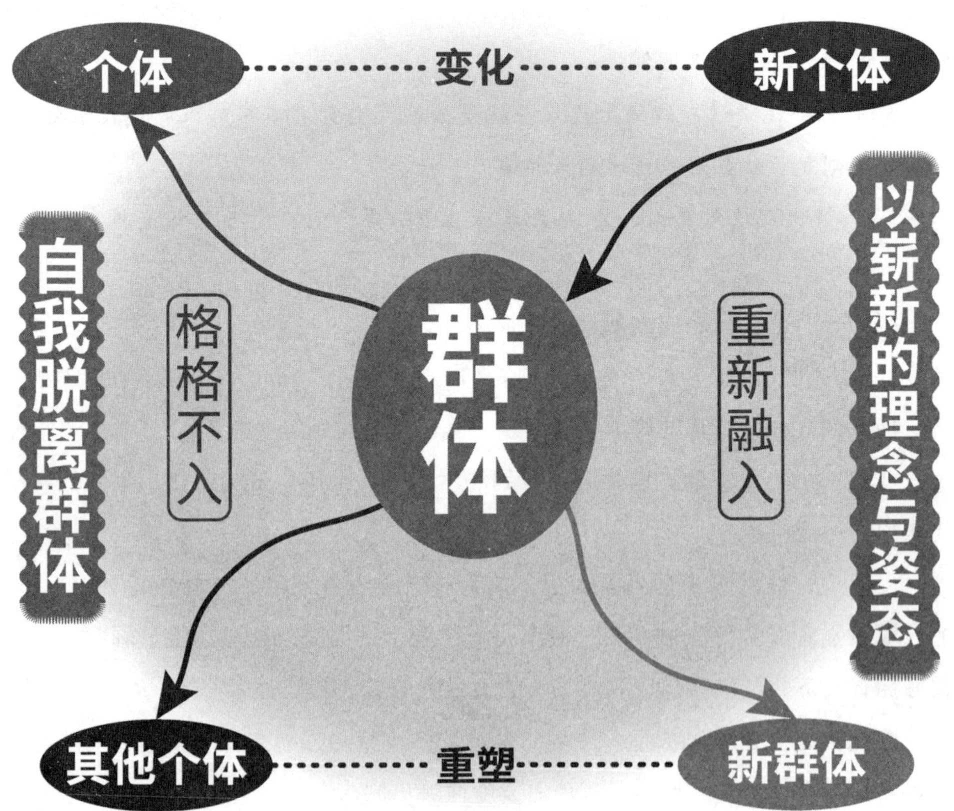

那个年轻隐官既是剑修，又是纯粹武夫，斩杀起来尤为麻烦。对方哪怕耗竭一口纯粹真气，就能够转去御剑杀人。一旦灵气需要补给，就转为武夫出拳。武夫真气，与剑修灵气，相互轮换，生生不息。故而先前剑修第二场出城厮杀，事后甲申帐统计双方战功，靠着从头到尾参加了一整场战事，积少成多，年轻隐官的军功，高居剑气长城出城剑修的榜首。当然这与剑仙需要镇守金色长河有关。而城头驻守的剑仙，要么据守一方，要么为年轻剑修压阵——剑仙真正出剑的机会，不会太多。

那一场厮杀，年轻隐官一直在隐藏身份、更换气息，手段层出不穷。与第一次出城厮杀，有那宁姚护阵，他便能够以纯粹武夫身份光明正大地开阵，截然不同；第二次赶赴战场，更像是一位四处捡漏的刺客；只有迫不得已，才以拳剑杀敌。所以在蛮荒天下各大军帐，这位剑气长城的外乡人，为自己赢得了一个新鲜说法：南绶臣北隐官。

将陈平安从战场上找出来，已经很难；找到了，将其打伤更难；哪怕愿意与陈平安以伤换伤，甚至是不惜以死换伤，对方的撤离逃遁，更是果断异常。关键是陈平安持续作战的实力，太过惊人。所以比起剑气长城那些堂堂正正出剑、杀力极大可通天的剑仙，战场上年轻隐官这种对手，最恶心人。

——烽火戏诸侯《剑来》：第九卷 天上月　第六百六十一章 围杀一人和一人围杀

关键是，让人无可奈何、拿这两个人没办法的地方在于：这两个人的厚脸皮能撑起一把“万年大伞”（我们想起了猫腻《将夜》之中桑桑的标配大黑伞；就像网友把陈平安戏称为“陈皮皮”，同样让我们想起了《将夜》之中集知守观观主之子、修道天才、书院十二先生等多种身份于一体的胖子陈皮皮），是实打实的剑气长城TOP10——阿良在剑气长城十大剑修中稳居TOP3（当然是民间排行榜）；陈平安在剑气长城新一轮妖族攻城保卫战中的新剑修功劳簿上也是稳居TOP3（这可是剑气长城和蛮荒天下甲账官方统计不约而同得出的排行）。

逆行有道，天理何在？

于是，才有甲帐五人天才队围杀陈平安一人的壮举。

第三节 新剑气长城：从“天下第一人·外战”到“天下第一城·心魔”

正是这个身为最不要脸的二掌柜、战力可排在妖族必杀榜TOP3的新隐官大人陈平安，成为从“史上最强的老剑气长城”到“有史以来最弱的新剑气长城”的重建与再造计划的关键桥梁。

特别是在老大剑仙陈清都举城飞升却被拦腰斩断之后，整个剑气长城就面临着“一城化三态”的状态、契机与挑战：

第一，半座剑气长城飞升和落地于第五座天下，如何发展成一座新剑气长城？

第二，剑胚道种如何像蒲公英的种子一样，散播于浩然天下，从木秀于林到秀木于林，重筑从内心到现实的未来剑气长城？

第三，半座剑气长城落于托月山妖族之手，却与陈平安合道——陈平安如何做好从这半个城头到整个浩然天下的看门狗？

这一城三态，是化解既有危机（蛮荒天下攻破剑气长城、妖族北侵人族）的应对措施，也是面对未来挑战、重塑新剑气长城甚至整个人类“新长城”的解决方案。

毕竟，未来浩然天下以及整个人族，面对的，将不仅仅是妖族侵袭的问题，很可能还有古老神祇卷土重来、化外天魔大举进攻、九幽冥鬼过界反扑等诸多形势更为严峻的问题。

但是，重建（再造、重塑）新剑气长城谈何容易？

老剑气长城一分为三，所面临的迫在眉睫的危机和挑战，未必就没有那未来威胁整个天下和人族整体的问题严重——毕竟，这是一个局部和整体、短期和长远的问题：如果这些剑胚道种都无法顺利地成长起来，中途夭折，那未来还谈什么抗妖、抗神、抗魔、抗鬼的生力大军和中流砥柱？

如在第五座天下，那半座剑气长城落地生根，想发展成一座新的剑气长城，就面临着外忧、内患和大道压胜问题。

这些矛盾与冲突的焦点，均将聚焦甚至贯穿于新隐官一脉之首的宁姚身上。

而剑修那座城池内外，在宁姚跻身玉璞境之后，哪怕宁姚刻意远离城池，独自远游，仍是使得那些剑气长城的元婴剑修，包括齐狩在内，被天地大道给稍稍压胜了几分。尤其是齐狩，作为最有希望在宁姚之后破境的元婴瓶颈修士，因为宁姚不但破境，并且在玉璞这一层境界上进展神速，其破境，反而要远远慢于山青、西方佛子和玄都观女冠这些天之骄子。

天地初开，诸多大道显化，相对影响深刻，且显露明显。再往后，就会越来越模糊浅显。

不过以齐狩出类拔萃的资质，以及担任刑官一脉领袖的潜在馈赠，肯定会成为头个十年内的第二拨玉璞境修士。

所谓的第一拨，其实就是宁姚一个。

此后就是山青、西方佛子、齐狩在内的第二拨，人数不会太多，至多十人。

之后在九十年内跻身上五境的各方修士，是第三拨。

——烽火戏诸侯《剑来》：第十卷 远游客　第六百九十九章 天下第一人

这就是“先行得道”——先到者先得“道”。

宁姚刚进入第五座天下就破境，领先大道之争。

即使道祖关门弟子和莲花天下佛子几乎同时破境，“玄都观一位年轻姿容的背剑女冠，稍慢一些破境”……

这些“天之娇子”也仍然只能算是第二批“玉璞境修士”。

宁姚稳居这座新天下第一，看似已然是毫无悬念的事情。

然而，一人独领风骚，不如众人齐升——宁姚成为第五座天下先行得道第一人，甚至成为整个第五座天下大道第一人，固然特别重要。

但是，新剑气长城“整体先行得道”，才是制胜的关键。

毕竟，这是从最强时代进入集体变强时代的拐点——宁姚在致力于成为“第五座天下有史以来最强第一人”的同时，必须适应带领整个新剑气长城集体变强的首领角色。

正是这个重责大担，才让她面临真正的内忧外患。

从外患来说，儒家文庙给了青冥天下、莲花天下等其他教派与诸子百家一定的名额，准许他们选人派人进入这个由儒家势力单独开辟出来的新天下。比如，青冥天下和莲花天下各选三千定额，进入第五座天下跑马圈地抢地盘。

再加上从妖族最先进攻的浩然天下三洲（西南扶摇洲、南婆娑洲,东南桐叶洲）撤退进入的人口，形成了“创世争道”的局面：新开辟的第五座天下犹如混沌创世，开天辟地；谁先得到这方天地的认同，谁就先得“道”；谁如果多得“道”，谁就会形成对其他人的压制。

特别是那些不同天下的修道种子，更会是一步胜、步步胜，一步慢、步步慢；快慢之间，就会越来越有差距，甚至形成巨大的落差和不可跨越的鸿沟。

因此，从青冥天下到莲花天下，都遴选出了最好的修道天才，以来争道抢运。

比如，青冥天下就派出了道祖新收的关门弟子田山青。他和莲花天下进入第五座天下的佛子，同时晋阶升境。而田山青晋阶升境后做的第一件事情，就是掺和进了同系青冥天下的大玄都观和白玉京争道抢运的杀戮之局中。

就连同一天下的人为了争道抢运，都要分成不同的派系和阵营，相互厮杀，何况很多人本就是分属不同的天下、不同的教派、不同的山上势力？

又何况，剑气长城从古至今，又跟浩然天下的儒家、诸子百家和山上势力，相爱相杀，孤身在外。这势必会对剑气长城在浩然天下的发展，形成全方位竞争的关系。

宁姚到了那座青山竹林，四处寻觅，终于拣选一棵苍翠欲滴的小竹，做了一根行山杖，拎在手中。

见四周无人，宁姚便开山学那人持杖走路：想象他少年时带头开山；想象他及冠后独自游历；想象他喝酒时醉醺醺；想象他走在山水间，瞪大眼睛看那风景，会一一写在书上……

走到后来，宁姚恢复如常，站在了青山之巅，以行山杖拄地，轻轻喊了一个名字，然后她用心聆听那风过竹林萧萧声，好似作答声。

先前她刚刚来到崭新天下，元婴破境之时的心魔，正是她心中之陈平安。

对于宁姚而言，心魔只会是如此。

可只是一个照面，宁姚使劲多瞧了几眼后，心魔很快就被她斩杀了。

故而破境只是一瞬间。

既复杂至极又简单纯粹，宁姚当时只是瞬间明了一事，她眼中心中的那个陈平安，永远比不得真正的陈平安。天大地大，陈平安就只有一个，真真正正。

——烽火戏诸侯《剑来》：第十卷 远游客　第六百九十九章 天下第一人

即使如下文所言，文圣老秀才爱屋及乌，因为关门弟子陈平安而愿意为宁姚和半座剑气长城在第五座天下多构建几重庇护，宁姚也必须直面自己的契机和挑战。

除了让自己的剑修之路与这第五座天下的大道更契合之外，宁姚同时还要面临内忧外患的双重夹逼、夹攻和夹击。

这两方面的要害，却不是“外力”，而是“内心”——不是一力降十会、一剑击胜甚或斩之的问题，而在于人心叵测似鬼蜮，斩不断，理还乱，藤蔓缠绕，横生出许多枝节，于细微之处盘根错节，复杂至极。

就前者而言，第五座天下犹如创世之初，大道未显，规矩未立，原始而凶险。

很多时候，宁姚独自远游探险，“山水迢迢，天地寂寥”，厮杀不止，收割各种古怪头颅，“这当然意味着至今暂未命名的第五座天下，凶险极大”。

但比起这种“人与自然”的抗争来说，人与人之间的斗争更为凶险；而人与人之间的斗争，比起外在的“身战”来说，内心的“心战”更为险恶。

除了剑气长城的“内讧”，宁姚还需要面对自己的“心魔”——陈平安。

心有千千念，念念皆心魔，均可一剑斩之。

然而，相思成魔，怎么斩？

斩不断，理还乱，才下眉头，又上心头！

第四节 何以先行得道：从“天赋资质”到“公道交易”

从宁姚到新剑气长城，要获得“先行得道”的优势，依赖于三个因素。

一是宁姚本身的“天赋资质”。

犹如《剑来》开篇就讲，宁姚犹如转念头似的，修行宛转自如；只不过，在剑气长城一直受大道压制，到了这座新天下才完全释放，一举破境。

二是来自剑气长城和儒家文庙的“交易”，以及以陈平安为首的隐官一脉的刻意筹划。

让宁姚和齐狩率领剑气长城先行一步进入第五座天下，领先和优先于青冥天下和莲花天下修行道种与天之骄子，便是还剑气长城万年守天下一份公道，让剑气长城在新天下“先到者先得道”。

三便是文圣老秀才舍了造化功德和老脸，跟儒家文庙“吵架”“做交易”，跟亚圣、礼圣甚至是至圣先师“求人情”，换来年号“命名权”和元年起始日“确定权”。

这两个权力（权利）太重要了。

就像创世纪一样，命名“言说”甚至“开创”世界；世界是在“命名”之中描述它自身的存在和秘密。

而确定起始日，更是犹如上帝七天创世，划定了开端；而开端往往意味着最起源、来源、本源和根源这四源的力量。

文圣老秀才吵赢并确定“嘉春”年号，将起始日界定为剑气长城正式进入第五座天下之日，都是为宁姚和剑气长城做了“力量加持”。

这意味着她和它将获得这方天下更多的大道气运庇护和气运流转眷顾。

当下已是嘉春五年的年关时分了。

在这之前，年号是不是选定为嘉春，还是用文庙建议的那个，就有一场不小的争执。最终选为嘉春年号，其实是前不久才真正敲定下来的。所以在那之前，一直是两种说法并用，老秀才用一个，文庙用一个，谁都不服谁。当然用老秀才的说法是：白也兄弟难得不当哑巴，破天荒金口一开；白也说他觉得嘉春二字，美极了，寓意更是美好；每天拿剑架在自己脖子上，一个破落秀才，不敢不从。

除此之外，敲定元年到底是哪一年，也费了一番周折。因为是将老秀才和白也一起进入薪新天地之时，还是将剑气长城那座城池落地之时，定义为元年之始，又吵了一架。

当然又是老秀才一人，吵文庙一帮。

最后老秀才两场架都吵赢了。嘉春年号一事，白也先是仗剑开路，加上后来剑开天地的那桩造化功德，实在太大。在这其中，老秀才自然也没闲着，可谓任劳任怨，做成了许多，比如底定山河。所以文庙算是答应了老秀才，“咱们好歹卖白也一个面子”。可其实傻子都心知肚明，那位被誉为人间最得意的读书人，哪里会在年号一事上指手画脚。还会拿剑架老秀才脖子上？谁提剑架谁脖子上都难说吧。

而嘉春元年之始，之后最终放在城池落地的时辰，一样是争执不休的后定之事。老秀才离开第五座天下没多久，便得意扬扬地去了趟文庙，走路那叫一个鼻孔朝天、趾高气扬，两只大袖耍得飞起。原来老秀才从白泽那边偷来了那幅天下搜山图的祖宗画卷。其实一开始，文庙还是希望嘉春元年之始放在老秀才和白也进入新天地之初。但是老秀才一来便舍了自己全部功德不要，也要为那座城池换取一份大道气运庇护；再加上一幅搜山图，老秀才依旧自己不要，是给了南婆娑洲，文庙那边才无话可说。

——烽火戏诸侯《剑来》：第十卷 远游客　第六百九十九章 天下第一人

文圣老秀才舍弃自己开辟第五座天下的造化功德，并将从白泽那边“求取”而来的天下搜山图祖宗画卷，给了南婆娑洲，以助抵御妖族北侵。

更重要的是，文圣老秀才以“不恢复文圣身份、不把神像重新搬入文庙、不陪祀至圣先师”的三不条件为代价，终于换取了儒家文庙特别是三圣（至圣、礼圣和亚圣）的同意，以命名和起始元年的确立，对以宁姚为首的半座剑气长城进行“力量加持”，为她和它换取了一个广阔的发展空间。

《剑来》"人心宇宙"（世界观）与"角色扮演"（小夫子）

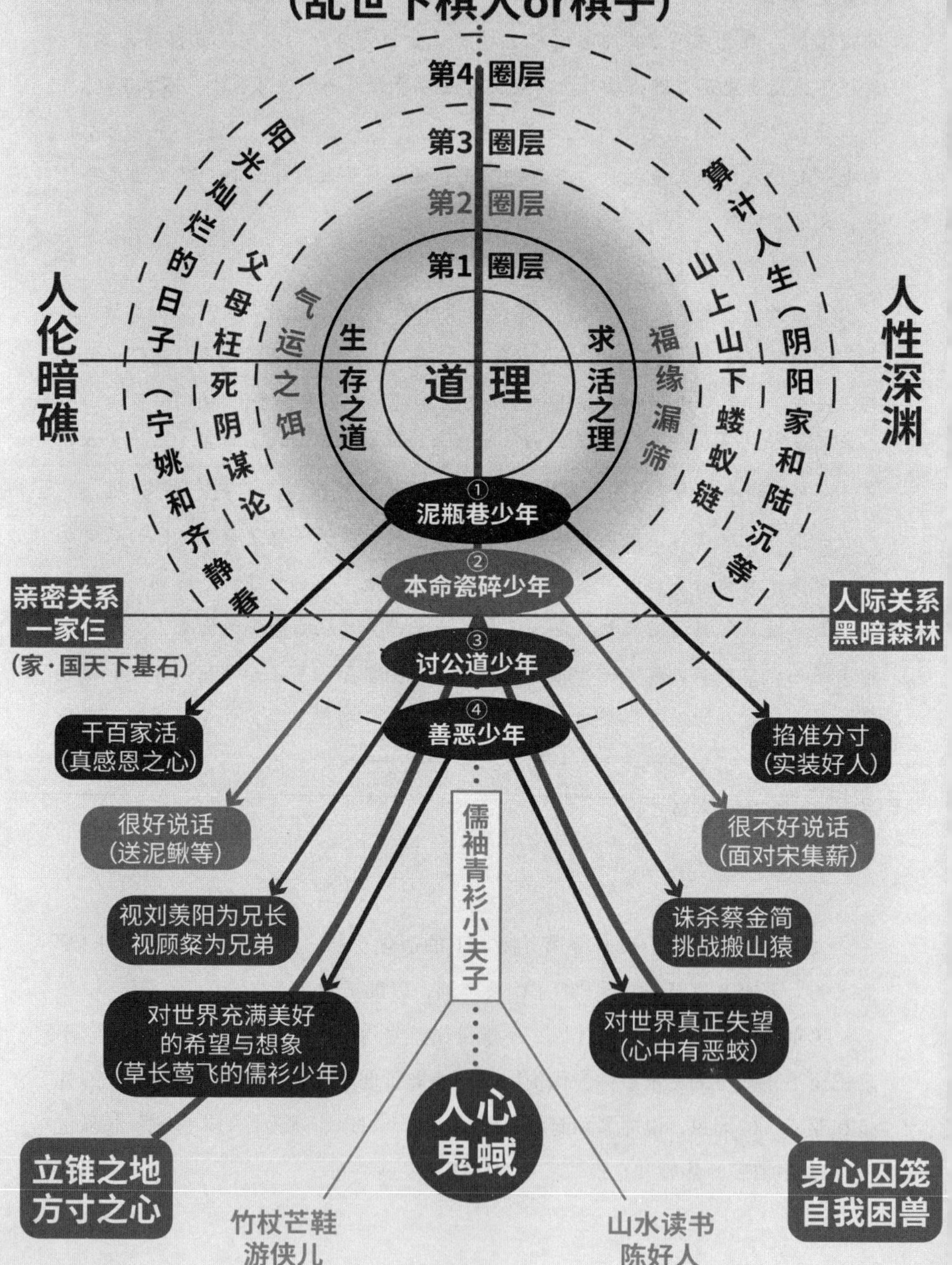

第九章

文圣老秀才：

从『贼护犊子·彪悍我师』到『弟子如师·青胜于蓝』

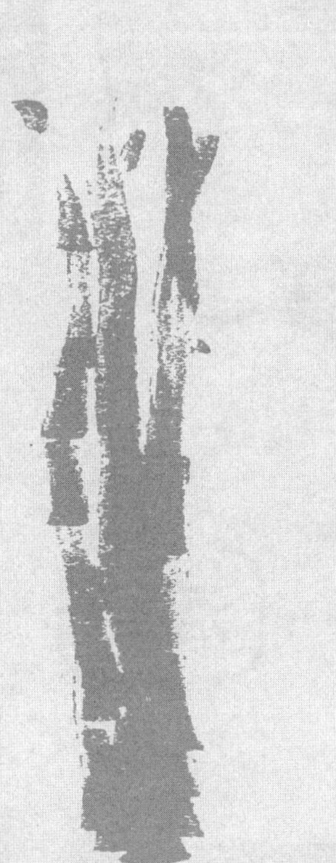

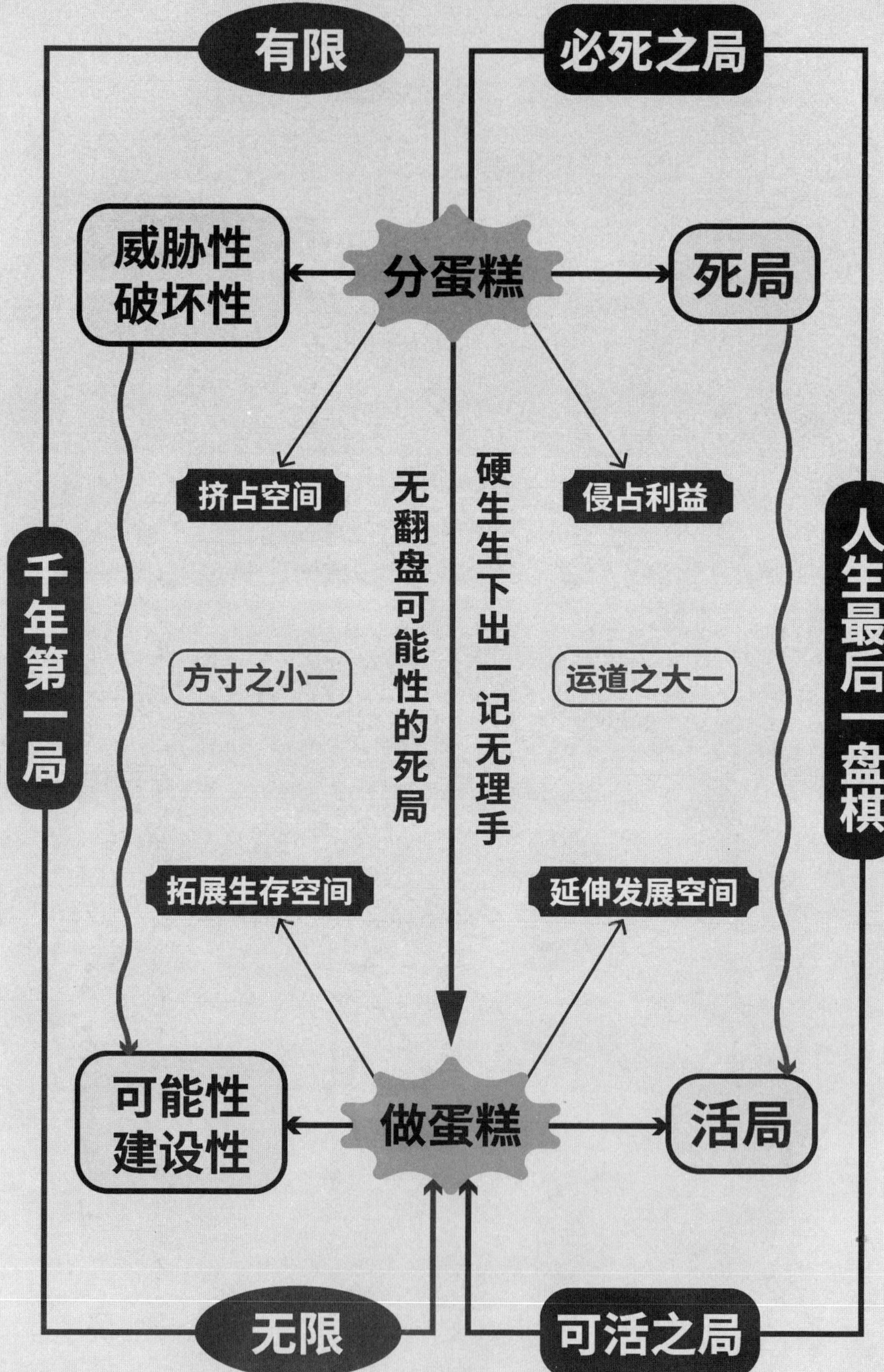
有限
必死之局
威胁性
破坏性
分蛋糕
死局
挤占空间
无翻盘可能性的死局
硬生生下出一记无理手
侵占利益
千年第一局
方寸之小一
运道之大一
人生最后一盘棋
拓展生存空间
延伸发展空间
可能性
建设性
做蛋糕
活局
无限
可活之局

文圣老秀才的形象跃然纸上：从“纸片人”成为“立体人”。

烽火戏诸侯写人物是一绝，尤其是写群像。

文圣老秀才和他的弟子们，是其中的绝佳范例。

从“贼护犊子”的彪悍我师，到守护天下热衷肠的“潦倒老头”，背后的逻辑和轴心脉络，其实就三条：

一是所谓的儒家“异端学说”；

二就是合道天下、守护浩然天下的衷肠之心；

三就是护犊子——为了庇护自己的弟子甚至跟弟子相关的人，拼尽了洪荒之力。

这后一点尤其让人印象深刻。

文圣老秀才为齐静春做的事情不少，为陈平安做的事情更多，为弟子的媳妇比如宁姚做得也不少……都是为了以生存的空间换发展的时间，为他们争取羽翼未丰有屋檐、翅膀已硬无牢笼的局面。

文圣老秀才为了做到这一点，可谓放低身段、算尽了人事。为了营造这种庇护弟子从容生存和发展的空间，他“没少求人”——一句就道尽了所有的辛酸。

甚至，以牺牲自己的利益、声名和地位为代价。

比如，他舍了开辟第五座天下的造化功德和老脸，为宁姚与剑气长城赢取先行得道的生存和发展空间。

这恰似当初他以“放弃文圣身份、神像被逐出文庙、自囚于功德林”为代价，为自己门下弟子齐静春和崔瀺换取了一个生存和发展的空间：不仅仅是可以活命，还可以发展和实践自己的“异端学说”。

两者的逻辑一模一样。

只不过，他的初衷虽好，局势却未必能如愿。很多事情，都必须他们自己面对。

就像齐静春不愿意选择躲进恩师白玉簪子中的小天地而“苟活”，宁可以自己的道·理，问天抗圣，坚持走自己的路。

然而，也正是这样，文圣老秀才虽门下香火不盛、人员伶仃，却个个惊艳绝伦，自成风流，而且成为守护浩然天下的“史上最牛屏障”。

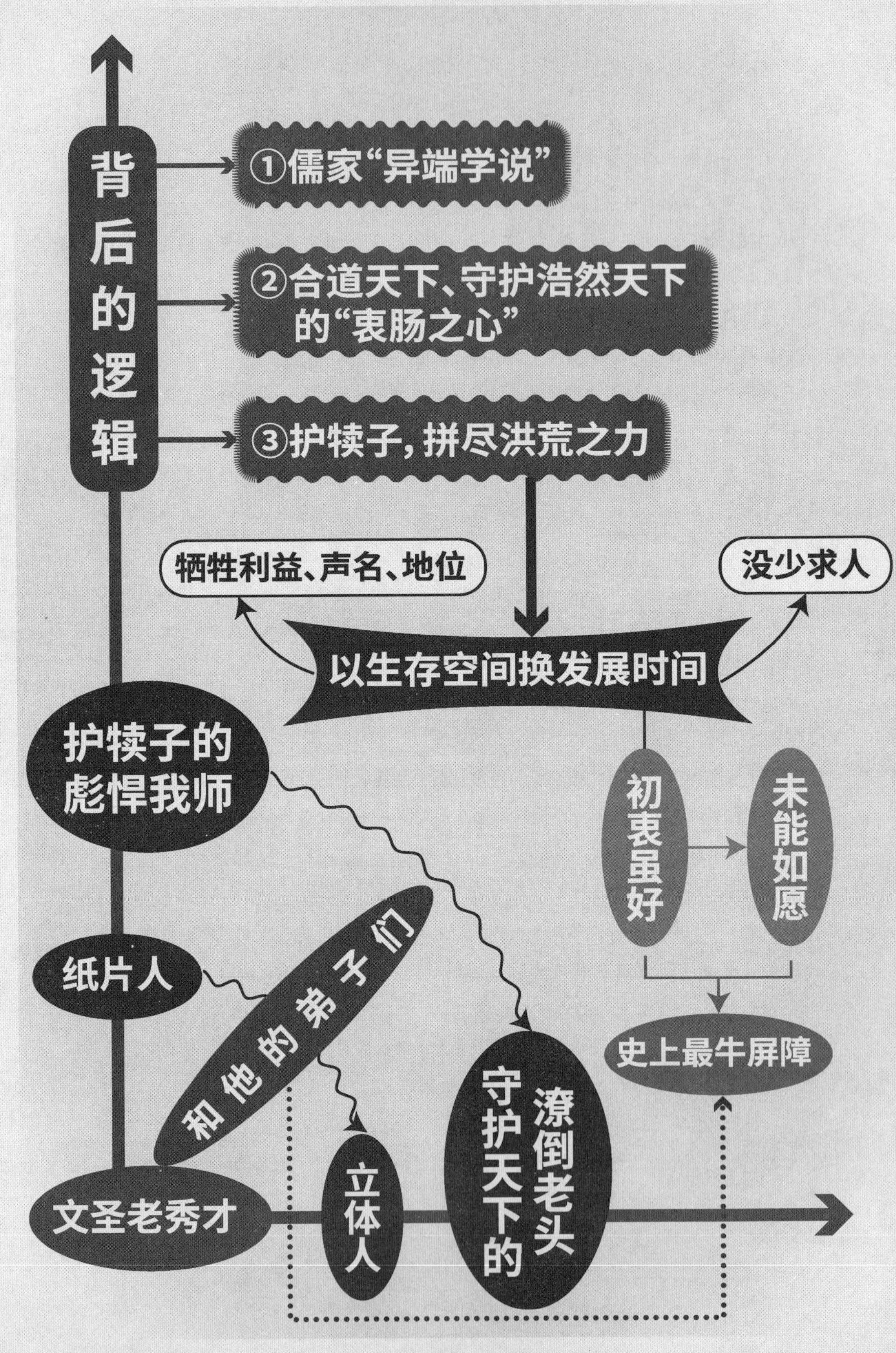
背后的逻辑
①儒家"异端学说"
②合道天下、守护浩然天下的"衷肠之心"
③护犊子，拼尽洪荒之力
牺牲利益、声名、地位
没少求人
以生存空间换发展时间
护犊子的彪悍我师
初衷虽好
未能如愿
史上最牛屏障
纸片人
和他的弟子们
立体人
守护天下的
潦倒老头
文圣老秀才

第一节 形象变幻：从“神坛文圣”到“谐趣老秀星”

在《剑来》的简笔白描之中，文圣老秀才其实有三种形象。

第一种便是崔瀺眼中潦倒于陋巷之中的穷酸老秀才和端坐于神坛之上的文圣老爷——无论境遇、身份和地位有何差异，都是重学问、严肃甚至不苟言笑的师道尊圣之像。

一路行来，李宝瓶说起最多的家人，就是这个大哥，所以陈平安对这个喜欢躲在书斋里读书的读书人，印象很好。

老秀才望向小姑娘，笑问道：“你大哥是不是住在福禄街上的李希圣？”

李宝瓶点点头，疑惑道：“咋了？”

老秀才笑呵呵道：“这个名字取得有点大啊。”

崔瀺听到这里的时候忍不住翻了个白眼。

李宝瓶有些担忧：“名字太大，是不是不好？”

老秀才更乐了，摇头道：“取得大，只要压得住，就是好。”

李宝瓶是个最喜欢钻牛角尖的小姑娘：“老先生，怎么才算压得住呢？”

崔瀺又翻白眼，完蛋喽，这下子正中下怀。好为人师的老头子，肯定要开始传道授业解惑了。

果不其然，老人瞄了一下四周，没看到可以下酒的碎嘴吃食点心，有些遗憾，缓缓道：“本性纯善，学问很大，道德很高，行万里路，就都压得住。”

小姑娘先将那方印章放在桌上，摇晃身体，踹掉小草鞋，盘腿坐在椅子上，双臂环胸，愁眉苦脸道：“可我大哥没老先生说的那么了不起啊。不然我寄信回家，让他改个名？”

崔瀺不得不出声提醒道：“老头子，咱们能不能聊正事？大道，大道！”

李宝瓶默默拿起印章，朝印章底面的四个篆字呵了口气。

崔瀺赶紧闭嘴。

哪怕老头子修为通天，可到底是喜欢讲道理的，死皮赖脸那一套行得通。

可陈平安和李宝瓶这两个被齐静春相中的家伙，一个是根本没读过书的泥腿子，一个读书读歪了十万八千里。他崔瀺如今是龙游浅滩被鱼戏，对上这一大一小，再英雄豪杰都没用，除了挨打受辱不会有其他结果。越是硬骨头越遭罪。

老秀才变出一壶酒来，仰头小抿了一口，瞥了眼小姑娘重新放回桌子的印章，有些伤感。

崔瀺其实今晚奇怪颇多。老头子以前虽然也有真情流露的时候，可绝大多数时候，都是一个古板迂腐的家伙，坐在哪里都像是端坐于神坛上的金身神像。尤其是在学问最受朝野推崇的那段岁月，老头子每逢开课讲授经义疑难，危坐下方、竖耳聆听的“学生”，何止千人！帝王将相，山上神仙，君子贤人，浩浩荡荡。就连叛出师门的崔瀺都不会否认：那时候的老头子，真是光彩夺目，如日月悬空，光辉不分昼夜，压得整条星河失色。

可如今竟然还会踹他两脚！要说大道的时候，竟然还会喝酒？

崔瀺看似漫不经心，实则心情沉重。

说到底，崔瀺对身边这个老头子的心思，极其复杂，既崇拜又痛恨，既畏惧又缅怀。他崔瀺这个昔年的文圣首徒，对于自家先生，何尝没有怒其不争哀其不幸的感情？

——烽火戏诸侯《剑来》：第二卷 山水郎　第一百五十四章 老先生坐而论道

第三种便是与陈平安相遇之后，可千杯浇块垒、一杯已醉酒；为了关门弟子甚至他未过门的媳妇，可以死皮赖脸地求山岳神道、顺走白泽搜山图、撒泼打滚耍赖要白也出剑，以及像泼妇一样跟儒家文庙骂街吵架！甚至舍得脸皮“从心所欲时时、处处、事事逾矩”，跟亚圣、礼圣和至圣先生都“求情”……整个儿就是一个为老不尊、游戏风尘、舍得一身剐就敢把“欺侮我弟子的神”拉下马的贼护犊子形象，以及“谐趣老秀星”！

恰如文圣老秀才在关于第五座天下年号和起始日事上，跟儒家文庙吵架吵胜了之后，拉着至圣先生的袖子不放他走，可劲儿地夸自己的关门弟子陈平安：“老头子，你是不知道：我这关门弟子，是我这一脉学问的集大成者；找媳妇一事，更是比先生比师兄，青出于蓝而胜于蓝多矣！”

当时文庙关起门来，先是老秀才与文庙副教主、学宫大祭酒和那拨中土书院山主，大吵一场。

后来亚圣到了，甚至连礼圣都到了。

老秀才直接说：咱们读书人，不但得关起家里大门吵架，还要再关书房门。不然我是不怕有辱斯文的，各位却是一位位斯文宗主。太过有辱斯文，让晚辈们看笑话。所以最终除了三人，都离开文庙大门，乖乖站在外边广场上等着消息。

反正到最后，两位副教主、三位大祭酒和十数位书院山主，就看到一幕：三位圣人联袂走出那座文庙；原本老秀才与亚圣走在礼圣两侧，不曾想老秀才一个行云流水放缓脚步，挤开亚圣，大摇大摆居中而行；所幸礼圣微笑、亚圣不怪，就这样由着老秀才逾越规矩一回了。

但老秀才依旧是老秀才，没有恢复文圣身份，神像更不会重新搬入文庙，不会陪祀至圣先师。

最后人人散去。

只有老秀才一个人坐在台阶上，好像在与谁絮絮叨叨家长里短。

老秀才与人诉苦，从无愁容。

何况老秀才这一天，诉苦不少，显摆更多。

一位被奉为至圣先师的老者，就坐在老秀才一旁。

老人倒是想要离开忙事情去，只是被老秀才死死攥着袖子，没法走。

老人只得轻轻扯了扯袖子，示意差不多就可以了。

老秀才便直接侧身而坐，单手变双手扯住袖子，道：“再聊会儿，再聊会儿！这才聊到哪儿！我那关门弟子怎么去剑气长城找的媳妇，都还没聊到呢。老头子，你是不知道：我这关门弟子，是我这一脉学问的集大成者；找媳妇一事，更是比先生比师兄，青出于蓝而胜于蓝多矣！”

老人无奈道："白也那一剑，算是比较客气了。"

——烽火戏诸侯《剑来》：第十卷 远游客　第六百九十九章 天下第一人

从这第一种形象到第三种形象之间，文圣老秀才到底经历了什么样的心路历程和大道理念变化？

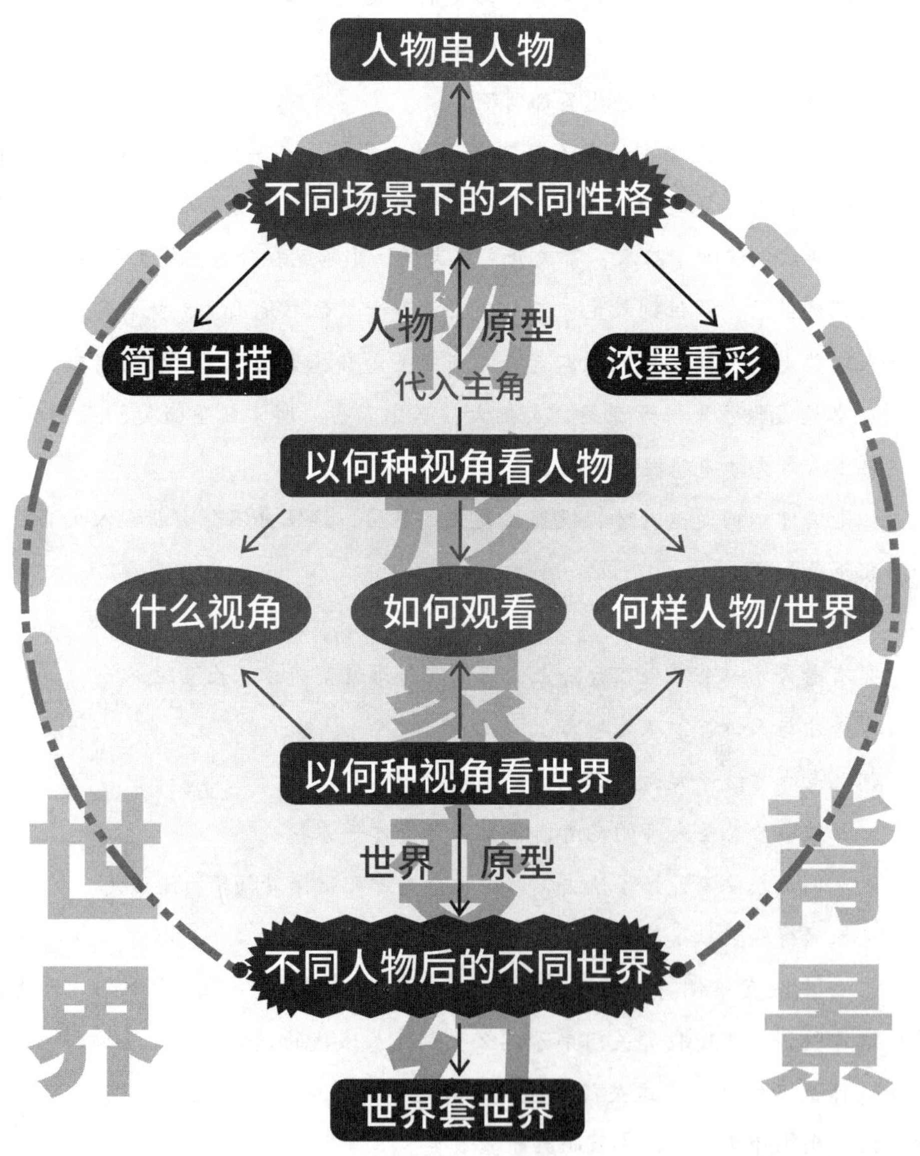

第二节　刷脸无敌：
从“唾面自干”到“脸皮超厚”

这便在于到现在都鲜为人知的“忍辱负重”之落魄山祖师堂画像：

从前，为了齐静春和崔瀺等弟子的活路，文圣老秀才没少求人——这不仅仅是“把脸揣在兜里”的不要脸问题；

现在，为了陈平安、宁姚和剑气长城，文圣老秀才也没少千里奔波、万里忙碌，东借西“求”——这不仅仅是“文圣的老脸还值几个钱”的问题。

山河画卷之中，抡起手臂一剑劈砍下去的少年，落地的时候就失去了意识，被恢复真身的高大女子抱在怀中。

她小心扶着陈平安一起席地而坐，双手轻轻搂住身形消瘦的少年。因为金丝结挽住的青丝垂在胸前，遮挡住了少年的脸庞，她便伸手甩到背后，低头凝视着脸庞黝黑的陈平安。

她突然抬起头，神色有些讶异。

属于一方圣人禁制地界的画卷内，出现了一道极其高大的金色身影，屹立于穗山之巅，像是在跟老秀才对话。便是见惯了天大地大的女子，也觉得这位不速之客，委实不容小觑。老秀才大概是不愿意对话泄露，隔绝了感应。她对此不以为意，重新低头，看着酣睡的少年，微笑道：“若是以后成了练气士，皮肤白回来，其实也是翩翩少年郎。算不得俊美，可一个‘端正灵秀’是跑不掉的。”

大岳山顶。

原本高达千丈法相的金色神人，落在山顶后便缩为一丈高的魁梧男子，身披一副威严庄重的金色甲胄。金甲表面篆刻有不计其数的符箓。有些早已失传的古老符文，散发出质朴荒凉的气息，不知道传承了几千几万年；有些虽历经千年依旧崭新如昨日，散发出神圣的光芒。一个个符箓镶嵌于甲胄之中，字里行间，像是一条条金色的河流。那些文字，则如同一座座金色的山岳。

老秀才有些理亏，缩着脖子，故意左右张望。

男子面部覆甲，嗓音沉闷道："自我担任穗山正神以来，已经满六千年整。这是第一次有人胆敢仗剑挑衅我穗山。秀才，你就没有什么要解释的?!"

老秀才一脸茫然："说啥咧？"

对于老秀才的脾性，金甲男人知根知底，懒得多说什么；转头望向陈平安那边，皱了皱眉头："她身上的气息很有渊源，是何方神圣？就是她亲自出手劈砍穗山？"

老秀才小声道："我劝你别惹她。这个老姑娘的脾气不太好。"

金甲男人淡然道："我脾气就好？"

老秀才白眼道："对对对，你们脾气都不好！就我脾气好行了吧。你们啊，一个个就喜欢跟讲道理的人不讲道理。气死老子了！"

金甲神人不知想起了什么，原本剑拔弩张的气氛顿时烟消云散。

老秀才叹了口气："这件事情的经过，我就不说了。反正跟小齐有关系，你就高抬贵手一回？"

男人默不作声。

老秀才笑哈哈道："就当你默认了。唉，你这家伙啥都不错，就是脸皮子薄了点，喜欢端架子。你说咱俩什么交情！当年咱们可是一起去偷窥那位山神娘娘的真容。没想到她当时正在沐浴更衣！要不是我仗义，独力承担那位娘娘的滔天大怒，跟她讲了三天三夜的圣贤道理，最终以理服人，好不容易才让她既往不咎，要不然你这张老脸往哪里搁……"

男人闷闷道："闭嘴！"

老秀才知道事情成了，不再得寸进尺。穗山山神的规矩，说是金科玉律都不过分。能够让这傻大个睁一只眼闭一只眼，老秀才觉得自己还是很厉害的，人便有些飘，指向远处："对了，瞧见没？那个少年是小齐帮我收的闭门弟子。你觉得如何？是不是很不错？哈哈，我反正是喜欢的。性子像极了我当年，喜欢跟人讲道理；实在讲不通，再动手；动手的风范，又像当年的小齐。啧啧，你身上有没有酒？”

金甲男人的审视视线在少年身上一扫而过：“不是齐静春疯了，就是你瞎了。”

老秀才不生气，乐呵呵道：“读书人的事情，你们大老粗懂个屁。”

金甲男人应该算是这座浩然天下地位最高、势力最大的五岳大神。但实力的强横，并不意味着能够顺心如意。因为他们这类神灵越是战力卓绝、地位超然，尤其是在可以不受香火影响的情况下，在浩然天下遭受的规矩约束，往往就越大。老秀才曾经有一段时间，在神像被摆入文庙之前，就负责盯着穗山之内的五座大山岳。这既可以说是清水衙门里的冷板凳，有些时候也可以说是了不得的壮举。

比如老秀才最著名的三次出手之一，就是以本命字将一整座中土大型五岳，镇压得大半陷入地下。

那位靠山极大的五岳正神当场金身粉碎。道祖二徒为此大为震怒，差点就要破开天幕，从天外天那边硬闯浩然天下。

当时还不算太老的秀才，非但没有躲回儒家学宫，反而单枪匹马直奔天上，在两处交界处，跟气势汹汹的道祖二徒当面对峙。读书人伸长脖子，指着自己的脖子：来来来，往这里砍。

那一趟天上之行，读书人混不吝得很。

这也能算好脾气？

真要是好脾气的先生，能教出齐静春、姓左的、崔瀺这样的弟子学生？一个有可能立教称祖，一个离经叛道，一个欺师灭祖。

金甲神人突然问道：“为了一个必死无疑的齐静春，违背誓言离开功德林，连大道根本都不要了，图什么？”

贤人违规，君子悖理，各有各的惨淡结局。在儒家道统内，自会有圣人夫子按照规矩教训。

但是圣人违心，下场最凄惨。

老秀才为了一个必死无疑的齐静春，也真是名副其实地拼去了一条老命。

几乎无人能够理解。

明知大局已定，再去做意气之争，毫无意义。

所以这尊金甲神人哪怕见惯了山河变色，仍是觉得匪夷所思。

老秀才摸了摸脑袋，顺了顺头发，微笑道："我曾经有一问，让齐静春去答。既然齐静春给出他的答案了，我这个当老师的，当然不能连弟子都不如。"

穗山大神冷笑道："少跟我来这些云遮雾绕的！青出于蓝而胜于蓝，这句话不就是你说的吗？既然弟子不必不如师，你这套说辞讲不通。"

老秀才伸手点了点金甲神人："你啊，死读书。尽信书不如无书，晓得不？"

金甲神人气笑道："懒得跟你废话！走了，自己保重吧。"

他犹豫了一下："实在不行，就来穗山。"

老秀才摆手道："穗山那地儿，拉个屎都像是在亵渎圣贤，我才不去。再说了，如今我确实是失去了证道契机，没了先前的能耐；可要说谁想对付我，嘿嘿，只管放马过来。可惜喽，如果我当年就有这份际遇，遇上那个牛鼻子老二的时候，非要抱住他的大腿让他砍我脑袋！不砍我还不让他走了！哪里会事后吓得两腿打摆子。"

金甲神人摇摇头，是真的没了说话的兴致。他可不愿意跟这个读书人唠叨陈年旧事。反正自打认识老秀才，感觉次次遇见这家伙都必然扫兴。可次次扫兴过后，又难免期待下一次相逢。

奇了怪哉。

老秀才突然喊道："先别走，先别走，有事相求。芝麻绿豆大小的事儿，你别怕。"

金甲神人二话不说，一道金光拔地而起，就要离开这处地界。

但是下一刻，他就现出原形，悬停在空中。

原来老秀才死皮赖脸地伸手拽住了他的脚踝，跟着他一起悬挂在空中。

他只得重新落地，看着站在一旁笑嘻嘻拍手的老秀才，恼火道："有辱斯文！有屁快放！"

老秀才搓了搓手："我这不是刚收了个闭门弟子嘛。给人家的第一印象，估计不太好，就想着弥补弥补，给个见面礼什么的。毕竟很快就要道别了，实在是没机会教他读书，我这心里愧疚啊。"

金甲神人嗤笑道：“帮你准备一样见面礼？可以啊。这简单，我穗山有那把失去剑灵的镇嶽剑，要不要送给你弟子？够不够分量？”

老秀才一脸毫无诚意的羞赧神色：“这怎么行！礼物太重了！我哪里好意思收……当然话说回来，好歹是你这个当长辈的一份心意！你要是一定强塞给我的话，我可以让陈平安过个一百年再去取，说不定到时候就提得起来……”

金甲神人深呼吸一口气。熟悉他的人都知道，这是出手的前兆了。

老秀才立即一本正经道：“拔苗助长怎么行！你这个人真是的，有心就好了，就不晓得欲速则不达的道理？我这个小弟子是要负笈仗剑游学的，你随便给一块无主的剑胚就行了！要求就一点：拿来就能用的那种。可别是什么十境修士才有资格碰的，咋样？你这个当长辈的，意思意思？”

金甲神人讥笑道：“我要是不给，你是不是就不让我走了？”

老秀才默默挪动脚步，靠近金甲神人，握住他的手臂，正气凛然道：“怎么可能？我是那种人吗？”

穗山大神无奈摇头：“为了这些个弟子，你真是命也不要了，脸皮也不要了。行行行，我拿我拿！”

他手腕一抖，一颗拳头大小、银块模样的东西，悬浮在两人身前。

老秀才脸色凝重起来，没有急于接手，问道：“你这趟前来，是不是有所图谋？要不然这东西，怎么可能随随便便就带在身上？虽然不是什么夸张的宝贝，可对你而言，意义非凡。你要是不说清楚，我不会收下的。”

金甲神人双臂环胸，望向南边：“你以为我是怎么循着蛛丝马迹追过来的？”

老秀才皱眉：“不是你道行高，又与穗山气运相连，我这边动静稍微大了点，露出了破绽，才让你有机可乘？”

金甲神人转过头，问道：“你真不知道，还是装糊涂？”

老秀才疑惑道：“你这大老粗什么时候开始学会卖关子了？我这儿的假象穗山，虽说被人一剑劈开了，可对你那边又不会有什么实质性影响。”

性情刚猛的金甲神人终于忍不住破口大骂道：“他娘的！那一剑直接劈砍到老子的穗山去了！你现在跟我装什么事情都没有发生?!虽然在外人看来，那一剑出现的时候，已经是强弩之末，可是老子的穗山，护山大阵何等森严，全天下有几人，能够只凭一剑就闯入大阵之内？现在整个中土神洲都在议论纷纷，猜测是不是你所谓的牛鼻子老二那边，在暗示什么，或是剑气长城的几个老不死来讨要公道了。”

老秀才目瞪口呆：“这么猛？”

这句话，给金甲神人的伤口上又撒了一把盐。

“滚蛋！”他气得一臂横扫，直接将老秀才的“身躯”给砸飞出去数百里，狠狠跌落在穗山后山的江水之中。

他冷哼一声，一掌拍中那颗不起眼的银块，掠向老秀才落水的地方。

之后，一道粗如山峰的金光，轰然冲开山河画卷的天幕，返回位于中土神洲的穗山。

穗山后山的江河里，老秀才一路优哉游哉狗刨回岸上；肩膀一抖，原本浸透的儒衫瞬间干燥清爽。他摊开手心，看着那块银锭，愁眉苦脸道：“烫手啊。”

机缘一事，先生给学生也好，师父给徒弟也罢，讲究一个循序渐进，从来不是给的越大越好，而是以刚好让人拿得住、扛得起、吃得下为佳。

要不然：那些个山上仙家的千年豪阀，积攒了那么多雄厚家底，代代相传，开枝散叶；今天这个儿子刚刚成为练气士，就丢给他一件锋芒无匹的神兵利器；明天那个孙子根骨不错，就送他一件动辄断山屠城的法器……如此一来，早就要嗷嗷造反了！凭什么这座浩然天下，都要听你们这些学宫书院维护的规矩？

再者因果纠缠最烦人。

很麻烦。

所以老秀才当时才会偷偷收走那根玉簪子。

事实上，阿良只是没有看出它的真正门道。老秀才将其交给齐静春，自然大有深意，为的就是应付最坏的结果。一旦齐静春真的有一天八面树敌了，好歹能有一个安身之地。

只可惜齐静春到最后，都选择不用它。除了不希望牵扯到功德林的恩师老秀才之外，恐怕亦是保护陈平安的后手之一了。

逼得老秀才必须亲自跑一趟宝瓶洲，见一见他齐静春帮先生收取的小师弟。

而那个时候他齐静春已经死了。哪怕自己先生千里迢迢赶来，对这个闭门弟子不满意，可看在他齐静春的面子上，以老秀才的性子，多半是捏着鼻子都会认下的。以后若是陈平安当真有跨不过的坎，老秀才即便自囚于功德林，但是捎一两句话出去，还是可以的。

但是齐静春算错了一点，就是没有料到自家先生，这么快就离开了功德林。

正是为了他。

一如他为了陈平安。

恐怕这才是真正的同道中人和一脉相承。

老秀才一步跨出，就来到了山顶，感慨道：“小齐啊，护短这件事，你可比先生强太多了。嗯，陈平安这个闭门弟子，先生我很满意。思来想去，我也是在功德林才想通一件事，我正是欠缺这么一个学生啊。”

老秀才蓦然瞪大眼睛：“人呢？”

老秀才急得直跺脚，突然安静下来，一脸坏笑道：“哎呀真是的，我这个弟子岁数还小。哦哦，好像已经十四五岁，不小了。外边好些地方都已经结婚生子了……”

天空某处，女子微笑道：“两次。”

老秀才装模作样地侧过脑袋竖起耳朵：“啥，说啥？我听不清楚啊。我这个人不但耳背，口齿还不清楚，说话总是让人误会……”

难怪曾经能教出崔瀺这么个大徒弟。

只是在声音消失后，老人转头望向某块巨石，上头刻着“直达天庭”四个大字。

老人收回视线，望向山下：“我还是想要好好看着大好河山，一千年太短，一万年不长。”

——烽火戏诸侯《剑来》：第二卷 山水郎　第一百五十二章 高出天外

如果没有第二种“形象”演变，文圣老秀才哪里会从第一种“端正”之像，变为第三种“谐趣”之星？

其中的辛酸、忍辱和负重，不足为外人道也。

文圣老秀才为自己弟子所做的，已是极致矣。

第三节 弟子不必如师：从“冲冠一怒为恩师”到“下出千年第一局”

当三教一家联手织网，从放出风声说“文圣老秀才已死于功德林”，到道祖亲传掌教三弟子陆沉亲自潜伏于骊珠洞天，将齐静春困于死局——

文圣老秀才为自家弟子所有的谋算都落了空。

但是，齐静春毕竟是齐静春：

为师一怒，不愿苟活于乱世小天地之中；

与三教之祖下棋，下出人生最后一盘棋“千年第一局”，让所有势力都入了他以陈平安为棋眼的天下大局——

陈平安成为天下大道一盘棋的突破口和关键点。

“棋眼”活,则全盘皆活。

于是，各方势力不得不捏着鼻子顺着齐静春这看起来不符合道理之落子的无理手而谋势布局，亦即围绕着陈平安这个棋眼或下注或拆台，或由外围突入中原而取势、借势和造势；

就连道祖等至高无上的主宰者，也被齐静春的“交易”说服了，袖手旁观，任其发展……

杨老头抬头望天：“你知不知道为什么佛家，似乎十分不在乎骊珠洞天的存亡和走势？”

李柳默不作声。

杨老头自问自答道：“假设末法时代来临，你觉得最惨的三教百家，是谁？”

李柳说道：“道家。一旦没了飞升之路，也无灵气，世间修行之法皆成屠龙技，道家的处境会最艰难。大道高远的清静无为，就有可能变成无所作为的无为。

这对道家而言，极有可能是最早到来的又一场天地、神人两分别。反观儒家和佛家，依旧可以薪火相传，传道千年万年。无非是薪火之光亮，大不如前罢了。”

杨老头点头道：“所以道老大才会着急。道老三才会亲自为大师兄护道，走一趟骊珠洞天，当个摆摊的算命先生，死死盯住齐静春。”

李柳问道：“齐先生为何不使用那根自家先生赠送的簪子？”

杨老头说道：“那是臭牛鼻子老观主的关键物件，老秀才当然是好心好意。一开始连我都没瞧出那根簪子的来历。应该齐静春起先也未察觉。后来是齐静春力扛天劫，那根簪子的古怪才稍稍显露出来。臭牛鼻子当然也有存心恶心道祖的念头。只可惜齐静春不愿意从一座棋盘陷入另一座棋盘，死则死矣，硬生生掐断了所有线头。”

杨老头流露出一抹缅怀神色：“当年就是这种人，打翻了我们的天地。”

老人笑道：“别觉得如今的世道一塌糊涂。其实真大难临头了，一样会有很多这样的人，挺身而出。这就是儒家的教化之功了。总喜欢说百姓愚昧的，是谁？是山上人，再就是读书人。事实上，为善而根本不知善，为恶而自知是恶，这才是儒家最厉害的地方：子女养老、父母教子、君臣师徒、亲朋好友、街坊邻里……儒家的世道，如那烧瓷，学问渗透了天地，最具黏性；虽然瓷器易碎，泥土本性却不断绝。”

老人想了想：“先前李槐那崽子寄了些书到铺子，我翻到其中一句，‘清寒入山骨，草木尽坚瘦’，如何？是不是大有意思？杏花巷马兰花那种烂肚肠的货色，为何一样会阻拦儿子儿媳求财行凶？这就是复杂的人性，是儒家落在纸面之外的规矩在约束人心。许多道理，其实早已在浩然天下的人心之中了。”

李柳好奇问道：“齐先生当年在骊珠洞天一甲子，到底在研究什么学问？”

杨老头说道：“三教诸子百家自然都有看。齐静春读书一事，当得起‘一览无余’的赞誉。但是他私底下着重精研三门学问：术算、脉络、律法。”

李柳叹了口气。

一介书生，何苦来哉？

杨老头摸出些烟草。

李柳看到这一幕，会心一笑。

应该是弟弟李槐送给老人的。

理由很简单，因为那些烟草看着就便宜。

一番闲聊之后。

李柳站起身，一闪而逝，改变了主意，先去往神秀山，再去落魄山。

——烽火戏诸侯《剑来》：第八卷 思无邪　第五百三十章 他的本命瓷和弟子们

在人生最后一刻，君子不救的齐静春也宁可己身憋屈，仅以本命二字，抗击大道，以一己之身身消道殒为代价，为骊珠洞天凡夫俗子营造出了有来世也有今生的局面——春风徐来，万物复苏。

所以，齐静春成为《剑来》第一个让人最为感怀的君子。

或许正因为如此，从此，文圣老秀才与人诉苦，更无愁容；尤其是从齐静春到陈平安，“诉苦不少，显摆更多”——

弟子不必不如师；

青出于蓝，而胜于蓝！

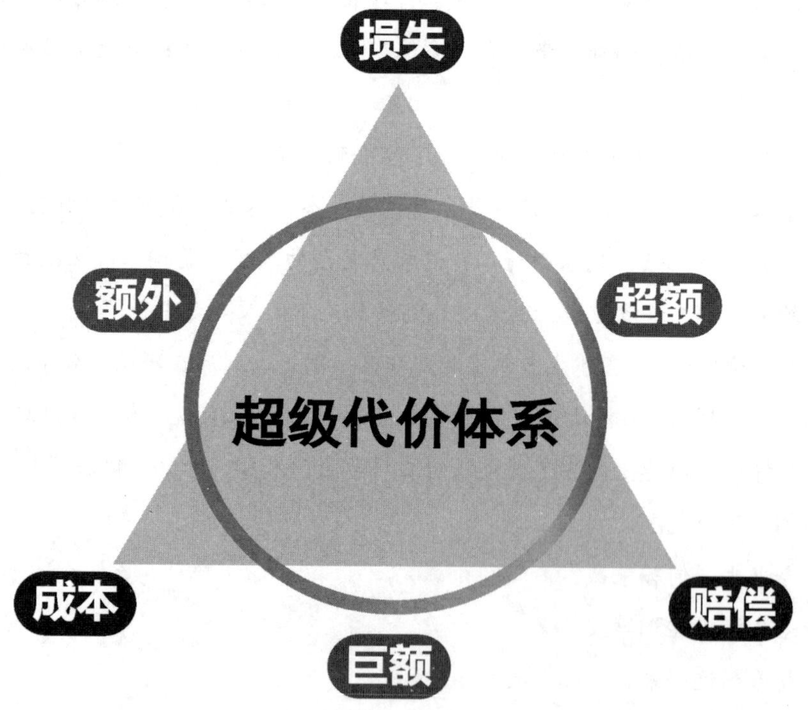

第四节　皆擅棋道：从“学棋有先后”到“棋局有高低”

陈平安那句无心之语“弟子不必不如师”，点醒了郑大风，并使其成为他的半个传道人。

这句话用来形容文圣一脉的师承，同样有理。

《剑来》之中，天下如棋，人人如子，气运世道皆比拼棋力。

因此，“棋局”在《剑来》之中并不仅仅是字面上的“棋局”的意思，而且指整个天下都是一盘棋，人人为棋子，人心为棋盘，天道也是棋道。

以天下为棋局，以人心为棋盘，文圣首徒、国师崔瀺的棋局棋风棋术，让山下山下均胆战心惊，堪称第一国手。

而崔瀺当年和白帝城主在彩云间下了十盘棋，流传于世便为彩云谱。

事实上，天下仅有两人在路过白帝城时，白帝欲出门相迎：一就是齐静春，二就是白泽——只不过白泽说不用而已。

当年，齐静春在黄河之畔白帝城边，白帝城主要亲自出城和齐静春手谈三局，但是齐静春有事未曾履约——其他儒家圣人甚至礼圣学宫的大祭酒出现时，白帝城主可能仅在城头露个面而已。

因此，天下唯有二人和白帝的棋局之约传遍天下，一个就是齐静春，另一个就是崔瀺。只不过崔瀺传世彩云谱，齐静春却隐而不显。

可以说，文圣两大弟子崔瀺和齐静春均是棋道高手：文圣老秀才教会崔瀺棋术，崔瀺又传授给齐静春，齐静春的棋力很快就超越文圣……然而，崔瀺却一直以为自己棋力高于齐静春！

文圣当初教会首徒崔瀺下棋；文圣老秀才却说，齐静春学棋不久后就胜过了自己，只不过不想赢崔瀺而已。

由此，不显山不露水的齐静春，才能成为在人生最后一盘棋下出“千年第一局”的人。正是这千年第一局棋，让陈平安成为搅动天下风云的那一条鲶鱼。

老秀才说道：“我的学生，比起其余几支大的文脉，算很少很少了。没办法，我眼光挑剔，谁都比不得……”

金甲神人嗤笑道：“这种屁话，就说给我一个人听，有意思吗？”

老秀才点头道：“总比说给我自个儿一个人听，有意思些了。”

金甲神人闭嘴不言。

老秀才见这个家伙没跟自己拌嘴，便有些失望，只得继续道：“老大崔瀺最有才情，喜欢钻牛角尖。这本是做学问最好的态度。但是崔瀺太聪明了！他对待这个世界，是悲观的，从一开始就是这样。”

“先说老三，齐静春学问最好，还不只是最高那么简单。便是我这个当先生的，都要称赞一句，‘包罗万象，蔚为大观’。如果不是摊上我这么个先生，而是在礼圣或是亚圣一脉，说不定成就会更高。齐静春对待这个世界，则是乐观的。

“说回老二，左右性子最犟，其实人很好，特别好。还在陋巷过穷日子的时候，我都让他管钱——比我这个搂不住钱袋子的先生管钱，有用多了。崔瀺说要买棋谱，齐静春说要买书，阿良说要喝酒，我能不给钱？就我这瘦竹竿儿，肯定是要打肿脸充胖子的。左右管钱，我才放心。左右的资质、才学、天赋、秉性，都不是弟子当中最好的，却是最均衡的一个，而且天生就有定力。所以他学剑，哪怕很晚，可实在是太快了。对，就是太快了，快到我当年都有些心慌，生怕他成为浩然天下几千年以来，第一个十四境剑修。到时候怎么办？别看这家伙远离人间，恰恰才是最怕寂寞的那个人。他虽然百余年来，一直远离人间，在海上逛荡，可真正的心思呢？还是在我这个先生身上，在他师弟身上……这样的弟子，哪个先生，会不喜欢呢？

“还记得当年有个大儒骂我骂得……确实有些阴损缺德了。我哪里好跟他计较？一个小小的书院圣人而已，连陪祀的资格都么得！我要是跑去跟这么个晚辈吵架，太跌份了。左右就偷偷摸摸过去了，打得人家那叫一个哭爹喊娘。左右也实在，竟然傻乎乎认了，还跑回来我跟前认错。认错认错，认个你娘的错哦！就不知道蒙个面揍人？事后脚底抹油，就不认，能咋的？来打我啊！你打得过我左右吗？就算打得过，你左右不认账，那一脉的副教主能打死你啊？他能打死你，我就不能打死他啦？唉，所以说左右还是缺心眼。我这个苦兮兮当先生的，还能怎么办？毕竟小齐他们都还瞧着呢。那就罚呗，屁颠屁颠带着左右去给人赔礼道歉。还要做这做那，补偿来补偿去，烦啊。”

金甲神人疑惑道：“左右愿意跟你认错，岂会愿意跟别人道歉？”

老秀才白眼道：“我当然是私底下跟左右讲清楚道理啊。打人打得那么轻，怎么当的文圣弟子？怎么给你师父出的这一口恶气？这么一讲，左右默默点头，觉得对，说以后会注意。”

金甲神人笑呵呵道：“我服气了。”

老秀才喟叹一声：“老四呢，就比较复杂了，只能算是半个弟子吧。不是我不认，是他觉得出身不好，不愿意给我惹麻烦，所以是他不认我。这一点，原因不同，结果嘛，还是跟我那个闭关弟子，很像的。此外，记名弟子，其余人等，各有千秋。”

“其中茅小冬，在传道授业解惑当先生这件事上，是最像我的。当然了，学问还是不如我这个先生高。做什么事情都规矩，就是离着老头子所谓的从心所欲不逾矩，还是有些距离。可惜这种事情，旁人不能咋咋呼呼去点破，只能自己想通、自己勘破。佛家自了汉的说法，就极好。在这件事情上，道家就不够善喽……”

——烽火戏诸侯《剑来》：第六卷 小夫子　第四百五十章 再等等看

三教一家（儒释道和兵家）在骊珠洞天落子，下了一盘千年大棋。尤其是在最后一轮收割韭菜的甲子，针对可以“立教称祖”、动摇三教秩序规则的齐静春，更是下了一盘惊天大棋。

但是，反过来，齐静春在自己这一辈子最后下的这盘棋之中，下出了深度，下出了高度，下出了广度。不但下出了陈平安这个关系到三家之争的无理手，恐怕还下出了一个可以动摇三教立教之根本，且关系到四座天下人道、天道和神道之争的赌局，堪称“千古第一局”。

陆沉微笑道：“齐静春这辈子最后下了一盘棋。黑白分明的棋子，纵横交错的形势，规矩森严。已经是结局已定的官子尾声。当他决定下出生平第一次逾越规矩也是唯一一次无理手的时候，他便再没有落子。但是他看到了棋盘之上，光霞璀璨，七彩琉璃。”

少年好奇问道：“这是小师兄亲眼所见，推演出来的？”

陆沉摇头道：“不是，是我们师父与我说的，更是齐静春对我们师父说的。”

少年咋舌。

陆沉笑眯起眼，伸出一只手掌，轻轻放在算是自己小师弟的少年脑袋上：“齐静春敢这么给予一个泥腿子少年那么大的希望！你呢?!我呢？”

少年在人间长久游历之后，已经愈发成熟，福至心灵，灵犀一动，便脱口而出道：“与我无关。”

——烽火戏诸侯《剑来》：第八卷 思无邪　第五百二十二章 天下大势，皆是小事

在齐静春下出这一盘“千古第一局”之后，其他所有的棋局便成了笑话。

比如——

国师崔瀺顺势而为，利用陈平安这个棋子，来坑齐静春进入死局；

或者，陆沉坐镇骊珠洞天，不给齐静春任何翻盘的机会。

崔瀺突然笑起来：“当然，最主要的原因，是我需要。我需要有这么一局棋。”

“我除了需要齐静春必须死在骊珠洞天，还需要他按照我的棋路，选定我希望他选中的棋子。最后由我来一一毁掉。齐静春死前，就算手里还攥着几粒种子，或者是还捧着几炷香，也只能交到身边人的手上。”

“文脉一事，讲究薪火相传。甚至信奉一种学说的门生弟子可以死绝，但是香火未必就会断绝。所以香火和文运到底是什么，说不清道不明。齐静春估计已经抓住了端倪，我仍是有些琢磨不透，不敢太过确定。我需要用事实来证明自己

的想法。”

“所以设置这次大考，摆下这盘棋局，既是用来断掉那个人的文脉香火，更是我的证道契机。”

崔瀺走到坐在板凳上的少年身后，伸手轻轻拍了拍他的脑袋，笑道：“曾有诗云，仙人抚我顶，结发受长生。写的真是……仙气十足。”

少年身体的各个关节咯吱作响，最终动作凝滞地缓缓站起身。他一双眼眸渐渐焕发出夺目光彩，等到站直身体后，转身面对亲手拼凑出自己这副身躯的崔瀺。少年尚且口不能言，如婴儿牙牙学语，手舞足蹈，欢天喜地，但是同时对崔瀺又带着一股先天的敬畏。

别说是算不得修行人的吴鸢，就连崔明皇看到这一幕后，也是目瞪口呆。

吴鸢不知为何，今天听到先生一席话后，只觉得自己遍体发凉，有气无力，嗓音沙哑问道：“先生，就不能杀人了事吗？需要如此大费周章？”

崔瀺哈哈大笑，好像等了半天，终于到了一个真正有趣的问题了，啧啧道：“大道之争，可不是俗世间抄家灭族、灭人满门那么简单的事情。想要真真正正斩草除根，很难很难。很多时候杀人，反而会让简单的事情变成一团乱麻。所以要诛心啊。为何修行之人，能有十五层楼那么高？因为修心嘛。而修力的武夫呢，只有这么高。九境就是顶点。想要跻身十境，比登天还难。”

崔瀺一下子跳进天井正对着的水池当中，踩了踩镶嵌在底部的五彩鹅卵石，随心所欲走在水池里。只是相比地面，下边显然更加局促。他想了想，说道：“那我就给你们这两只井底之蛙，讲一讲两桩原本秘不外传的公案。听完之后，就会发现我这些手段，不过尔尔，不过尔尔啊。”

“有一位当初差点帮助兵家立教的天纵奇才，虽然功亏一篑，但毕竟是身负大气运的家伙，无人胆敢对此痛下杀手。最后你知道那些真正的圣人们，是如何对付此人的吗？将其丢入一块福地中去，生生世世都安排棋子待在他身边，不断消磨其兵家意气。这一世，让其沦为村野的教书先生，却衣食无忧。下一世，让他成为性情软弱的粗鄙屠子，却有佳人相伴。又一世，变成了玩世不恭的纨绔子弟，千金散尽还复来。再一世，成了太平盛世里的文人皇帝。总之，生生世世，就这么始终被人玩弄于股掌之中。如今还是一样。兵家后辈们，不是不想出手，但是只敢暗中动手，试图唤醒那位兵家老祖的神智。可是希望何其渺茫。去跟那些老家伙们比拼修为、谋略还有耐心？怎么赢？”

“又有一位兵家枭雄，战力之强，惊世骇俗，最后一着不慎满盘皆输，为了个傀儡女子，魂飞魄散。然后立即被圣人们抓住机会，三魂六魄，全部瓜分殆尽。然后让其成为各大福地的头等谪仙人。每一道魂魄，竟然皆从福地升到我们这方天地，而且大道顺遂，人人都成了一方霸主。然后你觉得这九人，最低修为也是第十楼，或是武道第七境，他们都愿意舍弃自己的独立意志，成为‘一个人’？”

“听上去，好像也不算太复杂。但是真正实施起来，将是一段极其漫长的岁月。”

崔瀺说到这里的时候，感慨道：“大道之争，何其残酷。”

崔瀺伸了个大大的懒腰，双手揉着脖子，笑道：“马瞻愧疚愤懑而死，赵繇已经失去了‘春’字印主人的身份，那么接下来就只有那个坏了大规矩的静字了。”

“一个贫贱至极的陋巷孤儿，吃尽苦头，内心深处无比希望有一份安稳。如今真的梦想成真，一下子成为小镇最阔绰的有钱人，又突然迎来了千载难逢的发财机会。福地之上的五座山头，全部收入囊中。三百年，整整三百年细水长流的富贵，都属于他了。”

“除了这些雪中送炭，我又帮他锦上添花了两次。第一次是帮他选中那座落魄山。而这座山头，我会让大骊敕封一位山神坐镇，你说少年会不会觉得很惊喜？第二次，则是草头铺子和压岁铺子，很快都会以低价出售，然后不出意外，就会由他陈平安‘顺理成章’地买下来。试想一下，小镇之外日入斗金的五座山头，小镇之内两座老字号铺子，以后山下有县令吴鸢与之一见如故，山上会有书院副山主崔先生对其青眼相加。你们觉得这个少年，是不是几乎已经没有什么追求了？”

“但是——”

崔瀺说到这两个字的时候，格外笑意玩味，自言自语道：“世间事，真是最怕这两个字了。”

他继续说道：“但是呢，就在这个时候，出去的时候是两辆马车一辆牛车；回来的时候，只有一辆马车一辆牛车！而且少了个温文尔雅的观湖书院崔先生，还死了一个学塾马先生。然后那位车夫就会找到陈平安，告诉这位少年，学塾齐先生和马先生，生前都希望他能够带着那……六个蒙童赶赴大骊王朝的死敌处，去那座迁往大隋的山崖书院继续求学。此次出行，路途艰辛，虎狼环视。最后那个车夫就会善解人意地劝解少年：如果齐先生还活着，一定不希望你涉险去往大隋山崖书院。”

吴鸢小心翼翼问道：“那些已经担惊受怕的孩子，如果想要留在小镇家中，岂不是让陈平安名正言顺地不用走出去？先生这次谋划不是——”

崔明皇笑道：“在这些孩子离开小镇没多久，他们的家族就已经被强行迁往大骊京城了。大骊当然不会缺了他们的富贵荣华。但是每个家族都会留下来几个人，告诉那些孩子进入山崖书院是何等机会难得，以及家中父母长辈又是如何殷切希望他们能够去书院学成归来。”

崔瀺站在天井正下方，面无表情。

吴鸢愈发小心谨慎，问道：“先生是如何肯定这场大考，能够让齐静春这一支文脉，彻底断绝香火？”

崔瀺挑了一下眉头，转头望向吴鸢，笑道：“难道你没有听出来，我和齐静春是同门师兄弟吗？作为他的师兄，我曾经代替外出游学的先生，为他解惑儒家经典，整整三年之久。所以他的大道为何，我崔瀺会不清楚？”

崔瀺走出水池，小声呢喃道：“正人君子，赤子之心……不过如此了。只是齐静春这家伙命太好，竟然拥有两个本命字。如果不是死在这里，指不定就是前无古人后无来者的三字本命了。他不死，谁死？”

崔瀺走向大门：“我兴师动众布下这么大一个局，为的就是这么小一件事。这么小。”

崔瀺举起手，拇指抵住食指，啧啧道：“这要是还输了的话……”

最后崔瀺所说的那几个字，细微不可闻。

崔瀺刚打开门，一步跨过门槛，突然停下身形。原本想要去买酒喝的大骊国师，突然觉得好像喝酒也没啥意思。

于是他最后干脆就坐在门槛上。

——烽火戏诸侯《剑来》：第一卷 笼中雀　第八十二章 先生学生，师兄师弟

崔瀺一分为二，分出少年崔东山，并入了陈平安门下后，教陈平安下棋，同时也教陈平安的开山大弟子裴钱下棋——结果是，陈平安要和裴钱下棋，裴钱回复大白鹅（崔东山的绰号）再让我多少子我就能赢云云，让陈平安意识到“师不如徒”就是一个臭棋篓子，然后“面不改色”地说我们就不下棋了，还是刻印吧——简洁一勾，就让人嘴角微翘。

这就是烽火戏诸侯的笔力老辣却搞怪之处。

文圣一脉棋局传承，被寄予厚望的“未来天下弈棋第一人”陈平安，却是一个不折不扣的臭棋篓子！

第五节　原来最厉害：
从“立教之祖分蛋糕”到“万中有一做蛋糕”

齐静春被称为有望“立教称祖”的人。

他的道理学问甚至威胁千年以降的“三教一家”四座天下的统治秩序。

比起文圣老秀才在“三教一家”既有天下秩序之中，开辟出第五座天下的造化功德，齐静春有望“立教称祖”，显然更具有威胁性和破坏性。

试想，在既有的三教天下秩序之中，文圣老秀才开辟出第五座天下的造化功德，仍然是在三教三祖（道祖、佛祖和儒道至圣先师）之下，帮助儒家开疆拓土、以礼仪秩序教化天下，有可能以此重新恢复文庙牌位，甚至再进一步。这不过是在三祖主导的“分蛋糕”之中，把分给别人的，多切一块给文圣一脉而已。

但是，齐静春若是立教称祖，和三祖平起平坐，那就不是多“分三五块蛋糕”的问题，而是能够决定如何分蛋糕的人，多了一个人?!

当初，为了减少一个“分蛋糕”的主持人，三教之祖联手，算计曾经一起并肩作战屠龙弑神的兵家老祖，让其千年不得觉醒和翻身；何况是齐静春这个后来的“毛头小子”“一匹黑马”？

因此，打压文脉一系，压制齐静春，让他陷入骊珠洞天死局，永绝“立教称祖”的一丁点可能性，就成为势在必行的大阳谋了。

老人点了点头，笑道：“看在你这么爽快的分上，我可以告诉你一个小秘密。”

阮邛点了点头，示意自己愿意洗耳恭听。

老人吐出一口浓重的烟雾，消散之后丝丝缕缕缠绕住整座小庙。其实在这之前，小庙早就笼罩着一层薄薄的白雾。显然老人是为了小心起见，又加重了对小庙的遮掩。老人叹了口气，缓缓开口道："知道齐静春最厉害的地方在哪里吗？"

阮邛笑道："自然是资质好，悟性高，修为恐怖。要不然天上那几尊大人物，岂会舍得脸皮一起对付齐静春？"

老人摇摇头："假设陈平安真是齐静春选中的人，那么外边，就是有人以陈平安作为一招绝妙手，表面上闲置了整整十年，其实暗中小心经营，甚至这期间连我也被利用了。妙就妙在，那人在棋盘之外下棋，行棋离手。那颗棋子落子生根之后，人到底不是死板的棋子，会逐渐自己生出气来，于是会越来越不像棋子，杀招就越来越隐蔽。更何况，这枚棋子旁边，还有一枚看似力气极大的关键手棋子，正是那大骊皇帝寄托整个宋氏希望所在的宋集薪，帮忙吸引各路视线，最终营造出灯下黑的大好局面。"

阮邛脸色沉重，问道："齐静春号称是有望立教称祖的人，虽然是有人故意以此捧杀齐静春，但肯定不全是胡说八道，岂会看不出一点点蛛丝马迹？"

"这些弯弯曲曲，我也是现在才想通。有意思，真有意思！旁观者尚且如此，当局者呢？"老人猛然大笑，甚至有些咳嗽，拍着大腿，啧啧道，"可是当局者却很早就看出来了。齐静春这个读书人，真是一点也不老实。你知道他死前做了什么吗？故意跑到我那边，除了送给陈平安两方大有学问的山水印后，最后与陈平安结伴同行了一段路程，说了一句话，最后留给陈平安。阮邛，你猜猜看？"

阮邛彻底被勾起兴趣，不过嘴上说道："齐静春的心思，我可猜不着。"

杨老头叹息道："齐静春说，君子可欺之以方。"

阮邛想了想，起初有些不以为然；可是片刻之后，脸色微变；到最后竟是双拳紧握，满脸涨红，摇头无奈道："自愧不如，不得不服气。"

老人点点头，眼神飘忽："第一层意思，是让陈平安告诉我，或者说所有人，在规矩之内，如何对付他齐静春，其实都无所谓。胜负也好，生死也罢，他齐静春早已看透。"

老人站起身，沉声道："第二层意思，是说给十年甚至是百年之后的陈平安，告诉他哪怕以后知道了真相，知道了自己才是真正害死他齐静春的那枚棋子，也无须自责，因为他齐静春早就知道一切了。"

阮邛猛然起身，大踏步离去："真他娘的没劲！堂堂齐静春，死得这么窝囊。

换成是我，有他那修为本事，早就一脚踏穿东宝瓶洲，一拳打破浩然天下了！憋屈憋屈，喝酒去！”

老人笑了笑，一手负后走出小庙。背后那只手轻轻一抖，小庙凭空消失，被收入老人手心，轻轻握住。

“大骊国师崔瀺，曾经的儒教文圣首徒，我觉得你的道行，一样不止于此，对吧？那我就拭目以待了。”

——烽火戏诸侯《剑来》：第二卷 山水郎　第八十五章 大考落幕

但是，齐静春的确不愧是棋道高手中的高手。他在已经绝无一丁点翻盘可能性的死局之中，却是硬生生地下出来了一记“无理手”，把整个“分蛋糕”的死局，盘成了“做蛋糕”的活局：齐静春把自己“立教称祖”、威胁到儒释道三家三祖三把分蛋糕座椅的威胁性和破坏性，换成了陈平安那个“一”可以帮助儒释道三家三祖做大蛋糕的可能性和建设性，从而让三祖特别是道祖默许并不干涉陈平安的逆天改运和修行证道。

前者，是在既定的秩序里，摆出第四把交椅，就会让原来地方就不够的空间显得更加逼仄和狭小，当然会威胁到前面三个人的座次和既得利益；

但是，后者却是要直面这三把交椅所面临的危局和格局，在天地、大道和众生之上，拓展出更为广阔的生存和发展空间——地盘大了，当然就不会再介意摆出第四把椅子。因此，这是一种从有限地“分蛋糕”到无限地“做蛋糕”的根本思维方式的转移。

齐静春为陈平安以发展的空间来换生存的时间，其实跟文圣老秀才试图为他齐静春所做的，一脉相承：文圣老秀才试图以自己开辟第五座天下的造化功德，在更大的棋盘上，换取齐静春生存的立锥之地。

只不过，不同之处在于——

文圣老秀才仍然是在既有天下秩序之中，为齐静春谋取一个安身立命之地。

然而，悖论在于，齐静春若是要安身立命，就必然会“立教称祖”。

文圣老秀才在既有三教秩序里为齐静春谋取立锥之地的做法，无法解决齐静春立教称祖所必然带来的冲击三祖治道和重组三教秩序的根本矛盾。

唯有像齐静春这样腾挪转移，将自己“立教称祖”所带来的既有统治秩序和利益分配格局“分蛋糕之主持人”之急，转换成为在当下既得利益格局之中，为掌握“蛋糕分配权”的三祖及其掌控“分蛋糕”机制体制的三教体系做出一个“万中有一”的大蛋糕格局出来，才能解决当下三教百家甚至是三祖直面的根本矛盾。

这就将齐静春“立教称祖”与三教三祖的根本矛盾，转移成为陈平安“万中有一”为三教三祖提供解决根本矛盾的方案思路了。

能不能成功，至少可以赌一把嘛！

思路决定活路。

于是，齐静春必死之局，变成了陈平安可活之局；

而陈平安可活之局，又决定了承传文脉香火、解决三教大道、重建天下秩序的可能之局——这才是齐静春在人生最后一盘棋中，下出了“千年第一局”的真义。

在这个棋局里，最重要的棋理和步骤，并不是齐静春以此瓦解了所有针对自己的阴谋布局，让他们的谋算最后都成了笑柄，甚至是道祖亲传掌教三弟子陆沉的算计在他眼里“也不过尔尔”；

也不是齐静春不必死，至少不应该“死得这么窝囊”——但他仍然选择了只以本命字承受天道而亡，却保存骊珠洞天五六千人前世今生的可能，为未来文圣一脉特别是陈平安留下了一份浓浓的香火情缘；

更不是齐静春确定了读书人种子，选定了自己的门生弟子和传承人，包括让陈平安做了护道人，甚至让一再算计自己甚至还想再算计他的门生弟子的崔瀺境界大跌……

而是——齐静春以陈平安为那个“万中之一”，跟三祖做了约定，跟神道做生意，说服剑灵，并代师收徒，奠定了以陈平安这个“方寸之小一”来建“运道之大一”的根基和轴心。

这才是代师收徒、青出于蓝而胜于蓝、赠送“白玉簪子”的真义——此簪有真意，万中有大一。

第十章

香火传承：

从『言念君子』到『温其如玉』

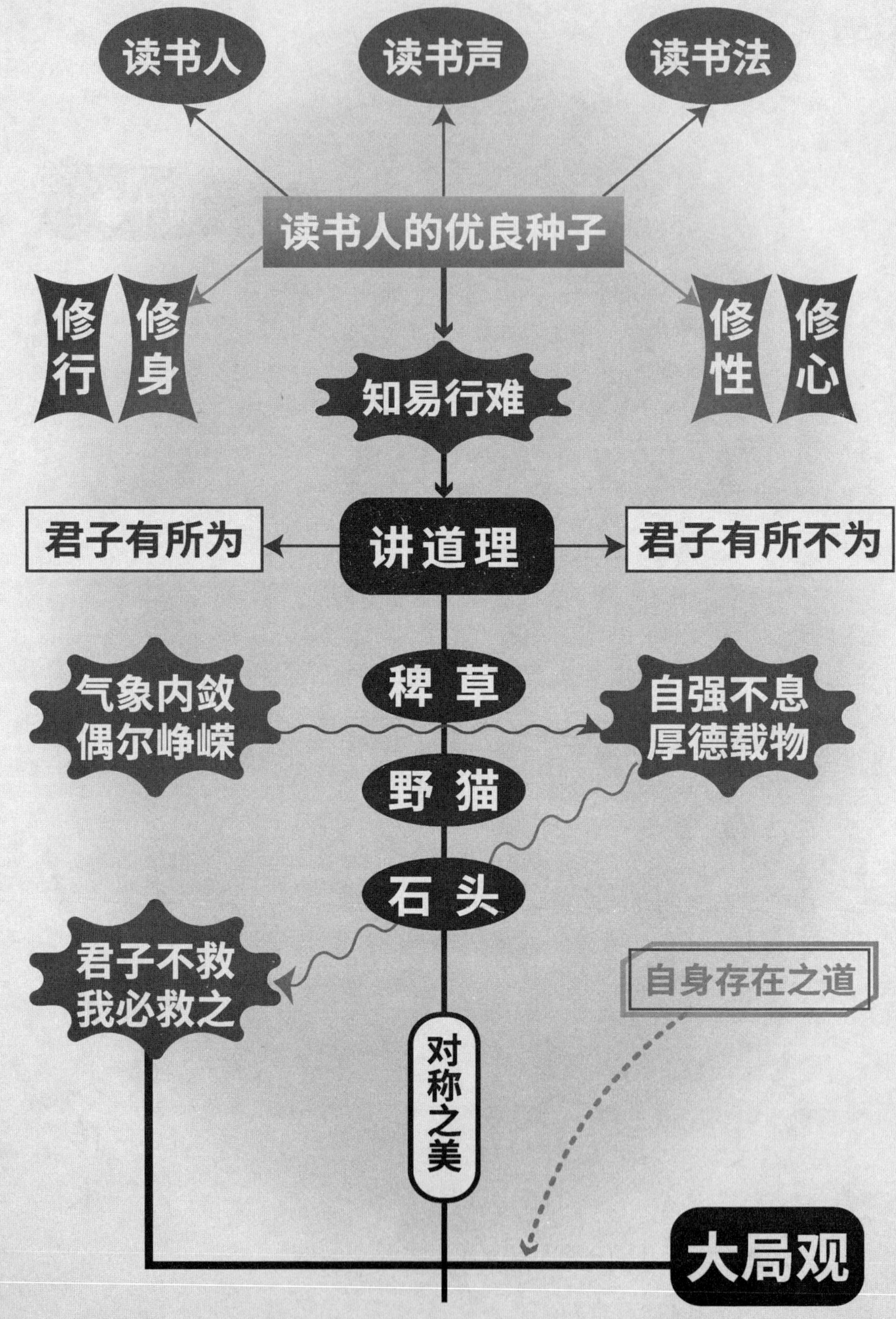
读书人
读书声
读书法
读书人的优良种子
修行
修身
修性
修心
知易行难
君子有所为
讲道理
君子有所不为
气象内敛
偶尔峥嵘
稗草
自强不息
厚德载物
野猫
石头
君子不救
我必救之
自身存在之道
对称之美
大局观

从儒家圣人齐静春到文圣老秀才，传给陈平安的这一根碧玉簪子，上面有八个字：言念君子，温其如玉。

这或许就是《剑来》整部故事的“题眼”。

恰如《剑来》这部作品的书名之喻——动念剑来，温润如玉。

因为小到陈平安的“存在之道”，大到像从儒家圣人齐静春到文圣老秀才一脉的“至圣儒道”，全在这一根碧玉簪子所寓意与承传的“君子之道”上了。

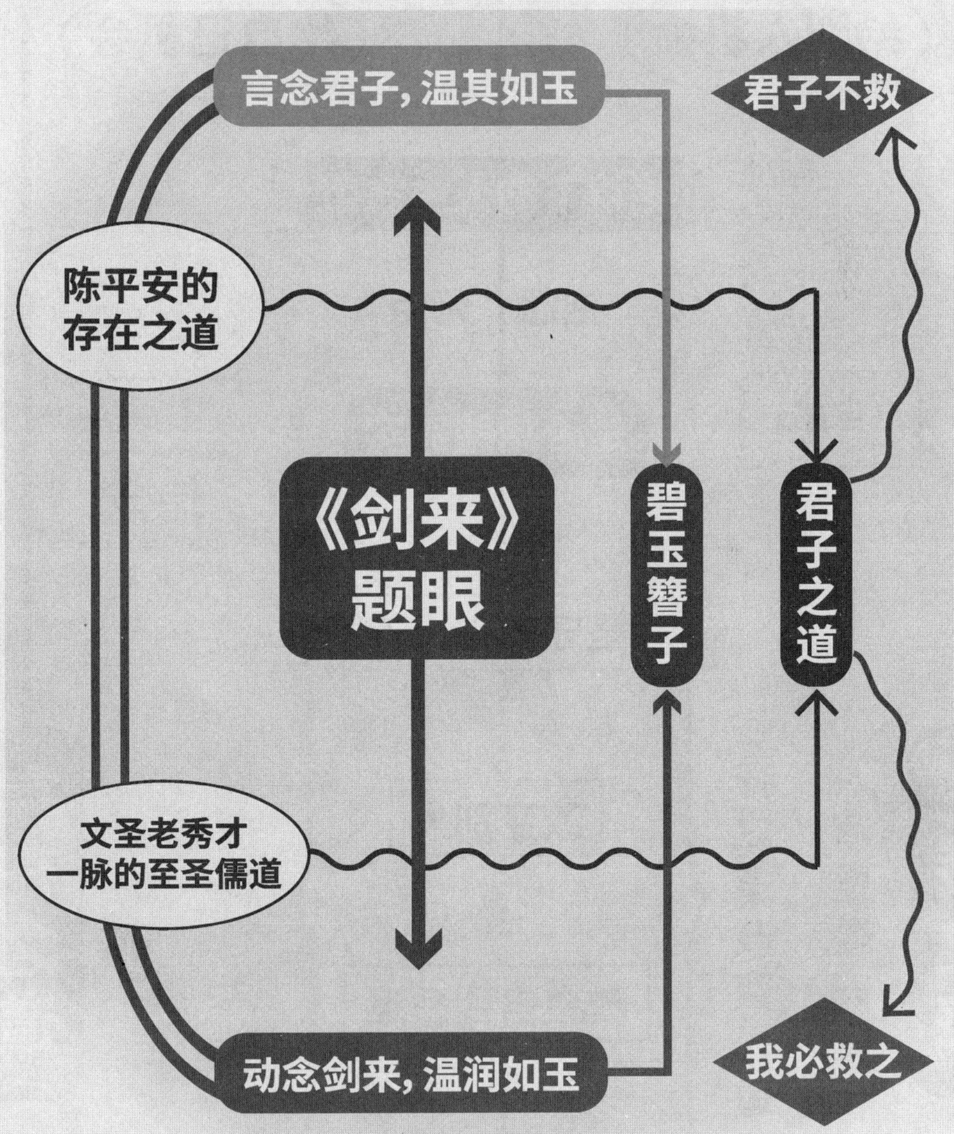

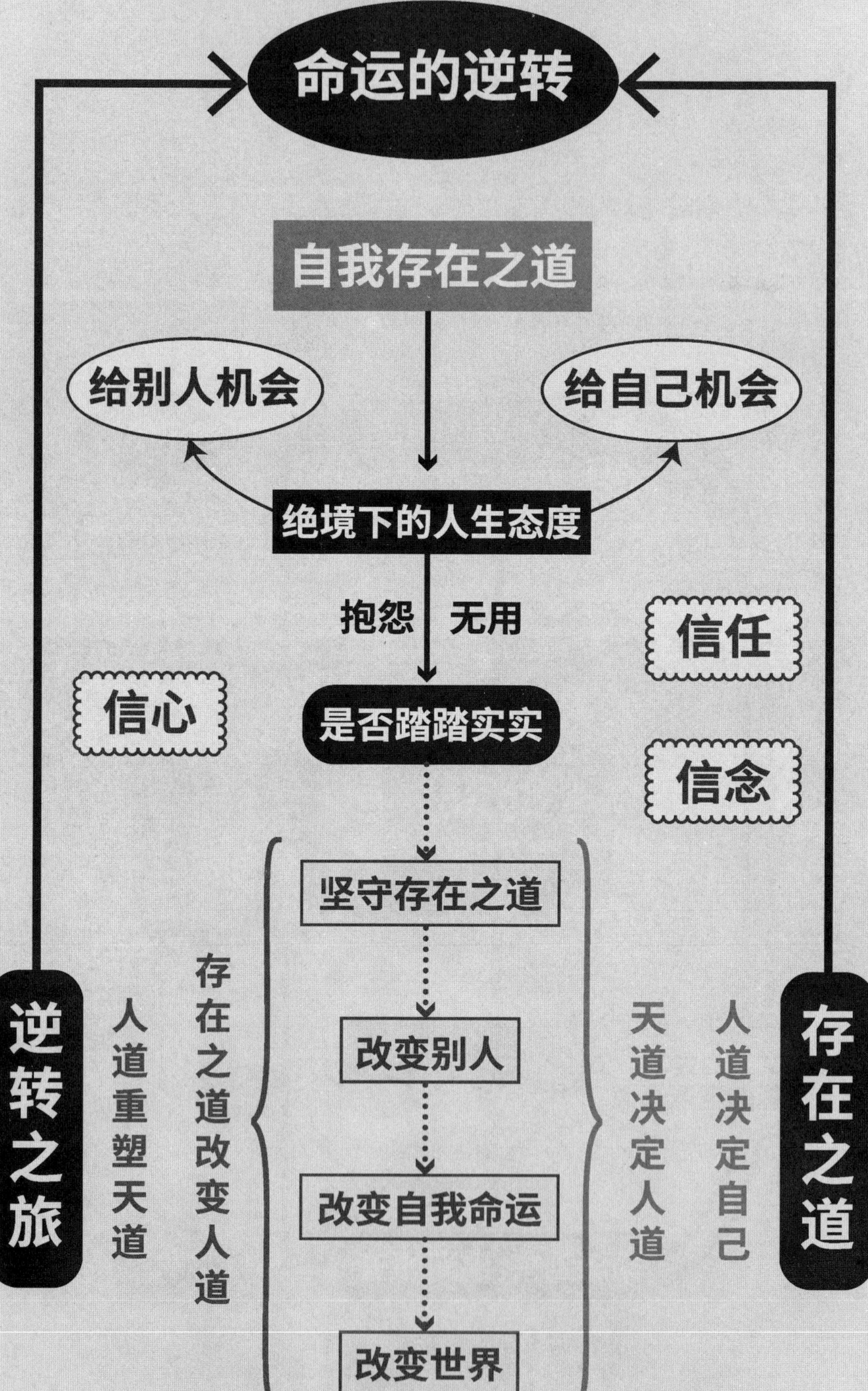
命运的逆转
自我存在之道
给别人机会
给自己机会
绝境下的人生态度
抱怨
无用
信任
信心
是否踏踏实实
信念
坚守存在之道
改变别人
改变自我命运
改变世界
逆转之旅
人道重塑天道
存在之道改变人道
天道决定人道
人道决定自己
存在之道

第一节 读书人的种子：给你一点阳光，你便灿烂无比

已是儒家圣人的齐静春和尚是陋巷少年的陈平安，此前所有人生的交集，不过就是一个教书先生和一个蹭课蹭听甚至都不能算是蹭学生的少年错肩而过、萍水相逢而已。

作为坐镇此方的镇守圣人，齐静春向来都循规蹈矩，不以自己的好恶来干预小镇任何一个人的人生，更因为要顾全全镇成千上万人来世今生的气运，而不可能插手陈平安的逆气改运、逆天改命。

但就算如此，他最终仍然是破例为陈平安出了一次手，为其狙杀蔡金简和苻南华，收拾首尾；并且，腆下圣人之脸，以镇守此方天地“没有功劳也应该有苦劳”，为陈平安求取老槐树的一片气运之叶；最后还把自己师门儒道传承的香火情象征物，赠给了陈平安，有意无意地为他植下所谓“读书人的种子”。

齐静春想了想，伸手拔出插在发髻上的一根碧玉发簪，弯腰递给贫寒少年。

“就当是离别赠礼好了。并非贵重物件，更非仙家物品，放心收下。其实我与你一样，曾是陋巷少年，发奋苦读。经历重重磨难、坎坷，当然也有种种际遇，这才进入山崖书院。拜师求学的那段时光，是我齐静春这辈子最开心的岁月。后来先生出山之时，便交给我这根簪子，算是对我的一种期许和嘱托。只可惜如今回头来看，这么多年来，我做得一直不好。相信如果先生在世的话，一定会失望了。”

少年哪里敢接下这份礼物。

这根碧玉簪子，似乎还蕴含着齐先生和他先生的师徒情谊。情意重不用说，何况礼也不轻啊。

少年再没见识，到底也是烧御用瓷出身的人物。对于一件东西的好坏，还是有些鉴赏力的。

齐静春温声道："留在我这里，恩师遗物就要随我一起埋没了，还不如转赠给你。何况你其实也不是无功不受禄。我在小镇逗留了将近六十年，一直有个小心结，不得解开。可惜恩师已逝，原本以为这辈子都会得不到答案，是你无意间帮我解惑了。所以我将这根簪子送你，于情于理于礼，都很合适。陈平安，我只能帮你求来一片槐叶，无法给你再多机缘了。"

少年双手接过那根材质普通的玉簪子，抬头真诚道："先生已经做了很多了。"

齐静春一笑置之，眼见着少年被自己说服收下簪子，便少了一块心病。簪子确实普通平凡，可到底是恩师遗物，能够赠送给一个不辱玉簪铭文的少年，很好。

所以齐静春最后叮嘱道："陈平安，记住，以后不管遇到什么，你都不要对这个世界失去希望。"

——烽火戏诸侯《剑来》：第一卷 笼中雀　第二十四章 相赠

或者不如说，这一颗"优良的种子"本来就深植于陋巷少年陈平安和齐静春心中——今日儒家圣人，亦曾是陋巷少年，亦曾有一颗优良的种子。

所谓陋巷有读书声：人在陋巷，却心有天下；"风声雨声读书声，声声入耳；家事国事天下事，事事关心"是也。

"读书人"就是在这样的阳光、雨露、氛围和生态系统之中，从这样一颗种子生长出来的参天大树、中流砥柱。

"读书声"就是在为这样的种子提供土壤、阳光和生态。

当然，所谓的"读书声"并不仅仅是读书本；阅尽天下，亦是一种读书；因为，天下本身就是一部大书。

因此，齐静春赠送师门传承碧玉簪时，也顺便教给了少年陈平安所谓的"读书法"。所谓读万卷书、行万里路，其实还是读书易、行路难；读死书容易，但是，阅历人生和天下却是一件至难至艰的事情。非有毅力、心性和坚韧不可行。

齐静春笑道："也无须对小镇心存忌讳，以后……过不了多久，应该就再没有那些算计了。如果你想要二三十年安稳日子，不妨就在这里找个姑娘娶了，成家立业便是。如果想要去小镇之外，见识一下真正的天地景象，也是好事情。读万卷书，行万里路，是我们读书人必须要做的事情。你以后就会发现，在小镇上是读书难，走路容易；到了外头，很多读书人是买书、看书、藏书都很容易，可就是不喜欢走远路，嫌吃苦。所谓的负笈游学，不过是乘车郊游罢了。”

少年惊讶道：“齐先生，走路也算吃苦？”

齐静春开怀大笑：“先不说小镇以外，只说身边好了。你见过福禄街、桃叶巷有几个同龄人，跟你这样漫山遍野乱跑的？”

少年点头道：“还真是。”

——烽火戏诸侯《剑来》：第一卷 笼中雀　第二十四章 相赠

最重要的，其实是“知易行难”——读书人是要讲道理的。

但是，从书本中得到道理很容易，在实际之中践行却是一件很难的事情。就像南宋诗人陆游在《冬夜读书示子聿》里所说：古人学问无遗力，少壮工夫老始成。纸上得来终觉浅，绝知此事要躬行。

如果从这个角度来说，陈平安其实是天生的“读书人种子”，给一点阳光就灿烂。因为，读书其实也是一种修行—修身、修性又修心；是用书本那种外力，来让自己内心某种东西能够觉醒、自觉和自为。

也就是说，你心中有优良的种子，方能以读书来培植、温养和催生。是读书来生发那一颗“道种”（道理之种）；而不是相反，以读书来植入一颗种子。

因此，所谓天生道种，在这里，或许指的就是心中有一颗天生讲道论理的种子——陈平安心中有道种；因此，处处讲道理，无关乎自己强弱。

于是，他在和宁姚“温和而坚定”地辩论时，在彼此的分歧之中，坚持自己的己见：

宁姚坚信要用拳头来讲道理；拳头大，道理就大——这让我们想起了猫腻《将夜》之中从书院到宁缺的“我用拳头跟整个世界讲道理”[①]——拳头不够大不

① 参见庄庸、杨丽君等主编：《蚂蚁哲学：中国网络文学阅读潮流研究（第 5 季）》，华语网络文学智库丛书，中国青年出版社，2020 年版。

够强，就没人听你讲道理。

但是，陈平安说，不管拳头大不大、别人听不听，道理就是道理。道理就是拿来给别人讲的，给自己坚持做的——不管别人如何，我只管做好我自己的事情。

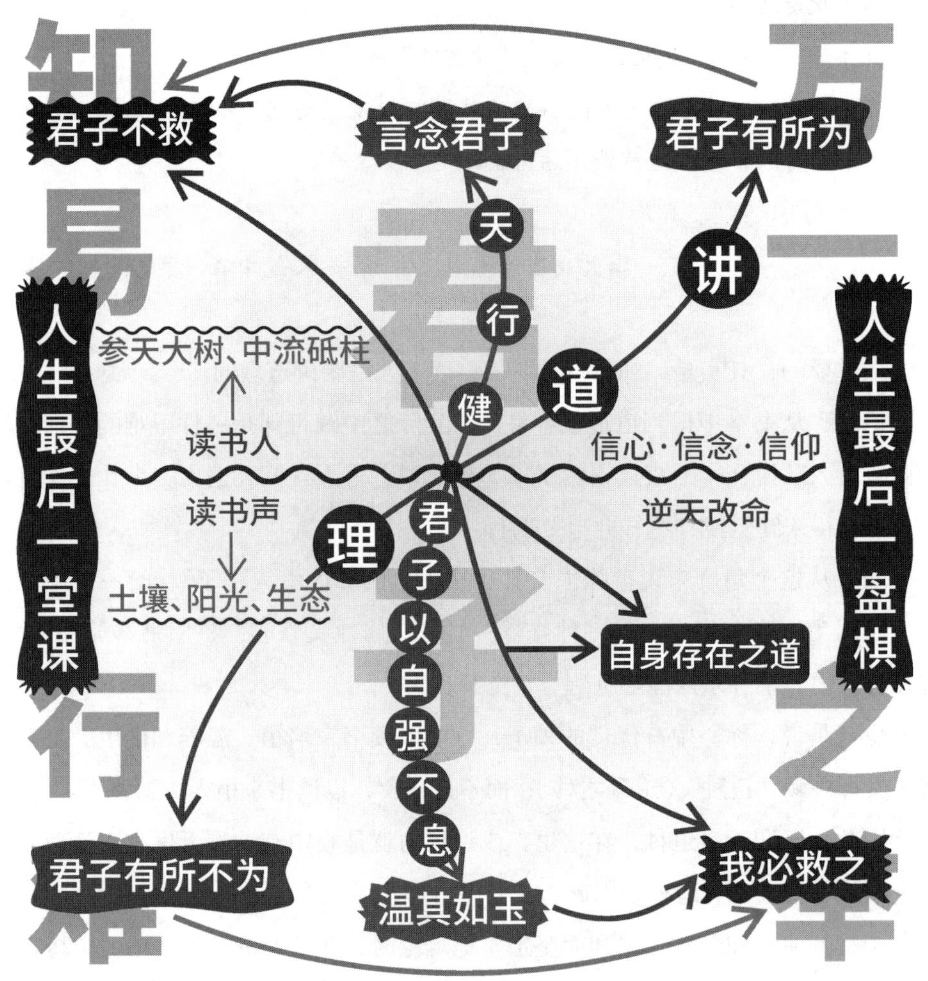

世界上所有的事情，全在于“讲道理”这三个字——讲道论理，君子有所为，有所不为。

看起来一点都不像是读书人种子的陈平安、践行至圣儒道的圣人齐静春，和守护天下的文圣老秀才，就通过这根碧玉簪子关联了起来。

第二节　君子如玉：天行健，君子以自强不息

在《剑来》开篇之中，有三处以“君子”来形容陈平安的存在之道；与另外三种形容陈平安的“形象”形成比较：稗草、野猫和石头。

它们在无意之间、情理之中，符合逻辑地形成了一种对称均衡、对仗工巧的结构：中国以“中”为轴，以对称为美；从夏商周流传于世的青铜器鼎，到故宫器物建筑纹饰，无一不体现中轴线之布局；就连从最早出现中国之“国（或）”字的何尊，到“中国”这个名称和内涵，都无不体现着这种“天下中心之国”的对称之美。

其一，或许是那个天生剑胚道种、于陋室破屋之中治疗陈平安的剑气长城黑衣少女宁姚，才能偶有体会——气象内敛，偶尔峥嵘，说的就是陈平安这种枯木疙瘩一样的人。

陈平安是一个缘浅福薄的人，天道不眷、气运流转，就连仅存的气数也被忘恩负义的王朱悄悄蚕噬，或者被处心积虑的顾粲她娘与书简湖真君合谋劫夺。但他犹自不肯低头，也无怨无恨——就像他将像小泥鳅一样的蛟龙送给了当弟弟一样对待的顾粲，才引来这样一串谋气夺运的祸事；但是，他既没有告诉顾粲真相和实情，更没有想过要把蛟龙收回；甚至，一丝一毫都不后悔自己的所作所为。

她问道：“你之所以有这场劫难，全是因为那条泥鳅。为什么不告诉那个孩子真相？”

陈平安这次没有沉默，也没有转头，坐在小板凳上，低头看着青红色的火焰，轻声道：“这样做不对。”

少女欲言又止，最后望向那个瘦弱背影，感慨道：“那你知不知道，你的拳

头不硬的话，就没有人会在乎你的对错。”

少年摇头道：“不管别人听不听，道理就是道理。”

他好像有些不确定，便转头笑问道：“对吧？”

少女怒目相向：“对你个大头鬼！”

少年悻悻然重新转过头，继续熬药。

黑衣少女，叫宁姚的外乡姑娘，拿起那根碧玉簪子，凝神望去，发现篆刻有一行小字。

她瞥了眼叫陈平安的少年。

簪子上有八个字，便是仅算粗通文墨的少女，也觉得极为动人。

言念君子，温其如玉。

——烽火戏诸侯《剑来》：第一卷 笼中雀　第二十五章 离别

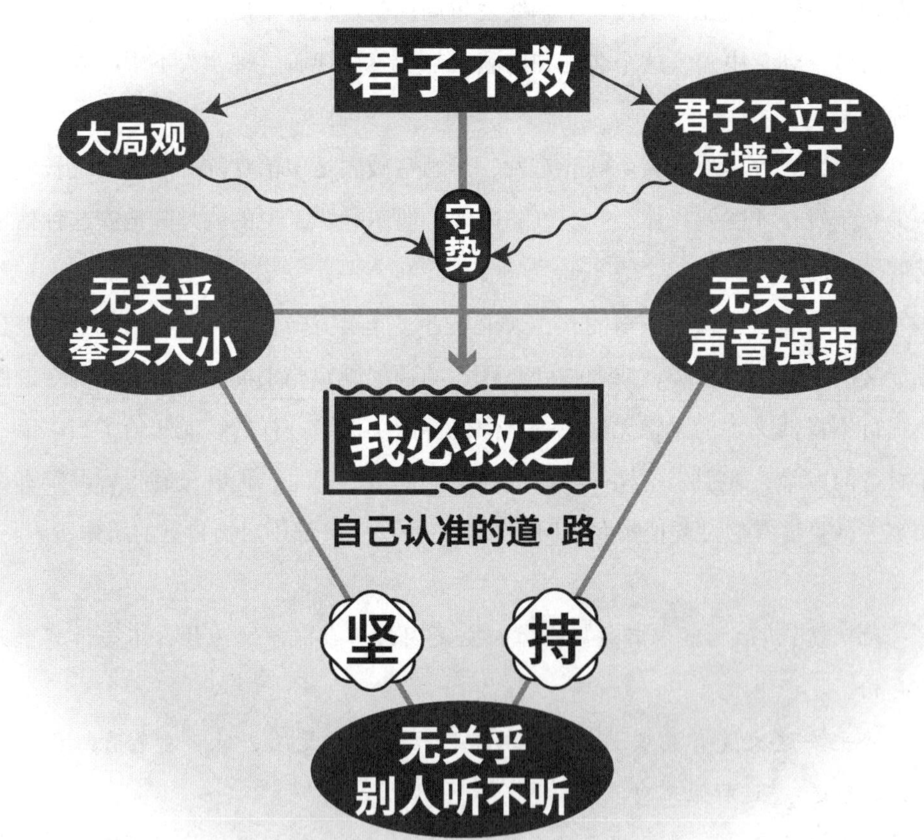

宁姚的这种触感和感触，既是比喻碧玉簪（以及那儒道师门传承的寓意），又是形容这个陋巷少年：言念君子，温其如玉——因其嘉言美行，而不着陋巷之鄙，有君子之德，是谓“善言、善行、善德”。

其二，齐静春以“规矩”压王朱，试图驯化王朱并教训其“忘恩负义”，被王朱反诘何以对陈平安“见死不救”，齐静春言说“天行健，君子以自强不息”。

王朱的反戈一击特别犀利、刻薄和毒舌：你骂我“忘恩负义”，但你何尝不是“袖手旁观”！甚至，就像商人做买卖一样，挑肥拣瘦，选货好的投资，劣次品就弃之不顾。说到底，陈平安也不过是进不了你法眼的“货品”而已！

少女抬起头，死死盯住中年儒士。

齐静春走出一步。

天地恢复正常，他和婢女稚圭重返泥瓶巷。阳光温暖，春风和煦。

少女摇摇晃晃站起身，笑容惨白，微微露出森严的牙齿：“先生今日教诲，奴婢记下了。”

齐静春不再说话，转身离去。

她突然问道：“就算我对陈平安忘恩负义，但是先生身为出类拔萃的圣人门生，为何会袖手旁观？为何只对弟子赵繇和我家少爷，青眼相加，对于身世平常的陈平安，不过尔尔？这何尝不是与商贾做买卖无异。若是奇货可居，便精心栽培。对待粗劣货物，便敷衍应付。能否卖出好价格，根本不在乎？”

齐静春笑了：“天行健，君子以自强不息。”

少女茫然。

当中年儒士身影消失在小巷尽头，少女顿时浮现出满脸不屑，狠狠呸了一声。

——烽火戏诸侯《剑来》：第一卷 笼中雀　第十五章 压胜

商人重利，儒家重义。众所周知，士农工商。在儒家教义和秩序规则之中，商人处于社会金字塔体系之中的底层，比农民都不如。齐静春其人，是儒家圣人，已是儒家金字塔中的顶级人物，却被王朱讥为商人一样，选弟子看人不过就像是挑选和投资货物，待价而沽——这种诛心之语，不可谓不恶毒。

但齐静春一笑结之：天行健，君子以自强不息。这句话出自孔子为《周易》写的《象传》；乾坤两卦的“大象”对照，更能不言而喻。就像我们所说，以“中”为轴线，对称之美中，君子之道自现：向我们描述（呈现）自身的存在与秘密——乾卦象曰：天行健，君子以自强不息；坤卦象曰：地势坤，君子以厚德载物。“自强不息，厚德载物”两句就被简引为清华大学的校训。

陈平安并不是货物。但儒家圣人齐静春和商人其实并无本质区别，都需要眼力。只是，商人看出的是货物的好坏，齐静春看的却是人的品性品质、品味和品格——“君子”其实就是人的“品”。它并不仅仅是品相（形态）而已，而更是一种内在的品阶——就相当于品人评人：你是九阶几品？

商人看货，齐静春品人。只不过这种人“品”是自动呈现的。就像陈平安的人品，其实不是齐静春发掘的，而是其自动向他人描述的。犹如它自动地向宁姚展现自身“温润如玉”的品性与品质。

其三，齐静春憾不能收陈平安为关门弟子，但仍然以弟子教之，以文圣一脉香火传之，教导其“君子不救”。

陈平安说道：“先生说这些，我听不懂，但都记下了。不过今天知道我爹娘是好人，我就知足了。”

齐静春笑道：“我也不奢望你当下能听明白，只不过是些铺垫，否则简单劝你别杀苻南华，你肯定听不进去。之所以要你别杀人，不是我齐静春物伤其类、兔死狐悲什么的，更不是我希望他苻南华和老龙城因此感恩，以后我好要些好处。不是这样的。事实上正好相反，我儒家门生弟子，推崇入世，对于修行中人的肆无忌惮，最是抵触。双方明争暗斗了无数年。若我齐静春是刚去山崖书院拜师求学的岁数，那截江真君刘志茂也好，老龙城少城主苻南华也罢，现在哪里还有活命的机会！早给我一掌打得灰飞烟灭了。”

少年发现这个时候的齐先生，虽然说话语气依旧温和，走路姿势同样文雅，但是给人的感觉就是判若两人。

就像姚老头喝酒喝高了，说我们烧出的瓷器，是给皇帝老爷用的，谁能比？

齐先生说一掌打得别人灰飞烟灭的时候，虽然跟那时候的姚老头语气不同，但是神色一模一样。

齐静春皱了皱眉头，抬头望向泥瓶巷那边，像是在听着别人说话。虽然没有流露出厌烦表情，但是眼神中的不悦，毫不遮掩。

他最后冷声道：“速速离去！”

陈平安一脸茫然。

齐静春解释道：“是那说书先生，本名刘志茂，道号截江真君。其实是旁门里的道人，修为尚可，品行低劣。蔡金简、苻南华两人与你的恩怨，大半是他在兴风作浪。最后还在你心头，种下了一道歪门邪路的符箓。那是一幅四字真言，将‘一心求死’四字，偷偷刻于你心田，手段极为歹毒。”

陈平安默默记住了刘志茂这个名字。

齐静春叹了口气，问道：“你就不好奇，为何我不出手？”

陈平安摇头。

齐静春自顾自说道：“此方天地，如同风吹日晒三千年的老旧瓷器，支离破碎在即。你们终究是外人，又有大阵护持，如何作为，只要不要太过分，远远不至于让瓷器崩碎。可我是那个手捧瓷器的人。我的任何举动，都会牵扯到这件瓷器的裂缝。事实上不管我做什么，都只会让那些纹路增加蔓延。若只是瓷器碎了，也就罢了；可是这小镇五六千人今生来世的命运，尽在我手。我如何能掉以轻心？”

只是这些积郁多年、不吐不快的言语，齐先生说得太小声，陈平安竖起耳朵也听不清楚。

齐静春看着时不时用右手擦拭脸庞的少年。两人已经走到杏花巷铁锁井附近，那边有妇人正在弯腰汲水。齐静春问道：“若有陌生人掉进水井，你若救人，就会死，你救不救？”

陈平安想了想，反问道：“我想知道，真的救得了那个人吗？”

齐静春没有回答少年的问题，只是笑道：“记住，君子不救。”

少年愣了愣，疑惑道：“君子？”

齐静春犹豫了一下，蹲下身，先帮草鞋少年正了正衣襟，然后用手帮他擦去血迹，柔声道："遇见不幸事，先有恻隐心。但是君子并不是迂腐人，他可以去井边救人，但绝对不会让自己身陷死地。"

似乎被这个问题勾起了心思。

——烽火戏诸侯《剑来》：第一卷 笼中雀　第二十三章 槐荫

这里有千年儒家之道和陈平安自带读书人之种的对接（教化与品性）、滋养（言传身教、耳濡目染）和承传之道。

前者鲜明地体现于齐静春试图"教化"王朱、点评陈平安；后者践行于陈平安之"天行健"；把两者沟通和桥接起来，便是"君子不救"的教化传承和"我却救之"的平安之道。

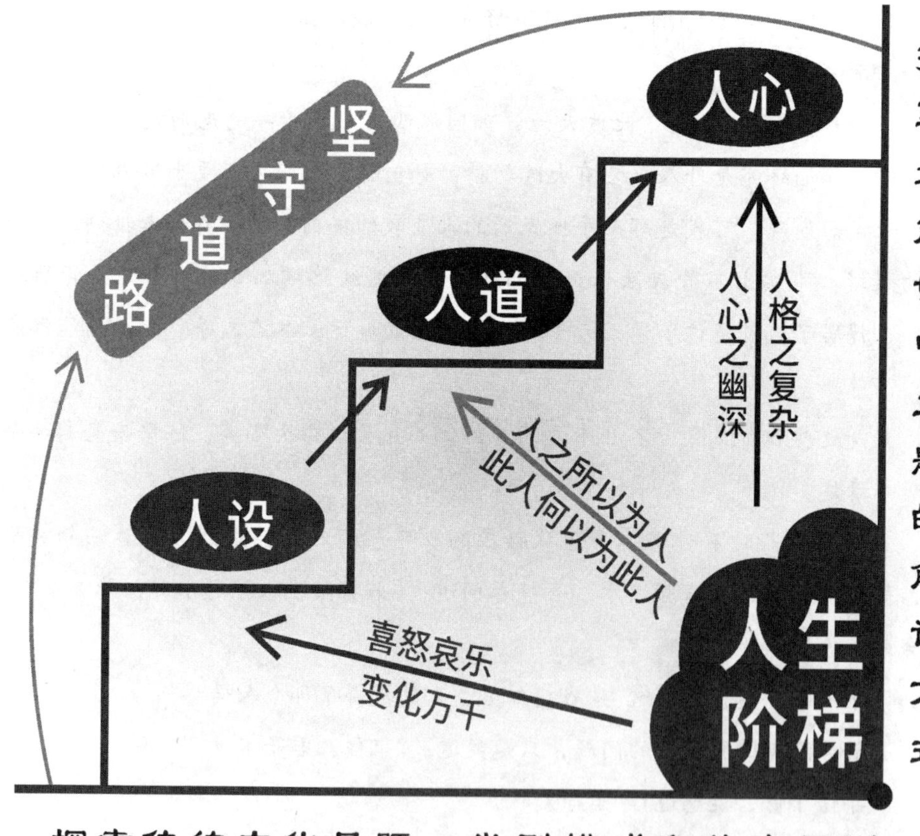

第三节　君子之道：
从“君子不救”到“我必救之”

对于陈平安，儒家圣人齐静春除了品评“天行健、自强不息”的君子之外，为什么要言传身教，引导他“君子不救”？

这既是他自己的原则和理念，亦是对他不“救”陈平安的解释——相当于是对王朱的诛心之问的另外一种回答：为什么会对陈平安袖手旁观，见死不救？因为他必须顾全大局——与小镇五六千人前世今生的命运相比，陈平安一人如蚁似蝼的气运，实在是微不足道。

除了这种大局观之外，大概还有“君子不立于危墙之下”的考量。毕竟，陈平安的事情，说小不小，说大不大，却如牛筋一样盘根错节、千丝万缕，牵扯着方方面面的气运……圣人阮邛和阮秀姑娘的对话颇能说明问题。

男人犹豫了一下，还是不打算藏掖，以免她误入歧途或是坏了圣人谋划：“再者，这个少年太平凡了，在小镇上，反而显得很特殊。秀儿，你大概不知道，这娃儿的本命瓷器很早被人打碎，所以就成了孤魂野鬼一般的货色，不受祖荫的荫庇。与此同时，又会有种种不易察觉的怪事发生。这也是宋集薪和那女子选择做他邻居的原因。要不然以宋集薪的身份，会连福禄街也住不得？显然是不可能的。”

少女认真思考了一番：“爹你是说他有点像是鱼饵？”

男人摸了摸她的脑袋：“差不多。”

然后他笑道：“若我们父女二人，不是天底下最不讲究外物、机缘和气数的剑修，说不得爹也会让他留在身边，看能否让你多一些好处。”

——烽火戏诸侯《剑来》：第一卷 笼中雀　第三十章 暗室

既然陈平安成为各方机缘的“饵”，因此，动饵就等于在动四面八方的气运之鱼。牵一发而动全身，动一饵而动全局。虽然，以齐静春的身份和地位，并不会担心成为“全民公敌”；但是，作为一个捧着瓷器都必会小心翼翼的人，他这一“饵”动，必然会牵动各方反应，就像枝节横生，加速这个大瓷器的裂痕纵横，甚至超快解体——因此，齐静春不敢动，亦不能动，更不愿动。

连他这个镇守圣人，都不能救，那谁还能救陈平安？唯有自救而已——但陈平安若要自救，就必须先明白这个道理：君子不立于危墙之下。救他人可以，但不能陷自身于危险境地；就如为他人作饵，钓送气运之鱼可以，却不能把自己的气数、命运甚至是命搭进去——这就是齐静春教陈平安“君子不救”的缘由和目的。

这仿佛是在教人“守势”：未虑成，先虑败；未攻之前，先守；不教进取，而思后退。

这与齐静春教导自己备选的亲传弟子赵繇，其实完全是两个路数：南辕北辙，方向迥异。“当仁不让”，从“不必谦让”变成“不可谦让”——这就是采取进取、进击和进攻之势了。

一位双鬓星霜的儒士带着青衫少年郎，离开乡塾，来到那座牌坊楼下。这位小镇学问最大的教书先生，脸色有些憔悴，伸手指向头顶的一块匾额：“当仁不让，四字何解？”

少年赵繇，既是学塾弟子，又是先生书童，顺着视线抬头望去，毫不犹豫道：“我们儒家以仁字立教。匾额四字，取自‘当仁，不让于师’。意思是说我们读书人应该尊师重道，但是在仁义道德之前，不必谦让。”

齐先生问道：“不必谦让？修改成‘不可’，又如何？”

青衫少年郎相貌清逸，而且比起宋集薪的咄咄逼人、锋芒毕露，气质要更为温润内敛，就像是初发芙蓉，自然可爱。

——烽火戏诸侯《剑来》第一卷 笼中雀　第十一章 少女和飞剑

或许是有教无类，因材施教。

赵繇品性温润内敛，少了些锐意进取和锋芒毕露，所以齐静春教导其在讲道论理之际，从不必谦让，更不可谦让。

但是陈平安却过于偏执，或会因为他人自陷绝境，因此齐静春教他“君子不救”。

然而，齐静春教齐静春的道理，陈平安行陈平安的原则：君子不救，我却救之。

小镇那边，陈平安回到刘羡阳家所在的巷弄，结果看到齐先生就站在门口。

少年快步跑去。不等他发问，齐静春就交给他两方私印，微笑道：“陈平安，不是白送给你的，是我有事相求。以后如果山崖书院有难，希望你力所能及地帮上一帮。当然，你也不用刻意打听书院的消息。”

少年只说了一个字：“好！”

齐静春点了点头，语重心长道：“切记之前跟你说过的‘君子不救’，那是我的肺腑之言，并非在试探人心。”

少年咧嘴笑了笑：“先生，这个不敢保证。”

——烽火戏诸侯《剑来》：第一卷 笼中雀　第四十章 还礼

因此，顾粲她娘谋运夺气，陈平安却仍然甘作鱼饵，丝毫不悔送出去的不是一条小泥鳅，而是一条蛟龙鸿运；

而刘羡阳被正阳山搬山猿一拳击得生命垂危，在齐静春“君子不救”、王朱“负心旁观”、九境武夫宋长镜“做大生意”之下，陈平安不但舍掉了那一片齐静春好不容易替他求来、唯一可以更改他机缘的槐树祖荫福庇之叶，为刘羡阳吊命，还不顾自己蝼蚁对飞鹰、螳螂挡巨轮，展开了对正阳山搬山猿的少年复仇。

因为，一个是他弟，一个是他兄；兄弟是用来报恩和还债的。对于陈平安来说，有些事情必须做，有些事情不能做。这都是不能商量的事情。

突然。

一片苍翠欲滴的鲜嫩槐叶，从树冠极高处，飘然坠落。

少年只是伸出手掌，树叶便自行落在他手心。

树叶上，有一个金色字体，一闪而逝。

齐静春有些惊愕，片刻之后，沉声道："此字为姚，陈平安，你可愿意为姚家报恩，无论生死?!实不相瞒，哪怕没有这片树叶，你也未必没有一线生机。这一点，我可以明确告诉你。所以你千万要想清楚！"

少年问道："是姚师傅的那个姚字吗？"

齐静春点了点头："正是。"

少年双手合十，将槐叶轻轻夹在手心，抬头大声道："只要我活一天，只要是跟你有关的姚姓人，就像齐先生之前所说，哪怕他坠入井中，哪怕救人必死，但我陈平安必救之！"

天籁寂静。

齐静春笑道："走吧。"

带着少年离去之时，齐静春悄然转头，望向槐树最高处，面露讥讽。

"姓陈"的槐叶并非没有，事实上还不止一两片。可是到最后，明知道此地即将崩坏，宁肯另寻宿主，哪怕不姓陈也无所谓，也仍是没有一份香火祖荫，愿意看好泥瓶巷的草鞋少年。

齐静春转回头，摸了摸少年的脑袋，打趣道："如果是宋集薪、赵繇、顾粲这些人，像你之前那般发此宏愿，说不定就要引发天地共鸣了。"

少年笑容阳光："那我可管不着，我只做好自己的事情。"

齐静春又问道："这次是真心话？"

少年笑道："是！"

——烽火戏诸侯《剑来》：第一卷 笼中雀　第二十三章 槐荫

因此，齐静春教他"君子不救"；但是，他却"必救之"，哪怕是要把自己的生命交待进去。这就是他陈平安的道理。

无关乎拳头大小，无关乎声音强弱，无关乎别人听不听：道理就是道理——就像他对宁姚所说的那样——这就是陈平安自己的存在之道。

只要他认准的道和路，他就要坚持走下去。

这就是所谓的"君子不救，我必救之"。

第四节 “万一”之举：从“有生以来第一课”到“人生最后一盘棋”

陈平安有自己的存在之道：天行健，君子以自强不息。

因此，虽然在天道不眷、气运不顾之下，遍尝人道、人情、人味的冷暖炎凉、势利刻薄，而让自己的人生多艰，这个陋巷少年，却仍然以自己像顽石一样的倔强，改变着自己身边和周围出现的人、事和物，改变着他们的立场、态度和倾向，并慢慢改变着自己生存的生态系统，从而为自己换来了一线生机和机缘——比如：

黑衣少女宁姚愿意为他出手；

儒家圣人齐静春也改变心意，为他破例求取槐树的命运之叶，为他求得一份机会，其实又何尝不是为齐静春自己，求取一份机会？

机会是相互的：你在给别人机会之时，同时又是给自己一份机会。

齐静春欲言又止，最后还是没有说什么，正要离去。

他原本想说，以后若是山崖书院真有大困局，陈平安你心生悔意，也无须愧疚，只当是没看见没听说便是，不用刻意为之。

但是齐静春不知为何，内心深处，偏偏心存一丝侥幸，连他自己也百思不得其解。

思来想去，这位山崖书院的山主，只得出一个答案。竟然是只因为眼前少年，姓陈名平安。他好像跟谁都不太一样。

你托付他一事，千难万难，哪怕明知道少年到最后，拼尽全力也做不到，可是你却能实实在在笃定一件事：他只要答应了，就一定会去做；十分力气做不到，便愿意咬牙使出十二分力气。

这就是一件让人感到心安的事情。

这本是齐静春苦求多年而不得的事情。这位主动要求贬谪至此的读书人，原先只觉得天地处处是异乡。

在齐静春正要转身的时候，还背着箩筐的少年，连忙极为吃力地作揖行礼。

巷弄之中，儒家圣人一板一眼地还了少年一礼。

——烽火戏诸侯《剑来》：第一卷 笼中雀　第四十章 还礼

一个是云端之上的儒家圣人，一个是泥泞之中的陋巷少年，却是如此郑重其事地行礼和还礼，就是因为一份不负所托的承诺与期望——交给你，我放心！唯有这样的人，方能承桂冠之重。

所以，别再抱怨天道不公、运气不好，最重要的是你自己是否在踏踏实实地做事做人。我们不可能改变世界，但我们可以改变自己，或者改变身边的人——像陈平安一样，只要你坚守自己的存在之道，就有可能改变别人；改变别人，就有可能改变自我的命运甚至整个世界。

因此，陈平安的故事，不仅仅是一个天道决定人道、人道决定自己的存在之道的过程，亦是一个存在之道改变人道、人道重塑天道的逆转之旅——就像他在还是一个陋巷少年之际，就已经给齐静春上了迄今为止最重要的一堂课。

而这堂课是他那身为文圣老秀才的恩师已经教过、齐静春至今都无法领悟到的“人生最后一课”。而这一课由陋巷少年现身说法、言传身教，让他顿悟开窍。谁说陋巷少年不能给儒家圣人上课？

因为，陋巷少年所上之课堪比儒家新教创始人的恩师——这种比照，更显示此课之重要和重大。

这位儒家圣人摊开手心一看，哑然失笑。

一团污秽如墨迹。

原来某人在少年身上种下的心意，黯淡无光，分明早已消亡。

再抬头望向少年陈平安，齐静春有些遗憾，感慨道：“难怪先生说世间成事者，超世之才不过其次，坚忍不拔之志，方为首要。陈平安，你替先生又给我上了一课。只可惜，我齐静春如今已经没有了收取关门弟子的机会。”

——烽火戏诸侯《剑来》：第一卷 笼中雀　第二十二章 止境

由此，齐静春在小镇逗留六十年而一直无法解开的小心结，就这样被陋巷少年解开了，从而让他情不自禁、不由自主地为陈平安破例出手，求取一份机缘；

然后，又将恩师所赠的碧玉发簪转赠给少年，代师收徒，隐隐然将一缕师门传承的香火情（包括儒家文脉、文统和道统）托付给陈平安；

再到现在，将山崖书院托付给了这个让人隐然心安的少年，其实是不期然将一份读书人的重责大担，赋予了这个只要活下来就一定会活得让整个世界都倍觉惊艳的少年。

这就是命运的逆转——所谓逆天改命，首先其实就来自自己与身边之人的信心、信任和信念。

这是比黄金还要珍贵的东西。

少年心中大恨。

当初小镇之行，是国师崔瀺自认为的收官之战。因为涉及证道契机，他不惜神魂对半剥离，寄居于另外一副身躯皮囊，以少年形象大大方方离开大骊京城。

原来以为哪怕断不掉文圣先生、师弟齐静春这一脉文运，也能够以泥瓶巷少年作为观想对象，借他山之石可以攻玉，砥砺心性，补齐最欠缺的心境，从而帮助自己一鼓作气破开十境，便有望重新返回十二境巅峰修为；甚至借助大骊推广自己的学识。只要他自己的事功学问，能够遍及半洲版图，便可以百尺竿头更进一步。若是一洲之地的儒家门生，皆是我崔瀺之门生弟子，裨益之丰，无法想象。

在当时看来，不管如何计算，崔瀺都能够立于不败之地，无非是获利大小的区别。

但是如何都没有想到，齐静春真正选中的嫡传弟子，不是送出春字印的赵繇，不是送出仅剩书籍的宋集薪，甚至不是林守一这些少年读书种子。

而是那个名叫李宝瓶的小姑娘！是一个女子！女子如何继承文脉？女先生？

女夫子？就不怕沦为天下人的笑柄？不怕被儒家学宫书院里的那些老人，视为头号异端？

更没有想到齐静春代师收徒，将他崔瀺和齐静春两人的恩师——文圣的遗物，转赠给了少年陈平安。

如此一来，不但文脉没有断绝，薪火传到了李宝瓶这一代；而且使得原本欺师灭祖叛出师门的崔瀺，重新因为陈平安，再次与文圣绑在一起。

这使得误以为胜券在握的崔瀺，心境瞬间彻底破碎；加上无形中的文运牵引，一跌就跌到第五境修为。幸而之后跟杨老头达成盟约，习得一门失传已久的神道秘术，补全了崔瀺本身钻研的一桩秘术漏洞，得以快速温养魂魄，如枯木逢春，修为开始回流上涨。

但这种秘法，存在一个致命缺点：积攒而成的修为，是“假象”；用完一次就会被打回原形。除非一口气突破十境，跻身上五境之后，就可以“假作真时真亦假”。虚实不定，真假混淆，便是另外一番天地。

到达这座郡城秋芦客栈的时候，少年崔瀺的“假象”境界，其实已经重新临近九境。这才有机会以兵家“请神”的手段，请出一尊儒家圣人的金身法相。境界是假的，手段是真的，所以这才让寒食江水神吓得肝胆欲裂。否则以青袍男子统率北地水运数百年的阅历和城府，不吃足苦头，怎么可能被崔瀺驯服得像条溪涧小鲶？

井底下。

从井口倒下来的暴雨剑气，犹然咄咄逼人。剑光被镜面撞得四处飞溅。

白衣少年几乎已经双脚踩在井底水道的底部。井水和与大江相通的城中地下水，早已被剑气蒸发殆尽。

少年崔瀺在心中开始倒数。

他不想杀陈平安，千真万确，最少暂时是如此。

因为崔瀺更像是在拔河，希望将少年拉扯到自己的大道之上。最少短期之内，崔瀺不但不会祸害陈平安，反而会尽可能帮助陈平安增长修为。最多就是悄然改变陈平安心性，春风化雨，潜移默化，最终成为他崔瀺的同道中人。万一陈平安运气不错，将来有希望继承崔瀺的衣钵，崔瀺也不会拒绝。

但是崔瀺是真的想杀李宝瓶。

因为崔瀺毕竟与陈平安犹有牵连，而一旦李宝瓶以后成长起来，其遭受的骂名、排挤越多，崔瀺的大道修为，或多或少会受到影响。这对于追求尽善尽美的崔瀺而言，是绝对无法忍受的事情。

少年崔瀺觉得这根本就是一场无妄之灾。

我哪怕再像一个居心叵测的坏人，可若是要杀你陈平安，何苦来哉一路装孙子？分明于你是无害的。

你陈平安凭什么因为一点猜测，就要对我痛下杀手?!

凭什么你自己觉得我会对三个孩子包藏祸心，就可以出手杀人，丝毫不拖泥带水？

那你小子算什么正人君子？那齐静春一向推崇君子，为何被齐静春看重的你，偏偏如此不讲道理？老头子又凭什么让我跟你学做人?!我崔瀺曾是文圣首徒，曾经传授齐静春学问！论在儒家道统之中的地位，我崔瀺高出贤人君子，何止一筹？而你陈平安如此凭心做事，老头子的眼光，真是一如既往的糟糕啊。

齐静春帮你挑来挑去，还不是等于帮你挑了第二个崔瀺？

双脚触及石板的少年崔瀺，继续在心中倒数，伺机而动。

心胸间同时涌起一阵快意。

哈哈，如此更好！这意味着我在脱离困境后、慢慢折磨你之余，最少会让你陈平安苟且偷生，留着你一条性命。你以后跟随我走那条大道，会走得更加自然顺畅。这么说来，你小子的运气不算太差。

再者，那个老头子在崔瀺身上种下的文字禁锢，只针对陈平安一人；不许崔瀺对陈平安有任何歹念，否则就要受那鞭笞诛心之苦。除此之外，倒是不曾约束其他行径。这与老头子的学问，勉强算是一脉相承的：讲究事事追本溯源；正本清源之后，方可在道德文章、为人处世上开枝散叶。

将来我崔瀺要你亲眼看着齐静春的嫡传——那个叫李宝瓶的小姑娘——是如何死在你面前的！并且要你晓得何谓大道之争，她又是为何而死的！

时机已到！

崔瀺抵住镜子的双臂早已血肉模糊、深可见骨，只是毫不在意：“剑气如虹是吧？瀑布倒挂是吧？给老子起开！”

可是就在崔瀺自以为得逞的前一刻，就只有毫厘之差，双脚扎根、稳稳站在井口上的草鞋少年，终于蓄势完毕。他神魂摇荡，五脏六腑无一处不痛入骨髓，所以只能轻轻颤声道：“走。”

第二道瀑布倾泻而下。

你大爷的陈平安，老子就被你害死在这里了！

这是少年崔瀺当时的唯一念头。

陈平安在井口上摇摇欲坠。

——烽火戏诸侯《剑来》：第二卷 山水郎　第一百四十八章 少年有事问春风

正是因为这种比黄金还珍贵的信心、信任甚至是信念、信仰，“君子不救”的齐静春，最终将自己置于必死之地——“只手拯救骊珠洞天”；

并代师收徒，在人生最后一盘棋下出“千年第一局”，撑动了整个浩然天下甚至四座天下的大局势！

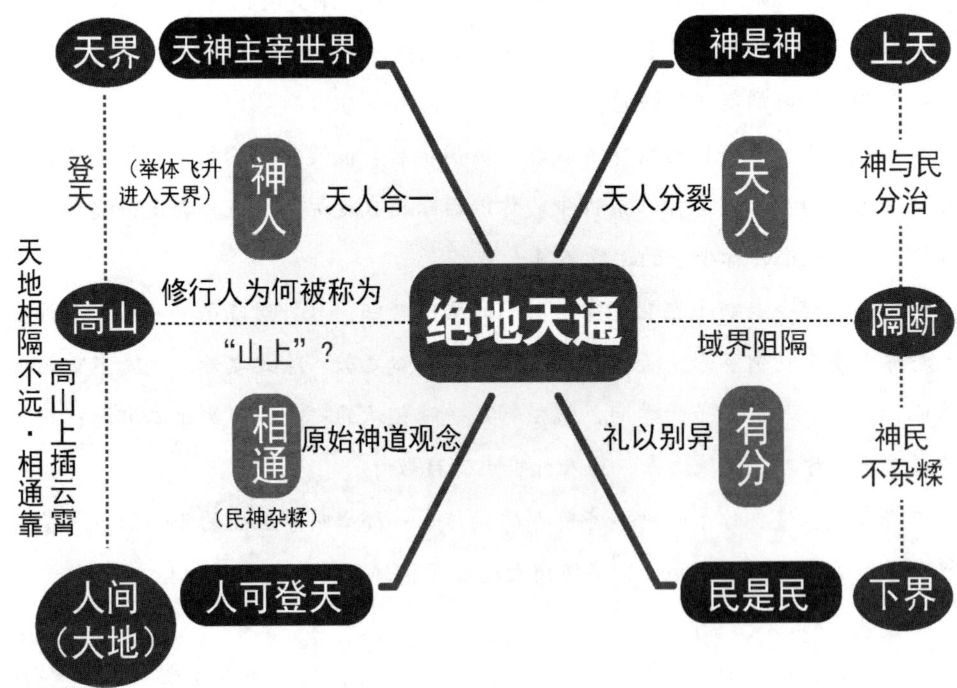

第十一章

碧（白）玉簪子：

从『避难庇护所』到『为谁立行亭』

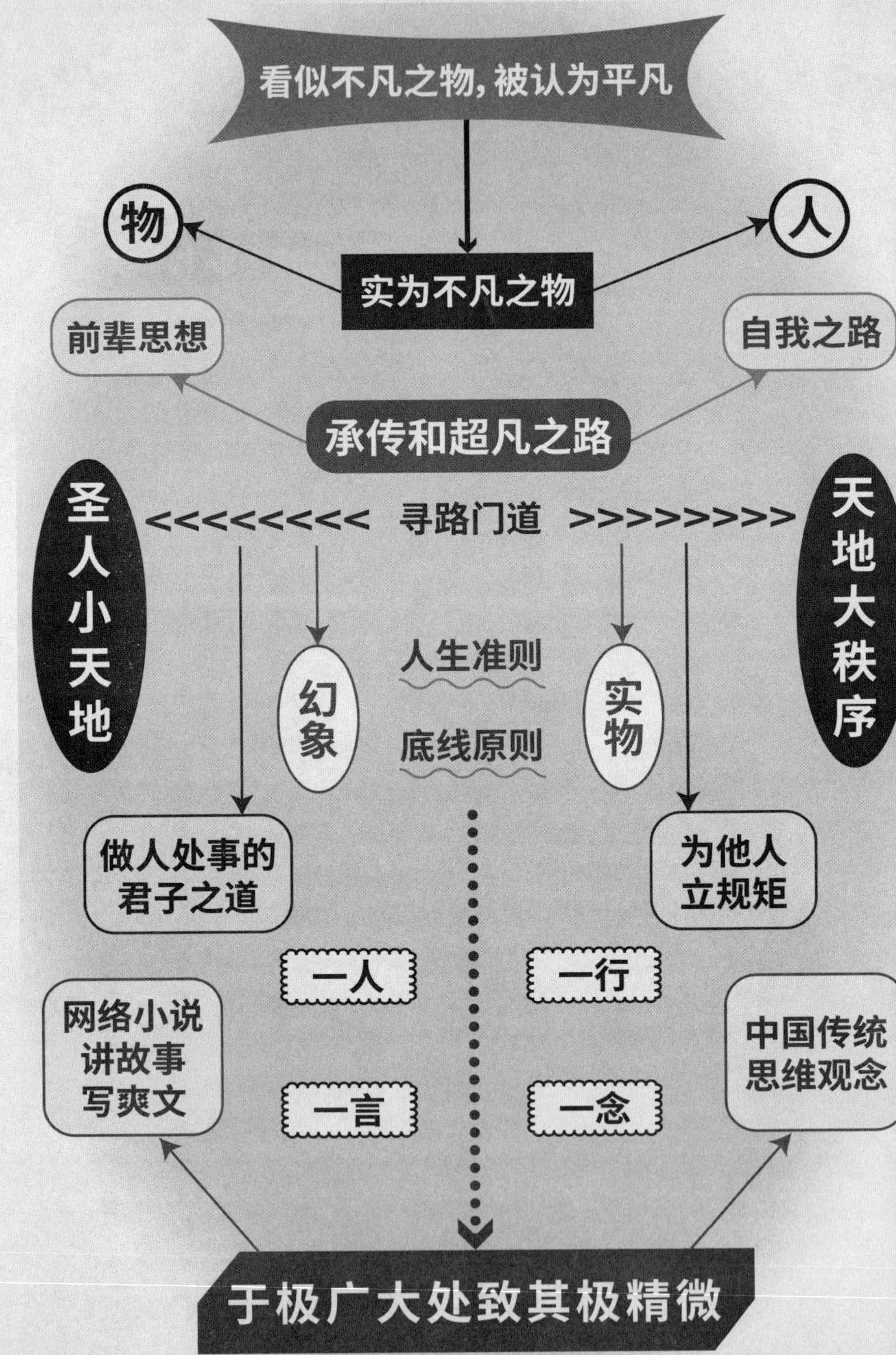
看似不凡之物，被认为平凡
物
人
实为不凡之物
前辈思想
自我之路
承传和超凡之路
圣人小天地
<<<<<<<<<<< 寻路门道 >>>>>>>>>>>
天地大秩序
幻象
人生准则
底线原则
实物
做人处事的君子之道
为他人立规矩
一人
一行
网络小说讲故事写爽文
一言
一念
中国传统思维观念
于极广大处致其极精微

前有齐静春，后有陈平安。

那一根碧玉簪子，以小见大、以一见万。

那根簪子究竟是什么？

从齐静春赠给陈平安的“普通恩师纪念物”，画风陡转，居然成了文圣老秀才煞费苦心为得意弟子准备的“有生以来最后一个避难庇护所”——这个普通而又不平凡的碧玉簪子，居然是一个“小洞天福地”？

从剑气长城天才剑胚道种宁姚宁姑娘，到拳头硬到将无数强者打落尘埃的游侠儿阿良，再到万年刑徒余孽“神官隐性首领”老杨头……居然都看走了眼！

普通碧玉簪，内含大玄机。

它是神道颠覆、破碎残存的洞天福地碎片之一？

是被炼化的圣人小天地？

是时空领主可以掌控侵入外敌之生死大权的“王之领域”？

……

或者，它就是一个为读书人种子提供世外桃源，让其休养生息、生根发芽的洞天庇护所而已！

但关键在于：这个碧玉簪子是“为什么人”的三大问题！

这个碧玉簪子是谁的？

是文圣老秀才的！

又来源于谁？文圣老秀才从哪儿坑蒙拐骗“顺”来的？当然是东海观道观牛鼻子老道！

又想“护（坑）谁”？牛鼻子老道把它给了文圣老秀才，文圣老秀才把它赠给得意弟子齐静春，得意弟子齐静春又把它赠给代师收的人——小师弟陈平安，既是想护“文圣弟子和香火”一脉，但又存了“恶心”并“坑”道家甚至幕后诸位大佬一把的心思。

按照我们解读、诠释和建构的“大阴谋/阳谋、大圈套、大迷局、大格局”三大故事布局论①，是不是嗅到了背后浓浓的迷局甚至是迷中迷、局中局的大局面？

没错，小小一根碧玉簪子，不仅仅涉及了当下齐静春和道祖亲传掌教大弟子道老大一气化三清之化身李希圣的“大道之争”，更追根溯源挖出过去牛鼻子老道与道祖的“万年恩怨”，并扯出了齐静春和诸方大佬对赌陈平安“万中之一”的“千年第一局”。

---

① 参见庄庸、杨丽君等主编：《爽点宇宙：中国网络文学阅读潮流研究（第 2 季）》，华语网络文学智库丛书，中国青年出版社，2020 年版。

一切都起源于选择！

谁在选择？齐静春。

选择了谁？陈平安。

又为谁选择？……

“为什么人”的问题，贯通了从齐静春到陈平安的选择！

为天地立心，为生民立命，为往圣继绝学，为万世开太平——取决于“为什么人”的根本问题。

齐静春做了选择，把接力棒传给了陈平安；

是时候轮到陈平安做出选择了。

从别有洞天却让人看走了眼的白玉簪，到大道显化、理当如是的小行亭，陈平安一直走在从脉络说到顺序说、从切割术到圈定道、从“破茅庐”到“小行亭”的寻道问理、以一究万之道·路上。

为谁立小天地，又为谁顶天立地？

哪怕立一行亭？

立于天地间，人生如逆旅，谁立一行亭？

时时、事事、处处都在做出自己的选择。

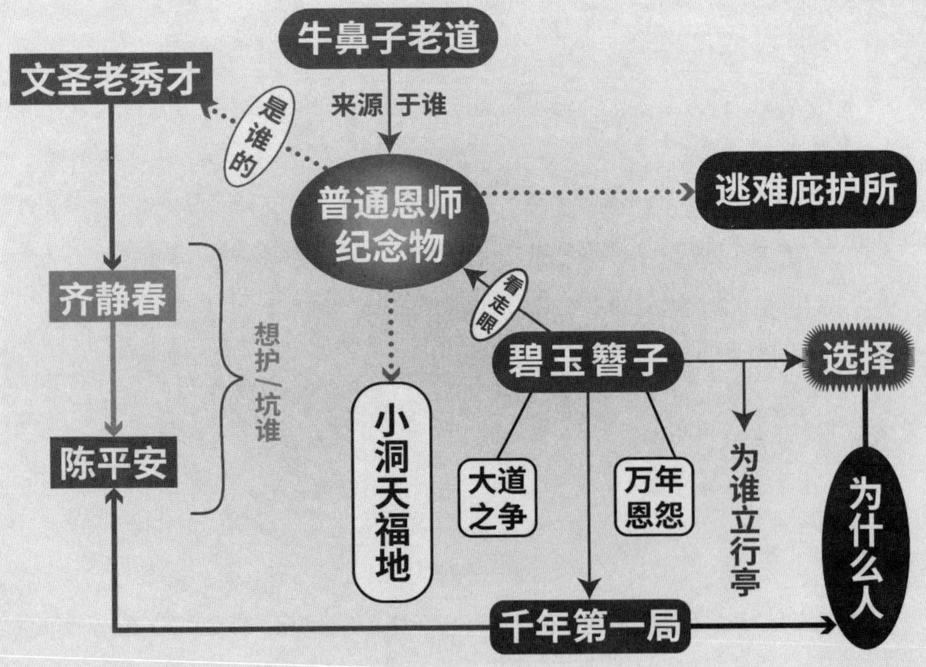

第一节 桃源之木：

从“避难庇护所”到“驱邪利器”

齐静春的学说不是太异端，而是太有颠覆性；一旦学说功成，便可“立教称祖”。这其实是动了三教一家的利益盘子，所以，三教一家要联手灭杀。

文圣老秀才未虑成先虑败，先不去想齐静春那不怕“一万”的成功概率，而是先思量那“万一”失败的概率。

所以，把那一根簪子传给了齐静春，为他留下了最后一条退路：若真有那么一天，大道失败，举世无一立锥之地，齐静春还可以“躲进小楼成一统，管他冬夏与春秋”，避祸避上一百年，再出来——那个碧玉簪子就是一个相当于桃花源的小天地。

陈平安摘下别在发髻的那根碧玉簪子。

阿良接过手，心神沉浸其中，然后哑然失笑：“好一个老秀才，当初连我都给骗过了。”

陈平安甚至都懒得用心声言语，直接开口说道：“先前与离真那场捉对厮杀，靠着这支簪子，才扭转战局。不然我当时还不是剑修，赢不了离真。”

碧玉簪子已经打开禁制，阿良自然一览无余。

陈平安说道：“光阴流水的流逝，与很多洞天福地都截然相反，约莫是山中一月世上一年的光景。”

碧玉簪子，是一处极其古怪的洞天福地。疆域不大，至多容纳百余人居住其中。灵气也一般，根本算不得风水宝地。准确说来，根本并不适合修道之人修行。

阿良叹息道：“老秀才用心良苦。”

老秀才为了弟子齐静春，可谓煞费苦心。

在此避难，当作一座书斋便是了，大可以安心读书。百年数百年之后，天地变色，说不定下一次重返浩然天下，便是另外一番光景。

老秀才最早的初衷，极有可能便是要拖到蛮荒天下攻打剑气长城，儒家开辟出第五座天下的通道，多出一座幅员辽阔的崭新天下，换了一张更大的棋盘。落子的地盘多了，弟子齐静春的立足之地，希望就可以更多些。

老秀才离开功德林的时候，可能就已经做好了打算。愿意用开辟出一座天下的造化功德，换取齐静春这位弟子在人间的立锥之地。

陈平安缓缓说道："先生是这样的先生，那么我如今对待自己的弟子学生，又怎么敢敷衍应付？茅师兄曾经说过，天底下最让人如履薄冰的事情，就是传道授业、教书育人。因为永远不知道自己的哪句话，就会让某个学生牢记在心一辈子了。"

阿良将碧玉簪子递还给陈平安。

陈平安重新别在发髻间。

八个小篆文字：言念君子，温其如玉。

——烽火戏诸侯《剑来》：第九卷 天上月　第六百六十七章 簪子

这个文圣老秀才赠给齐静春、齐静春又赠给陈平安的碧玉簪子，就是一个仿若私家园林大小的小天地，可以延续百年光阴（簪子中时间的流逝比外面慢，犹如"天上方一日，世上已一年"），让这个他寄予厚望的读书人亲传弟子在避无可避、退无可退时，还有"最后一块清净之地"，"躲进小楼成一统，管他冬夏与春秋"。

但到了陈平安的手里，就成为对敌决战、扭转战局的"制胜武器"。

宁姚在城头上，眼神熠熠光彩，视线所及，是那依旧青衫却无碧玉簪子的纯粹武夫陈平安，强忍住不去看那天地接壤的雷池天劫处。

离真不再虚握拳头，一手轻轻握拳。整条手臂都开始血肉分离，白骨粉碎。

没想到还是到了需要用到这一手仙兵符箓的惨烈地步。

离真整条手臂都已经消失，脸色也有些惨白，但是原本握拳处，出现了一道古意苍苍的远古符箓，悬在空中。

只见那一条手臂颓然下垂的年轻人，左手抖袖，出现了一件金色长袍，继续奔走。但是与此同时，长袍自行穿戴在身。

下一刻，大地之上，出现了一座三峰连绵起伏的山脉。

再也不见那位从青衫换成金色长袍的年轻人。

一条金色长线从剑气长城高空掠过。

越过了那座三山大岳。

将那本命剑月光与光阴流水共同打造出来的小天地，一剑劈开，直落离真头顶。

离真丢了手中那枚剑丸，瞬间融入身旁剑仙观照的眉心处。

剑仙观照缥缈身形，瞬间剑光溅射，身高数十丈，手持长剑拦阻那把金色长剑。

离真七窍流血，心中大恨。

好死不死，也要拖自己下水！

本该只有宁姚，才有资格让自己付出这么大的代价！

为了驾驭那仙兵符箓，需要他离真折损一魂一魄！而那剑丸，融入观照剑心之后。

离真的初衷，就是要干脆舍了这个相当于两件仙兵价值的观照，配合三山符箓，去与那宁姚换命的！

不然此后只要自己之剑心，稍有抵触“观照”，就意味着这辈子都无法真正驾驭一位手持仙兵、本身更是一件仙兵的傀儡观照，完全就是鸡肋，更有损他离真这一世的道心。什么与陈清都并肩作战、至死都不学那龙君的观照，什么剑气长城的最老刑徒，就该死得干干净净、清清爽爽。

离真猛然间转头望向那天地接壤相撞后的高空，瞪大眼睛直直望去。

是一支缓缓下坠的碧玉簪子。

的的确确再无那白衣阴神。

头顶上空，来时一线轨迹始终金光凝聚不散的那把仙兵剑仙，与观照手中长剑碰撞在一起。

除了离真所站之处，四周大地瞬间沉陷数十丈。

在那碧玉簪子与离真之间，凑巧悬停静止了两把从头到尾做样子的飞剑：松针、咳雷。

刚好是一条直线。

碧玉簪子下坠途中，出现了一位陈平安。

一瞬间，陈平安就踩在了飞剑松针之上；下一刻，又站在了咳雷之上。

在成为御风境武夫之前，当有剑遁逃命之法。

所以崔东山、齐景龙，再加上纳兰夜行，一起为陈平安研究出了这一门秘术。

先将松针、咳雷两把飞剑炼化为类似“符箓”的存在，从而能够以松针、咳雷作为类似光阴长河当中的锚点，帮助陈平安转瞬间就可以撤出战场百余里，甚至会是数百里。

可是到最后，对于陈平安这种纯粹武夫而言，逃命之法，依旧应当用来搏命杀人才对！

陈平安的真身其实一直就与阴神融为一体，只是让那对手觉得自己阴神出窍远游、撤离雷池而已。

有意在云海天劫、大地雷池当中被那十八芥子剑仙重创“阴神”，只在最后一瞬间，真身与阴神才一起藏入阴神头别的玉簪当中。

不然早早躲入其中，兴许一线之间，那根暂时无主的碧玉簪子就要落入对手之手。

至于初一十五、松针咳雷，总计四把飞剑，都留给了阳神身外身的纯粹武夫陈平安——还有那件仙兵品秩的法袍金醴。

两者皆是只求不死，就足够了。

只在几个念头流转的转瞬之间，不谈境界与剑术，只说思虑之多，任你是城头剑仙，也不如我陈平安。

为的就是这一刻出剑。

离真抬头望去，神色复杂。手段尽出，还能如何？那个最坏的结果，那个意外相累加的万一，好像真的来了。

陈平安伸手一抓，默念一字。

一剑劈斩而下，直接将那离真的身躯当场一斩为二。

离真只是稍稍偏转脑袋。

所以总算保全了一颗完整的头颅。

手中长剑只是一份模仿而来的剑意凝聚而成。真当陈平安在城头之上，被左右教剑一次次，是陈平安虚度光阴不成！

并非那依旧与观照对峙的剑仙。

读书人观人间，万物可取，化为己用。

陈平安落地后，长剑剑意已碎，一脚踩在那颗头颅之上；一拳递出，将所有试图四散逃离的魂魄给拘押在手。

离真本就残缺得仅剩魂魄，就那样被一个犹然不知姓名的年轻剑修，攥在手里，轻轻提起，以隐约有春雷震动声势的拳罡，将其死死笼罩。

陈平安一脚踩烂那颗头颅，五指如钩，渗入对方的魂魄当中，问道：“小废物，怎么不絮叨了？”

离真魂魄没有任何挣扎，扯了扯嘴角，刚要说话，就被陈平安以拳罡炸了个粉碎：“我求你多说一个字？你做得到吗？”

天地之间，唯有剑气罡风，吹拂年轻人的鬓角和长袍。

——烽火戏诸侯《剑来》：第九卷 天上月　第六百一十五章 离真死了

就是陈平安对阿良所说的那一场战局——“先前与离真那场捉对厮杀，靠着这支簪子，才扭转战局”。

这就像：本是一本“桃花源记”，最后却变成了一根“小宇宙桃花木”。

避祸，驱邪，诛魔。

一源二流。

一气呵成。

是为传承。

第二节 别有洞天：从“圣人小天地”到“存储空间”

在这场捉对厮杀的人妖之战中，这根碧玉簪子是靠什么“扭转战局”的？

是像超级法宝或神兵利器一样，碾压对方，摧枯拉朽？

或是像压胜之物，可以让你手臂延伸，将周围五百米甚至是方圆五千米，变成你作为“坐镇圣人”可以俯瞰的一方天地？

就像当初镇守骊珠洞天的儒家圣人齐静春，可以借助儒家压胜之宝“圭壁”和其他三教一家的宝器，手臂延伸，触角覆盖，查知小镇每一处的生机、气息和人事物发生的细节——犹如他就是小镇，小镇就是他；而且，还不仅仅如此，他还高于小镇，犹如小镇的天，或者小镇这一方小天地的“造物主”一样。

甚至，真正像与这方天地“合道”的圣人一样，把这一方小天地真的变成“圣人小天地”，掌控其中的气运之枢机、生灵之命运？

崔东山坐回椅子，正色道：“元婴破境跻身上五境，精髓只在‘合道’二字。”

“我与先生细说这些，就是希望先生看待这个世界，能更加全面且透彻，晓得如今天地运转的规矩，到底有哪些条条框框：哪些必须不去触碰，哪些可以破而后立。立起来，就是‘合道’！被浩然天下的正统所认可，哪怕儒家的学宫和书院圣人不认，都得乖乖捏着鼻子！因为至圣先师和礼圣，认！”

陈平安陷入沉思。

——烽火戏诸侯《剑来》：第六卷 小夫子　第四百一十章 有些事情必须知道

或者，就像藕花福地一样，牛鼻子老道是这方天地的老天爷，可以操控万物生灵的生死和修行。

但这种碧玉簪子的“小洞天福地”，和所谓的圣人小天地以及牛鼻子老道当老天爷的藕花福地还是有区别的。

小天地既不是圣人自己大道的显化，亦非神道的破碎空间，更不能像藕花福地那样被老天爷操控。

陈平安最后拿起那根玉簪子。齐先生说是早年他的先生所赠，是寻常之物，并非什么奇珍异宝。

碧玉簪子上篆刻有八个小字。

宁姚解释过“言念君子，温其如玉”这句话。

君子。

陈平安虽然没读过书，但依然觉得这个词语，肯定是分量很重的称呼。

门口那边传来宁姚的嗓音：“你怎么不把这支簪子别上？人家既然愿意送给你，自然是希望你物尽其用。”

怔怔出神的陈平安抬头望去，笑问道：“你怎么来了？”

宁姚坐在陈平安桌对面，瞥了眼陈平安手中的簪子：“我仔细查看过了，的确是普通的簪子而已，没有暗藏玄机。一开始我还以为是座小洞天呢。”

陈平安一头雾水：“啥？”

宁姚看着那一桌子陈平安的“压箱底家传宝”，解释道：“别有洞天，这个说法听说过吧？老百姓只当是读书人的修辞说法，没当真。其实这里头很有讲究。天底下洞天分两种。一种就是我们身处的这座骊珠洞天，属于十大洞天、三十六小洞天之一，就是‘洞天福地’的那个洞天。有些疆域广袤，不知几千几万里。传说中道祖拥有一座莲花洞天，虽是三十六座小洞天之一，但其中一张荷叶的叶面，就比你们大骊王朝的京城还要大。”

陈平安一惊一乍，怀疑道：“不可能吧？”

宁姚笑着伸出大拇指，翘起伸向自己，胸有成竹道：“我也不信，所以将来我去亲眼看过之后，回来告诉你真假！”

陈平安轻声道：“这么稀奇古怪的地方，不是谁都能进去的吧？”

宁姚呵呵笑道："你以为我是谁？"

陈平安赶紧岔开话题："宁姑娘你继续说洞天的事情。"

宁姚随手拿起一块小巧玲珑的蛇胆石，桃花色，握在手心摩挲，说道："任意一座大洞天，都能够贯通天地，灵气充沛——那才是名副其实的仙家府邸。练气士身在其中修行，事半功倍。洞天之主，非是身负大气运之人不得占据，早已被三教百家里的佼佼者瓜分殆尽，不容他人染指。三十六小洞天，有点像是藏藏掖掖的秘境，如女子犹抱琵琶半遮面。其中以桃源洞天最风景宜人，以罡风洞天最为幽奇险峻，以骊珠洞天……"

陈平安好奇问道："我们这儿怎么了？"

宁姚嘴角翘起，伸出两根手指，轻轻捻动，道："最小，就这么点大。弹丸之地，不值一提。"

陈平安干脆盘腿而坐，懒洋洋的，趴在桌上，然后扬起一只拳头，依次竖起一根根手指，柔声笑道："可是我在这里，遇到了齐先生、杨老头、刘美阳、顾粲——当然还有你，宁姑娘。"

宁姚也笑了："还有一种小洞天，就是收纳物品的地方。佛家有须弥芥子一说。道家则是袖有乾坤。其余百家也各有各的说法……其宗旨都是'方寸之地容天地'。简而言之，就是说一点点大的物件，能够放下很多玩意儿。只是相较真正的洞天福地，这种冠以'洞天'头衔的宝贝，放不得活物。我娘亲以前最值钱的嫁妆之一，就是一枚玉镯子。里边的洞天，差不多是这栋屋子这么大的地方。"

不知外边天高地厚的草鞋少年，便有些失望："这么小啊！你看人家道祖的一片莲叶，就有一座城池那么大呢。"

宁姚恼羞成怒，身体前倾，伸手就想要给陈平安脑袋一巴掌。陈平安赶紧身体后仰，左右躲闪。

宁姚出手数次也没能得逞，灵犀一动。那只握有桃色蛇胆石的手，作势要丢出石头。

陈平安赶紧慌张道："别扔别扔！要是边边角角磕坏了，肯定要少赚很多铜钱的！"

宁姚撇撇嘴，放下蛇胆石，只是突然又迅猛抬手。

吓得陈平安赶紧闭上眼睛，不忍心去看。

啪的一声，将石头重重拍在桌面上，宁姚捧腹大笑。

陈平安睁眼后，无奈道：“宁姑娘，你能不能不要这么幼稚啊。”

宁姚一挑狭长眉毛，手肘一扫。那颗石头被扫落桌面。

陈平安双手挠头，苦着脸。

跟宁姑娘讲道理，讲不通啊。

宁姚嬉笑一声，从桌面下伸出另外一只手。那颗本该摔落在地的石头，赫然躺在她的白皙手心。

陈平安还是双手抱头，可怜兮兮。

——烽火戏诸侯《剑来》：第一卷 笼中雀　第七十章 天亮

剑气长城天才剑胚道种宁姚看走了眼。碧玉簪子确实不是一个普通的物事，而是“别有洞天”。

但是，在那个庞大且等级体系复杂的洞天福地体系里，碧玉簪子不过是可以存储物事的小洞天而已——只不过，在文圣老秀才的本意里，它不是用来“储物”，而是用来“存人”的。

第三节 看簪看人：从“王之领域”到“人心界域”

尽管碧玉簪子在与离真对决之中起到了扭转战局的作用，显示出了它的某些特异功能。

但不能说它就此会成为一件极其重要的“超级法宝”或“特殊异宝”——就像阿良初遇陈平安所设想的种种可能性：

一个别有洞天的风水宝地；

文脉薪火相传的信物；

一支破簪子而已。

如果是前两者，阿良是肯定要取走它的；如果是后者，那就无所谓了。

欲戴其冠，必受其重。

如果“那根簪子意义跟我之前想象那般重大”，他不认为陈平安现在能承受这“生命之中不可承受之重”。

即使陈平安经受住了他阿良的考验，也并不意味着齐静春把重托压在这个泥腿子少年的肩上，就是对的！

当然，如果这真的只是一支破簪子，那就另当别论。

就权作一个纪念好了。

雨砸在两人的竹篾斗笠上，啪啪作响。

陈平安沉声道：“这根簪子很普通，只是普通的玉材。”

阿良盯着一本正经的少年，好像听到一个天底下最大的笑话，龇牙咧嘴，好不容易才忍住不笑出声：“你说了不算。”

陈平安额头渗出汗水，但是很快就被溅在脸上的雨水冲刷掉，看着那个男人，问道：“那你到底想要什么？”

阿良笑问道：“你是不是觉得自己要死了？”

陈平安在这一刻，突然感到很绝望。

因为阮师傅来过，又走了。

而这个男人还站在自己眼前。

阿良还是那个笑眯眯的阿良，斜挎着那把绿色竹刀。

这个男人笑望着少年：不高的个子，单薄的衣衫，结实的草鞋，当然还有那根画龙点睛的碧玉簪子。

如果他没有记错，簪子上篆刻有漂漂亮亮的八个小字。

陈平安嘴唇铁青，颤声问道：“你能不能放过他们？”

阿良不说话。

陈平安在临行前一夜点灯熬夜，就尽可能想象所有困境。他不是没有想过，此次前往山崖书院求学，路上会遇到大大小小的坎。因为光是他的仇家，明面上就有云霞山、老龙城和正阳山三方，无一例外都是山上的神仙中人，却都跟他有生死大仇。所以陈平安很担心因为自己的缘故，连累到红棉袄小姑娘的求学之路。

那天跟李宝瓶说起自己小时候进山的坎坷难熬，并非少年想要诉苦，想要摆小师叔的威风架子，而是想告诉小姑娘一件事情，就是他们去那座已经搬去大隋的书院，路程肯定比他当年进山采药更远。如果有一天他不在了，没办法陪在她身边，而李宝瓶又希望去那里读书，只是因为她对自己没信心，那么陈平安希望她能够像当年那次进山，多走几步，走着走着，说不定就走到了。

只不过当时这些话跑到嘴边，陈平安突然觉得两个人才起步远游，说这种话实在太晦气、不吉利，所以只说了一半，就把另一半咽回肚子，改成希望她能够成为第一个小夫子、女先生。既是讨吉利，也确实是陈平安对小姑娘的期望。

阿良笑道：“退一万步说，那根簪子是寻常的文人饰物，也不属于你。退一百步说，我不相信齐静春郑重其事保存这么多年的簪子，会没有暗藏玄机，例如它其实是一座不为人知的小洞天，或是一块拥有成为福地资质的风水宝地。如果只退一步说，那就更厉害了。它有可能是一支文脉薪火相传的信物，就像道教三大主脉的掌教信物——一块桃符、一件羽衣和一顶道冠。如果属实，簪子真是齐静春的先生信物，陈平安，你觉得戴在你头顶，合适吗？”

陈平安答非所问道：“阿良，你能不能放过李宝瓶李槐他们？”

阿良笑问道：“你怎么确定我答应了你，事后不会反悔？”

陈平安的脚尖微动。

阿良双手环胸，笑道：“少侠别冲动啊，咱们这不是正在讲道理嘛。等到道理讲不通了，再动手不迟。”

陈平安默不作声，脸色苍白。

阿良上下打量了一番少年：“还真有点像。”

阿良收敛玩笑意味，伸出手：“交出簪子，我不杀他们。”

陈平安手指颤抖。

阿良缓缓说道：“这是齐静春的先生遗物，也算是齐静春的遗物。”

陈平安抬起手臂，伸向头顶。

阿良笑道：“你亲手折断簪子，我就不杀你。我从不骗人。”

陈平安突然停下手，深呼吸一口气，一脚后撤，如搏杀起手式。

阿良问道：“你是觉得反正自己死了，我也会放过李宝瓶他们，所以你哪怕死，也要试试看，能否凭本事护住这根簪子？”

陈平安一言不发，两步重重踏地，就冲到了阿良身前，一拳挥出。

下一刻，陈平安突然发现眼前已经没有了阿良的身影。

陈平安僵硬地转过身。果不其然，那斗笠男人就站在那里，只是手里多了一根簪子。

阿良叹了口气，似乎对那根簪子根本没有太大兴趣，伸出手递给少年：“拿回去。”

陈平安小心翼翼走上前数步，从他手里接过那根碧玉簪子。刹那间少年只觉得头顶一沉，原来是斗笠男人一只手轻轻按在了他头上。两人肩并肩站立，只不过两人朝向相反。一直以吊儿郎当面孔示人的男人叹了口气：“陈平安，以后别做傻事了。天底下哪有死物，比人的性命还重要？一定要活下去，哪怕没办法好好活着，也要活着。天底下没有比这更大的道理了。”

斗笠男人拍了拍陈平安的脑袋，抬头望着黑沉沉的天幕。他笑道：“你要知道，不管这根簪子到底有多值钱，意义有多大，齐静春既然愿意交给你，就一定是相信你。所以只要是需要你做出生死抉择的时候，一定要选生，不可选死。壮壮烈烈而死，慷慨激昂赴死，风流写意去死，可死了就是死了啊。”

斗笠男人收回手：“齐静春对这个世界很失望，那是他的事情。你陈平安就是你，别学他。你还没有真正见识过这个世界的好和不好。人生不满百，常怀千岁忧，那是他们读书人的事。我阿良不是读书人，你陈平安暂时也不是，所以……”

男人最后也没有说出“所以”之后的原本内容，只是轻声道：“陈平安，相信我的眼光。你将来可以走很远的路，甚至能够比齐静春更远。”

少年轻声问道：“为什么？”

男人手心轻轻摩挲竹刀刀柄，笑道：“因为我是阿良啊。”

两人最终一起沉默走下山顶。

陈平安问道：“那边山坡的两个人？”

阿良想了想：“死人？”

陈平安欲言又止，想了想，还是没有在这个问题上刨根问底，换了个话题问道：“你为什么不拿走簪子？”

阿良嘴角抽搐，哀叹道：“簪子拿到手后，才知道比我设想最坏也只是退了一万步。更不像话，简直是退了几万步。它真的就只是一根破簪子，那我要它做什么？”

少年说不出话来。

阿良摇头道：“真正的读书人都穷，你以后就会明白了。我其实早就该想到的。按照道德林那老头子的脾气和齐静春的性子，传下来这么根普通簪子才是正常。”

——烽火戏诸侯《剑来》：第二卷 山水郎　第九十一章 玉簪

这就是根破簪子。

但它确实别有洞天；而且，确实是文圣一脉香火传承的重要信物。

阿良也看走眼了。

他猜中了三分之一，但是，另外三分之二都落了空。

但这就是剩余的事实、真相和秘密吗?

不是!

碧玉簪子并没有从一个普通的破簪子，突然逆转成为权势、法力和灵气滔天的“镇教镇国镇天下之宝”。

就像讲故事写爽文常见的套路那样。

它是而且只是一个文脉香火传承的信物与象征物而已。

它甚至都没法说是一个超级利器或压胜法宝，可以让掌控之人手臂延伸，将此方天地笼罩于某种“王之领域”之中——

敌人身处于小天地之中，便是处于自己像主宰者一样操控的“领域”或“界域”之中，完全身不由己，生死操控于他人之手。

就是所谓的时空领主“领域”或“界域”之境。

一旦敌人主动进入或者被强制进入领域，就必须遵守领域之主所制订的规则;“我”就是领域之主、界域之王，掌握着规则的权杖;

所有人的生死皆操控于“我”之手。

但就如我们此前曾经分析过,《剑来》之中虽然也时不时地强调这种“圣人小天地”的操纵与掌控，但似乎并无意把它设定和建构成“领域”或“界域”的时空法则:

故事“魔幻迷宫”……其实就存在于网络文学“没有在字里行间言传，但可以插上翅膀，想象、猜测和勾勒出一个整体世界”的庞大而广阔之“阅读域”。

“阅读域”则是我们在撰写中国青年阅读指数报告时造出的锐词，用以概括和界定“阅读的领域、边界和地盘”：每一个阅读域都有限定、制造和引爆我们阅读潮流、舆论情报和思想生态重塑的功能与规则。

就像玄幻小说或动漫轻小说，经常会使用“神之领域”“王之域”“权杖之界域”等之类的词，用来形容如下状况：一个人如果形成自己所能掌控的“域”，就能操控主动或被动进入自己界域的人、事、物及其命运，甚至可以强制对手/

敌人进入自己的领域，从而获得制胜的先机。

2019 年国漫动画电影《罗小黑战记》就采用了这种“域之概念”。

如果要直观和形象地理解的话，就可以看看烽火戏诸侯《剑来》之中兵家圣人阮邛接手骊珠洞天之后，将其划为自己的界域，立下“所有山上仙圣势力必须拜他阮邛码头”的规矩，不能过界；如果不遵循，即使不在他的界域之内，他也可以蛮不讲理地把这些挑衅之人硬生生地拽进他的地盘里，用剑斩得其身消道殒。

因为，在他的界域里，他的剑就是规矩；而他用剑讲规矩，天道不会反扑，三教一家修行体系还是默认的。因此，大骊王朝甚至整个浩然天下的仙凡势力，都只得捏着鼻子认。从这个故事桥段，我们可以理解“拥有自己界域或可生杀予夺”的霸道规则——

当然，《剑来》本身是没有这种“界域”或“领域”的玄幻或次元概念的。但“阮邛规矩”确实有助于我们认识和理解这种“领域规则”。

有大量的网络玄幻小说和次元动漫是直接采用了这种“领域”规则的。只是时间有限，我们不能“即想即得”，展开描述，用以举例和佐证。[①]

《剑来》中的“圣人小天地”，与这种动漫游戏特别是二次元世界设定中的“领域”或“界域”有些类似，但又有本质的区别。

迄今为止，烽火戏诸侯对此的“设定”还没有太多的“案例”：

《剑来》之中有关“圣人小天地”的场景和桥段屈指可数；

更别说像“领域”或“界域”一样，对这种“小天地”的法则、功能和作用等进行详细的设定……

因此，这种“圣人小天地”是否能成为具有避难、防御、操控和进攻等属性之地和平行时空，还有待详细的观察。

但这不是关键。

---

① 参见庄庸、杨丽君等主编：《爽点宇宙：中国网络文学阅读潮流研究（第 2 季）》，华语网络文学智库丛书，中国青年出版社，2020 年版。

背负行囊的老人走在街道上，仔细想了想后，临时决定就此作罢，路遥知人心而已。

老人悄然一伸手，握住了一枚碧玉簪子，随手放回袖中。

那些孩子往南去大隋，老秀才则去了西边。

大路朝天，各走半边。

是否殊途同归，不知道，不好说。

但是脚下的路，到底是要自己一步一步走的。

……

一艘大船上，因为有一头碍眼碍事的白色驴子，害得陈平安四人只能站在船头那边，不得舒舒服服坐在船舱。

好在四人早已习惯了风餐露宿的苦日子，只是李槐有些气愤船主的狗眼看人低而已。不过很快就笑嘻嘻让林守一帮着牵着毛驴，他爬上驴背。坐船又骑驴，让李槐笑得合不拢嘴。

附近大船乘客都用看白痴的眼神，看着这些少年和孩子。

林守一握着缰绳。江风徐徐而来，轻轻吹拂少年的鬓角发丝。少年摸了摸心口位置，那里有黄纸符箓和《云上琅琅书》。

陈平安蹲在一旁，正在动作娴熟地拿柴刀劈砍绿竹。他答应过要给林守一和李槐做两只小书箱。

蹲着也不愿摘下翠绿书箱的红棉袄小姑娘，突然惊讶道：“小师叔，你头上的簪子不见了！上船之前，分明还在的。”

陈平安愕然，摸了摸头顶发髻，有些茫然。但是这段时间以来，少年习惯了种种意外，虽然心里很失落，仍是笑道：“没关系，我记得那八个字。以后给自己做一支，刻上一样的字。”

李宝瓶点了点头。

……

走在红烛镇街上的老秀才，会心一笑，低声道：“善。”

——烽火戏诸侯《剑来》：第二卷 山水郎　第一百一十八章 天地有气

关键是，这根碧玉簪子到底意味着什么？

就像阿良曾经想象又落空的“那根簪子意义那般重大”——并不足以概括全部。

因为，从齐静春到文圣老秀才，不只是在看簪子，亦在“看人”。

一个看准了人，就把簪子送了出去；

一个在还没有看准人时，就把簪子收了回去。

路遥知马力，日久见人心。

来了，又走了。

走了，又来了。

碧玉簪子不见了。

碧玉簪子又回来了。

来和回之间，头上插的是簪子，眼底看的却是人心。

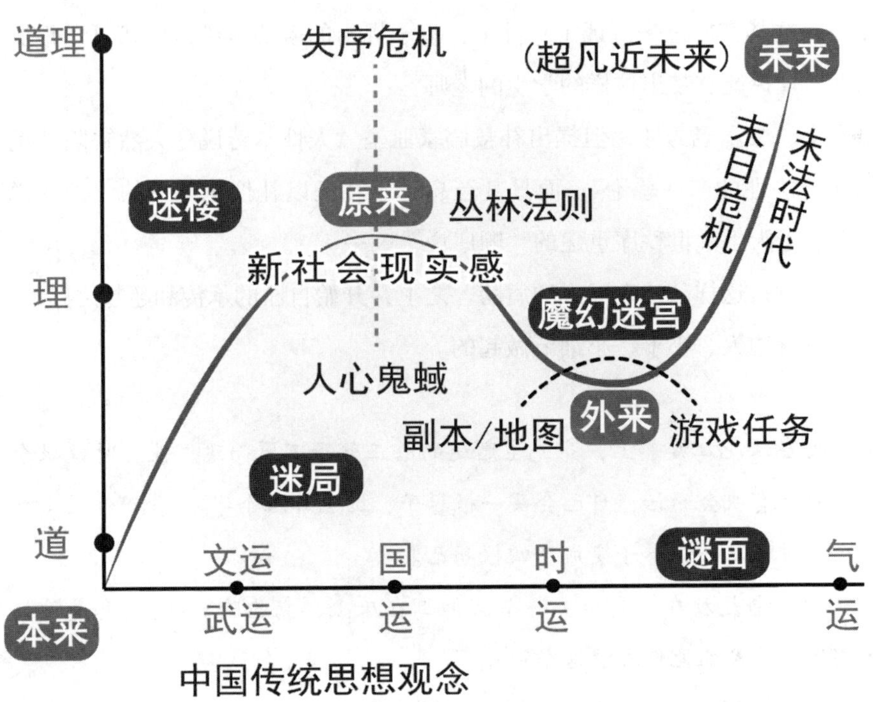

第四节 赠君以簪/亭：从“四根玉簪”到“天地一行亭”

赠君一玉簪，千秋万世太平运。

从儒家圣人齐静春到文圣老秀才，传给陈平安的这一根碧玉簪子，上面有八个字：言念君子，温其如玉。

这不仅仅是文圣一脉“君子之道”的香火承传；更重要的，是文圣儒家的超越与传承——文圣老秀才原来位居儒家文庙祭祀第四人，屈居至圣先师、礼圣和亚圣之后。

由于代徒（崔瀺）赌运，在三四之争（即亚圣与文圣之争）中事败，而被迁出文庙——这其实反过来例证了一件事：弟子提出的事功学说，居然可以跟亚圣一较高下，遑论能够带出这样的学生的老师？

事实上，文圣老秀才不但提出补救儒家亚圣“人性本善说”天然缺陷并例证儒家教化合法性的“性恶论”；而且甚至超越了礼圣以礼仪化天下的“秩序说”，提出更有利于天下乱世秩序重建的“顺序说”……

陈平安就是这样“站在巨人的肩膀”之上，开始自己的承传和超越之路的。

这是从身边人、小事、小细节做起的。

陈平安在绣花江渡船上，齐先生赠送的碧玉簪子不翼而飞。他当时就跟李宝瓶说过，以后有机会的话，自己会买一根簪子，刻上那八个字。

如今不过是从一根簪子变成了四根而已。

李槐把小书箱放在墙角后，一个后仰倒在床上，满脸陶醉道：“真是神仙住的地方啊！爹娘和姐他们就没这个福气。”

孩子记起一事，赶紧起身，蹲在墙角打开书箱后，一顿摸索，干脆将彩绘木偶和泥人儿在内的物件，全部挪出来放在脚边。李槐脑袋伸入空荡荡的书箱，然后猛然转头望向陈平安的背影，委屈道：“崔东山果然不是个好东西！那颗银锭不见了！陈平安，咋办啊？我可以去讨要回来吗？”

陈平安将木盒和刻刀都放在桌上，然后开始怔怔出神。少年满脸严肃，如临大敌。

听到李槐的抱怨后，陈平安转头笑道：“虫银如今是你的东西了。如果真的在他那里，你当然可以要回来。”

李槐急匆匆跑出屋子：“我找崔东山算账去。”

陈平安提醒道：“记得跟人好好说话。”

陈平安去关上门，坐回桌旁，双指捻起那柄狭小精致的玉工刻刀，默默感受着它的重量。

他自己那根簪子应该雕刻什么，很简单，就是之前遗失的那根簪子上所刻的八个小字：言念君子，温其如玉。

但是其余三支玉簪，他打算分别送给李宝瓶三人，作为将来到了大隋书院的离别赠礼。

宝瓶。守一。槐荫。

最后，使劲挠头的陈平安也只能想出这么三个说法，虽然一点也不雅致，可毕竟能保证不会出错。

——烽火戏诸侯《剑来》：第二卷 山水郎　第一百三十八章 拔河

从此开始，以己推人。

沿着顺序说、脉络说、秩序说等前辈思想与学理，陈平安走了一条寻道问路、证明自我、与大道合一的道·路，并逐渐通过“心境显化”，建构起了“天圆地方一行亭”。

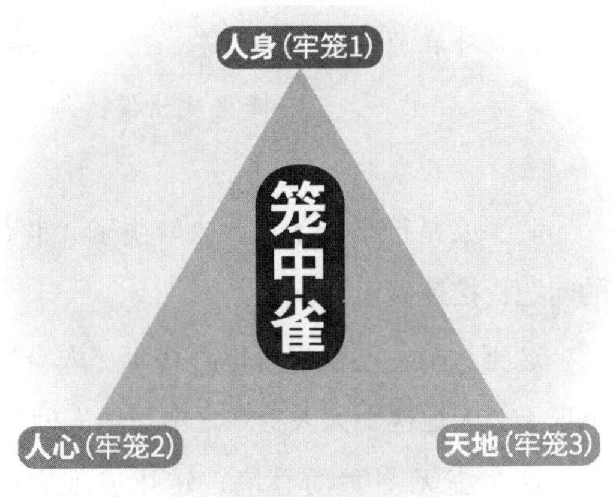

它就是陈平安自己的心路和

大道的“物化”或“实化”——从虚无缥缈的幻象，化为一个实物。

陈平安的心境显化为“天圆地方一行亭”：心境为虚，幻化为像，本应该还是“虚拟成像”；然而，在这里，却是真真实实、现实存在的一座行亭。

我们可以解读、诠释和建构为“虚拟—增强现实成像感”：它是虚拟成像，又是增强版的现实。

“合道天地”和“行亭建筑”其实是一个道理和逻辑：由虚向实，由实向虚，虚实相生，实虚结合，他便成为此方天地的主人；此方天地由他说了算；他在此方天地，就成了近乎无敌的存在。

陈平安点点头，去往那座行亭建筑，独自一人，抱膝而坐。

霜降站在远处台阶上，看着那座建筑那个人。

此地是年轻人的心境显化。

所以陈清都去得行亭，甚至捻芯愿意的话，也可以去。因为在陈平安内心深处，他认可捻芯这位魔道中人，唯独他这头化外天魔就绝对不被允许。

天圆地方一行亭。

立足处，是陈平安由衷认可的那些大小道理。

四根亭柱，分别是陈平安在人生远游路上，逐渐化为己用的四条根本脉络。

而亭顶，象征着陈平安心心念念的大剑仙。

年轻人看待人生，所见之人，就是一座行亭的暂留客，迟早都要与他分别，有些打招呼，有些不曾说。

他就守在原地，如那行亭，愿意为人做些遮风挡雨的小事。

——烽火戏诸侯《剑来》：第九卷 天上月　第六百八十章 解契

陈平安是行亭的主人。这解决了“谁立行亭”的问题。但是，“为谁立行亭”的问题，接踵而至。

这座行亭，不仅仅可以存在于“人身这个小天地”之中，还可以真真切切地出现于“天地这个大人身”之中，供人栖憩、暂留。

这个虚无缥缈的心境，转化成现实中真实的行亭建筑后，可由主人实施

“准入规则”：许可之人如陈清都、捻芯准入，不许可之人如化外天魔霜降不准入。

关键在于，这座行亭就是陈平安“人生准则”的物化——陈平安的心境显化为“天圆地方一行亭”，其人生准则和做人道理被物化为现实天地之中的建筑，可准许或拒绝他们进入。

天圆地方，犹如做人“外圆内方”——从《剑来》开局之中的故事里，从刘羡阳到崔诚，都揭晓了：大多数时候陈平安都很好说话，但是有时候陈平安最不好说话。因为，他有自己的原则和底线。

“立足处，是陈平安由衷认可的那些大小道理”，既是看不见的人生准则以大小道理为立足处，也是看得见的这座行亭以大小道理为基石建筑而成。

而那四根亭柱，则是陈平安已经化用的四条根本脉络。或许就包括观道观牛鼻子老道的脉络说和文圣老秀才的顺序说。

而亭顶，就是以“大剑仙”为名，象征着陈平安心心念念的自由、恣意：

小则如他终于跻身远游境时那种“剑客问剑云上仙人”“让他们给老子磕头”的恣肆（《剑来》第九卷第六百七十六章）；

中则如《撼山拳》所言，一拳可退三祖；

大则如《剑来》整部故事文案所言：“我陈平安，唯有一剑，可搬山，倒海，降妖，镇魔，敕神，摘星，断江，摧城，开天！”真是大气磅礴、动人心魄，令人心旌摇荡。

唯有这个时候，陈平安才是头角崭露、气象峥嵘、气势逼人的。

但其实，整个行亭所概括和体现的陈平安做人处事的人生准则和基本态度，还是相对温和与坚定的，甚至是“春风细雨润无声”的渗透和包容。

比如——

人生皆为旅行，人人皆为过客；

不管他人有礼无礼、有泥无泥，陈平安都愿意为他们提供驻足、暂留之地，做些遮风挡雨的小事——

力所能及，却又不至于束缚羁绊。

无论是对陈平安来说，还是对于那些暂留之客，皆是如此。

第五节 人生逆旅：
从“为谁立行亭”到“为谁立天地”

这看似极小，却是极大。

特别是放置于——

礼圣为天下万物生灵均提供“栖居之所”但同时又成“自由的牢笼”的极广之“破茅庐”，和国师崔瀺与少年崔东山在人心如棋局、人性切割如井田、恶念善为均于立锥之地一瞬间转换的极微之“方寸心”之间；

文圣老秀才“顺序说”之中为万物众生寻找破壁出圈的极远之“大自由”，和儒家圣人齐静春画地为牢、自缚手脚，于规矩之间腾挪转移的极小之“建基点”之间……

陈平安的“人生一行亭”，恰恰是在起承转合、圆润无折的极佳之中转战：

九层之台起于垒土，无行亭，何以让向上的天梯，看得到里程碑？

登山巅可以望远，下山可回到人间烟火处，均需要落于；

人生唯有诗和远方——因为远方有个宁姚宁姑娘！

少年平安行，从一根碧玉簪子到天圆地方一行亭，起承转合，串起了人生之旅最重要的足迹和轨迹。

杨老头收回视线，坦然说道：“因为你的存在，无形中起到了牵线搭桥的作用。我这些年做了不少笔买卖，赚了不少。当年传授给你那门吐纳术，一样是因为我做成某笔买卖后有盈余，所以你不用对此心怀感恩。没必要，生意就是生意。说不定将来有一天，有你的仇家坐在这里，拿出足够的筹码，我一样会跟他谈生意，把你给卖了。”

陈平安默不作声。

有些伤感。

终究还是少年。吃过再多的苦头，走过再远的山路，少年都是那个少年，过完年才十五岁而已。

杨老头指了指陈平安头顶的簪子：“虽然只是普通的簪子，但是我喜欢上边的文字，所以我准备也跟你做笔小买卖。你就用这支簪子，跟我换取一样方寸物，哪怕只是二境武夫，也可以驾驭。仅凭这一点，就比世上绝大多数的方寸物、咫尺物要稀罕。你接下来独自南下，不比上一次，是真的无依无靠了。没有一点真正傍身的东西，走不远。”

陈平安瞠目结舌。

杨老头安静等待答案。

陈平安轻声问道：“如果有一天我想把簪子赎回来，可以吗？”

杨老头笑道：“别人多半不行。你陈平安，帮着我赚了那么多次，可以小小破例一次。不过丑话说在前头，到时候可就不是一件方寸物，可以赎回去的了。”

陈平安摘下玉簪子，递给老人。

老人接过那支普通材质的白玉簪子，看也不看，收入袖中。

下一刻，不等陈平安收回手，手心就多出了一柄长不过寸余的碧玉短剑。杨老头笑道：“我觉得你给剑胚的取名不错。初一，很好的兆头。是那两个小家伙不识趣。说来凑巧，这柄袖珍飞剑，既可以温养为一把品秩不低的本命飞剑，又能当作方寸物使用，名为‘十五’。”

陈平安低声问道：“它很珍贵吧？”

“只管收下。”

杨老头扯了扯嘴角：“谁家过年还不吃顿饺子。”

——烽火戏诸侯《剑来》：第三卷 金错刀　第一百九十五章 镇剑楼

以那根陈平安仿造碧玉簪子为自己雕刻的普通白玉簪子—天圆地方一行亭为起承转合的支点与杠杆，从齐静春到文圣老秀才的碧玉簪子再到“圣人小天地”和“天地大秩序”，我们解读、诠释和建构了四个人生逆旅、“时空领主”的界域结构。

于极小之层就是，陈平安自己雕刻的白玉簪子和心境所化的“天圆地方一行亭”，是给自己人生中的过客，提供暂避风雨的歇脚之地——这是他自身做人处事的君子之道，以及为他人“立规矩”之地。

如从偏狭之处理解，陈平安的“行亭”在剑气长城镇妖狱之中第一次显化时，还是一种极其粗陋的版本，仅仅可以具有“准入”或“许可”功能。

准许陈清都、捻芯或者其他路人停驻歇脚；但不许可化外天魔霜降进入。

也就是说，它是为人生过客“遮风挡雨”的场所，而不是防御敌人进犯的要塞，更不是那种攻守皆备的“移动的棱堡”。

换一个思路，如果陈平安这种“天圆地方一行亭”变身为“攻防皆备一‘移动的棱堡’”，那么，从理论上，如果敌人误入或者被陈平安强制进入，岂非真的生死操控于他手？

毕竟，无论如何，这也是一种“王之领域”或“神之界域”之境：我的地盘我做主。

陈平安继续取出一些珍藏已久的物件。

城隍爷沈温赠送的金色文胆，神灵身死道消后遗留人间的金身碎片。

能够追本溯源到青神山的一堆翠绿竹简，大半已经被陈平安刻满了诗词佳句。

神诰宗黄冠贺小凉还给他的那颗蛇胆石。

陈平安最后取出了那枚齐先生亲手篆刻的水字印，轻轻放在桌子中央。陈平安趴在桌上。俗语有说山水不分家，山字印已经毁在了蛟龙沟，水字印显得有些孤零零的。

陈平安怔怔出神，生出一个念头，是赶路途中，找机会去买一支白玉簪子，材质一般也无妨。雕刻出那八个字后，就可以别在发髻间。倒不是为了显摆什么，纯粹是觉得如今这身行头，哪怕不穿金醴法袍，也要青衫长袍别玉簪。不是读书人，装一装读书人还是凑合的。那么回到了宝瓶洲，去大隋山崖书院找李宝瓶他们，终于可以不用担心，会连累他们给同窗瞧不起了。

读了这么多书，看到了那么多圣贤道理，可陈平安还是最喜欢那八个字。

言念君子，温其如玉。

——烽火戏诸侯《剑来》：第五卷 道观道　第三百四十章 下笔有神

于中间衔接之层，就是所谓神道破碎之后的洞天福地。

这有两个极端。

一个极端就是文圣老秀才赠给齐静春、齐静春又赠给陈平安的碧玉簪子“小洞天”，只能储物和存人。

另一个极端就是观道观观主牛鼻子老道作为“老天爷”，一手操控成千上万生灵生死的莲藕（藕花）福地。

当初在天阙峰渡口旁。

姜尚真最后问了陈平安一个小问题。

“为何要在乎那些青虎宫子弟的观感？而且你那是……想给他们留个好印象？图什么？至于吗？”

姜尚真当然看得破障眼法，知道法袍金醴和养剑葫的不俗。

但是真正让姜尚真感到奇怪的物件，是陈平安别在发髻间的那枚白玉簪子，普通材质。

他稍稍留心，就发现了玉簪上篆刻有八个小篆。

言念君子，温其如玉。

——烽火戏诸侯《剑来》：第五卷 道观道　第三百五十九章 言念陈平安

于极大层面，儒家礼圣提出“秩序说”，以礼制和大道契合，构建文圣老秀才所谓的“破茅庐”，于大地和大道之间，为众生寻找一个“于有限的牢笼之中寻找无限的自由”的遮风挡雨之处……

同样是遮风挡雨，陈平安的行亭显得极小，礼圣的破茅庐却极大。

但在中国传统思想观念之中，极大与极小往往就像太极图一样循环转化，如庄子《逍遥游》之中的鲲鹏展翅不知其几千里也，往往就起于芥末之子。

而儒家四书五经之经典《中庸》更是说：致广大而尽精微——于极精微之

处，始是愈广大；“亦只有在愈广大之处，才见得愈精微”；“若求致广大，则必尽精微。惟有精微之极，始是广大之由”。[①]这样，才能于方寸之地之一心，建基万世太平之运道。

陈平安摸了摸裴钱的脑袋：“应该要跟你说对不起的。”

裴钱就奇了怪了，连瓜子也不嗑了，从小板凳坐到陈平安身边的长凳上，忐忑不安道：“老魏说天底下就数断头饭最好吃了。爹，你该不会是又想把我丢下不管了吧？所以先用这些话骗我？”

一时间竟然直接喊了爹，裴钱更加手忙脚乱，丢了瓜子，伸手死死攥住陈平安的袖口。

陈平安一板栗敲下去，裴钱立即破涕为笑。

得嘞，没事了。

裴钱松了手，双手撑在长凳上，脚丫一晃一晃的：“恁大点事儿，师父你还跟我道歉，真是吓死我啦。用老魏的家乡土话讲，屁大事儿，那就是毛毛雨，洗个头都嫌不够欸。”

陈平安同样双手撑在长凳上，笑道：“还记得上次我们登上天阙峰山顶吗？是不是觉得我很怪？”

裴钱使劲点头：“记得很清楚哩！你当时做了件怪事，站得笔直笔直的，还扶了扶头顶的玉簪子，可不就是书上讲的正衣冠嘛。青虎宫那些个家伙，你又不认识，又不是啥了不起的大人物，为啥要这么做呢？我想了很久，没能想明白，后来就不去想了。”

陈平安眼神恍惚，抬头望向远方，轻声道：“在早些年，在家乡小镇的大门口，第一次遇见了外乡的神仙，大大小小，老老少少。我当时就站在郑大风身边，隔着一道木栅栏大门。我从小就眼力好，记性也不错，所以一直到现在，都记得当时那些人看我的眼神。他们的神态……”

陈平安停顿许久，轻声笑道：“所以我练拳以后，就一直想，以后我如果自

① 参见钱穆著：《中国思想通俗讲话 · 湖上闲思录》，广西师范大学出版社，2005年版。

己也成了山上人，就一定不可以变成那些人，不可以用那种眼神看待别人，不可以高高在上，用看蝼蚁的眼光，看待我们这座人间。”

这可能是陈平安第一次这么认认真真，跟眼前这个黑炭小丫头说着书本之外的道理，属于陈平安自己的道理。

陈平安蹲下身，捡起那些瓜子，放在自己手心，重新坐好。自己抓了一颗，然后伸向裴钱那边，看似随意道：“我们每个人的坐姿、言行、信奉的道理……怎么说呢，就像是在告诉这个世界，你读过多少书，知道多少道理，受过多少苦难，记住了多少父母无声的教诲。所以我不希望别人看到我的时候，会觉得原来陈平安的爹娘，还有陈平安打心底敬佩的那些人，最后就只教出了这么个人。”

陈平安对裴钱笑道：“现在不懂没关系，年纪小嘛。我像你这么大岁数……”

陈平安哑然，有点说不下去了。

笑了笑，陈平安将所有瓜子交到裴钱手上，自言自语道：“齐先生的先生，说得对。小小年纪要有朝气，我做不到，过了岁数了嘛。所以我就希望你可以做到。山崖书院的小宝瓶，藕花福地的曹晴朗，都可以做到。一个肩上有杨柳依依，一个肩上有草长莺飞，一个肩上有清风明月，多好。我一想到这个，就会开心，很开心。”

裴钱哇了一声，嘿嘿笑道：“爹，像你这样的好人，我要是以后一个人出门在外，上哪儿找去哦。”

然后小女孩也开始忧愁起来：“前不久吧，在渡船上干瞪眼，没办法去渡口那边玩耍，我就偷偷有了个想法，想着哪天我长大了，练成了绝世剑术，就会跟爹你开口，说：爹，给我一匹马呗，我就去闯荡江湖啦！不过我后来又一想，估计马有点贵，爹你未必乐意送给我欸，那就驴也行，骡子也行啊！外边的江湖在等我呢！嗷嗷叫等着我呢！”

小女孩唉声叹气起来：“现在我又不想去江湖玩咧，么得意思，全是坏人，要不就是不太好的人。”

陈平安也晃着双脚，笑道：“可你不就是在江湖里遇上我的？对吧？”

一大一小，一起晃荡着双腿。裴钱想了半天，轻轻说道：“可我不想遇到别人了啊。”

——烽火戏诸侯《剑来》：第六卷 小夫子 第三百六十二章 希望别人的肩头

从某种意义上说，《剑来》接续千年文脉，很重要的一点，就是在用互联网时代的网络小说讲故事写爽文的方式，重译与重释、重述与重塑中国传统思想观念。比如：

从儒家礼圣“秩序说”到文圣老秀才“顺序说”，从牛鼻子老道“脉络说”到三教之祖“看大道”，都是“极广大”。

但于极广大之处，又是极其精微——

道祖所看那世界之起源、来源、本源和根源这四源之“一”，大可以大到事关整个宇宙之大道与天理，但小也可以小到一人立锥之地“方寸之一心”。

齐静春在人生最后一盘棋下出“千年第一局”之时，就把开万年太平之运的大“一”，转化成了陈平安于立锥之地、方寸之心上安身立命的小“1”——但那种精微之心、赤子之心之小“1”，恰恰又是建基万世太平之运的根基。

头别玉簪，言念君子，温其如玉。

是为“1”。

一人，一言，一行，一念，一小事。

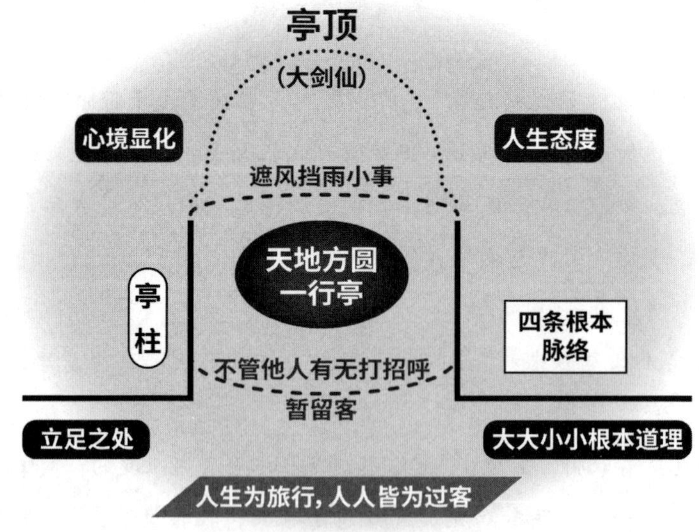

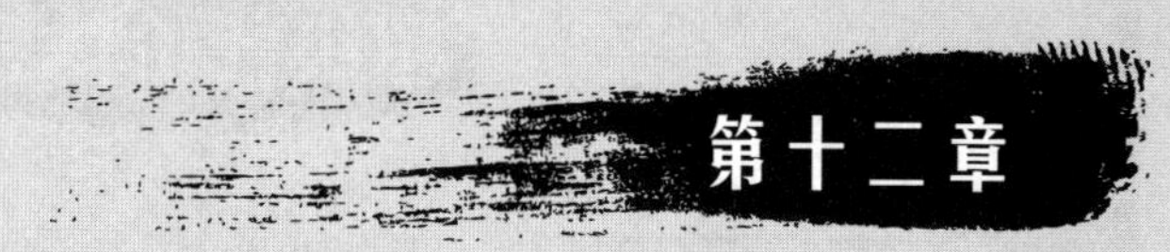

坐而论道：

从『导师老夫子』到『关门小弟子』

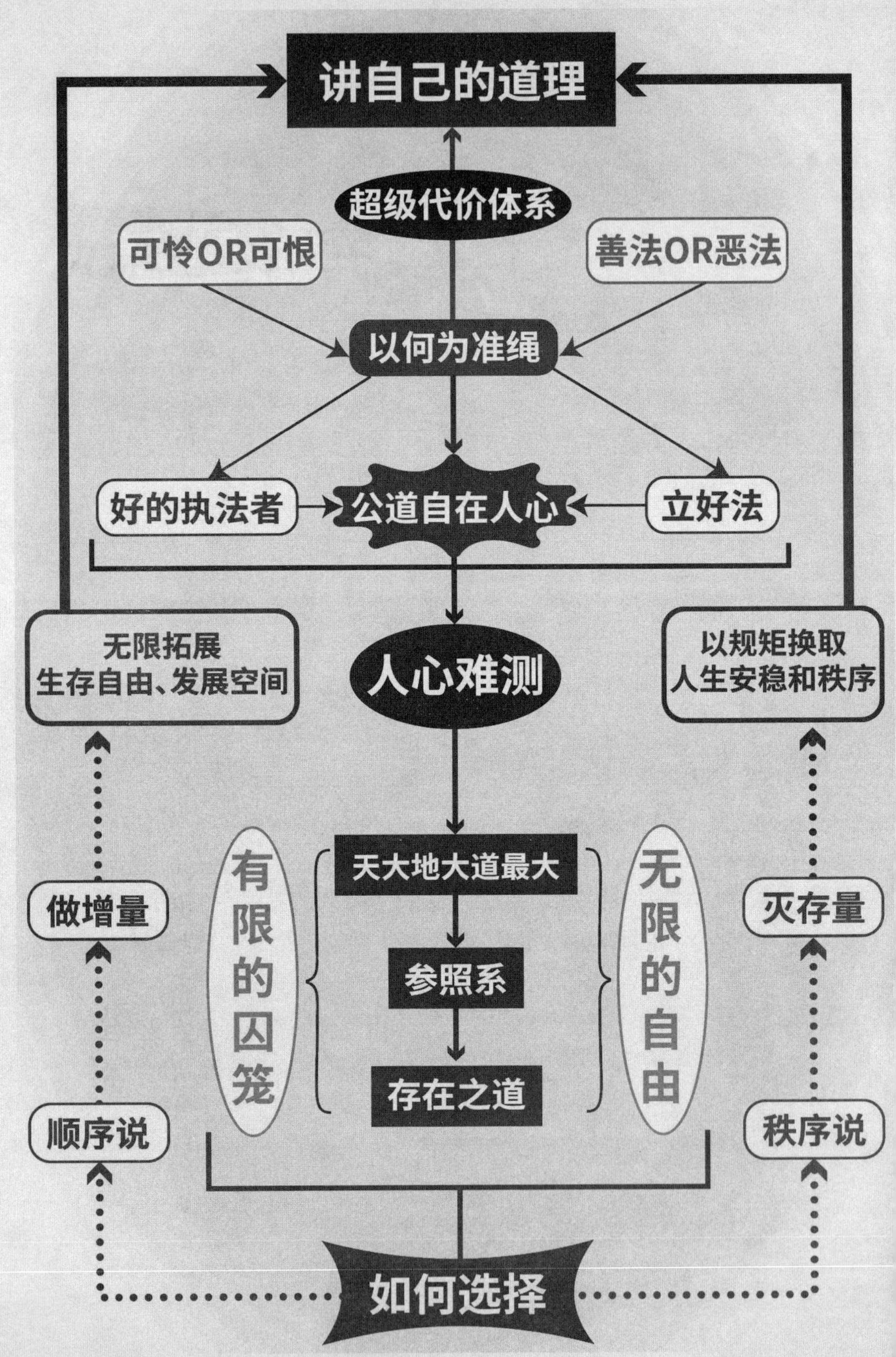
讲自己的道理
超级代价体系
可怜OR可恨
善法OR恶法
以何为准绳
好的执法者
公道自在人心
立好法
无限拓展
生存自由、发展空间
人心难测
以规矩换取
人生安稳和秩序
天大地大道最大
参照系
存在之道
有限的囚笼
无限的自由
做增量
灭存量
顺序说
秩序说
如何选择

在少年陈平安的人生历程之中，堪称有三个“成长导师”：齐静春、阿良和儒道文圣老秀才。

齐静春教导陈平安“大道循环，天理昭昭”，这世间是有“道·理”的，让他无论如何，都不要对这个世界失望——尽管他本人已经对这个世界失望，但他仍然在陈平安身上寄予了厚望。

犹如他用这个理由游说那“潜水”于骊珠洞天的千年剑灵选择陈平安：我们对这个世界都失望了呵——但这个少年却是世界的希望。

阿良则“以弱者的自由为边界”，以跟强者用拳头/剑讲道理的方式，教导陈平安如何跟这世界打交道——

强者从来不在弱者身上找存在感；

只有以“弱者能自由地维护自己的核心权益、底线和边界”为前提、基础和原则，才能构建一个真正公道、公平和公正的世界；

强者“只打强的”，不打“弱的、小的和老的”；

真正的强者，挑战的不是人，而是天道、生死这些无形的规律，是要用拳头为人、为自己打出一个更为自由的生存和发展的广阔空间。

齐静春和阿良就像一个硬币的两面，教给了陈平安“一体两面、对立统一”的道理：

这个世界是“大道循环、公理犹存”的；

所以，人应该讲道理；

但讲道理时，“君子不救”（不能把自己置于危险的地步）和“君子可欺之以方”——这是由天道到人道再到自我的存在之道。

但是，人必须以弱者的自由为边界，以比强者更强、跟弱者比做人为杠杆，更要以拳头或剑向天地、大道和众生要生存和发展的空间——这是由自我的存在之道，迈向人道和天道。

这就像阴阳太极图一样，是两条不同的运动S曲线，以陈平安的做人做事为焦点，汇聚到一起。

而将这两者焊接并融合成一个完整的“太极图”，从而一生二、二生三、三生万物的，则是儒家文圣老秀才的“顺序说”。

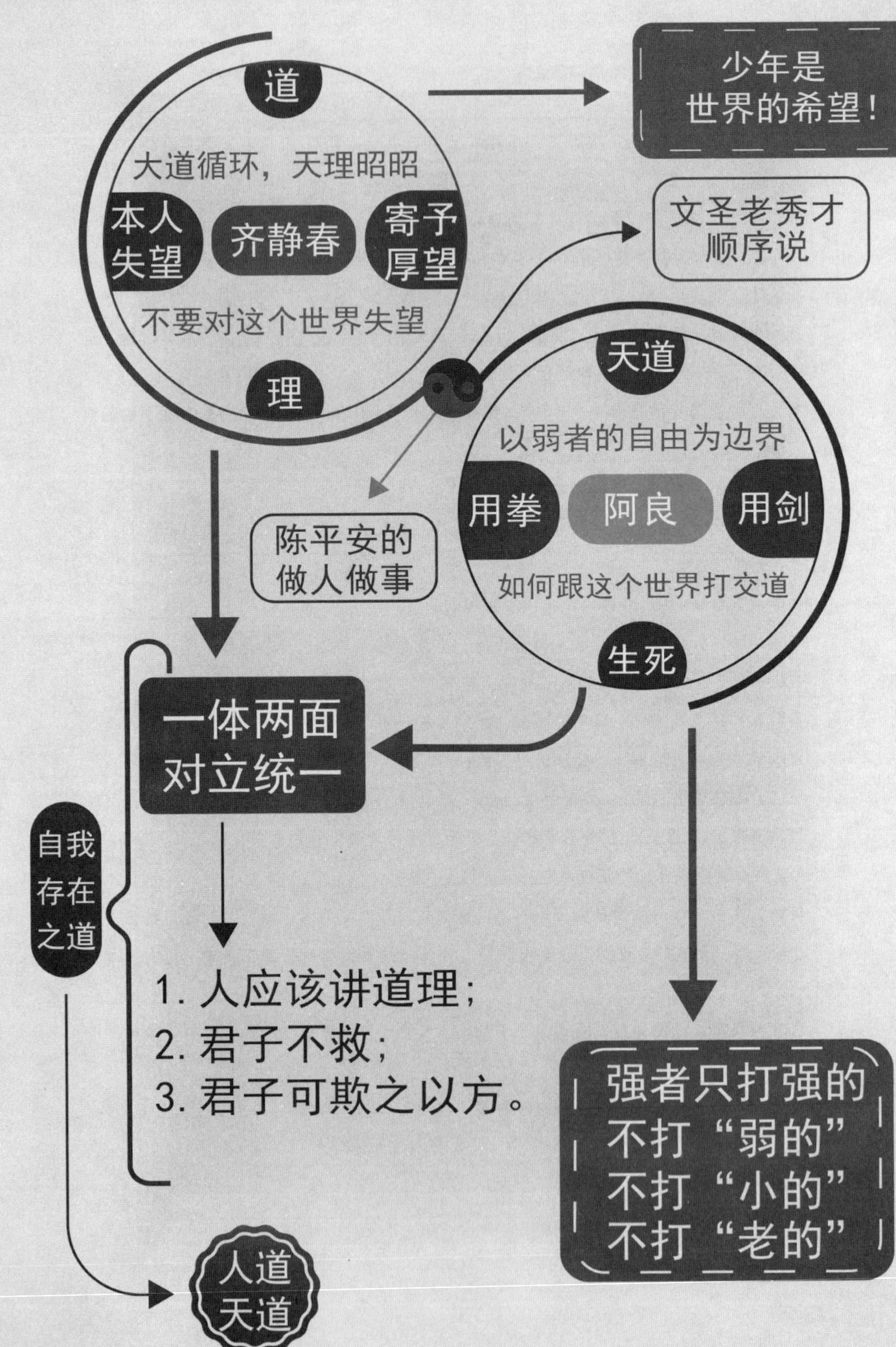
道
大道循环，天理昭昭
本人失望
齐静春
寄予厚望
不要对这个世界失望
理
少年是世界的希望！
文圣老秀才顺序说
天道
以弱者的自由为边界
用拳
阿良
用剑
如何跟这个世界打交道
生死
陈平安的做人做事
一体两面对立统一
自我存在之道
1. 人应该讲道理；
2. 君子不救；
3. 君子可欺之以方。
强者只打强的
不打“弱的”
不打“小的”
不打“老的”
人道天道

第一节 鬼嫁新娘：

从“可怜可恨之人”到“善法恶法之法”

文圣老秀才给陈平安“讲顺序”，是从那个鬼嫁新娘开始的。

在《剑来》之中，这只是一个副本配角甚至是跑龙套的角色。

但奇妙的是，即使是配角或跑龙套的角色，鬼嫁新娘楚夫人的故事也被渲染成了一出生离死别的爱情悲剧，同时成为主角陈平安誓要“讲道理”的反例。

我们曾经把这种现象解读、诠释和建构为“跑龙套跑出主角的光环”。[①]

就像《聊斋志异》常见的书生妖狐艳遇记，那个大骊王朝曾经唯一的天才读书人种子，在远游求学途中遇到楚姑娘，花前月下、缠绵悱恻，立下了山盟海誓。

然后，读书人一去不回，被有心人刻意误导成“天下最是负心读书人”。

楚姑娘由爱生恨、迁怒他人。她放弃成为山水正神，鬼嫁冥婚读书人，成为怨鬼恶魔楚夫人；不停诱惑路过的负心读书人，将他们像种荷花一样种在自家的后院里。

大骊王朝有愧于那个书生，且楚夫人有助于大骊皇族宋氏一族的气运和国运，所以，将这一脉山根水运都划为楚夫人的地盘，对她在“自家地盘”上的恶劣行径当睁眼瞎，不管不问。

直到陈平安伴随李宝瓶等极品妖孽天才儿童游学团，经此地界——就像孙悟空伴随唐僧过妖山经魔海时遇到那九九八十一难一样。

楚夫人欲要故伎重施——连少年都不放过，真是可恶至极！

---

① 参见庄庸、杨丽君等主编：《爽点宇宙：中国网络文学阅读潮流研究（第 2 季）》，华语网络文学智库丛书，中国青年出版社，2020 年版。

像接力棒一样护送陈平安们的风雪庙剑仙魏晋一剑斩破“结界”，二剑斩其鬼嫁新衣和身躯，第三剑要斩其魂魄和灵魂时，却被大骊京城守门人墨家游侠许弱出半剑、形山脉而拦下了。

于是，在各方博弈和妥协之下，陈平安一行得以平安离去。

与此同时，在墨家许弱担责之下，此地的山神方才揭开这一桩往事的秘密——

事实上，那个书生从未负楚夫人；

只是，他被观湖书院书生以及幕后家国势力阴谋陷害，投湖自尽；

而大骊王朝隐瞒了这一事实和真相，只因为担心楚夫人知晓秘密之后，会离去寻夫寻仇，而动摇宋氏这一方气运山根的国运与国脉——这也是大骊王朝任由其肆意忘为、屠戮书生的真正原因。

要知道，大骊王朝“以武立国”，被南方诸文礼鼎盛的其他王朝视为“北方蛮夷”，所以，比谁都渴望能有读书人种子众多甚至遍地开花的场景——

这一个从未有负楚姑娘的读书人，之所以陷入这一场错综复杂的阴谋和圈套之中，难以抽身解套，就是因为身负大骊王朝“读书兴盛”的家国气运之望，而他自己也想凭此跻身儒家圣人之列，从而真正能给这个特殊的楚姑娘以明媒正娶。

然而，越是渴望得到什么，就越得不到什么；越是急于证明自己、实现目标，就越是容易掉进陷阱，被阴谋和阳谋双重圈套……

老秀才转换话题，望向陈平安：“有件事，先跟你打声招呼。你若是答应我再做。我想要在你身上截取一段光阴溪水——放心，不涉及太多隐私——来作为今夜聊天的开场。你愿意不愿意？”

陈平安点头道：“可以。”

老秀才伸出一只手掌，对着相对而坐的陈平安，抖腕卷袖。很快陈平安四周就浮现出丝丝缕缕的水雾，缓缓流淌向老人的手心，最终变成一只晶莹剔透的幽绿水球。老人手掌一翻，手心朝下，在水球上轻柔一抹。那些水流便往低处流向桌面，一幅幅生动活泼的画面由此在桌上显现。

李宝瓶瞪大眼睛，满脸震惊，赶紧趴在桌上：“哇，小师叔，这是咱们遇见嫁衣女鬼的那条山路。还有我欸！哈哈，还是我的小书箱最漂亮，果然比林守一和李槐的都要好看。他们背着书箱的样子蠢蠢的……”

从嫁衣女鬼撑着油纸伞出现在泥泞小路，盏盏灯笼依次亮起，山野之间出现一条壮观火龙；

到林守一祭出符箓仍是鬼打墙，非但没有离开女鬼地界，反而被拐骗到那座悬挂“秀水高风”的府邸之前；

最后风雪庙剑仙魏晋一剑破万法，潇洒而至，打破僵局，成功带着一行人离开那里。

老秀才往桌上一抓，那一段光阴溪流重新汇聚成团，往陈平安身上一推，再度涣散重归天地。

这一手涉及大道本源的无上神通。不依靠圣人小天地，不依靠玄妙法器，老人就这么信手拈来。

李宝瓶只觉得神奇有趣。

崔瀺却是识货的，心中愈发惊讶。老头子到底是怎么回事？一身圣人修为明明全没了，为何还能够如此神通广大？

——烽火戏诸侯《剑来》：第二卷 山水郎　第一百五十四章 老先生坐而论道

文圣老秀才从陈平安的记忆河流里，截取了一段光阴溪水，“复盘”了他们与鬼嫁新娘相遇的场景，引导陈平安和那帮极品妖孽天才儿童来探讨：

可怜之人必有可恨之处。

但是，到底是可怜多些，还是可恨多些？

可怜在先，还是可恨在先？

是因为其可怜而宽恕她呢，还是因为其可恨要惩戒她？……

这些其实都是“小问题、大疑问”。

比如说：其合情，但未必合理；合理，又未必合法。

老秀才轻声道：“这女鬼可不可恨？当然可恨！滥杀无辜，罪行累累。可怜不可怜？也有几分可怜。身为鬼魅，原先本性向善；于朝廷，有镇压气运之功；于地方，多有善行善举；更与读书人相亲相爱，本是一桩美谈才对。最后两两沦落到这般境地，神憎鬼厌，皆为大道排挤。一身因果纠缠，浑身拖泥带水，几辈子都偿还不了这笔糊涂债。”

老秀才叹了口气：“所以说可恨之人必有可怜之处，是不是？”

崔瀺如临大敌，不敢点头也不敢摇头。

李宝瓶很快进入“上山打死拦路虎”的模式，认真思考片刻，道：“可恨更多。”

老秀才对小姑娘点头笑道：“那么可恨可怜，可恨多出多少？可怜又占多少？”

小姑娘又用心想了想：“合情合理合法，倒退回去，仔细算一算？”

老秀才又笑眯眯问道：“李宝瓶，合法合法，当然不坏。可问题又来了，你如何确定世间的律法，是善法还是恶法？”

小姑娘愕然，似乎从来没有遇到过这个问题，倒是不怯场，对老人说道：“老先生，等我会儿啊。这个问题，跟上次小师叔那个一样，还是有点大。我得认真想想！”

老秀才笑容和蔼，点头称赞道：“善。”

崔瀺看着老人熟悉的笑容，看着聚精会神板着脸的小姑娘，冷哼一声。

不愧是齐静春的先生和齐静春的得意弟子，薪火相传，一脉相承，就连授业的氛围，都一个德行！

——烽火戏诸侯《剑来》：第二卷 山水郎　第一百五十四章 老先生坐而论道

若是要以律法而论惩处，将其绳之以法，那又如何能够判断其法是“恶法”还是“善法”？

若不以律法为准绳，那又以何为准绳？

第二节 公平之秤：从“善恶圣母婊”到“人心沙雕城堡”

老秀才在难住李宝瓶之后，又继续往下推演——

他自己做学问，植根于“人性本恶”。因为，更多着眼于其“可恨”之处。

但是，那些推崇“人性本善”的人，却更侧重于其“可怜”之处。

甚至，更有那同情心泛滥、恻隐之心膨胀的人，更是主张“宽容”到底……

不知道烽火戏诸侯在“笔墨如刀”时是不是故意的，文圣老秀才在发表这些言论时，让我们总觉得“他的嘴角噙着难以言喻的挖苦、嘲讽和冷笑”，仿佛就是刻骨画髓、入木三分地鞭挞网络中所谓的“圣母婊”：

无原则地用爱、善的名义同情那些“可恨”之人；

主张被伤害的人应该原谅和包容这些可恨的人；

为这些可恨之人寻找伤害他人甚至伤害自己的合理性——因为他们亦是可怜之人……

归根到底，是这些主张像圣母一样对待可恨之人的人，并没有像那些受伤害的人一样被这些可恨之人伤害，所以，总是劝说别人退让和包容：

何必呢？

何苦呢？

退一步海阔天空，心胸要像大海一样宽阔！

且不知，恰恰就是这些“姑息养奸”的言论，纵容了可恨之人做出更为可恨之事——因此，狙击这种言论最有力的回应，大概就是：将那TA要求别人原谅和宽容的可恨行为，施诸其身！

老秀才难住了小姑娘后，转头望向眼神清澈的陈平安：“我以往做学问想难题，喜欢先往坏处设想。今天也不例外。可恨之人必有可怜之处。这句话本身没有太大问题。但是世间许多自作聪明之人，喜欢摆出众人皆醉我独醒的姿态，只谈可怜之处，故意略过了可恨之处。”

“有些人则纯粹是滥施慈悲心和恻隐之心，加上‘可恨之处’并未施加于自身，故而没有那么多切肤之痛，反而喜欢指手画脚，袖手旁观，要人一味宽容。陈平安，你觉得问题的根源出在哪里？要知道我所说的这些人，很多读过书，学问不小，说不得还有人是清谈高手。陈平安，你有什么想法吗？随便说，想到什么就说什么。”

陈平安欲言又止，最后说道：“没什么想说的。”

崔瀺已经顾不上陈平安的回答是什么，开始默默推演，思考为何老头子要说这些。

——烽火戏诸侯《剑来》：第二卷 山水郎　第一百五十四章 老先生坐而论道

说到底，这只能“治标”，不能“究本”。

就像律法，有善法亦有恶法。

但是，除此之外，最重要的还在于“执法”。不同的人，会有不同的执法方式。

即使是善法，如果遇到坏的执法者，亦可以造成恶果。

再好的法，如果没有人执行，也都是死的。

所以，文圣老秀才才会说：“法律是死的，人心是活的。”

我们可以把文圣老秀才的法论，条分缕析成三个层面。

最表层，便是“执法者”的迥异——人不同，执法不同，不同的法便会造成不同的结果。

中间层，便是“立法”之好坏，亦即所立的法，是好法还是坏法。

但是，再往下，其实是“人心”。因为人心都有一杆秤，可以称善恶是非的斤两，测量公平、正义和公道的价值。

问题看似就此迎刃而解：找好的执法者；立好法；公道自在人心。

公道人心成为执法、立法的基础。

人心的善恶，可以决定立法和执法的善恶。

老秀才看了眼左右李宝瓶和崔瀺，缓缓道：“是非功过有人心，善恶斤两问阎王。为何有此说？因为每个人的道德修养、成长经历、眼界阅历都会不同，人心起伏不定。有几人敢自称自己的良心，最为中正平和？”

“于是法家就取了一个捷径门路，将道德礼仪拉到最低的一条线，在这里。只有这么高，不能再低了。”

老人说到这里，伸出一只手，在桌面以下画出一条线来。

“当然这些律法，如我先前所说，存在着‘恶法’的可能性。在这里，我不做衍生开展，否则三天三夜都很难讲完。所以归根结底，法律是死的，人心是活的。律法无人执行，更是死得不能再死。故而仍是要往上去求解。”

说到这里，老秀才又伸出手，往屋顶指了指。

——烽火戏诸侯《剑来》：第二卷 山水郎　第一百五十四章 老先生坐而论道

然而，这只是一个“沙雕城堡”。

看似以“公道人心”为基石，就能建筑起一个良好的立法和执法之天平，用来衡量和测算“可恨之人的可怜之轻、可怜之人的可恨之重”——甚至，可以测量那些所谓的圣母婊和真正的圣母之间的差别。

但问题在于“人心难测”。

公道自在人心，其实是说公道也只是人心的“最大公约数”而已。

但事实上，就每一个人的人心而言，都是一杆小秤、私秤，只测量有利于自己的，而不是称量有利于他人或者公共利益和整体权益的。

也就是说，自私是人的本性。即使是持“人性本善”说的人，也很难扪心自问，自己能不能做到中正平和、不偏不倚、公正无私？……

因此，在这种人心难测、自私趋利的基础上，构建律法的公平之秤，哪里能真正地测量所谓的公道与正义？

第三节 存在之道：在“无边的大道”寻找“确定的位置”

人心善恶两条线，无法作为根基和基础，支撑起善法和恶法、好的执法与坏的执法，从而裁量人之可恨与可怜处。

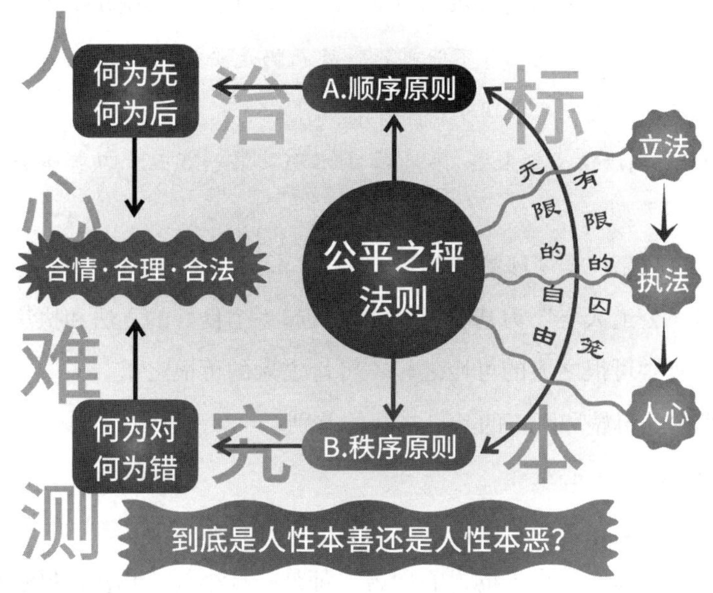

那又向何处去寻找根本？

这就又回到儒道三四之争，即亚圣“人性本善”和文圣“人性本恶”之争，以及“礼乐”和“事功”之议——这是文圣老秀才落败，儒道文圣一脉特别是几大弟子崔瀺和齐静春等几乎遭遇毁灭性打击的由来；但亦是齐静春被贬谪边远、镇守骊珠洞天、境界不降反升的源动力。

老秀才没有细说下去，也没有往高处说去，换了话题：“我啊，跟人吵架，从来不觉得自己都对、都好。别人的好与不好，都得知道。不然吵架图什么？自己说是说痛快了，一肚子学问，到底落在何处？学问最怕成为无根之水，从天而降，高高在上，瞧着厉害，除了读书人自家吹捧几句，意义何在？不沾地，不反哺土地，不真正惠泽老百姓，不给他们‘人生苦难千千万、我自有安心之地来搁放’的那么个大箩筐、小背篓，反而只是往里头塞些纸上文章、让人误以为只有圣贤才配讲的道理，是会累死人的。又何谈奢望教化之功？”

老秀才站起身，身形佝偻，眺望远方，喃喃道：“性本善，错吗？大善。可是这里边会有个很尴尬的问题。既然人性本善，为何世道如此复杂？儒家的教化之功，到底教化了什么？教人向恶吗？那么怎么办？老头子和礼圣都在等。然后，终于等到了我。我说了：人性恶。在一教之内，相互砥砺、切磋和修缮。关键是我还站得住，道理讲得好，所以我成了文圣。但是又有一个更尴尬的问题出现了。换成你这么个局外人来看，你觉得性本恶学说，可以成为儒家文脉之一。这没关系。可是真的能够成为我们儒家的主脉吗？”

老秀才自问自答道：“万万不能的。”

老秀才竖起大拇指，指向自己心口：“我自己都是这么认为的。”

沉默许久。

金甲神人难得叹息一声，带着些惋惜。

老秀才没有收起那根大拇指，突然唏嘘道：“这么一想，我真是圣贤豪杰兼具啊，厉害的厉害的。”

金甲神人始终没有说一个字。

老秀才转过头，无奈道：“你咋不反驳我几句？我才好以理服人啊。”

金甲神人淡然道：“根本不给你这种机会。”

老秀才哦了一声，欣慰道：“那看来是我已经以德服人了。”

金甲神人深呼吸一口气。

不然？

老秀才突然正色道：“别着急撵我走。我也要学那白泽和那个最失意的读书人，再等等。我虽然不知道他们在想什么，但是我也想等等看。”

金甲神人问道：“万一等到最后，错了呢，不后悔？”

老秀才双手负后，眯眼冷笑："后悔？从我这个先生，到这些入室弟子，不论各自大道取舍，后悔？没有的！"

——烽火戏诸侯《剑来》：第六卷 小夫子　第四百五十章 再等等看

将齐静春教化王朱的那些意思和老秀才教导崔瀺的这些意义对照起来解读，我们或许可以耙梳出这样的金字塔结构：

第一层，天大地大道最大。

大，意味着可以容纳一切；但是，大，也意味着没有着落。

这就像你置身于无边的雪野之中，周围没有任何的参照物（哪怕只是一棵树、一根草）。

苍茫天穹辽阔大地，只有你孤独一个人，何以自处？

没有时间，没有空间，没有能够定位自己身处何时何地何种状态的坐标，你又如何能够确定自己从哪里来，又要到哪里去，当下又在哪里（哪个位置）？

这就像处于宇宙的真空地带，无边无际，无动无静，无生无灭——仿佛绝对的静止，又仿佛永恒的运动；但是没有一个"参照点"，便变得没有意义和价值。

这就是所谓的"天道"。

第二层，天道和人道之间的存在之道"参照系"。

为了把这种"绝对"的无限，变成"相对"的有限，从而让人的存在之道有意义和价值，就需要有"参照点"或者"参照系"。

这就像在上述苍茫一片好干净、辽阔看不到极地处的雪野之上，要有一棵树作为参照物，我们方能知晓自己处于何处。

这就是为什么人类史前神话，总是会以"生命之树"作为世界的开端和源泉。

从某种意义上说，儒释道和诸子百家的学问，都是为了让人在这个天地之间、大道之上、世界之里、宇宙之中寻找和确立自我存在的意识、身份和位置，构建出一个据此参照的参照系。

《剑来》把这些不同的"参照物体系"，借崔瀺之口，概括为：道法高，佛法远，（儒家）规矩大——这就是儒释道三家的"立教之根本"。

而其余诸子百家，远逊于此，无法提出能够与这三教一竞高低的天地、大道和众生之参照系。

崔瀺笑道：“你看得清楚，是因为太近。但是你要记住，一叶障目，只看清楚一片叶子的所有脉络……”

崔瀺不再说话，闭上眼睛，说了一句让于禄出乎意料的话：“如果真能看透彻细微的最深处，也很好，好得不能再好了。要知道，这其实就是我的大道……之一！”

于禄似乎全然无法理解，就不去多想。

崔瀺站起身，默然离开学舍。

在崔瀺离开很久后，于禄伸出袖中的一只手，低头望去，手心都是汗水。

那位大骊国师曾经笑言，天底下已经立教称祖的三大势力，各自的宗旨根本，无非是道法极高，规矩极广，佛法极远。

那么这个极小?!

世人所谓的一叶障目。

若是有人真真正正、彻彻底底看清楚了这一叶，当真还会障目?!

于禄猛然抬起一条手臂，手背死死抵住额头，满脸痛苦，呢喃道：“不要想，先不要想这些。”

——烽火戏诸侯《剑来》：第二卷 山水郎　第一百六十七章 我法宝多啊

第三层，存在之道。

在三教“立教之根本”之下，又分化出不同的条条框架，进一步在天道之中细分和精分（精准地分析与界定）人道和世间万物的存在之道。

道教之下分三大掌教弟子，各有各的道法。而儒家之下，便又分出礼圣、亚圣和文圣之争。

比如，礼圣就是从“大道”那里，一笔一画、一撇一捺、一横一竖，抢回一个“秩序”，作为儒教“大规矩”具体可量化的参照系——礼圣把它形容为“破茅庐”。比起那一棵立于天地、贯通天地神人的宇宙之木、生命之树来说，这一间“破茅庐”可以说是小很多、细很多，功能和作用都窄化了很多。

但是，就像生命之树可以作为时空的坐标，“破茅庐”同样可以像“天地玄黄、宇宙洪荒”，笼万物于一庐。

更重要的是，它就像对杜甫在《茅屋为秋风所破歌》呼告的回应：“安得广厦千万间，大庇天下寒士俱欢颜！风雨不动安如山。呜呼！何时眼前突兀见此屋，吾庐独破受冻死亦足！”

它甚至无须“广厦千万间”，只需要“破茅庐”一间，就能为踯躅于天地之间的众生、徘徊于大道之上的修行之人、在学问之路上究天穷地但不能穷尽人心的儒生，提供一个足够大、足够广、足够深的庇护之所——“大到几乎所有人穷其一生、学问的最深处，都走不到墙壁那边；大到所有修行之人的修为再高，都碰不到屋顶。”

老秀才放下酒壶，正了正衣襟，缓缓道：“礼圣在我们这座正气天下，写满了两个字。崔瀺，作何解？”

崔瀺根本就是下意识回答道：“秩序！”

脱口而出之后，崔瀺就充满懊恼后悔。

老人神情肃穆庄重，点头沉声道：“对，礼仪规矩，即是秩序。我儒家道统之内的第二圣人，礼圣——他追求的是一个秩序：世间万物井然有序，规规矩矩。这些规矩都是礼圣千辛万苦从大道那边，一横一竖一条一条‘抢回来’的。这才搭建起一座他老人家自嘲的‘破茅庐’，为苍生百姓遮挡风雨。茅庐很大，大到几乎所有人穷其一生、学问的最深处，都走不到墙壁那边；大到所有修行之人的修为再高，都碰不到屋顶。所以这就是众生的自由和安稳。”

烽火戏诸侯《剑来》：第二卷 山水郎　第一百五十四章 老先生坐而论道

这大概就是齐静春为什么要教化王朱“礼敬”天地、大道和众生的原因。

因为，唯有如此，才能从心所欲不逾矩。有了这个“破茅庐”的条条框架，天地、大道和众生之地无限和未知的广阔领域，才真正有了有限和已知的边界——“秩序”才能让我们从已知与有限，走向未知与无限。

人有了有限的囚笼，才能飞翔于无限的自由。

第四节　所谓自由：从安居“破茅庐”到“破壁出圈”

但是，“破茅庐”再大，也大不过天地、大道和众生本身。

就像同心圆再大，也只是无限接近正方形，而无法完全切合甚至超越正方形本身——何况，所谓的大道，还在这正方形的秩序之外。

礼圣为浩然天下制订秩序和规矩的“破茅庐”，只不过是通往天地、大道和众生的“时空中转站”——它只是极大，但毕竟不是“无穷大”或“无限”本身。

尽管大多数人不可超越它的边界，看到它和大道本身之间那无穷的“留白的空间”。但终究有一些惊艳绝伦的人，将能触达它的边界，甚至可以一脚迈过去，看到比“破茅庐”之内的小宇宙更为广阔、深邃和辽远的“天地四方之宇、往古来今之宙”——但是，迈和不迈，如何迈，就成了一个选择的问题。

崔瀺冷笑道：“那齐静春呢？他的学问就碰到了屋顶！阿良呢？他的修为就撞到了墙壁！这个时候该如何是好？这些人该怎么办？这些人间的天之骄子，凭什么不可以走出自己的道路，打开那扇礼圣老爷打造的屋门，去往别处另外建造一栋崭新的茅庐?!”

说到这里，崔瀺下意识伸手指向这间屋子的房门。

白衣少年此时此刻，满脸锋芒，气势逼人。

由此可见，崔瀺已经不由自主地全身心投入其中，甚至有可能不单单是少年崔瀺的想法，同样带着神魂深处最完整崔瀺的潜意识。

老人笑道：“追求你们心中的绝对自由？可以啊！但是你有什么把握，可以确保你们最后走的是那扇门，而不是一拳打烂了墙壁，一头撞破了屋顶？使得原本帮你们遮蔽风雨、让你们成长到最后那个高度的这栋茅庐，一下子变得风雨飘摇、四面漏风？”

崔瀺大笑道：“老头子你自己都说是绝对的自由了，还管这些作甚?!你又凭什么决定我们打破旧茅屋后，建造起来的新屋子，不会比之前更广大更稳固？”

老人笑了笑：“哦？岂不是回到了我的大道原点？你崔瀺连我的窠臼都不曾打破，还想打破礼圣的秩序？”

崔瀺怒道：“这如何就是人性本恶了？老头子你胡说八道！”

老人淡然道：“这问题别问我！我对你网开一面，借此神魂完整、千载难逢的机会，问你自己本心去。”

崔瀺呆若木鸡。

——烽火戏诸侯《剑来》：第二卷 山水郎　第一百五十四章 老先生坐而论道

犹如齐静春已经触到了“破茅庐”的边界，一脚迈过去，“有望立教称祖”。

但问题是，他立的是什么教？居然不但让儒教本身，甚至连另外两教，都感到了威胁？甚至道祖亲传掌教三弟子陆沉，要亲自下到这个浩然天下，陷齐静春于必死之局？而阿良也触到了“破茅庐”的天花板，一拳打到天上去，跟那个最强的“道老二”大战了几百回合，互有输赢。

而崔瀺在道法极高、佛法极远、儒道规矩极大之中，却看到了“极小”——这同样超越了儒教秩序甚至三教立教之根本，直指大道、天地和众生之理。

然而，他同样面临一个根本性的选择问题：这一脚迈过去，究竟是迈过礼圣“破茅庐”的门槛，破旧立新，走出自己新的道路，造出新的“茅庐”？

还是，打碎了那个“破茅庐”，甚至摧毁了三教之立教根本，却破而无立，没有立起新的“炉灶”——容纳众生以稳定，让大道有轨迹，使天地有规矩——而是让整个宇宙重新陷于混乱和无序？

或许，在老秀才看来，这其实是齐静春、阿良、崔瀺连同他自己面临的最大风险和挑战。

三教之根本，无论是道法高、佛法远还是儒家规矩大，连同三教之下各个细分流派，如儒教浩然天下之秩序……即使有再多的问题和漏洞，但毕竟为天地、大道和众生提供了一个“参照系”，可以让无序变得有序、让混乱变得规矩、让天道、人道和存在之道都有遵循。

就像礼圣的秩序“破茅庐”，再破，那也是一间能够“帮你们遮蔽风雨、让你们成长到最后那个高度”的屋子啊！

陈平安身前已经摆满了各异天材地宝，突然抬起头，望向坐在对面的茅小冬，问道：“茅山主，我其实有个疑惑，一直想不明白。”

茅小冬点头道：“问。”

陈平安问道：“我们浩然天下，既然有七十二书院坐镇九洲，为什么不是七百二十座？是中土文庙做不到，还是至圣先师不愿意这么做？”

茅小冬在回答这个问题之前，缓缓道：“我只说我个人见解，你拿去参考，未必正确，但是可以作为你理解这个世道的一种可能性，如何？”

陈平安点头：“好！”

茅小冬这才说道：“关于此事，我曾经与人探讨过。如今可能已经不太有俗世人记得，很早之前，嗯，要在三四之争之前，北方皑皑洲，在昔年四大显学之一的某位老祖宗提议下、刘氏的鼎力支持下，以及亚圣的点头答应之下，曾经出现过一座被当时誉为‘无忧之国’的地方。人口大概是千万余人左右，没有练气士，没有诸子百家，甚至没有三教。人人衣食无忧。人人读书。夫子先生们所传学问所教道理，皆是四大显学与诸子百家的精粹内容，但是尽量不涉各自学问根本宗旨，不过主要是以儒家典籍为主，其余百家为辅。”

说到这里，茅小冬缓了一缓。

说得极慢，极其认真。

以至于茅小冬此刻身为书院圣人，都显得有些吃力。

陈平安开口问道：“学塾先生，是那精心挑选的书院贤人君子？”

茅小冬摇头道：“当然不是，不然就毫无意义了。因为即便成功，一国风俗最多演变成一洲，可却会饿死其余八洲。以八洲文运支撑一洲安乐，意义何在？所以皑皑洲刘氏在各方监督下，为此前期秘密筹备了将近四十年。方方面面，都必须得到到场的许多诸子百家代言人的认可。只要一人否定，就无法落地实施。这是礼圣唯一一次露面，提出的唯一要求。”

陈平安好奇问道：“最终结果，不尽如人意？”

茅小冬点点头：“不然就不会有后来的三四之争了。”

陈平安陷入沉思，思考为何会失败。

一团乱麻。

茅小冬轻声道：“从至圣先师到礼圣，一位阐述仁义道德，一位具体制定规矩框架，为什么？”

茅小冬自问自答：“在回答这个问题之前，我也曾请教那人。为何至圣先师和礼圣，在奠定浩然天下的独尊和正统地位后，依旧容得下诸子百家？为何不干脆只留下儒家学问，教化苍生？那个人的回答，让我这榆木疙瘩，豁然开朗，才知道原来天地如此之大。那人说，道祖在看那个一，所以当初那些作乱余孽，才得以迁徙去往剑气长城。而我们浩然天下，也没有对妖族斩尽杀绝。佛祖也只是留下了一句，预言那末法时代终会到来，‘从是以后，于我法中，虽复剃除须发，身着袈裟，毁破禁戒，行不如法’。”

茅小冬反问道：“你觉得这三位，在求什么？”

陈平安摇头不知。

茅小冬说道：“那人告诉我，他也不知道答案，但也许是希望给世间所有有灵众生，一种趋近真正意义上的自由，一种你不需要付出额外代价就能够达到的自由。”

茅小冬问道：“可曾明白？”

陈平安老老实实回答：“不懂。”

茅小冬笑了：“陈平安，你没有必要现在就去追问这种问题的答案。”

——烽火戏诸侯《剑来》：第六卷 小夫子　第四百一十三章 炼制

如果齐静春迈出那道门槛，不是推开一扇新的门，而是关死了最后一道窗呢？如果阿良那一拳一冲，不是打开了大地、大道和众生无形的规矩和铁律，反而是“一拳打烂了墙壁，一头撞破了屋顶”呢？

如果崔瀺看到“极小”之外，不是“天使就在细节之中”，而是“魔鬼就在细节之中”，犹如“千里之堤毁于蚁穴”，让这座“破茅庐”甚至整个儒家大厦都轰然倒塌呢？……到时谁来救？谁又能救？

第五节　一字之师：从“秩序说”到“顺序说”

礼圣为浩然天下制定规矩，为什么会限制十三境以下的强者“自由”流动和行事？就源于此。

如果破旧不能立新——打破“破茅庐”，却不能创建“新草亭”——强者是自由了，但是，那些弱者和蚁民呢，又将安居于何处？

金甲神人正要开口。

老秀才摇头道：“天机不可泄露。中土陆氏这一脉的阴阳家，我已经完全信不过，就只差没有把他们的所有推算结果，反过来听了。”

金甲神人说道：“白泽那边，礼记学宫的大祭酒，碰了一鼻子灰。海外岛屿那边，亚圣一脉的大祭酒，更惨，听说连人都没见着。最后这位，不一样吃了闭门羹。三大学宫三位大祭酒，都这么运气不好。怎么，你们儒家已经混到这个分上了？曾经的盟友和自家人，一个个都选择了袖手旁观，坐看山河崩塌？”

老秀才哀叹一声，揪着胡须：“天晓得老头子和礼圣到底是怎么想的。”

金甲神人讥笑道：“你不是自诩为聪明人吗？”

老秀才摇摇头，一本正经道：“真正的大事，从不靠聪明。靠……傻。”

金甲神人没好气道：“就这么句废话，天底下的对错和道理，都给你占了。”

老秀才还是摇头：“错啦，这可不是一句模棱两可的废话。你不懂，不是因为你不聪明，而是因为你不在人间，只站在山巅。世上的悲欢离合，跟你有关系吗？有点，但是完全可以忽略不计。这就导致你很难真正去设身处地，想一想小事情。可是你要知道，天底下那么多人，一件件小事情累积起来，一百座穗山加起来，都没它高。试问，如果到头来，风雨骤至，我们才发现那座儒家一代代先贤为天下苍生倾力打造、用来遮风避雨的房子，瞧着很大、很稳固，其实却是一座空中楼阁，说倒就倒了，到时候住在里边的老百姓怎么办？退一步说，就算我们儒家文脉坚韧，真可以破而后立，建造一座新的、更大的、更牢固的茅屋，可当你看到被倒塌屋舍压死的那么多老百姓、那么多的流离失所、那么多的人生苦难，怎么算？难道要靠佛家学问来安慰自己？反正我做不到。”

金甲神人摇头道：“别问我。”

老秀才跺了跺脚，举目远望：“每个读书人，走到了高位上，就该好好想一想良心是何物了。”

老秀才喃喃道：“仓廪实而知礼节，这么好的话，你们怎么就不听呢？难道就这么年复一年，被道祖那个老家伙再笑话我们儒家一万年吗？”

金甲神人旁听过那两次三教辩论，关于老秀才的这番话，其实是一桩惊世骇俗的争辩。他虽然算是老秀才的朋友，都觉得如何都吵不赢，可最后仍是给老秀才说服了其余两教的佛子道子。那场包罗万象的辩论中，又有过一场关于“大道废，有仁义”的争论。白玉京某位道子以此与老秀才论道，实在是惊险万分。结果老秀才不但吵赢了那位惊才绝艳的道子，顺带着连一旁暂时观战的佛子，都给说服了。

老秀才吵赢之后，浩然天下所有道门，已经固有的藏书，都要以朱笔亲自抹掉道祖所撰文章的其中一句话！并且此后只要是浩然天下的版刻道书，都要删掉这句话以及相关篇章。

那句话，就是“失道而后德，失德而后仁，失仁而后义，失义而后礼。夫礼者，忠信之薄而乱之首。”

三教之争，可不是三个天才，坐在神坛高位上，动动嘴皮子而已。对于三座天下的整个人间，影响之大，无比深远，并且戚戚相关。

金甲神人察觉到身边这个老秀才极其罕见的失落，便有些恻隐之心，找了个相对轻松的话题：“齐静春真没有后手？陈平安可是他帮你挑选的闭关弟子。”

老秀才摇摇头：“插手帮助小平安破开此局，就落了下乘。齐静春不会这么做的，那等于一开始就输给了崔瀺。”

金甲神人摇摇头，无奈道：“人心如此拖泥带水，才有了你们的修道。为何齐静春还要自寻烦恼？”

老秀才突然笑了，晃动双袖，负手而立：“所以你们这些神祇，永远不知道为何人间明明如此泥泞不堪，又偏偏如此风景壮阔。只要人一抬头，就能够看到，也许绝大多数人也就是看一眼而已，低头继续做事，可终究会让一小撮人心神往之，坐而论道，起而行之！”

老秀才猛然间抬起手臂，高高指向天幕：“我俯瞰人间，我善待人间！”

沉默片刻。

金甲神人说道：“你嘴里的那位……老头子，应该听不到你这番豪言壮语。”

老秀才懊恼跺脚，气呼呼道：“白瞎了我这份慷慨激昂的饱满情绪！”

——烽火戏诸侯《剑来》：第六卷 小夫子　第四百四十四章 世间人事皆芥子

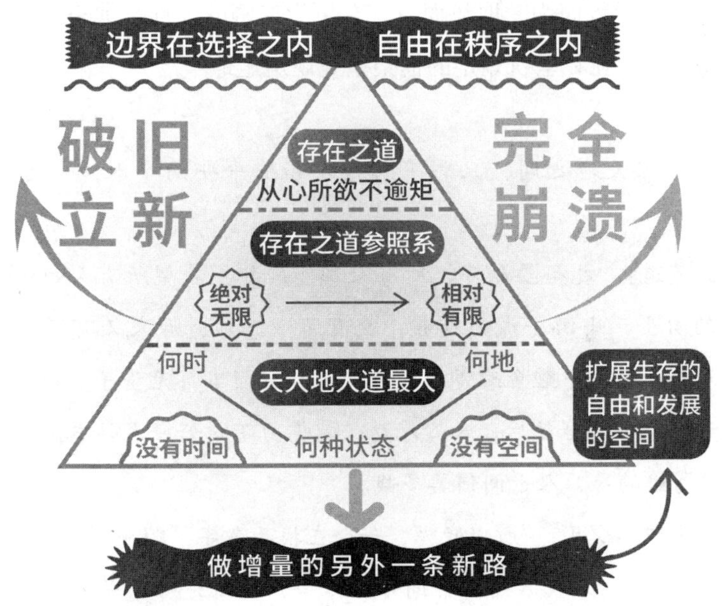

文圣老秀才要做的，其实不是“灭存量”，而是“做增量”——不是要毁掉“破茅庐”，亦不是要修修补补做个缝补匠，而是要在更为广阔的天地之间、大道之上、众生之中，硬生生地闯出另外一条路。

因为，如果按照礼圣所制订的秩序，这其实是一个由外向内的过程。这就像俄罗斯套娃，或者是方盒嵌套一样，总是从最大的那个亦即“破茅庐”原型出发，一层一层向内嵌套更小一号的“破茅庐”……无限制地嵌套下去，最后就形成了一个重重叠加的茅庐组合装。

这样，层级就越来越多，规矩也越来越大，而空间也就越来越窄……到最后，人人都被逼进一个狭小的空间之中，几无喘息之地。

就像我们一直所形容的，每个人都只有一个针尖大小的立锥之地，连最亲密的人都被视为这个狭小空间的侵入者；更别提那些熟悉的陌生人，或者是真的带来各种恶意、敌意的入侵者了。①

但是，按照老秀才所探索的“顺序”之法，却是由内到外，让人无限拓展自己生存和发展的空间。

犹如从破茅庐这个短暂而狭小的“时空旋转屋”（即使它就是一个礼圣所造、良心保证的极大、极深、极广之小宇宙），真正进入到时间之河、空间之境和多维时空之中，却顺势而为、取势而行，在更为广阔的天地、大道和众生之中自由地奔腾，而不是像在礼圣所划定的框架里规规矩矩地生活。

最后，仿佛天地之间，只剩下老秀才和陈平安两个人，一老一小，相对而坐。

老人微笑道：“礼圣要秩序。所有人都懂规矩，希望所有人都讲规矩。之后散播学问的游士，当游士成为世族，就有了帝王师；后来又有了科举，广收寒庶，有教无类，提供了鲤鱼跳龙门的可能性，寒门不再无贵子。规矩啊，面面俱到，劳心劳力，而且越往后，人心浮动，越吃力不讨好。人性本恶嘛，吃饱肚子就放下筷子骂娘的人，人世间何其多哉。”

老人抬头望向少年：“所以我呢，如今在找两个字，顺序。”

老人自言自语：“我只想将世间万物万事，捋清楚一个顺序。比如那可恨可怜，问题症结在何处，就在于礼圣已经教会世人足够多‘可恨’‘可怜’的判定标准，但是世人却不够懂得一个‘先后之分’。你连‘可恨’都没有捋清楚，就跑去关心‘可怜’了，怎么行？对吧？”

陈平安点了点头。

① 参见庄庸、王秀庭著：《亲爱的，我们为爱作战：互联网+她时代新文艺潮流研究》，“互联网+”新文艺丛书，福建教育出版社，2017年版。

老人笑问道：“单单听上去的话，顺序二字，是不是比秩序这个说法差远了？”

陈平安眉头紧皱。

老人哈哈大笑，也不管少年能想通多少，自得其乐，喝了口酒：“如果这两个字放在礼圣的破茅屋之内，当然就只能算是缝缝补补，我撑死了就是个道德礼乐的缝补匠罢了。但是如果将这两个字放入更远大宽广的一个地方，那可就了不得喽。”

陈平安问道：“哪里？”

老人将酒壶提起，放在桌子中央，然后摊开手掌，在桌上重重一抹：“如此看来，酒壶这栋破茅屋，不过是光阴长河畔的一个歇脚地方而已。但是——”

老人略作停顿，微笑道：“这条光阴长河是何等形势，关键得看河床。虽说两者相辅相成，但是同时又的的确确存在着‘有为法’。世间有诸多说法，顺流而下，顺势而为，所以我想要试试看。”

陈平安问道：“礼圣是要人在规矩之内，安安稳稳而活；有些时候，不得不牺牲了一小部分人的……绝对自由？而老先生你是希望所有人都按照你的顺序，在你画出的大道之上，往前走？”

老人笑着补充道：“别觉得我是在指手画脚。我的顺序，是不会过犹不及的。只是在大道源头之上付出功力，之后水流分岔，各自入海，或是在中途汇合。成为湖泊也好，继续流淌也罢，皆是各自的自由。”

——烽火戏诸侯《剑来》：第二卷 山水郎　第一百五十四章 老先生坐而论道

从“秩序”到“顺序”，只是“一字之差”，却是南辕北辙——大道朝天，你往东，我却朝西。

这不仅仅是一个东西南北因为参照系不同而选择不同道路的问题，更是一种以此为参照、“大道”之根底不同的问题。

这也是一个人生选择的问题：究竟是朝内、朝下、朝自己收缩，以规规矩矩换取人生的安稳与秩序，还是朝外、朝上、朝向天地，以顺序顺势拓展生存的自由和发展的空间？

第六节 求诸己身：从“错的就是错的”到“不违己心”

对于陈平安来说，在儒家礼圣的“秩序”和儒家文圣的“顺序”之间，他其实取的是“求诸己身”。

如果说礼圣的“秩序说”，讲的是要在天地、大道、众生之间，遵循其为人树立的规矩，用别人或者其他的事物作为标尺，来衡量自己的言行准则；

儒家文圣的“顺序说”，则是明道、取势和乘时，以大道公理本身为准绳，来寻找自己自由、选择和行动的轨迹；

那么，陈平安其实讲究的，是求诸己身的理所应当、量力而行、尽力而为。

老人身体前倾，拿出酒壶，喝了一口酒，笑问道：“陈平安，你觉得如何？愿不愿意按照齐静春的安排，当我的弟子？”

陈平安第二次出现欲言又止的模样。

老人神色微笑，和蔼可亲，又一次重复道：“只需要说你想到的，不用管错对，这里没有外人。”

少年深呼吸一口气，挺直腰杆，双拳撑在膝盖上，一板一眼道：“因为我没真正读过书，礼圣老爷的秩序到底是什么，我不清楚；老先生的顺序，我更是领会不到其中的精髓。”

老人微笑道：“继续，大胆说便是。我生前见过天底下很坏的人、很糟糕的事情，脾气已经磨砺得很好啦。”

陈平安眼神愈发明亮：“在小镇上，我为了自己杀蔡金简；我为了朋友刘美阳去跟搬山猿拼命；后来答应齐先生，护送李宝瓶他们去求学；再后来，答应神仙姐姐要成为练气士……这些事情，我做得很安心：点头了，去做就行了，根本不需要多想什么。”

陈平安继续道：“之前老先生你说了很多，我一直在认真听。有些想过了之后，我觉得很有道理。比如可恨可怜那个地方，我就觉得很对，顺序不能错。所以当时我就想说，那个嫁衣女鬼，我当时就很想杀，现在更想杀她，以后一定会杀她。我想告诉她，你自己就算有再大的委屈，也不是你将痛苦转嫁给无辜之人的理由。我想亲口告诉她，你有你的可怜之处，但是你该死！”

这个一向给人感觉性情温和的泥瓶巷少年，此时此刻，锐气无匹。

陈平安语气愈发坚定，缓缓道：“可那些我想不明白的事情，甚至可能一辈子都想不到那么远的事情，我就不会去拿到自己手里。因为如果连我自己都觉得做不到，为什么还要答应别人？就因为不好意思吗？因为不答应让别人失望吗？可问题的答案，很简单啊。你答应了，一直没有信心去做。以后如果做不到，别人不是更加失望吗？”

老秀才收敛笑意，满脸正色，思量片刻后微微失神，习惯性伸出两根手指，像是从菜碟里捻起一粒花生米。

——烽火戏诸侯《剑来》：第二卷 山水郎　第一百五十四章 老先生坐而论道

但是，犹如齐静春教之“君子不救”，陈平安“我必救之”——先考虑其亲疏远近，再选择是否尽力而为；

儒家文脉之“顺序说”，陈平安思之琢之磨之，逐渐形成了自己的理解和逻辑。比如，在鬼嫁新娘的“可恨又可怜”之外，陈平安就觉得很不对：顺序不能错。

第一，你错了就是错了，实为可恨——不能说你对江山社稷有功、对地方气数有善，就能掩盖你的滥杀无辜、罪行累累。

第二，你与读书人相亲相爱，被大骊王朝刻意误导“多情女子薄情郎”，实为可怜——但不能成为你迁怒其他人的理由。

第三，不能以对的来补偿错的，错就要承担错的代价……每个人都要为自己的行为承担相应的代价，甚至应该为自己做错的事情付出超额的成本、赔偿和巨额的代价。

小院内，高大女子眯眼而笑。

先前她故意摆出幽怨伤心的姿态，少年不一样义正词严地拒绝了自己？

若是换作马苦玄或是谢实曹曦之流？

为了一个已经远在天边、相识不过一月的少女，就去冒险惹恼一位存活万年、以后需要相依为命的剑灵？

这是小事吗？

是小事。

但又绝对不是小事。

大道之争，岁月漫长。有些细微处的扪心而问，太恐怖了。这才是最不可预测的险恶之地。

一名练气士的修为越高，距离天幕就越近。他心境之上的瑕疵，就会被无限放大。打个比方，若是道祖的一点瑕疵，不过芥子大小，一旦转为实像，恐怕会比黄河洞天被一剑戳破的缺口还要巨大。

比如在那段看似鸡毛蒜皮的光阴长河之中，若是那个泥瓶巷的小孩子，当初在摊贩的“善意”邀请下，选择了那串不要钱的糖葫芦，接过手去，开开心心吃了，然后蹦蹦跳跳回到泥瓶巷祖宅。糖葫芦吃得干干净净，竹签随手一丢，看似什么都没有发生，但真的什么都没有发生吗？

少年陈平安还能有今天的际遇吗？

屋内，陈平安望着那个老人：“哪怕是齐先生想要我做的，但只要我觉得做不到的，我还是会不答应。就像有些事情，我认真想过了，觉得还是错了，那么哪怕有人拿着刀子，架在我脖子上，我一样会告诉他，不管他是谁，这就是错的。”

少年的语气很平稳。

——烽火戏诸侯《剑来》：第二卷 山水郎　第一百五十四章 老先生坐而论道

陈平安未必有“超级（超额）代价体系”这种清晰的意识，但是“错的就是错的、对的就是对的”的自我标尺意识，已经开始朴素和朴实地萌芽。

这一点，如崔瀺所言，“就像陈平安所认为的那样：有些事情，对的，它就是对的；而错的，就是错的；任你是谁来做，谁来帮忙辩解，都改变不了。”

因此，陈平安出拳，就有一个特点：感觉自己有道理，就出手很猛，无可匹敌。甚至，就像那撼山拳的宗旨：“习我拳者，迎敌道祖，可败不可退。”如果我有理，亦可迎战天下道祖。

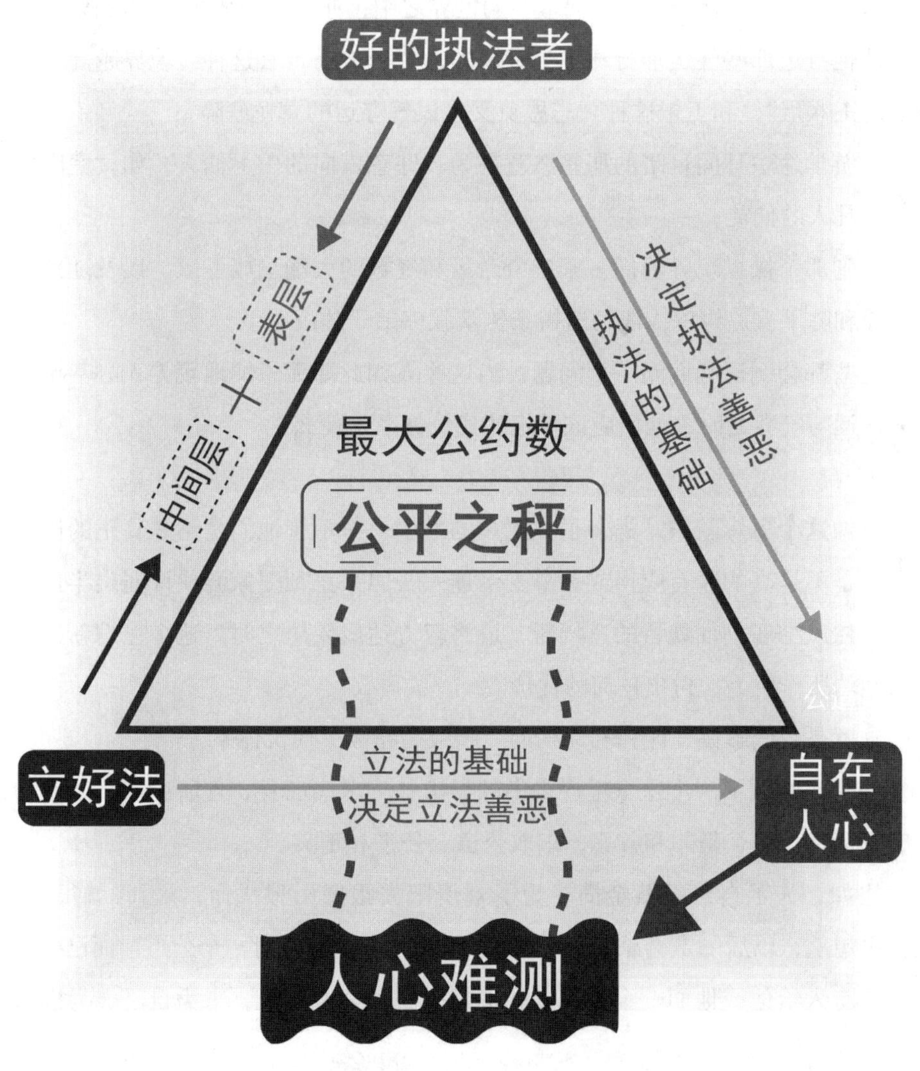

第七节 讲自己的道理：从"超级代价体系"到"讨一个公道"

这在《剑来》整个"乱世揭幕"的世界之中，亦是一个故事的"硬核"：

从他身边那些气运加身却不受限制的人——如马苦玄这种"境界越高、杀人越多的王八蛋"，和王朱这种"忘恩负义、谋气夺运的真龙孽障"；

到游学途中耳闻目睹的那些恣意妄为、肆意横向的山上仙人，如黄庭国中动辄伤害凡人的仙徒；

再到那个操纵玩弄他们一家三口命运和气数的大骊皇族一家，以及随意羁绊贺小凉和陈平安之缘深缘浅的道祖亲传掌教三弟子陆沉……

这些都会倒逼我们问一个问题：当这些人如此肆无忌惮地玩弄人心甚至操纵他人命运与气数之时，他们应该承担的代价体系是什么？

没有！

就像这个鬼嫁新娘，祸害了如此多的书生——不管他们是不是真正的读书人种子，是不是真的罪有应得或无辜受牵连——但一直到墨家游侠许弱出半剑、形山脉挡住风雪庙剑仙魏晋的三剑斩，最终双方达成妥协之时，这个鬼嫁新娘都没有为她的所作所为，付出任何的代价。

这就是我们解读、诠释和建构的"超级（超额）代价体系"。①

陈平安就成了一个这个世界之中的异类——求诸己身、理所应当，以此为标尺，来衡量对错、是非和善恶，求取公道、公平和正义。

比如，为了自己杀蔡金简，为了刘羡阳去跟搬山猿拼命，"当时就很想杀，现在更想杀，以后一定会杀"鬼嫁新娘——都不过是，"讨一个公道"而已。

没有人给他或他们一个公道，那他陈平安就力所能及，来为自己、为别人讨

① 参见庄庸、杨丽君等主编：《爽感爆款系统：中国网络文学阅读潮流研究（第3季）》，华语网络文学智库丛书，中国青年出版社，2020年版。

一个公道。

陈平安最后说道：“我根本就不是那种能够把一门学问做得很远的人。读书识字对我来说，就是一件很简单的事情，就是为了能够自己写春联，张贴在家门口，以后可以给我爹娘写墓碑；最多就是读出一些做人的道理，绝对没有太多的想法。所以，老先生，我不会做你的弟子。”

崔瀺听得脸色苍白，汗流浃背。

就连李宝瓶都觉得事情不妙，偷偷摸摸从桌面拿起那方印章，准备拿它拍人了。至于是坏蛋崔瀺，还是先生的先生，她才不管。天底下小师叔最大。

老人只是和颜悦色问道：“这是你现在的想法对不对？如果以后你觉得以前是错的，会不会改变主意，反过头来求我收你做弟子？”

陈平安毫不犹豫道：“当然！但是如果到时候你不愿意收我做学生，我也不会强求。后悔，大概会有，但肯定不多。”

老人一脸奇怪：“我堂堂文圣，曾经神位排在儒家文庙最前边几个的圣人，想要收你做闭门弟子，多大的福气！好东西大机缘，突然砸在你头上，难道不是赶紧收起来，先落袋为安才对嘛？万一有问题，反正有自家先生顶在前边，你怕什么？怎么看都是百利而无一害的好事。”

陈平安突然说了一句话：“有些违心的事情，一步都不要走出去。”

老人喟然长叹：“既然时机未到，我就不强人所难了。”

老人转而一笑：“做不成师徒，我这个老家伙很失望，不过想必齐静春却是一点也不失望。这样的陈平安，犟得很，像极了齐静春少年时候。恐怕这才是他当初在小巷里，愿意对你作揖还礼的原因吧。”

陈平安听得莫名其妙。

老秀才已经缓缓起身，看着三个孩子：“坐而论道，是很好的事情。”

老秀才笑道：“但是别忘了，起而行之，则更重要。否则，一切道德文章就没了立身之处。”

老秀才蓦然开始自得其乐，笑逐颜开，双手负后，摇头晃脑地走出屋子，啧啧道：“老先生坐而论道，少年郎起而行之，善，大善！”

李宝瓶怒道："只有少年郎，我呢?!"

老人打开屋门，爽朗笑道："对对对，还有宝瓶洲的小姑娘李宝瓶！"

陈平安心想："坐而论道，起而行之。这个道理说得好，我得记下来。"

少年崔瀺呆呆坐在原地，突然打了个激灵，回过神后猛然起身作揖，对陈平安说道："先生！"

陈平安无奈道："你怎么还来？"

崔瀺嬉皮笑脸打趣道："先生之前想杀我，是不是存心不想还钱啊？好几千两银子呢。"

陈平安心平气和道："如果你今夜被我杀了，我陈平安以后只要有了银子，就肯定会帮你建造一座价值两千两银子的坟墓。"

崔瀺脸色尴尬，最后只憋出一句话来："我谢谢你啊。"

——烽火戏诸侯《剑来》：第二卷 山水郎　第一百五十四章 老先生坐而论道

正因为如此，从朱鹿父女到王珊瑚父女，一直是陈平安"如鲠在喉"的刺——不大，但是，卡在咽喉之处，吞又吞不下去，吐又吐不出来，十分难受。

这两个事件，有着异曲同工的结构：

第一，都是蠢女儿明智父亲——让陈平安非常纳闷为什么总是出现这样的家教问题。

第二，都是蠢女儿挑战甚至刺杀陈平安，而没有受到任何惩罚——除了决战之际被陈平安击伤之外，她们并没有为她们自己的愚蠢行为，付出任何超额的成本和代价。

第三，都是父亲道歉，但是女儿死不悔改。因此对于陈平安来说：她当时错，现在错，未来还会错——因为她没有"纠错"。因此，这是不对的。

宋雨烧记起一事："那次水榭风波，你好像攒了一肚子火气。我有些奇怪。如果我宋雨烧只是一个寻常江湖人，以旁观者的眼光来看：照理说，在不知道你根脚的前提下，横刀山庄的庄主王毅然，一位享誉已久的江湖宗师，能够对你一个少年以礼相待，非但没有仗势凌人，反而愿意为女儿道歉，你为何还是好像有些……不服气？”

陈平安打了一个饱嗝，摘下腰间的养剑葫，但是没有喝酒，思量片刻，正色道：“我不是对王毅然有看法，但是我觉得这里头，是有不对的地方的。”

宋雨烧好奇道：“此话何解？”

陈平安下意识又喝了一口酒，借着晕乎乎的酒劲，缓缓道：“我曾经听过一位老先生讲述顺序一说。我没读过书，识字不多，所以理解得很浅。但是没事的时候，就愿意把这些学问拿出来，多想一想。我觉得对错有先后，当然也分大小，不能拿一个后边的对，去掩盖前边的错；哪怕后边的对很大，前边的错很小，还是得先把前边的小错，掰碎了说开了，道理完完全全说透了，后边的对，才能真正站稳脚跟，这就像……一个人不能跳着走路。”

“但是我瞎琢磨出来的这点东西，可能没甚道理。因为我这趟南下游历，翻过很多书，书上都不讲这些，所以我自己一直不敢确定对错。但如果按照我的道理，套用在水榭那边的事情，就是你王毅然其实不用跟我道歉，只需要让你女儿站出来，跟我说一声对不起，三个字就行了。否则到最后，你王毅然堂堂江湖大宗师，为别人道歉，难道我就一定要接受了？哪怕我退一步讲，愿意接受，那你女儿就算是没有错了吗？我觉得不是这样的。你王毅然做得再对，但你女儿的言行，错，就是错。今天是如此，明天是如此，以后十年换作其他人，那个叫王珊瑚的挎刀女子，她可能还是错的。”

陈平安一手提着酒葫芦，一手挠头：“宋老前辈，这些是我随便讲的。胡言乱语，让你笑话了。”

宋雨烧先是愕然，然后茫然，最后满脸恍惚，只觉得自己认定的那座江湖，翻天覆地。

最后宋雨烧回想这一生，尤其是儿子宋高风那一段不堪回首的记忆。老人原本已经不愿再去想起，更不愿去深究其中的恩怨情仇。但是直到今天，直到这一刻，这位老人才发现自己的心结到底在什么地方，自己又为何这般愧疚悔恨，却始终不知为何打不开心结。

老人红着眼睛，颤抖着提起筷子，从火锅底夹起一筷子食物，放入嘴中慢慢咀嚼，脸上逐渐有了一些笑意。

老江湖奉为圭臬的那些老规矩，被老一辈人视为金科玉律的道理，原来，原来也有错的地方！

当年我儿子宋高风何错之有？即便有错，那也是这座狗娘养的江湖有错在先！

是那位沙场武将出身的前任武林盟主错了。那场恩怨，根本就不是那一条胳膊的事情！

是你女儿本人，欠了我宋雨烧的儿子、欠了我儿媳妇一句对不起！

当着一个少年郎的面，满脸老泪纵横而不觉丢脸的宋雨烧，缓缓放下筷子，站起身，对陈平安洒然大笑道："这顿饭，我宋雨烧替我儿子儿媳妇，替我剑水山庄请你！"

酒楼二楼顿时哗然。

因为宋雨烧和剑水山庄这七个字！

因为这就意味着半座梳水国江湖的百年风流。

——烽火戏诸侯《剑来》：第四卷 剑气近

第二百四十三章 千军万马之前，我喝一口酒

错的就是错的，对的就是对的。

不能因为父亲做得对，就说明女儿没有错——只要那个做错的人没有认错、纠错和改错，那后面的事情做得再对，也是没有价值和意义的。

朱鹿父女如此，王珊瑚父女同样如此。

对错有先后，道理有顺序。

这个当下拒绝了做文圣关门弟子的少年，却走向了文圣老秀才所期望的那条传道之路——

"小平安，我们讲道理，不是为了让自己委屈，而是慢慢攒着。如果有哪天，突然觉得整个天下都不讲道理的时候，你有那份底气和心气，去大声跟这个世界说'你们都是错的'！"

将老秀才的顺序说、齐静春的讲道理和阿良的强弱论融合在一起，以陈平安自身的心性、意志和看法为根基，最终就形成了一个跟山下山下都"讲他自己的道理"的竹杖少年。

自我精神分裂：

从『文圣首徒崔瀺』到『大白鹅崔东山』

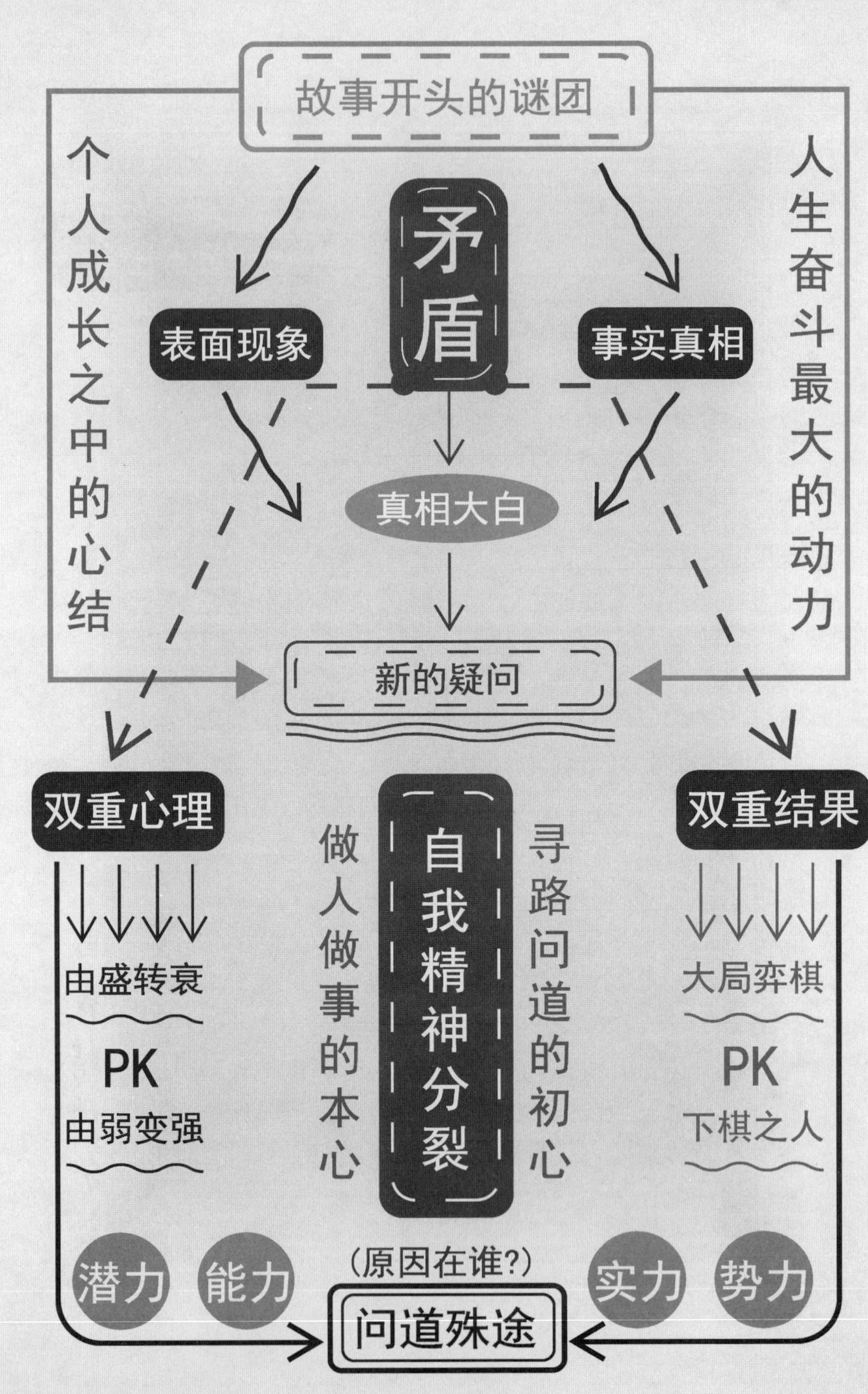

故事开头的谜团
个人成长之中的心结
人生奋斗最大的动力
矛盾
表面现象
事实真相
真相大白
新的疑问
双重心理
双重结果
由盛转衰
PK
由弱变强
做人做事的本心
自我精神分裂
寻路问道的初心
大局弈棋
PK
下棋之人
潜力
能力
（原因在谁？）
实力
势力
问道殊途

假若说从文圣老秀才到齐静春的“碧玉簪子”，代表着陈平安的问道寻路之旅，更多是朝外、朝上、朝向天下甚至是天外与天外天，寻找那“太极的一”；

那么，国师崔瀺和白衣少年崔东山这一体两面、自我分裂却又同源统一的“人心棋局”，则代表着陈平安的心路修道之行，更多是朝下、朝内、朝向人间甚至是人心人性特别是求诸己身方寸之地之心，寻找那“精微的一”。

国师崔瀺和白衣少年崔东山本来是一个人，不过是采用了“离魂寄物”等方式，一分为二。

崔瀺把自己的一魂二魄分离出来，寄附于上古仙蜕遗体，从而造就白衣少年崔东山。两个人本来两体一心，同源分流，各行其是，却又遥相呼应。

却不想在以陈平安为棋子，算计齐静春时，反被齐静春算计，从而导致境界大跌，沦为国师崔瀺和白衣少年崔东山一在大骊京城一在骊珠洞天、两个人遥不相及的窘状。

更要命的是，通过这次算计与反算计，齐静春和文圣老秀才将白衣少年崔东山重修大道之路，与陈平安捆绑了起来，一荣俱荣，一损俱损——这是真正造就国师崔瀺和白衣少年崔东山离身离魂、离心离德的根源。从此之后，两人再也无法“分身一心、其利断金了”。

甚至，会造成两个人在陈平安以及与其相关联的事宜上，产生切身利益和重大事项的根本性冲突。

比如，作为文圣首徒又叛出师门的国师崔瀺，将会继续针对师弟齐静春留下的读书人种子和护道人陈平安设陷挖坑，阴谋算计；

但是，崔东山从自己切身利益角度出发，必须卫护陈平安，甚至必须在“爱屋及乌”和“殃及池鱼”之中做出利害选择——如在齐静春破天荒选择的女徒弟李宝瓶之事上，秉承国师崔瀺心性的白衣少年崔东山最初“凶性”峥嵘，试图伺机杀掉李宝瓶。

但是，陈平安警告崔东山他若是有此歹意，必然要承受他陈平安与他崔东山不死不休之局面——而若是陈平安身死，则崔东山道消。两个人已经不只是利益共同体而是运道共同体了。

这由不得崔东山不投鼠忌器。

这就是孙猴子被套上了紧箍咒。唐僧一念经，曾经无法无天的齐天大圣就苦不堪言，不得不听。给崔东山套上紧箍咒的，其实并不是齐静春，而是文圣老秀才。他以莫大神通，彻底切断了国师崔瀺和白衣少年崔东山之间的本命联系，让这一心两身、自我分裂的人，真真正正成了两个不同的人。

最重要的是，文圣老秀才强制性代弟子收徒，让崔东山入陈平安门下，成为陈平安的学生。

这才是最要命的一招：确立名分。名不正，则言不顺；有名有分，就相当于归入文脉谱系。

这其实比什么都关键。

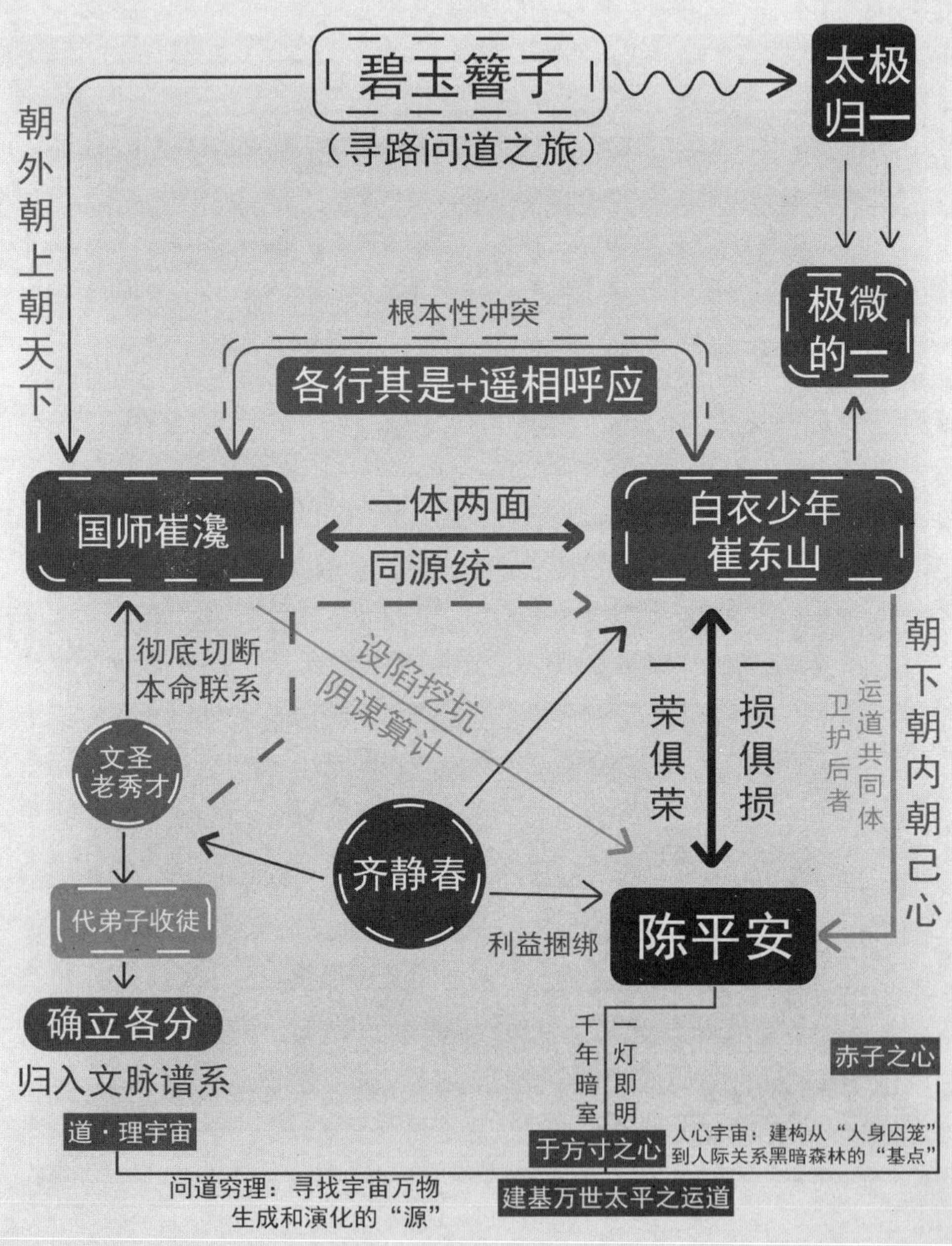

第一节 自囚于笼：从“先生拖累弟子”到“弟子拖累先生”

儒家文庙三四之争，争的是什么？

文圣老秀才为什么会落败，神像被逐出文庙，自囚于功德林？

《剑来》从一开始，就把这成功地设置成一个谜。

世人皆以为是文圣老秀才的学说太异端，动摇了儒家文道的规矩和根基，因此，被文庙放逐，而文圣一脉崔瀺、齐静春、左右和茅小冬等均受其牵累。

但越到后面，谜底层层揭开，却让人越来越疑惑：到底是先生拖累了弟子，还是弟子拖累了先生？

老秀才再次走出山水画卷的时候，看到少年崔瀺仍然躺在地上装死，冷哼道：“成何体统。”

崔瀺直愣愣望向天幕：“活着没半点盼头，死了拉倒。”

老秀才走过去就是一脚：“少在这里装可怜，就不想知道为何小齐只是要你跌境，而没有除之后快？”

崔瀺眼神恍惚，喃喃道：“当初你被赶出文庙，齐静春非但没有被你牵连，反而继续境界高涨，本就说明很多问题了。他齐静春早就有资格自立门户，跟你文圣一脉早已貌合神离，所以他自觉没有资格杀我，希望将来由你来清理门户。”

老秀才怒其不争，又是一脚：“以小人之心度君子之腹，说的就是你这种人！我数三声，如果还不起来，你就这么躺着等死算了，大道别再奢望。三！二！二,二……”

崔瀺打定主意不起身。

把老秀才给尴尬得一塌糊涂，只得转身朝陈平安使眼色，让他帮忙解围。

陈平安点点头，从李宝瓶手中接过槐木剑，大步前行，来到崔瀺身边之后，面无表情地说了个“一”字后，对着白衣少年的脖子就是一剑刺下。

势大力沉，剑尖精准。可能连陈平安自己都没有察觉到，他在画卷内领略到心稳的意境之后，双手终于跟得上心思流转，所以这一剑刺得毫无烟火气，反而越发凌厉狠辣、杀机重重。

吓得崔瀺连滚带爬赶忙起身。

陈平安收起剑，对老秀才点点头，意思是说老先生你的燃眉之急已经摆平。

老秀才叹了口气，望向陈平安和不远处的白衣女子：“找个地方，说些事情。”

老人转头对崔瀺瞪眼道：“跟上！涉及你的大道契机，你再装模作样，干脆让陈平安一剑砍死算数。”

——烽火戏诸侯《剑来》：第二卷 山水郎　第一百五十四章 老先生坐而论道

决定老秀才事败的亚圣与文圣三四之争，真正争的不是文圣老秀才自己的性恶论和顺序说，而是他已经叛出师门的首徒崔瀺的事功学——

以礼仪治国和以事功救世，究竟孰有成效？

儒家文庙分别选择了浩然天下的两个区域进行了六十年的实验。

众所周知，老秀才败了。

如果按照正常的逻辑，文圣老秀才固然要承担愿赌服输的惨重代价，但真正的“罪魁祸首”崔瀺肯定避免不了更为凄惨的命运：声名狼藉，不容于儒家文庙体系，黯然离开中土神洲，来到小小的东宝瓶洲，籍籍无名一百年——这都是轻的；甚至，气数尽散、身消道殒，也不过尔尔。

死，其实并不是世界上最值得恐惧的事情。

犹如陈平安在相伴游学过程中，对李宝瓶说：这世界上还有比死让他更恐惧的事情。何谓比死还恐惧的事情？陈平安没说，李宝瓶没问，但我们这些剧外人却比剧中人更像是局内人的第三只眼，看得清清楚楚、明明白白，就是：他唯恐自己做不到、做得不够好，导致自己缠绵病榻的娘亲就此死去。

事实上，这成为少年成长过程之中最大的心结：他一直觉得，就是自己没做到、做得不够好，才让娘亲离世的。

就像在万里送剑给宁姚宁姑娘之时，跟已死未逝的剑修英魂宁姚双亲会面时，少年陈平安自述心迹、自露心结，字字句句，均平淡无奇，却戳人心窝，令人动容。

床铺那边，李槐说着梦话：“阿良阿良，我要吃肉！小气鬼阿良，就给我喝一口小葫芦里的酒呗……”

李宝瓶眼睛一亮。李槐这个糗事，能当好几天茶余饭后的谈资了。

崔瀺听到阿良这个称呼，悄悄斜瞥了一眼老人。

老秀才咳嗽一声，看了眼在座三人：“好了，说正题。陈平安，李宝瓶，你们应该已经知道我就是齐静春的先生了。而崔瀺呢，曾经是我的首徒、齐静春的大师兄。当时因为我忙着做学问，所以齐静春的读书、下棋等，确实都是大弟子崔瀺帮我这个先生传授的。最后崔瀺叛出师门，做出欺师灭祖的种种勾当。以至于齐静春在骊珠洞天的去世，崔瀺都算是一局棋中盘局势的下棋之人。要说他崔瀺是杀害他师弟齐静春的凶手，半点不过分。作为我记名弟子之一的马瞻，亦是如此。只不过马瞻并非下棋之人，但他是幕后元凶在先手棋局里，很关键的一记无理手。在我到达你们家乡小镇之前，这副身躯只是崔瀺寄居借住的地方。真正的崔瀺，是你们大骊王朝的国师，是一个瞧着不比我年轻的老家伙了。”

李宝瓶满脸怒容，气得眼眶通红，死死盯住崔瀺。

反观陈平安，视线低敛，看不清表情，更让崔瀺心惊胆战。

咬人的野狗不露齿。

崔瀺实在是太熟悉陈平安的性格了，毕竟他比杨老头更加关注留心泥瓶巷少年的成长经历。

崔瀺尽量保持镇定，但是心中默念，死定了死定了，老头子你害人不浅。

——烽火戏诸侯《剑来》：第二卷 山水郎　第一百五十四章 老先生坐而论道

从我们这第三只眼看来，崔瀺的心结绝不会是声名狼藉、身死道消，而是他没有机会能够亲历、实践并证明自己的事功学说。

人活一口气，佛争一炷香。

他叛出文圣师门，就是觉得先生反对他的事功学说，所以，他要向先生证明自己；更重要的是，他要向儒家文庙以及整个浩然天下证明，只有让他的事功学说付诸实践，才能诊治当今世道之流弊，整合人心，打造一道铁墙防线，抵御妖族北侵的趋势和大势。

但是，星星之火，如果尚未燃烧，就已被浇灭，哪里还能燎原？

从某种意义上说，文圣老秀才以自囚于功德林等为代价，就是想以空间换时间，为崔瀺争取一条可以亲历、实践、修改、完善和证明事功学说的机会。

如果没有文圣老秀才的“自囚于笼”，哪里能够换来崔瀺和齐静春这对已经反目成仇的师兄弟在东宝瓶洲迥然不同却又殊途同归的“百年布局”？

阮邛拎了两壶酒，扬起手臂。

杨老头摇头笑道：“不好这一口。”

阮邛搬了条长凳坐在正屋对面，与杨老头隔着一座天井院子。

杨老头问道：“难得阮圣人心神不宁，怎么，担心阮秀？”

阮邛点了点头。

杨老头难得开玩笑：“收陈平安当女婿，就那么难吗？”

阮邛喝了口酒：“陈平安，人不差。我虽然不愿收他为弟子，却非不认可陈平安的人品。如果阮秀不是阮秀，换成是个寻常的闺女，就由着她去了。说不定……我还会经常跟这个女婿喝个小酒儿，想来不坏。而且还不用担心自己女儿受委屈，只有害怕自己女儿过于蛮横、女婿跑了的分。可我女儿，是秀秀。”

杨老头点了点头：“事情太好，也有烦忧。我能理解。”

阮邛喝着名副其实的愁酒，一大口酒水下肚后，抹了把嘴，闷闷道：“因为先前老神君就聊过些，所以此次崔瀺大致的谋划，我猜得出一点苗头。只是其中具体的怎么个用心险恶，怎么个环环相扣、精心设置，我是猜不出。这本就不是我的强项，我也懒得去想。不过修行一事，最忌讳拖泥带水。我家秀秀，如果越陷越深，迟早要出事，所以这趟就让秀秀去了书简湖。”

杨老头道：“你肯投桃，崔瀺那么顶聪明的人，肯定会报李，放心好了。会把事情做得漂漂亮亮、天衣无缝，最少不至于适得其反。”

说到这里，杨老头微微一笑，似乎想起一事：“投桃报李，李代桃僵，嗯，都有些嚼头。至于是嚼出了黄连滋味，还是糖水味道，就看人了。”

阮邛一样不在这类哑谜上作心思纠缠。别说是他，恐怕除了齐静春之外，所有坐镇骊珠洞天的三教人物，都猜不出这位老神君的所思所想、所谋所求。阮邛从来不做无谓的较劲。大好光阴，打铁铸剑已经足够忙碌，还要忧心秀秀的前程，哪里有那么多闲散功夫来跟人打机锋。

杨老头本就是随口一说，转回正题：“你想要做个了断，借助泥瓶巷顾璨，再假借那头绣虎不为人知的谋划，让阮秀和陈平安之间心生间隙。两个人，心境越通透，就越喜欢钻牛角尖。犟起来，芝麻大小的瑕疵，就比天大了。所以我没拦着阮秀离开龙泉郡。这也是你阮邛为人父的人之常情。”

阮邛没来由感慨了一句：“这个崔瀺，真是厉害。”

他阮邛希望女儿阮秀，不再在男女情爱一事上多做纠缠，安心修行。早日跻身上五境，好歹先拥有自保之力。

想要睡觉就有人递过来枕头了。

阮邛与崔瀺没有任何接触，崔瀺更没有暗示什么。

一切都是阮邛自愿投身棋盘，与女儿阮秀一同担任崔瀺棋盘上的棋子之一。

这就是崔瀺在人心上的精准算计和正确预测；这才是一位国手在棋盘外的棋力。

杨老头笑道：“可别不把昔年的文圣首徒不当根葱。那场决定整个浩然天下文脉走势的三四之争，一半的规矩，都等于是崔瀺制定的。你说能不厉害？只不过那会儿崔瀺已经是惊弓之鸟，又有些心虚，躲来躲去，很是辛苦，死活不敢现身，所以才失去了修补师徒关系的最后机会。当然了，这未尝不是文圣对崔瀺的一种无形庇护。你看我这大弟子如此欺师灭祖了，混得比至圣先师当年还要像条丧家犬，你们亚圣一脉还好意思对他纠缠不休吗？你们不是自己嚷嚷着要有恻隐之心吗？那就把崔瀺当个屁放了吧。于是崔瀺就安然无恙地跑到了咱们宝瓶洲。阮邛，别用这种眼神看我。这种耍无赖的事情，文圣是做得出来的。所以那么多陪祀圣人，我就只看这位先生顺眼一些。”

阮邛扯了扯嘴角：“读书人的弯弯肠子，估摸着比浩然天下的所有山脉还要绕。”

杨老头呵呵笑道：“加上道家的青冥天下、佛家的莲花天下和妖族的蛮荒天下，一样比不上。”

阮邛是第一次觉得跟这位老神君喝酒聊天，比想象中要好不少，以后可以常来？反正女大不中留，就算留在了身边，也不太把他这个爹放心上。每次想到这个，阮邛就恨不得自己在小镇上开家酒铺，省得每次去那铺子买酒，还要给一个市井妇人揩油和取笑。

——烽火戏诸侯《剑来》：第六卷 小夫子　第四百二十八章 秋狩时分，请君入瓮

从某种意义上说，文圣老秀才是为了庇护这两个得意弟子发展自身的学说与实践，而不得不付出巨大的代价。

即使崔瀺已经叛出文圣师门。

但是，说到底，仍然是一荣俱荣、一损俱损。

文圣神像被搬出神庙，崔瀺的境界跟着大跌，便是例证之一。

齐静春的境界却是不跌反升——这里面的奥秘便在于，比起崔瀺的事功学说，齐静春所要问的道、所要究的理和所要寻的路，对于儒家文庙甚至整个三教一家体系来说，更有叛逆性和颠覆性，更易被视为异端而被斩尽杀绝。

因此，文圣老秀才最主要的，还是要为齐静春争来一个从容发展的空间——当齐静春的学说和实力真的可以“立教称祖”时，三教一家又如何再能束缚住他的羽翼？

天大地大，他又哪里去不得？

恰如齐静春试图教化王朱时所说的那番道理。

如前所述，当初，文圣老秀才以“放弃文圣身份、神像被逐出文庙、自囚于功德林”为代价，就为自己门下弟子换取了一个生存和发展的空间：不仅仅是可以活命，还可以发展和实践自己的“异端学说”。

只是人人皆以为他只是为了自己的得意弟子齐静春，却没有想到他这样

做，首要的还是为了自己的首徒崔瀺——没有文圣老秀才付出如此惨痛的“超级代价”，崔瀺的异端学说“事功说”，能够有后面在东宝瓶洲从容发展的机会？

都说皇帝爱长子、百姓爱幺儿，文圣老秀才其实还是向着自己首徒的啊！

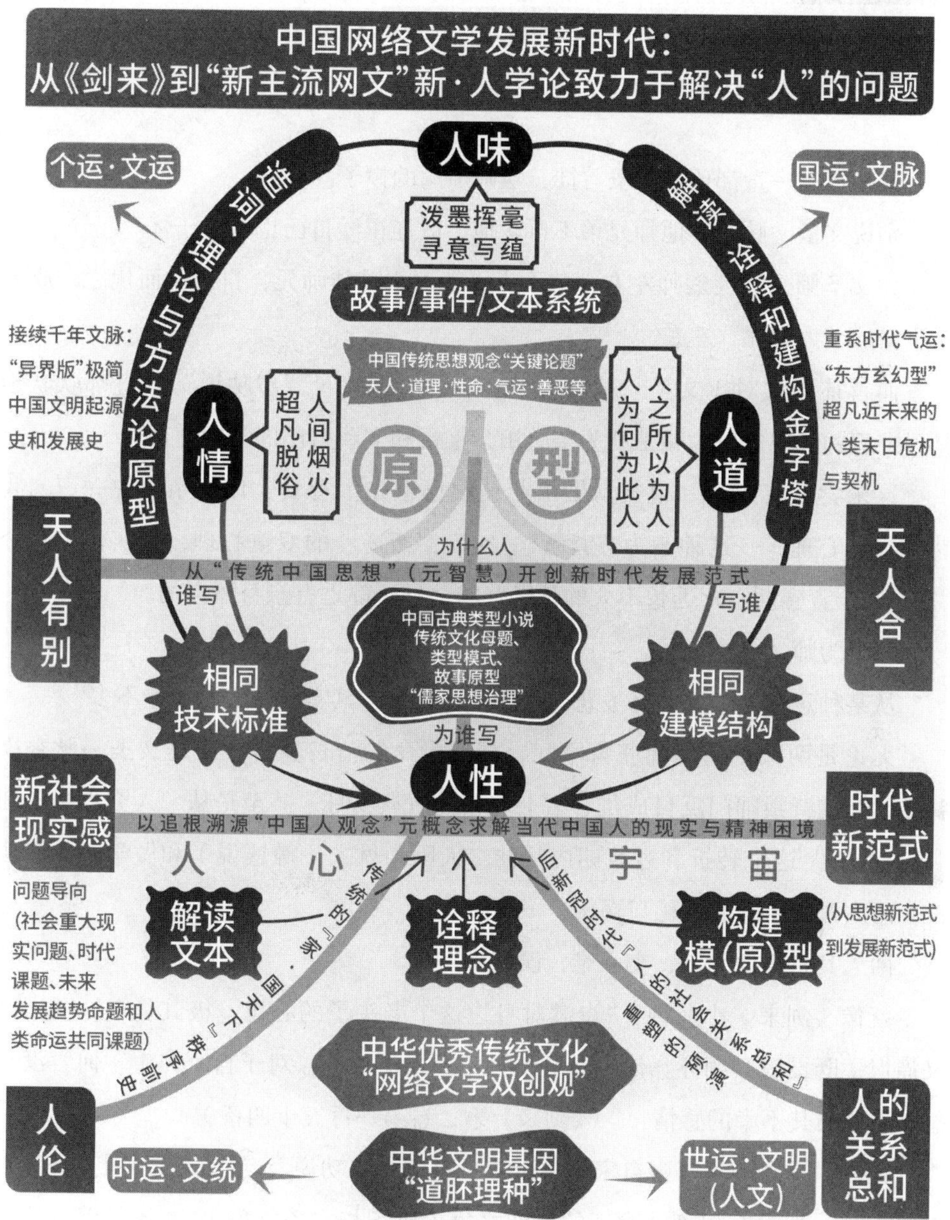

第二节 一分为二：从“大兔子青春期”到“小兔子少年狂”

国师崔瀺一直都顶着文圣首徒、叛师出门的帽子。

别说文圣一脉的其他师兄弟不再认他，就连崔瀺自己也耿耿于怀。

如文圣第二徒大剑师左右，就不肯再认这个首徒师兄，自行取而代之，成为陈平安的“大师兄”左右。

而首徒崔瀺对于文圣“偏心”齐静春、否定自身“事功说”一直都耿耿于怀，憋着劲儿地要以大骊王朝为实验田，推行和实践自己的学问道理。

这未尝没有憋着一口气、做出业绩给自家先生看看、让他亲口说一声“我错了”的心理——这种名为“背叛”、实为“叛逆”的双重心理，其实任何一个“家有处于青春期、永远长不大的孩子”的父母，都是有亲身体会的。

一日为师，终身为父。

从某种意义上来说，文圣老秀才和首徒崔瀺，其实就跟父子俩差不多：

无论是两人走街串巷兜售学问、相依为命的清贫岁月，还是文圣一脉香火飘摇、崔瀺背叛师门反目成仇、雪上加霜的煎熬岁月，甚至是从“人穷志短”到“香火鼎盛”这个转折和过渡期内师徒二人因为做人（赚钱说）和做学问（事功说）两次背道而驰的隐秘与真相……

两人其实都像父子，交心难，误会易。

就像《剑来》中所说，“崔瀺对身边这个老头子的心思，极其复杂，既崇拜又痛恨，既畏惧又缅怀。他崔瀺这个昔年的文圣首徒，对于自家先生，何尝没有怒其不争哀其不幸的感情？”（《剑来》第二卷第一百五十四章）

比如，崔瀺一直以为自家先生否定自身的“事功说”，导致他最终叛出师门、欺师灭祖。却没有想到，真正的三四之争（亚圣与文圣之争），文圣是以首徒崔瀺学问之根本的“事功说”参赌的，其实就是代弟子来践行和试点。

结果因为事功说出现得晚、没有基础且不够完善，终于败给了亚圣所推行的“礼乐说”——得知真相的崔东山如“五雷轰顶”。

崔瀺愤愤道：“因为你更喜欢也更器重齐静春！觉得我崔瀺的学问，都是垃圾篓里的废纸团！要你这位文圣大人揉开摊平了，都嫌弃脏手！”

老人摇头道：“因为你那个问题，我在你之前，就已经思考了很多年。当时不管我如何推演，都只有一个结论：千里之堤，毁于蚁穴；洪水泛滥，到头来一发不可收拾。因为不但治标不治本，而且在你学问地基不够坚实的前提下，这门初衷极好的学问，反而会有大问题。如一栋高楼大厦，你建造得越高大越华美，一旦地基不稳，大风一吹便坍塌，伤人害人更多。”

崔瀺愣在当场，可仍然有些不服气。

老人叹了口气，无奈道：“你们要知道，我们儒家道统是有病症的，并非尽善尽美。那么多规矩，随着世间的推移，并非能够一劳永逸、万世不易。这也正常。若道理都是最早之人说得最对最好，后人怎么办？求学为什么？”

“至圣先师给出的法子，最笼统也最醇正，所以温和且裨益，是百利而无一害的食补。但是食补的前提，是所有人都吃‘儒家’这份粮食，对不对？”

“但是有些时候，就像一个人，随着身体机能的衰减，或是风吹日晒的关系，就会有生病的时候。食补既无法立竿见影，又无法救命治人。这就需要药补。”

“但是用药三分毒，需要慎之又慎。远古圣人尚且只敢在尝百草之后，才敢说哪些草木是药，哪些是毒。”

“你崔瀺这种急性子，当真愿意花这份心思？你的师弟齐静春早就提醒过你很多次。你崔瀺太聪明了，心比天高，从来不喜欢在低处做功夫，这怎么行？你要是孩子打闹，只想做个书院山主学宫大祭酒，那么你开凿出来的河道，哪怕堤坝事实上千疮百孔，到最后洪水决堤，有人也能救得了。但是你的学问，一旦在儒家道统成为主流，出了问题，谁来救？我？还是礼圣？还是至圣先师？就算这几位出手相救，可你崔瀺又如何确定，到时候释道两教的圣人不添乱？不将这座浩然天下，变成推广他们两教教义的天下？”

崔瀺犹然不愿服输。

老秀才有些疲惫："你这门事功学问，虽是我更早想到，但是你潜心其中，之后比我想得更远一些。最后我也有所意动，觉得是不是可以试一试，所以那场躲在台面下的真正'三四之争'，是在中土神洲的两大王朝，各自推广'礼乐'与'事功'，然后看六十年之后，各自胜负优劣。当然，结局如何，天下皆知，是我输了，所以不得不自囚于功德林。"

崔瀺满脸匪夷所思，突然站起："你骗人！"

老人淡然道："又忘了？与人辩论争执，自己的心态要中正平和，不可意气用事。"

崔瀺失魂落魄地颓然坐回凳子，喃喃道："你怎么可能会赌这个？我怎么可能会输……"

——烽火戏诸侯《剑来》：第二卷 山水郎　第一百五十四章 老先生坐而论道

这是文圣老秀才第一次跟自家首徒"交心"。

其实也是在变相地道歉：不够耐心、不够细心、不够交心，导致弟子走了歪路，都是先生之过也。

这一点非常重要。师徒消除误会，抹平鸿沟，重建桥梁。而文圣老秀才强制崔东山进入陈平安门下，其实就是在变相地将崔东山重新纳入文圣一脉，并且将老少崔瀺的事功学说，重新纳入文脉学说谱系。

这样，就让陈平安承传并重建的文圣谱系，更为完整：从"人性本恶论"到"事功学说"，从"顺序说"到那个可立教称祖的"太极之一"。

这就捋顺了"名""分"与"实"的关系。文圣老秀才将崔瀺一分为二：

老崔瀺仍然是文圣前首徒、国师绣虎；

而少年崔东山则是陈平安学生、文圣隔代弟子；

老少崔瀺在不同的道路上完善着事功学说——

网友们于是戏谑地称呼他俩为"大小兔子""老少兔子"。

有名有分，又能落在实处。于是，崔东山才能从此前和陈平安相爱相杀，到此后一心一意拜师陈平安，并且直到后来实心实意帮助自家先生寻道问路，甚至不惜与老兔子崔瀺打杀对赌。

这一看似人工斧雕痕迹过于明显的转折，放在文脉老秀才捋顺“名”“分”与“实”关系的思路和逻辑之中，就变得合情合理。

因为，此前只有“实”。崔东山与陈平安只是利益共同体，在修行大道中陈平安荣他则荣、陈平安损他则损。彼此之间只有利害的算计，而无归属的羁绊。

但是，有名有分、名副其实之后，崔东山与陈平安就成了命运共同体。崔东山对人心人性的棋局算计，以及对事功学说的寻道问路，就与陈平安的心路大道，契合为“一”，教学相长，相得益彰。

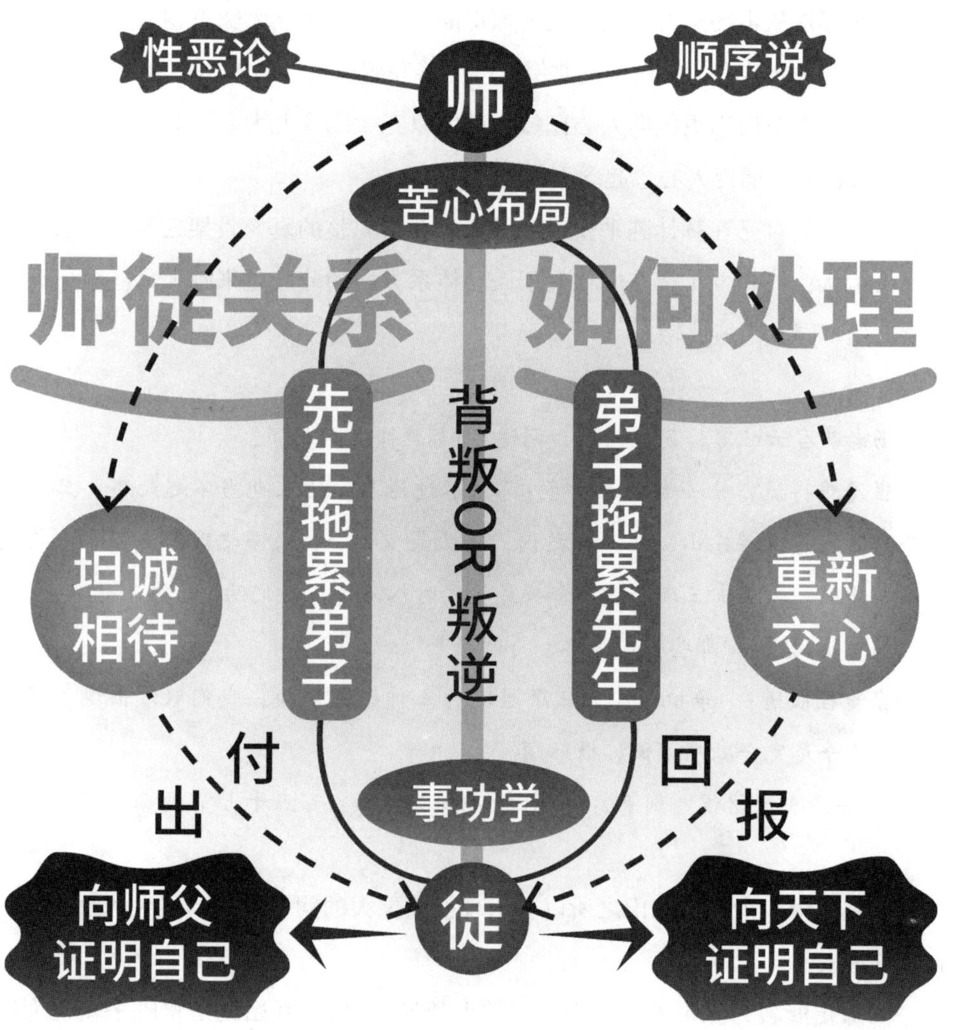

第三节 问道殊途：从“算计PK反算计”到“问心局”

从此之后，国师崔瀺和少年崔东山就问道殊途。

虽然都是从事功学说出发，但国师崔瀺开始致力于以大骊王朝为实验田，试图通过打造一洲共主、抵御妖族北侵，以完善和例证自己的事功之道；

但少年崔东山则更偏向人心鬼蜮，试图以三大纲领九大系列等体系，来重新界定人心棋局，捕捉人心念起念灭的轨迹。

国师崔瀺自己在算计陈平安以帮助王朱获得完整的真龙骨架之事中，亲口向老杨头承认：他和少年崔东山在关于人心体系方面的分歧越来越大，甚至从根源上就迥然不同、南辕北辙。

杨老头吞云吐雾，笼罩药铺，问道：“那件事，如何了？”

崔瀺难得流露出一丝无奈神色：“信不过他人，他人也当不起此事，只好魂魄分离。我静观崔东山，他一天之内，念头最少两个，最多之时有七万个。换成崔东山静观，我最少三个念头，念头最多之时八万个。我们两个，各有优劣。”

杨老头问道：“那些根本脉络，捋顺了？”

崔瀺摇头道：“争执不小。三个层次的三种进制转换，我们双方出现了根本分歧，几乎是完全顺序颠倒，很麻烦。”

——烽火戏诸侯《剑来》：第七卷 龙抬头　第六百五十七章 再来一碗阳春面

国师崔瀺和少年崔东山之所以会出现如此重大的问道殊途，很大的原因，就在于陈平安。

国师崔瀺名为陈平安“叛出师门的大师兄”，从一开始就是将陈平安视为棋子进行算计。

他对陈平安最重大的算计，便在于这三次。

第一次附同大骊娘娘，通过林守一的爹，将“本命瓷”的秘密，透露给陈平安的爹，从而导致那个汉子主动打破陈平安的本命瓷，造成陈氏一家三口家破人亡、陈平安成为气运福饵并成为齐静春陷入死局的关键因素。齐静春将计就计，反算计让国师崔瀺跌境，让其一分为二完成大小兔子的自我分裂。

这一次算计并非刻意针对陈平安，而是为了大骊王朝顺势而为；但由于齐静春下了千年第一局，反而让陈平安成为棋局之中的无理手，以至于在某种程度上决定了崔瀺大骊棋局中的走势。

比如：林守一的爹其实是好心办错事，虽陷陈平安一家于家破人亡之境，但事中事后确实也帮衬与补救了不少；

然而事发之后，从本心来说，他并不想自己的儿子林守一和陈平安有太多的羁绊关系。

可偏偏在陈平安伴随李宝瓶、李槐、林守一等这些妖孽天才极品儿童游学山崖书院的路途之中，孤傲的林守一仍然和陈平安成了朋友。

陈平安在开始查证和梳理骊珠洞天买瓷人的势力，特别是关于他的本命瓷的脉络，碰到林守一的爹这一个线头时，出于对林守一这个朋友的信任，暂时没有追查下去——

而一旦继续追查下去，不管真相如何，肯定会伤了林守一和陈平安之间的情分，可能连朋友都没得做；

即使顺利绕过，陈平安和大骊王朝的关系也会提前决裂，大骊各方势力会提前对落魄山出手；

而落魄山的拼死反击，也有可能会影响大骊王朝铁骑南下统一东宝瓶洲的进程。因此，林守一的爹这个线头的搁置，其实给了陈平安和大骊王朝足够大的缓冲余地。

当然，这仍然是在崔瀺大骊棋局的掌控之中。

崔瀺说道：“你父亲有些苦衷，这辈子都不会主动与你多说。当年是他最早告诉陈平安父亲，关于本命瓷一事的内幕。当然是好心，连那后果也与陈平安父亲一并说了。他们两人，一见如故，虽然身份悬殊，却是挚友。所以你父亲还帮着那个男人收拾了后来的烂摊子，不然陈平安也很难活下去。所以陈平安在后来游学路上，转赠你那幅《搜山图》，冥冥之中，是有些因果定数的。只是你父亲，用心良苦，并不希望你与陈平安牵扯太多，免得你尚未成长起来，便被大势裹挟，早早夭折，所以对于你去往大隋书院求学一事，表现得十分淡漠。”

……

崔瀺环顾四周：“早年游学，你对父亲的糟糕观感，陈平安当时与你一路同行，早早记在心中。所以哪怕后来陈平安有足够的底气去翻旧账，其中就翻遍了许多关于杏花巷马家的老皇历，偏偏在窑务督造署林大人这边停滞不前，恰好是因为相信你——怕的是那些传闻不可信，更信不过他未曾亲眼见过的人心！最怕一旦揭开内幕，就要害得朋友林守一鲜血淋漓。这就叫一朝被蛇咬，十年怕井绳。在书简湖吃过的苦头，实在不愿意在家乡再来一遭了。”

崔瀺笑道：“虽然是陈平安想岔了，却是好事。不然就他那脾气，一旦较真，即便查出了真相，得以松口气，顺顺利利绕过了你和你父亲，落魄山却会早早与大骊宋氏磕碰得头破血流。那么他现在肯定还留在家乡追究此事，处处树敌，大伤元气，自然更当不成什么剑气长城的隐官大人了。清风城许氏、正阳山在内的诸多势力，都会不遗余力，对落魄山落井下石。”

崔瀺说道：“你暂时不用回山崖书院，与李宝瓶、李槐他们都问一遍，早年那个齐字，谁还留着。加上你那份，留着的，都收拢起来。然后你去找崔东山，将所有‘齐’字都交给他。在那之后，你去趟书简湖，捡回那些被陈平安丢入湖中的竹简。”

——烽火戏诸侯《剑来》：第七卷 龙抬头　第六百五十八章 翻一翻老皇历

在崔瀺的算计之中，陈平安第一次脱轨，是在书简湖问心局之中。书简湖问心局，是国师崔瀺和少年崔东山以陈平安方寸之地、问道之心为域，展开的一场“对赌”棋局。

这虽然是一场陈平安叩问自己心关的锥心局，但是，输赢却不在他身上。

如果国师崔瀺输了，就必须放少年崔东山以自由；

但如果少年崔东山输了，就必须替国师崔瀺卖命，重新推进南进布局。

在这场书简湖问心局之中，国师崔瀺从一开始就将陈平安置于必败之地：当陈平安视为兄弟的小鼻涕虫顾粲在书简湖滥杀无辜时，陈平安就陷入两难境地——是徇私顾情，放宽规矩道理的尺度，放过顾粲？还是所谓大公无私，以道理和律法，惩罚顾粲？陈平安不管怎么做，都是错。

而且，他信奉“知错能改，善莫大焉”。但是顾粲不知错、不认错、不改错，将陈平安容错、补错、纠错的合理性基础与前提也都瓦解了。

最重要的是，顾粲其实代表着陈平安自己心中的恶蛟少年。如果要杀顾粲，等于是杀死陈平安自己；如果不杀顾粲，等于又否定了陈平安一直以来的“好人”人设——如果陈平安和顾粲都成为他们小时候最不愿意成为的那种“恶蛟少年”，那么，陈平安从泥瓶巷少年到书简湖算账先生，一直以来致力于塑造的“好人陈平安”，就完全没有了存在的根基。

这不仅仅是“完美人设”崩溃的事情，更是做人做事、寻路问道的本心和初心，失掉了根基。

因此，即使少年崔东山想尽办法，给陈平安夹带私货、作弊开外挂，把佛道法三家解决方案塞给了陈平安，试图补救他困于儒家方案而无力自拔的困境——却仍然无济于事。

陈平安难以过自己心头那一关，所以自碎金色文胆。少年崔东山几乎一败涂地，为国师崔瀺卖命做事，几成定局。

但就像凤凰涅槃，死灰复燃，陈平安以自碎金色文胆为代价，将自己心中的恶蛟少年和眼前顾粲这个恶蛟少年切割开来；

并且，通过画同心圆圈，一层又一层地破壁出圈，重新界定道理、规矩和秩序；

甚至，开始接近那个疑似跟夫子一样老的圣人，寻求书简湖证道的机缘——于梦中骑马，前圣牵马，于平常对话之中问道寻路。

从此开始，陈平安终于在齐静春君子道理说、文圣老秀才顺序说、观道观牛鼻子老道脉络说以及儒道礼圣秩序说的综合与融合“集大成者”之上，开始探索和寻找自己的心路与大道。

正是这种寻路问道的萌蘖之苗，破掉了国师崔瀺苦心设置的“问心局”，导致其功亏一篑——准确地说，是撕开了一条致命的裂隙，从此开启了国师崔瀺由盛转衰的下滑之旅，启动了少年崔东山由弱变强的上升之道。

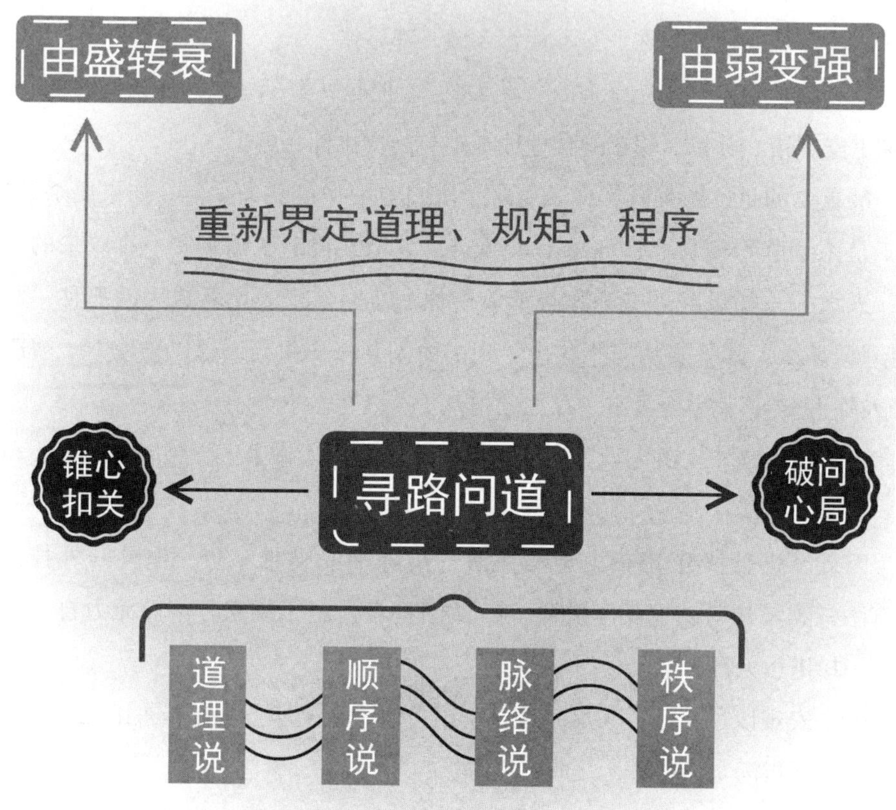

因此，起于齐静春和文圣老秀才的算计与设计，少年崔东山和陈平安被羁绊成了命运共同体：陈平安寻路问道，每有突破，少年崔东山必有提升。

比如，陈平安锥心叩关一有进展，少年崔东山“人心鬼蜮”的体系，就必会更完善和优化——因此，即使姜还是老的辣，国师崔瀺在人心算计上比少年崔东山道行更高，但是少年崔东山在人心量化体系上却比他更接近道 · 路。以至于后知后觉的陈平安，在剑气长城第一次参加妖族大战的间隙，才恍然悟道：假以时日，少年崔东山将比国师崔瀺的成就更高。

第四节　战略制衡：从“大局弈棋”到“下棋之人”

当然，陈平安自己没有想到的是，伴随着学生崔东山的成就提高，必将是他这个先生的成就提高。

至少，在国师崔瀺和少年崔东山对赌的棋局之上，陈平安不再是一个可有可无的棋子，亦不是可以为国师崔瀺操控的棋子，甚至不再是某种有生命、可以自主行事的棋子——他在某种意义上，已经慢慢地脱离了国师崔瀺掌控的棋局，变成了游离其中、落子即决定胜负的关键之棋；甚至，他本身就有可能成为博而弈之、取而代之的下棋人。

这一点，在国师崔瀺为王朱谋夺骊珠洞天那一个完整的真龙骨架，第三次算计陈平安时，最能体现出来。

他这一次搞的阵仗之大，几乎震动了各方势力。连北岳山神和兵家圣人阮邛都吃不准火候，要跑来神官刑徒余孽老杨头这儿讨一个明白说法。即使他俩，在老杨头眼里，都属于看得不太长远的人，何况其他身在局中之人？

隔壁桌上，则是一幅大骊龙泉郡的所有龙窑堪舆形势图。

如今的龙泉郡，许多地界，例如老瓷山、神仙坟，还有那些龙窑窑口，依旧云雾重重。哪怕是乘坐仙家渡船路过上方，依旧无法窥见全貌。

齐景龙站在桌边，将酒壶轻轻放在桌上，低头望去。所有龙窑窑口，并非杂乱布局，而是形成了一条弯曲长线。在这条长线之外，稍有距离处，有一个小圆圈。齐景龙指了指此地，问道：“是小镇那口铁锁井？”

陈平安点头。

齐景龙凝视片刻，说道：“龙衔骊珠飞升图。”

陈平安感叹道：“好眼光！”

齐景龙淡然道：“我会些符箓阵法，比你眼光好些，不值得奇怪。”

陈平安啧啧道：“用一种最轻描淡写的语气，说着自己多么的了不起，我算是学到了。”

齐景龙神色凝重，伸手轻轻抚过那幅地图，眯眼道：“哪怕只看此图，依旧可以感觉到一股扑面而来的戾气和杀意。看来最后一条真龙身死道消之际，一定恨不得天翻地覆、山水倒转。”

陈平安双手笼袖，弯腰趴在桌上。

齐景龙将那些龙窑名称一个一个看过去，一手负后，一手伸出，在一处处龙窑轻轻抹过：“果然是在那条真龙尸骸之上，以一处处脊柱关键窍穴，打造出来的窑口，故而每一座龙窑烧造而成的本命瓷器，便先天身负不同的本命神通。龙生九子各不同。许多能够传承下来的市井俗语，皆有大学问。先前我逛过龙泉小镇，也去过那座拱桥，以及圣人阮邛在龙须河畔建造而成的剑铺。那不太起眼的七口水井，除了自身蕴含的七元解厄，承担一些佛家因果之外，实则与这条真龙尸骸，遥遥呼应，是争珠之势。当然本意并非真要抢夺‘骊珠’，依旧是压胜的意思更多，并且还没有这么简单。原本是在天格局，针锋相对。等到骊珠洞天坠落人间，与大骊版图接壤，便巧妙翻转了，瞬间颠倒为在地形势。并且加上龙泉剑宗挑选出来的几座西边大山，作为阵眼，堂堂正正，牵引气运进入七口水井，最终形成了天魁天钺、左辅右弼的格局。大量山水气运反哺祖师堂所在神秀山。只说这一口口龙窑的设置，其实与如今的地理堪舆、寻龙点穴，许多简直就是对冲的，但是偏偏能够以天理压地理，真是惊天动地的大手笔。比如这文昌窑与毗邻武隆窑，按照如今浩然天下阴阳家推崇的经纬至理，那么在你绘制的这张地图上，文昌窑就需下移半寸，或是武隆窑右迁一寸，才能达到如今世道的文武相济。只是如此一来，便差了好多意思。不对，牵一发而动全身，肯定是其余窑口，与这两窑环环相扣。是这座冲霄窑？也不对，应该是这座拱璧窑使然。可惜当时游历此地，还是看得模糊，不够真切，应该御风去往云海高处，居高临下，多看几眼的……”

齐景龙的每一句话，陈平安当然都听得懂。至于其中的意思，当然是听不明白的。反正就是一脸笑意，你齐景龙说你的，我听着便是，我多说一个字就算我输。

齐景龙突然转头问道：“你的确切生辰八字？不然这局棋，对我目前而言，还是太难。棋盘太大，棋理太深，以你作为切入口，才有机会破局。”

陈平安放了一把瓜子在桌上，还是蹭来的，摇摇头。

齐景龙皱眉道：“你已经在谋划破局，怎么就不许我帮你一二？如果我还是元婴剑修，也就罢了，跻身了上五境，意外便小了许多。”

陈平安嗑着瓜子，笑道：“管不着，气不气。”

齐景龙倒是没生气，坐在椅子上，继续凝视着那幅气象万千的小小升龙图，偶尔伸手掐诀，同时开始翻阅桌上的两本册子。

看书的时候，齐景龙随口问道：“寄信一事？”

陈平安说道：“稳当的。”

齐景龙便不再多问。

陈平安只是忙着嗑瓜子，那是真的闲。

后来干脆跑去隔壁桌子，提笔书写扇面，写下一句：八风摧我不动，幡不动心不动。

想了想，又以更小的楷体蚊蝇小字，写了一句类似旁白批注的言语：万事过心，皆还天地；万物入眼，皆为我有。

手持扇面，轻轻吹了吹墨迹，陈平安点了点头。好字，离着传说中的书圣之境，约莫从万步之遥，变成了九千九百多步。

——烽火戏诸侯《剑来》：第九卷 天上月　第五百九十八章 一拳就倒二掌柜

在国师崔瀺这次谋算之中，王朱若是想在三教一家屠龙之战后所定的秩序规则之下，合乎准绳地获得那一条完整的真龙骨架，恢复真龙之躯，就必须集齐和回收骊珠洞天（龙泉槐镇）那五大福缘：

阮秀手腕上的火龙；

宋集薪脚下的四脚蛇；

大隋皇子高煊截和陈平安所获的龙王篓金鲤鱼；

陈平安送给小鼻涕虫顾粲的小泥鳅黑蛟龙炭雪；

齐静春书童赵繇的木龙……

这五大福缘，其实是史上那最后一条真龙气运所化。王朱唯有回收这五大福缘，才能提升实力，获得真龙气运。

所有的一切，崔瀺的谋划，都是帮助稚圭用一种“天经地义”的方式，不逾矩地获得一份完整的真龙气运。必须让三教一家的各方圣人，挑不出半点毛病。

宋集薪对这位相依为命的婢女，情根深种。一条四脚蛇的那点机缘，宋集薪肯定愿意付出，说不定还嫌给得少了。

阮秀根本不会在意一条火龙的得失。若是能够为龙泉剑宗做点什么，阮秀会毫不犹豫。

顾璨在书简湖迅速成长之后，认识了规矩二字的真正力量，也就自然而然学会了做买卖。更何况，爹娘未来之生死际遇，终究还是顾璨的软肋。

皇子高煊，在大骊林鹿书院求学多年。为了高氏的山河社稷，即便交出一条金色鲤鱼，会心如刀割，却同样义不容辞。

至于赵繇，当年既然连那枚春字印都守不住，如今就能守住那条木龙了？难。

小镇这些晚辈当中，唯一一个真正远离棋盘的人，其实只有陈平安，不单单是人远在剑气长城那么简单。

只不过崔瀺一样有本事将陈平安拽回棋局，前提是陈平安还有机会返回家乡。

只是不知道，到时候陈平安是棋子，还是下棋之人。

又或者，干脆顶替了他崔瀺？

——烽火戏诸侯《剑来》：第七卷 龙抬头　第六百五十七章 再来一碗阳春面

这里面最关键的人物还是陈平安。

因为，当初王朱走投无路之际，与人类签订了神圣契约的人，正是陈平安——只是王朱“赖皮”而已：即使被齐静春训骂忘恩负义、背信弃义，也仍然要转投龙种龙孙宋集薪，用他身上的龙气滋养自己；而且，反过来一直在谋夺陈平安的气数。

事实上，因为这份契约所在，王朱须得陈平安“画龙点睛”，才能获得和真身合一的机会；而且，要完整地获得真龙气运，也绕不开陈平安——除非陈平安解契。但以王朱对陈平安的所作所为，又岂是“解契”这两个字所能承担的？

国师崔瀺所谋算的，不过是大势所趋、取势而为。

杨老头说道：“你这是认定陈平安暂时回不来宝瓶洲，无法为那女子画龙点睛，大骊只得退而求其次，使出后手？”

崔瀺点头道：“这是小事。”

当年王朱与陈平安签订的契约，十分不稳当。陈平安若是自己运道不济，中途死了，王朱虽然失去了束缚，可以转去与宋集薪重新签订契约，但是在这之间，她会损耗掉诸多气数。所以在那些年里，灵智未曾全开的王朱，对待陈平安的生死，其许多举动，一直自相矛盾。为大局考虑，既希望陈平安茁壮成长，主仆双方，一荣俱荣。只是在泥瓶巷那边，双方身为邻居，朝夕相处，蛟龙本性使然，她又希望陈平安夭折，好让她早早下定决心，专心攫取大骊龙脉和宋氏国运。

她就这样别别扭扭地过了很多年，既不敢妄动，坏了规矩打杀陈平安，毕竟怕那圣人镇压，又不愿陪着一个本命瓷都碎了的可怜虫虚度光阴。她更不愿祈求天地怜悯。宋集薪和陈平安这两个同龄人的关系，也随之变得一团乱麻、纠缠不清。在陈平安长生桥被打断的那一刻，王朱其实已经起了杀心。故而宋集薪与苻南华的那桩买卖，就暗藏杀机。

只是后来发生的事情，大势汹涌，让王朱立即收敛许多，再不敢轻举妄动。

让一条真龙心肠慈悲、怜悯他人，就像让大骊皇帝必须去做那道德完人。

只不过先前造访此地的阮邛也好，魏檗也罢，所看所想，并不深远。

大势已至，机不可失，时不再来，崔瀺必须提前让王朱凝聚真龙气运，尽量恢复巅峰。

只是崔瀺此次安排众人齐聚小镇学塾，又绝非仅限于此。

——烽火戏诸侯《剑来》：第七卷 龙抬头　第六百五十七章 再来一碗阳春面

这只是一个引子。

从骊珠洞天走出的天才种子齐聚龙泉槐镇，集合五大机缘，为王朱攫获真龙气运。真正关键的是，这些俨然分成两大阵营：一个是以李柳为首的水神系；一个是以阮秀为核心的火神系。她们之间，贯穿万年神道、人道和天道之争的，便是水火之战。

就如我们在分析陈平安复杂的“金三角关系”时所说，亲“水”的陈平安，和阮秀、李柳其实羁绊成了不是情感却比情感要复杂得多的三角关系。

现在，由于这隐然成形的水火两系阵营，浩然天下水火之争似又势在必行。

唯有一人，能够在两者之间斡旋和平衡，甚至制止这场神道和大道之战——那就是陈平安！

崔瀺说道：“按照约定，只要我在世一天，就不会让水火之争，在浩然天下重蹈覆辙。”

杨老头问道：“你死了呢？崔东山算不算是你？你我约定会不会照旧？”

崔瀺笑了起来：“前辈就要问他去了。”

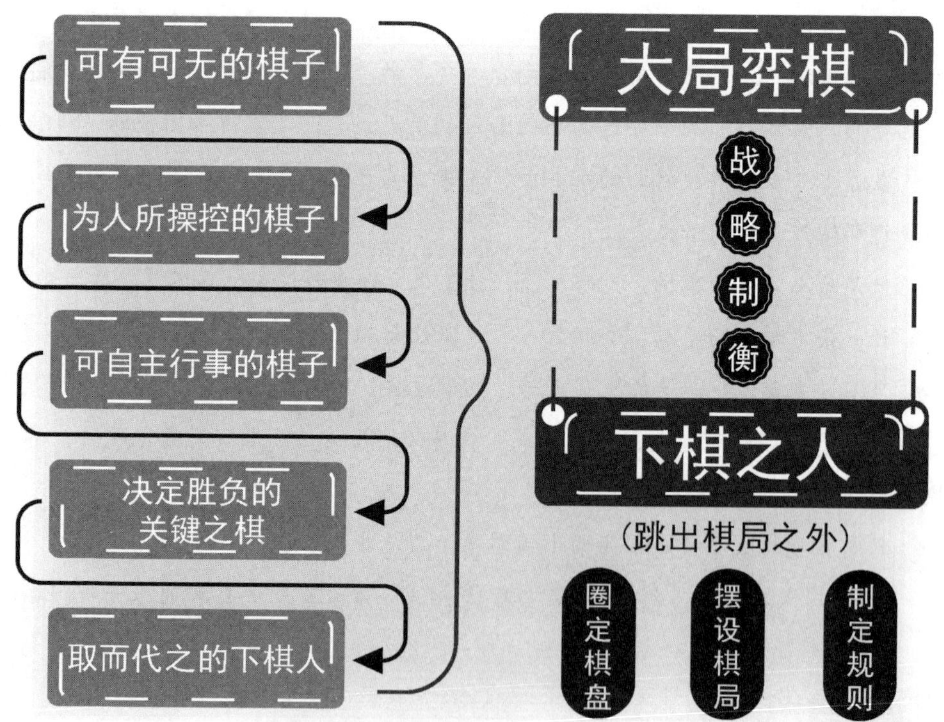

杨老头啧啧道：“读书人全心全意做起买卖来，真是一个比一个精。”

崔瀺说道：“希望前辈也要信守约定。”

杨老头点点头：“当然，买卖公道，是我一直以来的立身之本。”

阮秀出生于风雪庙，却跟随父亲来到了骊珠洞天修行。

李柳生在骊珠洞天，却跟随爹娘远游北俱芦洲狮子峰。

双方偶有碰头，却绝对不会长久为邻。

阮秀四周。

有相互间一眼投缘的李宝瓶，落魄山开山大弟子裴钱，龙泉剑宗嫡传刘羡阳，世间朋友所剩不多的泥瓶巷顾璨，卢氏王朝五行属火、承载一国武运的亡国太子于禄，身负极多山上气数的谢谢。

李柳身边。

有弟弟李槐；真龙稚圭，自然天生大道亲水，那么宋集薪的选择阵营，十分明显；马苦玄，一是他自己愿意跟随稚圭，再者他奶奶已经从龙须河河婆晋升为河神；林守一、赊刀人董水井——两人皆喜欢李柳。

一旦涉及大是大非，两座暂时还是雏形的阵营里，人人各有牵挂，若是件件小事累积，最后谁能置身事外？

那就需要在这双方之间，多出一个愿意讲理并且能够服众的人物。

陈平安。

崔瀺落子下棋，不是将那些棋子一味视为手中傀儡。崔瀺从不觉得，世人生死皆操之于我手，将其命运玩弄于股掌之中，算不得什么大本事，更非什么快意事；反而需要为那些棋子悄然铺路，使得那些棋子们的大道轨迹，兴许会弯弯曲曲，可最终仍是能够在某个时刻，出现在那一记关键手的位置上。

若是贪图长生大道，崔瀺便不会叛出文圣一脉。

若是喜好权柄，学宫大祭酒、中土文庙副教主，唾手可得，入我崔瀺囊中，又有何难？

——烽火戏诸侯《剑来》：第七卷 龙抬头　第六百五十七章 再来一碗阳春面

这不仅仅是陈平安与双方诸多的情分或恩怨所致。而是：在不经意之间，那个泥瓶巷谁都不待见的泥腿少年，已经成长为一个举足轻重的人物。

他已经不再是国师崔瀺棋局上随意摆弄的棋，也不是其所谓有了自己的生命和意志、可以自行移动棋格的棋——即便如此有了自己的想法和行动，又能如何？还是在他人的棋局之上！还是在由他人任意摆弄自己的命运！

陈平安已经跳出棋局之外，甚至可圈定棋盘、摆设棋局，制订规则。换言之，他已经有潜力（当然不一定具备能力、实力和势力）成为下棋的人。

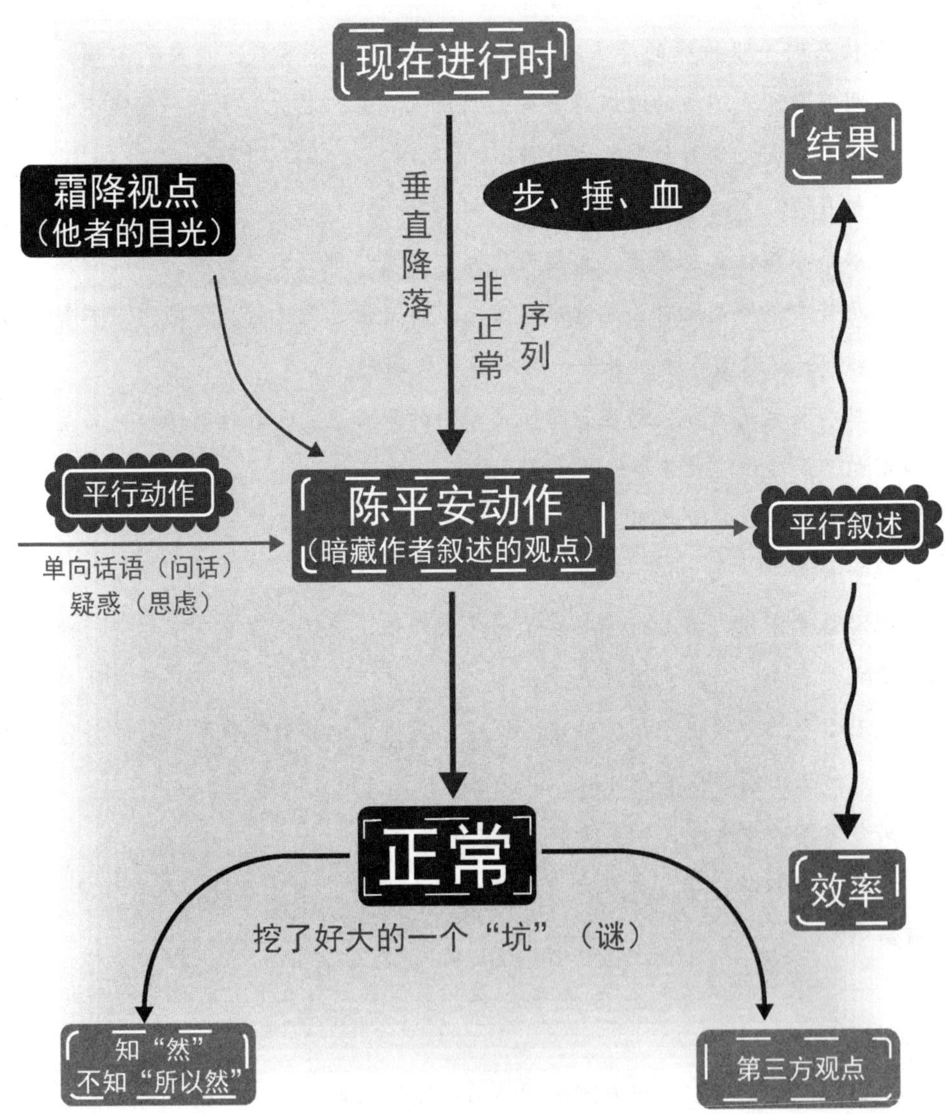

第十四章

三角事功论：

从『凡人新长城』到『人心牢笼取大势』

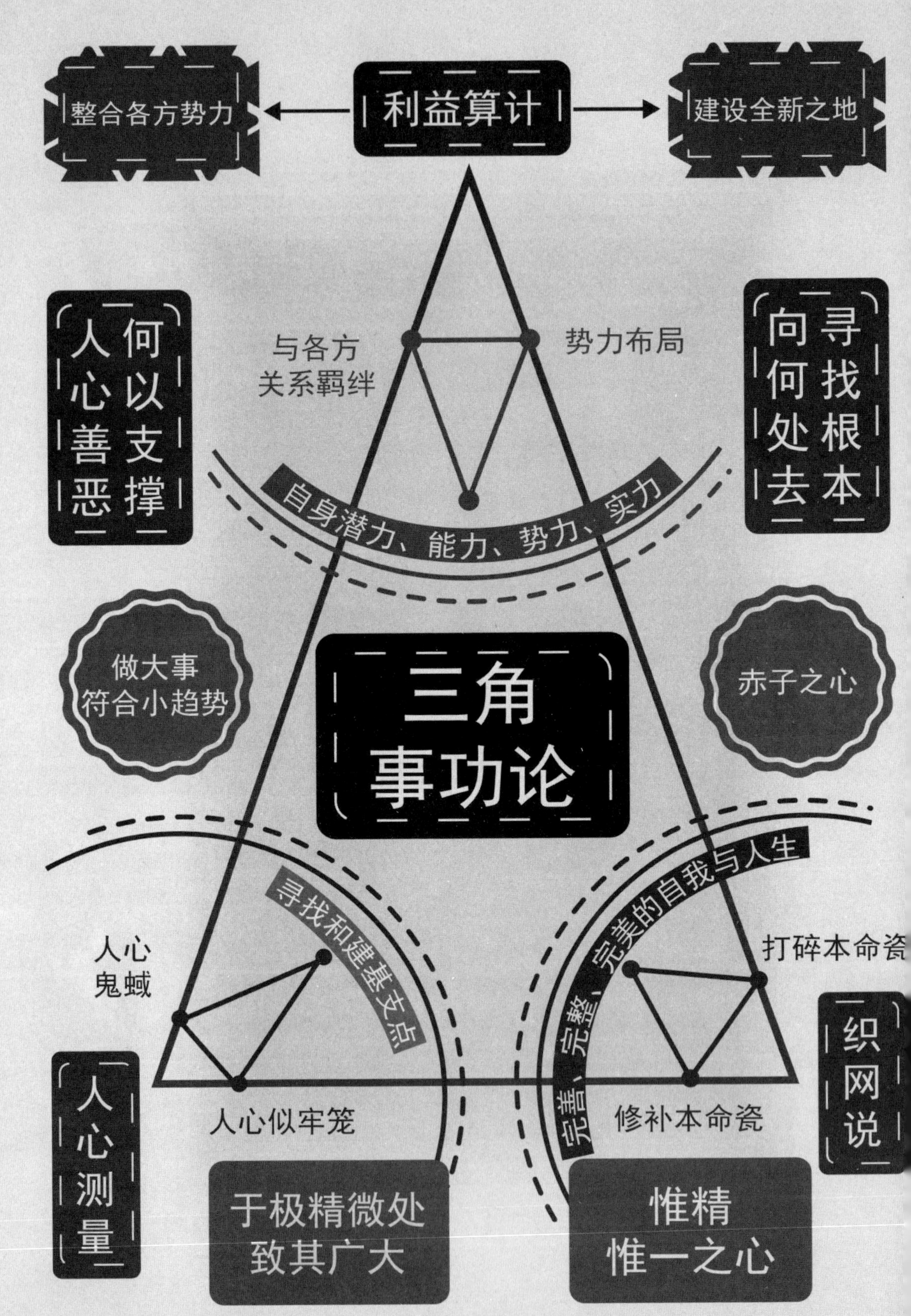

利益算计
整合各方势力
建设全新之地
人心何以支撑善恶
寻找根本向何处去
与各方关系羁绊
势力布局
自身潜力、能力、势力、实力
做大事符合小趋势
赤子之心
三角事功论
寻找和建基支点
完善、完整、完美的自我与人生
人心鬼蜮
人心似牢笼
打碎本命瓷
修补本命瓷
人心测量
织网说
于极精微处致其广大
惟精惟一之心

国师崔瀺、少年崔东山和陈平安，其实也被羁绊成一种金字塔一样的迷宫关系。

这种金字塔的三角，完全是由三个极点所建构的。

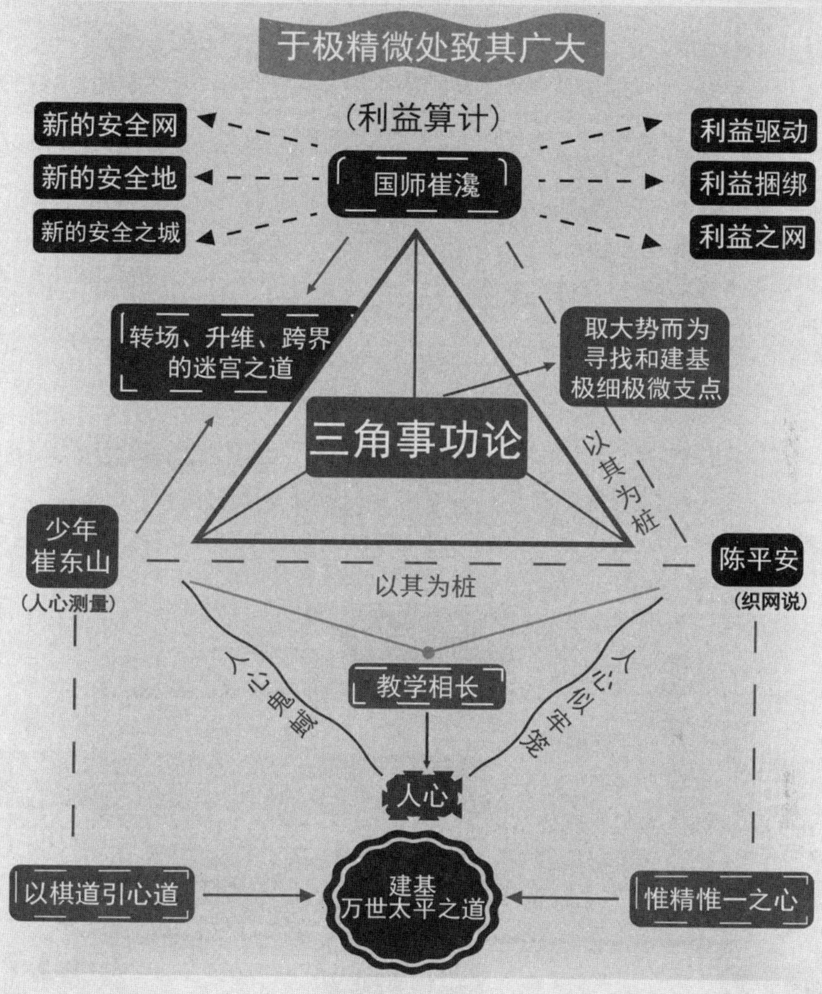

第一个极点便是国师崔瀺的“利益算计”；

第二个极点便是少年崔东山的“人心测量”；

第三个极点便是从国师崔瀺、少年崔东山到陈平安的“织网说”。

而在这三个极点解构、重构和建构的三角之外，有一个旋转的轴心——就是取大势而为、寻找和建基极细极微支点的事功学说。

别人是守株待兔，而国师崔瀺和少年崔东山这两只大小兔子，则是以陈平安为桩，走着转场、升维和跨界的迷宫之道。

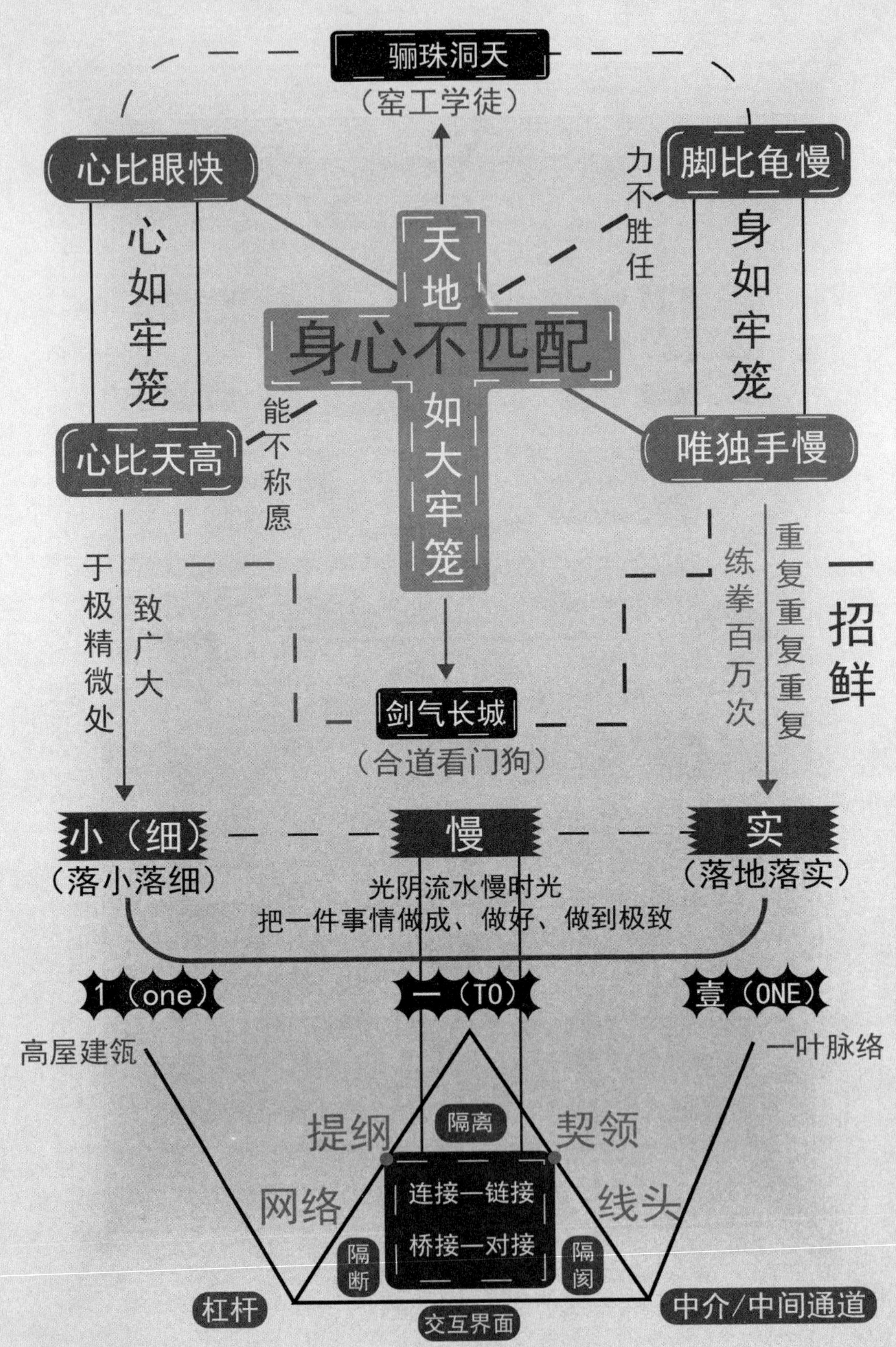
骊珠洞天
（窑工学徒）
心比眼快
心如牢笼
心比天高
脚比龟慢
身如牢笼
唯独手慢
力不胜任
能不称愿
天地
身心不匹配
如大牢笼
剑气长城
（合道看门狗）
于极精微处
致广大
练拳百万次
重复重复重复
一招鲜
小（细）
（落小落细）
慢
光阴流水慢时光
把一件事情做成、做好、做到极致
实
（落地落实）
1（one）
一（TO）
壹（ONE）
高屋建瓴
一叶脉络
提纲
隔离
契领
网络
连接—链接
桥接—对接
线头
隔断
隔阂
杠杆
交互界面
中介/中间通道

第一节 金三角+1：从“利益算计”到“编织铁网”

这种金字塔，恰如崔东山所说，每面都是正三角：少年崔东山和陈平安的谋划，处处都体现出一种“三角”势力关系。

这是在自身的潜力与能力、实力与势力之上，与各方关系羁绊和势力布局之关键结构：三角关系最稳定。

只不过区别在于：少年崔东山是有意为之，而陈平安是无意为之。殊途同归。

陈平安说道：“我没刻意打算与春露圃合作。说句难听的，是根本不敢想，做点包袱斋生意就很不错了。如果真能成，也是你的功劳居多。”

崔东山抬起一只手臂，伸出手指在桌面点了三下，画出一个三角形：“唐玺、林嵯峨、宋兰樵，是个三。谈陵一脉、高嵩一脉、唐玺小山头，又是一个三。落魄山、披麻宗、春露圃，还是一个三。先生聚拢起来的各方势力、北俱芦洲南端、宝瓶洲北部，是一个更大的三。天底下的关系，就数这个最稳固。先生，还不愿意承认自己是下棋的国手吗？”

陈平安摇头笑道：“误打误撞罢了。”

崔东山叹了口气：“先生虚怀若谷，学生受教了。”

陈平安笑骂道：“滚你的蛋。”

崔东山刚要说话，不料陈平安立即说道：“还来?!”

崔东山只觉得自己一身绝学，十八般兵器，都没了用武之地。

果然还是先生厉害。

——烽火戏诸侯《剑来》：第八卷 思无邪　第五百六十五章 还乡

往深层剖析，这种金字塔的三角，完全是由三个极点所建构的。第一个极点便是国师崔瀺的“利益算计”。

国师崔瀺所有的棋局皆是以“利益”为驱动，来进行算计的。

以大骊王朝为实验田，利用墨家、阴阳家等诸子百家，将其利益诉求和大骊王朝的整体利益捆绑在一起；

以山下铁骑威胁山上势力，如仿造白玉京可斩杀十三境以下修士；

又将山上山下势力捆绑成南下铁骑洪流之中，统一东宝瓶洲的利益共同体……

在以一洲共主之铁骑抵抗妖族北侵洪流的天下棋局之中，国师崔瀺并不是以人族“大义”相号召，而是以“利益最大化”来驱动的，编织铁网，重铸新的长城。

国师崔瀺是在以一国之运赌天下之运的织网高手。

他以大骊王朝的国运为注，将大骊王朝编织成帝国铁网；

又与墨家、阴阳家、商家等以势换利，编织成外援势力网；

又将山上修道势力、山下凡俗集团，以及作为山上山下两股势力中间、衔接和缓冲地带的山水神祇，全都整合成一张大网……

这张大网犹如飓风洪流，席卷南下，目的就是网尽东宝瓶洲、成为一洲共主；

编织成铁网，拦阻妖族北侵；

更是想网尽天下，让天下大道修行者皆入我网中来，成为被打捞的鱼、蛛网上的虫或者竹笼中的鸟：守我规矩者生，逆我规则者死。

后者是不是国师崔瀺的终极目标或者能不能做到另说；但是，以一洲共主编织铁网、抵挡妖族北侵，却是国师崔瀺亲口道出的宏愿。

他在落魄山竹楼坦露心迹，第一次勾勒天下大势，直戳痛点：

作为蛮荒天下和浩然天下之间最后一道万年堡垒的剑气长城迟早必破；

妖族必将入侵，肆虐浩然天下；

东南桐叶洲、南婆娑洲、西南扶摇洲必将第一批沦陷。

到时，谁来阻挡妖族势不可当的北侵洪流？

是那些多如蝼蚁的俗世王国，还是山头林立的仙家势力？

是不堪一击的山水神祇，还是如一堆散沙的修道强者？……

唯有把他们整合起来，捏成一个拳头，筑成一道墙，编织成一条铁网，方有可能抵挡住妖族势不可当的北侵步伐。

国师崔瀺编织的铁网——

是要成为继剑气长城之后第二道抵挡蛮荒妖族的要塞堡垒；

是要在山上势力最强力量“剑修强者”筑就的剑气长城之外，证明山下俗世王朝主导的凡夫俗子和修行强者联盟铁骑，同样可以筑就一道新的王朝长城，成为浩然天下和人世间最新的屏障、可以大庇天下俱欢颜的安全铁网。

拉起一道新的安全网，构筑一片新的安全地，重新将东宝瓶洲及其身后的浩然天下圈起来，成为一个新的安全之城。

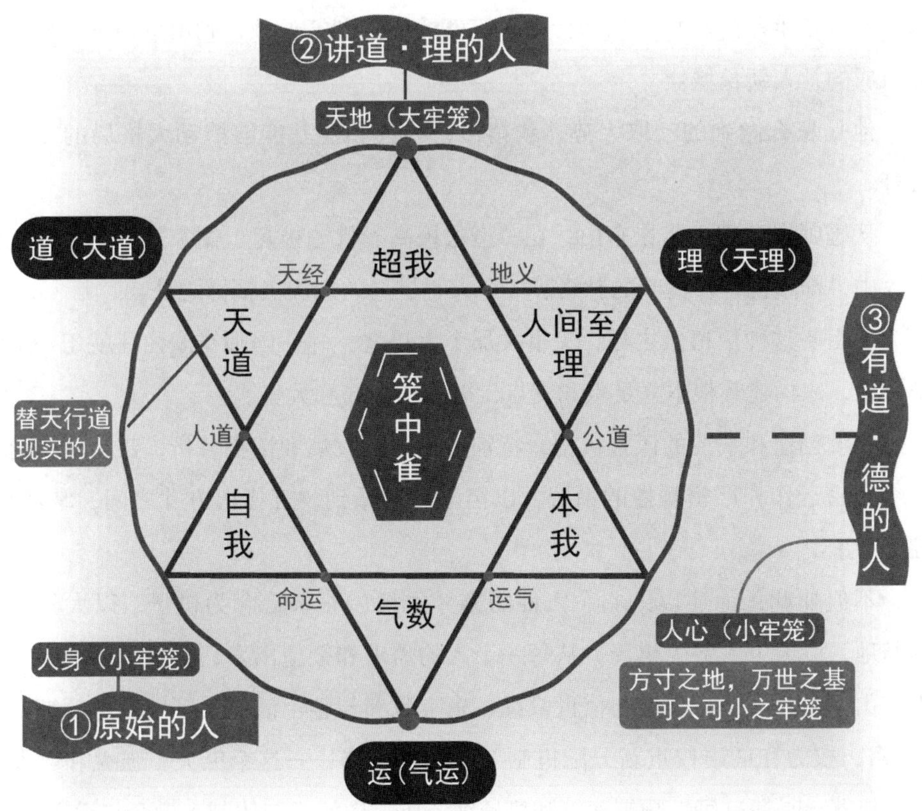

第二节 世俗新长城：从“极致精微之点”到“取大势而为”

假若说人族抵抗妖族有三道长城，那么第一道长城绝对是剑气长城。

而这，是剑胚道种“新剑气长城再造计划”的起点和原点，可以称之为第二道长城。

但国师崔瀺要修筑的，是一道全新的长城。这是由俗世王朝主导的。

从前方到后方，从第一道剑气长城到第三道王朝长城，不仅仅是地点的位移，而且是重心的转移：从修行强者筑就的最强剑气长城，到由世俗常人血肉之躯筑成的凡人新长城。

他是怎么做到的？取大势，致精微，寻找和建基能够撬动大格局的支点和杠杆。

从国师崔瀺到少年崔东山，在“道法极高、佛法极远、儒家规矩极大”之极广大中，却重视一片树叶的脉络、一个人心棋局的念头极精微之处。

但由于这种极精微之处，又事关那个大势之一——国师崔瀺往往就于一个细节之处，来构建其根本立足点和支点，以撬动大局和大势。

崔瀺创建和掌控的谍报机构，特别重视细节收集和情报分析，甚至建构起了一个精密运作和严密操控的系统，以至于可以做到“五指山方寸之间，掌观/掌控天下事”。

不但如此，他还以人心、人性的方寸之地、芥末之念为棋子，以大骊王朝为基地，以天下大势为棋局，从每一个人的需求和欲望出发，打造了一个山上势力与山下王朝、修行强者与俗世蚁民、东宝瓶洲与整个浩然天下“利益捆绑”和“财富、权力和话语权重新分配机制”的洲际机器——这个庞大、强大和势大的洲际机器，是通过每一颗螺丝钉和机械细节所建构的机制体制来融合与运作的。

这使崔瀺于“极精微”的小事、小物件、小细节之上，构建起了一个极庞大、极强大、极广大的精密运作仪器、战争机器、利益之器和天下共主之“重器”。

这种国之重器甚至天下之重器，将很多人、很多势力都裹挟于其中，使其成为那一个严密入扣、丝丝入缝的螺丝钉。

这不仅仅是指那些山上修行宗门派遣下山、融入大骊铁骑成为战争机器一分子的修行强者，如当米裕剑仙去“偷”风雪庙魏晋的老树根时，被她“一剑斩落山崖谷地”的兵家女修士；

而且，包括那个如庞然大物、不可一世的修行宗门本身——如墨家从旁支到主支，都逐渐被崔瀺的利益机器和天下重器所吸引和裹挟，被卷入其中，成为“崔瀺铁轮”滚滚向前的狂热推动者。

那位先前将一座神仙廊桥收入袖中的白衣老仙师，抚须笑道：“想来咱们这位太后又开始教子了。”

许弱笑而无言。

大骊渡船掉头南归，骸骨滩渡船继续北上。

老者转头瞥了眼北方，轻声道：“怎么挑了董水井，而不是此人？”

许弱笑道：“慈不掌兵，义不掌财。”

老者嗤笑一声，毫不掩饰自己的不以为然。

许弱双手分别按住横放身后的剑柄剑首，意态闲适，眺望远方的大地山河。

渡船之下的宝瓶洲北方此处，江源如帚，分散甚阔。

老人是墨家主脉押注大骊后，在宝瓶洲的话事人。

他与许弱和那个“老木匠”关系一直不错。只不过当年后者争墨家巨子落败，搬离中土神洲，最后选中了大骊宋氏。

当时与他们这一脉墨家一起的，还有阴阳家陆氏的旁支。双方一拍即合，开始冒天下之大不韪，私自打造那座足可镇杀仙人境修士的仿制白玉京。

不但如此，那位阴阳家大修士还用更加隐蔽的阴毒手段，蛊惑大骊先帝违反儒家礼制，擅自修行跻身中五境。一旦皇帝破境，就会在保持灵智的同时，秘密沦为牵线傀儡；而且一身境界会荡然无存，等于重返一介凡俗夫子之身。到时候，当时还在大骊京城的山崖书院也好，远在宝瓶洲中部的观湖书院也罢，便是察觉出端倪，也无迹可寻。这等仙家大手笔，确实只有底蕴深厚的阴阳家陆氏，可以想得出、做得到。

关于此事，连那个姓栾的“老木匠”都被蒙蔽，哪怕朝夕相处，仍是毫无察觉。不得不说那位陆家旁支修士的心思缜密，当然还有大骊先帝的城府深沉了。

国师崔瀺和齐静春的山崖书院，都是在这两脉之后，才选择大骊宋氏的。至于崔瀺和齐静春两位文圣弟子在辅佐和治学之余，这对早已反目成仇却又当了邻居的师兄弟，真正的各自所求，就不好说了。

最后那个阿良一来，彻底改变了大骊和整个宝瓶洲的格局。

阿良的一剑之后，倾尽半国之力打造出来的仿白玉京运转不灵，数十年内再也无法动用剑阵杀敌于万里之外。大骊宋氏损失惨重，伤了元气，不过因祸得福：那位秘密莅临骊珠洞天的掌教陆沉，似乎便懒得与大骊计较了；从来到浩然天下，再到返回青冥天下，都没有出手销毁大骊那栋白玉京。陆沉的手下留情，至今还是一件让许多高人百思不得其解的怪事。若是陆沉因此出手，哪怕是迁怒大骊王朝，有些过激之举，中土文庙的副教主和陪祀圣人们，都不太会阻拦。

之后就是大骊铁骑加速南下。

打造仿白玉京，消耗了大骊宋氏的半国之力。

此外，大骊一直通过某个秘密渠道的神仙钱来源，以及与人赊账，让栾巨子和墨家机关师打造了足足八座“山岳”渡船。

可以说，如果大骊南下之势受阻不畅，在某地被阻滞不前，只需要再拖上个三五年，哪怕大骊铁骑战力受损不大，大骊宋氏自己就支撑不下去了。

所以说，朱荧王朝当时拼着玉石俱焚，也要拦下大骊铁骑，绝非意气用事。而那些周边藩属国的拼死抵御，用动辄数万十数万的兵力去消耗大骊铁骑，幕后自然同样有高人指点和运作。不然大势之下，明明双方战力悬殊，沙场上注定要输得惨烈，谁还愿意白白送死？

这位墨家老修士以往对崔瀺，早年观感极差，总觉得是盛名之下其实难副，太虚了。与白帝城城主下出过彩云谱又如何？文圣昔年首徒又如何？十二境修为又如何？单枪匹马，既无背景，也无山头。何况在中土神洲，他崔瀺依旧不算最拔尖的那一小撮人。被逐出文圣所在文脉，卷铺盖滚回家乡宝瓶洲后，又能有多大的作为？

但是当许弱说服墨家主脉如今的巨子后，他们真正来到了宝瓶洲这偏居一隅的蛮夷之地，才开始一点一点认识到崔瀺的厉害。

去年在大骊铁骑被朱荧王朝阻挡在国门之外的险峻关头，大概是为了安抚人心，大骊南下的汹涌大势当中，一直不太喜欢露面的崔瀺，总算拉着一些老头子，坐下来开诚布公，好好聊了一次。不是聊什么大骊必然成功以及成功之后如何瓜分利益，崔瀺只聊了接下来十年之内，大骊铁骑的每一个推进步骤；几乎具体到了每一年大骊三支铁骑分别与谁交手，在何地作战，双方战损如何，与之对应的大骊国库状况……皆是细到不能再细的“小事”。然后再是观湖书院、真武山和风雪庙这些宝瓶洲的山巅势力，各自态度在不同阶段会有什么细微变化，以及神诰宗祁真会在何时入局，终于愿意见一见大骊使节。之后崔瀺连大骊未来新版图上的死灰复燃、与大骊驻军的反复拉锯、导火索因何而起、又该如何收场、大骊在此期间的得失……一一阐述，娓娓道来。

崔瀺在最后，让众人拭目以待：信与不信；是半途而废抽身而退，还是加大押注……不用着急，只管隔岸观火，看看大骊铁骑是否会按照他崔瀺给出的步骤拿下朱荧王朝。

事实证明，崔瀺是对的。

直到那一刻，这位老修士才不得不承认，崔瀺是真的很会下棋。

不过老修士也是个钻牛角尖的，不信邪，就跑去问崔瀺到底是如何做到的。他根本不信天底下有什么料敌如神和未卜先知。毕竟一洲争胜，不是真的棋手在那捣鼓几颗棋子。

崔瀺就带着他去了一处戒备森严的大骊存档处，秘密建造在京城郊外。

将近五百余人，其中半数修士，都在做一件事情，就是：收取谍报、撷取信息，以及与一洲各地谍子死士的对接。

宝瓶洲所有王朝和藩属国的兵马配置、山上势力分布、文武重臣的个人资料，分门别类。一座高山腹部全部掏空，摆满了这些累积百年之久的档案。

这还不算最让老修士震撼的事情。真正让墨家老修士感到可怕的一件事，还是一件很容易被忽略的“小事”。

当时一袭儒衫的大骊国师，领着他浏览那座名为“书山”的大骊禁地。一路上，来往之人，无一例外，脚步匆匆；见到了一国国师，只是稍稍避让而已，然后就此别过；没有跪拜作揖，没有客套寒暄。即便国师有所询问，也是一问一答。双方言语简洁，然后就此分道而行。

作为墨家高人、机关术士中的翘楚，老修士当时的感觉就是：当他回过味来，再环顾四周，感觉自己置身于这座“书山”中，就像身处一架震古烁今的庞大且复杂的机关之中，处处充满了准绳、精准、契合的气息。

历史上浩浩荡荡的修士下山“扶龙”，比起这头绣虎的作为，就像是小孩子过家家，稍有成就，便欢天喜地。

声名狼藉的文圣首徒在离开群星荟萃的中土神洲之后，沉寂了足足百年。

说来可笑，在那八座“山岳”渡船缓缓升空、大骊铁骑正式南下之际，几乎没有人在乎崔瀺在宝瓶洲做什么。

——烽火戏诸侯《剑来》：第七卷 龙抬头　第四百八十四章 北俱芦洲无奇怪

于小事、小物件、小细节之上，打造出一个庞大、强大又精密运转的机器。

这确实是“细节决定成败”，“神明/魔鬼”均在细节之中。

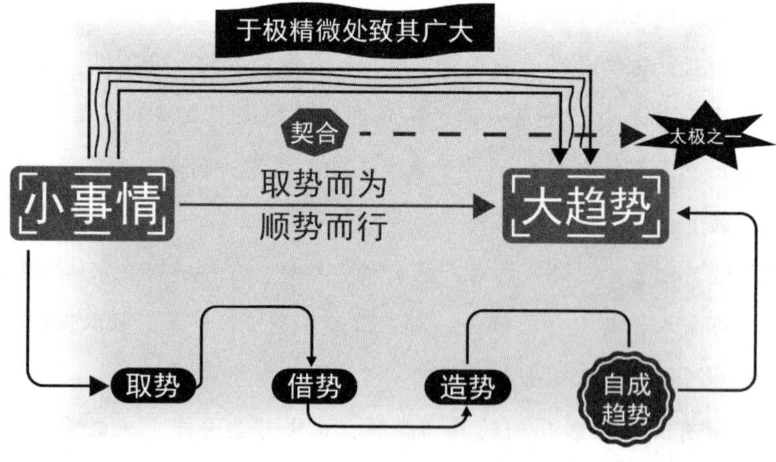

但是，真正让崔瀺所做之事“于极精微处致其广大”的，却是因为他所做的

每一件小事，都是符合天下大势的——取势而为，顺势而行，从取势到借势再到造势，最后自成趋势。

正是这种做小事情符合大趋势的风格，才能让他这个人所致力于的“事功”学说和实践，处处充满了“准绳、精准、契合”的气息。

因此，他才能从一颗小螺丝钉打造出庞大的王朝机器和天下重器，裹挟山上山下势力，使他们全都被卷入“天下大势,浩浩汤汤；顺之者昌,逆之者亡”的时代潮流之中。

因此之故，崔瀺也才能做到：做的是小事，却能以事功的学说和实践作为杠杆，裹挟大势，跟天下“讲道理”。

当崔瀺用大势来跟天下讲道理时，有谁不听？

又有谁敢不听？

他又何曾在意谁听谁不听？……

恰如：剑气长城城破、妖族入侵浩然天下之际，东宝瓶洲到底是跟桐叶洲连成一片、并为一洲，还是与北俱芦洲联盟成阵，构筑新的“长城”？这都由大骊王朝国师崔瀺一言决之。

谁听谁不听，谁有意见谁又不满，又何须在意？

就算是中土神洲儒家文庙的圣人们，也只能坚持“沉默是金”：“当我崔瀺以天下大势来讲理，管你是谁，都乖乖听着就是了！”

钟魁还有一件事情，不好说出口。

宝瓶洲那边当下在做一件极大之事，为此玉圭宗宗主姜尚真、太平山老天君、扶乩宗宗主嵇海、大伏书院山主，都曾联袂火速去往两洲之间的海上，与大骊国师见过一面，希望宝瓶洲改变主意，选择与桐叶洲合作。嵇海甚至不惜让出整座扶乩宗交给大骊王朝，从此成为大骊宋氏的藩属势力！

但是崔瀺依旧拒绝了桐叶洲的那个提议：先以大火煮海，露出一条海底的两洲山脊；再以水法稳固道路，以此牵连桐叶、宝瓶两洲为一洲！

只等大战落幕之后，再重新水淹道路，切割两洲版图。

因为那头绣虎早已选择了北俱芦洲。崔瀺当时就一个理由：桐叶洲修士求活于宝瓶洲，北俱芦洲修士愿死于宝瓶洲，那么宝瓶洲应该选择谁，一个学塾蒙童都知道。

当时钟魁也在场，只能是一言不发。

那场极有可能会决定三洲走势的见面，双方谈不上不欢而散，更没有谁对大骊国师说重话。因为前去海上之人，其实人人都知道答案。强人所难，做不到。毕竟对方是心狠起来都敢欺师灭祖、连文庙副教主都不屑为之的崔瀺。至于与崔瀺说几句意气言语，撂什么狠话，更无必要。老天君、嵇海在内的桐叶洲山巅大修士，这点气度还是有的。

至于崔瀺除了那句作为理由的盖棺定论，更没有对桐叶洲风土如何冷嘲热讽。

当时有人询问崔瀺：桐叶洲可以违例做成两洲合一此事，是形势所迫；换作北俱芦洲那边来做，文庙未必答应。

崔瀺只说了一句话：北俱芦洲剑修答应此事，就是一洲修士答应，文庙便不得不答应。即便不答应，文庙又能如何?

钟魁有些佩服这位在儒家声名狼藉的昔年文圣首徒。

当我崔瀺以天下大势来讲理，管你是谁，都乖乖听着就是了。

——烽火戏诸侯《剑来》：第十卷 远游客　第六百九十四章 最高处的山巅境

在小事符大势之中，崔瀺的事功学说，才真正找到了“尽精微致广大”的杠杆可能性：于极精微处落实、落地、落细、落小，就像针尖一样，可以戳中痛点和需求点；但致广大处，才能超高、超远、超广大，甚至可以超越三教之祖“内忧外患”所要寻找的那个万中之“一”。

然而，国师崔瀺未必能够做到这一点。

于极广大处，悉其极精微；

于极精微之处，拓其极广大；

在极精微和极广大之间，如何撬动、转化、衔接，甚至融合、循环，其实并不仅仅需要一个“杠杆”而已；

还真的需要像太极图那种阴阳、黑白之一生二、二生三、三生万物但万物又归于一的“太极之一”。

第三节　人心如棋局：从“人心小囚笼”到“天地大牢笼”

如果按照这种脉络、顺序和谱系来梳理，则国师崔瀺以事功学说打造大骊王朝铁骑、东宝瓶洲共主国器甚至浩然天下抵抗妖族北侵的新长城重器，或许只是前半场；功成不必在我！

下半场将交给少年崔东山——崔东山才会完善国师崔瀺所开创的事功之路。

按照主角定律，他们两个很有可能会成为陈平安大道和心路的过渡与桥梁。

按照这个脉络，很可能国师崔瀺“事未竟功未成”。联盟东宝瓶洲和北俱芦洲，构建浩然天下抵御蛮荒天下妖族北侵的新长城，将会是他一生的巅峰——而巅峰亦即意味着下滑甚至是坠落的开始。这里面的荣耀和凶险只不过一线相隔。

崔瀺离开宝瓶洲去往北俱芦洲之时，少年崔东山或许已然意识到这一点。所以，才会在嬉笑怒骂“老混蛋”之间，掩盖着担心、隐忧和伤感。

如果桐叶洲不是太过人心涣散，崔瀺不是没想过将宝瓶洲与桐叶洲牵连在一起。

钟魁加上高承，当然还需再加上一个崔东山，原本大有可为。

崔东山伸手按住孩子的脑袋，骂道：“高老弟，臭不要脸的老王八蛋打算坑你呢，赶紧吐他一脸唾沫星子，帮他洗洗脸……”

崔瀺加重语气道：“我在跟你说正事！”

崔东山怒道：“老子耳朵没聋！”

崔瀺离去之前，好像没来由地说了一番废话：“以后好好修行。如果见到了老秀才，就说一切是非功过，只在我自己心中，跟他其实没什么好说的。”

崔东山闷闷不乐道：“你有本事自个儿说去。老子不是传话筒，他娘的如今隔着两个辈分呢。喊老秀才祖师爷，臊得慌。”

崔瀺仰头望向天幕，淡然道：“因为我没本事，才让你去说。”

大骊国师，缩地山河，转瞬之间远去千百里。偌大一座宝瓶洲，宛如这位飞升境读书人的小天地。

崔东山从孩子身上跳下，跳起来使劲挥动袖子，朝那崔瀺身形消逝的方向，双手出拳不已，大骂着滚滚滚。

林守一却知道，身边这位模样瞧着玩世不恭的小师伯崔东山，其实很伤感。

——烽火戏诸侯《剑来》：第十卷 远游客　第六百九十四章 最高处的山巅境

国师崔瀺这一辈子于事功之途上，向极精微处走得太深、太远，却又未能走到那由小见大的转折点，因此，只能靠少年崔东山进行弥补——向那于极精微处致其广大的“方寸之地建基万世之太平”神转折处拓进。

但少年崔东山要想从拓深、拓展、拓进“方寸之地”，转向“建基万世太平之运”神转折，只能在和陈平安的“教学相长”之中追求、超越和实现。

这就相当于在崔东山所概括的“道法之极高、佛法之极远、儒道规矩之极大”之外，有了一个“人心之极宽、极深、极微”之点。

但是，在这个极宽广、极深邃、极幽微的人心之中，却还有两个极端——第一个极端是“人心鬼蜮”；第二个极端是“人心似牢笼”。

因为“人心鬼蜮”，从泥瓶巷黑炭孩子到剑气长城二掌柜，陈平安才会不停地遇到“世间人事无意外”的恶意。

年幼时，小镇上，一个孩子曾经爬树拿回了挂在高枝上的断线纸鸢，结果被说成是小偷。

曾经一次在神仙坟远远看着同龄人的嬉戏打闹。有人给蛇咬了，那个孩子便赶紧靠着从杨家铺子那边询问、偷学、偷听而来的草药方子，帮着那个被蛇咬的孩子敷药。

在那之后，再看到这个常年独自一人、远远看着他们玩耍的泥瓶巷黑炭孩子，骂得最凶的、丢掷泥块最使劲的，恰恰是这些与泥瓶巷孤儿有过接触的同龄人。

当年陈平安不理解为什么会这样，逐渐长大后才明白，原来不这样做，他们就会失去自己的朋友。

但是这不耽误那些孩子，长大后孝顺父母，帮着邻里老人挑水、大半夜抢水。

也会有那沦为混不吝油子的年轻人，有些甚至运气好，成为福禄街、桃叶巷那帮有钱子弟的帮闲狗腿，一天到晚找到了机会，就瞪眼怒目，作凶狠状。

哪怕如此，也还是不耽误这些人中的一些人得了赏钱，回了家，就领着衣裳寒酸破旧、脚拇指常年站在“门口外边”的弟弟妹妹们，去小镇铺子，大手大脚，购买一大堆年货；再让爹娘做上一顿丰盛年夜饭，热热闹闹，团团圆圆。

会为弟弟妹妹们做些竹蜻蜓、竹刀竹剑的小物件。

也有那种小时候就是一家人全部坏心肠、长大后依旧如此的人，然后结婚生子。日子可以过，不算太好。一家人，从来不会为了某些对错是非而去争吵。一家人的所有认知，似乎都拥有一种类似小天地的融融洽洽。哪怕陈平安成了窑工学徒，其实当时也还是不理解为何如此。后来是走过了很多江湖路，读了不少的书上道理，才知道了缘由。

泥瓶巷的那个孩子，在一天一天长大，对于年幼时分的那些遭遇，每个当下，也会有大大小小的不开心，也会委屈。

只能一个人蹲着，摇头晃脑，斗草玩儿，或者是在神仙坟那边，对着破败神像们，捏出一个个粗糙得不像话的小泥人。

也会随手捡起一根枯枝，在草木茂盛的乡野路上，独自一人，蹦蹦跳跳，将枯枝当作剑，一路砍杀，气喘吁吁，十分开心。

也会牙疼得脸庞红肿，只能在嘴里嚼着一些土法子的草药，好几天不想说话。

哪怕吃一顿饿一顿，可只要无病无灾，身上哪里都不疼，就是幸福。

也会大半夜睡不着，就一个人跑去锁龙井或是老槐树下。孤零零的一个孩子，只要看着天上的璀璨星空，就会觉得自己好像什么都没有，又好像什么都有了。

后来那个同一条巷子的小鼻涕虫长大了，会走路了，会说话了。

泥瓶巷草鞋少年也遇到了刘美阳。

后来成了窑工学徒，就觉得人生有了点额外的盼头。

要多照顾一些小鼻涕虫，要与刘美阳多学一点本事。

陈平安希望三个人将来都一定要吃饱穿暖。不管以后遇到什么事情，无论是大灾还是小坎，他们都可以顺顺当当走过去，熬过去，熬出头。

——烽火戏诸侯《剑来》：第九卷 天上月　第六百一十八章 夏日炎炎，风雪路远

又由于“人心似牢笼”，人的心就会被捆住。

再加另外一座牢笼，对光阴长河的流逝观感所产生的人生虚妄感，就会导致人的身被束缚住。

神祇为人设置的这两座牢笼，一座捆住身，一座束缚心。身心皆被囚于牢笼之中，人又哪里能够获得自由？

又如何能在方寸之地之心上建万世太平之基？

真正剑修，会为人间出剑，可忘生死，超脱生死。

这件思虑越深便极难做到的大事，也是不经意间就可以做到的小事。

又其实是许多中五境剑修可以做到、上五境剑仙反而越来越做不到的怪事。

人间越来越不美好，心灰意冷不愿意；人间世道越来越美好，便要难免舍不得。剑术不高，舍不得也没办法，还不如为自己、为他人一死了之；剑术够高，便有本事给自己找那万般理由不死。这亦是天经地义的人之常情，苛求不得。

人心此物，不愧是当年神祇设置出来的最有意思的一座牢笼。

至于另外一座牢笼，是人对于光阴长河的流逝观感。远古圣贤，分开天地。后世苍生，得了无形庇护。只是岸上观景，故而总是差了点意思。所以任何一个人，真正证道之前，哪怕是在那飞升境，难免有那人生虚妄之感。这是一个三教、诸子百家圣贤万年以来，都在孜孜不倦试图寻觅出一个最终破解之法的天大难题。

仙人境修士的求真、儒家的以浩然正气底定人心、佛家的破我执、道家的返

璞归真，都是在此事上下苦功夫。

每个人都在辛苦求活，每个人又都在默默求死，何其矛盾。故而才需要追求人生天地间，形如日中景，心如天上月。一切观彻，澄澈光明。

陈清都与宁姚说了一句奇怪言语：“无论是什么结果，都别觉得陈平安此战会亏太多。”

——烽火戏诸侯《剑来》：第九卷 天上月　第六百一十五章 离真死了

在破解“人心鬼蜮”和“人心牢笼”这两个极端之上，崔东山和齐静春其实分别给了陈平安很大的指引，而且都是以棋道引心道——

如崔东山将人心划成棋盘，精准地把握每一个人心念起念落的轨迹。

而齐静春则是在那堪比天道和神道之人道的层面之上，跟三教之祖以天下为棋局，从而在大道、天地和众生之中，寻找那最起源、来源、本源和根源这四源的“一”——在这个“一”之中，指引着陈平安破解人的身心两座神祇牢笼。

难怪崔东山曾经笑言，若是愿意细究人之本心，又有那察见渊鱼的本事，世间哪有什么不可理喻的喜怒无常？皆是种种本心生发的情绪外显，都在那条条驿路上边走着，快慢有别而已。

崔东山泄露过一些天机，说他之所学，宗旨所在，便是将生死、七情六欲这些含糊不清的概念，设置出九条相对笼统的大纲，再细分出三十六种细则；在这纲目之外，还有三条最根本的计算规矩，相互间纵横交错，其实就是一座棋盘罢了。人之所想所思，每一个念头，都在这棋盘上边枯荣生灭。为何起，为何落，皆是有理依循。

这样的崔东山，当然很可怕。

陈平安甚至冥冥之中有一种直觉，将来只要守住了宝瓶洲，那么崔东山的成长速度，会比国师崔瀺更快、更高。

——烽火戏诸侯《剑来》：第九卷 天上月　第六百一十六章 月色洗剑为斫贼

而陈平安，也正是在少年崔东山的直接影响和国师崔瀺的间接影响之下：在

“人心鬼蜮”“人性深渊”和“人际关系黑暗森林”之中，对立锥之身、方寸之心、芥末之念所在的“井”字牢笼与坐标进行轨迹捕捉和动点抓捕；

又于“善恶无小事”之极精微处，进行切割与圈定，梳理脉络、捋清顺序，朝向儒家礼圣“秩序说”甚至三教之极高、极远、极庞大的“规矩体系”迈进、超越和重建，甚至是从三教之祖所寻大道、天道与人道（如道祖所看之“一”）处，寻找那“万中之一”从极繁到极简、从极大到极小、从极广大到极精微、从极万世到极方寸之“一”人一心，如所谓“赤子之心”和“惟精惟一之心”。

这就是《尚书·大禹谟》所说的：人心惟危，道心惟微。惟精惟一，允执厥中。

也就是说，以陈平安为折返点甚至是原点、元点和源点，方能将崔瀺的事功说，重新纳入文圣老秀才一脉从“人性本恶说”到“顺序说”、从儒家规矩到道家之一的谱系之中，找到那种“尽精微致广大”的枢机：惟精惟一之心，建基万世太平之道。

少年崔东山，显然是这个谱系和脉络上不可或缺的关键环节。

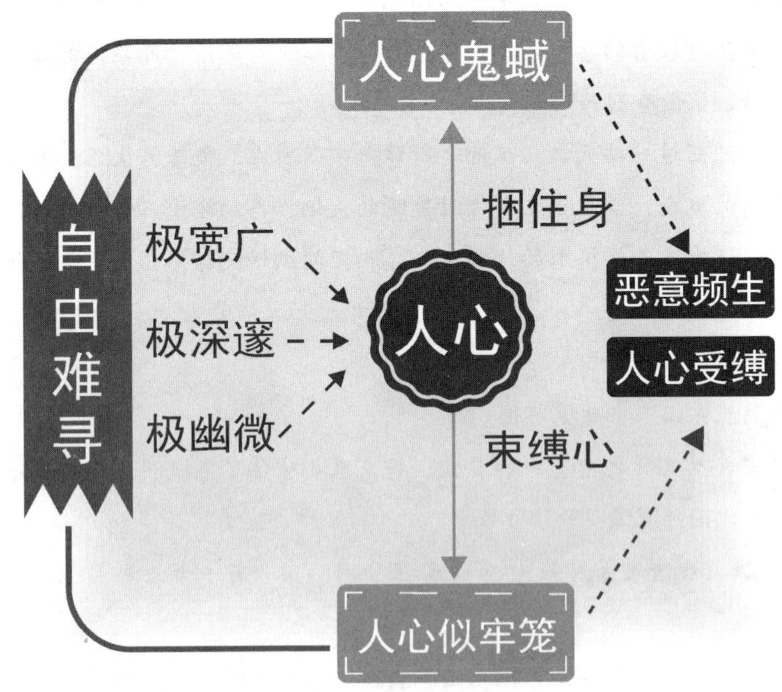

第四节　我即标尺：

善恶两条线，我以我尺量世间

对于这一点，从少年国师崔瀺（文圣老秀才代陈平安收徒时，一直都将其称为“少年国师崔瀺”，简称“少年崔瀺”）到少年崔东山（陈平安默认崔东山为弟子时，“少年崔瀺”就被称为“白衣少年崔东山”，简称“少年崔东山”），都是看得极为明白的：不但是对人、对己，甚至对陈平安都看得极为透彻。

人心都有两条线——善线和恶线；

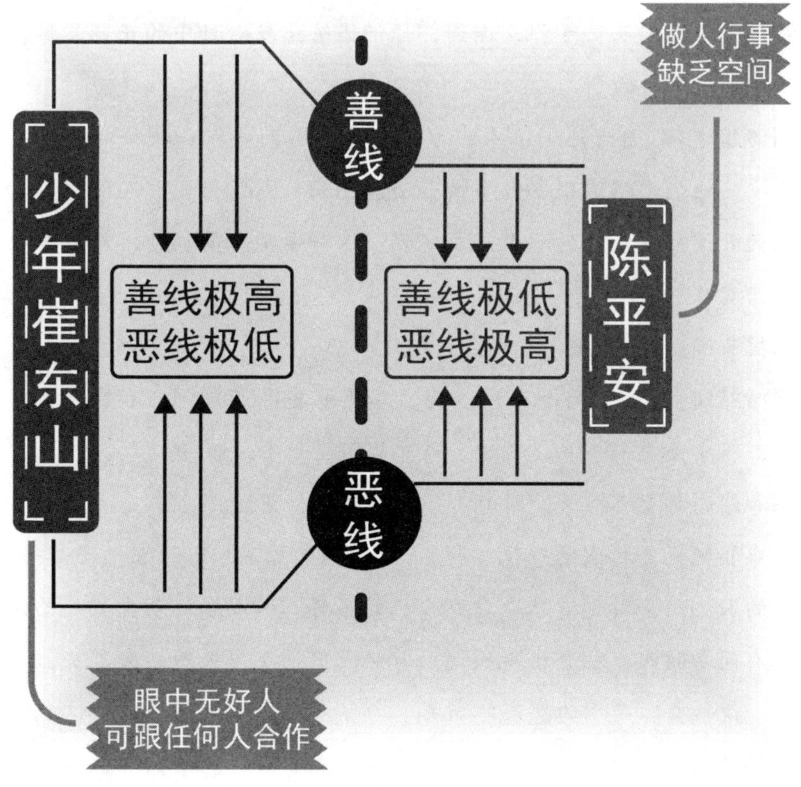

彼此的高低和差距，其实就决定了做人的标准与距离。

就像少年崔瀺（崔东山）的善线极高、恶线极低，两者之间的差距巨大。这就决定了他眼中几乎无好人，但也决定了他几乎可以跟任何人合作。

而少年陈平安善线极低、恶线极高，两者的中间地带极窄。这就决定了他对于“好人好事”的标准极低。但是，对于其认定的“坏人坏事”，容忍度也就极低。

少年崔瀺（崔东山）和少年陈平安，就像做人做事善恶标准的两个极端；

它们之间，有巨大的抛物线。

大多数人，心中善恶两条线的高低和中间地带的宽窄，就处于这个弧度空间之中。他们在其中寻找着自己衡量是非对错的标尺和幅度。

崔瀺大笑道：“那么为什么我们都不喜欢陈平安呢？但是为何李宝瓶他们三个初出茅庐的孩子，跟我们三个心智成熟的大小狐狸恰恰相反，反而又最喜欢陈平安？是不是很有嚼头？于禄，谢谢，你们谁给出我心目中的正确答案，我就给谁一件用得着的好东西。”

谢谢缓缓道：“因为他们三人，习惯了每当遇到坎坷和抉择的时候，下意识看向陈平安。他们觉得陈平安做事情最公道，而且愿意付出。而陈平安对我们三人来说，抛开国师大人你的私人谋求不说，这种看似容易相处、愿意与人为善的凡夫俗子，实在不值一提。”

于禄摇头道：“陈平安，没那么好相处。”

崔瀺啧啧道：“你们两个半斤八两，真是愚蠢得可爱啊。不然我干脆让你们两个婚配，郎才女貌……哦，不对，暂时是郎貌女才，如何？”

于禄和谢谢都没有搭话，因为都知道这就是个笑话。

崔瀺双指抚摸着腰间的一枚玉坠：“你们根本就不知道，陈平安是一面镜子，会让身边的人，比平时更清楚地看到自己的不好。所以跟他朝夕相处的话，只要本身心境有问题的人，就会出现问题。曾经就有一个叫朱鹿的蠢丫头，给活活逼上了绝路。说她蠢，是因为蠢而不自知。做了坏事，心里还迷糊，这就叫又蠢又坏了。同样是女子，比起我们大骊那位娘娘，差了太远。咱们那位娘娘啊，最聪明的地方就在于：你以为我做了什么坏事，我自己心里没数吗？当年正是这句无心之语，让我决定跟她合作。”

崔瀺指向自己：“按照道家某位大真人的隐蔽说法，人皆有两根心弦，一善一恶，就悬挂在我们心头。就像陈平安所认为的那样：有些事情，对的，它就是对的；而错的，就是错的；任你是谁来做，谁来帮忙辩解，都改变不了。”

“有意思的是，世事之艰难，就在于为了做成一个大的好事，你难免要做许多小的错事。儒家门生，不愿违心，可能连官场都待不住，甚至连学宫书院都未必能爬得高。到最后就只好躲在书斋里研究学问，闭门造车，对于外边一直在滚滚前行的世道，是极少有裨益的。有些家伙，在书斋里待久了，一身迂腐陈腐气息，见不得别人有任何道德瑕疵，动辄指摘贬斥，反而对于那些坏得彻底的庙堂人物，束手无策。到最后，就只能是世风日下、礼乐崩坏了。”

崔瀺不去看两个若有所思的家伙，伸出一只手掌，在身前一抹，换了一只手掌，在低处又一抹：“上为善下为恶，人心两根线。我崔瀺的善线，极高，几乎等天，所以我眼中看不到几个好人；我崔瀺的恶线，极低，所以对我而言，皆可交往和利用，没有任何心理负担。你们两个，比不得我这么悬殊，但是两根线之间的距离，同样不会小。”

崔瀺收起左手，右手拇指和食指之间，留出一小段空隙，低头眯眼看着那两根手指：“陈平安的善线，很低。所以做好事对他而言，是自然而然的事情。这就是他被当作烂好人的根源。但是你们要知道，善线低，可不代表他就是真的好说话啊。因为陈平安的恶线，距离善线很近。所以他认定了一点事情，决定了要去做的时候，会极其果决，比如……杀我。”

“其实你们两个很清楚，不管你们如何看不起陈平安，你们，当然还有我，这辈子都做不成陈平安的朋友。”

于禄突然说道：“我可以尝试一下。”

谢谢嘴角泛起冷笑。

——烽火戏诸侯《剑来》：第二卷 山水郎

第一百五十六章 少年肩头挑着草长莺飞

我以我尺量世间。[①]

因为陈平安心中善恶两条线相距极近，由此形成的衡量是非对错的标尺非常逼仄狭小。

相对于少年崔瀺就像“飞流直下三千尺，疑是银河落九天”的银河系宽阔善恶尺，少年陈平安用以测量自己、他人甚至整个人世间的标尺，甚至都不如三尺讲台上的教鞭，或是小学生做作业的直尺，而是如一次性消费的卫生筷一样狭窄而短小。

这其实就让他的做人行事，没有多少腾挪转移的空间。

像少年崔瀺那样，眼中几乎无一个人是好人；但是，几乎无一人不可成为他手中之棋。

而少年陈平安，则是双指骈为剑、双木夹为筷，就只有中间那一条缝隙的空间，用来容纳善和恶之间不可跨越的距离。

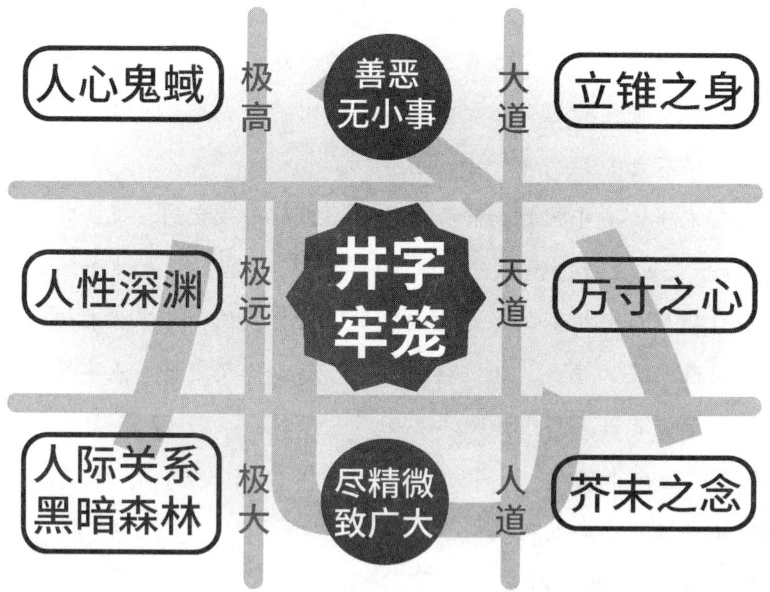

① 参见庄庸、杨丽君等主编：《蚂蚁哲学：中国网络文学阅读潮流研究（第5季）》，华语网络文学智库丛书，中国青年出版社，2020年版。我们解读、诠释和建构了“尽量世间”的模型，浓墨重彩地庖丁解牛了猫腻《将夜》之中书院二师兄君陌的“我以我尺量世间”——他是网络文学中另一个“尺量世界”讲道理的典型人物。

第五节　较真烂好人：从“很好说话”到“很不好说话”

因此，对他好的人和他对人家好的人，陈平安那是真的很好说话、做得很“好”——就像他把泼天的蛟龙机缘送给了顾粲；把全部的身家金贵钱想送给刘羡阳；把最好的东西都送给了其伴游护道的天才妖孽儿童，如李宝瓶、李槐和林守一……

从宁姚到崔瀺，一亲一仇，都曾讥笑他是烂好人；但是，唯有刘羡阳和宋集薪，一友一敌，才亲身体会过：陈平安若较起真来，那是真的“很不好说话”。

陈平安抬头，黑着脸。

个子比草鞋少年高出大半个脑袋的刘羡阳，低着头，不敢正视少年。

这一幕场景，让宁姚感到有些疑惑不解。

这也是少女第一次看到陈平安真正生气的模样。

陈平安低声问道：“你经过老槐树那边的事情，身上有没有莫名其妙多出一些槐叶？”

刘羡阳摇头道：“没有啊，倒是那个老喜欢偷瞄妇人的算命道人，跟我说了些晦气话。我差点把他的摊子都砸了。”

陈平安脸色微变，眉头紧皱，转头望向屋内，问道：“宁姑娘，作为交换，三袋子金精铜钱，行不行？还有就是，会不会让你有大麻烦？这一点，请你务必事先说清楚。”

黑衣少女仔细想了想：“麻烦不小，但问题不大。不过这两天一定要小心，让你朋友别满大街乱窜，毕竟我眼下情况不太妙。”

她又说道：“两拨人，两袋钱。让阮师傅认徒一事，又一袋钱。总之做成几件事，我收几袋钱。放心，我既然答应下来，就算是有保底两袋的收成了。”

陈平安跑进屋子，赶紧将迎春钱在内的两袋钱，火速推给少女：“收下吧。”

少女本就不是拖泥带水的性子，没有拒绝，收起两袋子铜钱后，皮笑肉不笑道：“天底下多的是往自己兜里搂钱的人，还有你这种喜欢当散财童子的？”

少年这一次没有反驳，点头笑道：“钱是很重要，很重要，很重要。”

一直被蒙在鼓里的刘美阳火急火燎道：“陈平安，你疯了吧！为啥把钱给她？整整两袋子铜钱，够你花多久了？”

陈平安没好气道：“我的钱，你管得着？”

刘羡阳理直气壮道：“你的钱，不就是我的钱吗？你想啊，我要是跟你借钱，你有脸皮催债要我还？”

陈平安不说话，陷入沉思。

刘羡阳也意识到，自己的插科打诨有些不合时宜，便闭嘴不言。

一时间屋子里的气氛有些沉重。

陈平安开口问道：“宁姑娘，你真的不会因此……”

黑衣少女瞥了眼桌上的白鞘长剑，点头道：“没问题！”

之后她实在忍不住，说道：“婆婆妈妈，你烦不烦？你还说你不是烂好人？”

陈平安笑了笑。

刘羡阳想了想，没有说话。

高大少年最后把话藏在肚子里，心想姑娘你大概是没见过这家伙的另外一面吧。

陈平安很少有不好说话的时候。可一旦不好说话，陈平安真的会很不好说话。

他刘羡阳见过。

隔壁的宋集薪应该也见过。

——烽火戏诸侯《剑来》：第一卷 笼中雀　第四十章 还礼

这一点，崔瀺的爷爷——那个东宝瓶洲唯一一个可以晋阶十一境的武夫——看得最为透彻：

所有的人都把陈平安“很好说话”，视为天经地义，甚至“近之则不逊，远之则怨”（相处近了看你处处不顺眼，远离片刻又会埋怨你）。

但是，一旦陈平安很不好说话甚至是最不好说话时，很多人都会觉得心虚和害怕。

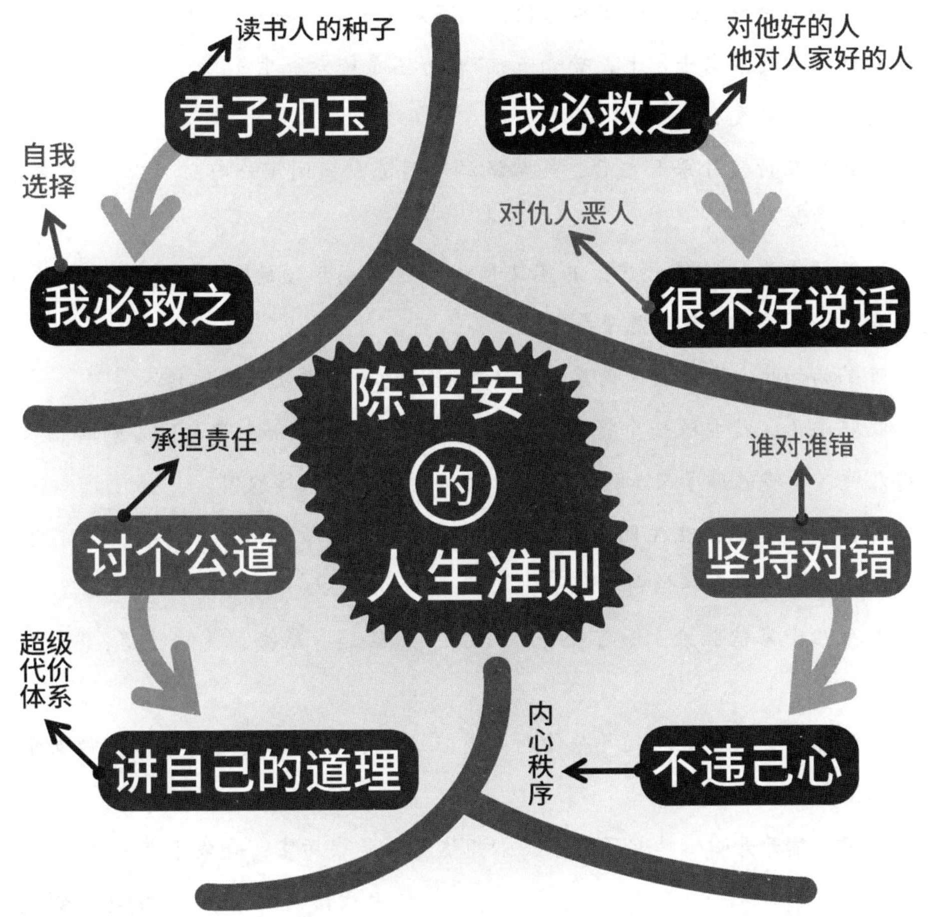

崔姓老人笑道：“其实也不用太过忧心。陈平安有一点好，可能没几个人发现……”

粉裙女童等了半天，都没有等到老人的下文，忍不住问道：“崔爷爷，我家老爷身上都有那么多优点了，还有我不知道的好啊？”

老人开怀大笑道：“你这小闺女有一点是真好。拍人马屁，尤其是对你家老爷，能够春风化雨润物细无声！”

粉裙女童有些赧颜，心想自己可没有溜须拍马，老爷就是有这么好呀。

老人坐回竹椅，不再卖关子，笑着说道："陈平安很好说话。所有跟他亲近的人，都会把这一点当作天经地义的事情。可总有一天，陈平安会在某件事情上，变得很不好说话，甚至是最不好说话。到了那个时候，奇怪的事情就会发生了。所有人都会感到……心虚和害怕，绝不是第一时间去反驳什么。"

粉裙女童赶紧双手合十，喃喃道："我可不希望老爷生气。"

老人叹了口气。

他曾经在竹楼外杀人之后，气势汹汹地对陈平安问了一句："你是随我练拳，还是跟我学做人？"

这既是老人的肺腑之言，其实又何尝不是眼高于顶的老人，自认在"做人"这一点上，无法坦然说服陈平安？

可若非如此，老人又为何愿意将陈平安作为一身拳法的衣钵传人。

收取弟子，就要收一个将来有望超越自己的家伙，一个足矣！否则哪怕收了一群九境、十境的弟子又如何？还不是大势之下的几只蝼蚁?!

粉裙女童突然怯生生问道："如果有一天，崔爷爷你做了错事，然后我家老爷发火了，你会不会害怕啊？"

老人在小家伙脑袋上敲了个板栗下去，然后起身离去，气呼呼道："小丫头真不会聊天！"

崖畔那边其实一直竖起耳朵偷听的青衣小童，坏笑着转过头，朝粉裙女童竖起大拇指。

粉裙女童开开心心嗑起了瓜子，心想这可不是我厉害，是我家老爷厉害呢。

——烽火戏诸侯《剑来》：第四卷 剑气近

第二百四十三章 千军万马之前，我喝一口酒

人心善恶两条线，无法作为根基和基础，支撑起善法和恶法、好的执法与坏的执法，从而可以裁量人之可恨与可怜处。

那又向何处去寻找根本？

第十五章

织心如网：

从『善恶补赏人』到『算法造新人（神）』

国师崔瀺
少年崔东山
陈平安
自由
造人
造瓷人
修复本命瓷
有感受
有意志
有情绪
有情感
瓷人一人
感受一情绪一情感
变
善
更
善
大
善
恢复如初
采众家之精华
织网
造新人
重塑心瓷
最基本
最基元
数字网
自由一奴隶
自由
以完善
自我人格
为天下重器
算法
造出
新人类
造器人生
事实
真相
秘密
新人类一新神明
人
沉睡的种子
共同成长
做我自己

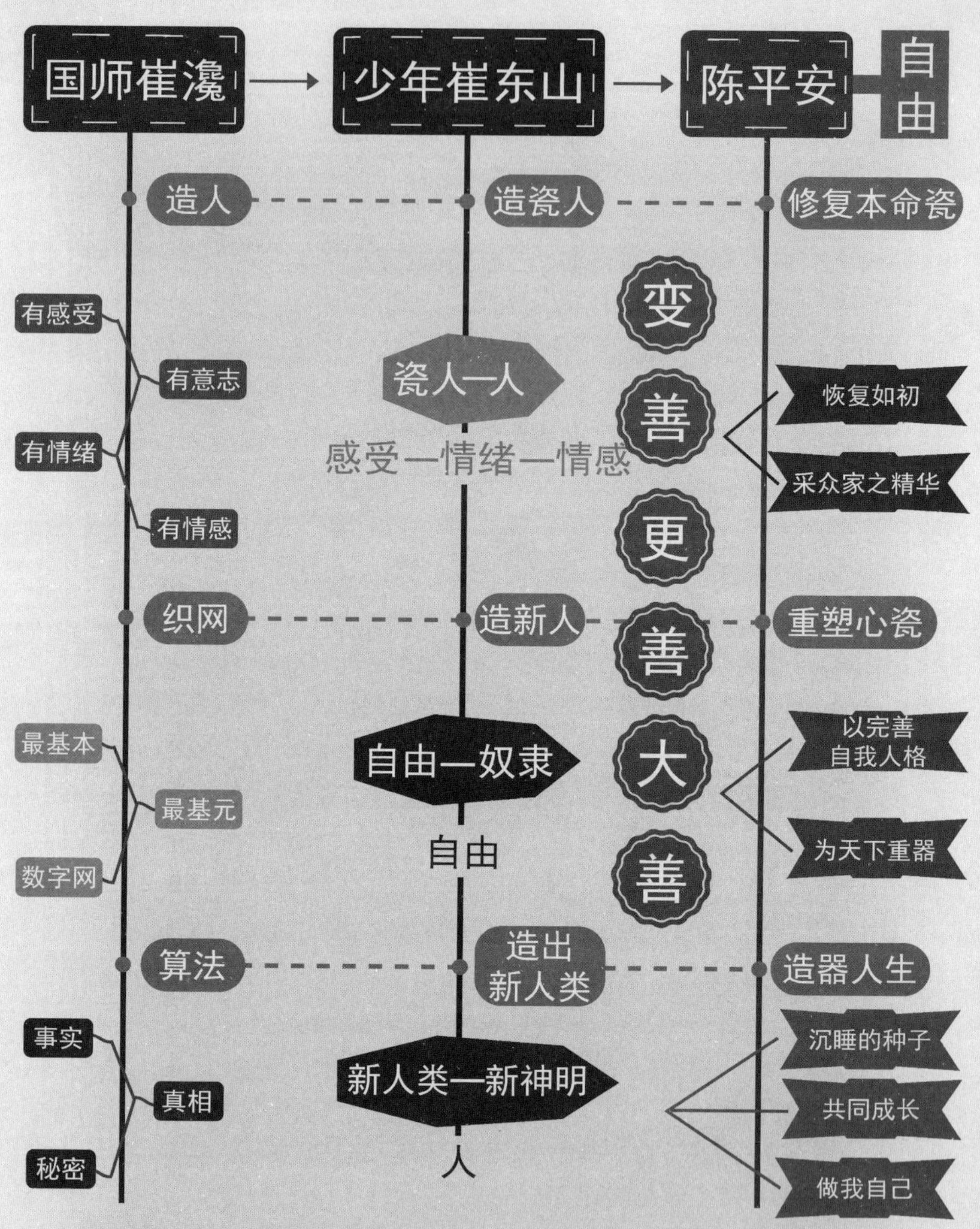

从自我善到世界大善

围绕着陈平安，国师崔瀺和少年崔东山，形成了一种特别的羁绊关系。就像是大小兔子，围绕着“既是大棒又是胡萝卜”转圆圈。

而且，这种转圆圈，还真不是在同一场景、同一维度、同一界域内画同心圆，而是在不同场景、不同维度、不同界域上转圈。

这两只兔子沿着不同的顺序，捋顺那种“人”（人心、人性、人情、人际关系）的根本脉络，完全可以视为转场、跨界、升维模型——

三个层次三种进制的换算，不就是在寻找不同场景、不同维度、不同界域的转换、节点和算法?

国师崔瀺和少年崔东山对“人”之根本脉络的梳理，完全可以说是承前启后——

前承文圣老秀才的顺序说：老秀才在黄庭国第一次“坐而论道、起而行之”谈顺序，可视为又一次将崔东山收归文圣一脉，补其事功学说之缺陷，启其后方根本脉络之线头。

因此，我们可以看到，后面对这种“人”之根本脉络的梳理，《剑来》的基本笔墨都是着力于崔东山这条线上，而国师崔瀺那条线还是更切合于事功学说。

后启陈平安的转圈说：书简湖问心局之中，陈平安的转圈只是开端。

而且，由于崔东山和陈平安寻路问道羁绊关联，因此，少年崔东山对人的根本脉络之梳理，颇受陈平安影响。

因此，他的三个层次三个进制的换算，就越来越具有魔幻迷宫的多重和多维时空性质。

可以说，少年崔东山三个层次三个进制换算的人心（人性）迷宫，其实就是整部《剑来》故事迷宫和世界魔幻迷宫的缩影和聚焦；

而国师崔瀺所下的那些棋局，更是迷雾重重，驱动着一个又一个故事的发展，本身就堪称一个典型的故事迷宫：

无论是大隋高氏与大骊宋氏签订山盟的棋局，还是书简湖的棋局；

更别说以大骊王朝为试验田、统一东宝瓶洲、以一洲共主之铁骑抗击妖族北侵潮流的天下大棋局；

甚至关涉到整个事功学说对儒家礼乐秩序和规矩准绳的挑战与变革、以抗击神道等“联合伐人族”之大道棋局……本身就是迷宫重叠。

甚至可以说，国师崔瀺和少年崔东山之棋局建基的人心迷宫与故事迷宫，本身就是整部《剑来》世界的魔幻迷宫之驱动的滚轮。

陈平安这一根“棒子”，其实就像轴心杠杆一样，把这人心迷宫、故事迷宫和世界魔幻迷宫，嵌套成为一个整体。

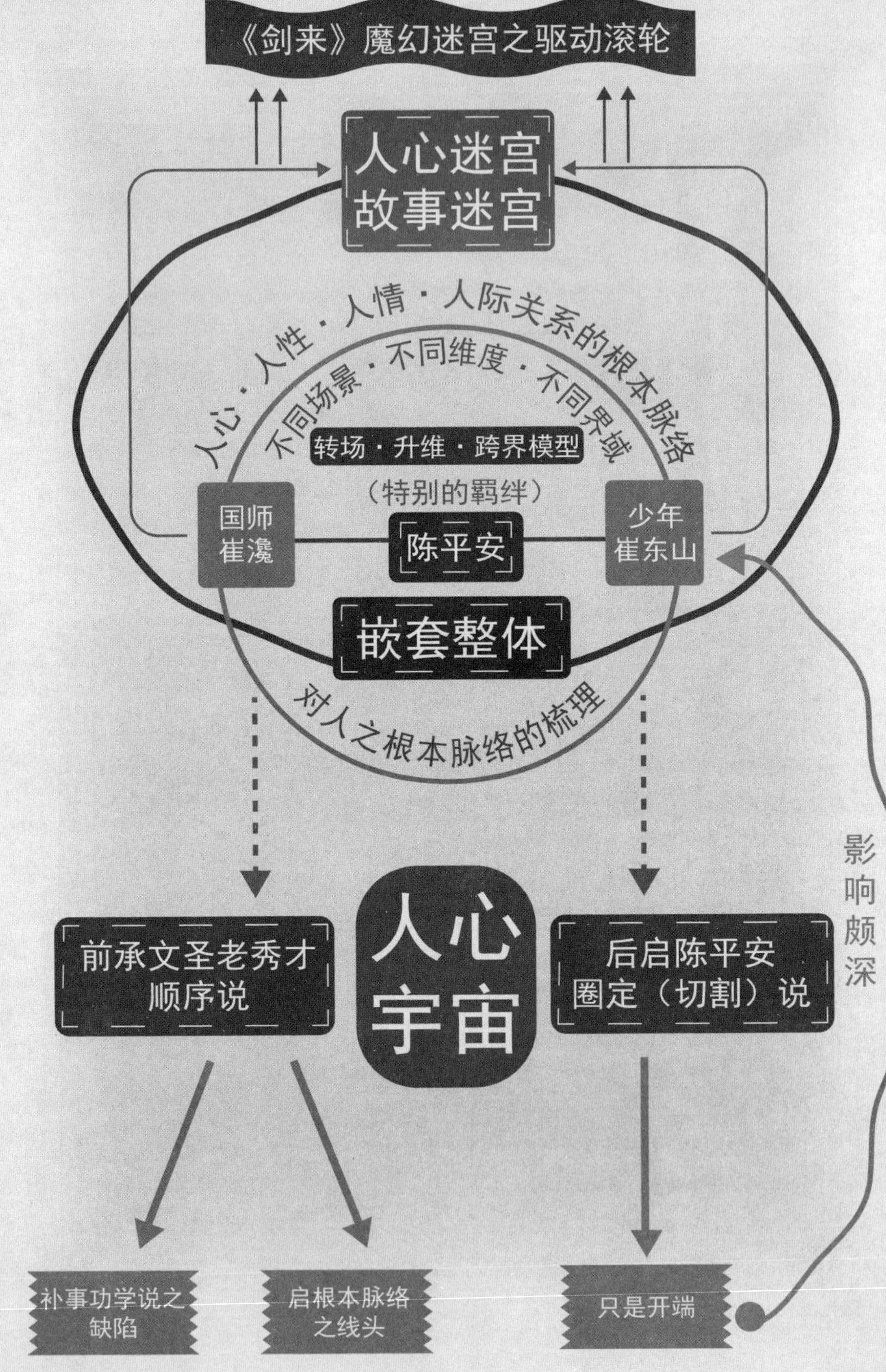

《剑来》魔幻迷宫之驱动滚轮
人心迷宫
故事迷宫
人心·人性·人情·人际关系的根本脉络
不同场景·不同维度·不同界域
转场·升维·跨界模型
（特别的羁绊）
国师
崔瀺
陈平安
少年
崔东山
嵌套整体
对人之根本脉络的梳理
前承文圣老秀才
顺序说
人心
宇宙
后启陈平安
圈定（切割）说
影响颇深
补事功学说之
缺陷
启根本脉络
之线头
只是开端

第一节 人心宇宙：

从“测量人心”到“织心如网”

这就回到那个“金三角+1”的第二个极点，从少年崔东山的“人心测量”，到陈平安的“编织如网”——如何于“方寸之心”上，织出一个“善恶宇宙”来？

人心（鬼蜮）、人性（深渊）、人的本能（人性善或性恶）、人际关系（黑暗森林）等我们所解读、诠释和建构的“人心宇宙”都是可以测量的。

就像一个九宫格或者数独游戏一样，或者就如一个棋盘，可以将人心进行划域并测量和计算。

每一个人心都可以界分出“井”字格，以X、Y、Z等坐标进行界定。

每一个念起、念落以及中间的抛物线，均可以用坐标量化成运动的点和轨迹线。它是可以被测量、预测和干预的，也是可以被左右、宰制和掌握的。

在某种意义上来说，人心、人性、人的本能和人际关系都可以被量化、测算并掌控；所有人——所有有着所谓自主意志和自由生命、能够自控言行的人——其实都可以成为被操控的傀儡。

只不过他们在如其所是地生活、言说和行动时，还以为按照的都是自己的意志和选择；却没有想到：在最深层次的程度，其实他们是被人宰制、支配和驱动着的。

就像在人心某个界域之中，植入某种“我应该如何如何”的意念或欲念，从而驱动他不由自主甚至自觉自为地主动采取行动。

于是，念由此起，行由彼落，某种情绪或某个行为就产生了——

“我”们以为是我们自己想要这么做的，但其实，是在无意识间被人操纵为之的。于是，能够操纵我们心念和行为的人，便成为我们根本无法意识到其存在的“神”；我们成为牵线傀儡，却一直自以为是一个意志和行动均自由的人。

就像信息时代，很多我们自以为是“我心由我起”而做出的判断与选择、反应与行动，其实不过是：算法决定你所看到的信息与真相，诱导你做出反应与行动，甚至精准地预测、量化和确定你将制造的结果和效果。

这还只是事实、真相和秘密的一个层级。

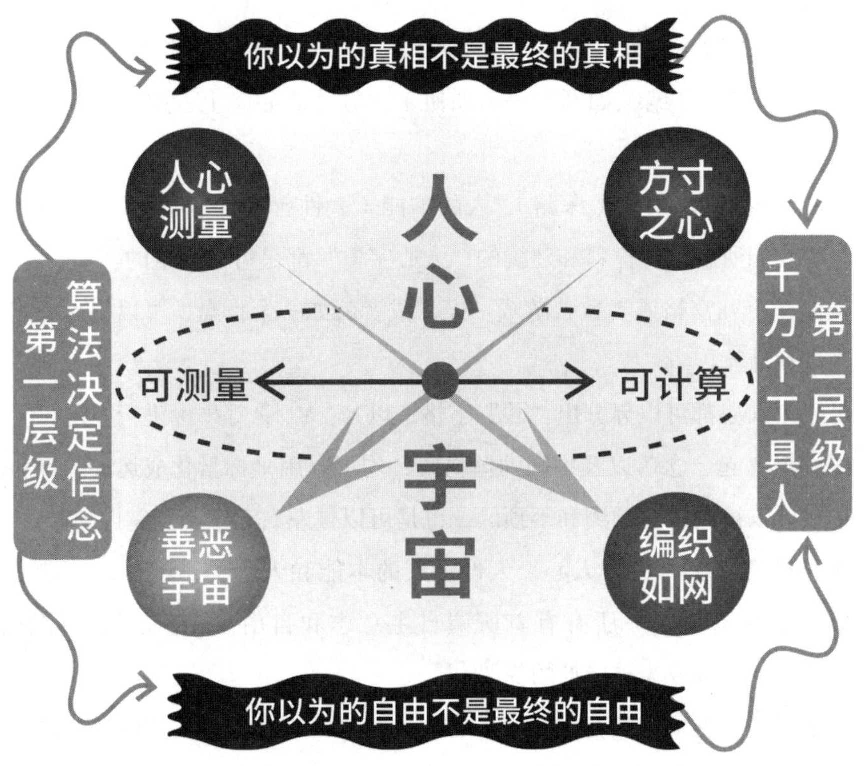

当那个所谓的“神”，洞悉、测量并能算计所有的人心、人性、人的本能、人际关系时，就意味着他可以操纵一个、两个甚至N多个有着自由意志和行动的“傀儡人”或者“工具人”。

他因此就能一念万千，将自己的一个意志植入千万自由的“傀儡人”或者“工具人”之中，从而如臂延伸，如同掌控千万军队——

这或许才是国师崔瀺真正想要打造的“铁骑军队”。

唯有这样的军队，才能真正抗击妖族北侵洪流。当所有的山上修士、山下凡人都成为唯国师之意念而行动的“智能机器人”（像机器人一样的智能人类），妖族再强大，又能如何？

但如何才能做到这些？

必须完成三层结构：第一层，造人——造出有感受、自由意志和情绪甚至情感的“新人”形象；第二层，织网；第三层，算法。

而“织网”是这正反三层金字塔嵌套结构中的“基本面”：最基本，亦是最基元。

崔东山有一次自省体悟，认为他自己和陈平安，有一个共同特点，就是织网。

跨洲渡船上。

陈平安对着身前棋盘，不是打谱，只是在看属于自己的棋局。

落魄山祖师堂本身，一颗颗棋子，凝聚出了一块棋形，是陈平安真正的家底。

在宝瓶洲的诸多脉络，又是一块更加疏散的棋形，暂时还不成气候，而且陈平安对此也只希望自己随缘而走。

在北俱芦洲的关系，是第三块地盘，相对清晰，陈平安会用心且用力去经营。例如披麻宗、春露圃、云上城、彩雀府，以及潜在的水龙宗和龙宫洞天，都是一有机会便可以放心做买卖的，最少陈平安可以从中穿针引线，为各方势力提供一种可能性，再交由各座宗门、山头自己去权衡利弊。大家觉得有利可图，那就坐下来聊，大可以各自在商言商，根本无须为此，便觉得有损朋友情谊。若是觉得此事不成，那也不耽误将来见面重逢，饮酒只谈闲趣事。

崔东山离开落魄山之前，与陈平安一次崖畔对坐闲聊慢饮酒，突然说了一句，他与先生，是同道中人，都在织网。这一点，他崔东山不得不承认，老秀才确实眼光更好。

崔东山最后开始安慰自己，老秀才收弟子的眼光真是好，可惜拜师的本事远远不如自己。

陈平安有些好奇，询问文圣老先生的先生是谁。

崔东山哈哈大笑，说老秀才没正儿八经的传道先生，只有学问平平的市井学塾夫子而已。既然老秀才连拜师都没有，怎么跟自己比？

——烽火戏诸侯《剑来》：第九卷 天上月

第五百七十一章 浩然天下陈平安来找人

其实非但是他俩，就是国师崔瀺和少年崔东山这两只大小兔子，也和陈平安一样，都是在“织网”。

从织出人情关系网，到织出铁网，其实都只是这种“织网说”最表层的结构——是功能和作用层面的应用；而非那种基础、基本和基元层面的数字网。

这是由“造新人”和“算法”两方面夹逼造成的。

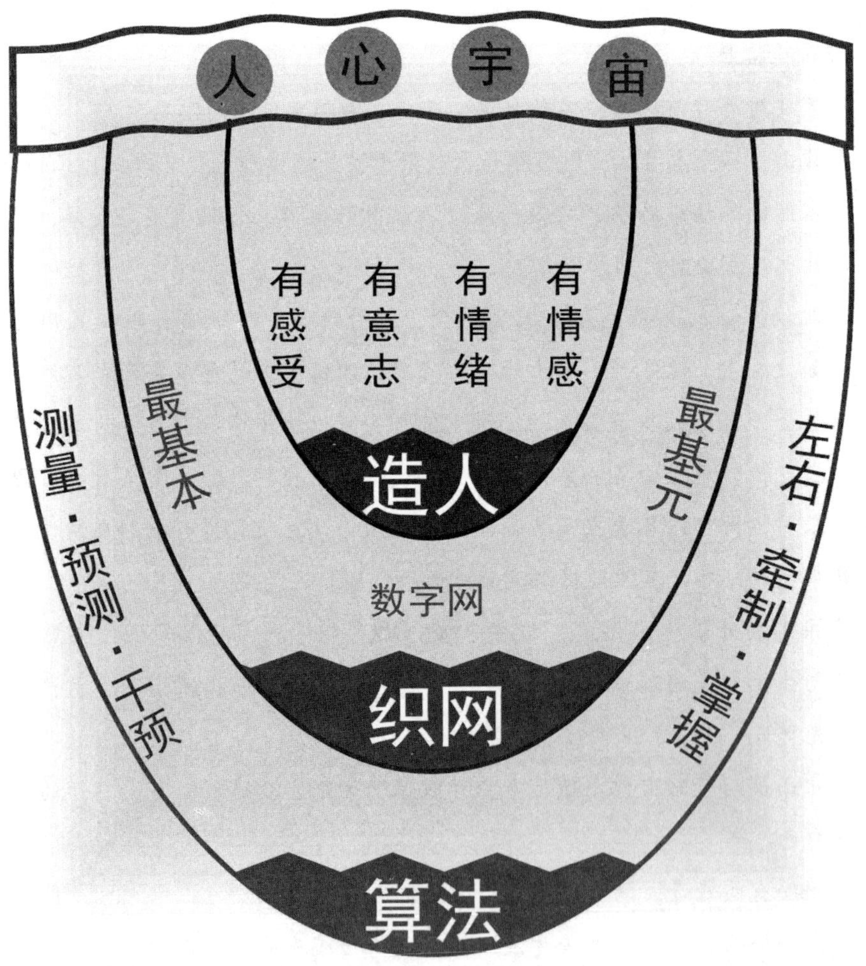

第二节　造人（神）运动：从"拼贴新瓷人"到"造出新人类"

少年崔东山一直走在造人的路上：造瓷人，造新人，造出新人类。

从崔东山成功拼出第一个瓷器少年——那个后来在李希圣身边活蹦乱跳的书童崔赐；

到"迭代升级"实验第二个瓷器人高承高老弟；

到他甚至希望用自己的瓷器拼贴法，帮助陈平安拼接自己的本命瓷碎片，重新恢复"本命瓷心"的完整与圆满；

再到若有意若无意地暗示他和陈平安、两个瓷人之间，甚至整个人类的进化和迭代，其实最重要的就是"织网"……

这里面有三大界线。

离开小镇后，沿着驿路驶出大概一个时辰，崔瀺让王毅甫停车，他独自走向一座小山坡。观湖书院的"君子"崔明皇等候已久，见到这位被驱逐出家门的祖辈后，毕恭毕敬作揖行礼。

崔瀺站在山顶，回望小镇。只可惜如今境界大跌，修为低微，哪怕穷尽目力，也无法见着那边的风景了。"尊奉披云山为大骊北岳一事，还需要酝酿，一时半会很难成功。但是在披云山建造新书院，势在必行，最多半年就会有结果。放心，你这次冒了这么大的风险，差点连命都丢了，我肯定不会过河拆桥。一个书院副山主，是跑不掉的。之后大骊肯定会倾尽国力，将这座崭新书院，打造得比山崖书院更像是儒家七十二书院之一。"

崔明皇松了口气后，眼神坚毅，承诺道："绝不会让老祖失望的！"

崔瀺对此不置一词，继续说自己的："我将那个瓷人少年留给你，到时候你把他安插进新书院。不出意外的话，他的修行会很顺利，可能会以一种吓人的速度跻身中五境，你做好心理准备。但是你最好将他雪藏起来，不要太早浮水出面。我从瓷山千挑万选了那些碎瓷，好不容易才拼凑出这么个神魂具备的瓷人。这少年能够从一堆破瓷片，到现在的活灵活现、与人无异，既是我崔瀺毕生心血的凝聚，也有很大的运气成分。所以你务必多上点心。说句不吉利的话，这已经相当于是我在跟你托孤了。”

崔明皇心情激荡，弯腰抱拳道：“老祖放心，我崔明皇一定将其视为己出！”

崔瀺有些疲惫神色：“在小镇这边，除了藩王宋长镜之外，其余两拨谍子死士，你能够随便使唤。我已经帮你打过招呼了。再就是没事的时候，多跟杨家铺子的杨老头聊聊。这个老不死的东西，做事最是公道，从不谈什么好坏、正邪、敌我。你争取能够让老头子答应跟你做买卖。”

“至于阮邛，我劝你别去自讨无趣。福禄街和桃叶巷的四大姓十大族，如今七零八落，人心涣散。你多留心李家，嗯，就是李希圣所在的李家。至于那个心比天高的二公子李宝箴，如今靠山一倒，虽说算不上在一夜之间被打回原形，但是也算领教过我们大骊京城的云波诡谲了。这对兄弟之间，你选谁都行，不过只能选一个。”

“至于吴鸢，你自己看着办吧。就事论事，不要交心就行。”

崔瀺说到最后，分明是青葱少年的俊美相貌，却给崔明皇一种耄耋老人、万事皆休的错觉。

——烽火戏诸侯《剑来》：第二卷 山水郎　第一百三十二章 学生崔瀺

第一条界线，就是所谓“瓷人”（智能傀儡）和“人”的中间界。跨越这个界线的关键点，就是拼贴起来的瓷人，有没有情绪、感受甚至是人类的情感。

一位一路往南走的白衣少年，早已远离大骊，这天在山林溪涧旁掬水月在手，低头看了眼手中月，喝了口水，微笑道：“留不住月，却可饮水。”

然后他一抖袖。从雪白大袖当中，摔出一个尺余高的小瓷人，身体四肢犹有无数裂缝，而且尚未“开脸”。相较于当年那个出现在老宅的瓷人少年，无非是还差了许多道工序而已，手法其实是更加娴熟了。

崔东山转头望去，伸出手去，轻轻抚摸瓷人的小脑袋，微笑道：“对不对啊，高老弟？”

——烽火戏诸侯《剑来》：第七卷 龙抬头
第五百一十四章 先生包袱斋，学生造瓷人

第二条界线，就是“自由人”和“奴隶”的边界。跨越这条界线的关键词，就是“自由”！

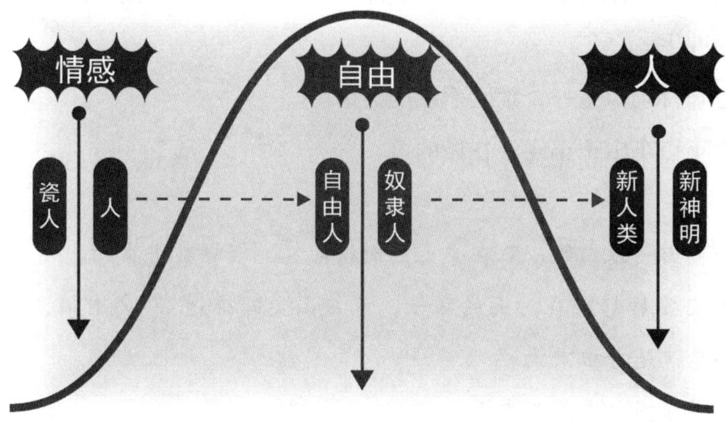

但最关键的是，这已经不仅仅是洗脑、宰制和操控他人为“自由的傀儡人、工具人或智能机器人”的问题；还在于它已经关涉到一条隐秘的神人之分界线——这就是第三条界线，是“新人类”和“新神明”之间不可逾越的界限。

在边界这边，其实都还只是人心测量与操控的问题；但是，在边界那边，却是人之所以为人的问题。

如果迈过了这种边界，就不是操纵人的意念、大脑和身体的问题，而是“人可以造人”的造新人类运动甚至造神运动问题——

如果少年崔东山掌握了人的情绪与感受甚至是情感和知觉“从何而起又向何而落”的测量和计算，就意味着他真的可以像量子革命时代和后人工智能时代的“超级程序猿（程序员）”一样，通过编程和算法，制造出古典仙侠大玄幻时代的“智能新人类”。

第三节 算法思维：
从"智能系统"到"母体网络"

这大概就是网友有人戏称崔东山就是"程序猿（程序员）"的原因：

他在这一张白纸上编码写程序，智造出智能新人类，以推动山上修士和山下凡夫俗子的进化。

这听起来特别像是一个荒诞不经的笑话。

却是少年崔东山正正经经在做的事。

崔东山掏出一张白纸，趴在桌上，倒持毛笔，轻轻敲击桌面。

瞥了眼安安静静坐在对面的孩子，崔东山笑眯眯道："高老弟，说不定以后你与那崔赐，就是老祖宗嘞。"

孩子懵懵懂懂，看着崔东山。

崔东山收回视线，始终并没有落笔，只是在心中继续完善那三条根本脉络、九条大纲、三十六条细则。

但是在这之中，需要崔东山去筛选和界定太多的事项。

喜、怒、哀、乐、愁、忧、浑噩、惊、惧、寂静、思虑；眼、耳、鼻、舌、身、意；身、家族、民风乡俗、国、天下、生死。

认同感，抵御孤独；归属感，身心安处；成就感，以虚无之物消解实在之物。

人生道路上的众多情况：生离、死别；喧嚣、独处、孤苦、愉悦；饱餐、饥寒；舒适、温暖、惬意、满足；酷暑、严寒。

扎针、心绞、悲恸、震怒、愠怒、窃喜、侥幸、羞愧、懊恼、悔恨；敬仰、爱慕、艳羡、憎恨、愤懑、愉悦、伤感、忧愁、嫉妒……

下一个相对复杂的层次：释然、恍惚、迷茫、纠结、顿悟……

再下一个高度的感知：坚韧、崩散、执着、淡然、冷漠、炙热、奋发、从容……

三者之间，崔东山还要做大量的颠倒、替换、修正。

三者之间，又有着一个极其复杂的相互争斗、融合、打杀、消逝、新生、壮大、归无的过程。

会有一处处虚化、大小不一的漩涡，涟漪四散。有些增减抵消；有些叠加；有些相互绕开；有些几乎从头到尾，都不打照面。

其中一个关键的起始点，在于人之念头的储藏，到底有多少，如何分类。

亲眼看见；远在书上，近在眼前；听说，记住；自以为记住，清晰；记住却浑然不觉，模糊、混沌；偶尔会触发，只在一些关键时刻生发，如那围棋打谱，定式定理，灵犀一点通，灵光乍现，就是神仙手。

所以这就衍生出来第二件事，确定一种触发机制。唯有如此，才有了那言行举止、诗词歌赋、人心起伏等等，千万气象。

世间万事万物，都没有纯粹的“不动寂然”，皆是拼凑而成。无数极小物，变成肉眼可见之实物；件件极小事，变成一场如梦如幻的人生。书会泛黄，山岳会有高低，草木有生发荣枯，人会有生老病死。

崔东山一直以笔尾端轻敲桌面，盯着那张一字未写的白纸。

当年远游大隋途中，他曾经拿出三物：一碗水、一块石、一根树枝。

也曾与先生、小宝瓶他们半开玩笑，说过一个凡夫俗子，这辈子需要脱胎换骨多少次，悄无声息生死转换多少次。

石子，如人之身躯，又如山岳，风吹日晒，承载万物，是一座天地，其实一直是一种相对静止的流转状态。

碗中水，是那念头流转。树枝，是那根本脉络，是大道运转的规矩所在。

这些年，崔东山其实就是在这些事情上与自己较劲。

仅仅是那较为笼统的七情六欲，事实上，远远不够。

崔东山第一个打造出来的瓷人，是那个被李希圣带在身边的书童崔赐。少年其实已经可算精于一般的计算，但是于“情感”一事，还是很稀薄。简单而言，就是脉络根本太脆弱，很难有归属感，以及受限于身体魂魄的太过简单，大道瓶颈太大，结成金丹客都是奢望。

但是眼前这个“高老弟”，念头会更多，脉络会更加清晰且牢固；将来不但会弈棋，可以修行到元婴境瓶颈；还会诗词曲赋，会自己去创造一切与感性有关的事物；更能够由衷认为自己是真正的“人”。天底下根本就不存在什么虚无缥缈的事情，一切皆有迹可循。所以那些个所谓开了窍的符箓傀儡，碰到崔东山打造出来的崔赐，尤其是高老弟，都得跪在地上喊祖宗在上。

但是哪怕如此，距离崔东山的预期，依旧存在着一大段距离。

一个是成本太高，一个是瓶颈太大。再一个，就是崔东山真正的顾虑所在，重蹈神、人覆辙。

崔东山叹了口气，烦。

招呼一声高老弟，让那孩子背着自己满屋子跑。

崔东山一手甩起雪白大袖子，一只手摸着孩子的脑袋，学那大师姐说话，开心道：“小老弟，咋个这么听话嘞。”

——烽火戏诸侯《剑来》：第九卷 天上月　第六百四十二章 崔东山的一张白纸

这就是至关重要的算法了。

但，为何是三个层次、三种进制，又何以需要换算？

而不同的换算，既是不同的顺序，又是不同的圈层，甚至在不同的世界和时空之中？

其实，联系从古到今中国传统思想观念之中的天地人三才三层，以及“一生二、二生三、三生万物”的宇宙生成论与人生观论；

再想一想当下从现代信息革命“0 和 1”二进制到量子革命“0 和 1 纠缠”的前沿观念突破……

或许就不会觉得我们用转场、升维和跨界之方法，来解读、诠释和建构少年崔东山人心（人性）迷宫、国师崔瀺棋局迷宫和《剑来》整个故事布局之魔幻迷宫，有什么“违和感”了（让人产生不和谐的感觉）。

如果没有这么一出，其实崔东山挺想与先生聊另外一桩“小事”，一桩需要由无数细微丝线交织而成的学问。

崔东山当然不会倾囊相授，只会拣选一些裨益修行的“段落”。

塑造瓷人。

一堆破烂碎瓷片，到底如何拼凑成为一个真正的人？三魂六魄、七情六欲，到底是如何形成的？

学问根祇，就在织网。

现在最大的问题，就在于此举成本太高、学问太深、门槛太高，就连崔东山都想不出任何破解之法。

一旦成了，浩然天下的最大外在忧虑、大举入侵的妖族，以及青冥天下必须打造白玉京来与之抗衡的死敌，都难逃彻底覆灭的下场。

从某种意义上说，人的出现，便是最早的“瓷人”，只是材质不同而已。

崔东山也希望将来有一天，能够让自己诚心诚意去信服的人，可以在他即将大功告成之际，告诉他，他的选择到底是对是错。不但如此，还要说清楚到底错在哪里、对在哪里，然后他崔东山便可以慷慨行事了，不惜生死。

不会像当年的那个老秀才，只说结果，不说为什么。

——烽火戏诸侯《剑来》：第八卷 思无邪　第五百六十八章 落魄山祖师堂

种种蛛丝马迹串联起来，再来看看崔东山在那一张白纸上的画画算算，不是一种“智能操作系统”的编码和算法又是什么？

如果这种崔氏智能操作系统真的能够成功，那就不仅仅是造出一个两个比崔赐 1.0、高承 2.0 还要高级的“瓷器人智能版本”；

或许，还将建构成一种类似于《黑客帝国》的母体网状系统：

人心、人性、人际关系连接成网；

所有的人，都成为网络上的节点，被操控成“自由的傀儡”而不自知……

这和当下互联网时代很多被各种带着节奏刷朋友圈的人如出一辙：看似每一个人都是独立判断的审判官，却随着舆情不断反转，成为尴尬的信息裸泳者。

第四节 自由器人生：从“修复本命瓷”到“完善位面人格”

从少年崔东山的“拼瓷人—造新人—世界造神运动”，到陈平安“打碎本命瓷—修补本命瓷—完善、完整、完美自我人格与人生”……这两条最重要的发展脉络，就此“编织成网”，交叉成孪生双轴线。

它们全扭结于陈平安“本命瓷的自我”和“让世界变善、更善、大善”的双重人生建构上了——这是从被“造物主”安排的命运，走向“造物主”的天命所归吗？

陈平安本命瓷碎、父被害死母病死，甚至陈平安自身也陷入阴谋圈套（或隐含大佬博弈甚至三祖参与、齐静春下出千年第一局的大格局论），是一个至今仍迷雾重重、做局布局设局相互嵌套、各方大佬角力参与的大迷局（大格局）。

杨老头沉默片刻：“陈平安开始悄悄追查本命瓷一事了，很隐蔽，没有露出半点蛛丝马迹。”

李柳对此没什么感触。大致内幕，她是知道一些的，属于一条极其复杂的山上脉络。杨家药铺当然撇不清关系，只不过做事规矩，并未刻意针对陈平安，只是与大骊宋氏坐地分赃罢了。本命瓷的烧造，最早便是杨老头的通天手笔。甚至可以说大骊王朝的崛起，都要归功于骊珠洞天的这桩买卖。所以杨老头对少年崔瀺关于神魂一道的称赞，已经是天底下最高的认可。可以说杨老头之外，此道通天之人，便唯有崔瀺、崔东山了。住在杏花巷却有本事掌握龙窑的马氏夫妇，也就是马苦玄的爹娘，在陈平安本命瓷破碎一事上，关系极大。龙须河如今那位从河婆升为河神神位却始终没有金身祠庙，也就更无祭祀香火的马兰花——老妪心肠歹毒，唯独在此事上是有良心发现的，甚至还竭力阻止过儿子儿媳。只是夫妇被利欲熏心，老妪没成功罢了。马苦玄当年曾经半夜惊醒，知晓此事一点真相。所以对于陈平安，这位早年一直装傻扮痴的天之骄子，才会格外在意。

那位大骊娘娘、如今的太后，还有先帝，是为了宋集薪，更是为了大骊国祚。

国师崔瀺，则是顺势为之，以此与齐静春下一局棋。如果只看结果，崔瀺确实下出了一记神仙手。

至于当年到底是谁购买了陈平安的本命瓷，又是为何将其打碎，大骊宋氏为此补偿了幕后买瓷人多少神仙钱……李柳不太清楚，也不愿意去深究这些事不关己的事情。一般来说，一个出生在泥瓶巷的孩子，赌瓷之人的价格，不会太低。因为泥瓶巷出现过一位南婆娑洲看管一座雄镇楼的剑仙曹曦，这是有溢价的。但是也不会太高，因为泥瓶巷毕竟已经出现过一位曹曦了。所以宋氏先帝和大骊朝廷与那位买瓷人，当年应该都没有太当回事。不过随着陈平安一步步走到今天，估计就难说了。对方说不定就要忍不住翻旧账，寻找各种理由，与大骊新帝好好掰扯一番。因为按照常理，陈平安本命瓷碎了，尚且有今日风光；若是没碎，又被买瓷人带出骊珠洞天，然后重点栽培，岂不是一位板上钉钉的上五境修士？所以当年大骊朝廷的那笔赔款，注定是不公道的。当然了，若是买瓷人属于宝瓶洲仙家，估计如今不敢开口说话，只会腹诽一二。可若是别洲仙家，尤其是那些庞然大物的宗字头仙家，尤其是来自北俱芦洲的话，根基尚未稳固的大骊新帝少不得要父债子还了。

李柳突然说道：“陈平安是一个很好说话的人。”

李柳又说道：“但是——陈平安同时又是一个很可怕的人。”

杨老头笑了笑：“能够被你这么评价，说明陈平安这么多年没有瞎混。”

李柳皱了皱眉头：“一旦被陈平安摸清楚底细，第一个仇家，就与落魄山和泥瓶巷近在咫尺了。”

第一个就是杏花巷马家。

第二个便是大骊宋氏皇族。

而马苦玄分明是老人极其看重的一笔押注。

老人嗤笑道：“若是马苦玄会被一个本命瓷都碎掉的同龄人打死，就等于帮我省去以后的押注，我应该感谢陈平安才对。”

李柳叹了口气。

这就是老人的生意经。

杨老头笑了笑：“那位道家掌教，其实早年说了好些大实话，就是不知道陈平安有没有想明白。比如：做好事的，未必是好人；做坏事的，未必是坏人。”

——烽火戏诸侯《剑来》：第八卷 思无邪　第五百三十章 他的本命瓷和弟子们

这就让陈平安的“瓷器人生”有了三个层面的层次与格局。

这从修补本命瓷开始，但又不仅仅是一个将本命瓷恢复如初的过程。

就像那个被打碎的本命瓷，所需要的，其实并不是与原来一模一样的瓷器碎片，而是完全不同于之前、采撷众家之精华的精美拼图——

不然，即使陈平安找回所有被打碎的本命瓷之碎片，重新接贴，修补得再完美如初，也仍然不过是原来宿命的本命瓷之修补与还原品而已。

即使表面再光滑洁净如初，但那内心、精神甚至灵魂上的裂痕和缝隙，却永远都存在。而唯有寻找不同的良瓷美片，重新拼贴、嵌接与融合，才能成就一个超越原来本命瓷的圆满、完整甚至完美之瓷。

老剑仙转头笑望向陈平安：“陈平安，我们相处得还算不错，对不对？”

陈平安点头。

老人笑问道：“可是如果我说我跟曹慈处得更好，对他期望更高呢？”

陈平安仍然不知道如何回答。

老人不着急答案，只是在看陈平安的眼睛，更是在看陈平安的心境。

老人有些唏嘘。

这一次这位阿良嘴中的“老大剑仙”，甚至运用了剑术神通，直指人心、神魂深处。

原来如此。

原本挺好的一个修道胚子！如果顺风顺水、运气好的话，大概在倒悬山那边的浩然天下，修出一个地仙是不难的。可惜早早给人摔得稀巴烂，如瓷器碎成了一片片。在长生桥被打断之前，就早早遭受了一场更大的劫难。

心境，心镜。

镜子碎片有大有小。老人见到了最大的几片，所承载的画面，镜像各异。

所以陈平安的心境景象，若是落入修为高深的儒家圣人眼中，可能会比较多，当然会与此同时显得更怪诞。

于是老剑仙发现了更多端倪。

说难听点：这是一种类似养蛊的过程，不是弱者俯首朝拜强者，而是彻底没了。

少年这么多年应该在竭力拼凑碎瓷片，而且并不自知。

说好听点，就有些高妙了。这算是天行健，自强不息。强者愈强。最终一两片碎片，越来越璀璨夺目，如日月悬空，群星暗淡。

心境之争，与修为高低关系不大，所以极为凶险。练气士有很多的说头和秘法，什么扪心自问、叩心关；什么君子三省乎己；什么破心中魔障。

所以会有旁门左道和邪门歪道，分别以诸多下乘、不入流的观想之法，走捷径。在宗字头仙家看来，不属正道。总之，其中学问很大，而且很杂，如同山脉起伏，一座座山峰便会有高有低。

而儒释道，就是三条独立的大脉。这就是所谓的立教称祖。

兵家是一条断头山脉，只差一点就成功了。

曾经作为四大显学之一的墨家，也有点类似。

就像大江大河，不管有多长多宽，终究没有能够入海；距离成为大海，只有一步之遥。

陈平安始终没有给出答案。

老剑仙却已经得到答案。

老人微笑道：“先前你跟宁姚丫头聊到道理的时候，我刚好不小心听了一耳朵。想不想听我唠叨一点过来人的看法？”

陈平安果断点头。

老人笑道：“我可以告诉你一个诀窍，可以既讲道理，又过得还不错，一定不至于将来有天自己把自己憋死。”

陈平安眼睛发亮："老前辈你请说！"

老人轻声笑道："听好了，那就是过成这个样子：你该这么告诉自己……"

老人略作停顿，然后继续道："我某某某……嗯，比如我说'我陈清都'，你就得说'我陈平安'了。"

说到这里，老人自顾自笑了起来。

陈平安也跟着笑起来。

最后老人双手负后，身形佝偻，眼神平静，望着那座静谧祥和的城池："这辈子处处讲道理，事事讲道理，已经足够讲道理了，问心无愧。结果你们还是这个鸟样！不好意思，我这一次，不跟你们讲道理了。"

陈平安只是安安静静听着老人说话。

老人眯眼："当然次数不可以太多。一百年有个一两次，肯定没问题。比如这样。"

老人向北方缓缓伸出一手，不过是随便抬起的一个动作，可剑气长城头顶的巨大夜幕，却如黑布被撕裂开来，一瞬间大放光明。最终却只有一条极其纤细却极为璀璨的光线，从天而降，砸入城池中的某处。然后就是地面上，有无数的金色光芒爆裂炸碎开来，如有上五境的剑仙在这一刻金身崩坏。

陈平安张大嘴巴。

老人呵呵笑道："喝口酒压压惊。"

陈平安傻乎乎摘下酒葫芦，递给老剑仙。

本意是打趣身边少年的老人陈清都，没有伸手接过养剑葫；转过身，摇头晃脑缓缓前行，轻轻跳下城头，自言自语道："傻丫头找了个傻小子——绝配。"

——烽火戏诸侯《剑来》：第四卷 剑气近　第二百七十九章 抬手杀剑仙

因此，陈平安修补自己心瓷的过程，其实不是一个以原有碎片将本命瓷恢复如初的过程，反而是有点类似于国师少年崔东山先后拼贴出两个"少年瓷人"的方式。只不过——

少年崔东山是以龙窑无数打碎的本命瓷瓷片来拼贴瓷器少年，陈平安却是以人生所遇之人美好的品质与道理为瓷片来拼贴自己的心瓷；

崔东山先后拼贴出来的两个瓷器少年，真的是“集众家之碎片”拼贴而成，而无自己的精气神作为主心骨和轴心。而陈平安始终是在以自身为标尺，来衡量他人的瓷砖器瓦是否符合自己心瓷大厦的规格和标准，是否适宜于建构自己瓷器人生甚至是重器人生的要求和需求；

就连陈平安最为敬仰和效仿的齐静春所传之道、所言之理，陈平安都要思之想之践之行之，合适才用，不合则改——比如齐静春说“君子不救”，而陈平安偏救之；特别是体现于书简湖为救顾粲而自碎金色文胆，就明显有违于齐静春传授给陈平安的“救别人但不要把自己陷于危墙之下”的君子之道。

更为重要的是，崔东山所拼瓷器少年，都是被他操纵的傀儡，不得自由。特别是第二个瓷器少年，完全是为了对付曾经设陷挖坑坑陈平安的高承——别说自由了，它已然成为阳谋阴谋对付高承的工具。但即便如此，陈平安也在表态不干涉崔东山自行其道之后，仍然碎碎念了一句，要求崔东山事后能够还瓷器少年高承一个不被操纵的自由。

“自由”其实是陈平安一生之中最为重要的关键词。

如他父亲为他打破本命瓷，从而破掉他被操纵的傀儡宿命，还以一份人生的自由选择和选择人生的自由。

甚至追溯到更早之前，骊珠洞天（龙泉槐镇）四姓十族之中，在所有其他姓陈的分支主线“全军覆没”，成为其他高姓大族、权贵豪门的奴仆隶役，还以主人鲜衣怒马我牵行、跟着豪门有汤喝而洋洋得意、骄横于世时，唯有泥瓶巷陈平安一家三口仍甘作“贫（平）民”而不为奴。

因此，整个小镇唯有陈平安这一户陈姓人家，有在人生泥泞和生存边缘上挣扎的自由，而没有被拴上铁链，陷入做狗可以吃骨头喝汤、以残羹剩汁饱暖人生的囚笼。

从泥瓶巷不偷不抢不乞讨，到练拳续命、拼贴心瓷、修行大道，说到底，陈平安就是想保存那一份来之不易、微弱可怜甚至看似轻风一吹就会熄灭的自由之火苗——为了呵护这宝贵但又微弱的自由的火苗，他愿学撼山拳，敢诛强者（如蔡金简和苻南华），甚至可以坑天上神仙，“问拳三祖意”。

第五节 造善世界：从“完善自我”到“让世界善”

于是，“完善自我和位面人格”，就成为陈平安从“拼瓷”到“重器”的桥接点。

我们在解读、诠释和建构陈平安“N层自我”时所说：在对的时候、对的地方，遇到对的人，汲取他们身上“最好的瓷片”，拼贴或者塑造出某个想象中甚至是理想和梦想中的“精美自我”；或者被他们激活某种生命的可能性，从而预设、彩排到最后正式演出迥异于自我的人生。

如陈平安和那些极品天才妖孽儿童相伴而随、共同成长的旅程。无论是名为师徒、情若父女、实若自我的开山大弟子裴钱，还是红袄绿箱、平生只爱小师叔的李宝瓶，抑或是其实已是数百年老妖怪、但化形为人后心性与身量均与儿童无异的青衣小童陈平均和粉裙小童陈如初……他们都若陈平安生命树和情感树上的春华秋实，如金橘、黄橙、红果等沉甸甸压于枝头，丰硕着陈平安那曾经贫瘠而单调的精神荒原。

每个人其实都在有意或无意地拒绝长大，陈平安尤甚——因为他害怕长成小时候自己最讨厌的人。

裴钱、李宝瓶、李槐等人，其实就像是不曾长大的陈平安的另一个位面，以及无限丰富的生长可能性——

每一个人都是圆柱体，有多个位面。

只不过人生其实就是一个狭窄的单方向镜头（而不是360度全方位无死角），只能让我们看到某一个位面……

所以从《剑来》一开篇就聚焦于陈平安身上的叙述视点和单一镜头视角，只是让我们看到“泥瓶巷少年”这一个位面，而无法看到其他位面的陈平安，尤其是那阳光照耀不到的阴暗面。

但是，这些极品天才妖孽儿童的出现，却丰富了偏狭、逼仄和单一的视角。

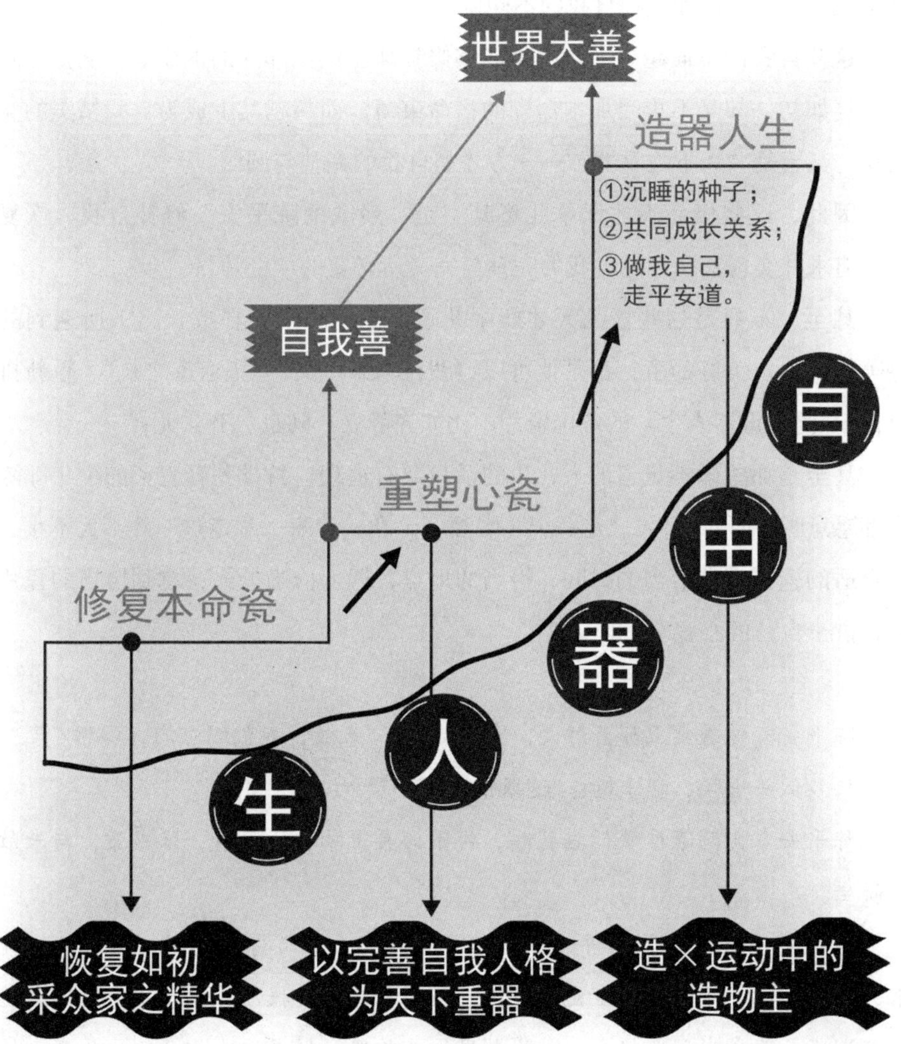

这就像用反光镜一样，折射和反射出那些隐藏于盲角、反角和死角之地的陈平安之位面——犹如裴钱的存在映射心中有恶蛟、以恶抗恶对抗整个充满恶意的世界的小平安。

这些位面在以后的成长岁月和光阴流河，不停地浮现，成为陈平安修身修心的磨刀石，或者是用来填平其内心坑坑洼洼的沟壑之良石和修补其心如碎瓷的裂缝之美泥——就像李宝瓶身上那些可贵的品质。

陈平安从这些极品天才妖孽儿童身上不停地学习和汲取很多好的东西，其实就是在丰富、建构和呈现自我的不同位面；

这些自我的位面越多，就越是能够修补那已然如碎片的本命瓷：从瓷如碎片到修复如初，却又不再受那本命瓷的宿命束缚，而超越其上成为自我精美的美瓶良器，甚至是“天下之重器”——方才是自我的完整与圆满。

因此，这些极品天才妖孽儿童其实是“残缺的陈平安”修补自我、恢复自我、追求并实现甚至超越自我的完整与完美所必要的“瓷片”；

甚至，不只是这些极品天才妖孽儿童，少年陈平安在成长路上所遇到的那些美好的人、美好的事，都是他可以“践行拿来主义”“集众家之长”、重新拼接“自我心瓷和重器人生”的备选瓷片，比如齐静春、阿良、齐景龙；

甚至是那些微不足道的人，讲的话只要有道理，竹杖芒鞋青衫的少年郎陈平安都愿意听一听，然后，“走一个（喝酒）”，拿一片——拿走这一片不大不小、正好合适的瓷器：在恰当的时间、恰当的地点，遇上恰当的人，拿到恰当的瓷片之后，拼于自己的心瓷之上。

陈平安凝视着桌上那盏灯火，突然笑道：“朱敛，我们喝点酒，聊聊？”

朱敛低头哈腰，搓手道：“这敢情好。”

陈平安拿出两壶珍藏的桂花酿，挪了挪桌上物件，隔着一张书案，与朱敛相对而坐。

陈平安便将重建长生桥一事，期间的心境关隘与得失福祸，与朱敛娓娓道来，事无巨细。年幼时本命瓷的破碎，与掌教陆沉的拔河，藕花福地陪同老道人一起浏览三百年光阴长河……就算是风雪庙魏晋、蛟龙沟左右两次出剑带来的心境“窟窿”，也一并说给朱敛听了；以及自己的讲理，在书简湖是如何磕碰得头破血流，为何要自碎那颗本已有“道德在身”迹象的金身文胆，那些心扉之外在轻轻抠门、道别，以及更多的心扉之外的那些鬼哭哀号……

这本是一个人的大道根本，极其忌讳。本该天知地知己知，然后便容不得任何人知晓。许多山上的神仙道侣，都未必愿意向对方泄露此事。

只不过陈平安说得云淡风轻，朱敛也毫无拘束，只是竖耳聆听，偶尔缓缓喝一口酒。

陈平安弯腰从抽屉里拿出一只小陶罐，轻轻倒出一小堆碎瓷片。不是直接倒在桌上，而是搁放在手心。然后这才动作轻柔，放在桌上。

“这些就是被我爹当年亲手打碎的本命瓷碎片。在那之后，我娘亲就很快病逝了。当年拿到它们的时候，整个人都懵着。就没有多想：它们为何能够最终辗转到我手中。光顾着伤心了。”

陈平安双指捻起其中一枚，眼神晦暗，轻声道：“离开骊珠洞天之前，在巷子里边袭杀云霞山蔡金简，就是靠它。如果失败了，就没有今天的一切。此前种种，此后种种，其实一样是在搏。去龙窑当学徒之前，是怎么活下去的；与姚老头学烧瓷后，最少不愁饿死冻死，就开始想怎么个活法了。没有想到，最后需要离开小镇，就又开始琢磨怎么活。离开那座观道观的藕花福地后，再回头来想着怎么活得好，怎么才是对的……”

陈平安低头凝视着灯光映照下的书桌纹理：“我的人生，出现过很多的岔路。走过绕路远路，但是不懂事有不懂事的好。”

陈平安抬起头：“那就是当我人生中遇到由衷敬重的人后，我知道了他们站在哪里，我会很好奇：他们到底是为什么，才能走到那个地方去。然后就简单了，我认准了那个大方向，只管埋头做事，扪心做人。多想想自己爹娘、齐先生、阿良：如果遇到了一样的事情，他们会怎么想、怎么做。再以后，我其实一直在学。我想要把所有我觉得别人身上好的，都变成我自己的。我就像一个小偷。因为我怕穷，太怕了。我要自己所有珍惜的东西，都留得住。钱财一事，不是我半点不在乎，不是我陈平安天生就是散财童子，而是对我来说：家徒四壁，身无余物；吃苦一事，太平常，我半点不怕；就算我今天落魄山没了，被打回原形，只留下一栋泥瓶巷的祖宅，我一样不怕。”

“我从你们身上偷了很多，也学到了很多。你朱敛之外，比如，剑水山庄的宋老前辈、老龙城范二、猿蹂府的刘幽州、剑气长城那边打拳的曹慈、陆台；甚至藕花福地的国师种秋、春潮宫周肥、太平山的君子钟魁；还有书简湖的生死大敌刘老成、刘志茂、章靥等等。我都在默默看着你们。你们所有人身上最出彩的地方，我都很羡慕。”

陈平安叹了口气：“所以崔老前辈看出了问题症结所在，天底下没有只占便宜的好事。不分行事和手段的好坏，都是会有后果的。”

陈平安双手笼袖：“做人不比练拳，勤学苦练，拳法真意就可以上身。做人，这里拿一点，那边摸一点，很容易形似神不似。我的心境，本命瓷一碎，本就散，结果如今沦为藩镇割据的境地。如果不是勉强分出了主次，问题只会更大。若是不去痴人说梦，想要练出一个大剑仙，其实还好。纯粹武夫，步步登顶，不讲究这些。可一旦学那练气士，跻身中五境是一关，结金丹又是一关，成了元婴破境更是一个大难关。这不是市井百姓人家的年关难过年年过，怎么都熬得过。修心一事，一次不圆满，是要惹祸上身的。”

陈平安加重语气道：“我从来都不觉得这是多想了。我仍是坚信：一时胜负在于力，这是登高之路；千古胜负在于理，这是立身之本。两者缺一不可。天底下从来没有等我把日子过好了再来讲道理的便宜事。以不讲理之事成就大功，往往将来就只会更不讲理了。在藕花福地，老观主心机深沉。我一路沉默旁观，实则心中希望看见三件事的结果。到最后，也没能做到。两事是跳过，最后一事是离开了光阴长河之畔，重返藕花福地的人间。那件事，就是一位在松溪国历史上的读书人，极其聪慧，进士出身，心怀壮志；但是在官场上磕磕碰碰，无比辛酸；所以他决定要先拗着自己心性，学一学官场规矩，入乡随俗，等到哪天跻身了庙堂中枢，再来济世救民……我就很想知道：这位读书人，到底是做到了，还是放弃了。”

陈平安不知不觉站起身，手中拎着没怎么喝的那壶酒，在书桌后边的咫尺之地，绕圈踱步，自言自语道：“许多道理，我知道很好。许多对错是非，我一清二楚。哪怕我只看结果，我做的一切，不算坏。可在此期间，甘苦自知，可谓百感交集、紊乱无比。打个比方：当年在书简湖——杀不杀顾璨？要不要跟已是死仇的刘志茂成为盟友？要不要与宫柳岛刘老成虚与委蛇？学了一身本事后，该如何与仇家算账？是如当年决定的那般，一往无前，不管不顾？还是细细思量，作退一步想，要不要做些修改？这一改，事情对了，契合道理了，可内心深处，我陈平安就当真痛快了吗？”

陈平安站定，摇摇头，眼神坚毅，语气笃定：“我不太痛快。”

沉默片刻。

陈平安仰起头，痛饮一大口酒，抹了抹嘴：“怎么办呢？一开始我以为只要去了北俱芦洲，就能自由。但是被崔老前辈一语道破：此举有用，但是用处不大。治标不治本。这让我很……犹豫。我不怕涉险、吃苦、受委屈，但是我偏偏最怕那种……四顾茫然的感觉。”

陈平安眼神哀伤：“天大地大，孑然一身，举目无亲，四处张望。对了无人夸，错了无人骂……年幼时的那种糟糕感觉，其实一直萦绕在我身边。我只要稍稍想起，就会感到绝望。我知道这种心态很不好。这些年也在慢慢改，但还是做得不够好。所以我对顾璨、对刘羡阳、对所有我认为是朋友的人，都恨不得将手上的东西送出去。真是我菩萨心肠？自然不是。我只是一开始就假定我自己是留不住什么东西的！可只要在他们手上留住了，我哪怕只是能够看一眼，还在，就不算吃亏。钱也好，物也罢，都是如此。就像这件法袍金醴，我自己不喜欢吗？喜欢，很喜欢！患难与共这么久，怎么会没有感情?!我陈平安是什么人？连一匹相依为命两年多的瘦马渠黄，都要从书简湖带回落魄山。可我就是怕哪天在游历途中，说死就死了！一身家当，给人抢走。或是难道成了所谓的仙家机缘，‘余’给我根本不认识的人？那当然还不如早早送给刘羡阳。”

朱敛放下酒壶，不再饮酒，缓缓道：“少爷之烦忧，并非自家事，而是天下人共有的千古难题。”

朱敛双手轻轻摩挲着椅子扶手：“不只是少爷你独有，我朱敛在藕花福地也有。丁婴有，如今浩然天下的读书人也会有。贤人君子圣人，世间开了窍的有灵众生，皆有。三教和诸子百家的学问根祇，其实就是在跟‘人心’较劲。儒家的克己复礼、君子慎独，道家的清静无为、不避虚舟，佛家的降心猿服意马。可是，学问都是大好的学问，但是落在实处后，门槛还是高了。就像那泥瓶巷里边的鸡粪狗屎，很难顾上。崔瀺和崔东山的事功学问，可贵之处，在于门外巷弄的鸡毛蒜皮，也能管好；弊端在于，太多气力花在了琐碎事上，事事定量，人心容易往下走——太过务实，不愿务虚，再难往上求。”

朱敛站起身，伸出一根手指，轻轻抵住桌面，点了点，咧嘴一笑：“接下来容老奴破例一回，不讲尊卑，直呼少爷名讳了。”

朱敛继续道：“困顿不前，这意味着什么？意味着你陈平安看待这个世界的方式，与你的本心，是在较劲和别扭。而这些看似小如芥子的心结，会随着你的武学高度和修士境界，越来越明显。当你陈平安越来越强大，当年一拳下去，碎砖石裂屋墙，以后一拳砸去，世俗王朝的京城城墙都要稀烂；你当年一剑递出，可以帮助自己脱离危险，震慑敌寇，以后说不定剑气所及，江河粉碎，一座山上仙家的祖师堂荡然无存。如何能够无错？你若是马苦玄——一个很讨厌的人，甚至哪怕是刘羡阳——一个你最要好的朋友，都可以不用如此。可恰恰是如此，陈平安才是现在的陈平安。”

朱敛指了指陈平安：“你才是你。”

朱敛在书案上画了一圈，微笑道：“在书简湖，你只是做到了如何让自己的学问和道理，与这个世界融洽相处：既能把问题解决，把实实在在的日子过好；也能勉强心安，无须外求。但是接下来的这个问心局，是要你去问一问自己，陈平安到底是谁。既然你选择了这条路，那么对也好，错也好，都先知道，一清二楚。看得真切了，才有将错修正、将好完善的可能性，不然万事皆休。”

朱敛再次伸手指向陈平安，只是稍稍抬高，指向陈平安头顶：“先前你说，魏檗说了那句话，受益匪浅，是讲那一个人心中，必须有日月。”

朱敛手指缓缓向下，指向陈平安身后：“你又说那国师崔瀺说一个人，人心光明璀璨，如草木向阳，是不是也应该看一看自己身后的阴影。”

朱敛问道：“这两句话，说了什么？”

朱敛自问自答：“一个是将来，一个是过去。所以我又有一问：当下如何，自认是谁？有一句烂大街的道理，却是我朱敛看得最重的一句话，刚好这会儿，可以拎出来晒晒……这灯火与月光，‘知人者智，自知者明’，明为何？此字作何解？既是心境光明无垢，也是日月齐在即为明。”

陈平安坐回位置，喝着酒，似有所悟，又如释重负。

朱敛最后笑道：“有些事情，想是想不明白的。莫怕，且前行，且慢行。有错就改，无错求更好，对了求最对。万般功夫，所有学问，还不是落在一个行字上？倒悬山去得，桐叶洲去得，藕花福地去得，书简湖都去得，一个自古多豪杰的北俱芦洲，难道不该是陈平安当下最该去练剑的地方？酒要多带几壶，青衫仗剑，只管一身豪气北游俱芦洲。南归之时，说不定就已经赢得一个剑仙的名号，让那座江湖，记住陈平安这个名字一百年、一千年！"

陈平安听到这番话之前的言语，深以为然。听到最后，就有些哭笑不得。这不是他自己会去想的事情。

朱敛一本正经道："江湖多痴情美人，少爷也要小心。"

陈平安无可奈何。说这些话的朱敛，似乎更熟悉一些。

朱敛提起酒壶："今晚与少爷聊得尽兴，老奴我茅塞顿开，斗胆与少爷喝完壶中酒再离去？"

这样的朱敛，就更不陌生了。

——烽火戏诸侯《剑来》：第七卷 龙抬头　第四百八十二章 另一个朱敛

这三个序列的人，均对陈平安这种"完善自我、让世界善"之旅，起到了重要的作用：从齐静春到阿良；从少年崔东山到李宝瓶等极品天才妖孽儿童天团；从宁姚宁姑娘到刘羡阳……

正是这三个序列的人，让陈平安从将本命瓷修复如初、重塑自己的心瓷甚至重器人生，迈入了第三个层面——"造器人生"。

如从"小师叔大宝瓶"到"大平安小少年"，其实就起到这三个台阶的"造器"作用。

第一，它或许代表着潜伏于陈平安心中并存在成长的多种可能性之"沉睡的种子"。一旦被激活或被唤醒，就能"给一点阳光就灿烂"，生长出更美好的东西——就像陈平安和毒舌妖孽儿童李槐之间，在陈平安看来习以为常的包容、陪伴和倾听，却成了同伴林守一以及家人李二、李柳包括李槐自己心中高度认同的好品质：我们身上那些最美好的东西，或许就是需要那些最极端的小行为，于最细微之处展现出来——当熊小孩李槐在泥地里撒泼打滚时，陈平安蹲下去的耐心和包容，就成为"天使就在细节之中"的最佳佐证。这就是建构陈平安"精美瓷器人生甚至重器人生"的关键。

第二，在陈平安和这些极品天才妖孽儿童之间，形成了一种同频共振、同情共理、共生共融的共同成长关系。恰如陈平安和李宝瓶之间，固然是以李宝瓶为媒，触发了小师叔的“完美人设”形成记，但又何尝不是以小师叔为磨刀石，磨砺了东宝瓶洲“我大宝瓶”成长记？这是一种“天下重器平安造”的修炼记啊！

第三，就像书院贤人周矩“超能内视”，能看见陈平安心中精气神所凝聚的形象小人儿（儒衫小人和喝酒少年郎等），分别代表着陈平安不同“精神完整与完满、完善与完美”的自我金字塔；这些相伴而生的“小人儿”，其实代表着陈平安“残缺的自我”和“潜在的自我”走向觉醒，踏上自觉自为、追求和实现精神完整与完满、完善与完美的自我之旅。所谓最好的自己、最美的自己、内心最强大的自己、最善的自己，说到底，还是做我自己，走平安道——唯有自我善，方能让他人善，也才能让世界善、更善、大善！

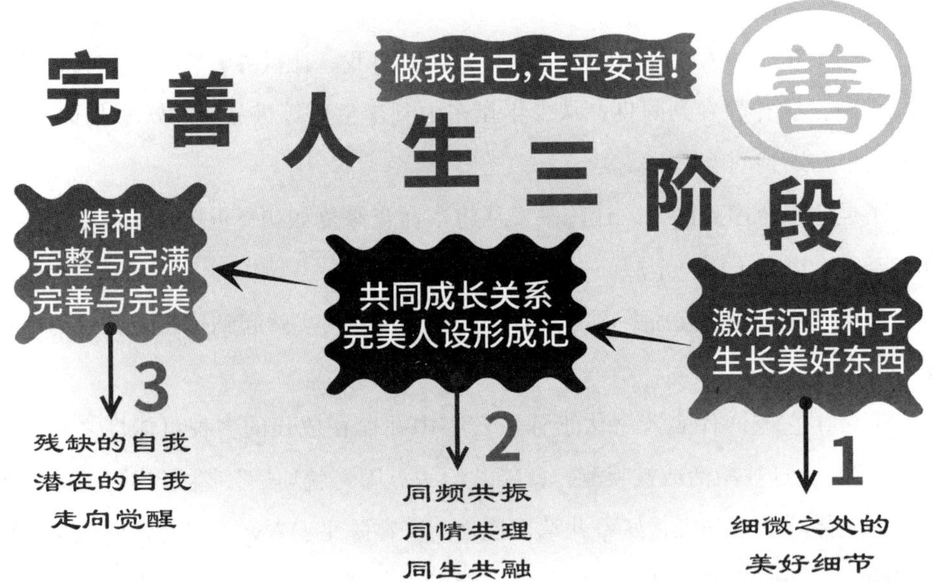

从“自我善”到“世界大善”，陈平安卷入其中，从倒逼到主动，走上了一条从“修补本命瓷”到以“完善自我人格”为“天下重器”，甚至成为“造器人/造新人/造新神……造 × 运动之中的造物主”造善之旅。

第十六章

万一·枢机：

以『一方寸之心』建基『万世太平之运』

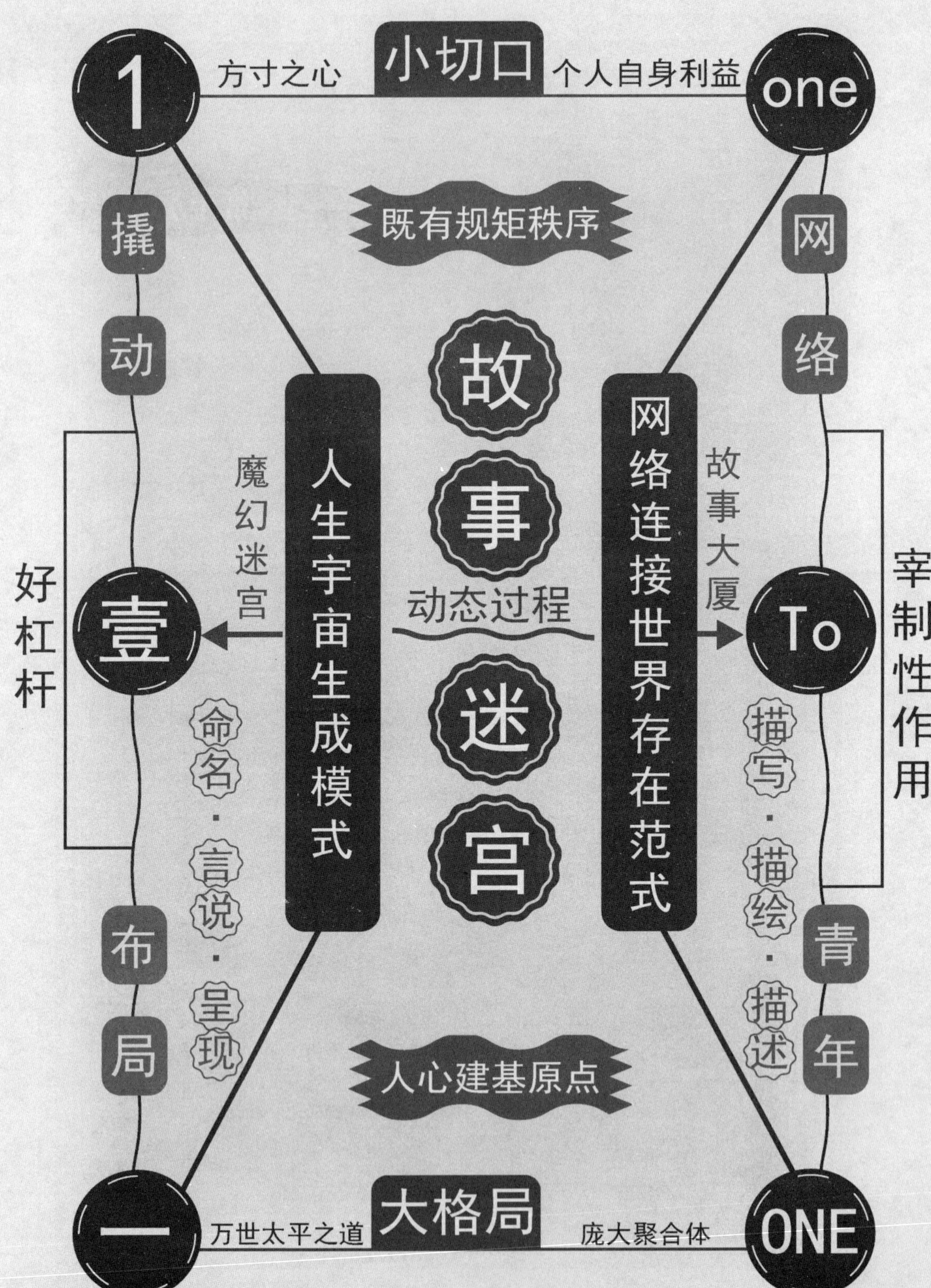

小切口
方寸之心
个人自身利益
1
one
既有规矩秩序
撬
动
网
络
故
事
迷
宫
人生宇宙生成模式
网络连接世界存在范式
魔幻迷宫
故事大厦
动态过程
好杠杆
壹
To
宰制性作用
命名·言说·呈现
描写·描绘·描述
布
局
青
年
人心建基原点
大格局
万世太平之道
庞大聚合体
一
ONE

在陈平安成为“枢机”，以方寸之地之“心”，建基万世太平之“运”，文圣一脉从齐静春到少年崔东山，的确起到了帮助他解读、诠释和建构轴心杠杆的作用。

当齐静春下出这最后一盘棋的无理手之后，等于在棋局上扔了一条鲶鱼，搅活整个棋局，让所有的棋路都被逼或主动随之而变——陈平安这条鲶鱼，就成为整个天下的“枢机”。

所谓“枢机”，按照著名历史学家钱穆的说法，就是：“大众多数人的命，依随于大气运而定。大气运可以由一二人主持而转移。此一二人所能主持转移此大气运者，则在其方寸之地之一心。此方寸之地之一心，何以有此力量？则因有某一种学养而致然。此一种学养，往古圣人已创辟端倪，待我们来发扬光大。万世太平之基，须在此一二人方寸之地之心上建筑起。若专讲气数命运，两眼只向往看，回头忘失了此心，则气数命运一切也无从推算了。当各由天道讲，性本于命。由人道讲，则命本于性。因此发扬至善之性，便可创立太平之运。又当知，由天道讲，则数生于气。由人道讲，则气转于数。因此积微成著，由集义可以养浩然之气，由一二人之心，可以主宰世运，代天行道了。”①

以这种思路和逻辑，来解读、诠释和建构《剑来》故事布局的核心，堪称绝妙和恰当：陈平安方寸之地之心——无论是初心还是本心，是赤子之心抑或是精诚之心——就是那个“一”：

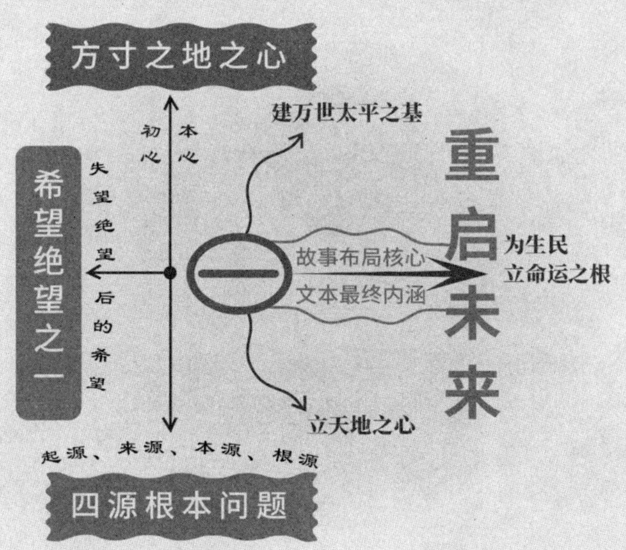

是道祖、佛祖、至圣先师都在思考和寻找的那个世界之起源、来源、本源和根源这四源的“一”问题；

或是剑灵、齐静春等在对整个世界失望甚至绝望之中重新找到希望的万中之“一”：一生二，二生三，三生万物。

正是在这“一”之上可以建万世太平之基、立天地之心、为生民立命运之根，亦可以为往圣继绝学、重启未来。

① 参见钱穆著：《中国思想通俗讲话 · 湖上闲思录》，广西师范大学出版社，2005年版。

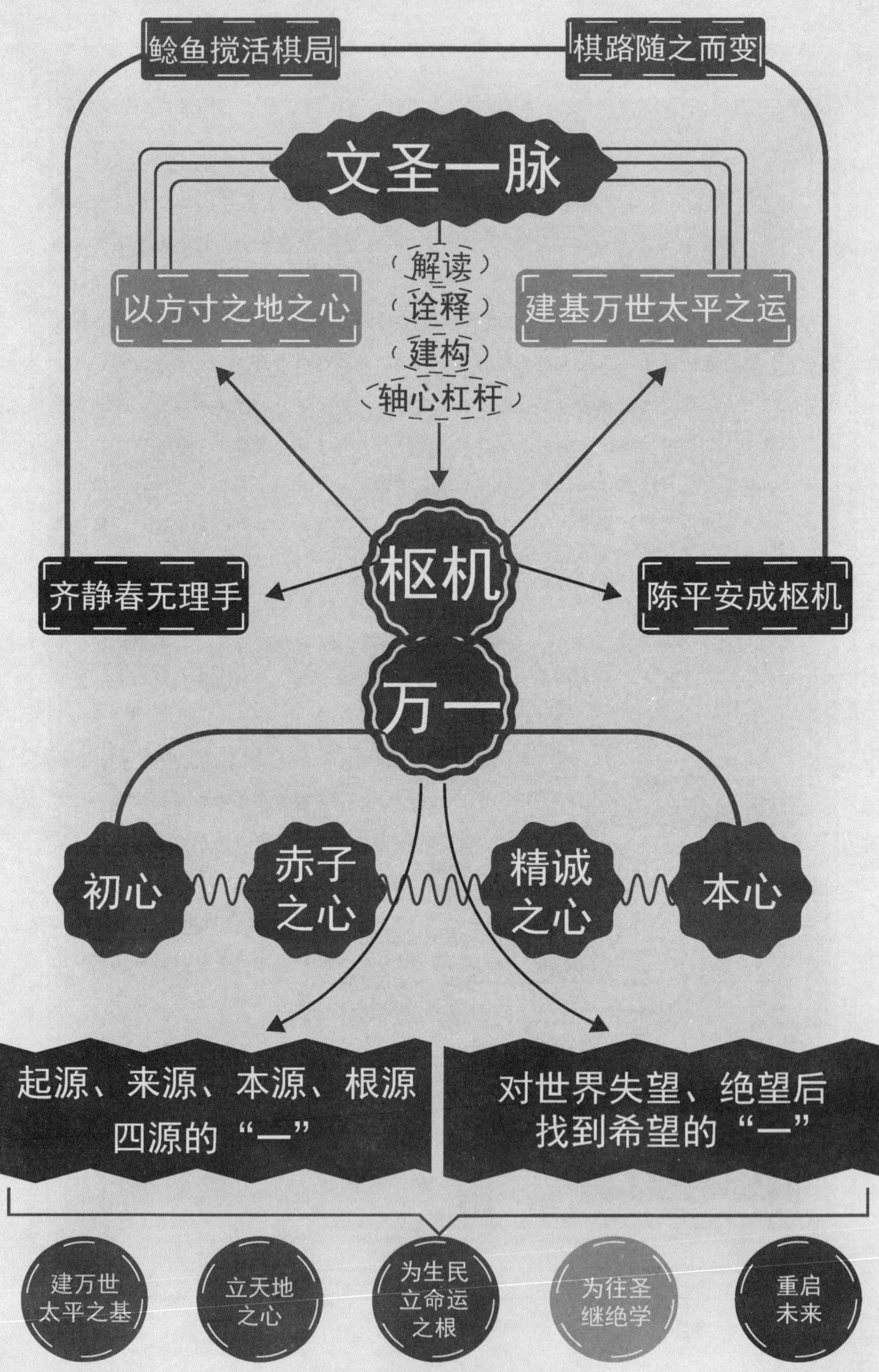
鲶鱼搅活棋局
棋路随之而变
文圣一脉
解读
诠释
建构
轴心杠杆
以方寸之地之心
建基万世太平之运
枢机
齐静春无理手
陈平安成枢机
万一
初心
赤子之心
精诚之心
本心
起源、来源、本源、根源
四源的“一”
对世界失望、绝望后
找到希望的“一”
建万世太平之基
立天地之心
为生民立命运之根
为往圣继绝学
重启未来

第一节 太极之“一”：从“我·们造词运动”到“世界言说自身”

从儒家圣人齐静春到文圣老秀才，从国师崔瀺到少年崔东山……

这一支簪子和一种棋局的师道传承，对陈平安来说，意味着从由内到外地划圈；并且，逐渐跳出圈外，寻找那个起源、来源、本源和根源这四源的“一”——亦即是在“道法极高、佛法极远、儒道规矩极大”之外，寻找那个“太极”极精微的一。

这里的“太极”一词/词组双关。

它既可以是一个词，指中国传统思想观念中的“太极”——以此可以溯源《剑来》的中华优秀传统文化母题和中华文明基因；

但又可指一个词组，表示我们所造的词——太“极”的一：在极高、极远、极大之外还要“极 ×”的一，比如比极高还高、比极远还远、比极大还大，或者说极来源、极本源、极起源……总而言之，这个“一”比任何“极 ×”词语所表达的还要“极”。

所以，我们把它称为“太‘极’”——极高、极深、极远都已经够“极”的了；但这个陈平安要寻找的大“一”，比这些还要“极”——不用“太”，怎么形容得了？

因此，“太‘极’”这个“造词”，其实也是我们刻意为之，用来命名、言说和呈现《剑来》对那种世界之道存在起源、来源、本源和根源这四源之“一”的独特描述、叙述或讲述。

老瞎子突然皱了皱眉头，犹豫了一下，手指微动，那些再度起身的金甲傀儡重新落座。

这次的客人，是一位老人和一位年轻女子，来自剑气长城。

老瞎子对那风尘仆仆的年轻女子，露出一个连他自己都觉得别扭的笑意，恐怕谁见到了，都只会觉得阴森恐怖。

然后他转头望向那个老头子，怒道："陈清都，别来烦我！这次我谁也不帮！"

剑气长城的老大剑仙，陈清都。

陈清都问道："你还是个人吗？"

老瞎子答道："你扪心自问，我们还是人吗？"

陈清都点头道："我是。"

老瞎子沉默片刻，问道："两座天下打得再厉害，能有当年厉害？撑死了不过是将那个一，打得更加破碎而已。当年是如此，一千年一万年之后，能变到哪里去？世道还不照样是这么个鸟样？意义何在？说不定彻底掀翻了打烂了才好，重新归一。"

陈清都说道："活该你眼瞎。"

老瞎子突然笑了："总好过你这条替人卖命的看门狗吧。狡兔死走狗烹，一次不够，还要再尝一尝滋味？我看你们这些刑徒遗民，当初之所以落了个今日田地，就是陈清都你们这些人连累的。我在这边待了这么久，知道为什么一直不愿意往北边瞧吗？我是怕一看到你们这个天底下最大的笑话，会把我活活笑死。"

老瞎子指了指院门口那条瑟瑟发抖的老狗："你瞧瞧你陈清都，比它好到哪里去了？"

老瞎子偏转视线，对那个年轻女子沙哑笑道："宁丫头，你可别恼，与你无关。你还是很不错的。"

宁姚默不作声。

——烽火戏诸侯《剑来》：第六卷 小夫子　第四百一十六章 人生若有不快活

或者，就如我们在探讨中国网络文学"命名、言说和呈现"与"描写、描绘和描述"的造词运动之中所惯用的那种哲学式话语：通过这样的造词，世界向我们描述它自身的存在。

在《剑来》之中，世界（或道）就是它向我们描述自身——“太极之一”这个造词，或许有助于我们洞悉和把握这种向我们描述自己存在的世界之道的秘密。

特别是《剑来》何以让它能够自动命名、言说和呈现故事叙述和思路逻辑。

这基本是通过三个层次（维度）转场升维的。

第一，学会“切割”和“圈定”：寻找一个人在不同圈层立言行事讲道理的规矩——这在书简湖问心局中体现得最为鲜明：从一乡一镇到一国一洲，从一城一地到一天下……不同的圈层，需要不同的规矩。这是一个同心圆不同圈层相互嵌套的复杂体系。

第二，“道法极高、佛法极远、儒道规矩极大”是既有天下秩序最大的圈层。

在这个圈层之内，三教各有自己的体系，创建和维持着既有的秩序。如儒家在至圣先师最大的规矩之下，还有礼圣的秩序说、亚圣的性善论，来帮助创建和维护浩然天下的规矩。

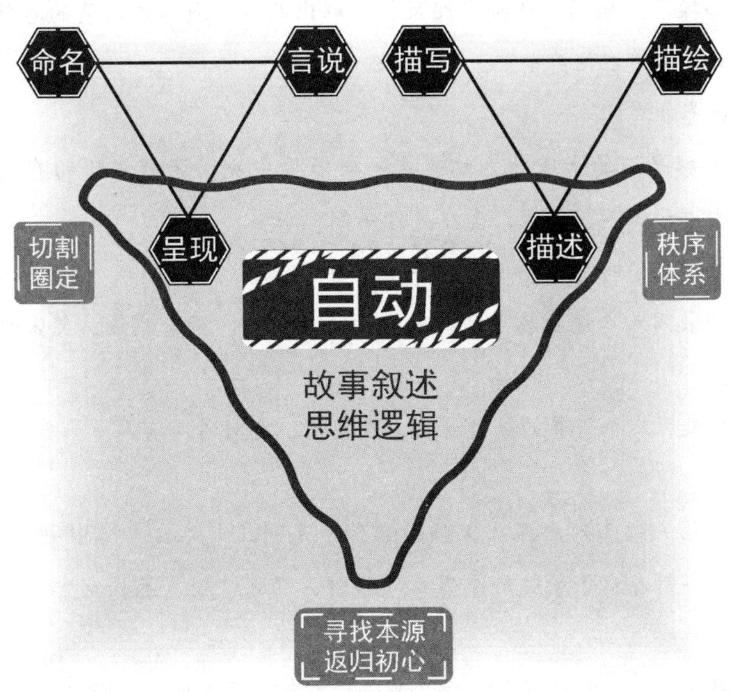

眉心有痣的白衣翩翩少年，喜欢游览碑廊。

正是不知为何仍滞留青鸾国的崔东山。

这天晚上，圆月当空，崔东山跟河伯祠庙要了一只竹篮，去打了一篮子河水回来，滴水不漏，已经很神奇。更玄妙之处，在于竹篮里边河水倒映的圆月，随着篮中水一起摇摇晃晃。哪怕走入了廊道阴影，水中月依旧光亮可爱。

崔东山走到一处廊道，坐在栏杆上，将竹篮放在一旁，抬头望月。

唯有竹篮水和水中月，与他做伴。

崔东山思绪飘远。

佛祖愁那众生苦，至圣先师担心儒家学问，到最后成为只是那些不饿肚子之人的学问。

道祖呢。

据说在观看那个一。

可能被困井底的王朱是一，杨家药铺那个老人也是一。

或者有可能在道法高到没边的道祖眼中，谁都是那个一？

崔东山揉了揉脸颊，从袖中咫尺物，取出两只普通枣木材质的卷轴，将两幅小花卷摊开，悬停在他身前。

一幅画卷。

有位衣衫老旧的老秀才，端坐在一条长凳中央。弱冠之龄的崔瀺，坐在一侧。少年左右和少年齐静春，坐在另外一侧。

一条长凳坐了四个人，略显拥挤。

有个脑袋闯入本该独属于师徒四人的画卷之中，歪着脑袋，笑容灿烂，还伸出两个手指。

另外一处，有个蹲着的壮硕身形，在角落，背对着所有人。

第二幅。

那个在第一幅画卷中探头探脑的家伙，光明正大站在画卷中央，摊开双臂。少年左右和齐静春双手抱住那个男人的胳膊，屈膝收腿，悬挂空中。两个少年咧嘴大笑。

年轻书生崔瀺，站在那人身后，笑得含蓄些，只是也笑得很真诚。

……

崔东山就想着什么时候，他、陈平安、那个黑炭小丫头，也留下这么一幅画卷？

——烽火戏诸侯《剑来》：第六卷 小夫子 第三百九十六章 竹篮打水捞明月

文圣老秀才的学问与学说，既是对既有儒道规矩的修补与完善，又是对其的拓展和突破。前者如“性恶论”，后者如“顺序说”。两者相互衔接——

既有在当下四座天下（浩然天下、青冥天下、莲花天下和蛮荒天下）之外，开疆拓土，辟易出三教治下第五座天下的造化之功；

又有在三教学说之内，究其本源，溯其源流，找出能够突破现在边界和束缚的点，从而可以帮助三教统治体系超越现在的局限性。

因此，陈平安从“性恶论”到“顺序说”——中间再辅之以观道观牛鼻子老道的“脉络说”——从而可以破壁出圈，既可以立足于当下三教体系所划定的既有圈层，又可以在超越“极高、极远、极大”之外，寻找那“太极”的一。

第三，陈平安这种破壁出圈、寻找本源、返归初心的过程，是由齐静春作为接力棒，完成从文圣老秀才到陈平安的薪火传承、日日革新、代代革命：正是从文圣老秀才的“顺序说”起步，以齐静春有望“立教称祖”的学问为方向，陈平安才能寻找那“太极”的一，又能返回到自己立锥之身、方寸之地的小“心”，以此为基，在方寸之心和太极之一中，建万世太平之运，更新天下秩序。

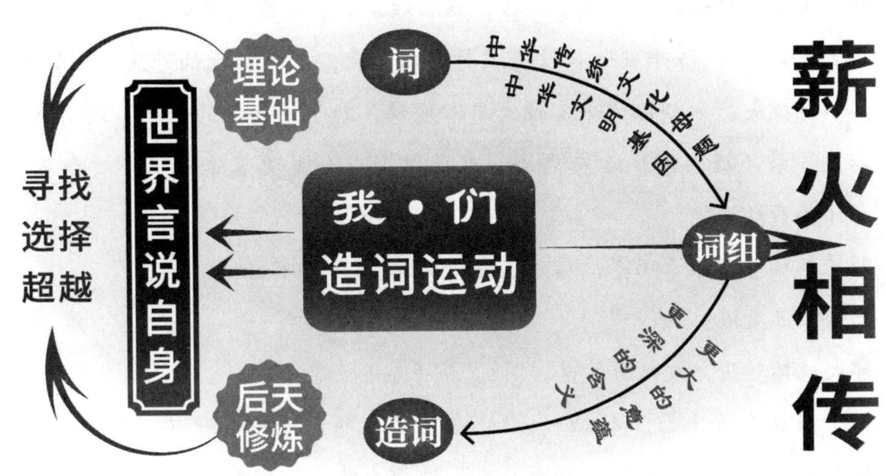

第二节 天下"一"心：从"人心包罗万象"到"立锥之身·天地大气运"

从某种意义上说，陈平安可能就是齐静春在人生最后一盘棋下出"千年第一局"时所赌的那个"一"。

这个"一"，以一己方寸之地之心，却可以主宰和扭转大气运。

这里有三个很核心的要点：

第一，"一二人"就可以主宰世运、国运与时运。

第二，此一二人于方寸之地，便可稳握枢机，斡旋、逆转那气运。

第三，作为建万世太平之运的基点，必然是那方寸之地之"心"——亦即天有天道，人有人心。这个建基点之心，或许就是那初心与本心，或者精诚之心和赤子之心。

杨老头说道："我只问你一句话，其他人，配这么被崔瀺算计吗？"

郑大风叹了口气，双指随手一搓，点燃烟草。如今这点能耐还是有的。

杨老头说道："陈平安如果没有被打碎本命瓷，本就是地仙资质，不好不坏，只是算不得拔尖。如今他陈平安便是本心崩碎，断了练气士的前程，还有武道一途可以走。最不济，彻底心灰意冷，在落魄山当个失魂落魄却日子安稳的富家翁，有什么不好？"

师徒二人都在吞云吐雾，郑大风突然说道："这样不好。"

杨老头讥笑道："哦？"

郑大风抬起头，鼓起勇气道："他是陈平安！"

杨老头在台阶上敲了敲烟杆，随口道："之所以选中陈平安，真正的关键，是齐静春的一句话，才说动了那个存在，选择去赌一赌那个一。你真以为是陈平安的资质、性情、天赋和境遇？”

郑大风针锋相对：“齐静春，会挑选马苦玄，或是谢家长眉儿，去说服那个存在吗？我看齐静春都不好意思开这个口！所以按照陈平安的学说，想要弄清楚一个结果如何，要步步回推。齐静春的那句话，当然至关重要。可难道陈平安的资质、性情、天赋和境遇，就可以忽略吗？走出去，我才愈发知道，外边的世道，原来比小镇百姓，更信奉世间苦难。只要某人得到了回报，那就不再是苦难。那些身处苦难之中的漫长煎熬、那些人心起伏，原来都比不得他们眼中的一个境界、一件法宝、一把飞剑、一份机缘。”

杨老头笑了笑，眼神冰冷：“这些蠢人，也配你我去挂在嘴边？一群蝼蚁争抢食物的那点碎屑，你要如何与它们对话？趴在地上跟它们讲吗？看来你这趟出门远游，真是越活越回去了。”

郑大风嬉皮笑脸，赶紧转移话题：“师父押了不少在陈平安身上，就不担心血本无归？”

杨老头摇头道：“自己眼光差，做买卖亏了，就别怨天怨地。”

郑大风叹了口气。

自个儿已经仁至义尽了，再为陈平安唠叨些有的没的，恐怕就会适得其反。

杨老头瞥了眼有些怔怔出神的佝偻汉子，一语道破天机：“崔瀺这些所为所求，暗地里的那些学问，给出了一些好东西，让我大受裨益。以前绞尽脑汁，想了九千多年还是没能破开症结。想了很多，收效甚微，还不如跟崔瀺两次聊天来得多。这份额外收获，我得还给崔瀺。”

“所以哪怕押注在陈平安身上的那点东西，赔了个底朝天，仍是关系不大。”

——烽火戏诸侯《剑来》：第六卷 小夫子　第四百二十八章 秋狩时分，请君入瓮

何以“人心”能成为建基之点？

陈平安在剑气长城与范大澈“交心”的那番话，最能说明问题。

在广阔的天地之间，人身的确就像处于立锥之地；

而在这立锥之身中，心又只在方寸之间；

但是，方寸之间有一心，比天地更高更大更广阔——就像那句话所说的：世

界上最宽阔的是海洋，比海洋更宽阔的是天空，比天空更宽阔的是人的胸怀。

陈平安说道："与这些朋友并肩作战，是不是觉得压力很大？好像给他们帮忙一次，就拖了后腿一次？"

范大澈点了点头。

陈平安笑道："有了这么想的念头后，其实不是坏事。只不过想要更好，你就该压下这些念头了。范大澈，别忘了，你是一位龙门境瓶颈剑修，如今还不到三十岁。知道在我们浩然天下那边，哪怕是在被誉为剑修如云的那个北俱芦洲，一位早晚都会跻身金丹的剑修，是多么了不起的一个年轻俊彦吗？"

陈平安指了指自己："不是浩然天下有我这么个人，浩然天下就都是陈平安这样的人。与你我差不多岁数的山上同龄人当中，只说杀敌的斤两，比我更好的，当然也会有，应该还不少。但是比我不如的，很多，极多。"

陈平安缓缓说道："在我的家乡，东宝瓶洲，我走过的很多江湖，你范大澈若是在那边修行，就会是一个王朝举国寄予厚望的天之骄子。你可能会觉得以前我经常开玩笑，说自己好歹是堂堂五境大修士。是调侃是自嘲，其实不全是。在我家乡那边，一头洞府境妖族、鬼魅，就是那当之无愧的大妖，就是惊世骇俗的厉鬼。你想想看，一个先天剑胚的金丹剑修，可能也就三十来岁，在宝瓶洲那边，是怎么个高高在上？"

范大澈点点头："以前没想过这些。对于浩然天下的事情，不太感兴趣。从小到大，都觉得自己资质算凑合，但是不够好。"

陈平安笑了笑，摊开两只手，双指并拢在两端点了点："我所说之事，范大澈在宁姚陈三秋他们身边，觉得自己做什么都是错，是一种极端；范大澈在我家乡那边，好像可以仗剑敌国，是另外一个极端。自然都不可取。"

陈平安收起一手，一手握拳，在先前那条线的中间晃了晃："事情可以有那极端，无法避免。但是一位剑修的道心，应当落在此处，岿然不动。身外事，往大了说去，就真的只是身外事，很难被我们完全掌控。可是修道之人的本心，永远只是你我手边事，近在咫尺，是可以随时随地磨砺精进的本家功夫。人身小天地，于天地不过是立锥。可是人心包罗万象，能够比天地更高更大。尤其是剑修，思虑所及，飞剑所至，身心性命皆自由。这句话，我觉得很对。与你手上这壶酒水，一起白送你了。”

范大澈眼神澄澈，痛饮一口酒水，擦了擦嘴角，沉声道：“陈平安，这些话，如果是你以前与我说，我兴许就只是听得一个明白，但是未必真正听得进去。现在不一样，我懂。”

陈平安微笑道：“其实都一样，我也是吃过了大大小小的苦头，走走停停，想这想那，才走到了今天。”

——烽火戏诸侯《剑来》：第九卷 天上月　第六百一十八章 夏日炎炎，风雪路远

正是齐静春这种“一”天下的棋局，才让陈平安的成长和发展“格局甚大”——超越了那所谓的人妖之战，而进入到“人人之战”，甚至是那隐到后面的“天人交战”（神人之战）——而在“人人之战”和“天人交战”之间，最轴心的杠杆就是“三教之争”。

如果按照《剑来》的世界观设定，在神道之战的顶层设计和人妖之战的天下中间层之下，便是“人人之战”的体系：从山上到山下；从俗世王朝权贵豪门到蝼蚁贱民；从介于山上和山下势力之间的山水神妖，到介于俗世王者权贵和蝼蚁贱民之间的凡夫俗子……整个人世间自身形成了一个充满食物链、鄙视链和生存链的等级体系。

这个等级体系，不仅仅是用弱肉强食、优胜劣汰等丛林法则就能完全解释的；它最鲜明的特色，还是强者和弱者之间相对和转化的蝼蚁链——

就像泥瓶巷少年陈平安在山上仙家蔡金简和苻南华眼中是蝼蚁；

但是，蔡金简与苻南华在书简湖真君刘志茂眼中何尝不是蝼蚁？

但刘志茂在道祖亲传掌教三弟子陆沉眼里，何尝不是一只稍大点的蝼蚁而已？

郑大风问道：“师父，我很好奇，你收的那么多弟子当中，会有人让你特别开心或者特别伤心吗？比如说师兄李二，有望跻身十境中的‘神到’，师父会不会比较满意？”

杨老头摇头道："没有。"

郑大风用手指着自己，笑嘻嘻："我呢？弟子都这么惨了，就没丁点儿伤心？"

杨老头只有讥笑。

郑大风眼神哀怨："师父，虽然早有准备，可真知道了答案，徒弟还是有点小伤心欸。"

杨老头懒得跟这个弟子胡扯，突然说道："为了活着，活着之后为了更好活着，都要跟世界较劲。稚子无知，少年热血；匹夫之勇，江湖侠义；书生意气，将军忠烈，枭雄豪赌。这可以一往无前，问心无愧。可有人偏偏要跟自己拧着来，你怎么解开自己拧成一团的死结？"

"如今的修道之人，修心，难。这也是当年我们为他们……设置的一个禁制，是他们蝼蚁不如的原因所在。可当时都没有想到，恰好是这种鸡肋，成了崔瀺嘴中所谓的星星之火……算了，只说这人心的拖泥带水，就像登山之人，穿着了件湿透了的衣服，不耽误赶路，却越来越沉重。百里山路，半于九十。到最后，怎么将其拧干，清清爽爽，继续登山，是门大学问。只不过，谁都没有想到，这群蝼蚁，真的可以爬到山顶。当然，可能有想到了，却为了不朽二字，不在乎，误以为蝼蚁爬到了山顶，瞧见了天上的那些琼楼玉宇，哪怕长出了翅膀，想要真正从山顶来到天上，一样还有很长一段路要走。到时候随便一脚踩死，也不迟。原本是打算养肥了秋膘，再来狩猎一场，饱餐一顿。事实上确实经过了无数年，依旧很安稳。无数神祇的金身腐朽得以速度减缓。天地的四面八方，不断扩大。可最终结局如何，你已经看到了。"

杨老头说到这里，并没有太多的悲愤或是哀伤，云淡风轻，像是一个局外人，说着天地间最大的一桩秘密。

郑大风小心翼翼问道："为何三教圣人不对师父斩草除根？"

杨老头笑道："如今的你，问这么大的问题，有意义吗？你不是该好好想一想，怎么不当个光棍吗？"

郑大风讪笑道："师父原来也会说趣话。"

——烽火戏诸侯《剑来》：第六卷 小夫子　第四百二十八章 秋狩时分，请君入瓮

除此之外，这个由三教一家创建与主导的天下秩序，最核心的特色之一就是：不管老幼、强弱、山上山下、权贵贱民等，都难以避开的一点，就是“人心鬼蜮”和“身心两牢笼”。

而这，恰恰是三教之祖都要思之破之的“局”；亦正是齐静春有望“立教称祖”的突破口；更是齐静春和三教之祖下这一盘天下大棋，系于陈平安一身方寸之地之“心”逆天改运、重建天下物序之所在……

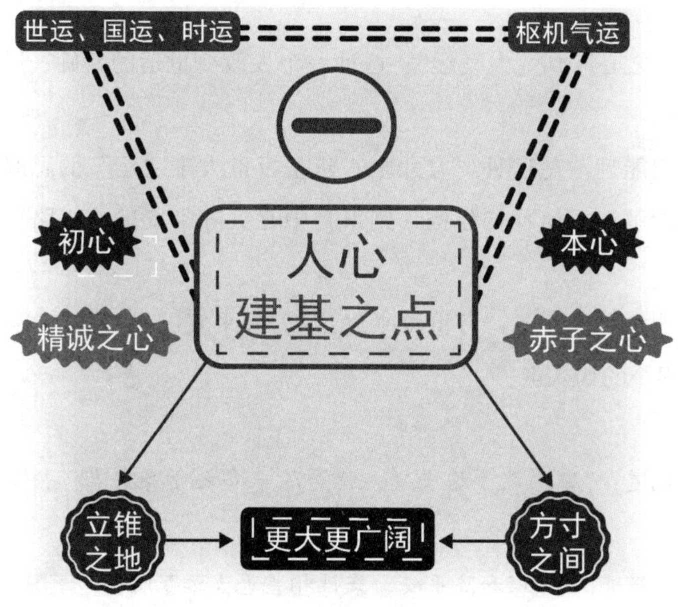

这就是钱穆所说的“枢机”：“中国人因于此一种气运观念之深入人心，所以又懂得反而求诸己。或出或处，或默或语，只要把握得枢机，便可以动天地。所谓枢机，则只在他自己之一言一行。若此一言一行，只要感召到另一人，二人同心，其利断金，便可以无往而不利。所以每当历史上遇到大扰动，大混乱，便有那些隐居独善之士，退在一角落，稳握枢机，来斡旋那气运。”①

想一想骊珠洞天小镇牌楼那“莫向外求”的匾额，再想一想陈平安一路行来潜移默化影响的人物……或许，齐静春以陈平安为枢机，来赌这千年第一局，真的是体现了中国人这种最传统的气运观念。

① 参见钱穆著：《中国思想通俗讲话 · 湖上闲思录》，广西师范大学出版社，2005 年版。

第三节　“一”气转运：以“1”方寸之心，撬动“壹”天下秩序

从“方寸之心”到“大气运”，这种一个人改变世运的斡旋、逆转和转移是如何发生的？

如果我们能理清楚这种“方寸之心建基万世太平之运”的思路、逻辑和结构，我们就能解读、诠释和建构《剑来》中有关陈平安的“心路”历程和“气运”的设定。

从“方寸之心”建基“万世太平之运”，陈平安的私心、初心和本心之战，就成了一个很小的切入点。

杨老头说道：“顾璨之于陈平安，就是陈平安之于齐静春。恰好是死局的死结所在。”

郑大风皱眉道：“顾璨和陈平安，秉性相差也太远了吧？”

这个汉子摇头不已：“不一样，不一样。”

杨老头笑道：“你若是不去谈善恶，再回头看，真不一样吗？”

郑大风陷入沉思。

郑大风眼神逐渐坚毅。

杨老头摇头道：“别去掺和。你郑大风就算已经是十境武夫，都没用。这个无关打杀和生死的局，文圣哪怕想要帮陈平安，都帮不了。这跟学问大不大、修为高不高，没关系。因为文庙的陪祀神位给砸碎了，文圣自身的学问根祇，其实还摆在那里。文圣当然可以用一个天大的学问，强行暂时覆盖住陈平安的当下学问与降服那条心井恶蛟。但是长远来看，得不偿失，反而容易走入岔路，害死陈平安。”

杨老头瞥了眼天空：“来做过客的那位陆掌教，倒是可以帮陈平安走上另外一条道路。可是陈平安自己不会答应。”

“而且有一点陈平安猜得很准。那位陆掌教心心念念想要的，是齐静春选中的那个陈平安，自然不是陈平安本身。所以一旦心智不定，给拐去了白玉京，好一点，成为傀儡，十一境十二境，倒不是没有可能；可要坏一点，估计生生世世，都逃不出陆掌教的手掌心了，要被拿来观道。”

郑大风嗯了一声：“这就像一个男人，得不到的女子，心中越别扭，瞧着越好看。得到了，其实也就那么一回事。”

杨老头没来由说了句：“如今小镇有不少青楼。”

郑大风脸色涨红：“师父，我就是嘴花花而已，其实不是那样的人！”

——烽火戏诸侯《剑来》：第六卷 小夫子　第四百二十八章 秋狩时分，请君入瓮

切口虽小，着力点却很牢靠，可以成为“给我一个支点，我就能撬动整个地球”的支点。

而从此“心”的切入点、着力点和支点出发，从陈平安个人的“心路”到围绕着他寻找和建构的“道·路”，就成了一个四两拨千斤的杠杆。

它撬动的，就是这山上山下、俗世如蚁的人道与世道，人妖争夺生存地盘，四座天下（后来又开辟出第五座天下）的神和人甚至天外天化外天魔和整个天下万物生灵争夺“气运”的大格局。

这其实是一个小“1”撬动大“一”的故事布局：

切口很小，是陈平安这“1”个陋巷少年，以及他那再大也大不过方寸之地的“1”心；

但是，格局甚大，是那整个天下世界甚至整个天外天宇宙“失序危机”与“秩序重建”的“一”运之起源、来源、本源和根源。

从小切口，撬动大气运，就是从“1”方寸之心，建“一”万世太平之运，需要“壹”个好杠杆，方能撬动从循序渐进到螺旋上升、从转型升级到转场升维的秩序之运。

如从大骊王朝打造一洲共主之铁骑洪流抵抗妖族北上洪流“小天下秩

序”，到五座天下重建神、人、妖秩序以结束万年神道、人道与妖道之争的“天下秩序”，再到化外天魔“入侵”与重建白玉京等防御与抗击体系的“天外天秩序”……

这个大“一”的宏大气运与秩序，唯有“壹”个好杠杆支撑，方能真正建基于那方寸之地之1“心”。

而这“壹”个好杠杆，其实就是围绕着陈平安那从“1”心到“一”运的心路和道路，而旋转、缠绕与螺旋式升腾的作用力与反作用力。

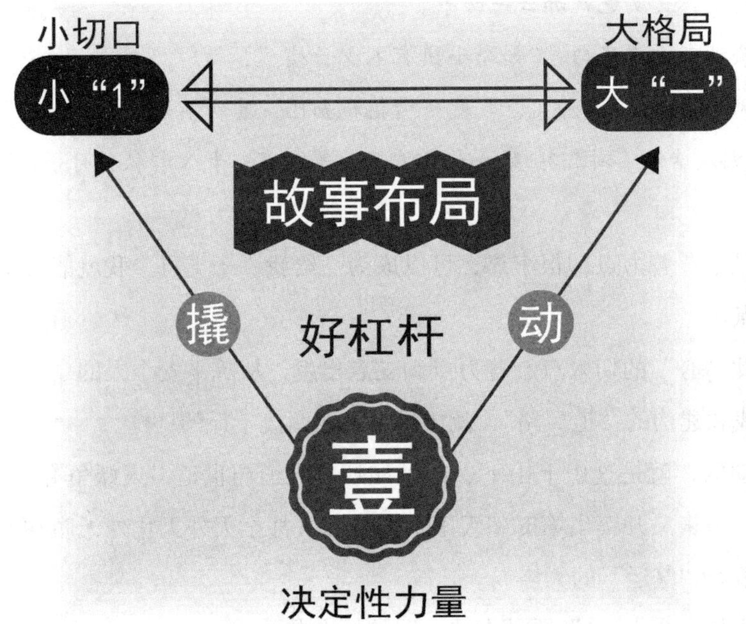

比如——

从文圣老秀才一脉对陈平安的“璞玉雕琢于石”“君子如切如磋、如琢如磨”，到道祖亲传掌教三弟子陆沉一脉和观道观牛鼻子道长一系对陈平安的算计；

从以神道刑徒老杨头为代表的各方势力对陈平安的投资下注，以及以大骊娘娘、国师崔瀺、北俱芦洲买瓶人等相关势力为主的针锋相对的阴谋与陷害……

在这个“1”方寸之心的小切口，通过“壹”秩序之轴这个好杠杆，撬动“一”气运之大格局的谋篇布局之中，我们很容易充分关注“1心”与“一运”，却很容易忽略那个“壹”秩序之轴的好杠杆。

在某种意义上，这个“壹”秩序的杠杆之轴，才是整个《剑来》故事布局中真正起着决定性作用的力量。

如果没有这个“壹”秩序，那个天下之运甚至整个天外天的世界观设定，就会沦于“虚高蹈空”，无法落地、落实、落细、落小，落于陈平安这一个带有主角光环的泥瓶巷少年的一言一行、一身一心——特别是一个立锥之身、一个方寸之心，也就不会有共鸣心和代入感：

那些云从龙、风从虎的风云际会，再气势磅礴、席卷天下、气吞山河，又与他何干，与我们何干？

立锥之身，方寸之心，争夺和拓展生存与发展的“1”空间；

齐天下之新格局，建万世太平之运，寻找天外天的“一”秩序——同根同源，全在这个“壹”字之上。

杨老头问了个好似全然无关正题的问题：“螃蟹坊那四块三教一家挂在小镇这边的匾额，分别写了什么？”

郑大风回答道：“儒家的当仁不让，道家的希言自然，佛家的莫向外求，兵家的气冲斗牛。”

杨老头笑问道：“好好琢磨一下。”

郑大风思量片刻：“当仁不让，是陈平安身陷此局的关键死结之一……”

杨老头笑了笑：“道家的孑然一身求大道，与天地合道，美好不美好？所以我才会说陆掌教的道法，可以救陈平安一时一世。连人间都不去管了，还管一个泥瓶巷毛头小子的生死对错？文圣骂那位陆掌教是蔽于人而不知天。在我看来，其实不然。早期在浩然天下陆地版图求道的陆掌教，兴许是如此。可当他泛舟出海，就已经开始不同了，真正开始得了意忘其形，无比契合、接近道祖大道，所以才能成为道祖最喜欢的弟子。至于那句佛家语衍生出来的佛法，看似是陈平安有望破局的一个法门，实则不然。崔瀺肯定想到了，早有对策。至于气冲斗牛……”

郑大风压低嗓音：“那她？”

杨老头面无表情道：“她？根本不在乎。说不定巴不得陈平安更爽利些。只要陈平安不死就行了。哪怕走入一个极端，她乐见其成。”

郑大风挠挠头：“说来说去，陈平安肯定就是完蛋了？”

杨老头笑道：“到时候一个守着山头的富家翁，你守着他的山门，混吃混喝，不挺好？”

郑大风猛然抬起头，死死盯着老头儿：“师父是故意要陈平安心中恶蛟抬头，以此淬炼剑心，再不去讲那些束手束脚的仁义道德，让陈平安只觉得天大地大，唯有一剑在手，便是道理了。好以此帮助那个存在，丢掉早先陈平安这个剑鞘，对不对?!”

杨老头微笑道：“能够想到这一步，看来还是有点长进的。”

郑大风颤声道：“这是她要求的？”

杨老头摇摇头，露出一抹感慨和缅怀神色，喃喃道：“她哪里会在意这些呢？她都无所谓的。她……是她啊。”

郑大风神色怆然：“可怜，真是可怜。”

他想起了那个在灰尘药铺，与自己对坐在檐下长凳上的年轻人，嗑着瓜子，笑看着院子里的众人。

他总觉得遭受过那么大一场无妄之灾后，那个年轻人，也该过几天舒坦惬意的日子了。

哪里想到，从离开老龙城的开始，就有一个比飞升境杜懋和本命物吞剑舟更可怕的局，在等着他陈平安。

入秋了。

秋狩了。

杨老头淡然道：“如今浩然天下的道理，所有人不爱讲的那些，随着大乱之世的到来，会再次盛行。总有一天，觉得知道了道理也无用的那帮蠢人、假借道理来满足自己私欲的那些恶人，都会跟着那些根本道理，一起水落石出。不吃饭会死人，不喝水更会死人。等到那个时候，就知道有人愿意讲道理的珍贵了。好在人的记性不好。吃过疼很快就忘。世道就这么反反复复，都过去一万年了，还是没好到哪里去。”

郑大风颤声道：“好？怎么就好了？”

杨老头笑了：“我是人吗？”

郑大风无言以对。

杨老头又问：“你就是人吗？”

郑大风依旧默然无语。

郑大风最后离开铺子，走了趟泥瓶巷，经过了陈平安的祖宅，也走过了顾璨的祖宅。

杨老头独自在院子里吞云吐雾。

万年之前，天上的一簇簇神性光彩，浩浩荡荡，星辰璀璨。

人间那些微不足道的人性，一点一点的火星子而已，怎么就赢了？

崔瀺给出了答案。

杨老头不愿意承认，也得承认。

而能够给出那个答案的家伙，估计这会儿已经在书简湖的某个地方了。

——烽火戏诸侯《剑来》：第六卷 小夫子　第四百二十八章 秋狩时分，请君入瓮

如果没有这个杠杆，那么，陈平安这个主角“杯水中的风波”，就很难撬动所谓的自我和世界冒险之旅：

在泥瓶巷这个立锥之地，寻找自我的容身之所；

在陋巷小镇的方寸之心上，寻找在世界之中的道·路；

而陈平安的故事，就一直会局限于身心两座牢笼里，一直在“针尖上舞蹈”一样，很难将内心方寸之地的舞台，通过立锥之身和立锥之地，同心圆一样一步步地拓展开去；

随着少年的脚步，一步步地从泥瓶巷到骊珠洞天，从大骊王朝到东宝瓶洲，从桐叶洲、北俱芦洲到整个浩然天下，从浩然天下到天外天……拓展开去。

这不仅仅是一种眼界和视野的拓宽和加深，还是自我与世界非常之旅的融合和发展：

从陈平安自我的心路，到整个“剑来”天下的道·路，一个人杯水中的风波，被裹挟进时代的风云际会之中，成为那云从龙、风从虎的气积运聚中的一部分，甚至成为气为之积、运为之转的枢机。

第四节 连接之“TO”：
从“1—壹”到“one To ONE”

从某种意义上说，我们在不同时期解读、诠释和建构的“1一壹”和“one To ONE”，从思路、逻辑和结构上，并没有太大的差别。

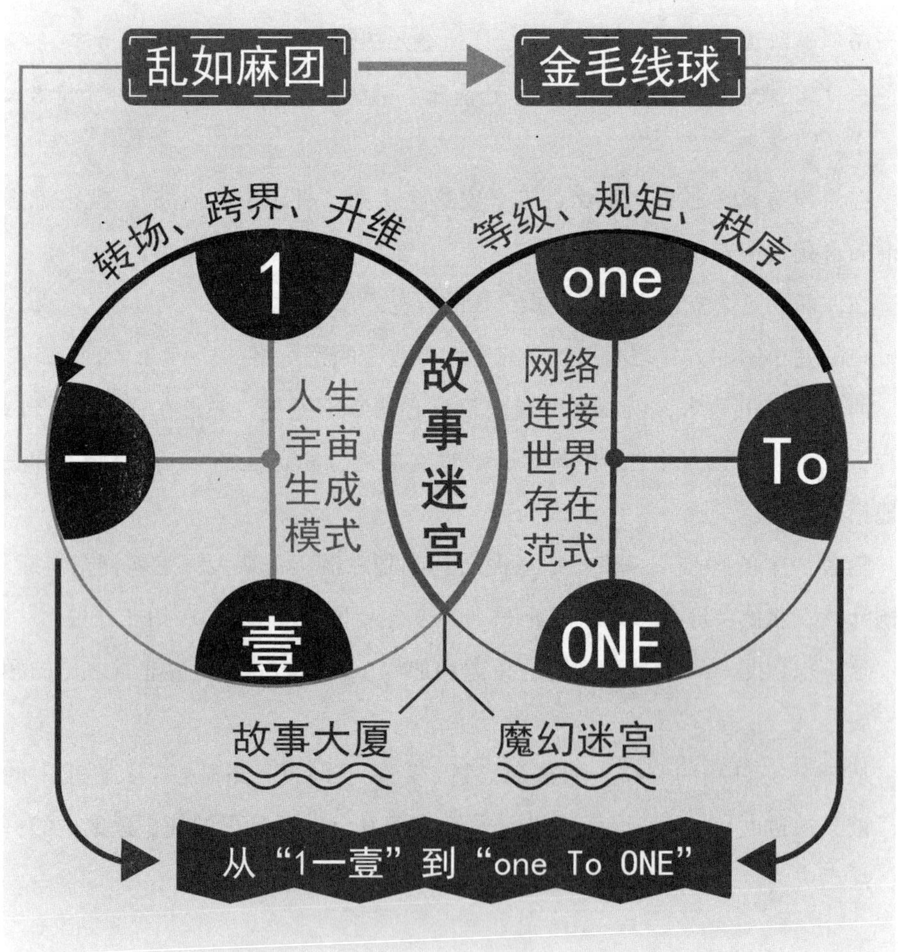

但为何要一分为二，分别说之？

还是在于《剑来》整部故事谋篇布局的特殊性。

“1一壹”比较传统化，可以用来分析那种所谓“方寸一心”建基“万物一运”的人生宇宙生成模式。

如：一生二、二生三的宇宙生成模式，和方寸之心建万世太平之运的人生气运观念，是如何融合发展为一体的。

从起源、来源、本源和根源为“一”，到源流之变、气象万千、独具形象和意象之“1”，或许更为强调殊途同归、大道合一的失序和秩序重建之“壹”过程。

崔瀺笑道：“我与老神君说的，其实只说了一半，就是孱弱人性隐藏着的强大之处，是那些被后世解释为‘共情’‘通感’‘恻隐之心’的说法，能够让一个一个人，不管个体实力有多么强大、前程有多么远大，都可以做出让那些高高在上、漠然无情、心无瑕疵的神祇无法想象的蠢事：会为别人慷慨赴死；会为别人的喜怒哀乐而喜怒哀乐；会愿意为一个明明才认识没多久的人粉身碎骨；一点点人心的火苗，就会迸发出刺眼的光彩；会高歌赴死；会心甘情愿以自己的尸体，帮助后人登山更高一步；去那山顶，去那山顶可见的琼楼玉宇，把它们拆掉！把那些俯瞰人间、把人族气运当作香火食物的神祇砸烂！”

崔瀺又笑了：“可是，这只是一半。另一半人性，是一个人，天生就知道为了生存，可以不择手段。‘我’不管多么卑微，都是这个世界上独一无二的，所以不计其数的‘我’，都想要活下去，活得更久、活得更好。我们不知道自己其实已经知道了那个一，凭借曾经被神祇养蛊饲养的本能，去争取抢。既然只有一个一，那就只能去抢别人手里的，让自己的那个一，变得更大、更多。这种追求，没有止境。”

崔瀺伸手指，分别点了点陈平安和那辆马车：“顾璨未必知道陈平安的难处，就像陈平安当年一样未必清楚齐静春的想法。”

崔瀺收回手，笑问道：“那么你猜，最后那次齐静春给陈平安撑伞，行走在杨家药铺外边的街道上，齐静春已经说出了让陈平安将来不要去愧疚的理由。可是，我觉得最值得推敲的一件事情，是当时这个泥瓶巷少年，他到底是否已经猜到，自己就是害死齐静春的关键棋子？”

崔瀺转过头去，笑着摇摇头。

崔东山已经隔绝了所有观感神识。

崔瀺继续观看两幅画卷：“老秀才，你如果看到这些，会说什么？嗯，是揪着胡子说一句，‘不太善喽’。”

——烽火戏诸侯《剑来》：第六卷 小夫子　第四百二十九章 有些重逢是最坏的

或许，“one To ONE”比较现代化，是用来分析以互联网革命为代表的现代信息社会中“一个独孤的人”连接“一个多重宇宙”的网络连接世界存在范式的。

如：一个人被格式化和数字化成某种信息的原子孤岛，终其一生，都可能在同一个场景、同一个维度、同一个界域、同一个时空之中存在，甚至被标签化为“同一个坐标”，兜兜转转，不过是在那个庞大却与己无关的世界之某个“井”字数字格之中移动的光点而已；

但另一方面，通过所谓的大数据和云计算，将所有的风云际会甚至整个宇宙都“信息化”，供给于个人需求的终端，造成所谓的万千世界均围绕着个人五厘米的视域（从个人眼底到手机屏幕）之轴旋转的假象；

于是，一“屏”连接世界与沟通宇宙（人和整个世界哪怕是多重宇宙都只相隔五厘米的距离）的屏世界（ONE），与一“人”联通、人人互联、众众成网的原子人（one）,就统一于互联互通却限定了人存在于万千重叠的信息井格牢笼之互联网中。

从“1 一壹”到“one To ONE”，作为一个硬币的两面，被焊接为一体——那个硬币的厚度，就是我们解读、诠释和建构的故事迷宫：一个小小的故事大厦，却被建构成了一个庞大的魔幻迷宫。

这同样是一个从“TO”到“壹”的动态过程：

它是一种类似于从古代“背井离乡”到现代信息革命“互联网坐井观天”的井字隔离、区隔甚至文化的隔断；

同时又是一种从古代“烽火戏诸侯”到现代“算法时代《剑来》理来”的信息传递、流动、分配或者匹配、荐送甚至是反向定制……

从古到今，两者之间都是要划分出等级、规矩和秩序，将人事物甚至整个世界限定于某种特定的场景、维度、界域（或者说时空）之中，从而造成“秩序井然”“一以化之”；

但另一方面，亦是要找出不同场景、不同维度、不同界域的节点，从已知时空到未知领域的边界，从而可以真正地转场、跨界和升维。

这是在多重时空和维度的魔幻迷宫之中，找到链接、连接和桥接自我与人生和世界的道·路。

故事迷宫浓缩和聚焦了这种从“TO”到“壹”乱如麻团最后又缠绕成金毛线球的过程。

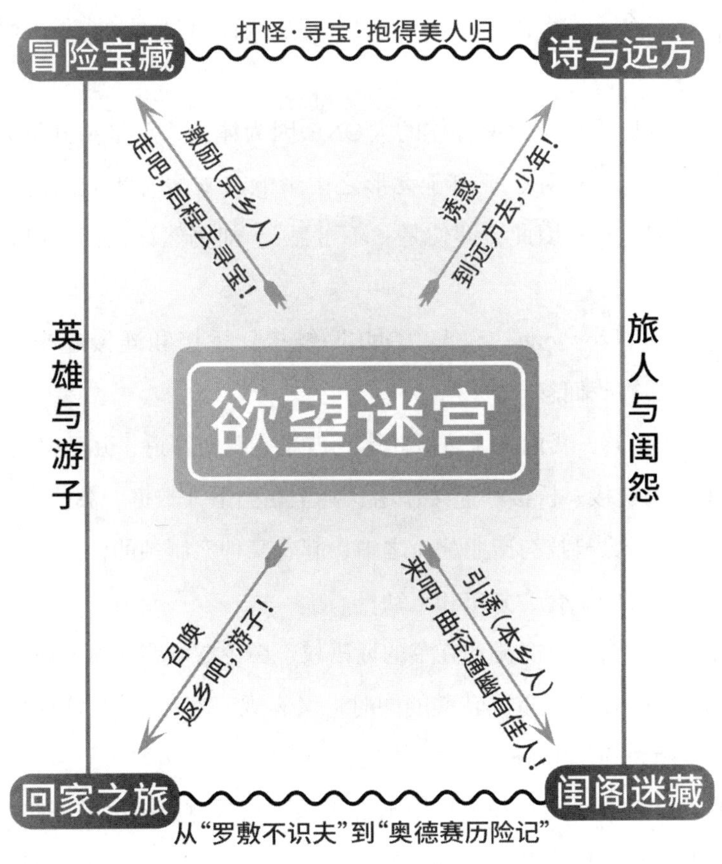

第五节 one To ONE：从人心宇宙“故事迷宫”到宇宙大脑“世界迷宫”

这个我们解读、诠释和建构的“one To ONE”，不仅仅可以用来解读、诠释和建构《剑来》和中国网络文学阅读潮流的人心宇宙和故事迷宫。

甚至可以用来解读、诠释和建构整个全媒体时代、全球治理秩序重建新时代和人工智能算法时代的宇宙大脑和世界迷宫。

每一个代表个人或个体的小one，切身利益具体可见可辨，可入眼帘可触可感甚至可动心；

那个代表着整体或庞大聚合体的大ONE,因为体量、重量和分量大得让人无法忽视，甚至时时、处处、事事于无形之中影响与支配着我们的生活、生存和生命的每一个细节——因此，即使是“不可见”，却仍然让我们可以以抽象之力思辨；

但是，独独将小“one”和大“ONE”链接、桥接和连接起来的中介通道“TO”，却最容易被我们忽视。

没有这个“TO”，我们将无法从此岸到彼岸，双向往返，互动交流。

而“TO”的链接、桥接和连接作用，甚至在当下大数据、算法和人工智能信息时代等新一轮重大科技与产业革命之中，起着某种宰制性的作用：

它主导着信息的聚合、分布和流动；

掌握着交锋、博弈、交流和互鉴的话语权、舆论权和文化领导权；

在加剧边缘—新主流重心转移的同时，又客观起着抹平数字鸿沟、知识迁移和见识与智识断裂的作用……

犹如我们在解读、诠释和建构中国青年阅读指数时所指出的那样，在需求倒逼内容供给侧结构性的变革与创新之间，其实算法决定了“需求”和“供给”的匹配、荐送和满足机制体制；

甚至，算法进一步宰制着需求的界定和内容的开发，掌握着内容创作与生产机制体制重建和网络青年国民意识形态体系重塑的新方式——

从“开山搭桥”的中国传统时代，到“要想富先修路”的改革开放时代，再到“建构信息革命的链接、桥接和连接通道”的算法时代……“TO”的角色和作用，不但没有被削弱，反而是被放大了。

特别是在席卷全球—中国的治理体系变革之中，国家顶层设计和国民基层需求合流，全球文化战略大势和网络文学发展趋势合一……将其链接与连接、对接与桥接的“网络青年”，起着越来越重要的轴心杠杆作用。[①]

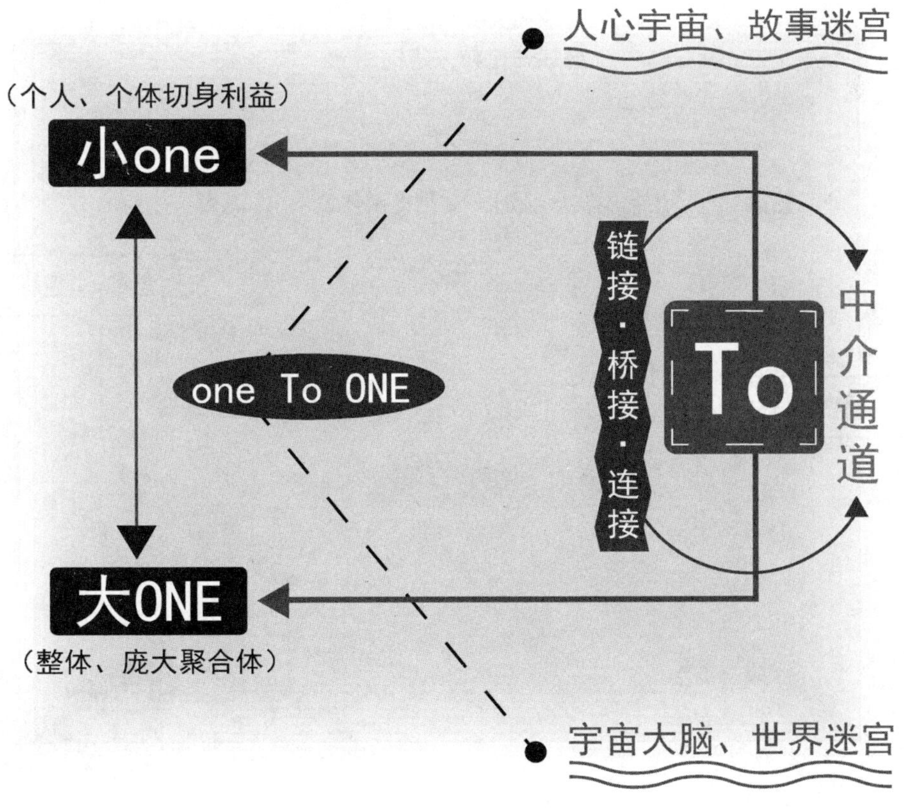

① 参见庄庸、杨丽君等主编：《爽文时代：中国网络文学阅读潮流研究（第1季）》，华语网络文学智库丛书，中国青年出版社，2020年版。

新时代中国网络文学阅读潮流研究“新范式”

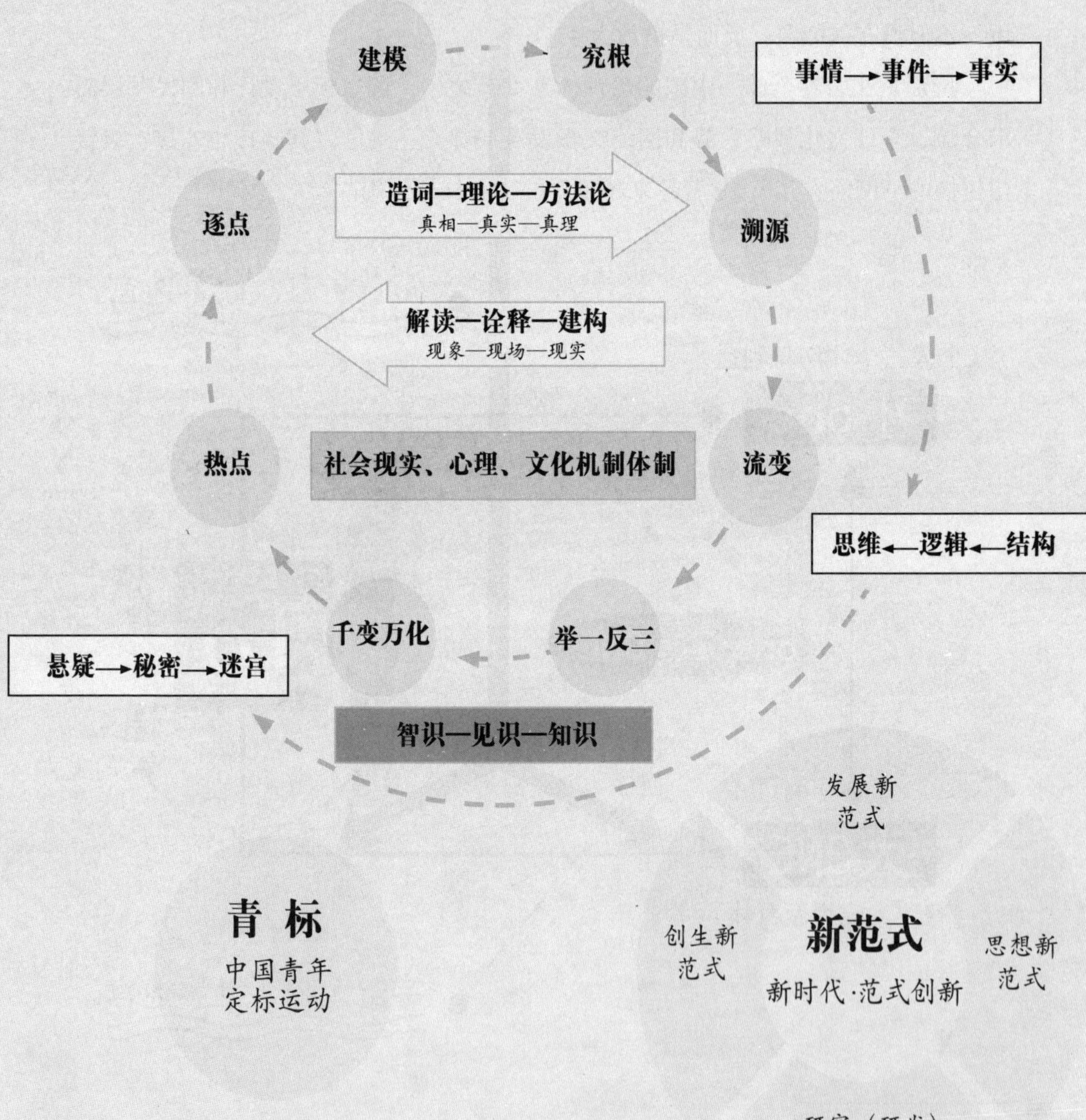

（本书可视图由庄庸、张佳莹手绘，樊征宇、高永来、曹汝雯、贾莉、李诗阳电脑制作。）